Une énigme aux yeux bleus

L'héritière piégée

Un rôle bien trop troublant

BETH CORNELISON

Une énigme aux yeux bleus

Traduction française de
HERVÉ PERNETTE

BLACK ROSE

HARLEQUIN

Collection : BLACK ROSE

Titre original :
SOLDIER'S PREGNANCY PROTOCOL

Ce roman a déjà été publié en 2014

HARPERCOLLINS FRANCE
83-85, boulevard Vincent-Auriol, 75646 PARIS CEDEX 13
Service Lectrices — Tél. : 01 45 82 47 47 - www.harlequin.fr
ISBN 978-2-2804-6349-2 — ISSN 1950-2753

Composé et édité par HarperCollins France. Achevé d'imprimer en juin 2021.
par CPI Black Print - Barcelone - Espagne
Dépôt légal : juillet 2021.

FSC www.fsc.org
MIXTE
Papier issu de sources responsables
FSC® C159065

Pour limiter l'empreinte environnementale de ses livres, HarperCollins France s'engage à n'utiliser que du papier fabriqué à partir de bois provenant de forêts gérées durablement et de manière responsable.

Prologue

Sans un bruit, Alec progressa de quelques centimètres. Il voulait mieux voir l'hélicoptère qui attendait pour décoller de la petite clairière dans la jungle colombienne. L'odeur du carburant et les senteurs de la végétation s'associaient en un mélange âcre, difficile à supporter. Il était caché là depuis des heures. Seul l'espoir de voir sa patience récompensée le retenait de bouger pour détendre ses membres engourdis.

Après dix années passées dans les opérations spéciales, une unité qui n'avait même pas d'existence officielle, il avait appris à se fier à son seul instinct. Et à Daniel LeCroix, alias Lafitte, son équipier.

Il avait une confiance aveugle en Daniel, qui, à maintes occasions, lui avait sauvé la vie.

Combien de fois s'étaient-ils retrouvés livrés à eux-mêmes au cours des cinq dernières années ? Il avait cessé de compter…

Sans cesse, ils devaient prendre d'énormes risques et flirter avec l'illégalité. Ils avaient donc trouvé ingénieux de prendre comme pseudonymes des noms de pirates : Barbe Noire et Lafitte.

Il produisit trois légers claquements de langue dans son micro. C'était un code pour avertir son partenaire de l'apparition de trois hommes.

Dans son oreillette, Daniel lui répondit d'un bref soupir : lui aussi les avait repérés.

Dans l'hélicoptère, les hommes chargeaient des munitions. Mais leur cible principale n'était pas encore arrivée.

Alec devait encore attendre.

Si ses infos étaient exactes, le général Ramirez, trafiquant de drogue influent et chef d'une faction rebelle très puissante, était censé emprunter cet hélico.

S'ils réussissaient à coincer Ramirez, Daniel et lui pourraient savourer l'aboutissement d'une mission au long cours. Cela faisait près de trois ans qu'ils traquaient sans relâche ce type plus insaisissable qu'une anguille.

Il prit une grande inspiration pour rester calme et ne pas céder à l'impatience. Il ne devait surtout pas révéler sa position.

Le bruit d'un moteur de Jeep s'approcha. Il se concentra sur ce son et regarda droit devant lui.

Daniel fit deux claquements de langue dans l'oreillette. Deux hommes supplémentaires venaient d'arriver : le général Ramirez et un garde du corps. Ils se retrouvaient à deux contre cinq. Du gâteau.

En apparence du moins…

Alec avait un mauvais pressentiment. Ça ne collait pas. Pourquoi Ramirez n'avait-il pas plus d'hommes autour de lui ?

Il retenait son souffle. Le général descendit de la Jeep et cria des ordres en espagnol. Le moteur de l'hélicoptère se mit en marche, les pales commencèrent à tourner doucement.

Alec était tendu comme un arc. Le moment de passer à l'action était tout proche.

Il était focalisé sur cette scène, tous les sens en éveil, à attendre le bon moment pour intervenir…

Ramirez fit quelques pas et lui tourna le dos. Il constituait une cible idéale. Mais ils avaient ordre de prendre Ramirez vivant. En revanche, si les gardes s'interposaient, comme c'était probable… Il posa le doigt sur la détente de son fusil, visa et se prépara à donner l'assaut.

Mais, depuis l'autre côté de la clairière, des coups de feu retentirent, le réservoir de l'hélicoptère fut touché, il y eut une explosion et l'appareil s'embrasa. L'onde de choc fut extrêmement violente, Alec la ressentit dans tout son corps.

Qu'est-ce que c'est que ça ?

Dans son oreillette, Daniel marmonna un juron sous l'effet de la surprise.

Puis ce fut le chaos. De nouveaux coups de feu furent tirés, Ramirez porta les mains à sa poitrine et s'effondra.

Ses gardes du corps répliquèrent à l'aveugle. Un déluge de feu déchiqueta la végétation, Alec se plaqua au sol, les balles fusaient autour de lui. Des hommes en treillis émergèrent de l'abri des arbres. Sans doute une faction rebelle ennemie de celle de Ramirez. Mais leur intervention n'était absolument pas prévue.

— Mission annulée, on dégage ! lança-t-il dans son micro.

Daniel ne répondit pas.

— Tu as entendu, Lafitte ? Mission annulée ! répéta Alec tout en se tortillant pour ramper à reculons.

Quand il fut assez loin pour ne pas être vu, il se leva, avança en gardant la tête baissée et slaloma entre les arbres pour fuir au plus vite cette maudite clairière.

Mais où était Daniel, bon sang ? Pourquoi ne répondait-il pas ?

Ne jamais compromettre une mission. Si les choses tournent mal, c'est chacun pour soi. Daniel et lui avaient fait le serment de se tenir à cette ligne de conduite. Mais rien ne pourrait jamais les arrêter, avait-il toujours pensé, par naïveté, ou plutôt par arrogance.

La boue et la sueur lui collaient les yeux, il avait les membres engourdis, les articulations raides, son matériel était lourd. Il se força néanmoins à accélérer.

Daniel était tout aussi bien entraîné que lui. Il saurait se débrouiller.

Tout en restant aux aguets, il repensa à ce qui venait de se passer. Ramirez s'était fait tirer dessus. Si le général était mort, leurs informateurs ne tarderaient pas à l'apprendre et viendraient le leur confirmer à l'hôtel de Medellin où ils avaient pris leurs quartiers. Et si Daniel s'en sortait, il le retrouverait là-bas.

Si Daniel s'en sortait ? Alec serra les dents et balaya l'idée qu'il puisse en être autrement. Son équipier allait en réchapper indemne et rejoindre Medellin. Et si ce n'était pas le cas, ce serait lui qui le retrouverait. Coûte que coûte.

1

Cherry Creek, Colorado, neuf mois plus tard

Alec se tenait dans la salle de bains de sa chambre de motel, prêt à jeter son téléphone portable dans les toilettes. L'eau rendrait l'appareil inutilisable et effacerait les données stockées dessus. Depuis deux jours, il était suivi, il en avait la certitude. Il devait donc disparaître de la circulation.

Juste avant, il avait appelé son chef pour l'avertir de son intention : il ne donnerait plus de nouvelles et resterait indisponible pour une durée indéterminée. Briggs lui avait soufflé dans les bronches : « J'ai besoin de toi, Alec. Tu dois te remettre au boulot. »

Possible. Mais, pour le moment, il avait une autre priorité.

Même si elle recevait officiellement ses ordres du gouvernement américain, l'unité des opérations spéciales n'existait pas. Elle était financée via des sociétés-écrans enregistrées dans des paradis fiscaux et effectuait, dans le plus grand secret, des missions délicates sur des « points chauds » situés hors des Etats-Unis. Des missions qui ne pouvaient pas être confiées à l'armée sans que cela finisse par se savoir. C'était un travail hautement confidentiel, très dangereux et… lucratif.

A trente-cinq ans, il pourrait tranquillement prendre sa retraite et vivre de ses économies et de quelques placements sans craindre de lendemains difficiles.

Toutefois, comme Briggs le lui avait rappelé, l'équipe était déjà amputée d'un membre suite à la disparition de Daniel. Au bout de cinq mois de recherches infructueuses, le statut de son partenaire avait été modifié de « porté disparu » à « présumé mort ».

Daniel. C'était la seule personne à qui il avait offert sa confiance depuis le jour de son adolescence où sa mère l'avait abandonné. Maintenant, il avait le sentiment d'avoir lui-même abandonné son seul et unique ami. Finalement, il n'était peut-être pas si différent que ça de sa mère, soupira-t-il intérieurement. Certes, il recherchait personnellement Daniel depuis quatre mois. Mais il n'avait rien appris de plus depuis ce jour maudit dans la jungle colombienne.

Il déglutit pour faire passer la culpabilité qui lui serrait la gorge, et s'apprêtait à jeter son téléphone dans la cuvette des toilettes, quand l'écran s'éclaira et la sonnerie retentit. Il songea d'abord à ignorer l'appel, puis se ravisa. Il devait répondre, au cas, même très improbable, où ce serait Daniel.

Il consulta donc l'écran : c'était Erin Bauer, la jeune femme qui avait acheté sa maison de Cherry Creek et s'y était installée quelques jours plus tôt.

Il fronça les sourcils.

Que pouvait-elle bien lui vouloir ?

L'image d'Erin Bauer vint flotter devant ses yeux et il ressentit des petits picotements dans le bas-ventre. Il n'oubliait jamais un visage et ne risquait pas d'oublier celui d'Erin. La semaine précédente, quand il l'avait aidée à transporter ses cartons pour emménager, il ne s'était d'ailleurs pas contenté d'admirer ses traits.

Il hésita un instant, puis décrocha, intrigué.

— Allô !

— Monsieur Kincaid ? demanda-t-elle d'une voix douce, légèrement intimidée. C'est Erin Bauer, la nouvelle propriétaire de votre maison de Cherry Creek.

— Oui ?

— Ce matin, j'ai reçu du courrier qui vous était adressé, et je souhaitais savoir à quelle adresse vous le renvoyer.

— Je n'ai pas de nouvelle adresse.

— Ah… Alors, pourriez-vous passer le chercher ? Il y a de la publicité, bien sûr, mais il y a également une facture d'électricité et une lettre qui semble imp…

— Jetez tout, la coupa-t-il.

Erin Bauer était une bavarde invétérée. Il n'avait pas de temps pour ça.

— Mais…, tenta-t-elle.

— Je n'en ai pas besoin.

— Même pas de la lettre ? insista-t-elle d'un ton interloqué. Elle m'a été remise en mains propres ce matin. Je pense que c'est important.

— Remise en mains propres ? répéta-t-il, suspicieux. Qui est l'expéditeur ?

Dans son travail, même une simple lettre pouvait être mortelle. Certains explosifs se glissaient facilement dans une enveloppe et transformaient une lettre en bombe artisanale. En général, il ne communiquait que par mails cryptés ou par téléphone.

— Il n'y a pas d'adresse d'expéditeur, répondit Erin. Si vous le souhaitez, je peux l'ouvrir et vous lire…

— Non ! ordonna-t-il.

La lettre pouvait être piégée et Erin blessée ou pire…

Evidemment, elle ne pouvait pas s'en douter et émit un petit soupir vexé.

— D'accord, d'accord. C'était seulement pour vous faire gagner du temps.

Il pesta intérieurement : il allait devoir se rendre à son ancienne maison pour récupérer cette lettre, ne serait-ce que pour s'assurer qu'Erin ne cherche pas à l'ouvrir par curiosité et en subisse de funestes conséquences.

— Je crois qu'il y a un nom griffonné en haut à gauche au dos de l'enveloppe, reprit-elle.

Son ancienne maison était sans doute sous surveillance. Il ne pouvait pas se présenter à la porte sans risquer d'être vu. Il se gratta la nuque en réfléchissant à la façon de procéder.

— L'écriture n'est pas facile à décrypter, mais je lis : La… Lafire, peut-être ?

Il sortit brusquement de ses pensées.

— Quoi ?

— Le nom dans le coin gauche de l'enveloppe est écrit en tout petit et les lettres sont à peine formées, mais je lis Lafire ou…

— Lafitte ? intervint-il, suspendu à ce qu'elle allait répondre.

— Euh, oui, peut-être.

Son pouls s'emballa. Il traversa la chambre à grandes enjambées, l'esprit en ébullition.

— Ecoutez, Erin, posez cette lettre et n'y touchez plus, d'accord ? dit-il en s'appliquant à garder le ton le plus calme possible.

Avec un peu de chance, Erin n'avait pas fait disparaître les empreintes sur l'enveloppe et détruit toute possibilité de remonter jusqu'à Daniel.

— Euh, oui, compris, répondit-elle d'une voix très étonnée.

Il prit une grande inspiration.

— J'arrive dès que possible. En attendant…

Il ouvrit avec précaution la porte de la chambre du motel : heureusement, il n'y avait personne sur le parking. Puis il sortit et rejoignit rapidement sa voiture de location.

Cette lettre venait-elle réellement de Daniel ? Mais pourquoi n'était-il pas revenu en personne ? Pourquoi ne l'avait-il pas contacté par mail crypté ? Envoyer une lettre classique, ce n'était pas la procédure habituelle. Cependant, ce courrier pouvait répondre aux questions qu'il se posait depuis plusieurs mois.

Ou alors c'était un piège.

— En attendant, je fais quoi ? reprit Erin au téléphone.

— Restez tranquille et attendez-moi. Je suis en route.

Il démarra et, au moment de quitter le parking, baissa sa vitre et jeta son téléphone dans la piscine du motel.

Erin leva la tête pour sentir les rayons du soleil sur son visage, puis récupéra le journal glissé dans sa boîte aux lettres. Elle devait en profiter : selon la météo, dans les jours à venir, le temps redeviendrait plus conforme à la normale pour la mi-décembre dans le Colorado.

Elle jeta un regard dans la rue, au cas où Alec Kincaid arriverait. Cela faisait plus de deux heures qu'il lui avait assuré au téléphone qu'il était en chemin.

Elle haussa les épaules, puis déplia le journal et parcourut la une. L'affaire de la fille du sénateur américain enlevée en Colombie au cours d'une mission humanitaire continuait de faire les gros titres. Le sénateur implorait les ravisseurs de lui donner une preuve de vie de sa fille unique.

Instinctivement, elle se passa une main sur le ventre. Elle était encore loin d'avoir besoin de porter des vêtements de femme enceinte, son ample chemisier dissimulait la rondeur naissante de son ventre. Elle avait de la compassion pour ce sénateur qui n'avait plus de nouvelles de sa fille. Elle savait ce que perdre un être cher signifiait.

Elle repoussa la petite pointe de mélancolie qui menaçait de s'emparer d'elle et écarta une mèche de cheveux de ses yeux. Avant de retourner à la maison, elle jeta un nouveau regard à la rue. Bien. Peut-être avait-elle un peu envie de revoir Alec. Après tout, les hommes au physique avantageux et aux yeux d'un bleu clair saisissant n'étaient pas légion dans le coin. Pourquoi aurait-elle dû se sentir coupable de souhaiter revoir un homme bien fait de sa personne ?

D'autant que, la semaine précédente, quand il l'avait aidée à emménager, ses tentatives pour nouer une conversation amicale avec lui étaient restées vaines. Admirer son allure, c'était bien tout ce qui lui restait.

S'il n'était pas aussi… inabordable, elle aurait songé à lui proposer d'aller dîner quelque part. Puisqu'elle était déterminée à prendre un nouveau départ, il faudrait bien qu'un jour ou l'autre elle se décide à sortir de nouveau avec un homme. Cela faisait maintenant deux ans…

Mais là, ce n'est vraiment pas le moment. L'année prochaine, peut-être…

Elle eut le cœur lourd et soupira. Elle devait absolument cesser de ressasser les circonstances de la mort de Bradley et l'accident du petit Finley. Elle devait aller de l'avant.

Elle retourna à l'intérieur avec l'intention de vider un autre carton. Elle avait au moins une certitude : la prochaine fois qu'elle laisserait entrer un homme dans sa vie, ce serait quelqu'un de stable, de rassurant. Les escalades impossibles, les sauts en parachute et autres exploits insensés, c'était terminé. Mais cette résolution n'atténuait pas l'énorme culpabilité qu'elle éprouvait.

Elle écarta d'un geste sec une mèche de cheveux de son visage et repoussa une bonne fois pour toutes ces sombres pensées. D'une caisse, elle sortit les quelques décorations de Noël qu'elle possédait et les répartit dans la maison.

Ensuite, elle s'attaqua à ses cartons de livres, et les ouvrages de Faulkner, Caldwell et Steinbeck, qu'elle avait hérités de son père, rejoignirent la bibliothèque. Un autre carton contenait ses livres d'histoire de l'art et d'anthropologie, des sujets chers à sa mère, cette fois-ci. Ses parents lui avaient transmis leur goût du savoir et de la culture, et c'était pour cela qu'elle était devenue enseignante. Cette réflexion fit revenir sa mélancolie. Elle enseignerait de nouveau, elle s'en faisait le serment. Mais elle serait plus prudente. Beaucoup plus prudente.

Dans la rue, un bruit de moteur attira son attention et elle alla se poster à la fenêtre. Serait-ce Alec ? Non, c'était une camionnette de fleuriste qui s'arrêtait devant chez elle.

Elle alla ouvrir la porte et vit un homme déguisé en Père

Noël sortir du véhicule. Qui pouvait bien lui envoyer des fleurs ? Ce devait être une erreur.

Elle ne put s'empêcher de sourire à la vision de ce Père Noël. Elle avait lu le prospectus publicitaire du fleuriste annonçant que, pendant la période des fêtes de fin d'année, tous les livreurs seraient vêtus ainsi. En échange d'un pourboire, ils entonnaient même un chant de Noël. Celui qui s'était garé devant chez elle sortit un grand poinsettia de sa camionnette et remonta l'allée avec la plante dans les bras.

Elle sortit sur le perron pour l'accueillir et lui lança un bonjour auquel il répondit d'un petit signe de tête. Avec une note d'amusement dans la voix, elle lui demanda :

— Dites-moi, Père Noël, vous êtes sûr que c'est pour moi ?

— Oui, m'dame.

Il monta maladroitement les marches du perron et leva la tête. Il la fixa de ses yeux d'un bleu tellement profond qu'elle en eut des frissons.

— Et vous, vous avez une lettre pour moi.

Elle poussa un petit gémissement de surprise. Même de près, sa barbe postiche et ses fausses joues roses le rendaient méconnaissable.

— Monsieur Kincaid ?

Alec leva la main pour l'inciter à rester discrète.

— A l'intérieur, dit-il avec un petit mouvement de tête.

— Je vous en prie, après vous. Alors, vous vous amusez bien ?

Cette remarque le laissa manifestement de marbre et elle perdit son sourire. Elle avait déjà pu noter sa grande réserve mais ce manque d'humour était déstabilisant.

Une fois à l'intérieur, il posa le poinsettia sur la table basse et se retourna.

— Désolée, je n'ai pas eu le temps de ranger, s'excusa-t-elle en désignant les cartons ouverts au milieu du salon. Il aurait été mieux dans la cuisine ou…

Sans l'écouter, Alec traversa le couloir, ouvrit les portes

et jeta un regard dans chaque pièce. Elle le suivit, irritée par son comportement. Certes, il avait habité la maison, mais, désormais, c'était chez elle.

— Vous cherchez quelque chose, Père Noël ? s'enquit-elle d'un ton dépourvu d'humour cette fois. Votre lettre est là-bas, indiqua-t-elle en pointant le pouce par-dessus son épaule. Si c'est ce que vous…

Il tira les rideaux de la chambre, puis lui fit face.

— Avez-vous vu quelqu'un rôder dans les environs dernièrement ? Vous n'avez pas reçu de coups de téléphone bizarres ? Personne ne s'est présenté à la porte ?

Elle le dévisagea, stupéfaite. C'était lui qui lui demandait cela ?

— Vous voulez dire quelqu'un de plus bizarre que vous ? lui lança-t-elle.

Il lui retourna un regard agacé et s'approcha d'elle.

— Contentez-vous de répondre. Avez-vous remarqué quelqu'un qui aurait surveillé la maison ?

Elle commençait à s'inquiéter.

— Non. J'aurais dû ?

— Pas nécessairement.

Il ôta sa fausse barbe et se passa la main sur la mâchoire, l'air songeur.

— Puis-je voir la lettre ?

Elle resta quelques secondes à le fixer pour tenter d'interpréter son étrange comportement, puis se tourna en direction du salon.

— Bien sûr. Elle est là-bas.

Elle la ramassa et la lui tendit. Il émit alors un sifflement et fit la grimace.

— Je vous avais demandé de ne plus y toucher, bougonna-t-il entre ses dents.

Il s'approcha et la lui prit délicatement des mains en la saisissant par les côtés.

Elle était de plus en plus perdue et le regarda examiner l'enveloppe sous tous les angles.

— Alors… vous reconnaissez l'écriture ? tenta-t-elle.

Il ne répondit pas immédiatement mais, quand il releva les yeux, une émotion sembla être passée dans son regard. Cette altération la toucha.

— Ne vous souciez pas de cela, déclara-t-il d'une voix rauque. Ne dites à personne que je suis venu ici et ne faites pas allusion à cette lettre. Compris ?

— Euh… oui. Mais pourquoi ?

Il avait repris son expression fermée et distante. Une émotion était-elle vraiment passée sur ce visage ? se demanda-t-elle.

— N'en parlez pas, c'est tout. Avez-vous un sachet refermable dans lequel je pourrais mettre l'enveloppe ?

— Un sachet ?

— Pour ne pas poser les doigts dessus.

— J'ai ça dans la cuisine. Je reviens, dit-elle en passant à côté de lui, encore troublée par son ordre de garder le silence.

Un instant plus tard, elle revint avec un sac plastique destiné à la congélation. Il y glissa l'enveloppe avec précaution, le referma et le rangea dans le revers de son costume, puis partit à grands pas vers la porte.

— Souvenez-vous : vous n'avez jamais vu cette lettre. Prenez soin de fermer vos portes et, si vous avez le sentiment d'être suivie dans la rue, ne prenez aucun risque. Allez directement à la police. D'accord ?

Elle le dévisagea un peu plus encore. Son pouls s'accélérait.

— Alec, y a-t-il une raison précise qui vous fait penser que je pourrais être suivie ou en danger ? Dans ce cas, je crois que j'ai le droit de…

— Non, la coupa-t-il.

Il marqua une pause et soupira.

— Je… Je considère simplement qu'une femme qui vit seule doit… se montrer prudente.

Il lui adressa un sourire qui ressemblait plus à un rictus.

— Joyeux Noël.

Il remit sa fausse barbe en place, poussa la porte et, une fois dehors, changea d'allure pour imiter le pas d'un vieillard.

— Merci pour le poinsettia, Alec… euh, Père Noël.

Il s'éloigna et elle leva les yeux au ciel.

— Drôle d'oiseau.

Si le monde des célibataires n'avait que des types aussi étranges à lui offrir, peut-être n'était-il pas urgent qu'elle cherche à faire des rencontres.

Son estomac se manifesta et elle consulta sa montre. Elle allait s'offrir une petite collation avant de se remettre à son déballage. En passant à côté du poinsettia, elle tâta la terre dans le pot. Elle était sèche. Elle porta la plante dans la cuisine pour lui donner un peu d'eau, la posa à côté de l'évier et ouvrit le placard pour prendre un verre.

Elle eut alors tout juste le temps d'entendre une latte du plancher grincer : une main se plaqua sur sa bouche. Elle poussa un gémissement étouffé et lâcha le verre qu'elle tenait : il se brisa au sol.

— Fermez-la et faites ce que je vous dis ! déclara une voix sourde.

L'homme qui la menaçait lui libéra la bouche pour lui appliquer la lame d'un couteau sur la gorge. Dans la vitre du four à micro-ondes, le reflet d'un type ventripotent se dessina.

Un tremblement s'empara de tous ses membres, mais elle lutta pour garder son calme.

« Concentre-toi, ne laisse pas la peur l'emporter, entendit-elle Bradley, son défunt mari, lui intimer.

Bradley était un adepte des sports extrêmes et il insistait pour qu'elle l'accompagne dans chacun de ses défis.

Elle devait s'appliquer à maîtriser sa peur de la même façon qu'elle l'avait fait lors de son premier saut en parachute. Elle devait garder la tête froide.

— Où est la lettre de LeCroix ? lui demanda l'homme derrière elle.

Elle repensa à l'avertissement d'Alec. Il la savait potentiellement en danger mais s'était contenté de lui conseiller de nier avoir vu cette lettre. Maudit soit-il !

— Quelle… lettre ?

Son agresseur la secoua brutalement et appliqua plus fort la lame du couteau contre sa gorge.

Un second type fit son apparition et se mit à ouvrir les tiroirs des placards.

— Ne jouez pas à cela, ma belle. Je sais que vous avez appelé Kincaid. Alors, où est la lettre de Daniel LeCroix ?

— Je ne sais pas de quoi vous parlez. Je vous en supplie, lâchez-moi.

— Ecoutez-moi bien, petite demoiselle, soit vous parlez maintenant, soit je joue de mon couteau jusqu'à ce que vous nous ayez révélé tout ce que nous voulons savoir. Où est la lettre qui vous a été remise ce matin ?

La lame pressa plus fortement contre son cou et elle poussa un gémissement d'effroi. Elle n'avait jamais vécu une telle situation, elle était seule contre deux hommes plus forts qu'elle. Son agresseur savait qu'elle mentait. Sans doute avait-il placé son téléphone sur écoute et surveillé la maison. Alec l'avait d'ailleurs soupçonné ; cela expliquait son déguisement et le fait qu'il ait tiré les rideaux à son arrivée.

Elle refusait de se retrouver embarquée dans une embrouille qui ne la concernait pas. Alec avait eu beau lui ordonner de ne pas parler, elle ne pouvait pas continuer à mentir et risquer le pire.

— Je n'ai pas cette lettre. Je ne l'ai plus.

Alec venait d'ajuster son oreillette. Grâce au micro dissimulé dans le poinsettia, il entendit un type menacer Erin et cette dernière avouer.

Bon sang. Les types qui le filaient étaient plus près de lui qu'il ne le pensait.

— Je vous jure que la lettre n'est plus là, entendit-il Erin déclarer d'une voix terrorisée.

Il repensa à l'expression de trouble et d'inquiétude qui s'était marquée sur son visage quand il lui avait recommandé de ne pas parler de la lettre qu'on lui avait remise.

Il maudit le sort qui avait propulsé Erin au milieu de cette histoire.

— Où est cette lettre ? demanda une voix d'homme.

— C'est Alec qui l'a. Il vient de partir dans une camionnette de fleuriste.

Bien. Elle avait tout avoué. Il s'empressa d'ôter son costume et quitta la camionnette. Il vérifia le chargeur de son revolver et se cacha derrière un buisson.

Ne jamais compromettre une mission. Si les choses tournent mal, c'est chacun pour soi.

Ce principe avait le mérite d'être simple, mais pas forcément facile à appliquer. Surtout quand la vie de son partenaire et meilleur ami ou celle d'une femme innocente aux yeux noisette irrésistibles était en jeu.

Il retint un juron. Il n'avait pas le droit de laisser Erin entre les pattes de ces voyous, alors que c'était lui qu'ils voulaient. Lui et la lettre de Daniel.

Il avait garé la camionnette à quelques pâtés de maisons de chez Erin et traversa les rues de son ancien quartier en écoutant attentivement ce qui se passait.

— Depuis combien de temps Kincaid est-il parti ?

— A peine quelques minutes.

Il sauta par-dessus le portail de la maison dont le jardin donnait sur celui d'Erin et traversa la cour au pas de course.

— A-t-il lu la lettre avant de partir ?

— Non.

— Qui l'a déposée ? Que disait-elle ?

Il enjamba la palissade entre les deux jardins et s'approcha prudemment de la porte arrière de son ancienne maison.

— Je ne sais pas. Je… vous le jure. Je… Je ne sais rien.

— Nous verrons cela.

Il entendit Erin pousser un cri. De douleur ou de peur ? Une décharge d'adrénaline le parcourut. Il réfléchit au meilleur endroit où se poster pour avoir une vision claire de la situation.

— Allez, ma belle, vous venez avec nous.

Quoi ?

— Quoi ? répliqua Erin en écho à ce qu'il venait de se dire.

Il s'appliqua une main sur l'oreille pour bien tenir son oreillette en place.

— Kincaid ne peut pas être loin. Vous allez nous servir de monnaie d'échange. Ce sera sa copine contre la lettre.

Sa copine ? Il retint un nouveau juron. Si ces types pensaient qu'il tenait à Erin, elle courait un danger encore plus grand.

— Mais je ne suis pas…

— La ferme. On y va.

— Non, attendez ! Je…

Il tendit l'oreille un peu plus encore : un son étouffé suivi d'un grognement. Puis des bruits de pas.

D'où il était, il entendit la porte arrière s'ouvrir. Erin en sortit sous la menace d'un couteau. Les deux types la tirèrent en direction d'un véhicule blanc, de type SUV.

Il dut se retenir pour ne pas se jeter inconsidérément sur ces voyous. Mais si, par malheur, ils touchaient à un seul cheveu d'Erin…

Il éprouvait une telle culpabilité qu'il en avait mal au ventre. C'était sa faute si elle était dans cette situation. Apparemment, les deux affreux comptaient se servir d'elle comme appât. La libérer et ensuite veiller sur elle était un devoir.

L'homme qui la menaçait d'un couteau monta à l'arrière, le second s'installa au volant. Il ne les connaissait pas, mais il avait enregistré leurs visages. L'homme au couteau sembla s'adresser à Erin d'un ton agressif. Celle-ci garda fièrement la tête haute, comme si elle refusait de lui montrer sa peur.

Il apprécia cette attitude. Il ne pouvait pas lui en vouloir d'avoir tout avoué. Contre son gré, elle se retrouvait mêlée à une histoire dont elle ignorait les tenants et aboutissants. Maintenant, il fallait qu'il aille à son secours. A l'ancienne.

Il serra les dents, contrarié du tour que prenait cette affaire. Il venait enfin d'obtenir une preuve de vie de Daniel et, alors qu'il avait besoin de temps pour étudier cette lettre et déterminer comment agir, voilà qu'il devait voler à la rescousse d'Erin. Mais il n'avait pas le droit de l'abandonner.

Surtout après avoir abandonné Daniel.

Le SUV démarra, et il passa de cour en cour pour pouvoir le suivre des yeux. Au carrefour, le véhicule prit la direction de la voie rapide.

Il fallait qu'il trouve une voiture pour les suivre.

Un pick-up approcha et s'arrêta au stop. Sans hésiter, il contourna le véhicule et ouvrit grand la portière.

— Police ! Suivez la voiture blanche et ne la perdez pas.

Le conducteur, un jeune type d'une vingtaine d'années, lui retourna un regard sceptique.

— Hé, oh, montre-moi d'abord ton insigne, mec.

Il dégaina son arme.

— Démarre !

Le jeune type devint blême et leva les mains.

— C'est bon, c'est bon, j'y vais !

Alec pointa le SUV du doigt.

— Là, ils viennent de s'engager sur la bretelle d'accès. Dépêche-toi !

Le conducteur enfonça la pédale d'accélérateur, doubla plusieurs voitures devant lui et s'engagea sur la voie rapide.

Plusieurs véhicules les séparaient encore du SUV. Alec réfléchit. Les ravisseurs d'Erin ne devaient pas le repérer, ils se retrouveraient alors tous dans une course-poursuite qui mettrait de nombreuses vies en danger. Mais, derrière le SUV, un semi-remorque occupait la voie de droite. Il ne fut pas long à se décider. C'était jouable.

— Approche-toi de la remorque du camion et maintiens ta vitesse. Compris ?

Le jeune type lui jeta un bref regard.

— Compris.

Alors que le pick-up se rapprochait, Alec descendit sa vitre et rangea son revolver dans son étui d'aisselle.

— Merci pour la course, dit-il au conducteur.

Puis il se glissa dehors par la vitre ouverte et rejoignit la plate-forme du pick-up.

Il prit alors quelques secondes pour s'accommoder de la vitesse et du vent qui lui fouettait le visage.

Il fixa son regard sur l'échelle fixée à l'arrière de la remorque du camion, évalua la distance, prit une grande inspiration et sauta.

Son pied glissa et il dut serrer de toutes ses forces l'échelle pour ne pas tomber. De justesse, il parvint à caler ses deux pieds sur les échelons. Il se retourna et adressa un signe de tête au conducteur du pick-up, qui était bouche bée. Enfin, le pick-up ralentit et se rangea sur la file de droite, derrière le semi-remorque.

Alec gravit les échelons et monta sur le toit de la remorque du camion. A quatre pattes, pour ne pas perdre l'équilibre, il remonta vers la cabine puis leva les yeux sur la route devant lui. Le toit du SUV était équipé d'une galerie à bagages. Il y avait moins de véhicules sur la voie de droite que sur celle de gauche et, comme il l'avait espéré, le semi-remorque remonta progressivement à hauteur du SUV.

Voilà, c'est ça, encore un peu plus près.

Une autre voiture fit retentir son Klaxon et le conducteur fit de grands gestes à celui du camion. Mince, ce n'était pas le moment ! Il devait sauter sur le SUV le plus vite possible.

Il se mit en position. Il y avait encore l'espace d'une voiture entre le SUV et le semi-remorque, mais il ne pouvait plus attendre. Encore une fois, il évalua ses chances de réussite.

C'était risqué mais faisable.

Que pouvait-elle faire ? Erin serra la poignée de sa portière et réfléchit. Sauter de la voiture à cette vitesse serait du suicide. En revanche, quand ils auraient quitté la voie rapide, s'ils s'arrêtaient à un feu rouge…

Elle se passa la main sur la cuisse et sur le ventre. Elle devait faire très attention. Elle n'avait pas le droit de prendre des risques inconsidérés.

Mais elle refusait de laisser ces hommes lui faire du mal sans opposer de résistance.

Elle pensa à Alec Kincaid, ce sale égoïste qui l'avait laissée toute seule. Elle était en danger à cause de cette fichue lettre !

Elle fit de son mieux pour se calmer, elle devait concentrer son énergie sur la meilleure façon de s'échapper.

Derrière eux, une voiture klaxonna et, d'un air absent, elle regarda dans le rétroviseur côté passager. Peut-être pourrait-elle faire signe à une autre voiture…

Elle tourna la tête vers l'homme assis à côté d'elle : il la menaçait toujours de son couteau. Non, mauvaise idée. Elle ne pouvait pas faire signe à un conducteur. Sa tentative devait prendre ses ravisseurs par surprise.

Elle tourna de nouveau son attention vers le rétroviseur. Si seulement…

Elle se redressa, fixant plus intensément le rétroviseur. Il y avait un homme sur la remorque du poids lourd derrière eux !

Quelle espèce de malade pouvait…

Soudain, elle oublia de respirer et battit des paupières pour être certaine de ne pas se tromper.

Mais non. C'était Alec.

Son audace lui fit battre le cœur plus fort. Elle lutta pour rester impassible et ne pas risquer de révéler sa présence à ses agresseurs. Elle ne pouvait plus détacher son regard du rétroviseur, elle serrait tellement fort les poings que ses ongles lui rentraient dans les paumes.

Avec appréhension, elle le regarda remonter vers l'avant

de la remorque, fléchir les genoux et écarter les bras pour garder l'équilibre.

Mon Dieu! Que compte-t-il faire ?

Une image du corps sans vie de Bradley vint flotter devant ses yeux. Elle en eut l'estomac noué. Alec venait à son secours, comme l'avait fait Bradley. Il se mettait en danger, risquait d'y laisser la vie en prenant des risques insensés. Pour elle.

Elle eut un goût amer dans la bouche et déglutit avec difficulté. *Non, pas encore une fois.*

— Vous avez dit quelque chose, ma belle ?

Elle tourna vivement la tête vers l'homme au couteau.

— N… Non.

— Relaxez-vous, ma jolie, répliqua son agresseur sur un ton ironique. Dès que nous aurons récupéré cette lettre, vous serez libre.

Le conducteur émit un grognement.

— Libre d'aller nager avec les poissons des profondeurs, peut-être.

Le type au couteau éclata de rire et se tourna vers elle, avec un clin d'œil.

— Ne vous inquiétez pas, ma jolie, je prendrai soin de vous.

Elle fut parcourue de frissons.

Puis, s'obligeant à penser à autre chose, elle prit une grande inspiration et tourna de nouveau les yeux vers le rétroviseur. Le poids lourd s'était rapproché. Alec prenait son élan. Et sauta.

Elle ne put réprimer un gémissement qui fut couvert par un bruit sourd sur le toit du SUV.

— C'était quoi, ça ? s'exclama le conducteur.

Elle retint son souffle mais ne put maîtriser ses tremblements.

Le type au couteau leva la tête.

— Un truc a percuté le toit.

Soudain, la vitre à côté de lui vola en éclats. Erin sursauta, des éclats de verre tombèrent sur la banquette.

— Qu'est-ce que…, s'écria le conducteur.

Il tourna la tête et le véhicule fit une embardée.

— C'est Kincaid ! hurla l'homme au couteau. Il est sur le toit ! Donne des coups de volant pour le faire tomber !

Erin s'agrippa à la banquette tandis que le conducteur obtempérait. Le SUV oscilla de droite à gauche. Elle vit les jambes d'Alec basculer dans le vide.

— Non ! hurla-t-elle, prise de panique.

Le conducteur donna un nouveau coup de volant. Alec était tout près de lâcher prise. Elle devait l'aider.

Sans réfléchir, elle déboucla sa ceinture de sécurité et se jeta en avant pour agripper le volant.

— Hé, revenez là ! cria le type au couteau en la saisissant par le col de son chemisier.

Elle ne se laissa pas faire et se débattit de toutes ses forces pour essayer d'attraper le volant et faire garder une trajectoire normale au véhicule.

Derrière elle, un bruit sourd résonna, suivi d'une claque. La prise de son agresseur sur son col se relâcha, et elle jeta un regard par-dessus son épaule.

Alec avait réussi à garder l'équilibre et, par la vitre brisée, à frapper à la mâchoire l'homme au couteau.

Celui-ci était sonné. Alec en profita pour se glisser à l'intérieur du véhicule.

— Manny ? appela le conducteur en levant les yeux vers son rétroviseur.

— Manny fait un petit somme, rétorqua Alec.

— Alec…, soupira Erin.

Elle était tellement soulagée qu'elle ne put retenir ses larmes.

Mais l'homme au volant dégaina une arme.

Elle ferma les yeux et eut le réflexe de se recroqueviller en se protégeant l'abdomen. Un coup de feu partit, et du verre brisé lui tomba dessus.

— Relevez-vous ! s'exclama Alec.

C'était à elle qu'il s'adressait, comprit-elle au bout d'un instant. Elle rouvrit les yeux. D'une main, il luttait avec le conducteur pour l'empêcher de faire de nouveau feu ; de l'autre, il tenait le volant pour que le SUV reste dans sa file.

— Dépêchez-vous ! Attrapez le volant ! lui cria-t-il, la ramenant à la réalité.

Elle sortit de sa torpeur et se redressa. Mais, en se débattant, le conducteur pressa la pédale d'accélérateur. Le SUV fut pris d'une secousse, vira à gauche et manqua d'aller percuter un bus scolaire sur l'autre file. Alec poussa un juron.

Elle tendit les bras et parvint à saisir le volant à deux mains. Alec put alors lutter plus efficacement et parvint à arracher le conducteur de son siège et à le maintenir immobile. Elle s'installa à sa place et maîtrisa complètement le véhicule.

Le complice de l'homme au couteau semblait inanimé, et Alec le tira sur la banquette arrière.

— Il est mort ? demanda-t-elle, horrifiée.

— Non. Je veux que ces voyous répondent à quelques questions.

Elle ne répliqua pas et se concentra sur la conduite.

— Vous allez bien ? lui demanda Alec.

— Tout dépend de ce que vous entendez par « bien », rétorqua-t-elle en croisant son regard dans le rétroviseur. Je tremble de tous mes membres, j'ai envie de vomir mais… je ne suis pas blessée.

— Vous vous sentez capable de conduire un moment ?

Il avait les traits tirés, une expression dure.

Elle acquiesça.

— Tant mieux, conclut-il.

Il installa les deux types côte à côte sur la banquette arrière et leur attacha les poignets avec les ceintures de sécurité.

— Prenez la prochaine sortie, mais ne vous arrêtez pas. Roulez jusqu'à ce que nous trouvions un endroit isolé.

— D'a… D'accord.

Elle repéra un panneau indiquant la prochaine sortie et mit son clignotant pour passer sur la voie de droite.

Alec vint s'installer à côté d'elle à l'avant et leva un pan de sa chemise pour sortir l'enveloppe glissée à la ceinture de son jean. Il poussa un soupir de soulagement et ferma les yeux.

Elle s'autorisa à souffler un peu elle aussi. Grâce à l'intervention héroïque d'Alec, le pire était passé, mais elle avait encore les mains tremblantes.

Elle lui jeta un regard de côté et observa ses cheveux noirs en bataille, ses traits ciselés, sa bouche bien dessinée.

La semaine précédente, quand ils avaient transporté des cartons ensemble, elle avait été impressionnée par son allure musclée et son regard bleu pénétrant. Mais son visage ne manquait pas d'intérêt non plus. Ses traits sculptés lui donnaient un charme brut, très masculin.

Il contracta la mâchoire, puis rouvrit les yeux. Elle suivit son regard se poser sur l'enveloppe sur ses genoux.

— Cette satanée lettre doit être extrêmement importante, lança-t-elle d'un ton un peu irrité.

Il tourna la tête vers elle.

— Pour moi, elle l'est, en effet.

Il avait toujours une expression dure et résolue, comme s'il était habitué à vivre dans des conditions difficiles. Sur sa joue, une petite cicatrice trahissait une ancienne blessure. De toute évidence, Alec Kincaid n'avait pas un mode de vie de tout repos.

Elle songea alors aux risques qu'il avait pris pour la sauver, et sa colère s'apaisa. Il était soit complètement fou, soit d'un courage à toute épreuve.

— Merci, murmura-t-elle. D'être venu à mon secours.

Il ne répondit pas et regarda dehors. Aucune émotion ne transparaissait sur son visage. Enfin, il tourna la tête et déclara :

— Ne me remerciez pas trop vite.

2

Erin suivit les indications d'Alec, gara le SUV derrière un entrepôt et coupa le moteur.

— Et maintenant ?

Alec regarda autour d'eux : il n'y avait personne.

— Il faut que j'aie une petite discussion avec ces types. Je dois découvrir leur identité et qui les a envoyés.

— Ne devrions-nous pas appeler la police ? demanda-t-elle en se passant les mains le long des bras pour se réchauffer.

Il la fixa d'un air contrarié.

— Pas de police.

— Quoi ? s'exclama-t-elle, abasourdie. Ces hommes ont pénétré chez moi par effraction, m'ont forcée à les suivre avec un couteau et ont menacé de me tuer… Alors je ne vais pas me priver d'appeler la police !

L'expression d'Alec se fit encore plus dure.

— Non. Je m'en occupe.

— Pourquoi ? Vous êtes du FBI ou autre chose ?

— Autre chose, ouais.

Alec descendit de voiture et ouvrit la portière arrière : ils étaient toujours inconscients, heureusement…

Il dénoua une des deux ceintures de sécurité puis, avec une facilité déconcertante, prit le chauffeur du SUV sur son épaule et le porta jusqu'au pied de l'entrepôt.

Elle le regarda avec curiosité fouiller l'homme pour vérifier qu'il n'avait pas d'arme sur lui puis revenir vers le SUV. Elle posa alors les yeux sur la lettre entre les deux sièges. Mais qu'avait-elle d'aussi important pour que des hommes soient prêts à tuer afin de mettre la main dessus ?

Alec se pencha de nouveau à l'intérieur du véhicule et défit la seconde ceinture.

— Que suis-je censée faire ? s'enquit-elle, un brin ironique. Rentrer chez moi comme si de rien n'était ?

Il interrompit son geste et leva vers elle un visage fermé.

Lui arrivait-il de sourire ? se demanda-t-elle. Quelle vie menait-il pour avoir en permanence une expression aussi froide ? Et à quoi ressemblerait-il s'il affichait un visage plus avenant ?

— Une fois que j'aurai sorti ce type, je veux que vous abandonniez ce véhicule dans un coin. Ensuite, faites au moins cinq cents mètres à pied avant de héler un taxi. Mais ne retournez pas chez vous. Ils savent où vous habitez, ils n'auraient aucun mal à vous retrouver.

Instinctivement, elle porta une main à son ventre, prise d'une nausée que son anxiété ne faisait rien pour arranger.

— Mais pourquoi reviendraient-ils s'en prendre à moi ? Je croyais qu'ils voulaient mettre la main sur cette lettre, son expéditeur, le dénommé Daniel LeCroix, et vous.

Il soupira et serra les dents.

— J'ai commis une erreur.

— Une erreur ?

Il poussa un grognement.

— En revenant vous sortir de leurs griffes.

Elle en resta bouche bée.

— Vous appelez cela une erreur ?

— Oui, car maintenant on va penser que je tiens à vous. Et que, grâce à vous, on peut remonter jusqu'à moi.

Erin sentit la peur s'emparer de nouveau d'elle.

— Avez-vous des parents ou des amis chez qui vous pourriez vous installer pendant quelque temps ?

Une vieille douleur se réveilla en elle. Depuis quelques

années, le chagrin, la solitude et la culpabilité étaient ses seuls compagnons.

— Non. Mes parents sont morts, et je me suis installée en ville la semaine dernière.

Alec parut contrarié.

— Alors, allez à l'hôtel. Et faites attention. Prenez soin de verrouiller votre porte en permanence et ne parlez à personne.

— Mais…

Elle n'eut pas le temps de terminer. Un bruit de pas rapides se fit entendre et Alec tourna la tête. L'homme qu'il avait laissé devant l'entrepôt avait repris connaissance et, malgré ses poignets entravés, était parvenu à se lever et à détaler.

— Bon sang ! s'écria Alec.

Il sortit son arme et la jeta vers Erin.

— Surveillez l'autre type et, s'il esquisse un mouvement, tirez-lui dessus !

Il fit volte-face et partit à la poursuite du fuyard. Elle le regarda s'éloigner puis baissa les yeux sur le revolver. Tirer sur un homme ? Même si c'était pour protéger sa propre vie, elle doutait d'en être capable.

Son estomac se manifesta encore une fois, mais elle n'avait rien pour apaiser sa fringale. Et dire qu'elle était venue au Colorado pour prendre un nouveau départ, échapper à la tragédie qui avait bouleversé son existence deux ans plus tôt !

Moins d'une semaine après son installation dans sa nouvelle maison, voilà que, déjà, la malchance et le danger l'avaient retrouvée. Elle était maudite.

Du bout des doigts, elle posa le revolver sur le siège passager. Elle tremblait tellement qu'elle redoutait qu'un coup parte tout seul.

Elle fixa de nouveau la lettre à l'origine de cette histoire de fous. Elle la prit et la tint au soleil pour essayer de distinguer ce qu'il y avait à l'intérieur. En vain. Le papier était trop épais.

Mais l'homme sur la banquette arrière pouvait reprendre connaissance à tout moment, s'emparer de cette lettre et s'enfuir. Elle ne pourrait pas lui faire face.

Alors, tous les efforts d'Alec seraient réduits à néant. L'esprit en ébullition, elle tourna et retourna l'enveloppe entre ses doigts. Peut-être n'aurait-elle pas la force de se servir d'une arme à feu, mais elle pouvait tout de même faire en sorte de protéger cette lettre.

Alec poussa une série de jurons, se maudit et retourna vers l'endroit où il avait laissé Erin. Il avait perdu la trace de l'homme qu'il poursuivait dans lc dédale des entrepôts et des voitures garées. Pire encore, il était parti tellement vite qu'il n'avait même pas pris soin d'emporter la lettre de Daniel : elle était restée entre les deux sièges avant du SUV. Il s'était laissé distraire par les beaux yeux d'Erin. Il avait cherché à la rassurer, et ce voyou avait profité de son inattention pour s'enfuir. Il avait agi en dépit du bon sens. Décidément, il pouvait se targuer d'accumuler les bourdes.

Il contourna prudemment le bâtiment derrière lequel était garé le SUV. Si par malheur Erin avait perdu le contrôle de la situation, ce n'était pas le moment de commettre une erreur supplémentaire en arrivant tranquillement, au risque de se faire surprendre.

Erin marchait de long en large devant le véhicule, le regard fixé dans la direction dans laquelle il était parti. Elle avait rangé l'arme qu'il lui avait confiée à l'arrière de son jean.

Il n'y avait aucune trace de l'autre homme, qui devait toujours être inanimé dans la voiture. Mais alors, une silhouette se déplaça et contourna le véhicule. Le second des agresseurs d'Erin s'approchait d'elle par-derrière, une branche à la main.

— Erin, attention ! l'avertit-il.

Trop tard. La branche s'abattit sur son crâne, et elle s'effondra. Il fut terrorisé.

L'homme extirpa une enveloppe de la poche de jean d'Erin et s'enfuit. La lettre de Daniel !

Il se précipita vers Erin, récupéra le revolver dans sa

poche arrière, brandit son arme et fit feu. Mais l'homme avait déjà disparu derrière un autre entrepôt. D'instinct, il voulut partir à sa poursuite mais, après quelques pas, se ravisa. Il ne pouvait pas laisser Erin étendue au sol, inerte et peut-être gravement blessée.

Tu as déjà abandonné Daniel.

Il regarda une nouvelle fois dans la direction où l'homme était parti avec la lettre. A cause de son incompétence, son ami risquait de se retrouver en grand danger, et cela le rendait malade.

Cependant, il avait bel et bien reconnu l'écriture de Daniel sur l'enveloppe : son équipier était en vie. Cela suffisait à décupler sa détermination à le retrouver.

Dès qu'il aurait la certitude qu'Erin allait s'en sortir.

Il s'agenouilla auprès d'elle, chercha son pouls et fut soulagé de sentir des battements réguliers.

Il la déposa délicatement sur ses genoux et examina sa blessure à la tête. Il inhala son parfum léger, ses cheveux soyeux s'enroulèrent en mèches autour de ses doigts. La tenir ainsi contre lui, la voir aussi vulnérable l'émut au plus profond de lui. Il avait été entraîné à rester hermétique à des émotions qui risquaient de le détourner de son objectif. Pourtant, Erin parvenait à franchir ses défenses et à le bouleverser.

Elle fit la grimace, leva la main et la porta à sa tête.

— Ouh…

Elle battit des paupières et ouvrit les yeux. Puis elle poussa un gémissement et tenta de se redresser, mais il lui posa les mains sur les épaules pour l'en dissuader.

— Doucement. Vous avez pris un mauvais coup, ne vous relevez pas tout de suite.

Elle fixa les yeux sur lui.

— Alec ?

Elle pouvait parler et sa mémoire immédiate ne semblait pas affectée. Deux signes positifs. Il observa ses beaux yeux noisette en s'efforçant de se concentrer sur ses pupilles. Elles n'étaient pas anormalement dilatées.

— Avez-vous des vertiges ? Etes-vous engourdie ? lui demanda-t-il.

Elle referma les yeux et se passa la main sur la tête.

— Je… Non. J'ai une migraine épouvantable. Que s'est-il passé ?

— Un des types vous a frappée avec une branche.

Il ne put lui reprocher de ne pas avoir été assez attentive.

Elle se redressa et poussa un gémissement plaintif.

— L'homme au couteau ! Où est…

Elle tourna la tête de tous côtés mais ne tarda pas à porter de nouveau la main à son crâne avec un gémissement de douleur.

— Hé, j'ai dit doucement, lui intima-t-il.

Il lui passa un bras autour des épaules pour la soutenir.

— Le type au couteau s'est enfui après vous avoir frappée : inutile de le chercher.

— Je suis désolée.

Elle tâta la poche arrière de son jean.

— Elle n'est plus là. L'enveloppe…

Alec serra les dents pour ne pas laisser son dépit s'exprimer.

— Il l'a prise.

Erin se tâta alors la poitrine, et un petit sourire étira ses lèvres. Elle déboutonna le premier bouton de son chemisier et plongea la main dans son soutien-gorge.

Il la regarda faire, interloqué, et ne put repousser une pointe d'excitation quand il aperçut un bref instant la courbe de ses seins.

Erin partit d'un petit rire et exhiba un papier plié.

Il fronça les sourcils.

— Qu'est-ce que c'est ?

Elle lui retourna un sourire qui, encore une fois, ne le laissa pas indifférent.

— Votre lettre.

Il resta interdit.

— Quoi ?

Elle lui tendit le papier plié avec un air satisfait.

— J'avais peur que l'homme au couteau cherche à s'en emparer et j'ai donc décidé de séparer l'enveloppe de son contenu. Au cas où. J'ai laissé l'enveloppe en évidence dans ma poche et, auparavant, j'ai pris soin de la refermer le plus délicatement possible.

Tandis qu'elle s'expliquait, il lui prit le papier des mains et, intérieurement, poussa un grand soupir de soulagement. Il était impressionné par sa présence d'esprit et extrêmement touché qu'elle ait pensé à protéger la lettre de Daniel.

Elle le regarda avec des yeux pleins d'attente.

— Pas mal, non ?

— Brillant. Je pourrais vous embrasser pour vous féliciter.

Elle lui retourna un regard troublé et il comprit ainsi, trop tard, ce qu'il venait de dire.

Elle posa alors les yeux sur sa bouche et il sentit immédiatement son pouls s'accélérer. Il avait l'occasion d'embrasser une femme superbe, cela le mettait dans tous ses états.

Il posa lui aussi les yeux sur ses lèvres, et l'air autour de lui lui parut chargé d'électricité. Cédant à son instinct, il se pencha vers Erin, attiré comme un aimant. Mais alors, elle poussa un gémissement et se plia en deux.

— Oh ! Mon Dieu. Je… Je crois que je vais être malade.

Il se redressa et secoua la tête pour recouvrer ses esprits. Mais enfin, qu'est-ce qui lui prenait de se laisser guider par ses pulsions ?

— Où avez-vous mal ? s'enquit-il. Etes-vous étourdie ? Avez-vous les oreilles qui sifflent ?

Elle lui adressa un sourire gêné.

— Non, j'ai la nausée. Désolée, ça ne va pas être beau à voir.

Elle eut tout juste le temps de se retourner pour vomir. Elle souffrait peut-être d'une commotion cérébrale, s'inquiéta-t-il. Il s'approcha tout près et l'aida à relever ses cheveux tandis qu'elle était prise d'un nouveau spasme.

— Il faut que vous voyiez un médecin.

Elle secoua la tête en signe de dénégation.

— Non, ça va aller.

— Ne dites pas de bêtises.

Il se sentait cependant mal placé pour lui faire la leçon : il avait accumulé les erreurs et, quelques instants auparavant, avait failli l'embrasser.

En mission, des fautes de cet ordre lui auraient certainement déjà coûté la vie. Craquer pour les beaux yeux d'une femme ou l'envie d'un baiser, c'était exactement ce qu'il ne fallait pas faire. S'il comptait retrouver Daniel, il avait plutôt intérêt à se reprendre, et vite !

Par-dessus son épaule, Erin lui retourna un regard noir.

Il prit un ton plus doux et déclara :

— Vous avez reçu un vilain coup à la tête, et maintenant vous êtes prise de nausées. Vous pourriez souffrir d'une commotion cérébrale. Vous devez passer un scanner.

Elle lui tourna le dos pour s'essuyer la bouche.

— Ce dont j'ai besoin, c'est d'un petit quelque chose à grignoter. Ensuite, tout ira bien.

Il plissa les yeux et reprit un ton plus ferme. Il n'avait pas le temps de se lancer dans des palabres interminables.

— Vous allez voir un médecin.

Elle fit la grimace et se leva, époussetant son jean. D'un pas hésitant, elle partit vers le SUV.

— Reconduisez-moi chez moi, c'est tout ce que je demande. Vous voulez bien ?

Il lui emboîta le pas, prêt à la rattraper si ses jambes ne la portaient plus.

— Je vous ai déjà expliqué pourquoi vous ne pouviez pas retourner chez vous. Encore moins maintenant que vos ravisseurs sont de nouveau dans la nature.

— Vous pensez vraiment qu'ils pourraient s'en prendre à moi encore une fois ? lui demanda-t-elle en portant la main à la bosse sur son crâne.

— Et vous, êtes-vous prête à parier qu'ils renonceront ? contra-t-il.

Une expression de peur passa sur son beau visage et elle poussa un soupir d'accablement.

— Génial, lâcha-t-elle.

Alec se mit à réfléchir. Ils devaient se rendre à l'hôpital le plus proche, mais on était samedi et ils allaient devoir patienter trois ou quatre heures dans une salle d'attente. Un instant, il songea à laisser Erin se rendre seule à l'hôpital mais balaya cette idée. Elle était trop faible.

Bon, il allait perdre encore plus de temps alors que ses poursuivants allaient au contraire en avoir davantage pour retrouver sa trace. Et, quand le type au couteau se rendrait compte qu'il était parti avec une enveloppe vide, il remuerait certainement ciel et terre pour retrouver Erin. C'était donc son devoir de rester avec elle, de la protéger. Ou plutôt elle devrait rester avec lui…

Cette idée le troubla. Pouvait-il réellement l'emmener avec lui dans sa cachette de la montagne ? Mais avait-il seulement le choix ?

Si elle ne s'était pas retrouvée en danger à cause de lui, peut-être aurait-il pu envisager de la conduire aux urgences et, ensuite, laisser le personnel de l'hôpital la prendre en charge. Mais les médecins pourraient s'occuper de ses blessures, pas la protéger contre des voyous armés. Or les hommes qui l'avaient enlevée n'abandonneraient pas la partie.

— Ecoutez, j'apprécie votre sollicitude, Alec, mais ça va déjà mieux.

Elle lui adressa un sourire malicieux et ajouta :

— Et, si j'ai eu la nausée, c'est seulement parce que je suis…

Elle ferma les yeux et vacilla.

— Ouh, pourquoi le sol se met-il à tourner ?

Il la rattrapa avant qu'elle ne tombe.

— L'affaire est réglée, poulette, vous venez avec moi.

— Je ne…

— Cessez de discuter et montez dans la voiture.

Il l'aida à s'installer sur le siège passager tout en réfléchissant à l'endroit où il pourrait l'emmener. Il regretta alors de s'être débarrassé de son portable.

Soucieux, il démarra et, quelques minutes plus tard, repéra une agence d'assurances. Il gara le SUV à l'abri des regards, pénétra à l'intérieur et persuada l'employé de le laisser consulter l'annuaire et passer quelques coups de fil.

Une fois reparti, il conduisit Erin à un cabinet privé de radiologie dirigé par le frère d'un ancien collègue. En général, le cabinet était fermé le samedi, mais le propriétaire avait accepté de l'ouvrir exceptionnellement pour lui rendre service. Il les accueillit à la porte et, tandis qu'Erin passait un scanner, Alec alla s'installer dans la salle d'attente et revit ses plans. La présence d'Erin lui compliquerait la tâche, mais il pouvait néanmoins s'en débrouiller.

Il sortit la lettre de Daniel et tourna le papier plié entre ses doigts. Erin avait eu une sacrée chance que la lettre n'ait pas été piégée. Au départ, il avait compté passer l'enveloppe aux rayons X pour rechercher d'éventuelles empreintes et s'assurer qu'elle ne contenait pas d'explosifs. Désormais, ces précautions étaient inutiles, et il était temps de voir ce que Daniel lui disait.

Il déplia le document avec soin. Il découvrit des dessins colorés avec des écritures à l'ancienne. Des pointillés reliaient les différents dessins entre eux. Il avait devant lui une carte fictive d'un archipel des Caraïbes. Dans le coin à gauche, il y avait un crâne orné d'un bandeau sur l'œil : le symbole des pirates.

Alec fronça les sourcils. Pourquoi Daniel lui avait-il envoyé un jeu pour enfants ? Etait-ce simplement une façon de lui faire savoir qu'il était en vie ou bien la carte avait-elle une signification secrète ?

— Bonne nouvelle.

La voix du radiologue le sortit de ses pensées. Il replia la carte, la rangea dans sa poche et leva la tête.

— Votre amie ne souffre que d'une légère commotion, reprit le radiologue avec un sourire. Elle aura sans doute la migraine pendant quelques jours, mais, en dehors de cela, elle ne devrait souffrir d'aucune complication.

Alec acquiesça.

— Elle peut voyager ?

— Oui, mais pas trop longtemps. Elle aura surtout besoin de repos. Continuez à vérifier l'évolution de son état au cours des prochaines trente-six heures. Surveillez ses pupilles, son rythme cardiaque. Et, toutes les deux heures, posez-lui des questions basiques, demandez-lui son nom, la date du jour. Et, si jamais l'évolution est négative, allez tout de suite à l'hôpital.

Erin revint dans la salle d'attente et lui jeta un regard noir.

— Si vous avez un brin d'humanité, vous vous arrêterez dans le premier fast-food que nous trouverons et vous m'offririez un énorme cheese-burger avec des frites. J'avais déjà un petit creux avant, alors maintenant je meurs de faim.

Hypoglycémie, songea Alec. *Ce qui expliquerait également qu'elle soit aussi grincheuse.*

Dès qu'ils furent partis, il roula directement jusqu'au premier drive-in, passa la commande puis regarda Erin engloutir son dîner en un temps record.

Après s'être essuyé les doigts, elle se carra dans son siège et poussa un soupir de satisfaction.

— Si vous êtes certain que je ne peux pas rentrer chez moi, commença-t-elle dans un bâillement, déposez-moi à un hôtel du centre-ville. La journée a été éprouvante et je suis épuisée.

Elle ferma les yeux et laissa sa tête tomber sur son épaule.

— N'ayez crainte, répondit-il, je vous emmène quelque part où vous ne risquerez rien.

Erin fut réveillée par un vrombissement et une douleur au niveau de la tête. Elle comprenait l'origine de sa douleur. En revanche, d'où venait ce bruit ?

Elle entrouvrit les yeux et regarda autour d'elle. Elle n'était plus dans le SUV.

— Alec ?

— Vous êtes réveillée ? Tant mieux.

Elle tourna la tête. Il était installé dans un siège étroit, un casque sur les oreilles avec un micro devant la bouche. Devant lui, les lumières vertes du tableau de bord produisaient des reflets sur son visage.

— J'étais sur le point de vous réveiller moi-même. Pouvez-vous me dire le nom du président des Etats-Unis ?

Elle lui répondit sans hésiter.

— Et maintenant allez-vous m'expliquer où nous sommes ? s'enquit-elle, un peu agacée.

— Au nord de Denver, à environ 15 000 pieds d'altitude.

Elle ouvrit les yeux plus grand et regarda de nouveau autour d'elle, paniquée.

— 15 000 pieds ? Nous sommes dans les airs ?

— N'ayez crainte, j'ai des centaines d'heures de vol à mon actif.

Malgré la migraine, elle se redressa sur son siège.

— Oh, mon Dieu !

Ils étaient dans le cockpit d'un petit avion et Alec était seul aux commandes.

— Mais… pourquoi suis-je là ? Où m'emmenez-vous ? demanda-t-elle d'une voix paniquée.

— Du calme, poulette. Je contrôle la situation.

Inspire à fond. Expire doucement. Elle eut beau s'appliquer à faire cet exercice, rien n'y faisait. Elle était à cran : il n'en faudrait pas beaucoup pour qu'elle soit de nouveau malade.

— Alec, pourquoi suis-je dans cet avion ? Comment me suis-je retrouvée dans cet appareil ? Vous étiez censé me déposer à l'hôtel !

Il jeta un regard au-dehors.

— On vous a déjà dit que vous dormiez comme une souche ? J'ai songé que nous éviterions des palabres inutiles si je vous réveillais seulement une fois en l'air.

— Alors maintenant, c'est vous qui me kidnappez ! s'exclama-t-elle, outrée.

— Faites-moi confiance, c'est mieux ainsi. Vous souffrez d'une petite commotion et le médecin a recommandé que quelqu'un veille sur vous pendant au moins quarante-huit heures.

Cette déclaration la toucha malgré elle. Cela faisait bien longtemps que quelqu'un n'avait pas veillé sur elle.

— Mais il fallait que je quitte la ville pour mettre de la distance entre moi et les types qui sont à ma poursuite, reprit Alec.

Il reporta son attention sur le tableau de commande, puis ajouta :

— Là où je vous emmène, j'aurai tout ce qu'il me faut pour relancer mes recherches et vous serez en sécurité.

L'appareil fut secoué par un trou d'air et Erin agrippa le siège d'Alec pour se maintenir.

— Mais pourquoi ces hommes sont-ils à vos trousses ? Que veulent-ils ?

Il ne répondit pas.

— Pouvez-vous au moins me dire de quel côté de la loi vous vous situez ?

Il haussa les épaules.

— Ça, ça dépend à qui vous posez la question. Nous approchons. Vous feriez mieux de vous préparer.

Elle changea de position pour regarder dehors : il n'y avait que des montagnes.

— Je ne vois pas de piste d'atterrissage. Où sommes-nous censés nous poser ?

— Nous n'allons pas nous poser.

Elle resta interdite.

— Pardon ?

— Nous allons sauter. Il n'y a qu'un seul parachute dans l'avion, je me suis donc muni d'un harnais pour deux avant le décollage.

Elle eut la chair de poule.

— Nous allons sauter en parachute ? Je… Non !

Une image du corps sans vie de Bradley lui traversa l'esprit.

— Non, Alec, je ne peux pas !

Il abaissa quelques boutons sur le panneau de contrôle et s'extirpa de son siège.

— Très bien, restez là, alors. Mais, je vous préviens, il ne reste que deux minutes de carburant. Au fait, vous savez faire atterrir un Cessna ?

— Non, je..., bafouilla-t-elle.

Son cœur battait à tout rompre et sa respiration était saccadée.

— Deux minutes dc carburant ? Mais, si nous sautons, l'avion va...

— ... s'écraser, oui, je sais. Mais c'est le but. Avec un peu de chance, ceux qui sont à nos trousses croiront que nous sommes morts.

Il avait quitté son siège pour passer à l'arrière de l'appareil.

— Mais..., commença-t-elle.

Elle ne trouvait plus ses mots tant elle avait peur.

C'était un cauchemar. Non, pire encore, c'était la réalité.

— Je vous en supplie, Alec, il doit y avoir un autre moyen. Je ne peux pas sauter !

— Vous serez attachée à moi, vous ne risquerez rien. J'ai déjà fait cela des dizaines de fois.

Il lui tendit un harnais en Nylon.

— Passez-le.

Elle déglutit pour tenter de s'éclaircir la voix.

— Alec, vous ne comprenez pas. Bradley est mort lors...

Une alarme stridente l'interrompit. Un voyant rouge clignotait sur le tableau de commande. Plus de carburant...

— C'est ici que nous descendons, déclara Alec en fermant le harnais qu'il avait passé autour de lui.

Puis il désigna celui qu'elle tenait encore dans sa main.

— Vous venez ou pas ?

— Par pitié, Alec, ne me forcez pas à faire ça ! Restez avec moi, reprenez les commandes et faites-nous atterrir quelque part. Je ne peux pas sauter !

Il testa les sangles en tirant fermement dessus. Puis il la prit par les épaules et la fixa droit dans les yeux.

— Bien sûr que si, vous pouvez. Je serai avec vous en permanence. Il ne vous arrivera rien.

Son assurance lui rappela des propos tenus par un autre, ce qui ne fit rien pour l'apaiser, au contraire.

— C'est ce que Bradley disait toujours.

Alec dut s'endurcir pour ne pas être ému par son regard plein de terreur.

— Tournez-vous que je puisse fixer votre harnais.

Elle ferma les yeux et une larme coula sur sa joue. Mais elle obtempéra, résignée, et il se sentit très mal à l'aise.

Il fallait absolument qu'il parvienne à garder la tête froide et ne songe qu'à leur faire rejoindre la terre ferme sans heurts. Il prit une longue inspiration, passa la main autour de la taille d'Erin pour qu'elle se tienne bien contre lui et accrocha les deux harnais ensemble. Il évita de s'attarder sur le parfum de ses cheveux et la sensation étonnante de son ventre à la fois rond et ferme.

— Alec, dit-elle d'une voix tremblante, ce doit être dangereux dans mon état de…

— Tout ira bien. Je vous tiendrai pour que vous ne subissiez aucun choc à la tête quand nous toucherons le sol.

— Non, ce n'est pas ça mais…

— Il est temps d'y aller. Avancez en même temps que moi.

Il la poussa doucement en avant, ouvrit la porte arrière de l'avion et se prépara à résister à la bourrasque qui pénétra dans l'appareil.

— Alec !

— Nous sautons à trois. Un… Deux…

— Alec !

— Trois !

3

Le parachute s'ouvrit avec un claquement sec et Erin trouva le courage d'ouvrir les yeux. Les montagnes défilaient sous ses pieds, le soleil leur donnait une belle teinte brune. *C'est magnifique.*

Elle inhala une grande bouffée d'air imprégné du parfum des pins. La tension quitta petit à petit chaque partie de son corps. La vue époustouflante, le sentiment de liberté que procurait le fait de flotter étaient grisants. D'ailleurs, malgré sa peur, chaque fois que Bradley l'avait convaincue de l'accompagner dans une de ses aventures, elle en avait toujours retiré un bénéfice. Chaque fois qu'elle était parvenue à relever un nouveau défi, elle en était sortie plus forte, regonflée à bloc par le bonheur d'être en vie.

Le bonheur d'être en vie…

Cette réflexion lui rappela le dernier défi partagé avec Bradley, il n'y avait pas survécu. La tension revint en elle et elle baissa les yeux pour avoir une idée du temps qu'ils mettraient à atteindre le sol. Ou plutôt… les arbres.

— Alec, nous fonçons droit sur les sapins ! s'exclama-t-elle en s'accrochant à ses bras.

— Ne vous inquiétez pas, poulette, tout va bien, répondit-il d'un ton calme qui lui parut complètement décalé.

Une fois qu'ils seraient au sol, elle lui ferait amèrement regretter de l'avoir forcée à sauter.

— Nous sommes pile sur l'objectif, ajouta-t-il d'un ton amusé.

— Vous visez les arbres ?

— Bien sûr que non, répondit-il. Nous allons nous poser dans la clairière sur notre gauche. Quand nous poserons les pieds au sol…

— Je plie les genoux et je me laisse rouler, oui, je sais. J'ai déjà sauté en parachute.

Mais, les précédentes fois, elle avait eu le temps de se préparer, et surtout Bradley était en vie. Là, l'image des derniers instants de son mari lui tournait en boucle dans la tête.

— Vous avez déjà sauté en parachute ? répéta Alec qui paraissait sincèrement étonné.

— Oui, deux fois. Avec Bradley.

Ils passèrent juste au-dessus de la cime des sapins et se dirigèrent droit sur la clairière. Alec poussa un petit soupir de contentement et elle imagina très bien l'air de satisfaction qu'il devait afficher.

Elle se prépara à l'atterrissage en appliquant ce que Bradley lui avait appris. Alec la serra contre lui, fermement, pour la protéger de son corps, comme il le lui avait promis.

Quand ils touchèrent le sol, elle fléchit les genoux et voulut rouler en avant. Mais Alec s'était incliné dans la direction opposée et, finalement, elle bascula en arrière et se retrouva assise sur lui.

Il poussa un grognement.

— Je vous avais dit de rouler !

— J'ai essayé mais c'est vous qui êtes parti sur la gauche ! La prochaine fois, précisez dans quelle direction vous plongez.

Il soupira.

— Ouais, entendu, poulette.

Il y eut un cliquetis métallique, et le harnais autour de sa taille se desserra. Alec la fit basculer de côté et se redressa. Elle se mit à quatre pattes, s'employant à recouvrer une respiration normale.

Alec lui posa une main sous le menton pour lui faire tourner la tête.

— Regardez-moi.

Elle croisa son regard et fut une nouvelle fois transpercée par son intensité. Sentir à la fois sa main chaude sur sa peau et ses yeux bleus fixés sur elle la fit frémir, et cela n'avait rien à voir avec le saut qu'ils venaient d'effectuer.

— La dilatation de vos pupilles est normale, dit-il d'un ton neutre.

Elle éprouva une pointe de déception. Il l'avait touchée seulement pour l'examiner et non pour la réconforter. Cependant, il ne retirait pas sa main.

— Ça va ? s'enquit-il.

— Je survivrai.

Un coin de ses lèvres se souleva. Chez lui, c'était ce qui se rapprochait le plus d'un sourire.

— Vous voyez, ce n'était pas si terrible.

Elle fut tellement indignée qu'elle ne trouva rien à répliquer.

Il lui passa le pouce sur la joue et cette légère caresse lui fit du bien.

— Je sais que vous aviez très peur, mais vous avez été géniale. C'était vraiment du bon boulot, poulette.

Elle fit un mouvement de tête pour s'écarter de lui.

— Arrêtez de m'appeler comme ça. Je m'appelle Erin, pas poulette.

Il prit un air renfrogné et déboucla son harnais.

— Compris, répondit-il d'un ton sec.

Elle le dévisagea. Pourquoi avait-elle eu cette réaction d'humeur ? Il n'y avait aucune condescendance dans la façon dont il employait ce surnom, et il aurait pu lui en donner de bien pires. Ce devait être lié aux hormones. Ces derniers temps, elle était plus irritable que d'habitude.

— Qui est Bradley ?

Elle releva brusquement la tête.

— Quoi ?

— Vous avez dit avoir déjà sauté en parachute avec un dénommé Bradley. C'est votre frère ?

— Non, je suis fille unique. Bradley était mon mari.

Il marqua un temps d'arrêt, puis ôta complètement son harnais et haussa un sourcil.

— Etait ?

Elle réprima un soupir. Une douleur familière l'étreignait.

— Il est... décédé il y a deux ans.

Alec prit une expression plus douce.

— Désolé.

— Ce n'est rien.

Il roula en boule la toile du parachute et le remit dans son sac avec les sangles directionnelles et les harnais.

— Ne traînons pas. Nous avons encore près de deux kilomètres de marche, et la nuit ne va pas tarder à tomber.

— Près de deux kilomètres ? répéta-t-elle, incrédule.

Il acquiesça d'un bref mouvement de tête.

— Le tout en montée. Mais si vous n'avez pas envie de...

— Quoi ? Vous allez me laisser me débrouiller toute seule, c'est ça ? le coupa-t-elle en croisant les bras et en le dévisageant avec colère.

Il reprit une mine renfrognée et tourna les talons. Un bref instant, il avait paru blessé, remarqua-t-elle.

— Si je souhaitais vous laisser tomber, reprit-il, ce serait fait depuis longtemps. Mais, puisque nous sommes là, on dirait bien que je vais devoir rester avec vous pour une durée indéterminée.

Elle releva la tête et retint les larmes qui lui piquèrent les yeux. Elle ne voulait pas pleurer devant ce macho.

— Mais moi je n'ai pas demandé à me retrouver mêlée à vos histoires, ni à voir ma vie chamboulée par des types qui veulent se servir de moi pour remonter jusqu'à vous !

Il regarda par-dessus son épaule et poussa un soupir d'exaspération. De nouveau, ses traits s'adoucirent, mais était-ce sous l'effet du découragement ou des remords ? Elle n'aurait su le dire.

— Vous avez raison, reprit-il. Vous êtes en danger à cause de moi. Par conséquent, je ferai tout mon possible pour vous protéger. Mais je n'ai pas que cela à faire, alors n'attendez pas de moi que je vous dorlote.

Elle contint sa colère.

— Je n'ai pas besoin de baby-sitter.

— Tant mieux.

Il commença à gravir un chemin pentu.

— Si c'est trop difficile pour vous…

Il marqua une pause, comme pour indiquer que, cette fois, il souhaitait pouvoir terminer sa phrase.

— … je peux vous porter.

Sa proposition la prit de court, la laissant sans voix. Et contrite. Il en serait capable, elle n'en doutait pas un instant. Elle avait déjà constaté la facilité avec laquelle il avait porté un homme sur son épaule et, dès la première fois où elle l'avait vu, son allure musclée l'avait impressionnée.

Et, apparemment, il l'avait déjà portée du SUV à l'avion pendant qu'elle dormait. Elle songea à accepter. Mais se rapprocher plus que nécessaire d'un homme au mode de vie aussi périlleux n'était définitivement pas une bonne idée. D'autant plus que son physique avantageux, ses yeux bleus limpides et sa virilité constituaient un cocktail aux effets redoutables.

— Je peux marcher deux kilomètres, déclara-t-elle finalement.

Elle lui emboîta le pas et resta sur ses talons, malgré l'allure soutenue. Le soleil était bas dans le ciel et étirait les ombres des arbres sur le flanc des montagnes. Seuls le bruit de sa respiration — Alec, lui, ne paraissait pas le moins du monde essoufflé — et le craquement des brindilles sous leurs pieds troublaient le silence.

A mesure que le jour déclinait, le froid se faisait plus mordant. Elle ne mit pas longtemps à frissonner de la tête aux pieds.

— C'est encore loin ? s'enquit-elle. Je grelotte de partout.

Alec s'arrêta et se retourna pour lui faire face.

— Nous y sommes presque.

Il fit un pas vers elle.

— Comment va votre tête ?

Elle allait répondre, mais il la prit dans ses bras contre lui et lui frotta vigoureusement le dos et les épaules pour la réchauffer. Elle en fut tellement troublée qu'elle ne trouva plus ses mots. Elle ferma les yeux et se laissa aller contre lui. Elle était bien.

Elle avait beau s'être endormie plus tôt dans la journée, elle se sentait épuisée, mais se rassura aussitôt : dans son état, éprouver de la fatigue était normal, sans compter les épreuves, émotionnelles et physiques, qu'elle avait dû surmonter.

— Erin ?

Il la prit par les épaules et la repoussa doucement pour la dévisager. Immédiatement, la chaleur de son corps lui manqua.

— Vous vous sentez capable de marcher encore un peu ? L'entrée de la cachette n'est vraiment plus très loin.

— Il y a à manger, au moins, dans votre cachette ?

Il émit un grognement.

— Décidément, c'est votre préoccupation première. Vous mangez toujours autant ?

Son sarcasme l'irrita. Elle avait pourtant essayé plusieurs fois de lui expliquer pourquoi elle avait tout le temps faim, mais il ne l'avait jamais laissée finir sa phrase. Elle détourna les yeux et reprit sa marche.

— Je promets de ne pas manger plus que ma part.

Il était à présent derrière elle.

— Je dispose de réserves de nourriture pour deux mois, ainsi que de vêtements de rechange, de munitions et de tout ce dont on peut avoir besoin.

Erin sentit un frisson lui parcourir l'échine.

— De munitions ?

— Je dois être prêt à toute éventualité, répliqua-t-il d'un ton sombre.

Décidément, il semblait mener une existence dangereuse dont elle ne savait pratiquement rien.

Mais le hasard avait fait qu'elle se retrouvait à devoir partager son quotidien.

Enfin, ils sortirent des arbres et se retrouvèrent face à une crevasse et une montagne pelée de l'autre côté.

Elle regarda à droite et à gauche. Le sentier qu'ils avaient suivi semblait se terminer en cul-de-sac.

— C'est par où ?

— Tout droit, répondit-il en passant à côté d'elle pour descendre vers le ravin.

Elle émit un petit rire sarcastique. Elle était fatiguée, elle avait froid et n'était pas d'humeur à plaisanter.

— Euh, au cas où ça vous aurait échappé, il y a un gouffre devant nous.

— Oui, oui, c'est pour cela qu'il y a un pont, rétorqua Alec sans s'arrêter.

— Un pont ?

Elle avança et le chercha des yeux mais ne vit que quelques cordes tendues entre les deux côtés du ravin. Un mauvais pressentiment s'empara d'elle.

— Ne me dites pas que ce sont ces trois bouts de ficelle que vous appelez un pont !

Mais Alec était déjà au bord de la crevasse et posait le pied sur une des cordes pour en tester la solidité. Le pont grinça mais résista à la pression.

— Ça tiendra. Vous passez la première.

Elle éclata d'un rire nerveux.

— Vous êtes malade ! Il doit bien y avoir un autre moyen de traverser !

Il poussa un soupir agacé et se passa la main sur la mâchoire.

— Ecoutez, c'est comme ça, poul… euh, pardon, Erin. Dans cinq minutes, il fera nuit noire et vous ne verrez plus où vous posez les pieds. Ce pont est le seul moyen de rejoindre la cachette rapidement. Et moi, je n'ai pas l'intention de passer la nuit dehors par cette température.

Il revint vers elle et désigna les cordes d'un signe de tête.

— Allez, ne faites pas la froussarde, nous n'avons pas le temps de discuter.

Elle se redressa, vexée.

— Dites donc, je vous ferais remarquer que…

Il lui plaqua une main sur la bouche pour la faire taire.

— Epargnez-moi le petit couplet indigné et bougez-vous avant qu'il fasse nuit !

Elle le dévisagea avec hostilité. Comment osait-il la traiter de froussarde ? Elle avait accompagné Bradley dans la plupart de ses aventures ! Elle souhaitait simplement savoir s'il n'y avait pas moyen de traverser plus facilement !

Elle s'écarta de lui, descendit de quelques pas et fixa les ombres insondables du ravin. Son cœur se mit à battre très fort. D'accord, elle avait un peu peur. Mais Bradley disait toujours qu'avoir peur était nécessaire pour ne pas tomber dans la négligence et manquer de prudence.

— Serrez bien la première corde, lui conseilla Alec. Cherchez votre équilibre et avancez lentement pour rester bien droite.

— Sans blague, rétorqua-t-elle ironiquement.

Elle tremblait tellement que cela suffirait certainement à la faire chuter, songea-t-elle. Elle saisit néanmoins la corde et posa le pied sur la seconde. Elle fixa son regard devant elle, sur l'autre côté du ravin. Malgré la froide température, elle sentit la sueur perler à son front et entre ses omoplates.

Elle fit un premier pas. Puis un deuxième. Alec lui parlait doucement pour l'encourager et cette petite musique de fond finit par lui faire du bien.

Peu à peu, elle atteignit l'autre côté. Et, après avoir fait plusieurs pas sur la terre ferme, ses jambes faiblirent. Mais elles avaient tenu jusque-là ! Elle plia les genoux et respira bouche ouverte, inhalant de grandes bouffées d'air glacé. Intérieurement, elle triomphait. Elle l'avait fait, elle avait réussi. Elle se retourna et regarda Alec traverser le pont de corde en cinq grandes enjambées, sans la moindre difficulté ni hésitation. Elle poussa un grognement de dépit. Y avait-il quelque chose que ce type ne savait pas faire ? A peine eut-il posé le pied près d'elle qu'il sortit un couteau de son sac à dos.

Elle fronça les sourcils.

— Qu'est-ce que vous…

Interloquée, elle le regarda couper la première corde et la laisser tomber dans la crevasse. Puis faire de même avec la seconde.

— Mais pourquoi avez-vous fait cela ? Comment traverserons-nous le ravin en sens inverse sans le pont de corde ?

— Nous ne le retraverserons pas, répondit-il platement. Et, maintenant, plus personne ne traversera la crevasse, ou alors il faudra qu'il y mette du sien. C'est le but de la manœuvre.

Il lui tendit la main pour l'aider à se relever, mais elle resta immobile à le contempler, bouche bée.

— Mais comment…

— Faites-moi confiance, d'accord ? Je sais ce que je fais.

Erin sentit la fatigue, aussi bien physique que nerveuse, s'abattre sur elle. Elle était au bord des larmes.

— Tout ce que je veux, c'est pouvoir rentrer chez moi.

Elle ne voulait pas pleurer devant lui, apparaître faible, mais elle ne pouvait plus se retenir.

Il se pencha sur elle et la prit sous les bras pour l'inciter à se relever. Il la tint contre son buste et lui murmura des paroles rassurantes.

— Pendant quelques jours, chez vous, ce sera ici. Rentrons à l'intérieur et allons préparer un bon repas chaud.

Elle leva la tête pour regarder derrière lui.

— Où cela à l'intérieur ? Je ne vois rien du tout.

— Ça, j'espère bien.

Il la lâcha et se dirigea vers une fissure dans la paroi rocheuse face à eux.

Elle s'empressa de lui emboîter le pas, ne voulant pas se

retrouver seule dans l'obscurité. Un bref instant, elle craignit devoir faire un peu de spéléologie. Ça, même Bradley avait été incapable de la convaincre d'essayer.

— Alec ?

L'écho de sa voix résonna dans la cavité dans laquelle ils venaient de pénétrer.

— Ne bougez pas, je reviens dans une minute.

— Vous ai-je dit à quel point je vous déteste de me faire vivre ces péripéties ?

— Inutile, je l'avais déjà compris.

Elle l'entendit pousser un gémissement, comme s'il avait fait un effort, puis il y eut un bruit sourd. Enfin, plus rien.

— Alec !

— Je suis là. J'arrive, juste le temps de mettre le générateur électrique en marche pour que vous ayez de la lumière.

Elle retint son souffle.

— De la lumière… Oui, d'accord.

Elle était dans le noir et n'aurait su dire où il était parti mais, quelques secondes plus tard, de la lumière jaillit d'une ouverture dans le sol. Elle avança de quelques pas et baissa la tête. Une échelle permettait de descendre dans une pièce aménagée. Alec apparut au pied de l'échelle et leva les yeux.

— Vous avez besoin d'aide ?

La perspective de se retrouver au chaud et de pouvoir manger suffit à l'encourager.

— Non, ça ira.

Elle descendit rapidement les quelques échelons et contempla les lieux d'un air ébahi. Au cœur de la montagne, elle était dans une pièce meublée et équipée d'appareils électroniques dernier cri. Dans un coin, des caisses de nourriture étaient empilées à côté d'un petit canapé, le sol était en parquet et des cartes encadrées couvraient les murs.

— Bienvenue, déclara Alec en se dirigeant vers le petit coin cuisine. *Mi casa es su casa.*

Erin ne put que continuer à tourner la tête de tous côtés.

— Vous vivez ici ?

— Seulement en cas de force majeure. Que voulez-vous, ragoût de bœuf ou chili ? lui demanda-t-il en exhibant deux boîtes de conserve.

— Du ragoût, s'il vous plaît, répondit-elle, l'eau à la bouche.

Il acquiesça, posa la conserve sur le plan de travail et saisit une casserole pour faire chauffer le dîner.

De l'air chaud circulait dans la pièce, mais elle se frotta quand même les bras, encore sous l'effet du froid au-dehors.

— Comment avez-vous pu aménager cet endroit, y faire entrer tous ces meubles et tout cet équipement ?

Il tapa du plat de la main sur le fond de la conserve pour faire tomber le contenu dans la casserole.

— Ça n'a pas été facile, mais ça valait le coup de se donner du mal et d'engager des frais. Daniel et moi avons plus d'une fois utilisé cette planque quand nous avions besoin de faire profil bas quelque temps.

Il soupira et ajouta :

— J'avais d'ailleurs un petit espoir de le trouver là, mais…

Il ne termina pas sa phrase.

Elle traversa la pièce et s'installa sur un tabouret devant le comptoir de la cuisine.

— Parlez-moi de Daniel.

Il lui jeta un regard surpris puis se mit à remuer le contenu de la casserole qu'il avait mise à chauffer. Un délicieux fumet de bœuf, d'oignons et d'épices ne tarda pas à se diffuser.

— Daniel était mon partenaire.

Il fit un mouvement agacé puis corrigea :

— C'est mon partenaire. Nous travaillons ensemble depuis cinq ans.

— Vous devez être proches l'un de l'autre, alors.

Il resta longuement silencieux, à contempler d'un air songeur la casserole sur le feu.

— C'est mon meilleur ami… Mon seul ami. Cela fait neuf mois qu'il est porté disparu. Au départ, je ne me suis pas inquiété. Enfin, ce que je veux dire, c'est que c'est un des meilleurs agents de l'équipe et qu'il est capable de se sortir de n'importe quelle situation.

Il remua le ragoût, tapota sa cuiller sur le rebord de la casserole puis se tourna vers elle.

— Mais, au bout de cinq mois, il n'avait toujours pas redonné signe de vie. Là, j'ai commencé à cogiter. Je me disais que, s'il était encore vivant, il me l'aurait fait savoir d'une manière ou d'une autre.

— En vous envoyant une lettre semblable à celle que les types qui m'ont enlevée voulaient récupérer, par exemple.

Il fronça les sourcils.

— Non, car communiquer par courrier classique, c'est trop dangereux. Les deux voyous qui s'en sont pris à vous en ont d'ailleurs fait la démonstration. Une lettre est trop facile à suivre et constitue une preuve dont on peut se servir. Le fait que Daniel m'en ait envoyé une est surprenant et… en plus, je n'y ai rien compris.

— Donc, vous l'avez lue ?

— Je l'ai parcourue pendant que vous passiez un scanner.

— Et ?

Il remua encore une fois le ragoût puis sortit deux assiettes du placard au-dessus de la plaque de cuisson.

— Vous ne voulez pas me révéler ce que disait cette lettre, n'est-ce pas ? reprit-elle.

— Dans mon boulot, partager des informations est proscrit. Trop en dire peut mettre des vies en danger.

— C'est quoi exactement votre boulot ?

— Je résous les problèmes quand on me le demande.

— Pourriez-vous être plus précis ?

— Non.

Elle soupira et secoua la tête.

— A qui pourrais-je bien raconter tout cela ? Quel risque pourrait-il y avoir que vous m'expliquiez ce que vous faites et dans quoi je suis embarquée ?

Il partagea le ragoût dans deux assiettes, remplit la casserole d'eau et la laissa dans l'évier. Puis il lui tendit une assiette, prit la seconde et alla s'installer à la petite table derrière elle.

Elle fit tourner son tabouret pour lui faire face.

— Alec, s'il vous plaît. Je vous assure que vous pouvez me faire confiance.

Il leva la tête et lui adressa un regard dubitatif.

— Ah bon ? « Alec a la lettre, il vient de partir dans une camionnette de fleuriste », déclara-t-il en imitant sa voix. Ça vous dit quelque chose ?

Elle prit un air vexé.

— Ce n'est pas pareil.

— Vraiment ? En quoi est-ce différent ?

— Je n'allais tout de même pas risquer de me faire tuer pour une lettre !

— Donc, tant que votre vie n'est pas en danger, je peux vous faire confiance, c'est ça ?

— Je... Oh ! laissez tomber.

De rage, elle piqua sa fourchette dans une pomme de terre, la mangea trop vite et se brûla la langue.

— Aïe !

— Attention, c'est chaud, lança Alec avec une moue ironique.

Elle lui adressa un regard noir puis lui tourna le dos.

— Ce n'était pas une lettre mais une carte, déclara Alec après plusieurs minutes. A part me faire savoir qu'il est en vie, je n'ai aucune idée de la raison pour laquelle Daniel me l'a envoyée par courrier. Quant à sa signification, elle doit bien en avoir une, mais, pour le moment, je ne l'ai pas découverte.

Erin le dévisagea, touchée de cette confidence. C'était une preuve de confiance, peut-être même une façon indirecte de lui demander de l'aide.

Elle avala une carotte puis prit son assiette et alla s'installer à côté de lui.

— Quel genre de carte était-ce ?

— Une sorte de carte au trésor, comme on peut en donner

à un gamin comme souvenir à la sortie du bateau pirate dans une fête foraine.

Erin se mit à réfléchir en mettant bout à bout les informations dont elle disposait.

— Une carte au trésor. N'avez-vous pas dit que Lafitte était le pseudo de Daniel ? Car Lafitte, c'était le nom d'un pirate qui écumait les côtes au large de La Nouvelle-Orléans au XIXe siècle, non ?

Alec acquiesça.

— J'ai donné le surnom de Lafitte à Daniel parce qu'il est originaire de la Louisiane. Et lui, il m'appelle Barbe Noire.

— Barbe Noire, répéta-t-elle avec un sourire. Pourquoi ?

Il se passa la main sur les petits poils courts qui lui couvraient les joues et la mâchoire.

— Je pensais que c'était évident.

— Ah, d'accord.

Elle était un peu déçue : ce n'était pas une explication très originale à son surnom. Elle prit une nouvelle bouchée et, alors qu'elle avait encore la bouche pleine, lui demanda :

— Et pourquoi des noms de pirates ?

Il repoussa son assiette vide et se laissa tomber au fond de son siège.

— Parce que c'est un peu ainsi que nous nous voyons. Comme des parias qui flirtent sans cesse avec le danger et qui ne s'en remettent qu'à eux-mêmes.

Il la fixa de ses yeux bleus et ajouta :

— Et qui agissent souvent en dehors de la loi.

Cette dernière affirmation lui fit un peu peur.

— Vous êtes des criminels ?

Il inclina la tête de droite à gauche et se massa la base de la nuque.

— Pas exactement. Nous travaillons pour les Etats-Unis, nous protégeons les intérêts du pays mais notre mode opératoire nous fait souvent évoluer en… zone floue.

Elle soutint son regard. Soudain, elle n'avait plus très faim.

— J'ai déjà entendu parler des opérations spéciales menées par le gouvernement. Des opérations hautement confidentielles qui ne bénéficient d'aucun budget déclaré, dont on ne garde pas de traces et qui ne sont dirigées par aucun service officiel, de façon que, si ça tourne mal, il ne subsiste aucune preuve.

Elle déglutit et ajouta :

— Et vous, vous êtes un agent des opérations spéciales ?

Il resta silencieux. Un silence qui valait toutes les réponses.

— Oh ! mon Dieu, déclara-t-elle soudain.

Une nouvelle nausée s'était emparée d'elle, et elle eut tout juste le temps d'aller jusqu'à l'évier et de rendre tout son repas.

Elle inspira et expira doucement pour recouvrer une contenance et, avec des mains tremblantes, ouvrit le robinet d'eau froide pour se rincer la bouche et s'en passer sur le visage.

Des doigts sur sa joue lui écartèrent les cheveux. Elle jeta un regard de côté : Alec l'observait avec une mine préoccupée.

— Vous êtes sûre de ne pas avoir attrapé un virus ?

Elle ferma les yeux. Elle était lasse et la situation lui faisait peur.

— Oui, j'en suis sûre. J'ai seulement eu une petite indigestion provoquée par vos aveux et aggravée par des nausées matinales. Enfin… maintenant, je les ressens toute la journée.

Alec lui posa une main sur la nuque pour l'inciter à le regarder. Elle tourna la tête : il semblait complètement perdu.

— J'ai tenté de vous le dire, reprit-elle. Mais, chaque fois, j'ai été interrompue. Soit parce que vous deviez partir à la poursuite d'un voyou, soit parce qu'il fallait sauter d'un avion.

Alec devint blême et elle faillit en éclater de rire. Monsieur était capable de bondir sur le toit d'une voiture depuis la remorque d'un camion, de sauter en parachute au-dessus des montagnes, de traverser un pont de corde sans sourciller, mais ça, ça le faisait pâlir !

Elle garda tout de même son sérieux. La vie de son bébé n'était pas un sujet de plaisanterie.

— Vous êtes enceinte ? lui demanda-t-il d'une voix rauque.

Elle se posa une main sur le ventre.

— De quatorze semaines.

4

Enceinte.

Alec se passa la main sur le menton et observa la jeune femme endormie dans un des deux lits de camp. Dans son sommeil, Erin paraissait d'autant plus vulnérable.

Le poids de la responsabilité s'abattait sur lui. Un poids d'autant plus important qu'il devait désormais veiller sur deux vies et non plus une seule. Il n'était pas fier de lui. Bon sang, il avait fait sauter une femme enceinte d'un avion !

Il changea de position dans son fauteuil pour tenter de tempérer la culpabilité qui montait en lui. Il ne savait pas. Comment aurait-il pu savoir d'ailleurs ?

Il soupira et fit pivoter son fauteuil pour faire face à l'écran de son ordinateur. Il avait lancé une recherche sur internet pour savoir où l'on vendait des cartes semblables à celle envoyée par Daniel.

Tu aurais dû le deviner.

Elle avait essayé de le lui dire, mais il avait été tellement obnubilé par sa volonté d'arriver le plus vite possible à la cachette qu'il ne l'avait pas écoutée. Il n'avait pas non plus prêté attention aux signes qui auraient dû l'alerter. Elle était irritable, constamment au bord des larmes, elle avait un gros appétit et de fréquents coups de fatigue.

Et puis, il avait été surpris par son ventre à la fois arrondi et ferme quand il lui avait attaché son harnais dans l'avion.

Le souvenir de son corps pressé contre le sien au moment

du saut en parachute raviva son désir. Elle sentait la vanille, et ce parfum lui avait enivré les sens. Ses frissons de peur, dans les airs, l'avaient bouleversé. Cette simple évocation suffisait à lui faire battre le cœur un peu plus fort.

Que lui arrivait-il ? Avec Erin, il oubliait tout ce qu'il avait appris. Mais, s'il voulait qu'elle et son bébé gardent la vie sauve, il avait plutôt intérêt à se remettre les idées en place. Une nouvelle pensée le traversa. Elle était enceinte, c'était entendu. Toutefois, cela ne collait pas avec un élément qu'elle lui avait appris, il le sentait. Mais lequel ?

Il poussa un nouveau soupir et se concentra sur son écran. Il devait se sortir Erin de la tête. Aux quatre coins du pays, des magasins vendaient des fausses cartes au trésor. Daniel avait pu se la procurer n'importe où : il n'était pas plus avancé. Il décida néanmoins de garder une copie de la liste des magasins et lança l'imprimante, qui se mit en marche avec un ronronnement.

— Qu'est-ce que c'est ? marmonna alors Erin.

Il pivota : elle regardait l'écran avec des yeux encore pleins de sommeil. Elle portait un T-shirt à lui, évidemment bien trop grand pour elle. Ses cheveux étaient en désordre. Elle n'aurait pas dû avoir une allure particulièrement sexy. Et pourtant…

Il serra les accoudoirs de son fauteuil pour calmer ses ardeurs.

— J'ai effectué une petite recherche pour tenter d'avoir une idée d'où la carte de Daniel pouvait provenir. Je suis désolé si le bruit vous a réveillée.

Elle se passa la main dans les cheveux pour les écarter de son visage et bâilla.

— Ce n'est rien. De toute façon, il fallait que je me lève pour aller aux toilettes.

Elle lui adressa un petit sourire gêné et ajouta :

— Ces derniers temps, j'ai l'impression de ne faire qu'aller aux toilettes et manger. Mais bon, je savais à quoi m'attendre quand j'ai pris la décision d'avoir un bébé.

Elle partit aux toilettes et il réfléchit au commentaire qu'elle venait de faire. Sa décision d'avoir un bébé ? Et le père, dans tout ça ? Elle lui avait parlé de son mari. Mais il était décédé…

Deux ans plus tôt.

Il se redressa dans son fauteuil. Son mari ne pouvait pas être le père du bébé. Erin avait donc quelqu'un d'autre dans sa vie depuis au minimum trois mois.

Elle sortit de la salle de bains et retourna à son lit. Il la suivit du regard en repoussant la pointe de jalousie qu'il éprouvait à l'imaginer dans les bras d'un autre homme.

— Votre petit ami risque d'alerter la police, déclara-t-il.

Il fit la grimace.

Pas très subtil, Kincaid.

Erin plissa le front.

— Je n'ai pas de petit ami.

Vraiment ?

Intérieurement, il ne put réprimer un sentiment de satisfaction.

— Je… euh… me disais juste que le père de votre bébé pouvait…

— Le père de mon bébé, c'est Bradley.

Elle redressa les épaules et se posa une main sur le ventre.

— Je crains donc que personne ne s'inquiète de ma disparition, hélas.

Elle bâilla de nouveau, puis reprit :

— C'est la médecine du XXIe siècle. Je me suis retrouvée enceinte après un séjour dans une clinique grâce au cadeau de mariage de Bradley.

Il fronça les sourcils.

— Son cadeau de mariage ?

Elle marcha quelques instants de long en large, puis s'assit dans le fauteuil qu'occupait habituellement Daniel quand il était là.

— Oui. Avant notre mariage, je lui avais demandé d'effectuer un dépôt dans une banque du sperme. J'avais déjà envie d'avoir des enfants, beaucoup d'enfants, et j'avais peur que…

Elle s'interrompit et serra les bras autour d'elle. Alec en fut ému.

— Quand j'avais trois ans, mon père a eu un accident de

la route et s'est retrouvé paralysé. Mes parents n'ont pas pu avoir d'autres enfants que moi, alors qu'eux aussi souhaitaient avoir une grande famille. Ils étaient anéantis.

Elle se frotta les bras et il dut se retenir de toutes ses forces de ne pas la serrer contre lui pour la réchauffer.

— Bradley était accro à l'adrénaline, reprit-elle. Il avait constamment besoin de tester ses limites. Bien sûr, quand j'ai accepté de l'épouser, je le savais et je redoutais qu'un jour lui aussi soit victime d'un accident et que nous ne puissions pas avoir d'enfants.

Avec des yeux humides, elle continua :

— C'est pourquoi j'ai demandé à Bradley d'assurer notre descendance, si je puis dire ainsi, et il a accepté. C'était son cadeau de mariage. J'ai utilisé ce cadeau et, au bout de trois essais, voilà… je porte l'enfant de Bradley.

Elle se releva et se remit à marcher de long en large.

Alec s'éclaircit la voix.

— Il faut beaucoup de courage pour prendre la décision d'élever seule un enfant.

Elle fit volte-face.

— Du courage ? Je ne sais pas. Tout ce que je savais, c'est que je désirais plus que tout tenir un enfant dans mes bras, m'occuper de lui, l'aimer.

De nouveau, il se sentit mal à l'aise. Cela faisait douze heures qu'il fantasmait sur une femme qui portait l'enfant de son mari défunt. Cela aurait dû avoir sur lui l'effet d'une douche froide. Au contraire ! Désormais, non seulement elle l'attirait physiquement, mais en plus il éprouvait un élan spontané pour son courage et son tempérament. L'emprise qu'elle avait sur lui était de plus en plus forte. Il devait faire très attention.

Elle posa alors le regard sur la liste qu'il venait d'imprimer.

— Puis-je vous aider ?

Il se leva et l'invita à retourner se coucher.

— Merci, mais j'ai presque terminé. Allez vous reposer.

— Si vous changez d'avis, sachez que je suis prête à vous aider.

— Je m'en souviendrai.

Il retourna à l'ordinateur pour l'éteindre puis alla s'allonger sur le canapé avec la liste imprimée à la main. Il parcourut les adresses du regard puis décida de ne pas insister. Il éteignit la lumière et ferma les yeux.

Le son de la respiration régulière d'Erin à l'autre bout de la pièce créait une ambiance intime qui, une fois encore, fit remonter son désir pour elle. S'il restait trop longtemps dans cet espace confiné en compagnie de cette femme qu'il n'avait pas le droit de convoiter et qui ne faisait que le distraire de son objectif, il était bon pour y laisser sa raison.

— Saviez-vous qu'à quatorze semaines un fœtus a déjà ses propres empreintes digitales ? lança Erin le lendemain matin.

Elle tournait en rond et cherchait par tous les moyens à capter l'attention d'Alec. Toute la matinée, il avait travaillé sur son ordinateur sans se soucier d'elle.

Une fois encore, il garda les yeux fixés sur l'écran et ses mains s'activèrent sur le clavier. Des mains capables de la plus grande tendresse quand il avait doucement écarté ses cheveux de son visage la veille, mais des mains qui avaient certainement commis des actes violents. Avait-il déjà tué un homme ? se demanda-t-elle. L'imaginer presser la détente d'une arme ou étrangler un homme lui était insupportable. Elle chassa ces pensées morbides et revint à un sujet plus léger.

— Mon bébé a déjà des cils, des ongles de pied, des…

Alec s'arrêta brusquement de taper sur son clavier.

— Pourriez-vous cesser de marcher ainsi de long en large ? Ça me rend dingue.

— Je pourrais, bien sûr, mais là, c'est l'ennui qui me rendrait folle. Non, attendez, en fait, c'est déjà le cas.

Il fit pivoter son fauteuil et lui fit face pour la première fois depuis plusieurs heures. De toute évidence, il était de mauvais poil. Il avait les yeux cernés. Sans doute n'avait-il pas beaucoup dormi.

— Vous savez, d'habitude, quand Daniel et moi sommes ici, ce n'est pas pour nous amuser. Nous n'avons que le temps de faire notre boulot.

Cette réflexion la vexa et elle poussa un soupir d'exaspération.

— Je suis désolée. Mais ce n'est pas mon habitude non plus de me retrouver sans rien à faire. Vous êtes sûr que je ne peux vraiment pas vous aider ?

Il jeta un bref regard sur l'écran de son ordinateur puis répliqua avec un demi-sourire :

— Vous savez comment forcer les défenses de la base de données d'Interpol ?

Elle fut consternée.

— Non.

— Dans ce cas, je crains que vous ne me soyez d'aucune utilité.

Sans rien ajouter, il se retourna et se remit au travail.

N'importe quoi. Elle se retrouvait cloîtrée avec un type qui jouait les espions informatiques pendant que l'homme qui avait menacé de lui trancher la gorge était quelque part dans la nature, libre comme l'air. C'était révoltant.

Elle alla se poster juste à côté de lui, mains sur les hanches.

— Pourrais-je au moins vous emprunter un crayon et une feuille de papier ?

Il lui adressa un regard en coin qu'elle commençait à connaître et qui signifiait : « Qu'est-ce que vous avez encore en tête ? »

— Si je vous donne une feuille et un crayon, vous cesserez de jacasser à propos des étapes du développement d'un fœtus ?

Elle poussa un gémissement indigné.

— Je ne jacasse pas !

Il s'empressa de lever la main pour l'interrompre.

— Excusez-moi. Il se trouve seulement que je travaille plus efficacement si je n'ai pas quelqu'un qui… parle sans cesse à côté de moi. J'ai besoin de silence.

— Vous ne pouvez pas faire deux choses à la fois, c'est ça ?

Il inclina légèrement la tête et plissa les yeux.

— Je vous montrerai une autre fois comment je m'y prends pour faire deux choses à la fois quand c'est nécessaire. Quant à une feuille et un crayon, regardez dans le tiroir sous le scanner. Maintenant, pourrais-je terminer ce que je suis en train de faire ?

Elle prit un air renfrogné, se mit une main devant la bouche et fit un mouvement du poignet, comme si elle fermait une serrure à clé.

Puis, après avoir trouvé ce dont elle avait besoin dans le tiroir indiqué, elle alla s'installer sur le canapé et commença à dessiner de mémoire le portrait de l'homme qui, la veille, l'avait menacée.

Elle passa près d'une heure à esquisser un visage et à le reprendre jusqu'à ce qu'elle obtienne un portrait véritablement ressemblant.

Satisfaite, elle porta son dessin à Alec. Il avait cessé de taper sur son clavier quelques minutes plus tôt pour examiner la carte de Daniel dans tous les sens.

— Voilà, dit-elle en posant le portrait devant lui. J'ignore si cela contribuera à le faire arrêter ou pas, mais j'en avais assez de rester inactive après ce qu'il m'a fait endurer.

Alec prit le dessin et le contempla en silence. Après quelques secondes, ses traits se détendirent et, quand il leva les yeux vers elle, il y avait même une pointe d'admiration dans son regard.

— Pas mal. Ce n'est pas un boulot de professionnel, mais c'est plutôt réussi.

Elle croisa les bras et lui retourna un regard noir en réponse à son faux compliment. Il observa de nouveau le dessin puis le reposa et fit reculer son fauteuil pour lui faire face.

— Où avez-vous appris à dessiner ?

— Nulle part, c'est un don naturel.

Elle s'appuya de la hanche contre le bureau, lui fit un petit sourire ironique et ajouta :

— Mais j'ai quand même eu l'occasion de m'entraîner un

petit peu à l'époque où j'étais étudiante : j'ai travaillé deux étés consécutifs comme dessinatrice de portraits-robots au sein du service de police de ma ville d'origine.

Il ouvrit et referma la bouche, comme un poisson, puis prit un air contrit.

— Touché.

Elle tira le second fauteuil et s'y installa.

— Pouvez-vous vous servir de ce dessin et utiliser votre équipement d'espion pour essayer de découvrir son identité ?

— C'est ce qu'on va voir.

Il s'empara du dessin, poussa sur ses pieds pour faire rouler son fauteuil jusqu'au scanner, y glissa le portrait, s'activa sur les touches de l'appareil puis revint à son clavier. Moins d'une minute plus tard, l'écran de l'ordinateur s'était divisé en deux : sur la gauche apparaissait le dessin ; sur la droite, des photos défilaient à la vitesse de l'éclair.

— Qu'est-ce qui se passe, là ? s'enquit-elle.

— J'ai demandé au programme de comparer le portrait que vous avez dessiné avec les photos d'identification de tous les criminels répertoriés dans les fichiers des services de police du monde entier.

— Et ça va prendre combien de temps ?

— Eh bien, ça irait beaucoup plus vite si nous rajoutions quelques indications supplémentaires.

Il appuya sur une touche et les photos cessèrent de défiler.

— Nous savons que son arme de prédilection est le couteau de chasse à lame d'une longueur de six centimètres, dit-il en tapant cette information.

Elle se rapprocha, prise au jeu.

— Le conducteur l'a appelé Manny et je me rappelle également qu'il avait une cicatrice sur le bras gauche.

— Parfait, lança Alec en tapant ces nouvelles précisions. Autre chose ?

— Eh bien, s'il tenait son couteau de la main droite, je

suppose que ça signifie qu'il est droitier, mais je ne sais pas si c'est une précision utile.

Un coin de la bouche d'Alec se souleva, comme s'il se retenait de sourire franchement.

— Tout est utile. On ne peut pas savoir à l'avance quelle précision permettra d'identifier un suspect. Un jour, j'ai pu arrêter un type en Australie parce que, par le plus grand des hasards, je connaissais la marque de ses chaussettes.

Il entra toutes les informations auxquelles ils pensèrent tous deux sur l'homme au couteau et son complice, et relança la recherche. Puis il recula son fauteuil, se leva et s'étira.

Elle le regarda faire, contemplant ses muscles qui se contractaient et se relâchaient. A sa musculature, c'était un homme qui, s'il devait employer la force, pouvait se montrer redoutable. Mais elle le savait aussi capable d'une grande tendresse et cette ambivalence ajoutait à son charme. Son pouls s'emballa…

Il se dirigea vers la cuisine.

— Que diriez-vous de déjeuner pendant que le programme travaille ? Vous avez faim ?

— Avez-vous besoin de poser la question ?

Elle s'installa sur le tabouret de la cuisine. Qu'ils aient travaillé ensemble lui avait redonné une énergie nouvelle.

— En gros, si je ne mange pas un petit peu toutes les deux heures, je ne me sens pas bien. Mon médecin m'a dit que c'était parce que le bébé grandissait très vite.

Il fit un petit signe de tête.

— Eh oui, empreintes digitales, ongles, cils, et tout ça en l'espace de quatorze semaines seulement.

Elle éclata de rire.

— Alors comme ça, vous écoutiez ce que je disais !

Il esquissa un demi-sourire.

— Et vous qui disiez que je ne pouvais pas faire deux choses à la fois.

Elle posa les coudes sur le comptoir, le menton entre ses mains.

— Alec, pour être honnête, je commence à croire qu'il n'y a pas grand-chose que vous ne sachiez pas faire.

De l'autre côté de la pièce, l'ordinateur produisit un bip strident. Alec posa la brique de soupe qu'il avait en main et alla se poster devant l'écran.

Elle le rejoignit.

— Nous avons un résultat ?

— Oui. William Manny est un des douze pseudonymes qu'utilise Hector Godfrey, tueur à gages.

— Tueur à gages ! répéta Erin.

Un frisson glacé la parcourut.

— Cela veut dire qu'il agissait sur ordres, ajouta Alec. Et également qu'il avait pour consigne de ne pas nous tuer, sinon nous serions morts.

— Donc, il voulait à tout prix cette fameuse lettre. Mais pourquoi ?

— Ce n'est pas la lettre en elle-même qu'il convoite, c'est Daniel.

Il se tourna vers elle, une froide détermination dans le regard.

— Mais je compte bien le retrouver le premier.

— Comment fait-on pour recruter un tueur professionnel ? lui demanda Erin. Celui qui a payé William Manny doit avoir des relations avec le milieu du crime. Un citoyen lambda ne peut pas consulter les pages jaunes et faire son choix comme s'il cherchait un plombier.

Elle s'interrompit pour mordre dans son biscuit. C'était son troisième en-cas de la journée.

Alec se frotta les yeux puis battit des paupières pour chasser la fatigue. Il avait passé tellement de temps à examiner la carte de Daniel sous toutes les coutures qu'il avait mal à la tête. Et les bavardages incessants d'Erin commençaient à lui taper sur les nerfs.

Hormis en début d'après-midi, quand elle était allée faire une sieste, elle avait passé son temps à lui parler de tout et n'importe quoi. Indéniablement, elle était curieuse, intelligente et très cultivée. Même s'il lui arrivait de souhaiter qu'elle la mette un peu en sourdine, au fond, il aimait bien l'écouter parler. Ainsi, il en apprenait davantage sur sa personnalité, ses goûts. Il était déjà sous le charme de ses cheveux soyeux, de ses courbes délicates et de son regard tellement expressif, mais ce qu'il découvrait sur elle lui plaisait tout autant. Il avait passé la journée entière à refréner son envie de l'embrasser. S'il n'y prenait pas garde, sa fascination pour elle risquait de lui jouer de très mauvais tours.

— Connaissez-vous des assassins ? lui demanda-t-elle, le regard plein d'appréhension.

Si elle avait su…

Il fit un vague signe de tête qui ne voulait dire ni oui ni non, et se concentra de nouveau sur la carte. Son équipier n'avait utilisé aucun des codes dont ils se servaient habituellement et n'y avait apparemment inséré aucunes coordonnées.

— Que pensez-vous que Manny ait dit à celui qui l'a engagé ? reprit Erin. Croyez-vous que ce soit possible qu'on vienne nous traquer jusqu'ici ?

Il posa les mains à plat sur la table, soupira et se leva.

— Un, je n'en sais rien ; deux, ça m'étonnerait.

Il alla décrocher son manteau.

— Où allez-vous ?

La note d'inquiétude dans sa voix ne lui échappa pas.

— N'ayez crainte, je vais juste prendre l'air une minute.

J'ai besoin de réfléchir et de m'éclaircir les idées.

Elle se leva d'un bond.

Il l'arrêta d'un geste.

— Je serai juste à l'extérieur et je vous promets de revenir très vite.

Il détourna le regard pour ne pas voir son expression blessée et repoussa la nouvelle vague de culpabilité qu'il éprouva. Au diable ! Il devait davantage à Daniel que se laisser distraire par un joli minois en détresse.

Il gravit rapidement l'échelle et ouvrit la trappe de l'épaule. Le froid mordant de la nuit le calma très vite, comme il l'espérait. Peut-être qu'ici, à l'écart d'Erin, du parfum de vanille qui l'accompagnait partout et de sa voix d'ange, il parviendrait à élaborer une stratégie et à comprendre ce qui lui échappait sur cette mystérieuse carte. Il fit quelques pas puis s'arrêta et réfléchit aux informations qu'il avait découvertes dans la journée, en grande partie grâce au dessin d'Erin.

La plupart des questions qu'elle lui avait posées le taraudaient également. Qui avait les ressources, le mobile et les moyens d'engager un type comme Manny ? Et que venait faire Daniel dans tout cela ? Au fond de lui, dès le départ, la disparition de Daniel lui avait semblé avoir un rapport avec leur tentative d'arrêter le général Ramirez. Il n'avait plus de nouvelles de son partenaire depuis ce jour fatal et ne croyait pas aux coïncidences.

Il mit les mains dans les poches et remua les épaules pour ne pas s'engourdir. Il repensa à cette journée dans la jungle colombienne, au déluge de feu qui s'était soudain déclenché.

Il y avait eu des cris en espagnol. Que disaient-ils ?

Derrière lui, une branche craqua et il sortit immédiatement de ses pensées. Il porta la main à son arme à sa ceinture, ôta la sécurité. Il y eut un second craquement. Discrètement, il fit quelques pas pour aller se cacher derrière un arbre à proximité. Seule la lune produisait un peu de lumière, mais il brandit néanmoins son arme dans la direction des craquements. Il distingua une silhouette.

Une silhouette humaine.

5

Alec attendit et observa.

Ils n'avaient pas pu être suivis mais, d'un autre côté, le bunker était trop difficile d'accès pour que l'intrus soit un simple chasseur ou un campeur.

Ses réflexes lui étaient spontanément revenus et il s'appliquait à rester calme. Il aiguisa ses sens, écouta le bruit du vent dans les feuilles, se concentra sur la silhouette qui se rapprochait, huma l'air et sentit… un parfum de vanille.

— Alec ? Où êtes-vous ?

Il se retint de jurer et fit de son mieux pour juguler l'adrénaline qui lui courait dans les veines. Il se redressa et sortit de l'abri de l'arbre.

— Que faites-vous là, Erin ?

Elle se tourna vivement vers lui avec un sursaut et s'approcha.

— La même chose que vous, je prends l'air. J'en avais assez d'être confinée à l'intérieur.

— J'aurais pu vous tirer dessus, je pensais que vous…

Il ne prit pas la peine de terminer sa phrase.

— Ça vous arrive de faire ce qu'on vous demande ?

— Je suis désolée.

Elle leva vers lui un regard sincèrement contrit et il préféra détourner les yeux.

— Vous n'avez pas froid ? s'enquit-il.

— Ça peut aller. Je vous ai emprunté quelques chemises supplémentaires. Ça ne vous ennuie pas ?

— Vous voulez voir un spectacle étonnant ? lui demanda-t-il en retour.

Erin lui adressa un sourire gêné. L'espace d'un instant, elle avait fixé ses lèvres.

— Bien sûr, Superman. Etonnez-moi.

Il tendit les bras, prit doucement son visage entre ses mains et lui fit lever la tête.

La sensation de ses mains chaudes sur ses joues fut tellement enivrante qu'elle mit quelques secondes à comprendre pourquoi il lui avait fait lever la tête. Mais soudain, elle fut tellement émerveillée qu'elle en oublia de respirer. Des nuages commençaient à s'amonceler mais, juste au-dessus d'elle, le ciel était encore clair et des milliers d'étoiles scintillaient de tous leurs feux. Jamais elle n'en avait vu autant.

— Oh ! Alec, c'est magnifique !

— Oui, c'est vrai. J'ai appris à m'orienter de nuit grâce à la position des étoiles. Mais ce n'est possible que lorsqu'on se retrouve loin de toute civilisation, dans un endroit où il n'y a pas de lumière électrique.

Elle tourna la tête vers lui.

— Vous passez beaucoup de temps loin de la civilisation, n'est-ce pas ?

Il la regarda à son tour et sembla hésiter à répondre, comme s'il allait lui livrer un secret. Sa mâchoire se contracta un instant et il tourna de nouveau les yeux vers les étoiles.

— Pas mal de temps, oui.

Elle contempla son expression résolue, sa barbe de trois jours et l'imagina sans mal traverser des contrées sauvages.

Elle releva les yeux vers la voûte céleste et se rappela les nuits calmes et paisibles passées autour d'un feu de camp avec Bradley. Ce souvenir lui fit du bien.

— Merci, murmura-t-elle.

— Pour quoi ?

— Pour m'avoir rappelé combien j'aime ce spectacle. Cela faisait bien longtemps que…

Elle n'osa pas aller au bout de sa pensée : Alec lui avait fait comprendre qu'il n'aimait pas ses bavardages. Et puis, il y avait une page de sa vie qu'elle n'était pas prête à partager avec lui. La douleur était encore trop présente.

Elle se mordit la lèvre inférieure et retint ses larmes. Si Bradley avait été là, il lui aurait certainement dit de lâcher prise, d'aller de l'avant et de profiter de la vie au maximum, pas de se cacher dans une maison de Cherry Creek ou d'abandonner un travail qui la passionnait pour la simple raison qu'elle avait commis une erreur aux lourdes conséquences.

— Que ? reprit Alec.

— Que je n'avais plus…

Elle secoua la tête, définitivement incapable de continuer. Comment Alec pourrait-il comprendre ses choix ?

Il la fixa longuement avec une expression inquiète.

— Qui vous a fait du mal, Erin ?

— Oubliez cela. Je suis sûre que vous, vous n'avez jamais fui devant un problème ou que vous n'avez jamais eu la tentation de vous isoler pour panser une blessure.

Elle leva encore une fois les yeux au ciel et, pendant plusieurs minutes, seul le bruit du vent dans les arbres troubla le silence.

— Vous vous trompez, répondit-il finalement, d'un ton calme.

Cette petite phrase agit comme un baume sur son cœur.

Elle tourna la tête : il la fixait toujours. La lune produisait dans ses yeux des reflets comparables à l'éclat des étoiles.

— Pas plus tard que ce soir, je me suis esquivé devant un problème que je ne sais pas comment régler.

Dans un élan de compassion, elle lui posa la main sur le bras.

— Lequel, Alec ? Laissez-moi vous aider.

— Non, j'en ai déjà trop dit.

— Le véritable problème, c'est peut-être qu'au contraire vous n'en avez pas dit suffisamment. Parlez-moi, Alec. Si j'ai fait quoi que ce soit qui…

— Non, la coupa-t-il en la prenant par les épaules.

Il laissa échapper un soupir.

— Le problème, lui confia-t-il, c'est que j'ai envie de vous embrasser.

Elle en resta coite.

— Mais n'ayez crainte, s'empressa-t-il d'ajouter, je n'en ferai rien.

— Et pourquoi ? répliqua-t-elle sans même avoir le temps d'y réfléchir.

Il fronça les sourcils, troublé par sa réponse.

— Pardon ?

Elle se redressa et suivit son instinct. Elle songerait aux conséquences de son comportement plus tard.

— Pourquoi ne m'embrassez-vous pas ?

Il serra plus fort ses mains sur ses épaules. La confusion se peignait sur son visage.

— Mais parce que je… je…

Le voir soudain perdre contenance la fit sourire. Elle avait enfin découvert une faille dans son armure.

Elle redressa la tête et avança d'un pas pour se retrouver à quelques centimètres de lui.

— Et si moi je vous embrassais ?

Il fixa alors ses lèvres, son regard brilla de nouveau de cet éclat singulier et il lui posa délicatement une main sur la nuque pour l'attirer à lui.

Sans hésiter, elle se mit sur la pointe des pieds pour aller à la rencontre de ses lèvres.

Elles étaient douces et chaudes, et elle sentit immédiatement un désir ardent dans son baiser. Elle serra les pans de sa parka entre ses doigts pour être tout contre lui tandis qu'il intensifiait son baiser et que sa langue venait s'entremêler à la sienne.

Elle éprouva un plaisir grisant. Ce baiser était à l'image d'Alec, à la fois plein de force et de tendresse. Elle n'avait plus froid et, pour la première fois depuis longtemps, elle se sentait aimée, en sécurité.

Mais, trop vite à son goût, Alec mit fin à ce moment délicieux et recula d'un pas.

Il lui fallut plusieurs secondes pour reprendre son souffle. Alec paraissait être dans le même état qu'elle.

Soudain, quelque chose de froid et humide se posa sur sa joue. Elle leva la tête et battit des paupières. De gros flocons tombaient du ciel.

— Il neige, dit-elle, un sourire aux lèvres.

Alec tourna la tête à droite et à gauche, et tendit la main.

— Ouais, répondit-il d'un ton neutre. Nous devrions retourner à l'intérieur.

Il avait repris une expression fermée et distante.

— Mais c'est tellement féerique, rétorqua-t-elle en écartant les bras et en se mettant à tournoyer sur elle-même.

Alec s'éclaircit la voix.

— Erin.

Son ton solennel la fit s'immobiliser. Elle lui fit face. Il avait le visage grave.

— Quoi ?

— Nous ne devons pas continuer. Je... Nous ne devons plus nous embrasser, lâcha-t-il enfin en baissant les yeux.

La gravité qu'il mit dans ses propos eut raison du sentiment d'accomplissement qu'elle avait éprouvé.

— Alec...

— J'ai le devoir de vous protéger et je le ferai. Mais je ne peux pas oublier que la vie de mon équipier est potentiellement en danger. Je dois le retrouver, et rien ne peut me distraire de cet objectif. C'est ma priorité absolue.

Dans son regard où, quelques minutes auparavant, brillait le désir, de la douleur passa brièvement.

Puis il reprit une expression froide et déterminée, chassant toute émotion de son visage.

Elle éprouva une pointe de déception mais, très vite, la voix de la raison vint lui chuchoter à l'oreille. Indéniablement, Alec l'attirait. La tendresse qu'il lui montrait et le baiser passionné qu'il lui avait donné lui avaient fait un bien fou, mais il n'en restait pas moins un homme qui menait une vie dangereuse. A bien y réfléchir, il représentait à peu près tout le contraire de ce à quoi elle aspirait.

Elle se posa une main sur le ventre et prit une grande inspiration pour contenir son émotion. Sa priorité à elle était de donner vie à son bébé et de lui offrir sécurité et stabilité. Comment y parviendrait-elle avec Alec dans sa vie ? Quel exemple serait-il pour un enfant, lui qui côtoyait sans cesse la violence ? Le pire possible.

Elle ne savait que trop bien ce qui pouvait survenir si un enfant suivait le mauvais exemple. A cette pensée, elle se mit à frissonner.

— Vous avez froid, déclara Alec en la prenant par le bras pour la tirer à sa suite. Venez vous réchauffer à l'intérieur.

Elle ne prit pas la peine de lui expliquer la cause de ses frissons. D'autant qu'un autre trouble s'était emparé d'elle. Son instinct lui parlait : en souhaitant tenir son enfant à l'écart d'Alec, elle allait passer à côté de quelque chose.

Le lendemain matin, Alec se réveilla de mauvaise humeur. Il n'aurait jamais dû embrasser Erin. Même si une nuit entière était passée, son corps vibrait encore des sensations qu'il avait éprouvées, et il ne cessait de se morigéner. Quoi qu'il lui en coûtât, il la tiendrait désormais à distance et se consacrerait exclusivement à sa tâche, même si, pour cela, il devait passer la journée entière dehors dans la neige. D'ailleurs, l'air froid lui permettrait de tempérer le feu qu'il sentait couver en lui.

Comme si le fait de penser à elle l'avait fait apparaître, Erin s'approcha en remettant ses cheveux en ordre.

— Quelle heure est-il ?

Le T-shirt trop grand qu'elle portait laissait une épaule dénudée et, mentalement, il se prépara à lutter contre la faiblesse qui avait eu raison de lui la veille au soir. Il détourna le regard et se concentra sur son café.

— Vous savez, une pensée m'a traversée, reprit-elle avant de s'interrompre pour bâiller. Et si la carte au trésor de Daniel n'était qu'un artifice destiné à vous orienter sur une fausse piste ?

— Non, je ne pense pas. Daniel ne ferait jamais cela, rétorqua-t-il sans tourner la tête.

Ne la regarde pas, ne pense pas au parfum de sa peau, oublie son regard blessé quand tu l'as repoussée hier soir.

Son cœur se serra. Il n'avait aucune intention de lui faire du mal. Seulement, son boulot rendait compliquée, voire quasiment impossible, une relation avec une femme.

— Ce n'est pas impossible.

Son commentaire faisait tellement écho à son raisonnement qu'il tourna brusquement la tête vers elle, troublé.

Mais non, elle parlait de la possibilité que la lettre de Daniel ne soit que de la poudre aux yeux.

— Pourquoi me regardez-vous ainsi ? lui demanda-t-elle, surprise par sa réaction.

Et voilà, il s'était encore fait avoir. Il voulait à tout prix éviter de la regarder et il n'avait pas tenu deux minutes. Il fut tellement agacé qu'il lui tourna brusquement le dos sans lui répondre.

— Bien, bien, je ne cherchais qu'à vous aider, dit-elle, manifestement irritée par son attitude. Je ne vois pas ce qu'il y a de mal à envisager la possibilité que cette lettre n'ait aucune véritable signification.

Il se servit une seconde tasse de café, en but la moitié d'une seule traite et se brûla la gorge.

— Si cette carte provenait de quelqu'un d'autre que Daniel, j'envisagerais cette éventualité. Mais Daniel n'enverrait pas de fausses informations.

— Vous en êtes sûr ?

Il reposa sa tasse sur le comptoir et lui jeta un bref regard.

— Je suis catégorique. Si Daniel et moi formons un duo

efficace, c'est parce que nous nous faisons totalement confiance. Quoi qu'il arrive. S'il a envoyé cette carte, c'est que…

— S'il a envoyé cette carte ? Vous voulez dire que vous commencez à vous demander si c'est bien Daniel qui l'a envoyée ?

Il se dirigea vers la table sur laquelle la carte était dépliée en secouant négativement la tête.

— Non, c'est lui qui l'a envoyée, j'en suis certain. Mais qu'il me l'ait fait parvenir sans me contacter directement signifie qu'il a des ennuis. Et qu'il a besoin…

La culpabilité revint et il eut du mal à terminer sa phrase.

— Il a besoin de mon aide.

Et si Daniel avait eu besoin de lui neuf mois plus tôt dans la jungle colombienne ? Il prit une longue inspiration et se passa la main sur le visage. C'était trop tard pour se poser la question. Il n'avait fait que suivre les consignes. *Chacun pour soi.*

Cependant, que Daniel ait pu se faire capturer et peut-être torturer ne cessait de le hanter. Cela le rendait même vulnérable. Il n'aimait pas ce sentiment qu'il n'arrivait pas à s'expliquer.

Erin vint s'asseoir à côté de lui et posa une main sur la sienne. Il sortit brusquement de ses pensées, mais ce contact était réconfortant.

— Il vous manque, n'est-ce pas ?

Sa voix douce et pleine de sollicitude l'apaisa. Elle se rapprocha davantage et lui posa sa seconde main sur le bras. Une douce chaleur envahit immédiatement l'ensemble de son corps.

— Vous vous faites beaucoup de souci, et c'est avant tout pour cela que vous tenez tant à le retrouver. Je me trompe ?

Il croisa son regard et eut envie de se perdre dans ses yeux noisette pleins de compassion.

— C'est mon équipier. C'est mon devoir de le retrouver.

Elle fit non de la tête.

— C'est plus que votre équipier. C'est votre ami, voire presque un frère pour vous.

Il remua sur sa chaise, mal à l'aise.

— Même si ce n'était pas votre équipier, vous éprouveriez le même besoin de le retrouver. Parce que vous tenez à lui.

Il se crispa et fronça obstinément le front.

— Non, ça ne marche pas comme ça.

Les agents des opérations spéciales ne pouvaient pas se permettre de « tenir » à leurs équipiers. Leur travail était trop périlleux pour qu'ils s'offrent le luxe de faire dans le sentimentalisme. Ils devaient utiliser leur instinct, leur intellect et ce qu'ils avaient appris à l'entraînement. Rien d'autre. Emotions et attachement ne faisaient qu'affaiblir la résolution. Or, en mission, la moindre hésitation pouvait se révéler fatale.

Du pouce, Erin lui dessinait de petits cercles sur le poignet. Un petit sourire étirait ses lèvres.

— Alec, ne niez pas. Je le lis dans vos yeux chaque fois que vous parlez de lui. Je n'insinue pas que Daniel et vous avez des rapports ambigus. Mais c'est évident que, pour vous, il compte énormément.

Il se sentit mis à nu et pourtant, quelque part, ça ne lui déplaisait pas. Comment allait-il faire pour survivre aux prochains jours ? Il suffisait qu'elle lui adresse un petit sourire pour qu'il ne soit plus lui-même.

Doucement, il libéra sa main et la passa sur la carte pour bien la mettre à plat. Au lieu de répondre à Erin, il observa encore une fois les dessins et les mots inscrits sur la carte. Puis il fit un geste d'impuissance et soupira.

— Mais qu'est-ce que ça peut bien vouloir dire ?

Erin prit une mine contrariée et se leva.

— Ça va, j'ai compris. Bradley était pareil. Les hommes n'aiment pas parler de leurs sentiments. Je n'insiste pas.

— Il n'y a rien à discuter.

Tandis qu'elle retournait vers la cuisine, elle lui adressa un regard entendu : elle ne le croyait pas une seconde.

— Ce n'est pas plus mal, de toute façon, poursuivit-elle. Depuis que je suis enceinte, je suis hypersensible. Un rien me fait pleurer.

Génial. Il devait cohabiter avec une femme sexy et émotive. Il pouvait désamorcer un pain de plastique sans ciller, mais se retrouver en compagnie d'une jolie femme à la larme facile lui donnait des sueurs froides. Il retint un juron, prit la carte par les bords et la souleva pour ne plus voir Erin, puis l'inclina à 90° pour observer un des dessins sous un angle différent.

— Alec, les lettres l-i-l-x-t-r-a-o-c-o-m vous disent-elles quelque chose ?

Il leva la tête au-dessus de la carte et haussa les sourcils.

— Pourquoi ?

Elle pointa la carte du doigt et répliqua :

— Quand vous tenez la carte de cette façon, ces lettres apparaissent par transparence, comme si elles avaient été écrites à l'encre invisible.

— Vraiment ?

— Oui, attendez, je vais vous montrer.

Elle revint vers lui, lui prit la carte des mains puis, après avoir allumé la lampe à côté du canapé, tint la carte devant.

Aucun doute possible : les lettres qu'elle avait lues apparaissaient bel et bien en filigrane, ainsi que des lignes qui reliaient certains dessins les uns aux autres.

— Lilxtraocom ? répéta-t-il en notant ce mot énigmatique sur un bloc-notes. Ça ne m'évoque rien du tout, avoua-t-il en se passant la main sur la mâchoire.

Erin reposa la carte sur la table.

— Peut-être est-ce un mot dans le désordre.

— Possible, admit-il.

Il se mit à effectuer diverses combinaisons pour tenter de faire émerger un autre mot, mais rien ne lui vint. *Que cherches-tu à me dire, Daniel ?*

Il observa Erin. Elle avait pris une feuille et avait, elle aussi, noté les lettres pour chercher de son côté. Elle avait rempli les O et agrandissait le point du I. Il leva les yeux au ciel et se concentra sur son propre travail. Pourtant, un détail de ce qu'elle avait fait le titilla.

— Le X marque un endroit ? marmonna-t-elle.

— Montrez-moi ça, dit-il en lui arrachant sa feuille.

Les O remplis l'intriguaient.

— Ocom… point com.

Il se leva brusquement pour aller allumer l'ordinateur.

— Ce pourrait être l'adresse d'un site internet.

Elle vint se poster derrière lui, et son parfum de vanille lui chatouilla les narines. Il entra l'adresse dans le navigateur et obtint un écran blanc. Puis on lui demanda d'entrer un mot de passe pour accéder au site.

— Un mot de passe, déclara Erin d'un ton découragé. Comment pourrions-nous le deviner ?

— Daniel et moi, nous nous connaissons bien, je vous l'ai dit. Donc, c'est certainement un mot qui nous est familier à tous deux.

Il tenta P-I-R-A-T-E. Mot de passe erroné.

— Trop facile.

C-O-L-O-M-B-I-E.

— Pourquoi Colombie ? s'enquit Erin.

— Parce que nous étions en mission dans la jungle colombienne quand je l'ai vu pour la…

Mot de passe erroné.

— C'était quand ?

— On s'en fiche, rétorqua-t-il en lui jetant un regard de biais.

Elle poussa un soupir d'agacement.

— Essayez « tête de mule ». S'il vous connaît si bien, ce n'est pas plus bête qu'autre chose.

Il obtempéra pour détendre l'atmosphère et fit mine d'être étonné quand la formule « mot de passe erroné » s'afficha. Puis il reprit son sérieux, joignit les mains et chercha une autre idée. Il tenta Lafitte, Ramirez et Barbe Noire, mais essuya trois nouveaux échecs.

— Vous m'avez bien dit que Daniel était originaire de la Louisiane, non ? dit Erin en se mordant nerveusement les ongles.

Il tenta Louisiane pendant qu'elle continuait à réfléchir à voix haute.

— Et l'adresse du site est lilxtra, qui peut être l'abréviation de little extra, soit petit extra, comme…

— Lagniappe ! s'exclama-t-il. C'est du créole, la langue des Cajuns de Louisiane, et ça désigne un cadeau spécial, qu'on appelle un petit extra. C'est aussi le nom du village où il est né.

Il entra le mot et appuya sur la touche « entrée ».

— Bingo, on y est !

6

Alec offrit alors à Erin son propre « lagniappe », un vrai cadeau spécial : un sourire.

C'était le premier qu'elle lui voyait : pas une petite grimace sarcastique, mais un véritable sourire spontané qui éclaira son visage, détendit ses traits et emplit son regard de chaleur. Un sourire dévastateur, à couper le souffle.

Mais, très vite, quand il se tourna vers l'écran, son expression sérieuse revint.

— Qu'est-ce que… Ce n'est pas possible.

— Quel est le problème ? lui demanda-t-elle, troublée de le voir prendre un air aussi confus.

— Cette photo… Elle date du 28 avril de cette année.

Erin s'installa dans le fauteuil à côté de lui et se pencha en avant pour regarder le cliché sur lequel apparaissait un homme de type hispanique qui sortait d'une limousine noire.

— Et alors ?

— C'est Ramirez, le trafiquant que Daniel et moi traquions lors de notre dernière mission. Le 26 avril, soit deux jours avant que cette photo soit prise, nous étions sur le point de le capturer. Mais rien ne s'est passé comme prévu. Des types d'un cartel rival ont débarqué et ont tiré dans tous les sens. Et Ramirez a été touché.

Erin se tourna vers lui et l'imagina au milieu de ce scénario effrayant. Elle en eut des frissons.

— Mon Dieu. Et qu'avez-vous fait ?

— Daniel et moi avons annulé notre mission pour quitter la zone d'urgence. En tout cas, moi, j'ai quitté la zone, corrigea-t-il tandis qu'une ombre passait sur son visage. Daniel n'a plus donné signe de vie depuis le moment où j'ai donné l'ordre de repli.

L'angoisse se marqua brièvement sur ses traits. Il serrait les dents. Mais, encore une fois, il avait beau tenter de dissimuler sa douleur, Erin la sentait présente, et elle en fut touchée. Il pouvait bien nier tant qu'il le voulait, il se faisait un sang d'encre pour son ami.

S'il pouvait éprouver autant d'empathie pour son partenaire de travail, comment serait-il avec une femme dont il serait amoureux ? Elle se remémora leur délicieux baiser de la veille, l'intensité du désir qu'elle avait décelé dans son regard. Même s'il ne montrait rien, intérieurement, Alec était un homme aux émotions riches et complexes, elle en était persuadée.

Il tapota l'écran du doigt.

— La date ne peut pas être exacte. Si Ramirez n'était pas mort le 28 avril, il était au minimum dans un état critique. Je l'ai vu prendre au moins une balle dans la tête. Il ne peut pas avoir survécu. Alors comment…

— Vous êtes sûr qu'il s'agit bien de Ramirez ? le coupa Erin en observant de plus près l'homme sur la photo.

— Ouais, répliqua Alec qui cliqua sur la photo pour la faire apparaître en plein écran. Vous voyez cette marque sur son cou ? C'est la cicatrice d'une blessure reçue en prison.

— Donc, soit c'est bien lui, soit c'est un imposteur très ressemblant.

— C'est lui, trancha Alec, catégorique.

— Mais alors, l'homme que vous avez vu se faire tirer dessus dans la jungle…

— … était un imposteur.

Il tapa du plat de la main sur le bureau.

— Bon sang, j'avais senti qu'il y avait un truc bizarre.

D'habitude, Ramirez est toujours entouré d'une armée de gardes du corps. D'ailleurs, vous pouvez le constater sur la photo.

— Mmh… mmh.

Elle le dévisageait, plutôt que de prêter attention à la photo : à mesure que de nouvelles révélations se faisaient jour dans son esprit, il changeait d'expression.

— Or, ce jour-là, Ramirez n'avait qu'un seul garde du corps, reprit-il. Mais je n'ai pas eu le temps de m'attarder sur cette anomalie car la fusillade a éclaté.

— Vous pensez que vous vous apprêtiez à intercepter un homme qui n'était pas Ramirez ?

— Oui, nous nous sommes fait piéger, répliqua-t-il, en colère. Toutes les infos étaient fausses, il n'y a pas d'autre possibilité. Le rendez-vous dans cette clairière, le départ supposé en hélico, tout était faux. On voulait nous attirer dans un piège pour se débarrasser de nous.

— Et c'est ce fameux cartel rival qui aurait monté cette opération ?

— Non, ça ne colle pas. Sinon, ils n'auraient pas tiré sur le sosie de Ramirez avant que Daniel et moi intervenions.

— Alors peut-être ce clan rival a-t-il intercepté les fausses informations qu'on vous a transmises et cru que, ce jour-là, ils allaient bel et bien tuer leur véritable ennemi.

— Possible. Mais ça ne me dit toujours pas qui nous a vendus.

Erin observa sa réaction à ces révélations. Il paraissait bouillir intérieurement et une telle énergie émanait de lui qu'elle en fut saisie.

— Daniel, lui, le sait, poursuivit-il avec conviction. C'est pour cela qu'il a disparu. Il sait qui nous a piégés.

Erin déglutit.

— Mais alors pourquoi ne vous a-t-il pas averti ? Pourquoi tout ce mystère ?

— Moi, j'étais suivi, il y a donc tout lieu de croire que lui l'était aussi. Il ne peut pas me contacter directement ou m'envoyer des informations claires sans risquer qu'elles soient interceptées. Pour une raison que j'ignore encore, il est obligé de rester invisible.

— Pas de traces écrites ou numériques pour pouvoir nier qu'une mission a bien été initiée, c'est ça le credo des opérations spéciales, non ?

Il hésita un instant.

— Ça, c'est surtout bon pour les bureaucrates, reprit-il. Nous, nous nous montrons prudents pour des raisons beaucoup plus concrètes. Si nous commettons une erreur, nous risquons de mettre en péril la vie de nos informateurs, celle d'autres agents sur le terrain ou d'innocents.

Il s'approcha d'elle et lui caressa le visage du revers de la main. Elle fut surprise par cet élan d'affection spontané.

— Des gens tels que vous, reprit-il, des gens qui se retrouvent mêlés à nos histoires contre leur gré.

Il avait une expression pleine de regrets. Il lui prit délicatement le menton entre deux doigts et ajouta :

— Je suis vraiment désolé de vous avoir mêlée à mes ennuis. S'il y avait eu une autre façon d'assurer votre sécurité…

L'émotion dans sa voix rauque était sincère. Désormais, elle ne lui en voulait plus de ce qu'il lui avait fait subir pour atteindre cette retraite dans la montagne. Avec lui, elle éprouvait un sentiment de sécurité qu'elle n'avait plus connu depuis plusieurs années. Mais combien de temps se sentirait-il le devoir de la protéger ? Et, quand elle retournerait à sa vie, comment serait-elle certaine que son bébé et elle ne risqueraient plus rien ?

— Quand pourrai-je rentrer chez moi ?

Il se pinça brièvement les lèvres.

— Dès que j'aurai découvert ce que sait Daniel et qui a provoqué le fiasco de notre dernière mission.

— Je parie que ce sont les mêmes personnes qui ont engagé Manny et son complice.

Un coin de sa bouche se souleva. Que n'aurait-elle pas

donné pour qu'il lui refasse un véritable sourire, comme un peu plus tôt !

— Vous comprenez vite.

Il retourna son attention sur l'ordinateur et fit défiler les photos sur le site.

— D'autres clichés de Ramirez.

Ses mains s'activèrent sur le clavier et elle les imagina sur elle. Une bouffée de désir l'envahit. Elle laissa échapper un petit soupir.

Comme s'il voulait de toi alors que...

— Hé, c'est quoi, ça ?

La voix d'Alec la sortit de sa rêverie. Sur l'écran était apparue une carte de la Louisiane.

— Pouvez-vous m'apporter la carte au trésor qui est sur la table ?

Elle s'exécuta, impatiente : ils étaient sur une piste.

Alec plaqua la carte sur l'écran et, par transparence, les lignes tracées par Daniel à l'encre invisible apparurent.

— Regardez, déclara-t-il, excité lui aussi. Les lignes correspondent parfaitement avec le tracé des routes entre sa ville natale et le X sur la carte.

— C'est une façon de vous dire de vous rendre au point marqué par ce X ?

— Ça m'en a tout l'air.

Alec avait manifestement recouvré le moral, et cela avait le même effet positif sur elle. Mais, quand elle observa la carte de la Louisiane, elle fut néanmoins perplexe et s'en ouvrit :

— Euh, peut-être que je me trompe mais cette partie de la Lousiane ne correspond-elle pas au milieu du bayou ? Pourquoi Daniel souhaiterait-il que vous alliez là-bas ?

Alec replia la carte au trésor, lança l'imprimante pour avoir une copie de celle de la Louisiane puis se tourna vers elle.

— C'est ce que je compte découvrir.

Alec ne tenait pas en place. Il ressassait ce qu'il venait d'apprendre tout en rassemblant le nécessaire pour se préparer au départ.

Comparé à lui, Erin était d'un calme olympien. Elle reportait avec habileté sur le plan de la Louisiane les lignes tracées par Daniel sur la carte au trésor. Etant donné qu'ils disposaient des coordonnées GPS, c'était une perte de temps, mais, au moins, cette tâche la tenait occupée pendant qu'il planifiait leur voyage au pays des alligators.

Il l'emmenait avec lui, mais ne l'en avait pas encore avertie. Il n'osait pas la laisser seule. Que Daniel et lui se soient fait piéger en Colombie l'avait sérieusement ébranlé. Quelqu'un en qui ils avaient confiance les avait vraisemblablement trahis et failli causer leur perte. Tant qu'il ignorait l'identité du traître, Erin serait avec lui.

Il interrompit ses préparatifs pour la regarder. Elle était penchée en avant, une mèche de cheveux était tombée sur sa joue tandis que ses doigts délicats s'activaient sur la carte. Ces deux derniers jours, à sa grande surprise, elle lui avait été d'une aide précieuse. Elle était perspicace, avait un instinct très sûr et possédait d'indéniables dons artistiques. Elle était belle et brillante. Elle avait tout pour lui plaire.

L'air concentré, elle se mordit la lèvre inférieure et cela lui rappela leur baiser. Ce moment avait été bref mais d'une intensité rare, et une envie ardente d'en revivre de semblables s'empara de lui. Il refoula cette envie, mais c'était difficile. Elle avait de beaux yeux noisette, un teint de caramel, un parfum de vanille. Cette femme était un festin pour un homme affamé. Exaspéré, il ne put retenir un soupir.

Elle tourna alors les yeux vers lui.

— Je fais de mon mieux ! protesta-t-elle, interprétant mal son agitation.

— Je reviens, marmonna-t-il en se dirigeant à grandes enjambées vers l'échelle. J'ai besoin d'air.

Plus précisément, il avait besoin que le froid le frappe en

plein visage pour recouvrer ses esprits. « Je parie que vous n'avez jamais reculé devant un problème… »

Si elle savait.

Il gravit rapidement les échelons, souleva la trappe de l'épaule. Il s'échappait, il prenait la fuite. *Espèce de lâche.*

Qu'est-ce qui lui arrivait ? Qu'avait-il fait de son self-control ? Le désir qu'il éprouvait le dévorait. A tout moment, il manquait de rompre sa promesse de ne plus l'embrasser. Apprendre qu'elle était enceinte avait étrangement décuplé son attirance pour elle. Son devoir de la protéger, de veiller sur son bien-être n'en était devenu que plus grand. Et plus grande était devenue son envie de la séduire…

Il faut que tu oublies tout ça, mon vieux. Il n'y a pas de place dans ta vie pour elle et son enfant.

Et avoir une famille, des proches, des amis, tout cela le rendrait vulnérable, offrirait à ses ennemis un moyen de pression, ce dont il s'était toujours prémuni.

Il poussa de nouveau un soupir et produisit un gros nuage de buée devant son visage. Quand il avait rejoint les opérations spéciales, il avait fait un choix. Celui de mener une existence solitaire.

Il fit quelques pas pour rejoindre la sortie de la caverne qui abritait le bunker. Une épaisse couche de neige s'était amoncelée dans la nuit.

— Bon sang ! s'exclama-t-il sous le coup de la contrariété.

Tant que le soleil n'aurait pas fait son œuvre et réduit l'épaisseur de la couche de neige, ils ne pourraient pas partir. Il savait où aller pour retrouver Daniel, il fallait qu'il identifie un ou plusieurs traîtres, et voilà qu'il allait encore perdre un temps précieux.

Et il allait encore devoir passer une journée supplémentaire dans un espace confiné auprès d'une femme ravissante qui représentait une terrible tentation à laquelle il devait à tout prix résister.

— Je vous emmène en Louisiane avec moi, lui annonça-t-il au dîner.

Elle allait porter sa fourchette à sa bouche et suspendit son geste.

— Vous ne croyez pas que je serais plus en sécurité seule ici ?

— Non, je pense que ce sera plus sûr si vous êtes en permanence près de moi.

Il continua de manger, comme si de rien n'était, mais elle, elle avait chaud au cœur. Alec avait décidé de devenir son garde du corps personnel. Elle sourit.

— Votre dévouement est très chevaleresque.

Il haussa les sourcils.

— Il n'y a rien de chevaleresque là-dedans. Tant que cette histoire ne sera pas terminée, vous êtes sous ma responsabilité. C'est mon devoir de veiller sur vous.

— Ah, murmura-t-elle, refroidie. Je me disais que… Mais ce n'est rien, laissez tomber.

Il posa sa fourchette.

— N'en faites pas une affaire personnelle. Je vous aime bien, ce n'est pas la question. Mais mon boulot, c'est de retrouver mon équipier, de découvrir qui a voulu nous piéger en Colombie et d'éviter que vous ne soyez une victime collatérale de cette affaire. Si je me laisse distraire, je n'atteindrai pas ces objectifs.

Elle éprouva de la déception. Elle comprenait son raisonnement mais, au cours des dernières quarante-huit heures, ils avaient tissé des liens, elle avait développé une sincère admiration pour lui, espérant que ce serait réciproque. Et puis, le baiser qu'ils avaient échangé…

Avait-elle été la seule à y prendre un plaisir dévastateur ? Alec lui avait dit que cela ne devait pas se reproduire mais, quelques heures plus tôt, pendant qu'elle travaillait, elle avait senti son regard sur elle. Ce n'était pas le regard d'un homme indifférent.

Il émit un grognement, se leva brusquement et quitta la

table. Depuis qu'il avait découvert que la neige les obligeait à repousser leur départ, il était d'une humeur massacrante.

De son côté, une question la tracassait.

— Alec, comment allons-nous faire pour rejoindre la civilisation ? Nous n'avons ni véhicule ni avion, et il n'y a plus de pont de corde pour traverser la crevasse que nous avons franchie.

Il leva brièvement les yeux mais ne répondit pas immédiatement et resta impassible.

— Alec ?

— Je vais envoyer un message à un de mes contacts pour qu'on vienne nous chercher. Pas très loin d'ici, il y a un endroit où un hélicoptère peut atterrir.

— Un endroit que nous allons rejoindre à pied ? Mais comment allons-nous traverser la crevasse ?

Il sembla gêné, ce qui ne manqua pas de l'inquiéter.

— Alec ?

— Nous n'allons pas traverser.

Il déglutit et la fixa droit dans les yeux :

— Nous allons descendre. En rappel.

Elle se plaqua une main sur la bouche, et de pénibles images lui défilèrent devant les yeux.

La dernière fois qu'elle avait effectué une descente en rappel, Bradley y avait trouvé la mort.

7

Alec s'était attendu à ce qu'elle prenne mal la nouvelle, mais peut-être pas autant.

Elle avait pâli, ses mains tremblaient et elle paraissait au bord des larmes.

Il leva la main, déjà prêt à couper court à ses protestations.

— Je me doute que vous pensez ne pas en être capable, mais je serai en permanence auprès de vous et je vous jure que je…

— Non !

Elle se leva tellement vite que sa chaise bascula en arrière.

— Par pitié, ne…, bafouilla-t-elle.

Elle fut secouée de sanglots et ne put terminer. Sa réaction était tellement violente qu'il prit peur.

— Erin ?

Il s'approcha d'elle, sans trop savoir quoi faire. Elle avait des spasmes tellement forts qu'il redouta que cette crise soit due à autre chose qu'à ses propos.

— Erin ! Qu'est-ce qui ne va pas ? C'est le bébé ?

— Non… Bradley…, bredouilla-t-elle entre deux sanglots, tout en se serrant contre lui.

— Quoi, Bradley ?

— Mort… Il… il est tombé ! bégaya-t-elle. Je ne pouvais pas l'aider. Un piton a lâché et sa corde… Il…

Alec commençait à comprendre et eut une boule au ventre.

— Bradley est mort en effectuant une descente en rappel ?

Elle fit oui de la tête, et de nouvelles larmes coulèrent sur ses joues.

— Je… J'ai tout vu. Je ne pouvais rien faire. Je… Alec, c'était affreux ! Il…

— Chut.

Il lui posa un doigt sur les lèvres pour l'apaiser. Il était bouleversé par cet aveu. Lui, il avait déjà vu des hommes mourir, mais jamais des proches. Il ne pouvait qu'imaginer l'horreur qu'elle avait vécue.

Il la prit dans ses bras et la porta jusqu'au canapé. Il n'avait aucune idée de ce qu'il pouvait faire ou dire pour la consoler, et ce sentiment d'impuissance le mettait en rage. Encore une raison supplémentaire d'éviter de nouer des relations trop intimes. Eprouver une telle empathie pour quelqu'un et se sentir totalement désarmé devant sa souffrance, c'était insupportable.

— S'il vous plaît, Alec, dit-elle en levant des yeux gonflés vers lui. Je ne vais pas y arriver. Je… crains de rester tétanisée et… Je ne peux pas.

En guise de réponse, il essuya doucement ses larmes du revers de la main, puis la serra contre lui et caressa ses cheveux. Il la tint longuement ainsi sans rien dire, comme pour absorber toute sa tristesse et sa douleur.

Au bout de quelques minutes, enfin, ses sanglots s'apaisèrent. Que c'était bon de la tenir ainsi dans ses bras, comprit-il alors. Il inspira à fond pour rester calme mais ne fit qu'inhaler son entêtant parfum de vanille.

Elle changea de position et posa la tête sur son épaule. Une mèche de cheveux vint lui chatouiller la joue, et la sensation le parcourut de la tête aux pieds.

— Pitié, Alec, ne m'infligez pas cela, l'implora-t-elle en levant ses grands yeux vers lui. Il doit y avoir une autre solution.

Il n'eut pas la force de lui répondre. Sa supplique vint se mêler au désir qu'il ressentait pour elle, à sa frustration de ne pas pouvoir la consoler malgré sa volonté farouche de tout faire pour la protéger. Alors, il voulut à tout prix apaiser sa peur. Il écarta une mèche de cheveux de son visage, lui déposa un baiser sur le front et déclara :

— C'est d'accord, je vais réfléchir à un autre moyen.

— Vraiment ?

Le soulagement et la gratitude se peignirent sur son visage et le bouleversèrent. Jamais il n'avait eu l'impression d'avoir remporté une aussi belle victoire, même après une mission accomplie.

Elle tremblait encore un peu mais parvint à lui sourire. Puis elle lui caressa la joue et chuchota :

— Merci.

Il prit ses doigts entre les siens et posa un petit baiser au creux de la paume de sa main.

Elle fixa sa main puis ses lèvres. Elle semblait troublée : ses pupilles se dilataient, le rouge lui monta aux joues.

Elle approcha ses lèvres des siennes. Ce n'était pas une bonne idée, se dit-il. Il n'avait pas le droit de profiter de sa vulnérabilité : son honneur d'homme était en jeu.

Mais c'était trop tard. De ses lèvres, elle effleura les siennes. Il était perdu.

Au départ, son baiser fut timide, et il n'osa pas y répondre.

Mais alors, elle poussa un petit gémissement, inclina la tête et l'embrassa franchement en croisant les bras autour de son cou pour se serrer contre lui.

Il éprouva une sensation d'ivresse et, quand leurs langues se rencontrèrent, il perdit toute retenue et lui rendit son baiser avec fougue, laissant libre cours à l'élan de son cœur. Erin avait touché une partie de lui enfouie très profondément et parvenait à faire remonter ses sentiments à la surface, en dépit de ses efforts pour les contenir. Jamais il n'avait vécu cela.

Elle lui faisait presque peur.

Il invoqua la dernière once de volonté qui lui restât pour mettre fin à leur baiser. Plus que tout, il avait envie d'aller plus loin et de faire l'amour avec elle sur le canapé, mais son devoir était avant tout de la protéger. Et donc de se prémunir contre son désir.

Il la repoussa doucement et se leva.

— Alec ?

Dans sa voix, il y avait du trouble, de la déception, et il serra les dents.

Il avait le cœur lourd. Il aurait souhaité la consoler encore une fois, lui promettre n'importe quoi pour ne plus lire de tristesse sur son visage, mais il ne pouvait pas.

— Il faut que j'étudie une carte du secteur pour déterminer comment nous pourrons partir, répondit-il.

Il alla se poster devant le mur où était affichée une grande carte topographique et la décrocha.

Il l'étendit sur le bureau et se concentra dessus pour mettre à distance la sensation du baiser d'Erin. Le mieux était de prendre la direction du nord puis de descendre le flanc de la montagne.

Et, pour lui, le mieux à faire était de tenir la bride à ses ardeurs. A de nombreuses occasions, il avait résisté aux avances de femmes fatales sans perdre son sang-froid. Alors pourquoi Erin parvenait-elle à le faire flancher aussi facilement ?

Elle se leva à son tour du canapé et se passa les mains sur les bras pour se réchauffer.

— Je suis désolée, vous devez vraiment me prendre pour une poule mouillée. La façon dont j'ai paniqué quand vous m'avez parlé de descendre en rappel…

— Non, c'est naturel que vous ayez réagi ainsi, je ne peux pas vous en blâmer. Ce dont vous avez été témoin est terrible.

Elle s'approcha de lui et se pencha sur son épaule.

— L'ironie de l'histoire, c'est qu'avec Bradley j'ai multiplié les expériences extrêmes. Surf, parapente, escalade, saut en parachute…

Elle soupira et se laissa tomber dans le fauteuil de Daniel.

— Et d'autres trucs encore. Bradley avait sans cesse besoin de tenter de nouvelles expériences.

Cet aveu l'étonna. Il avait mal interprété ses réactions face aux épreuves qu'il lui avait infligées. Il la pensait habituée à un quotidien calme et rangé mais, en fait, sa peur était liée au terrible souvenir de la mort de son mari, que ces expériences avaient ravivé.

— Alors comme ça, Bradley et vous étiez tous deux adeptes des sports extrêmes ?

— Non, lui l'était. Pour ma part, si nous nous étions contentés d'aller camper et de faire de la randonnée dans les parcs nationaux, j'aurais été parfaitement satisfaite. Je devais toujours prendre sur moi pour oser accompagner Bradley lors d'un saut en parachute, effectuer une descente de rapides en kayak ou sauter à l'élastique.

Il leva les yeux de sa carte.

— Vous avez fait du saut à l'élastique ?

— Oui, et il a vraiment fallu que Bradley joue sur la culpabilité pour me convaincre, répliqua-t-elle avec un petit sourire amer. Finalement, il est parvenu à ses fins parce que je ne voulais pas le laisser tomber, ni me retrouver seule.

Elle baissa les yeux avec une expression de profonde tristesse.

Il replia la carte, troublé par le tour que prenait la conversation.

— Bradley vous faisait culpabiliser, si vous n'aviez pas envie de l'accompagner ?

Elle haussa les épaules.

— En quelque sorte. Il… me provoquait, hésita-t-elle en relevant brièvement les yeux. Il refusait que je cède à la peur. Il me disait : « Où est ton goût pour l'aventure, Erin ? Tu ne vas quand même pas te dégonfler après tout ce que nous avons déjà fait ! »

Elle eut un petit rire gêné et serra les poings.

Il n'eut aucun mal à interpréter son langage corporel, et la colère s'empara de lui. Ce qu'il apprenait sur ce Bradley ne lui plaisait pas du tout.

Elle releva de nouveau les yeux et reprit :

— Ensuite, il prenait un regard de chien battu et me

fixait longuement sans dire un mot, comme si je le décevais profondément. Et je finissais par céder.

Cette fois, il était furieux.

— Il vous manipulait.

Elle le fixa d'un air choqué.

— Mais non !

— A vous écouter, on dirait bien que si. J'ai l'impression que Bradley ne pensait qu'à lui, qu'il se moquait de ce que vous pouviez ressentir. Il se servait de votre amour pour lui et de votre désir de le rendre heureux pour vous convaincre de l'accompagner dans ses aventures.

Elle eut l'air profondément blessée par ses propos mais resta un long moment à le regarder sans répondre. Finalement, elle redressa les épaules et soupira.

— Non, vous vous trompez. C'était un homme bien. Il m'aimait. Il souhaitait seulement me pousser à me dépasser, à profiter de la vie au maximum.

— Etait-ce sa conception de ce que « profiter de la vie au maximum » signifie ou bien la vôtre ?

Il se montrait dur et implacable, il le savait, mais il ne pouvait pas se retenir.

— Vous m'avez confié que vous souhaitiez avoir des enfants et les élever avec lui, continua-t-il. Ça, c'était votre rêve. Alors maintenant que vous vous retrouvez veuve et allez devoir élever seule votre enfant, vous trouvez que vous avez bien profité de la vie ?

Elle poussa un gémissement et se leva.

— Oh ! c'est horrible de me dire ça !

La colère et la peine dans son regard tempérèrent sa véhémence.

— Je considère simplement que, si Bradley avait vraiment tenu à vous, il aurait davantage respecté vos envies, vos sentiments et vos rêves, termina-t-il d'un ton plus calme.

Elle battit des paupières, une larme roula sur sa joue. Il en eut mal au ventre. Il n'avait pas le droit d'émettre de tels jugements, de jeter l'opprobre sur l'homme qu'elle avait épousé, quoi qu'il pense de lui. Alors pourquoi n'avait-il pas pu se retenir, pourquoi s'était-il senti obligé de venir ébranler l'image de son mari ?

Il se passa une main sur la nuque et poussa à son tour un soupir.

— Bon sang, Erin, je suis désolé, je n'aurais pas dû…

Mal à l'aise, il se leva et partit à grands pas vers la cuisine. Daniel et lui devaient bien avoir laissé une bouteille de bourbon ou de rhum quelque part dans un placard. Une petite rasade ne lui ferait pas de mal.

Tandis qu'il passait en revue le contenu des étagères, Erin se posa une main sur le ventre. Inquiet, il leva les yeux : elle était très pâle.

— Ça va ? Avez-vous une nouvelle nausée ? Vous avez besoin de manger, peut-être ? lui demanda-t-il en lui tendant un paquet de biscuits.

— Quand Bradley est décédé, dit-elle d'une voix faible, j'étais en colère contre lui. Bien sûr, j'étais extrêmement triste, mais, plus que tout, j'étais en colère.

Il déglutit et posa le paquet de biscuits sur le plan de travail, attendant qu'elle continue. Il avait exprimé sa pensée, il lui devait donc de l'écouter.

— Après tous les sacrifices que j'avais consentis, il… m'a quand même abandonnée. Il est mort, et je me suis retrouvée seule. Mais, même si j'étais en colère contre lui, je l'étais plus encore contre moi-même.

— Contre vous-même ? Pourquoi ?

Il fit un pas vers elle mais n'osa pas la toucher.

— Quand il est tombé, il… venait à mon aide. Ma corde s'était accrochée à un rocher saillant et, quand il est remonté pour m'aider à la débloquer, un de ses pitons a cédé et…

Elle tressaillit et enroula les bras autour de sa poitrine.

— C'était ma faute.

Spontanément, il fit un pas supplémentaire et, cette fois, la prit dans ses bras.

— Non, ce n'était pas votre faute.

— C'est facile à dire, mais j'ai bien du mal à le croire. Encore plus après ce qui est arrivé à Joey Finley.

— A qui ? lui demanda-t-il, un peu perdu.

Elle agita la tête et se libéra de son étreinte.

— Laissez tomber, je vous ai déjà suffisamment ennuyé avec mes confidences.

Elle s'essuya les yeux et redressa les épaules.

— Je suis fatiguée, je pense que je vais aller faire une sieste.

Il acquiesça, le cœur lourd. Elle se dirigea vers le lit, se glissa sous les couvertures et remonta le drap sous son menton.

Comment s'y était-elle prise pour faire remonter des émotions qu'il avait laissées de côté depuis tant d'années ? Eprouver un tel élan d'affection était dangereux. Pour lui comme pour elle. Elle avait déjà suffisamment souffert, il n'avait aucune envie de lui faire davantage de peine. Or, s'il se rapprochait trop d'elle, il finirait fatalement par lui briser le cœur. Il devait contenir ses élans.

Ce n'est qu'ainsi qu'ils garderaient la vie sauve.

Erin se reposa pendant plus d'une heure, mais elle était trop agitée pour s'endormir. Ce qu'avait exprimé Alec au sujet de Bradley l'avait secouée. Ce jugement rejoignait ce qu'elle avait également pensé en son for intérieur. Si Bradley avait tenu compte de ses craintes, jamais elle ne se serait retrouvée au sommet de cette falaise. Mais comment aurait-elle pu adresser des reproches à son mari alors qu'il avait perdu la vie en venant à son secours ?

Elle se retourna dans son lit et chercha à écarter ces pensées, mais d'autres prirent le relais. Les différentes tragédies qui avaient émaillé sa vie l'avaient traumatisée. Elle avait perdu ses parents, puis son mari. Enfin, l'accident de Joey avait été un coup fatal. Depuis, elle s'était un peu mise en retrait de l'existence pour panser ses blessures. Elle avait interrompu sa carrière d'enseignante, alors qu'elle aimait plus que tout son métier, pour affronter un futur incertain. Seulement quelques mois s'étaient écoulés depuis qu'elle avait décidé de se reconstruire. Mais désormais, elle aspirait définitivement à une vie calme et rangée. Après ce qu'elle avait vécu, pouvait-on l'en blâmer ? Faisait-elle preuve d'égoïsme ?

L'irruption d'Alec avait tout fait voler en éclats. Elle s'était retrouvée de nouveau projetée dans une vie chaotique et pleine de danger.

Sa voix la sortit de ses pensées. Il était au téléphone, apparemment pour arranger un rendez-vous avec un de ses collègues qui viendrait les chercher. Le gouffre qui existait entre son aspiration à la tranquillité et la vie que menait Alec n'aurait pas dû autant la troubler. Pourtant, elle n'arrivait pas à le voir comme un homme dur, violent, insensible. Au contraire, il l'avait consolée, réconfortée, et, quand elle lui avait révélé son effroi à l'idée d'effectuer une descente en rappel, il en avait tenu compte.

Pour elle, il avait accepté de changer ses plans, au risque de perdre du temps. Cela ne manquait pas de la surprendre. Elle n'aurait pas su dire à quand remontait la dernière fois où quelqu'un avait fait passer ses désirs en priorité. Sa gentillesse lui faisait chaud au cœur et l'apaisait. Et pourtant, les termes « rassurant » et « réconfortant » ne lui étaient pas venus spontanément en tête quand elle l'avait rencontré pour la première fois, loin de là. Et ce n'était certainement pas ainsi qu'il se serait défini lui-même.

Mais, quand il lui avait parlé doucement en la serrant contre lui, elle s'était sentie tellement bien qu'elle n'avait pas pu résister à son envie de l'embrasser. Ce souvenir lui donna la chair de poule. Décidément, de jour en jour, Alec devenait de plus en plus important pour elle.

A ce moment-là, il mit fin à sa communication téléphonique et tourna les yeux dans sa direction. Quand il croisa son regard, il prit un air ennuyé.

— Je suis désolé, je ne voulais pas vous réveiller.

— Non, non, je ne dormais pas. J'avais trop de choses en tête.

— Eh bien, si par hasard vous vous faisiez encore du souci sur la façon dont nous partirons d'ici, rassurez-vous. J'ai un plan et nous n'aurons pas d'acrobaties à effectuer.

Elle se redressa et passa les bras autour de ses genoux.

— C'est ce que j'ai entendu. Si j'ai bien compris, nous n'aurons qu'à rejoindre à pied un point de rendez-vous où un hélicoptère viendra nous chercher, c'est cela ?

Il acquiesça.

— Cette marche ne sera pas une partie de plaisir mais il n'y aura ni saut en parachute, ni descente en rappel, ni pont de corde à traverser…

Elle lui retourna un sourire.

— Je vous promets de bien me comporter. Pas de crises de larmes, pas de coups de blues.

En silence, elle pria pour que tout se passe bien et qu'ils puissent rejoindre l'hélicoptère sans encombre. Dans le passé, le destin n'avait pas été particulièrement bienveillant avec elle.

8

Le lendemain matin, Alec était en train de rassembler leurs affaires pour partir, quand Erin s'approcha de lui.

— Pourquoi m'avez-vous emmenée avec vous ? Vous auriez pu me laisser à l'hôtel, à l'hôpital, ou même entre les mains des deux hommes qui m'avaient enlevée. Mais vous n'en avez rien fait. Pourquoi ?

Il la regarda d'un air ébahi. Pourtant, il s'était lui aussi posé la question.

— Mais ces deux types auraient pu vous tuer !

— C'est possible. Cependant, les choses seraient certainement plus simples pour vous si vous m'aviez laissée quand vous en avez eu l'opportunité.

Il continua à rassembler ses affaires en prenant le nécessaire pour camper.

— Je ne suis pas du genre à rechercher la facilité.

— Et pourtant, j'ai du mal à croire que vous souhaitiez volontairement vous compliquer la tâche.

Elle lui posa une main sur le bras. Il tressaillit et faillit s'écarter car le souvenir de leurs baisers et de ce qui avait failli se passer la veille sur le canapé le mettait au supplice.

— J'aimerais comprendre pourquoi vous faites cela pour moi alors que rien ne vous y contraint, insista-t-elle.

Il croisa son regard : son interrogation était sincère. Dans le passé, elle n'avait pas dû avoir l'habitude qu'on se soucie réellement d'elle. L'attitude égoïste de son mari l'avait mis en colère. Si Erin avait été son épouse…

Il coupa court à cette réflexion. Erin ne devait rien être d'autre qu'une femme innocente qui avait besoin de lui pour retrouver son foyer en toute sécurité et pouvoir reprendre sereinement le fil de son existence. Il devait donc éliminer les menaces qui pesaient sur elle par sa faute.

Il s'étira les épaules pour se détendre.

— Je ne sais pas pourquoi j'ai agi ainsi, avança-t-il.

Elle ouvrit la bouche pour répliquer mais il ne lui en laissa pas l'occasion.

— Passez-moi les couvertures de survie qui sont sur la table, s'il vous plaît.

Elle s'exécuta sans un mot.

Une heure plus tard, tout était en ordre. Ils gravirent l'échelle, sortirent de la cachette et furent accueillis par un vent glacé.

— Nous devons adopter une allure soutenue pour atteindre le point de rendez-vous le plus tôt possible, installer notre campement et faire un feu avant la tombée de la nuit, déclara-t-il en l'aidant à ajuster un des sacs à dos sur ses épaules. Mais faites tout de même attention, car nous allons passer à des endroits très glissants et le vent est souvent tourbillonnant.

— Compris, répondit-elle simplement avec un air résolu.

— Restez juste derrière moi et, si vous avez besoin de faire une pause, avertissez-moi sur-le-champ.

— Je tiendrai le coup. Ouvrez la route, mon capitaine, répliqua-t-elle en lui adressant un grand sourire qui lui alla droit au cœur.

Décidément, il allait avoir bien du mal à se séparer d'elle quand ils auraient rejoint la civilisation. Mais, d'après ce que lui avait dit Jake, son collègue censé venir les chercher en hélicoptère, la découverte de l'épave de l'avion duquel ils avaient sauté avait poussé les autorités à le déclarer mort, comme il l'avait espéré. Désormais, seuls les autres membres des opérations spéciales le savaient toujours en vie.

Erin pourrait donc rentrer chez elle et préparer sereinement la venue au monde de son bébé. Cette réflexion lui donna un nouveau coup au cœur.

Il s'imagina avec elle, dans le rôle du père. Il se tança intérieurement. Ces quelques jours passés en tête à tête avec Erin lui mettaient vraiment les idées à l'envers. S'il y avait un homme qui ne pouvait pas se permettre de s'imaginer chez lui à jouer les pères de famille, c'était bien lui.

Que savait-il de la vie de famille, de la régularité du quotidien ? Rien du tout. Même dans sa jeunesse, il n'avait pas connu cela. Et, quand il avait intégré les opérations spéciales, il avait renoncé à mener ce genre de vie.

Il ajusta les bretelles de son sac à dos sur ses épaules et se mit en route. Il pensa à ce qui se passerait une fois qu'il aurait retrouvé Daniel et découvert l'identité du traître qui les avait piégés.

— Vous croyez que Daniel nous attend en Louisiane et que c'est pour cette raison qu'il vous a envoyé une lettre ?

La question d'Erin le sortit de ses pensées. Apparemment, elle avait en tête des interrogations semblables aux siennes.

— Peut-être. Mais je crois plutôt qu'il cherche à me mettre sur la piste de celui qui nous a trahis pour couvrir ses arrières au cas où…

Il ne termina pas sa phrase, mais pas à cause de la bourrasque qui venait de le frapper en plein visage.

— Au cas où quoi ? le relança Erin.

Il remit son sac à dos en place et s'efforça de surmonter son angoisse.

— Au cas où il lui arriverait malheur. Il souhaite que je sois en mesure de neutraliser le traître.

Chacun pour soi. Ne jamais compromettre une mission, se dit-il pour se convaincre qu'il n'avait pas à se sentir coupable. Et pourtant…

— Savez-vous déjà comment vous allez appeler votre bébé ? demanda-t-il, sans trop savoir ce qui le poussait à poser une telle question.

Mais tout sujet qui lui évitait de trop penser à Daniel était bon à prendre.

— J'ai quelques idées, répondit Erin, qui semblait déjà essoufflée. Si c'est une fille, je l'appellerai Annie. C'était le prénom de ma mère.

Il enjamba avec précaution un tronc d'arbre tombé en travers du sentier et se retourna pour l'aider à franchir cet obstacle.

— J'aime bien. Et si c'est un garçon ?

— Eh bien, j'ai plusieurs choix possibles. Bradley serait le plus évident.

A cette idée, il se crispa, mais continua à avancer sans faire de commentaire. Le peu d'estime qu'il portait au défunt était certainement dû à son caractère manipulateur, pas à de la jalousie.

Mais rien n'y faisait. A part Daniel, jamais personne ne lui avait montré un attachement aussi indéfectible que celui qu'Erin portait à son Bradley, pas même sa mère. Erin, elle, serait une mère qui n'abandonnerait jamais son enfant à son sort. Il en avait la conviction.

— J'avais également pensé à Joey, intervint-elle alors. Mais... je ne sais pas. Ce n'est pas forcément une bonne idée.

— Pourquoi Joey ?

Elle ne répondit pas immédiatement. Il ralentit et se retourna pour la regarder.

Elle avait la tête basse et le front plissé, comme si de pénibles pensées la tourmentaient. Elle avait déjà fait allusion à un certain Joey Finley mais n'avait pas souhaité lui en dire davantage.

— Vous voulez bien m'expliquer qui est Joey Finley ? s'enquit-il avec le plus de tact possible.

— Je..., hésita-t-elle. C'est une blessure encore à vif. En parler me fait l'impression d'ôter un pansement d'une plaie qui n'a pas encore cicatrisé. Et, étant donné que je vous ai promis de ne plus faire de crises de larmes…

— Je disais cela seulement parce que vous avez déjà fait allusion à lui. Mais, si c'est trop difficile, ne vous forcez pas, je comprends parfaitement.

Tous deux se turent et il se concentra sur la marche. La pente devenait plus raide, ce n'était pas le moment de glisser.

— Il paraît qu'une blessure se referme plus vite si on lui fait prendre l'air, reprit Erin au bout de plusieurs minutes.

Mais elle semblait se livrer à contrecœur.

— Ne vous sentez pas obligée d'en parler si…

— Non, ça va. C'est sans doute mieux que je le fasse, mais…

Il l'entendit s'arrêter derrière lui. Il se retourna de nouveau et la découvrit immobile, à fixer le flanc de la montagne en serrant sa parka autour d'elle.

— Joey était un de mes élèves quand j'étais institutrice. Il avait six ans. C'était un garçon chétif, plus petit que les autres élèves de sa classe, et très solitaire.

Elle leva un regard plein de mélancolie vers lui. Il fut touché : cette description lui rappelait l'enfant qu'il avait été.

— Je l'ai pris sous ma coupe parce qu'il semblait vivre des moments difficiles. Les autres garçons n'étaient pas à proprement parler méchants avec lui mais le tenaient néanmoins à l'écart. Joey manquait cruellement de confiance en lui et je souhaitais lui faire savoir qu'il n'était pas seul, l'aider à croire en ses capacités. Jamais je n'aurais pensé que…

Elle pâlit et s'enroula de nouveau les bras autour de la poitrine.

— Erin, ne vous forcez pas si…

— J'ai compris qu'il avait des problèmes de dyslexie, que c'était là l'origine de ses difficultés. Un jour, il semblait particulièrement abattu et je lui ai demandé de rester en classe pendant la récréation pour pouvoir discuter avec lui. Pour l'encourager, je lui ai parlé de ce que je faisais avec Bradley et de mon premier saut en parachute. Je lui ai expliqué qu'au départ je pensais ne jamais y arriver mais que, à force de m'entraîner à sauter depuis une plate-forme sur le terrain d'aviation, j'avais fini par trouver la force de monter dans l'avion et d'effectuer un véritable saut. Et que, si j'y étais parvenue, lui finirait par réussir à écrire son nom sans faire de fautes. Tout ce qu'il lui fallait, c'était de la force et de la persévérance.

Sa voix chevrota mais elle ne pleura pas.

Mon Dieu. Que se passerait-il si jamais elle fondait en larmes ? L'histoire du petit Joey ressemblait trop à celle du petit garçon qu'il avait été. Sauf que lui n'avait jamais eu d'enseignant qui s'était intéressé à lui. Il s'éclaircit la voix et déclara :

— Joey a eu de la chance de vous avoir comme institutrice.

Elle releva brusquement la tête.

— Vraiment ? rétorqua-t-elle d'un ton amer qui le prit au dépourvu. Eh bien, ses parents n'en disent pas autant. Surtout après que leur fils a sauté du troisième étage pour faire comme mademoiselle Erin Bauer ! ajouta-t-elle, les yeux brillants.

— Il est mort ? parvint-il à lui demander avec une terrible appréhension.

— Non, Dieu merci, mais il s'en est fallu de très peu. Joey s'est certainement dit que, si son institutrice avait sauté d'un avion, lui pouvait sauter du troisième étage avec un drap en guise de parachute ! Il s'est fait plusieurs fractures. Par ma faute ! Parce que je n'ai rien trouvé de mieux que me citer en exemple pour l'aider à surmonter ses difficultés ! Tout ce que je voulais, c'était l'encourager, le motiver et, au lieu de cela, j'ai provoqué un désastre. Je lui ai mis en tête l'idée que prendre des risques était courageux. J'étais le pire des modèles pour cet enfant, et il s'est gravement blessé à cause de mon erreur.

La douleur et la culpabilité qu'elle exprimait lui brisèrent le cœur.

— Erin, vous ne pouvez pas vous sentir responsable de…

— Pourquoi pas ? Ses parents ont menacé de poursuivre l'école en justice si je n'étais pas renvoyée. Mais c'était inutile car, de toute façon, après un tel drame, je ne pouvais pas continuer à enseigner dans cette école comme si de rien n'était. L'accident de Joey m'a traumatisée. Comment ai-je pu être aussi stupide ?

Elle se détourna et se prit le visage entre les mains.

— Mince, soupira-t-elle, et moi qui vous ai promis de ne pas m'effondrer de nouveau !

Elle inspira et expira doucement pour se calmer.

— Parfois, quand je pense combien j'ai pu me montrer maladroite en tant qu'enseignante, je me demande bien quel genre de parent je vais faire.

Il s'approcha d'elle et la prit par les épaules.

— Ne soyez pas aussi dure envers vous-même.

— Non, arrêtez, rétorqua-t-elle en se libérant pour reprendre sa marche. Que je m'en veuille, c'est vraiment la moindre des choses, et je mérite bien pire. Joey s'est fait du mal à cause de moi.

Il s'empressa de lui emboîter le pas.

— Et les parents de Joey, où étaient-ils quand il a sauté par la fenêtre ? Ils n'ont aucune part de responsabilité, eux ?

Elle secoua la tête et pressa le pas sous l'effet de la colère. Mais il lui saisit le bras et la força à lui faire face.

— Peut-être avez-vous commis une erreur en parlant à cet enfant de votre saut en parachute, mais il n'en reste pas moins que vous lui avez offert plus que ce que nombre d'autres enfants n'obtiendront jamais, que ce soit chez eux ou à l'école. Vous lui avez offert une part de vous-même.

Parler ainsi à cœur ouvert fit rejaillir en lui de pénibles souvenirs qu'il repoussa.

— Ne sous-estimez jamais l'importance que cela peut avoir.

Elle ferma les yeux et soupira. Quand elle les rouvrit, son regard était plein de mélancolie.

— Mes élèves me manquent. J'ai envie plus que tout d'enseigner de nouveau, mais j'ai peur. Je ne veux pas commettre une nouvelle erreur et qu'un autre enfant en pâtisse.

Il la serra contre lui pour la réconforter.

— Ne vous repliez pas en vous-même, Erin. On a besoin d'enseignants comme vous. Votre affection et votre dévouement sont des vertus extrêmement précieuses.

Il la lâcha et s'écarta de quelques pas avant que son envie de l'embrasser ne devienne insurmontable. Sa douceur, sa profonde sensibilité et sa compassion étaient tout ce dont il avait manqué pendant l'enfance. Et tout ce dont il devait se prémunir s'il voulait continuer à bien faire son travail.

Une partie de lui-même aurait voulu qu'elle comble ce manque d'amour dont il avait tant souffert mais, en tant que membre des opérations spéciales, il devait rester froid et détaché.

Il devait se répéter ce refrain avant qu'elle ne devienne trop importante pour lui.

« Votre affection et votre dévouement sont des vertus extrêmement précieuses. »

Erin marchait en silence dans les pas d'Alec, et ses mots lui revenaient en boucle. Tôt ou tard, elle devrait trouver la force de reprendre son travail. Partager sa souffrance avec Alec et, en retour, l'entendre lui dire qu'elle avait tout ce qu'il fallait pour être une bonne enseignante l'avait ébranlée. Il y avait bien longtemps qu'on ne lui avait pas fait une telle déclaration.

Le comportement d'Alec était l'exact inverse de celui de Bradley, qui avait tendance à constamment instiller le doute en elle. Cette nouvelle réflexion l'ébranla un peu plus.

— Nous ne sommes plus très loin, intervint Alec, coupant court à ses pensées. Vous entendez ce bruit d'eau ?

Elle tendit l'oreille.

— Oui, qu'est-ce que c'est ? Une cascade ?

— Un ruisseau qui coule en bas de la colline. Notre point de rendez-vous se situe environ cinq cents mètres après ce ruisseau.

Elle consulta sa montre.

— Nous avons bien marché, alors. Il reste encore une bonne heure de jour.

Il tourna la tête et acquiesça.

— Oui, vous pouvez être fière de vous. Vous n'avez jamais faibli, même quand j'ai forcé l'allure.

Elle sourit.

— Je suis une poule mouillée, mais une poule mouillée de compétition : c'est ça que vous voulez dire ?

Il partit d'un petit rire.

— Non, ça, c'est vous qui le dites, pas moi.

En bas de la colline, ils se retrouvèrent au bord du ruisseau. En été, malgré le fort courant, il devait être possible de traverser en ayant de l'eau jusqu'à mi-cuisses, mais, à cette saison, les rochers étaient couverts de glace.

Alec se posta mains sur les hanches et observa le cours d'eau en amont et en aval.

Elle en profita pour reprendre son souffle puis étudia elle aussi la situation.

— Comment allons-nous traverser ? Si nous entrons dans l'eau ici, nous allons nous retrouver en hypothermie.

— Je suis d'accord, confirma-t-il.

Ils longèrent le cours d'eau un moment. Alec s'arrêta et désigna les rochers de la tête.

— Ici, ça semble possible de passer à gué. Qu'en dites-vous ? Vous vous en sentez capable ?

Il lui demandait son avis ? Qu'Alec prenne en compte ce qu'elle pensait et ce qu'elle se sentait capable de faire la comblait d'aise. Bradley ne faisait jamais ainsi : il décidait de tout et la mettait devant le fait accompli en la laissant se débrouiller.

Elle observa la disposition des rochers, l'espace entre chaque et acquiesça.

— Oui, j'y arriverai.

— Très bien, répliqua Alec. Je vais passer en premier pour ouvrir la voie. Laissez votre sac à dos, je reviendrai le chercher une fois que vous aurez traversé.

Il se hissa sur le premier rocher au bord du torrent et lui tendit la main pour l'aider à monter. Elle posa son sac à dos et prit sa main. Sa prise ferme la rassura et lui donna de l'énergie.

— Faites bien attention où vous mettez les pieds et prenez votre temps. La glace et l'humidité rendent les rochers glissants.

— Entendu.

Il se tourna et sauta sur le rocher suivant. Elle s'apprêta à en faire de même et attendit qu'il ait fait un bond supplémentaire.

Puis elle sauta et se réceptionna sans problème. Elle poussa un soupir de soulagement.

Elle observa bien l'attitude d'Alec, copia ses mouvements et finit par se piquer au jeu. Quand elle était enfant, elle s'amusait à sauter ainsi de rocher en rocher sur le petit ruisseau qui courait derrière la maison de ses parents. Elle avait toujours eu un bon sens de l'équilibre, mais il lui arrivait néanmoins de revenir avec des chaussures trempées. Sa mère l'accueillait en levant les yeux au ciel et faisait sécher ses chaussures sur le radiateur de l'entrée.

— Attention, celui-ci est particulièrement glissant.

La voix d'Alec l'arracha à ses souvenirs.

— D'accord.

Elle sauta sur le rocher en question en écartant bien les bras. Elle avait pris beaucoup d'élan et eut le réflexe de prolonger son mouvement en enchaînant un second saut. Mais Alec n'avait pas encore bondi sur le rocher suivant et elle dut se cambrer pour ne pas le bousculer. Son pied glissa…

D'instinct, elle agrippa le sac à dos d'Alec et parvint à se rétablir. En revanche, Alec, surpris, vacilla et fit des moulins avec ses bras pour ne pas chuter. Elle tenta de le rattraper, mais il posa alors le pied sur une plaque de glace et elle ne put l'empêcher de tomber à l'eau.

— Alec !

En un rien de temps, le courant l'aspira sous la surface.

9

Erin fut tellement épouvantée qu'elle en oublia de respirer. Alec émergea brusquement et se frotta le visage en poussant un juron, tellement la morsure du froid devait être intense.

— Oh ! mon Dieu, non ! hurla-t-elle.

C'était sa faute. Sa faute. Cette réflexion lui tournait en boucle infernale dans la tête tandis qu'Alec s'efforçait de rester debout dans le courant et de rejoindre tant bien que mal l'autre rive. A peine sorti de l'eau, il tomba à genoux et commença à ôter ses vêtements trempés en tremblant de tous ses membres.

Dévorée par la culpabilité, Erin s'empressa de sauter de rocher en rocher pour le rejoindre.

— Alec ! Oh ! mon Dieu, Alec, je suis tellement désolée ! gémit-elle en l'aidant à se débarrasser de ses vêtements.

— Un f… feu. Il faut faire du feu.

Il claquait des dents.

— Oui, c'est vrai.

Elle tourna la tête de tous côtés pour trouver du bois sec. Elle rassembla un tas de brindilles et posa le regard sur le sac à dos trempé. Il y avait peu de chances qu'elle y trouve des allumettes encore utilisables.

Elle retourna auprès d'Alec pour l'aider à déboutonner et faire descendre son jean et sa combinaison thermique. Comme il ne parvenait pas à délacer ses chaussures, elle s'en chargea, puis termina de lui ôter son jean et son caleçon long. Sa peau était pâle et commençait à bleuir par endroits, ce qui augmenta encore son inquiétude.

— Y a-t-il des allumettes ou un briquet dans mon sac à dos ? lui demanda-t-elle.

Il ne parvenait toujours pas à maîtriser ses tremblements mais leva néanmoins la tête vers elle avec une expression de souffrance qui lui déchira le cœur.

— Ou… oui, bredouilla-t-il.

Il avait les lèvres pâles et le visage rougi. Elle résista de toutes ses forces pour ne pas fondre en larmes, elle n'avait pas le droit de craquer. Elle devait réchauffer Alec pour lui sauver la vie. Rien d'autre n'avait d'importance.

Elle enleva sa parka et la lui posa sur les épaules. Après lui avoir ôté ses chaussettes mouillées, elle lui frotta vigoureusement les doigts, les joues et les jambes pour y ramener un peu de chaleur. Enfin, elle ôta son pull et lui enroula les mains dedans.

— Je reviens tout de suite, Alec.

Il fit un petit mouvement de tête : acquiescement ou tremblement ? Elle n'aurait su dire, mais n'avait pas le temps pour y réfléchir. Aussi rapidement que possible, elle retraversa le torrent en sautant d'un rocher à l'autre pour aller chercher le second sac à dos puis revint. Etrangement, l'urgence de la situation et la peur lui donnaient de l'assurance, et elle effectua l'aller-retour quasiment sans hésitation. Elle commençait elle aussi à souffrir du froid et chercha les allumettes dans le sac à dos avec des mains engourdies.

Alec tremblait de plus en plus. Elle ne devait pas paniquer et allumer un feu le plus vite possible. Mais une bise glaciale s'était levée et lui rendait la tâche plus difficile mais d'autant plus nécessaire.

Après plusieurs tentatives, elle parvint à obtenir une petite flamme et aida Alec à s'en rapprocher.

Elle sortit d'autres vêtements secs de son sac à dos puis

souleva la parka qu'Alec avait sur les épaules pour s'enquérir de ce qu'il portait encore de mouillé.

— Il faut tout enlever, sinon vous n'arriverez jamais à vous réchauffer, déclara-t-elle d'un ton autoritaire qui la surprit elle-même.

Il répondit d'un petit signe de tête, et elle s'empressa de l'aider à se débarrasser de ses sous-vêtements pour les remplacer par des vêtements secs. S'il n'avait pas tremblé aussi frénétiquement, sans doute aurait-elle eu du mal à ne pas montrer de trouble en dénudant son corps sculpté et incroyablement sexy.

Le vent faisait vaciller la flamme du feu, et celui-ci avait bien du mal à prendre de l'ampleur et ne contribuait guère à réchauffer Alec. Elle devait trouver une autre solution.

Heureusement, elle savait monter une tente car, avec Bradley, elle avait souvent fait du camping sauvage. Elle sortit la petite tente à deux places roulée dans le sac à dos d'Alec et, malgré le vent qui contrariait ses efforts, parvint à la mettre en forme en un temps record.

Elle avait donné à Alec ses vêtements les plus chauds et, quand elle l'aida à s'installer à l'intérieur de la tente, elle aussi commençait à grelotter. Elle lui ôta la parka des épaules pour l'étendre au sol, déroula le sac de couchage encore sec et aida Alec à s'y glisser.

Dehors, il commençait à faire noir et, à l'aveugle, elle se déshabilla à son tour, ne gardant que sa petite culotte, son soutien-gorge et ses chaussettes. Puis elle entra dans le sac de couchage et le referma jusqu'au bout pour qu'ils bénéficient d'un maximum de chaleur.

Dans l'obscurité, la respiration saccadée d'Alec résonnait et elle pouvait presque sentir ses poils hérissés sur sa peau glacée. Il n'y avait guère de place dans le sac de couchage mais elle s'efforça néanmoins de lui frotter les mollets avec les pieds, et le dos avec ses mains. Elle se serra au maximum contre son torse.

Après de longues minutes, épuisée, elle enroula les bras et

les jambes autour de lui du mieux possible pour continuer à lui transmettre sa chaleur, ferma les yeux et récita une prière muette pour qu'il s'en sorte, tenaillée par la culpabilité et les remords.

— Je suis désolée, je suis tellement désolée, murmura-t-elle.

Le sommeil finit par avoir raison d'elle, mais ce fut un sommeil empli de cauchemars, de vents mauvais et d'eaux glacées.

La lumière du jour s'immisça par la petite ouverture qu'elle avait laissée dans le sac de couchage et la fit battre des paupières. Elle mit quelques instants à sortir de sa torpeur, elle se sentait désorientée.

Elle n'était pas seule dans le sac de couchage dans lequel elle était recroquevillée et qui constituait un cocon chaud et douillet. Le corps vigoureux et ferme d'un homme était pressé contre le sien.

Alec.

Le cœur battant, elle gigota jusqu'à voir son visage.

Il lui adressa un sourire fatigué et l'observa de ses yeux bleus mi-clos.

— Bonjour, poulette, dit-il de sa voix grave qui, à ses oreilles, sonna comme une mélodie.

— Alec ! Vous allez bien ? s'enquit-elle en lui prenant le visage entre les mains pour s'assurer que la chaleur y était revenue.

— Oui, je vais bien. Très bien, même, à l'instant.

Il avait repris des couleurs, et son regard était alerte. Cependant, elle lui passa les mains sur les épaules, le torse et les hanches pour être certaine que l'ensemble de son corps avait recouvré une température normale.

Quand elle fut complètement rassurée, elle poussa un long soupir de soulagement et passa les bras autour de son cou pour le serrer contre elle.

— Dieu merci. J'ai eu tellement peur ! S'il vous était arrivé…

Elle sentit alors sa main lui descendre doucement le long du dos pour la presser davantage contre son torse musclé et l'expression de sa virilité.

Le souffle coupé, elle leva les yeux vers lui, confuse.

Il lui retourna un sourire espiègle.

— Qu'est-ce qui ne va pas, Erin ? Vous ne vous êtes jamais réveillée dans le même sac de couchage qu'un homme nu ?

— Vous n'êtes pas nu, répliqua-t-elle maladroitement.

— Peu s'en faut et vous aussi, d'ailleurs.

Comme pour appuyer ses propos, il fit lentement remonter sa main le long de son dos en une caresse sensuelle.

— J'avoue que je n'aurais pu rêver réveil plus agréable, susurra-t-il.

Elle déglutit. Son pouls s'emballa et un vif désir s'éveilla en elle.

Il approcha les lèvres et lui donna un petit baiser.

— Je pourrais vous manger toute crue.

Elle éclata de rire.

— Bien, il semble évident que vous n'avez pas gardé de séquelles de votre petit plongeon d'hier.

— Grâce à vous.

Elle baissa les yeux.

— Je suis vraiment désolée, vous savez. J'ai perdu l'équilibre et j'ai agrippé la première…

Il lui posa un doigt sur les lèvres.

— C'est grâce à vous si j'ai survécu après ma chute dans l'eau glacée.

La culpabilité qu'elle éprouvait lui rendait difficile d'accepter ses remerciements.

— Mais c'est ma faute si vous…

— C'était un accident. Cessez de vous en vouloir, dit-il résolument tout en lui caressant le visage. L'important, c'est que,, sans vous, je ne m'en serais sans doute pas sorti. Vous avez fait tout ce qu'il fallait, sans céder à la panique. Je sais que vous avez eu peur, mais vous avez gardé votre sang-froid et pris soin de moi. Vous avez été formidable.

Elle le fixa droit dans les yeux, incapable de trouver le moindre mot, au bord des larmes.

— Vous savez ce que je crois ? poursuivit-il.

Elle fit non de la tête.

— Je crois que vous serez une mère géniale.

Ce compliment lui alla droit au cœur, tant il contrebalançait sa propre opinion d'elle-même.

— Vous le pensez vraiment ? parvint-elle à articuler.

Il lui donna un nouveau petit baiser et la serra contre lui.

— Oh que oui. Je n'ai pas pour habitude de gâcher ma salive pour tenir des propos que je ne pense pas sincèrement.

Son compliment était à la fois apaisant et bouleversant, il éveillait chez elle l'envie de partager sa vie avec un homme comme lui, d'élever son enfant en sa compagnie. Elle déglutit pour passer outre l'émotion qui l'étreignit et lui sourit.

— C'est vraiment important pour moi que vous disiez cela.

— Et moi, je tenais beaucoup à vous le dire. Nous vivons tous des événements difficiles, tragiques, sur lesquels nous n'avons aucune prise. Mais, hier, vous avez démontré que, quand la situation l'exige, vous savez être forte et lutter. Le véritable courage, c'est exactement ça. Et vous en avez à revendre.

Ses paroles étaient d'autant plus touchantes qu'elles étaient exprimées avec conviction et solennité.

Elle voulut répliquer mais ne trouva pas ses mots. Lui avait-on déjà montré autant de foi, prodigué autant d'encouragements ? Pas depuis la mort de ses parents, c'était une certitude.

Avant qu'elle ait le temps de trouver une réponse à lui formuler, il l'embrassa de nouveau. La sensation de ses lèvres raviva encore son désir et, spontanément, elle croisa les bras autour de son cou et se laissa aller. Elle avait envie que son ardeur comble tout ce qu'elle ne parvenait pas à exprimer.

De sa langue, elle vint doucement effleurer la sienne, et il poussa un gémissement de satisfaction, prolongeant longuement ce baiser.

Lorsqu'il y mit fin, il recula son visage de quelques centimètres et lui adressa un regard d'une intensité dévastatrice.

— Il n'y a que deux choses qui me retiennent de vous faire l'amour sans attendre, déclara-t-il d'une voix rauque.

— Lesquelles ? voulut-elle savoir, totalement sous l'emprise du désir.

— D'abord, je dois être sûr que je ne ferai pas de mal à votre bébé.

Une fois de plus, elle fut bouleversée qu'il se soucie de cela.

— Non, vous ne ferez pas de mal à mon bébé, répondit-elle avec un sourire.

— Vous en êtes sûre ?

— Absolument. Quelle est la seconde chose ?

— Je dois être certain que je ne vous ferai pas de mal à vous.

— A moi ? Mais comment pourriez-vous me faire du mal ?

Il prit un air grave et répliqua :

— Eh bien, je n'ai pas l'impression que vous soyez du genre à dissocier amour physique et sentiments.

— Ah oui ?

— Oui. Et je n'ai pas le droit de m'engager dans une véritable relation, Erin, ajouta-t-il en laissant courir un doigt sur son cou et ses épaules.

Elle était consumée de désir, et cette simple petite caresse la transporta.

— Je ne peux pas me permettre de m'attacher durablement, poursuivit-il. Pour moi, tisser des liens trop étroits est dangereux.

Sa main atteignit le bas de son dos. Elle était tellement subjuguée qu'elle n'était même plus en mesure de comprendre ce qu'il disait.

— Mais si vous pouvez le comprendre, murmura-t-il sur un ton séducteur, alors je suis sûr que nous pouvons vivre un moment très fort pour nous deux.

Elle en frissonna de plaisir et d'excitation.

— Je n'en doute pas.

— Est-ce un oui ?

Pour accompagner sa question, il fit glisser ses lèvres le long de son cou et effleura ses seins. Elle poussa un soupir de plaisir.

— Ne vous arrêtez pas.

— Entendu.

Délicatement, il dégrafa son soutien-gorge et libéra ses seins déjà gonflés de désir. Il les caressa doucement, l'embrassa et fit descendre sa bouche le long de son cou, sur ses épaules. Quand il s'interrompit, elle releva la tête de quelques centimètres : il contemplait sa peau, ses seins, avec, dans les yeux, un mélange d'émotion et d'envie qui la rendit fière.

Elle glissa une main entre leurs deux corps pressés l'un contre l'autre et, quand elle atteignit l'expression de sa virilité, lui arracha un gémissement de surprise et de plaisir.

— Ah, poulette, vous me tuez.

Elle lui retourna un sourire malicieux.

— Tant mieux.

Il s'appuya alors sur un coude, posa une main sur son ventre et descendit jusqu'à son intimité. Le plaisir fut tellement fort qu'elle s'arqua pour s'offrir à ses caresses. Elle ne pouvait plus attendre de le sentir en lui.

Mais, soudain, il s'interrompit.

Il retira sa main, leva la tête et s'immobilisa.

— Alec, par pitié, ne me faites pas…

Il lui plaqua une main sur la bouche.

— Vous entendez ?

Elle était dans un tel état qu'elle n'était pas en mesure d'entendre quoi que ce soit.

— Non, je…

Soudain, elle perçut un vrombissement et tendit l'oreille.

— Quelle heure est-il ? demanda Alec en lui saisissant le poignet pour regarder la montre qu'elle portait.

Il retint un juron et tourna la tête dans tous les sens.

— Allez, poulette, c'est notre hélico. Il ne faut pas traîner. Sinon Jake va repartir sans nous.

Elle en resta bouche bée.

— Mais… Mais nous…

— Allez, vite. Prenez seulement ce dont vous avez besoin, nous n'avons pas le temps de lever le camp.

Il chercha la fermeture Eclair du sac de couchage et l'ouvrit grand.

L'air vif et froid du matin la frappa de plein fouet. Elle poussa un gémissement et s'enroula les bras autour d'elle. Elle se sentait déçue, frustrée, tellement fort qu'elle aurait voulu crier, mais elle se maîtrisa. Ils étaient tous deux en vie, et on venait les chercher. A côté de cela, que pouvait bien représenter une occasion manquée de passer un moment de plaisir ?

Mais elle avait beau se raisonner, elle n'était pas convaincue et avait toujours la sensation d'être passée à côté d'une expérience rare et précieuse.

Alec passa son maillot de corps puis se tourna vers elle, lui prit le visage entre les mains et lui donna un petit baiser.

— Plus tard, murmura-t-il.

Cette promesse suffit à lui échauffer de nouveau les sens.

Une fois habillé, Alec ouvrit la tente et sortit. A quatre pattes, elle en fit de même. Elle avait superposé le maximum de vêtements possibles et à peine se saisit-elle du sac à dos qu'Alec le lui prit et se le passa sur l'épaule.

— Allons-y et, si je vais trop vite, prévenez-moi.

Sans autre forme de procès, il se retourna et partit au pas de course.

Elle le suivit et fit de son mieux pour rester à son contact. A mesure qu'ils dévalaient la pente, le bruit des pales de l'hélicoptère se faisait plus fort.

Ils finirent par arriver en vue d'une clairière au centre de laquelle l'appareil était posé. Alors qu'ils approchaient et allaient sortir du couvert des arbres, Alec s'arrêta brusquement, sortit son arme et lui indiqua de rester à l'abri.

— Ne bougez pas. Et, s'il se passe quoi que ce soit, rebroussez chemin.

Elle fut abasourdie.

— Mais… qu'est-ce qui se passe ?

— Ce n'est pas Jake.

10

Erin suivit Alec du regard. Il avançait résolument vers l'hélicoptère en brandissant son arme, mais le pilote braqua à son tour un fusil sur lui. Elle ne pouvait qu'observer ce face-à-face en priant pour que le pire ne survienne pas.

— Qui êtes-vous ? Où est Jake ? demanda Alec, très fort pour se faire entendre par-dessus le bruit des rotors.

— Il a la grippe. Il m'a envoyé à sa place, répliqua le pilote en brandissant un insigne de sa main libre. Je m'appelle Oscar Carlisle.

— Lancez-moi votre insigne.

Le pilote s'exécuta et Alec l'attrapa au vol. Il l'étudia avec précaution, en gardant un œil sur le pilote.

Elle continuait d'observer la scène, tendue. Le froid commençait à l'engourdir.

Alec referma le portefeuille de l'insigne, fixa Carlisle pendant quelques secondes puis le lui renvoya.

— Jake n'avait pas l'air malade quand je lui ai parlé.

Le pilote haussa les épaules.

— Je ne suis pas médecin. Tout ce que je sais, c'est qu'il m'a appelé ce matin pour me demander de venir vous chercher et qu'il m'a dit avoir une fièvre de cheval.

Alec ne semblait toujours pas satisfait de ces explications.

Erin réprima un soupir. Certes, la méfiance était toujours de mise et le pire pouvait survenir à tout instant avec un métier comme celui d'Alec. Cependant, son comportement lui paraissait exagéré. Il avait pris toutes les précautions pour qu'on ignore leurs faits et gestes. Alors comment aurait-il pu y avoir une fuite ?

Mais il jeta un bref regard inquiet dans sa direction et elle révisa son jugement. S'il se montrait aussi méfiant, c'était pour elle. Peut-être que, s'il avait été seul, il n'aurait pas autant hésité à se fier à cet homme qu'il ne connaissait pas. Si nécessaire, il saurait même certainement piloter l'hélicoptère lui-même. Mais sa présence changeait la donne. Cette réflexion l'attrista. En aucun cas elle ne souhaitait être un problème pour lui.

— Qui vous a donné l'autorisation d'utiliser cet hélicoptère ? demanda Alec au pilote.

L'homme manqua s'étouffer.

— L'autorisation ? Mais voyons, officiellement, cet appareil est toujours dans son hangar à Boulder.

A cette réponse, Alec parut légèrement se détendre et répondit d'un petit signe de tête à Carlisle. Puis il revint vers elle et lui tendit la main.

— C'est bon, on y va.

Elle le regarda d'un air incrédule.

— Mais que voulait-il dire ? Il a volé l'hélicoptère ?

— Volé, c'est un peu exagéré. Disons plutôt qu'il l'a emprunté.

— Et vous avez le pouvoir de faire courir autant de risques à des hommes ?

Il inclina la tête et haussa les sourcils mais ne répondit pas. Il la tira à sa suite vers l'appareil. Il l'aida à monter, s'installa à côté d'elle puis se pencha en avant pour parler avec Carlisle.

Celui-ci acquiesça, activa les commandes et, quelques instants plus tard, l'appareil s'éleva dans les airs.

Alec lui prit la main et lui frotta les doigts pour la réchauffer, comme elle l'avait fait pour lui la veille. Elle repensa alors à la sensation de ses mains sur son corps, juste avant qu'ils ne soient brusquement interrompus. Sans cela, elle aurait fait l'amour avec lui sans hésiter. Mais probablement aurait-elle cogité ensuite.

L'arrivée de l'hélicoptère lui avait certainement évité de commettre une erreur, car Alec avait vu juste : elle n'était pas du genre à dissocier plaisir physique et sentiments. S'ils avaient fait l'amour, ç'aurait été délicieux sur le moment mais douloureux ensuite : ils n'avaient pas d'avenir ensemble.

Et, pour lui, elle était davantage une gêne qu'autre chose.

Elle regarda au-dehors de l'hélicoptère.

Quand Alec aurait enfin retrouvé Daniel et découvert qui les avait trahis en Amérique du Sud, que se passerait-il ? Quand il n'aurait plus à veiller sur elle, sortirait-il de sa vie du jour au lendemain ? C'était probable, car bâtir un foyer et une vie de famille, ce n'était évidemment pas son truc.

Et, de toute façon, le danger inhérent à son métier n'était pas compatible avec l'éducation d'un enfant. Certes, elle souhaitait que son enfant puisse s'identifier à une figure paternelle, mais un homme qui sautait d'un véhicule à l'autre sur l'autoroute, laissait volontairement s'écraser un avion pour semer des tueurs et chassait des trafiquants de drogue en pleine jungle n'avait pas à proprement parler le profil idéal.

Elle contempla le paysage et soupira. La vérité était pénible à accepter, mais plus vite elle sortirait de la vie de cet homme, mieux ce serait. Une fois qu'ils auraient atterri, elle lui dirait adieu.

S'il considérait que c'était plus prudent pour elle de rester cachée encore quelque temps, elle accepterait de passer quelques jours ou quelques semaines à l'hôtel. Elle était même prête à changer provisoirement d'apparence. Mais elle ne voulait plus être un fardeau pour lui.

A peine eut-elle pris cette décision qu'elle sentit sa gorge se serrer. Il allait lui manquer. Même si partager ses aventures n'était pas de tout repos, il était capable de se montrer d'une gentillesse et d'une affection bouleversantes. C'était un homme courageux, un homme de principes. Un homme dont, dans d'autres circonstances, elle aurait pu tomber amoureuse.

D'ailleurs, peut-être était-ce déjà un peu le cas.

Quand Erin s'assoupit sur son épaule, Alec éprouva une bouffée de tendresse. Se réveiller tout contre elle, la tenir dans ses bras, l'embrasser et la caresser, tout cela avait été extrêmement fort.

Et il s'en était fallu de peu qu'il fasse l'amour avec elle. Rétrospectivement, il s'en voulait de ne pas avoir eu la force de se retenir : il n'était pas en mesure de lui offrir ce à quoi elle aspirait. Ce qu'elle méritait, même.

Mais il avait beau se faire cette réflexion, il lui suffisait de repenser à ces instants délicieux pour sentir son corps vibrer. Et la sensation de ses cheveux qui lui chatouillaient la joue n'arrangeait rien, bien au contraire.

Il roula une chemise en boule pour en faire un oreiller et, tout doucement, l'installa sous sa tête. Puis il alla s'asseoir sur le siège du copilote, à l'avant de l'appareil. Il ajusta sur ses oreilles le casque équipé d'un micro pour pouvoir parler à Carlisle.

Que Jake ne soit pas venu en personne continuait de le contrarier. Seul un nombre très réduit d'individus devaient savoir qu'Erin et lui étaient toujours en vie.

— Combien de temps nous faudra-t-il pour arriver à Boulder ?

— Nous y serons dans une dizaine de minutes, répliqua Carlisle. Ça vous dérange si je vous demande ce que cette femme et vous, vous faisiez dans la montagne par ce temps ?

— Oui, ça me dérange.

Le pilote renifla de dédain.

— Très bien. J'ai risqué ma peau pour venir vous chercher, mais ce n'est pas grave, n'en tenez pas compte.

Alec fronça les sourcils. Que voulait ce type exactement ? Qu'il lui donne une bonne bourrade dans le dos ?

Les hommes et les femmes qui travaillaient pour les opérations spéciales connaissaient les risques, savaient qu'une absolue discrétion était toujours de mise et qu'on pouvait avoir besoin d'eux au pied levé. Le comportement du pilote raviva sa méfiance.

Il n'échangea quasiment plus avec lui jusqu'à ce qu'ils soient en vue de Boulder.

Au moment où ils entamaient leur descente vers un terrain d'atterrissage privé, Carlisle plaça son micro devant sa bouche et changea de fréquence radio.

— Charlie 19, ici Carlisle. Atterrissage dans deux minutes.

— Positif, Carlisle, bon travail, répliqua une voix.

Mais ce n'était pas celle du contrôleur aérien qui leur avait répondu quelques minutes plus tôt.

Alec tourna la tête et dévisagea le pilote.

— A qui parliez-vous ?

— Je ne faisais qu'annoncer notre arrivée, répliqua Carlisle avec un petit sourire énigmatique.

Cette fois, Alec en était certain : Carlisle n'était pas celui qu'il prétendait être, on avait empêché Jake de venir. Un frisson lui parcourut l'échine.

Il saisit Carlisle par le col.

— A qui parliez-vous ? répéta-t-il avec véhémence.

L'appareil vacilla et Carlisle lui retourna une grimace hostile.

— Lâchez-moi, sinon je vous jure que je fais s'écraser l'hélico et que nous y passons tous les trois !

Alec avait déjà dû affronter des menaces similaires. Mais les fois précédentes la vie d'une femme enceinte qu'il avait juré de protéger n'était pas en jeu.

Carlisle passa la main sous son siège et brandit un revolver qu'il lui appliqua sous le menton.

— Lâchez-moi, je vous dis !

Alec s'exécuta. Mais il ne comptait pas en rester là. Un comité d'accueil les attendait certainement à l'atterrissage.

Il se laissa tomber au fond de son siège et réfléchit. S'il avait été seul, il n'aurait pas hésité un instant, d'autant qu'il savait piloter un hélicoptère. Mais il n'était pas prêt à mettre la vie d'Erin en péril.

Il hésitait, et ce n'était pas bon. Mais, quand il jeta un regard au terrain d'atterrissage en contrebas, sa décision fut prise. Un petit groupe d'hommes armés les attendait bel et bien.

Discrètement, sans tourner la tête, il jeta un regard en coin au pilote. Au moment où celui-ci posa les yeux sur le tableau de bord pour préparer la descente, il passa à l'action.

Il leva brusquement le coude gauche pour frapper la main droite du pilote, celle qui tenait le revolver. Surpris, Carlisle serra le poing et le coup partit dans le plafond de l'hélicoptère.

Derrière eux, Erin se réveilla en sursaut et poussa un cri.

Alec enchaîna par un direct à la mâchoire. Groggy, Carlisle s'affaissa et l'appareil plongea en piqué.

— Alec ! s'écria Erin.

— On change de plan, poulette. Accrochez-vous et ne vous redressez pas, lui lança-t-il tandis qu'il saisissait les commandes de l'hélicoptère.

Il tira fermement le levier pour faire remonter l'appareil puis l'éloigner de la piste d'atterrissage. Depuis le sol, des coups de feu fusèrent tout près du cockpit.

Erin poussa un nouveau cri et s'aplatit sur le plancher entre les sièges.

Alec sentait la sueur perler sur son front. Si par malheur une balle atteignait le réservoir, ils étaient fichus. Il serra les dents et se concentra de toutes ses forces pour être hors de portée au plus vite.

— Que s'est-il passé ? Qui étaient ces hommes qui nous ont tiré dessus ? lui demanda Erin, très fort pour se faire entendre.

— Je n'en sais rien, répliqua-t-il. Accrochez-vous, je vais lâcher du lest.

Il fit descendre l'hélicoptère juste au-dessus d'un champ et poussa Carlisle, toujours inconscient, par la porte.

— Mais ce n'était pas un de vos collègues, alors ?

— Pas franchement.

Il tira une nouvelle fois sur le levier de commande pour reprendre de l'altitude et prit la direction du nord. Il allait se poser près de l'aéroport de Cheyenne et y attraper un vol intérieur pour Houston ou La Nouvelle-Orléans. Ils devraient se montrer très prudents et certainement se procurer de nouveaux vêtements pour changer d'apparence et passer inaperçus.

Le piège dans lequel ils avaient failli se précipiter avait au moins prouvé qu'Erin devait rester avec lui encore quelque temps.

— Vous êtes déjà allée en Louisiane, poulette ?

— J'ai passé une nuit à La Nouvelle-Orléans, c'est tout.

Compte tenu de tout ce qui s'était passé au cours des quatre derniers jours, elle gardait un aplomb remarquable, nota-t-il. Elle était beaucoup plus forte qu'elle le croyait elle-même. Elle était à la fois fragile et courageuse, et ce mélange ne le laissait pas insensible. S'il l'osait, ils auraient peut-être l'opportunité de terminer ce qu'ils avaient commencé le matin même.

Mais avait-il le droit d'avoir une telle pensée ? Erin méritait plus qu'une simple passade, aussi agréable soit-elle.

— Comment ont-ils pu savoir que nous étions en vie, Alec ? lui demanda-t-elle alors, le ramenant à la réalité.

Il lui jeta un regard par-dessus son épaule : il y avait de la peur dans ses yeux.

— Je n'en sais rien, mais j'ai comme l'impression que celui qui nous a vendus en Colombie, Daniel et moi, est plus proche de l'équipe des opérations spéciales que je ne le croyais. Peut-être même est-ce un des nôtres. Tant qu'il n'aura pas été identifié, je devrai considérer tout le monde comme un suspect potentiel.

Songer qu'un traître était peut-être parmi eux le mettait hors de lui. Il ravala sa rancœur et se concentra sur le pilotage.

Quelques minutes plus tard, il posa l'appareil sur un petit terrain isolé près de l'aéroport de Cheyenne, et ils rejoignirent à pied le terminal.

Il y acheta une paire de lunettes de soleil et une casquette de base-ball pour compléter sa tenue, puis tendit une perruque blonde à Erin. Elle prit un air renfrogné mais finit par l'accepter.

A leur arrivée à La Nouvelle-Orléans, il loua une voiture

sous un nom d'emprunt avec un faux permis de conduire et ils prirent la direction de l'ouest pour rejoindre l'endroit indiqué par Daniel sur la carte.

Tandis qu'ils traversaient les paysages marécageux du sud de la Louisiane, il se rappela les récits de Daniel sur sa jeunesse dans le bayou, où sa grand-mère l'avait élevé. Chaque fois que son ami évoquait cette période, son cœur se serrait. Daniel avait eu une jeunesse difficile, mais il avait toujours pu compter sur sa famille, contrairement à lui. Et, quand Erin lui avait parlé de ses parents et de sa vie à Cherry Creek, il avait éprouvé la même sensation. Cette impression d'un manque dans son existence, il la ressentait également quand il imaginait Erin avec son bébé. De plus en plus fréquemment ces jours derniers…

— C'est magnifique, intervint Erin.

Elle regardait par la vitre de la voiture les grands cyprès qui bordaient les marais.

— Magnifique et en même temps un peu effrayant. Mystérieux, ajouta-t-elle.

— Ouais. Je vous préviens, si l'endroit où nous allons est aussi isolé et lugubre que ceux dont Daniel m'a déjà parlé, ça risque de ne pas être triste. D'autant que, dans le bayou, il y a toutes sortes d'insectes, des alligators et pas d'électricité. Les Cajuns qui y vivent depuis plusieurs siècles ont bâti des cabanes de bois sur pilotis qui ne sont accessibles qu'en pirogue.

A hauteur d'un petit bâtiment de bois, il quitta la route et s'engagea sur un chemin de terre.

— En pirogue ? répéta Erin.

— Oui, une petite embarcation qu'on dirige sur l'eau à l'aide d'une perche. Mais vous n'allez pas tarder à comprendre puisque c'est de cette façon que nous allons rejoindre le repère de Daniel.

Devant eux, un petit embarcadère apparut, et à côté un homme jeta quelque chose à l'eau. Aussitôt, un alligator jaillit, gueule ouverte, pour s'en emparer.

— Nous allons embarquer ici ? s'enquit Erin avec un brin d'appréhension dans la voix.

Alec vérifia sur le GPS qu'il ne s'était pas trompé.

— Oui, on dirait bien. Et notre destination finale, c'est là-bas, répondit-il en pointant du doigt de grands cyprès dont la silhouette se détachait au loin sur les marais.

11

Ils approchèrent de l'embarcadère, et l'odeur des marais, un mélange de soufre et de poisson en décomposition, assaillit Erin. Elle se plaqua une main sur la bouche. Alec, lui, ne semblait pas incommodé et s'empressa de s'adresser au vieil homme qu'ils avaient aperçu :

— Auriez-vous une pirogue à louer, monsieur ?

— Mais oui, répondit le vieil homme en désignant les embarcations attachées au ponton. Pawpaw a beaucoup de pirogues pour vous. Choisissez.

Le vieil homme avait un accent à couper au couteau et mélangeait l'anglais et le cajun.

Alec s'approcha du ponton pour observer les pirogues et pointa du doigt celle qui paraissait en meilleur état.

— Combien pour celle-ci ? Nous en aurons besoin pendant plusieurs jours.

Un gros chat noir et blanc fit alors son apparition et vint se frotter contre les jambes d'Erin.

— Salut, le chat, dit-elle en se penchant pour le caresser sous le menton pendant qu'Alec négociait le prix avec le vieil homme.

— Gumbo s'est fait une amie, commenta celui-ci avec un rire en regardant dans la direction d'Erin.

— Oui, en effet, répondit-elle en se redressant. Il est très amical.

— Gumbo est beaucoup amoureux ! Un vrai séducteur !

Elle sourit au vieil homme tandis qu'Alec lui donnait quelques billets pour la location de la pirogue. Ils se dirigèrent vers le ponton et Alec l'aida à monter. Elle s'installa avec précaution au fond du bateau, jetant un regard inquiet aux eaux troubles du marais. Quelles créatures pouvaient bien se dissimuler sous la surface ?

Alec monta à son tour, et la pirogue se balança de droite à gauche. Elle en agrippa les bords.

— La demoiselle a l'air un peu inquiète, commenta le vieil homme en leur offrant un sourire édenté.

Erin s'efforça de lui retourner son sourire mais, effectivement, elle n'était pas très rassurée.

— Ne vous inquiétez pas, mademoiselle, Pawpaw vous a donné une bonne pirogue. Sa meilleure.

Alec défit le nœud d'amarrage et jeta la corde à ses pieds.

— Merci, monsieur, lança-t-il au vieil homme en accompagnant ses paroles d'un mouvement de la tête de la tête.

Puis il poussa sur l'eau à l'aide de la longue perche. Un moustique vint tourner autour d'Erin, elle le chassa de la main. Le soleil descendait rapidement et les cyprès formaient de longues ombres sur la surface du bayou.

Bercée par les clapotis de l'eau contre la coque, elle tenta de se détendre mais, à mesure qu'ils progressaient parmi les herbes hautes, le bayou lui paraissait de plus en plus vivant. Partout, des yeux semblaient les observer. C'était peut-être de la paranoïa, mais elle n'était pas tranquille.

Alec lui tendit son GPS.

— Vérifiez que nous nous dirigeons bien vers l'endroit que nous cherchons. Nous ne devons plus être loin.

Elle apprécia d'avoir quelque chose d'utile à faire. Chaque croassement ou grognement non identifié la rendait nerveuse.

— Là, déclara soudain Alec en pointant le doigt devant lui. Je crois que nous y sommes.

Elle se retourna : à travers les herbes, les contours d'une cabane sur pilotis à l'aspect délabré se dessinaient.

— C'est une blague, n'est-ce pas, nous n'allons pas passer la nuit là-dedans ?

— N'ayez crainte, les alligators ne savent pas monter à l'échelle, répliqua-t-il avec un sourire.

— Et les serpents ? Les araignées ? Ils peuvent tomber des arbres et…

La pirogue s'inclina légèrement, et une main se posa sur son épaule.

— Je ne laisserai aucune bestiole s'approcher de vous, Erin, je vous le promets.

Elle se tança intérieurement, honteuse de passer pour une trouillarde. Il avait risqué sa vie pour la protéger, elle n'avait aucune raison de douter de lui. Cette certitude était réconfortante.

Il manœuvra la pirogue jusqu'au pied des pilotis. Puis il l'aida à descendre, et le bois à moitié pourri du petit ponton grinça sous son poids. Il arrima la pirogue et la rejoignit. Sa présence à côté d'elle lui fit du bien.

Ils grimpèrent à une échelle de fortune fixée à un des pilotis. En arrivant en haut, elle observa l'intérieur de la cabane avec méfiance. Mais, malgré l'aspect délabré de l'extérieur, la cabane n'était pas totalement dénuée de confort. Elle était meublée d'un lit, d'un bureau sur lequel étaient empilés des documents, disposait également d'un petit évier et d'étagères remplies de boîtes de conserve et autres provisions.

— On dirait que Daniel était ici il y a peu, en conclut-elle.

— Ou alors il avait tout préparé pour notre arrivée, répliqua Alec.

Il alluma une lampe à pétrole et la suspendit à un clou sur la porte. Une lumière douce et chaude baigna la pièce, rendant l'atmosphère presque chaleureuse. Erin se sentit mieux. Mais peut-être étaient-ce aussi le calme et la présence d'Alec qui l'apaisaient. En tout cas, pour la première fois depuis plusieurs heures, elle parvint à se détendre et à respirer normalement.

Mais soudain, elle surprit le regard d'Alec. Il s'attardait sur le lit, dans le coin de la pièce.

La même flamme que le matin brillait dans ses yeux, quand il lui avait promis qu'ils finiraient ce qu'ils avaient commencé. Elle regarda elle aussi le lit et, immédiatement, des images défilèrent devant ses yeux et la firent vibrer de la tête aux pieds. Le matin, elle avait agi sans réfléchir, poussée par l'élan de la sensation du corps d'Alec contre le sien et le soulagement qu'il ait surmonté son hypothermie.

Mais depuis, elle avait eu le temps de réfléchir, de prendre du recul. Elle ne pouvait plus se trouver d'excuses pour justifier l'attirance qu'elle éprouvait. Elle devait accepter la vérité : ce qu'elle ressentait allait au-delà de l'affection ou de la gratitude. Mon Dieu, était-elle en train de tomber amoureuse ?

— Il me semble vous avoir entendue dire tout à l'heure que vous aviez faim, intervint alors Alec.

Au ton troublé de sa voix, c'était très certainement une diversion : manger n'était pas ce qu'il avait en tête.

Elle acquiesça et se posa une main sur le ventre.

— Oui, je meurs de faim.

— Voyons un peu ce que nous pouvons préparer avant que vous ne fassiez un malaise, dit-il en se dirigeant vers les étagères. Des betteraves... Des spaghettis à la bolognaise, ça, c'est déjà mieux. Ça vous convient également ? lui demanda-t-il en lui jetant un regard par-dessus l'épaule.

Elle fut une fois de plus touchée par sa volonté de tenir compte de son avis, de ne pas décider de tout. Si Bradley avait eu le même comportement, leur vie de couple aurait été totalement différente.

— Des spaghettis, c'est parfait, répondit-elle en s'approchant de lui.

Elle lui posa une main sur l'avant-bras et ajouta :

— Merci.

Il marqua une brève hésitation, puis lui retourna un petit signe de tête : il avait compris qu'elle ne le remerciait pas seulement parce qu'il lui avait demandé ce qu'elle souhaitait manger. Elle garda la main sur son bras et sentit de multiples émotions l'envahir : elle avait de l'admiration pour Alec et, quand elle était près de lui, éprouvait une sensation inédite d'accomplissement.

— La journée a été harassante, reprit-il. Pourquoi n'allez-vous pas vous allonger quelques minutes pendant que je fais chauffer le dîner ?

— Harassante ? répéta-t-elle avec un petit sourire. Mais arrive-t-il que la vie avec vous soit autrement ?

Le visage d'Alec s'assombrit.

— Le danger fait partie de ma vie, c'est certain.

Il n'ajouta rien de plus, prit un air distant et se détourna pour ouvrir la boîte de conserve.

Elle lui avait posé cette question presque légèrement, mais sa réponse laconique l'avait brusquement ramenée à la réalité.

Il poussa un long soupir.

— Je suis vraiment désolé de vous avoir mêlée à cette histoire, vous savez.

— Non, vous n'y êtes pour rien. C'est la faute des deux hommes qui m'ont enlevée. Vous, au contraire, depuis le début, vous avez tout fait pour me protéger.

En l'espace de quelques jours, Alec lui avait montré de nombreuses facettes de sa personnalité. Il pouvait passer de la brutalité à la douceur, il était rusé, intelligent et plein de ressources. Mais c'était aussi un homme de secrets, un homme qui avait ses failles et s'efforçait de les dissimuler. Elle aurait donné cher pour briser l'armure qu'il s'était construite et tout savoir sur les blessures intimes qu'il gardait en lui mais auxquelles, presque à son insu, il lui était arrivé de faire allusion. Elle avait envie de les connaître pour le réconforter, l'aider à les panser. Il en avait certainement besoin mais ne l'admettrait jamais spontanément. Pour lui, parler de ses blessures était probablement un aveu de faiblesse. Elle ne chercherait pas à l'inciter à se livrer.

Tandis qu'il s'affairait à préparer le dîner, elle fit le tour de la cabane puis alla s'asseoir sur le lit pour tester le matelas. Il se révéla ferme et confortable.

Son regard se posa sur le petit bureau, et les papiers empilés dessus l'intriguèrent. Elle s'approcha pour les regarder de plus près : il s'agissait surtout de coupures de presse traitant du sénateur de la Louisiane dont la fille avait été enlevée en Colombie. Il y avait également un petit bloc de papier sur lequel figuraient des notes et schémas qui semblaient relier le sénateur, sa fille et le général Ramirez.

Soudain, un éclair la traversa.

— Ramirez… Mais c'est…

Elle fit volte-face pour se tourner vers Alec.

— Le trafiquant de drogue que Daniel et vous tentiez d'arrêter en Colombie, c'était le général Ramirez, c'est bien ça ?

— Oui, pourquoi ? lui demanda Alec en levant les yeux vers elle. Qu'avez-vous trouvé ?

Il s'approcha et elle lui tendit le bloc-notes.

— On dirait que Daniel travaillait sur une collusion possible entre le sénateur White, sa fille, qui a été enlevée, et ce général Ramirez.

Il regarda les notes puis passa en revue les autres papiers éparpillés sur le bureau.

— Bon sang, sur quoi étais-tu, Lafitte ?

Parmi les coupures de presse, il s'empara d'un annuaire de lycée.

— Lycée polyvalent de Lagniappe, lut Erin à voix haute. Est-ce là que Daniel a étudié ?

— Non, répliqua-t-il en ouvrant l'annuaire à une page marquée d'un signet.

C'était la photo de classe de terminale de Nicole White, dont le visage avait été entouré au stylo.

— La fille du sénateur White, commenta Erin, penchée au-dessus de son épaule. Elle est très jolie.

— Ouais.

Il regarda la photo quelques secondes puis passa à une autre page marquée. Erin y jeta un œil. Cette fois-ci, Nicole apparaissait sur une photo du club des pom-pom girls du lycée. Cinq autres pages avaient été marquées et, chaque fois, Nicole figurait sur une photo, à l'occasion de divers événements de la vie du lycée.

— Si vous voulez mon avis, reprit Erin, Daniel a un faible pour Nicole White.

Alec haussa les sourcils.

— Pourquoi dites-vous cela ?

Elle désigna les articles et photos sur le bureau.

— Il suffit de regarder ce qu'il a rassemblé sur elle.

Alec reposa l'annuaire en secouant négativement la tête.

— Ce n'est qu'un travail de recherche. Quand nous étions sur les traces de Ramirez, nous rassemblions le maximum de photos de lui pour bien mémoriser son visage, ses traits distinctifs, au cas où il aurait changé d'apparence. C'est une façon de faire tout à fait classique. D'ailleurs, il a également rassemblé des photos de Ramirez et du sénateur White.

— Beaucoup moins, cependant. En tout et pour tout, quatre photos des deux hommes, mais douze de Nicole. Plus de nombreuses informations qui la concernent.

Il observa une photo récente de Nicole.

— Je vois ce que vous voulez dire, concéda-t-il.

Elle reprit le bloc-notes sur lequel Daniel avait esquissé un schéma.

— Je me trompe peut-être, mais croyez-vous réellement qu'il soupçonnait Nicole d'avoir des liens avec Ramirez ? Qu'elle aurait pu vendre à ce trafiquant de drogue des informations confidentielles qu'elle aurait subtilisées à son père, par exemple ? Et si son enlèvement n'en avait pas vraiment été un ?

— Tout est possible. J'ai appris à ne jamais écarter un scénario, même s'il peut paraître tiré par les cheveux. Mais…

Un sifflement en provenance du petit réchaud attira l'attention d'Erin.

— Les pâtes ! s'exclama-t-elle en retirant la casserole fumante du feu.

Alec fit une moue contrite et lui prit la casserole des mains.

— Désolé, j'ai peur d'avoir réglé le feu trop fort. Je vais préparer autre chose.

Elle l'arrêta avant qu'il ne jette le contenu de la casserole à la poubelle.

— Non, ce n'est pas fichu, et j'ai trop faim pour attendre.

— Erin…

Elle lui sourit.

— Je ne suis pas difficile, Alec. Ça ira très bien.

Du regard, elle chercha des assiettes sur l'étagère.

— Vous vous joignez à moi ?

— Non, merci, je mangerai plus tard.

Elle alla s'asseoir sur le lit et s'attaqua à ses spaghettis. Il retourna au bureau, étudiant les coupures de presse d'un air pensif.

— Qu'est-ce qu'il y a ? lui demanda-t-elle en laissant sur le bord de l'assiette les spaghettis trop brûlés.

Il écarta une pile de papiers et s'empara du bloc-notes.

— Bon sang !

Elle se leva aussitôt pour le rejoindre.

— Beaucoup d'éléments deviennent plus clairs désormais, déclara-t-il en lui montrant la page qui avait retenu son attention.

Sur la page en question, Daniel avait écrit le nom du sénateur White et en dessous « Lafitte et Barbe Noire ». Les deux surnoms étaient entourés et reliés par une flèche au nom du sénateur White. Sur la page d'en face, Daniel avait écrit les noms de Nicole et Ramirez et les avait là encore reliés l'un à l'autre. Entre ces deux schémas, il avait noté une date ainsi qu'une adresse à La Nouvelle-Orléans.

Erin posa le doigt sur la date.

— Le 6 janvier. C'est la semaine prochaine. A votre avis, qu'est-ce que ça signifie ?

— Je n'en sais rien. En revanche, vous pouvez être sûre que, le 6 janvier, je serai à l'adresse indiquée.

Une heure plus tard, Erin avait fait un petit somme et pris une douche froide dans la salle de bains rudimentaire de la cabane. Elle avait néanmoins l'impression d'avoir repris forme humaine.

Alec, lui, était toujours plongé dans les documents de Daniel et prenait ses propres notes.

Elle s'approcha de lui et lui massa les épaules, car il était dans la même position depuis un bon moment. Il poussa un soupir de bien-être et inclina la tête de droite à gauche pour s'assouplir la nuque.

— Vous jouez avec le feu, poulette.

— Pardon ?

Il se retourna et lui caressa la joue du revers de la main en la fixant de ses yeux bleus.

— J'ai envie de vous, Erin. Tellement fort que j'en ai mal. Depuis ce matin, quand nous avons dû lever le camp précipitamment, je n'arrive pas à me sortir de la tête ce que j'ai éprouvé en vous tenant dans mes bras.

Il se leva, posa ses mains sur sa taille et lui donna de petits baisers dans le cou. De délicieux frissons la parcoururent.

— Maintenant, nous pouvons reprendre là où nous avons été interrompus, reprit-il en lui caressant doucement le dos. Mais, tant que vous ne m'aurez pas dit que c'est ce que vous souhaitez également, je ne ferai rien.

Elle posa le front contre son torse, inhalant son parfum masculin. Elle aurait voulu se laisser complètement porter par l'ivresse sensuelle qu'elle éprouvait, mais elle n'en avait pas le droit.

— J'ai énormément envie de faire l'amour avec vous, Alec, mais…

Ses mains puissantes s'immobilisèrent sur sa taille.

— Mais ? s'enquit-il.

Elle leva la tête pour croiser son regard.

— Mais je sais que je tiens trop à vous pour pouvoir faire l'amour avec vous et me contenter de me dire ensuite que c'était un bon moment. Je sais que, ce matin, je vous ai laissé croire que je pouvais tenir mes sentiments à distance, mais, sincèrement, je ne pense pas en avoir la force. Je ne peux pas faire l'amour avec vous et me dire que nous allons en rester là.

Il se pinça les lèvres, laissa tomber ses bras le long de son corps et secoua la tête.

— Erin, nos vies sont incompatibles. Je ne peux pas vous faire de promesses sur ce qui se passera demain, la semaine prochaine, et encore moins dans un avenir plus lointain. Je vous ai dit que…

Elle le fit taire en lui posant un doigt sur les lèvres.

— Je n'attends pas de vous que vous changiez de vie pour moi. Vous avez déjà pris des risques immenses pour me protéger, je sais que je n'ai pas le droit d'en exiger davantage. Mais moi non plus je ne peux pas vous offrir ce que vous désirez, Alec.

Prononcer ces paroles lui coûtait énormément. Mais elle continua :

— Je ne peux pas m'offrir à vous et faire comme si c'était banal. Vous êtes déjà très important pour moi, et je ne sais même pas comment, le moment venu, je réussirai à vous dire au revoir.

Il ferma les yeux, comme pour repousser ce qui semblait pourtant inévitable.

Elle lui caressa tendrement le visage. Il emprisonna ses doigts entre les siens et les serra fort.

— Je suis désolée, Alec, reprit-elle d'une voix qui n'était plus qu'un murmure. J'ai déjà aimé et perdu un homme qui avait besoin de défier la mort en permanence. Je n'ai pas la force de recommencer.

Il garda ses doigts dans sa main.

— Je sais. Je comprends.

Elle réprima un soupir, et des larmes lui piquèrent les yeux, mais elle les retint.

— Vous m'avez demandé ce que je voulais, et la réponse est toute simple : c'est vous que je veux, Alec. Mais ce que je veux et ce dont j'ai besoin, ce sont deux choses différentes. J'ai besoin de pouvoir mener une vie calme et sereine pour élever mon enfant.

Elle prit une longue inspiration avant de continuer : la question qu'elle s'apprêtait à soulever était délicate.

— Mais peut-être devriez-vous vous interroger, vous aussi, sur ce dont vous avez besoin.

Il se raidit et recula d'un pas.

— Moi ?

— Ça compte aussi, vous savez. Ce matin, vous avez déclaré que vous ne pouviez pas vous engager dans une relation à cause des dangers de votre travail. Mais la vie que vous menez, les dangers que vous affrontez sans cesse, est-ce réellement ce que vous voulez ?

Il crispa la mâchoire et un bref éclat de douleur passa dans son regard.

— Ma vie est ce qu'elle est, Erin. Ce que je veux, ce n'est pas le sujet.

— Pourquoi ? Vous considérez que vous ne méritez pas d'être heureux ?

Il fit volte-face pour lui tourner le dos, se prit la tête à deux mains et poussa un soupir accablé.

— La vie ne nous offre pas toujours ce que nous méritons, encore moins ce que nous désirons. Parfois, le destin se montre cruel, mais il faut faire avec.

Ses propos laissaient entrevoir une telle souffrance qu'Erin la sentit résonner en elle.

— Qui vous a fait du mal, Alec ? Pourquoi manquez-vous à ce point d'espoir ?

Il se retourna. Sans un mot, il prit son arme, qu'il avait laissée sur la table, et sortit.

Seule dans le silence, Erin s'assit sur le lit et fondit en larmes pour cet homme qui gardait tant de douleur en lui.

12

Un bruit étrange à l'extérieur réveilla Erin avant même le lever du soleil. Elle s'éclaircit l'esprit et ouvrit les yeux, fixant l'obscurité, et écouta. Quand elle perçut un nouveau grincement, elle se redressa, le cœur battant.

— C'était un oiseau. Une chouette, je crois, intervint Alec, d'une voix apaisante. N'ayez pas peur.

— Je n'ai pas peur, mais…

Elle hésita et poussa un soupir.

— Vous avez le cœur qui tape très fort, poursuivit Alec.

Il lui posa une main sur l'intérieur du poignet, comme pour lui faire comprendre que c'était inutile de nier.

Bon, d'accord, les bruits mystérieux du bayou l'inquiétaient un peu, mais elle n'avait pas peur. Ou plutôt elle n'aurait pas dû avoir peur puisqu'elle était avec lui. D'ailleurs, la chaleur de sa main sur son poignet la réconfortait.

Il la prit dans ses bras et l'incita à poser la tête contre son épaule.

— Ça va mieux ?

Elle se détendit et se laissa aller contre lui.

— Oui, merci.

Il continua à la tenir ainsi en lui caressant le dos.

— Comment se fait-il que vous ayez toujours ce parfum de vanille sur vous ?

— Un parfum de vanille ?

— Oui, il vous colle à la peau, susurra-t-il en inclinant la tête pour lui déposer un petit baiser sur la joue.

La fugace sensation de ses lèvres sur sa peau suffit à la subjuguer et, de nouveau, elle eut le cœur serré de ne pas pouvoir se laisser aller.

— Alec, je vous ai expliqué pourquoi je ne pouvais pas…

Elle poussa un soupir et ajouta :

— Rien n'a changé.

Elle se tortilla pour s'écarter de lui, mais il resserra son étreinte.

— Restez là, s'il vous plaît, je…

— Alec, je ne peux pas. Sinon, je vais tomber amoureuse de vous.

A cette déclaration, elle le sentit imperceptiblement tressaillir.

— Je… J'ai beaucoup réfléchi à ce que vous m'avez dit hier soir, dit-il.

Elle retint son souffle.

— Moi non plus je ne peux pas vous dire que tout est différent. Mon travail rend toujours un avenir commun impossible. Mais je… souhaite que vous me compreniez un peu mieux…

Il inspira et expira plusieurs fois avant de continuer. Cette fois, c'était son cœur à lui qui s'emballait.

— Je n'ai jamais parlé à personne de ce que je vais vous dire.

Elle resta silencieuse, lui laissant le temps de rassembler le courage de s'ouvrir à elle.

— Quand j'avais quatorze ans, ma mère venait me chercher au collège en fin de journée. Mais… un soir, elle n'est pas venue. Au départ, j'ai pensé qu'elle était en retard. Mais, quand la nuit a commencé à tomber et qu'il s'est mis à faire froid, j'ai décidé de rentrer à pied. A mon arrivée à la maison, elle…

Il changea de position, agité et mal à l'aise.

— Continuez, Alec, s'il vous plaît.

— Eh bien, elle… n'était plus là.

— Elle était morte ? s'enquit Erin avec angoisse.

— Non, elle avait fait ses valises et elle était partie. Elle m'avait abandonné. Je ne l'ai plus revue depuis.

Erin éprouva une bouffée d'empathie et ne put qu'imaginer ce qu'il avait dû éprouver alors.

— Je suis resté quelque temps dans notre appartement en faisant comme si de rien n'était, mais le propriétaire a fini par comprendre et m'a jeté dehors.

— Et ensuite ?

— J'ai vécu dans la rue. J'ai appris à survivre, à me défendre, à éviter les flics.

Appris à ériger des défenses autour de son cœur, à ne plus jamais faire confiance aux autres. Cette expérience expliquait pourquoi il pouvait se montrer aussi distant et pourquoi la douleur traversait parfois son regard à son insu.

— Et votre père ? Où était-il ?

Alec hésita.

— Ma mère n'a jamais su qui était mon père. Elle avait beaucoup d'aventures d'un soir.

Elle ne sut quoi dire. Tout cela était si dur.

— J'ai définitivement abandonné l'école à seize ans, reprit-il. Je me suis dit que ce serait plus facile de survivre en faisant des petits boulots qu'en restant assis dans une salle de classe toute la journée.

Elle fit la grimace.

— Mais l'école, c'est important.

Il eut un petit rire amer.

— Ça, c'est une enseignante dévouée qui le dit.

Il lui caressa tendrement la joue puis ajouta :

— Peut-être que si, à l'époque, j'avais connu un professeur comme vous, j'aurais agi différemment, mais j'étais livré à moi-même.

Elle avait le cœur lourd, la gorge serrée. Elle entrecroisa ses doigts aux siens pour lui donner du courage.

— Continuez.

— A dix-huit ans, j'ai rejoint l'armée. Je savais déjà me battre et me défendre, alors je me suis dit que c'était aussi bien si j'étais payé pour le faire en bénéficiant en plus du vivre et du couvert. L'armée constituait ma planche de salut. Alors j'ai tout donné et, au bout d'un an, on m'a proposé de commencer une formation pour intégrer un groupe d'élite.

— Et c'est là que vous avez appris tous vos trucs de super-héros, intervint-elle dans une tentative maladroite de faire un peu d'humour.

— J'ai appris à accomplir des missions extrêmement périlleuses et à en sortir vivant coûte que coûte.

Le sous-entendu était limpide et elle ne prit pas la peine de lui demander d'entrer dans les détails.

— J'étais toujours prêt à prendre tous les risques, reprit-il. Pas par instinct de mort, mais parce que, contrairement aux autres qui avaient une famille, moi je n'avais rien ni personne.

Il avait dit cela sur un ton dénué d'émotion qui, encore une fois, lui fit mal.

Il ajouta :

— Je pouvais servir un moment puis être oublié.

— Non, Alec, ce n'est pas vrai, comment avez-vous pu croire qu'on vous oublierait ?

Il fixa le plafond et répliqua :

— Ma mère est partie du jour au lendemain, elle ne semble pas avoir eu de difficultés à m'oublier.

— Je la maudis de vous avoir fait autant de mal, de vous avoir abandonné…

Il lui retourna un petit sourire fataliste.

— Moi aussi je l'ai maudite. Et puis, après quelque temps, je me suis dit que ça ne servait à rien, que je devais accepter la fatalité et que je pouvais faire une force de ce coup du sort. Et j'y suis parvenu, Erin : je suis un des meilleurs agents de l'équipe.

— Je n'en doute pas, répliqua-t-elle. N'oubliez pas que je vous ai vu en action.

Elle passa la main sur son torse musclé et trembla légèrement en pensant aux dangers qu'il avait dû affronter, ainsi qu'à l'entraînement qu'il avait dû subir pour se bâtir une telle musculature.

— J'ai tout donné à l'équipe des opérations spéciales car je n'avais rien d'autre.

Il marqua une pause et son front se plissa, comme si une douloureuse pensée le traversait.

— C'est du moins ce que je croyais. Jusqu'à ce jour où j'ai laissé Daniel en Colombie. Alors, j'ai pris conscience qu'au cours de toutes ces années où nous avions travaillé ensemble, remis notre vie entre les mains de l'autre, un lien dont je n'avais pas pris la mesure s'était tissé entre nous.

Il s'interrompit encore une fois. Sa prise de conscience était récente et extrêmement douloureuse, comprit-elle.

— J'avais obtenu la loyauté et l'entière confiance de quelqu'un d'autre. J'avais un ami. Mais je l'ai abandonné, comme ma mère l'a fait avec moi. J'ai laissé tomber mon seul et unique ami, je l'ai livré à son sort. Au diable ce fichu protocole comme quoi il ne faut jamais compromettre une mission. Daniel est mon ami, bon sang !

Erin sentait comme en écho la culpabilité qui le tenaillait. C'était certainement pour lui une terrible épreuve de laisser transparaître ainsi les émotions qui l'agitaient. Et c'était à elle qu'il se confiait. A elle et à personne d'autre. Après cela, comment aurait-elle pu encore tenir la bride à ses sentiments ?

— Oh ! Alec, soupira-t-elle en l'encerclant de ses bras. Ne vous punissez pas, Daniel est vivant, j'en suis sûre. Il vous a envoyé une lettre, il était ici il y a peu, vous le savez.

— Oui, je le sais mais je... je suis tellement fatigué, Erin.

Elle releva la tête pour croiser son regard.

— Je suis tellement fatigué de...

Il s'interrompit, déglutit et secoua la tête.

— Non, laissez tomber.

— D'être tout seul ?

Il ferma les yeux et murmura :

— Vous m'avez demandé de quoi j'avais besoin.

Elle resta silencieuse pour le laisser continuer.

— J'ai besoin de vous, Erin. J'ai besoin… du lien que je sens se tisser entre nous.

A ces mots, sa gorge se serra et elle lutta de toutes ses forces pour ne pas éclater en sanglots.

— J'ai ressenti de l'attirance pour vous dès le moment où je vous ai sortie des griffes de ces deux voyous. J'ai tout fait pour repousser ces sentiments, comme je l'ai toujours fait. Mais, quand vous avez cru que, pour moi, récupérer la lettre de Daniel était plus important que vous sauver la vie, le regard blessé que vous m'avez adressé m'a complètement retourné, même si je n'ai pas compris immédiatement. Ce regard m'a fait prendre conscience de ce que j'étais devenu. Un type solitaire prêt à tout pour remplir une mission mais qui a laissé sa part d'humanité de côté. Ces dernières années, je n'ai fait que côtoyer la mort, le mensonge et le mal. En vous, j'ai vu… peut-être ma dernière chance de sauver mon âme, de rester humain. Vous représentez l'innocence et la vie, vous portez même la vie en vous. Et ça, j'en ai besoin, j'ai besoin de… ce que vous me faites éprouver. Avec vous, je me sens vivant et lié à ce qui est vraiment important.

Elle lui prit le visage entre ses mains et appliqua son front contre le sien.

— Je suis là, Alec. Je serai toujours là pour vous soutenir, je vous le promets.

Il caressa ses cheveux et déposa de petits baisers sur ses joues. Des baisers désespérés, révélateurs du trop-plein d'émotions qu'il avait gardé en lui.

Il tremblait de tout son être, tant lui parler ouvertement avait dû être violent. Elle se pressa tout contre lui, souhaitant ne plus faire qu'un avec lui et lui offrir tout l'amour dont il avait été privé durant ces années.

Il continua de l'embrasser, atteignit ses lèvres et, sans cesser ses baisers, laissa descendre sa main le long de son dos, l'incitant à s'allonger.

Il la couvrit de son corps, leva la tête et la fixa droit dans les yeux. Son regard était tellement limpide et intense qu'elle eut la sensation qu'il voulait s'adresser directement à son âme.

— Erin, si je ne fais pas l'amour avec vous au moins une fois, je le regretterai toute ma vie.

Elle resta interdite. Encore une fois, il lui faisait part de sa volonté de ne rien brusquer, il lui offrait la possibilité de dire stop.

C'était ce qu'elle devait faire et elle rassembla ses forces pour le lui dire. Si elle s'offrait à lui, il n'y aurait pas de retour en arrière possible.

Mais, quand ils auraient retrouvé Daniel, il la quitterait. Il lui avait affirmé qu'à cet égard rien n'avait changé, qu'il menait une vie trop dangereuse pour envisager le long terme.

Elle réprima un soupir.

En dépit de tout cela, ne pouvait-elle pas lui faire le cadeau de s'unir à lui une seule et unique fois ? Ne pouvait-elle faire l'expérience d'être aimée par un homme qui la désirait aussi intensément ?

Elle déglutit, prit une longue inspiration et déclara :

— Faites-moi l'amour, Alec.

Il poussa un soupir, ferma les yeux et baissa la tête un instant. Quand il rouvrit les yeux, il n'y avait aucun triomphe dans son regard ; au contraire, son expression n'était qu'humilité.

Il lui déposa un petit baiser sur le front, fit lentement descendre ses mains le long de son corps puis défit un par un les boutons de son chemisier et le lui ôta complètement. Il lui enleva ensuite sa jupe et sa petite culotte, et elle se retrouva entièrement nue devant lui, corps et âme.

Il caressa et embrassa chaque centimètre de sa peau, tendrement, et fit monter le désir et le plaisir petit à petit.

Impatiente de sentir sa peau contre la sienne, elle tira sur son T-shirt et le fit passer par-dessus sa tête puis, avec des doigts tremblants, s'attaqua à son jean. La lumière discrète du matin qui filtrait par les volets clos mettait en valeur les contours de son corps superbe, viril, qui personnifiait parfaitement la force et la délicatesse.

Ce mélange de puissance et de douceur la transportait et, quand il se pencha sur elle pour venir capturer ses lèvres, elle y répondit langoureusement. Il l'embrassa avec ferveur puis fit courir ses lèvres sur son cou, ses seins. Quand il atteignit son ventre qui commençait à peine à s'arrondir, il se fit moins empressé et, encore une fois, cette absolue volonté de tendresse la bouleversa.

Enfin, après avoir déposé un dernier baiser sur son ventre, il releva la tête, s'allongea sur elle et lui prit le visage entre les mains. Il avait le souffle court et murmura son nom au moment de la pénétrer. Puis il vint en elle et commença à aller et venir lentement.

Il ne la quittait pas du regard un seul instant, comme s'il souhaitait partager avec elle chaque émotion et faire que ce moment soit autant l'union de leurs âmes que celle de leurs corps.

Le plaisir se fit de plus en plus fort, il accéléra son rythme et leurs respirations se firent de plus en plus hachées. Elle se perdit dans un tourbillon de sensations délicieuses jusqu'au moment où elle le sentit se répandre en elle alors qu'elle-même atteignait l'orgasme.

Enfin, il posa son front contre son épaule, poussa un long gémissement de plaisir puis s'immobilisa, tout contre elle.

Elle l'encercla de ses bras, le tint longtemps contre elle puis caressa ses cheveux.

— Alec ? trouva-t-elle la force de l'appeler, même si elle était encore sous l'emprise de ce qu'ils avaient vécu.

— Oh ! mon Dieu, répliqua-t-il d'une voix presque plaintive.

— Alec ? Ça ne va pas ?

Elle se redressa sur les coudes pour jauger son expression.

— Non, répondit-il en se passant la main dans les cheveux. Ça ne va pas.

— Qu'est-ce qui se passe ?

Il tourna enfin les yeux vers elle. Il avait l'air hagard, sous le choc.

— Je n'aurais jamais cru que... J'ignorais...

Elle le fixa, l'estomac noué.

— Vous avez des regrets. Vous pensez que c'était une erreur. Vous...

— Non ! Je ne regrette rien, la coupa-t-il.

Il appliqua de nouveau son front contre le sien et reprit :

— C'est que je ne m'attendais pas à vivre une expérience aussi...

Elle se mordit la lèvre inférieure.

— Aussi ?

— Bouleversante, incroyable, magique.

Elle soupira de soulagement et éclata de rire.

— Oui, c'était tout cela, n'est-ce pas ?

Il rit lui aussi, un rire qui lui réchauffa le cœur. Il releva la tête et déclara :

— C'était une belle façon de fêter la nouvelle année. Avec un vrai feu d'artifice.

Elle battit des paupières, fronça les sourcils et, mentalement, se mit à compter le nombre de jours écoulés depuis son enlèvement.

— Mais oui, nous sommes le premier janvier !

— Absolument, confirma-t-il. Il nous reste donc cinq jours pour essayer de comprendre ce que cherchait Daniel et nous préparer pour cet énigmatique 6 janvier.

Le 6 janvier... L'appréhension la gagna brusquement : le danger n'allait pas tarder à réapparaître. Et après cette date elle risquait de voir Alec sortir de sa vie.

13

Alec déposa un baiser sur les cheveux d'Erin. Il avait préféré ce nouvel an au précédent. Un an plus tôt, il partageait avec Daniel une boîte de conserve et un fond de bourbon dans la jungle colombienne. Ça, c'était la vie qu'il avait été entraîné à mener. Il n'avait pas appris à nouer une relation et à fonder une famille.

Alors maintenant, que devait-il faire ? Il avait gravement sous-estimé son attachement à Erin. Faire l'amour avec elle avait été plus qu'une révélation. Désormais, il ne pouvait plus se cacher derrière le paravent du devoir. Ce qui le liait à elle allait bien au-delà. Sachant qu'ils avaient toujours des tueurs aux trousses, ce n'était pas une bonne chose. Car rien n'avait changé : il avait toujours une mission à accomplir.

— Il faut que je relise les notes de Daniel, déclara-t-il. Pour y chercher d'éventuels indices supplémentaires sur ce qui est censé se passer le 6 janvier à La Nouvelle-Orléans et essayer de déterminer ce qu'il attend de moi.

— J'y ai pensé aussi et j'ai une hypothèse à vous soumettre.

Il acquiesça. Il avait déjà eu l'occasion de constater sa perspicacité. Il allait avoir du pain sur la planche car les notes de Daniel constituaient une mine d'informations aux ramifications importantes. Tout tournait autour du sénateur américain dont la fille avait été enlevée par le trafiquant colombien que Daniel et lui étaient sur le point d'arrêter quand ils avaient été trahis. Trahis par quelqu'un qui, depuis, n'avait cessé de tenter de les éliminer. Et, contre son gré, il avait mêlé Erin à cette embrouille.

Bon sang. La situation exigeait qu'il fasse tout son possible pour la sortir de ce mauvais pas, et certainement pas qu'elle s'attache à lui ! Et d'abord, qu'éprouvait-il pour elle ? De l'amour ? Mais comment pouvait-il le savoir puisqu'il avait toujours évité de tisser des liens trop étroits avec qui que ce soit depuis que sa mère l'avait abandonné ?

Non, il n'était pas amoureux d'Erin. Il n'en avait pas le droit. C'était parce qu'il n'avait jamais eu d'attaches solides qu'il était devenu un agent de premier ordre. Et ce n'était certainement pas le moment de faillir alors qu'il devait retrouver Daniel, protéger Erin et identifier une taupe.

Il se promit de ne plus penser qu'au travail et donna un petit baiser à Erin.

— N'est-il pas temps pour vous de manger un petit quelque chose afin d'éviter une nausée matinale ?

— Affirmatif. Vous commencez à être calé sur les biorythmes d'une femme enceinte.

Il sourit et se leva.

— Etant donné que j'ai déjà vu ce qui se passe quand vous avez une fringale…

Elle lui attrapa la main.

— Ça ne change rien au fait que vous êtes très attentionné. Merci.

Il lui retourna un petit sourire et repoussa les regrets qui l'assaillaient. Ce n'était pas le moment de se laisser submerger par les états d'âme. Même si la côtoyer au quotidien lui avait fait revoir ses considérations sur l'existence, il ne pouvait pas se permettre de croire que leur relation avait un avenir.

Trois jours plus tard, Erin regardait Alec s'activer sur son ordinateur portable. Elle s'efforçait de ne pas penser à la date du 6 janvier, qui approchait à grands pas. C'était dans deux jours. Et ensuite…

— Mais qu'est-ce que…

L'exclamation d'Alec la sortit de ses pensées.

— Quoi ? s'enquit-elle.

— Je viens de recevoir un mail crypté de Daniel, répondit-il, le regard rivé sur l'écran.

Elle se leva et vint regarder l'écran par-dessus son épaule. Le message avait pour sujet « Epiphanie ».

— Ecoute attentivement, lut Alec à haute voix, regarde bien, tiens-t'en à notre accord. Les choses ne sont pas forcément telles qu'elles le paraissent.

Daniel avait signé le message d'un L pour Lafitte.

Soudain, le message disparut.

— Où est-il parti ? demanda Erin.

— Le message était programmé pour s'effacer automatiquement, répliqua Alec.

Il se laissa retomber au fond de son fauteuil en se passant la main sur la mâchoire d'un air songeur.

— La procédure classique des opérations spéciales. Ne pas laisser de traces pour pouvoir nier en bloc toute allégation.

Est-ce ainsi que, dans quelques mois, Alec considérerait ce qu'ils avaient vécu ? songea-t-elle. Est-ce qu'il l'effacerait de sa mémoire et nierait ce qui s'était passé entre eux ?

— Epiphanie, marmonna Alec.

— Que veut-il dire ? Qu'il a eu une révélation soudaine ?

Il fit pivoter son fauteuil pour lui faire face.

— La date notée sur le bloc-notes, s'écria-t-il.

— Mais oui, bien sûr ! Le 6 janvier, le jour où les Rois mages sont censés s'être présentés devant le Christ les bras chargés d'offrandes. Mais alors… que signifie le contenu du message ? De quel accord parle-t-il ? Qu'est-ce qui n'est pas tel que ça peut le paraître ?

— L'accord, c'est ne pas dévier de la ligne de conduite des opérations spéciales : donner la priorité à la mission, ne jamais la mettre en péril, agir chacun pour soi. Et il veut que j'écoute et que je regarde, autrement dit que j'enregistre tout ce qui va se passer. S'il me le demande, c'est qu'il ne peut pas le faire lui-même. Donc, soit il a des ennuis, soit il se sent épié.

— Mais nous aussi nous sommes suivis.

— Nous l'étions. Il doit compter sur le fait qu'à l'heure qu'il est nous avons semé nos poursuivants.

— Et qu'est-ce que cela vous inspire ?

— A vrai dire, je ne sais pas trop quoi penser.

Il la regarda droit dans les yeux, mais il n'était pas complètement sincère, elle le sentait confusément. Il avait certainement une intuition dont il ne souhaitait pas lui faire part.

— En revanche, reprit-il, il est hors de question que je coure encore une fois le risque de perdre Daniel. Pas plus que je ne prendrai le risque de vous mettre en danger. Alors, quand je me rendrai à cette adresse à La Nouvelle-Orléans le 6 janvier, j'irai seul.

Elle ouvrit la bouche pour protester, mais il lui retourna un regard noir et ne lui en laissa pas le temps.

— Je refuse d'en discuter, Erin. Vous resterez ici. Sinon, je ne pourrai pas faire mon boulot dans des conditions normales.

Elle se crispa mais, finalement, se résigna. Car il disait vrai. Même si elle avait passé des moments forts avec lui, elle restait une complication dans sa vie. Il devait en permanence composer avec elle, et cela altérait son comportement.

— Je comprends, lâcha-t-elle d'un ton fataliste.

Elle tourna les talons sans rien ajouter et se dirigea vers la salle de bains pour aller prendre une douche. Mais cela ne lui procura aucun réconfort. La vérité était terrible : le 6 janvier, elle ne perdrait pas Alec. Il n'avait jamais été à elle.

14

Alec rêvait. D'une vie paisible, aux côtés de la femme qu'il aimait.

Jusqu'à ce qu'un grincement le tire de son sommeil.

Une latte du plancher. Quelqu'un traversait la pièce.

Un cliquetis. Une arme…

Avant même d'avoir complètement ouvert les yeux, il fit un grand geste du bras en direction de ce bruit.

L'arme gicla de la main de l'homme qui la tenait, le coup partit et une balle alla traverser le plafond.

Erin se réveilla et hurla.

Alec enchaîna par un direct à la mâchoire de son adversaire.

— Cachez-vous sous le lit ! cria-t-il à Erin tandis qu'il se levait pour se ruer sur son adversaire.

Il l'attrapa par le col et le plaqua contre la paroi, de l'autre côté de la pièce. Mais alors, un second type surgit et le saisit par-derrière au niveau de la gorge.

— Non ! s'écria Erin.

Il entendit un frottement, un coup sourd suivi d'un grognement, et l'étreinte sur sa gorge se desserra. Il jeta un rapide regard par-dessus son épaule. Erin, une chaise dans les mains, frappa l'homme en pleine poitrine et le fit chuter.

— Je vous avais dit de vous cacher sous le lit !

— Alec, je…

Le type qu'il tenait se débattit pour se libérer, mais il ne le laissa pas faire et le frappa du plat de la main au niveau du nez. Il y eut un craquement sinistre et l'homme s'affaissa.

— Alec, attention !

A l'avertissement d'Erin, il fit volte-face et eut tout juste le temps d'éviter l'attaque du second type, qui s'était jeté sur lui avec un couteau à la main. D'un balayage de jambes, il envoya son agresseur au sol. Sans lui laisser de répit, il le prit par les cheveux et lui passa un bras autour du cou pour l'immobiliser.

— Qui vous a envoyé ?

— Le Père Noël, répliqua l'homme.

Alec resserra sa prise.

— Qui vous a envoyé ?

— Va au diable.

— J'irai peut-être un jour mais pas avant toi.

Ivre de rage, il intensifia sa pression jusqu'à ce que l'homme devienne inerte. Il le lâcha et se releva. Il tremblait, tant il était furieux et parcouru d'adrénaline. Ces types avaient une fois de plus mis la vie d'Erin en danger, ils étaient venus faire irruption dans le seul endroit où il avait recouvré un peu de sérénité, un endroit qui, la veille, était devenu un cocon où il avait vécu un rare moment de bonheur.

Surtout, il s'en voulait de ne pas avoir été capable d'anticiper une possible intrusion dans la cabane.

Il leva la tête et croisa le regard d'Erin, agrandi par l'effroi.

— Ça va ? lui demanda-t-il, inquiet.

Elle acquiesça d'un petit signe de tête. Elle tenait toujours la chaise et regarda l'homme qu'il venait d'étrangler, puis releva la tête vers lui. Que lut-il dans ses yeux ? De l'horreur. Du dégoût ? Voilà, maintenant elle savait réellement jusqu'où il pouvait aller dans le feu de l'action.

Il était écœuré. Etait-elle dégoûtée qu'il ait posé ses mains sur elle, des mains qui pouvaient donner la mort ?

Elle avait été témoin de sa part d'ombre. Comment pourrait-elle encore avoir envie de vivre aux côtés d'un type comme lui, violent, entraîné à tuer, et alors qu'elle allait avoir un enfant, en plus ?

— Je suis désolé que vous ayez assisté à cette scène.

Elle battit des paupières, des larmes coulèrent sur ses joues mais elle secoua négativement la tête.

— Vous n'aviez pas le choix sinon… ce sont eux qui nous auraient tués.

Ses propos le touchèrent : elle était en danger. A cause de lui, elle pouvait mourir, et l'idée qu'il risquait de la perdre lui était de plus en plus insupportable.

— Mais pourquoi ne vous êtes-vous pas réfugiée sous le lit, comme je vous l'avais demandé ?

Elle lui retourna un regard franc et déterminé.

— Je ne pouvais pas me cacher, rester sans rien faire et vous laisser affronter ces deux types, quand même !

— Je suis entraîné pour faire face à une situation comme celle-ci. Mais vous, si vous aviez été blessée ou pire, je n'aurais jamais…

Je n'aurais jamais eu l'opportunité de vous avouer combien vous comptez pour moi.

L'émotion était trop forte et les mots ne sortirent pas.

Elle s'approcha de lui et lui caressa le visage.

— Vous n'auriez jamais quoi ?

Il l'attira à lui et la serra fort. Sans doute trop fort, mais il n'arrivait pas à desserrer son étreinte.

— Je ne me le serais jamais pardonné.

Il s'efforça de se reprendre et s'écarta.

— Ce qui s'est passé change tout.

— Que voulez-vous dire ?

— J'avais prévu de vous laisser ici et de me rendre seul à La Nouvelle-Orléans. Mais désormais… cet endroit ne peut plus être considéré comme sûr.

Elle plissa le front et lui adressa un regard perplexe.

— Vous pensez que je devrais vous accompagner ?

— Non, dans l'idéal, vous ne devriez pas m'accompagner.

Dieu seul sait ce qui se passera demain soir. Mais je n'ai aucune envie de vous laisser seule et hors de ma vue. Si on a pu nous retrouver ici, on peut nous retrouver n'importe où. Je veux que vous restiez auprès de moi pour pouvoir assurer votre protection.

Elle prit une expression inhabituelle, distante et détachée.

— Moi, je ne souhaite pas être une entrave pour vous. Vous avez une mission à accomplir.

C'était la vérité, mais le ton sur lequel elle avait dit cela, comme pour camoufler qu'elle vivait très mal d'être une gêne pour lui, le blessa.

Il se massa les tempes pour se calmer.

— Nous trouverons une solution. Je vous promets qu'il ne vous arrivera rien, Erin, je vous sortirai vivante de cette histoire, vous retrouverez votre vie et vous pourrez élever librement votre enfant.

— C'est-à-dire sans vous, dit-elle d'un ton laconique.

C'était la première fois qu'il la voyait aussi résignée à l'inéluctable. Il aurait dû en être soulagé, et pourtant c'était tout le contraire.

— Oui, répondit-il néanmoins, le cœur lourd, dévoré par les regrets. Ça, ça n'a pas changé. Je ne vous ai jamais promis autre chose. Je…

Elle leva la main pour l'interrompre.

— N'en parlons plus, je n'ai pas envie de vous entendre répéter vos arguments.

Dans la voiture de location régnait un silence pesant. Pendant plusieurs jours, Alec s'était habitué à entendre les bavardages d'Erin. Cela rendait son mutisme d'autant plus inquiétant. En plus, tandis qu'ils traversaient les ponts qui enjambaient les marais en direction de La Nouvelle-Orléans, une froide pluie d'hiver tombait. Le paysage d'un gris uniforme le rendait encore plus morose.

— Je vais m'arrêter près de Metairie pour que nous puissions acheter de nouveaux vêtements et quelques accessoires de surveillance, déclara-t-il en lui jetant un regard.

Pour toute réponse, elle opina brièvement du chef.

— Vous vous sentez bien ? Vous voulez qu'on s'arrête pour grignoter ?

— Non, ça va, répliqua-t-elle en continuant à regarder par sa vitre.

Le va-et-vient monotone des essuie-glaces sur le pare-brise lui tapait sur les nerfs. *Regarde ce que tu as fait, Kincaid, tu lui as brisé le cœur, tu l'as anéantie.*

Un terrible sentiment de culpabilité s'abattit sur lui. Après l'avoir vu tuer de ses mains les deux types qui avaient fait irruption dans la cabane, elle s'était repliée en elle. Mais non, avant cela, elle avait déjà changé d'attitude. A quel moment précis son comportement s'était-il altéré ?

Même s'il ne pouvait pas inverser le cours des choses, il ne voulait pas de ressentiment entre eux. Mais son incapacité à déterminer ce qu'il avait bien pu faire pour qu'elle change à ce point prouvait qu'il n'avait aucune expérience des relations à deux.

Il lui jeta un nouveau regard et retint un juron.

— Je suis désolé, Erin.

Elle tourna la tête et fronça les sourcils.

— Pour quoi ?

Il haussa les épaules.

— Si seulement je le savais. Pour ce que j'ai fait pour vous mettre dans une humeur aussi sombre. Depuis hier, vous n'avez quasiment pas dit un mot. Ce qui ne vous ressemble guère.

Elle soupira.

— Vous n'y êtes pour rien. Cela fait plusieurs jours que je me répète que je vais trop loin, que je devrais me prémunir contre ce que j'éprouve pour vous. Je ne peux m'en prendre qu'à moi-même. Vous, vous m'avez fait comprendre dès le départ que ce que je ressentais n'était pas réciproque.

Elle lui fit un petit sourire mélancolique et tourna de nouveau la tête. Il en eut le cœur serré.

— Ce n'est pas tout à fait vrai, lâcha-t-il malgré lui. Je n'ai jamais dit que je ne ressentais rien pour vous.

Elle le regarda de nouveau avec un mélange de trouble et d'espoir.

Il prit une grande inspiration avant de continuer. Il lui devait la vérité, il ne pouvait pas se défiler.

— Je tiens énormément à vous. Plus que je n'ai jamais tenu à quiconque. Je…

Je vous aime.

Le regard d'Erin se mit à briller d'impatience et d'espoir, et il fixa la route devant lui. Il ne supporterait pas la déception qu'il allait encore une fois lui causer.

— Mais ce que je ressens ne change rien à qui je suis, à ce que je suis et à ce que je dois faire.

A cet instant, si elle l'avait supplié de quitter les opérations spéciales, de prendre une nouvelle identité pour tout recommencer avec elle, il aurait cédé. Mais elle se contenta de se mordre la lèvre inférieure, d'acquiescer d'un air résigné et de détourner les yeux.

Il avait la poitrine tellement comprimée qu'il respirait difficilement. Jamais le poids des responsabilités ne lui avait été aussi lourd. Alors qu'ils approchaient de La Nouvelle-Orléans, il se força à ne plus penser qu'à sa mission. C'était vital. Pour lui, pour Daniel et pour Erin.

« Respecte notre accord », avait dit Daniel.

Mais ça, il ne pouvait pas faire le serment de s'y tenir. La vie d'Erin et de l'enfant qu'elle portait étaient sa priorité.

Erin hâta le pas pour rester près d'Alec. Dix minutes plus tôt, ils s'étaient garés à quelques rues de l'adresse laissée par Daniel : un entrepôt.

Alec avait pris dans le coffre un sac à dos qui contenait

tout le nécessaire pour enregistrer les conversations et filmer ce qui allait se passer. Mais il avait également une arme à la ceinture et un couteau dissimulé sous la jambe droite de son pantalon : il anticipait une nouvelle flambée de violence. Elle en frissonna.

Il tourna alors la tête vers elle et lui passa un bras autour des épaules. Ce geste était tellement inattendu et spontané qu'elle en fut émue aux larmes.

Ils atteignirent l'entrepôt et trouvèrent, comme prévu, la porte fermée. Mais il ne fallut pas longtemps à Alec pour venir à bout du verrou et désactiver le système d'alarme. Son arme à la main, il entra le premier dans le bâtiment. Celui-ci était seulement éclairé par la lumière du jour qui filtrait par de petites fenêtres de toit.

— Restez là le temps que je fasse le tour.

Elle se frotta les bras pour chasser ses frissons et acquiesça. La température était clémente pour la saison, mais le mauvais pressentiment qui l'habitait lui donnait la chair de poule. Avec appréhension, elle le regarda s'éloigner, son arme dans une main, une lampe torche dans l'autre.

L'entrepôt abritait des bateaux de luxe en hivernage, posés les uns au-dessus des autres sur d'imposantes structures métalliques. Une odeur d'algues en décomposition imprégnait l'atmosphère, et les yachts projetaient de grandes ombres inquiétantes sur les murs et le sol en ciment.

Au centre de l'entrepôt, il y avait un vaste espace vide, probablement pour permettre à des engins de levage d'évoluer.

— Tout va bien, nous sommes seuls.

Elle sursauta et porta une main à son cœur : elle n'avait pas entendu Alec revenir.

— Et maintenant ? s'enquit-elle.

Il l'observa d'un air préoccupé, ce qui lui fit redresser les épaules. Elle devait se montrer forte pour l'aider du mieux qu'elle le pouvait, et en aucun cas être un souci pour lui.

— Dites-moi ce que vous attendez de moi. Je veux vous aider, lança-t-elle d'un ton résolu.

— Bien, répliqua-t-il avec un peu de réticence. Passez-moi le sac, nous allons installer le matériel.

Elle obtempéra, mais il avait repris l'expression distante qu'elle lui avait connue à leur première rencontre. Très loin de celle, chaleureuse et tendre, de l'homme avec qui elle avait fait l'amour. Un homme qu'elle sentait s'éloigner d'elle.

— Essai, un, deux, murmura Alec dans son petit enregistreur numérique.

Il actionna la touche de répétition, et sa voix sortit de l'appareil.

— Bien, tout est en ordre, nous sommes prêts, déclara-t-il en rangeant l'enregistreur dans sa poche. Nous n'avons plus qu'à attendre.

— Et où allons-nous attendre ? s'enquit Erin.

Il leva les yeux et regarda autour de lui.

— Là-haut. Venez.

Il prit le sac et la tira à sa suite. Ils gravirent une échelle pour atteindre le second niveau puis traversèrent une grille métallique et montèrent d'un niveau supplémentaire, puis d'un autre encore. Plus ils montaient, plus Erin se sentait gagnée par l'anxiété. Quand ils atteignirent l'ultime niveau, elle soupira, soulagée. Mais ils n'en avaient pas terminé. Alec saisit un câble, se balança et sauta sur le pont d'un bateau.

Il disparut dans la cabine de celui-ci.

— Alec ? appela-t-elle au bout de quelques instants.

— Attendez-moi.

Elle prit son mal en patience et évita de baisser les yeux. A travers la grille, elle distinguait le sol de l'entrepôt, cinq niveaux plus bas.

Quand il réapparut, il avait une corde de Nylon sur l'épaule. Elle redouta ce qu'il comptait en faire.

— Alec, qu'est-ce que…

— C'est juste au cas où. Il ne se passera rien, mais… deux précautions valent mieux qu'une.

Il saisit de nouveau le câble et sauta sur la grille.

— Quelles précautions ? insista-t-elle.

Il ne répondit pas et, avec habileté, prit les deux extrémités de la corde, puis fit un nœud coulant.

— Passez la corde autour de vous.

— Pourquoi, nous… nous n'allons quand même pas redescendre en rappel !

Il leva les yeux et lui adressa un petit sourire.

— Non, je vous ai dit que c'était par précaution.

— Mais…

— Je ne veux pas prendre le risque qu'il vous arrive quoi que ce soit, Erin, je vous en ai fait la promesse.

Cette promesse résonna en elle et lui fit du bien.

— Passez la corde autour de vous, répéta-t-il.

Elle s'exécuta et il serra la corde autour de sa taille puis la lança vers une poutre d'acier de l'autre côté de la passerelle.

— Et vous, pourquoi ne vous attachez-vous pas ? lui demanda-t-elle tandis qu'il s'approchait de l'extrémité de la plate-forme.

Il haussa les épaules.

— J'ai pour habitude de travailler sans filet.

Avant qu'elle ait le temps de protester, il sauta sur la passerelle suivante, attacha fermement la corde autour de la poutre d'acier et se tourna vers elle.

— Allez, venez, ce n'est pas plus difficile que ce que nous avons fait l'autre jour quand nous avons sauté de rocher en rocher pour traverser le cours d'eau.

Elle eut un rire nerveux.

— Je vous rappelle que je me suis montrée tellement douée à cet exercice que vous avez failli en mourir.

Un petit sourire détendit légèrement ses traits et il lui adressa un regard chaleureux en lui tendant la main.

— Vous pouvez le faire, Erin. Ayez foi en vous. Moi, j'ai foi en vous.

Foi en elle ? C'était peut-être un peu trop lui demander. En revanche, elle avait une confiance aveugle en la main qu'il lui tendait. Une main capable de caresses expertes, de réconfort. Oh oui, elle avait confiance en lui. De toute son âme.

Elle prit sa main et, sans hésiter, sauta.

Alec la rattrapa et la serra contre lui pour la rassurer. D'instinct, elle l'encercla de ses bras.

— Vous voyez ? dit-il avant de lui donner un petit baiser. Je savais que vous pouviez le faire.

Ils étaient désormais au point le plus haut et le plus caché de l'entrepôt. Ils avaient tout juste la place pour s'asseoir côte à côte.

L'attente fut longue et, au-dehors, la nuit tomba. Même s'ils n'étaient pas confortablement installés, Erin n'avait aucune envie de se plaindre. Elle savourait d'être tout contre lui. C'étaient peut-être les derniers instants qu'elle passait auprès de lui.

— Promettez-moi que, quoi qu'il arrive, vous resterez cachée ici, où personne ne peut vous voir.

Elle eut la gorge tellement serrée qu'elle ne put répondre.

Il la prit par les épaules et insista :

— Promettez-le-moi, Erin, sinon je vous fais sortir d'ici dès maintenant.

Il était sérieux, elle n'en doutait pas. Mais, s'il perdait du temps à chercher un endroit sûr où la laisser, il risquait de ne pas être de retour à temps pour être témoin de ce que Daniel souhaitait qu'il voie et entende.

Elle acquiesça donc de la tête. Elle s'était fait le serment de ne pas être une gêne pour lui.

— Même s'il m'arrive malheur, continua-t-il, attisant sa peur, restez à l'abri. Et, ensuite, quand il n'y aura plus aucun danger, rentrez chez vous. Ne nourrissez pas de regrets à mon sujet, soyez heureuse, soyez forte, pensez à vous et au bien-être de votre enfant.

Elle ne put retenir ses larmes.

— Non, Alec, je ne peux pas vous faire cette promesse. Je ne veux pas vous oublier et je n'en aurais pas la force.

Son visage s'assombrit.

— Erin, écoutez-moi…

Elle lui posa un doigt sur les lèvres pour le faire taire.

— Non, je ne peux pas aller à l'encontre de ce que je ressens, Alec. Je n'ai aucune envie d'essayer. Je…

Le claquement d'une portière de voiture à l'extérieur l'interrompit. Ils n'étaient plus seuls.

15

Alec s'empara de la lampe torche que tenait Erin et l'éteignit. Ils se retrouvèrent dans l'obscurité.

Il lui serra une dernière fois la main puis s'éloigna pour trouver un meilleur endroit d'où voir et entendre.

La porte de l'entrepôt s'ouvrit avec un grincement, et un homme en imperméable entra, une arme à la main, en balayant les lieux du faisceau d'une lampe torche. Après avoir terminé son inspection, il actionna un interrupteur et l'ensemble de l'entrepôt s'éclaira. L'homme retourna à la porte et lança :

— Il n'y a personne pour le moment. Tout va bien, monsieur le sénateur.

Monsieur le sénateur ? Alec jeta un regard à Erin par-dessus son épaule. Son visage était grave et anxieux.

— Est-ce White ? articula-t-elle silencieusement.

Un homme en costume pénétra alors dans l'entrepôt et le traversa avec assurance, comme s'il était familier des lieux. Alec dut encore s'avancer pour mieux voir la scène : un pilier lui obstruait la vue.

L'homme en costume marchait de long en large, et paraissait nerveux.

Alec se concentra sur son visage. Puis il se retourna vers Erin et acquiesça. Oui, c'était bien le sénateur White. Puis, d'un geste, il lui réitéra de ne surtout pas bouger.

Sans attendre de réponse, il se déplaça silencieusement pour se trouver pile au-dessus du sénateur et des cinq ou six hommes qui l'accompagnaient. A leur allure, ces types étaient des gardes du corps privés, pas des membres des services secrets.

Le sénateur continuait d'arpenter l'entrepôt et consulta sa montre.

— Pourquoi ne sont-ils pas encore là ? J'avais dit 2 heures.

— Peut-être feriez-vous mieux d'attendre dans la voiture, monsieur, répliqua l'homme à l'imperméable.

— Non, je veux être là à leur arrivée, et ensuite faire ce qu'il y a à faire et décamper. Grimshaw vous a-t-il bien expliqué comment procéder ?

— Il m'a expliqué que nous ne devions rien lâcher tant que vous n'aurez pas récupéré votre fille. Quand Ramirez vous l'aura remise saine et sauve, alors nous pourrons lui donner ce qu'il souhaite.

Ramirez. Alec avait l'esprit en ébullition. Il y avait donc bien un rapport entre le sénateur White, sa fille et Ramirez, comme le suggérait le schéma de Daniel.

— C'est bien ça, répliqua le sénateur qui regarda de nouveau sa montre. Votre boulot, c'est d'éviter que notre appât ne se montre trop tôt.

Un appât ? Le sénateur avait-il organisé en secret un échange de prisonniers pour faire libérer sa fille, en traitant directement avec Ramirez, ce qui allait complètement à l'encontre de la politique du gouvernement dans de semblables affaires ?

Alec se tourna encore une fois vers Erin pour s'assurer qu'elle n'avait pas bougé. Elle s'était penchée en avant pour voir ce qui se passait, mais elle était toujours cachée.

Elle croisa son regard et recula dans l'ombre.

— Et si LeCroix ne vient pas ? s'enquit l'homme à l'imperméable.

Alec eut un coup au cœur. *Daniel.*

— Il viendra, répliqua White avec un petit rire mauvais. Cela fait des mois qu'il traque Ramirez, il ne laissera pas passer une occasion de l'alpaguer. Et puis, LeCroix pense que, quand tout sera terminé, il aura coincé l'homme qui a mis sa tête à prix.

— Il ne sait pas qu'il s'agit de vous ?

Le sénateur se tourna pour faire face à l'homme à l'imperméable.

— Vous croyez vraiment qu'il aurait accepté de collaborer avec moi s'il connaissait la vérité ?

Alec fut parcouru d'un frisson. Daniel avait collaboré avec le sénateur ?

L'homme à l'imperméable semblait agité.

— Je n'aime pas ça. Tout paraît trop simple. Vous obtenez la libération de Nicole ; Ramirez et LeCroix pensent tous deux que vous avez vendu l'un à l'autre. Ils s'affrontent, seul le plus fort survit et…

White interrompit son interlocuteur d'un geste.

— Non, aucun des deux ne doit en sortir vivant ! Quand je serai parti avec Nicole, vos hommes et vous, vous devez vous occuper de Ramirez et de LeCroix. Ramirez paiera pour avoir kidnappé ma fille, et LeCroix… parce qu'il en sait trop.

Alec était parcouru de fourmillements d'adrénaline. Pourvu que les micros et caméras qu'il avait installés enregistrent correctement tout ce qui venait de se dire.

— Et qu'en est-il de Kincaid, le partenaire de LeCroix ? poursuivit l'homme à l'imperméable.

— Kincaid n'est plus un souci. A l'heure qu'il est, il doit servir de pâture aux alligators.

Alec fut tellement furieux qu'il dut se retenir de ne pas sortir de sa cachette pour aller régler son compte au sénateur. Et il était encore plus furieux que ce type ait mis la vie d'Erin en danger alors que son but, c'était de l'éliminer, lui.

— Il était allé se réfugier dans le bayou ?

White acquiesça.

— Oui, LeCroix nous a bien aidés à le piéger là-bas.

Erin avait certainement tout entendu : elle poussa un gémissement de surprise qui résonna dans l'entrepôt.

Alec se crispa et jeta un regard aux hommes en dessous de lui, puis à Erin. Confuse, elle se plaqua les deux mains sur la bouche et se recroquevilla le plus possible dans l'ombre.

— Qui est là ? lança le sénateur d'une voix menaçante, les yeux levés. Je croyais qu'il n'y avait personne ! dit-il au type à côté de lui.

Alec jura intérieurement. Il ne pouvait en vouloir à Erin d'avoir laissé échapper ce gémissement. Lui-même, s'il n'avait pas été entraîné à contrôler ses émotions en toutes circonstances, aurait été incapable de se maîtriser en apprenant que Daniel l'avait trahi.

— Fouillez l'entrepôt, inspectez chaque bateau ! ordonna le sénateur en accompagnant ses propos de grands gestes.

Alec se décida à intervenir, d'une manière ou d'une autre. Les hommes de White finiraient fatalement par découvrir Erin.

La panique s'empara de lui à l'idée que ces types mettent la main sur elle, un sentiment que, d'habitude, il n'éprouvait jamais. Il préférait mourir plutôt que la laisser courir un nouveau danger. Il fallait qu'il agisse avant qu'ils la trouvent. Il devait laisser croire à White que c'était lui qui avait fait du bruit, pas elle.

Il se mit debout, attacha la seconde corde de Nylon à la poutrelle, se laissa glisser, descendit un niveau plus bas, dégaina son arme et mit le sénateur en joue.

— Monsieur White, je crois que vous me cherchiez ?

Erin se mordit la lèvre inférieure, tellement fort qu'elle eut un goût de sang dans la bouche. Mais que faisait Alec ? Il allait se faire tuer !

Le sénateur White fit volte-face et leva la tête vers l'endroit où se tenait Alec. Ses gardes du corps braquèrent leurs armes sur lui.

Erin était tétanisée, son cœur battait à tout rompre.

Le sénateur leva la main pour indiquer à ses hommes de ne pas faire feu.

— Qui est là ?

Tout en gardant son arme braquée devant lui, Alec fit descendre sa corde jusqu'au sol et, avec l'habileté d'un chat, se laissa glisser.

Erin en eut les larmes aux yeux. Il s'était dévoilé pour la protéger. Une fois encore, l'homme qu'elle aimait risquait de mourir par sa faute. Elle dut se retenir de toutes ses forces pour ne pas hurler. Elle n'avait pas le droit de compromettre encore davantage la situation d'Alec.

Celui-ci s'avança vers les hommes rassemblés au centre de l'entrepôt.

— Eh bien, monsieur le sénateur, vous ne reconnaissez pas l'homme dont vous avez ordonné la mise à mort ?

— Kincaid ?

Alec répondit par un sourire ironique à l'expression ébahie du sénateur.

— Eh oui, les voyous que vous avez envoyés dans le bayou n'ont pas fini le boulot.

Le sénateur White redressa les épaules et adressa un coup d'œil gêné à l'homme à l'imperméable, puis retourna son attention sur Alec.

— Je suppose que, maintenant, vous savez que votre partenaire vous a trahi. On dirait qu'il avait un compte à régler avec vous.

Alec fit non de la tête.

— Jamais Daniel ne me trahirait. Il n'est pas comme vous, ajouta-t-il d'un ton provocateur.

White prit un air outré.

— En êtes-vous certain ? Comment croyez-vous que j'ai pu savoir que le crash de votre avion dans le Colorado n'était qu'une mise en scène destinée à faire croire à votre mort ? Comment ai-je appris que vous aviez demandé qu'on vienne vous chercher en hélicoptère ? Sans LeCroix, jamais je n'aurais pu vous suivre à la trace.

La mâchoire d'Alec se contracta. Le sénateur avait-il insinué le doute en lui ? se demanda Erin.

— Mais, puisque vous êtes là, reprit White, vous m'offrez l'opportunité d'en finir une fois pour toutes avec LeCroix et vous.

Alec ne cilla pas et garda son arme braquée sur le sénateur.

— Non, pas si vous voulez revoir votre fille.

White trembla un instant.

— Que savez-vous sur Nicole ?

— Je sais que vous étiez prêt à compromettre notre mission, à trahir votre pays et votre intégrité dans le seul but d'obtenir sa libération.

Le sénateur encaissa le coup.

— Jusqu'à récemment, j'aurais été incapable d'admettre un tel comportement, reprit Alec. Mais désormais, je sais ce que c'est d'éprouver des sentiments forts pour quelqu'un et d'être prêt à tout pour cette personne, y compris du pire…

A cette déclaration, Erin en resta bouche bée, et de nouvelles larmes coulèrent sur ses joues.

— Je comprends pourquoi vous nous avez trahis, même si je ne peux pas être d'accord avec vos méthodes.

Piqué au vif, le sénateur prit un air hautain.

— Ma loyauté envers les Etats-Unis n'a rien à voir là-dedans, et je n'apprécie pas de me voir décrit comme un traître.

— Dans ce cas, il ne faut pas négocier directement avec des trafiquants, au risque de compromettre la sécurité intérieure, pour votre seul bénéfice.

— Vous ne pouvez rien prouver ! s'exclama le sénateur sur un ton plein de rage. Tout ce que j'ai fait, je l'ai fait pour sauver Nicole, pour qu'elle revienne vivante !

— Et vous croyez sincèrement que Ramirez va vous remettre votre fille ce soir ? Vous le sous-estimez. Nicole est sa monnaie d'échange. Maintenant, dites à vos gorilles de baisser leurs armes et de sortir, sinon je ne vous dirai rien de ce que je sais.

Erin retint son souffle. Mais que savait Alec sur Nicole White ?

A ce moment-là, il y eut un nouveau claquement de portière au-dehors.

— Monsieur le sénateur, appela un des hommes postés près de la porte, nous avons de la visite.

Erin regarda avec appréhension vers l'entrée.

Pendant ce temps, les gardes du corps du sénateur se redéployaient dans l'entrepôt.

— Neutralisez-le, ordonna le sénateur à ses hommes en désignant Alec du doigt, mais ne le tuez pas tant que je n'ai pas la certitude que Nicole ne risque plus rien.

Un homme approcha d'Alec par-derrière. Erin ouvrit la bouche pour l'avertir, mais Alec fit alors un quart de tour et, d'un mouvement précis, désarma l'homme. Un second voulut se jeter sur lui, mais il le cueillit d'un coup de pied au niveau du plexus.

Erin se sentait impuissante et ne pouvait que le regarder se démener comme un beau diable pour écarter un à un ses assaillants. A un contre six, le combat était inégal. Les sbires du sénateur se réorganisèrent, et l'un d'eux finit par réussir à frapper Alec à l'arrière du crâne. Avant qu'il puisse récupérer, un autre lui balaya les jambes pour le faire chuter. Une fois qu'il fut au sol, deux hommes le désarmèrent et lui saisirent les bras pendant qu'un troisième lui liait les poignets avec du sparadrap.

Erin tremblait de tous ses membres et recula une fois encore pour ne pas risquer d'être vue. Il fallait qu'elle aille au secours d'Alec, mais comment ? Seule, elle n'avait aucune chance de venir à bout de six hommes armés.

La porte s'entrouvrit avec un grincement, et plusieurs hommes de type hispanique, armés jusqu'aux dents, entrèrent prudemment dans l'entrepôt. Les gardes du sénateur se rassemblèrent pour faire face à cette nouvelle menace. Ça ressemblait fort à une rixe entre gangs rivaux.

Enfin, un homme vêtu d'un costume de luxe entra à son tour et marcha droit vers le sénateur White. Ce dernier se posta face au nouvel arrivant et lui tendit la main.

— Où est LeCroix ? demanda le nouveau venu en ignorant ostensiblement la main que lui tendait le sénateur.

— Bonsoir à vous, général Ramirez, rétorqua le sénateur sur un ton sarcastique. Où est ma fille ?

Alec était toujours au sol, mais la voix de Ramirez l'avait fait lever la tête.

Ramirez avança d'un pas supplémentaire en direction de White.

— Votre fille va bien. Pour le moment. Mais je ne suis pas patient. Soit vous me livrez LeCroix, soit vous ne reverrez pas votre fille vivante.

Visiblement peu sûr de lui, White leva les mains en signe d'apaisement.

— Ne nous énervons pas, général. J'ai déjà ici un premier cadeau pour vous. Mes hommes et moi, nous avons retrouvé et capturé le partenaire de LeCroix.

Le sénateur fit signe à ses hommes, et Alec fut remis debout sans ménagement.

Erin s'efforça de respirer calmement pour ne pas perdre son sang-froid. Ce n'était vraiment pas le moment de paniquer. Elle ne supportait pas de voir ces types maltraiter Alec, mais elle ne devait pas agir impulsivement. Elle devait réfléchir et déterminer très vite quoi faire. Sinon Alec était voué à une mort certaine.

Un plan commença à germer dans son esprit. Elle ne pouvait pas voler seule à son secours, donc il fallait qu'elle trouve des renforts. Mais il fallait qu'elle réussisse à sortir de l'entrepôt sans être vue. Evidemment, elle ne pourrait pas sortir par la porte.

Ce qui signifiait…

Elle leva les yeux en direction des vasistas. *Sois forte. Sois courageuse.*

Pour Alec.

Au bout de la passerelle sur laquelle elle était, une échelle permettait d'atteindre le plafond et une petite trappe, sans doute destinée aux ouvriers qui avaient besoin de monter sur le toit. Elle n'avait pas d'autre solution. Elle inspira à fond et, à quatre pattes, se dirigea vers l'échelle.

Les sbires du sénateur White ne l'avaient pas épargné, mais Alec ignora sa douleur. A l'endroit où Erin était cachée, il lui avait semblé avoir vu bouger. Discrètement, il leva de nouveau les yeux vers le plafond de l'entrepôt.

— Où est Nicole ? demandait White à Ramirez.

Dans l'ombre, Alec vit une silhouette se déplacer. Pas de doute possible, c'était Erin.

Mais où diable allait-elle ? Il lui avait pourtant dit de ne pas bouger !

La passerelle où elle était grinça légèrement sous son poids. Il retint son souffle. Si par malheur un de ces types la repérait…

Non, il ne devait pas penser au pire mais faire en sorte d'attirer l'attention sur lui pour que personne ne la remarque.

— Ne soyez pas stupide, monsieur le sénateur ! s'exclama-t-il.

White et Ramirez tournèrent la tête vers lui. Tant mieux, ils ne regarderaient pas au-dessus d'eux. Du coin de l'œil, il suivit Erin : elle gravissait une échelle au bout de la passerelle.

— Votre fille est peut-être déjà morte, reprit-il. Organiser cette entrevue n'aura été qu'une perte de temps.

Ramirez le foudroya du regard, le sénateur pâlit.

— Qu'est-ce que vous savez ? cria Ramirez en s'avançant vers lui.

Il avait toujours les mains attachées dans le dos et se prépara à encaisser des coups.

— Vous ! Vous et votre satané partenaire, vous avez ruiné ma dernière opération ! gronda Ramirez avec haine.

Alec lui retourna un petit sourire ironique.

— Et ce n'est qu'un début, général.

Ramirez lui décocha un crochet à la mâchoire.

Il fit mine d'être sonné pour incliner la tête et voir où en était Erin. Quand elle avait entendu Ramirez le frapper, elle s'était arrêtée.

Non ! Continuez !

Ramirez se retourna vers White.

— Il ment. J'ai donné des consignes pour que personne ne touche à votre fille jusqu'à mon retour. N'écoutez pas ce *gringo.*

— Pourquoi Nicole n'est-elle pas là, alors ? Vous… Vous deviez la libérer ce soir, répliqua le sénateur d'une voix pleine d'incertitude et de douleur.

Alec les scruta tour à tour : la tension était à son paroxysme. Mais Erin avait repris sa progression et s'apprêtait à s'échapper. Elle allait s'en sortir. C'était tout ce qui comptait.

Erin se hissa maladroitement sur le toit et se retrouva les mains pleines de goudron et de gravier. Elle les frotta contre son pantalon et regarda autour d'elle.

Elle avait gardé la corde qu'Alec lui avait passé autour de la taille et comptait s'en servir pour descendre le long du mur de l'entrepôt. Elle ne put s'empêcher de penser à Bradley mais, plutôt que s'attarder sur son accident fatal, elle se concentra pour se rappeler les consignes qu'il lui avait enseignées pour nouer correctement une corde et descendre progressivement.

Elle ne disposait pas d'un véritable équipement mais ferait avec. Alec s'était sacrifié pour elle, elle l'aimait, elle ferait tout pour surmonter sa peur et le sauver.

Elle repéra un gros conduit d'aération, enroula sa corde

autour et vérifia qu'il était suffisamment solide pour supporter son poids.

Satisfaite, elle rajusta la corde autour de sa taille, serra fort et se prépara à descendre. Elle jeta un regard en bas de l'entrepôt pour évaluer la descente qu'elle devait effectuer. L'équivalent de cinq étages, soit environ quarante mètres.

Elle prit une longue inspiration, se parla pour se donner du courage, saisit la corde à deux mains et entama sa descente. Très vite, elle eut mal dans les bras. Elle n'avait jamais eu beaucoup de force à ce niveau-là, ce qui lui rendait la tâche encore plus difficile. Pieds contre le mur, elle descendit petit à petit, en s'efforçant de garder un bon rythme sans non plus se précipiter. Cinq mètres, dix.

Son cœur battait très fort, ses bras s'engourdissaient mais elle serra les dents et continua. Vingt mètres, vingt-cinq, trente. Au loin, elle entendit retentir le Klaxon d'une voiture. Mais elle ne devait pas se laisser distraire et se concentrer uniquement sur l'effort.

Elle poussa un gémissement de douleur, ses bras tremblaient et elle serra les dents, rassemblant ses ultimes forces.

Alec. Tu dois réussir pour Alec.

Un mètre supplémentaire…

Ses mains moites glissèrent, elle faillit lâcher complètement la corde mais parvint à se rétablir. Elle était de plus en plus faible, la sueur perlait sur son front, tout se mettait à tourner, elle allait lâcher. Elle ferma les yeux et se prépara à heurter le bitume…

Mais un buste ferme et des bras puissants se refermèrent autour d'elle. Elle éprouva un immense soulagement et se retourna pour connaître l'identité du sauveur.

Elle croisa un regard à la détermination froide, puis entendit le cliquetis caractéristique d'un revolver qu'on armait.

— Ne bougez plus.

16

— Si vous tenez à la vie, mettez les mains sur la tête et tournez-vous lentement, dit une voix grave.

Erin se glaça d'effroi.

— Pitié, gémit-elle en se retournant.

Alec. Elle devait trouver de l'aide pour Alec.

— Ne tirez pas. Je peux vous expliquer…

Elle se retrouva face à un homme au regard sombre, tellement déterminé qu'elle en perdit ses mots.

Il portait un T-shirt et un pantalon noirs et, sans abaisser son arme, la palpa de sa main libre au niveau des jambes et de la taille.

— Je ne suis pas armée. Je vous le jure.

Il poussa un grognement et continua sa fouille.

— Je vous en supplie, laissez-moi partir, je… Ils… Ils vont le tuer. Il… a besoin d'aide, bredouilla-t-elle sous l'effet de la panique.

Elle était tellement obsédée par ce qui risquait d'arriver à Alec qu'elle en oubliait le danger qui pesait sur elle. Mais soudain, l'attitude de l'homme qui la menaçait de son arme, ses gestes rapides et efficaces lui rappelèrent précisément Alec.

Il posa la main sur son ventre légèrement arrondi et leva les yeux, interloqué. Il ne dit rien mais haussa les sourcils et, encore une fois, cette attitude lui rappela Alec. Elle eut alors une intuition.

— Daniel ? murmura-t-elle.

L'homme se crispa et plissa les yeux.

— Qui êtes-vous ?

Elle eut un terrible doute. White avait allégué que Daniel avait trahi Alec, mais celui-ci avait paru ne pas en croire un mot. S'était-elle trompée ?

— Je… Je suis avec Alec, se risqua-t-elle. Je suis une amie. Daniel, j'ai besoin de votre aide, continua-t-elle, les larmes aux yeux. Alec a besoin de vous.

L'homme abaissa son arme, et son expression s'adoucit.

— Vous êtes avec Alec ?

Elle acquiesça.

— Il vous recherche depuis plusieurs mois. Il a reçu votre lettre. Ou plutôt c'est moi qui l'ai reçue, mais je lui ai transmise.

Elle était tellement soulagée d'avoir trouvé Daniel qu'elle ne parvenait plus à s'arrêter.

— Nous avons également trouvé les coupures de presse sur le sénateur et sa fille que vous aviez rassemblées dans votre cabane du bayou. C'est pour cela que nous sommes ici. Nous avons compris que vous souhaitiez que nous soyons là ce soir parce que vous aviez besoin d'aide. Le sénateur White a prétendu à Alec que vous lui aviez tendu un piège, mais il n'en a rien cru.

Le temps pressait, elle devait aller à l'essentiel, mais les mots jaillissaient d'elle comme un torrent.

— Nous savons que le sénateur a passé un accord secret avec le général Ramirez et que c'est lui qui vous a trahis. Mais Alec… Oh ! par pitié, Daniel, vous devez le sauver.

L'expression de Daniel s'assombrit.

— Où est Alec ? Que s'est-il passé ?

— Il est sorti de sa cachette. Il a affronté directement les gardes du corps du sénateur, mais ils étaient trop nombreux.

Daniel fronça les sourcils et agita la tête en signe de dénégation.

— Non, jamais Alec ne…

Erin agrippa son T-shirt à deux mains.

— Les hommes du sénateur l'ont capturé ! Ils le tiennent en otage et… ils vont le tuer ! s'exclama-t-elle, aux abois.

Mais Daniel ne semblait toujours pas convaincu.

— Pourquoi Alec se serait-il montré, au risque de faire rater toute l'opération ?

Erin fut secouée de sanglots.

— Pour me sauver. J'ai fait involontairement du bruit, et les gardes du sénateur se sont mis à fouiller l'entrepôt. Alec est intervenu pour créer une diversion. Il s'est sacrifié pour moi.

Daniel était tendu comme un arc, mais il l'écoutait attentivement et paraissait déjà chercher comment pénétrer dans l'entrepôt.

Elle essuya ses larmes d'un revers de la main, serra les bras de Daniel et l'implora :

— Je refuse qu'Alec périsse à cause de moi. Je vous en supplie, Daniel, aidez-moi à le sauver !

L'expression de Daniel se fit de plus en plus grave. Il la fixa et lui demanda :

— Est-ce que l'enfant que vous portez est celui d'Alec ?

Elle tressaillit, surprise par sa question. Pourquoi voulait-il savoir cela maintenant ?

— Non.

Il parut étonné par sa réponse mais acquiesça et jeta un nouveau regard sur l'entrepôt.

— Très bien, lâcha-t-il finalement.

Il la prit par le bras et la tira vers la rue qui donnait sur l'arrière de l'entrepôt.

— A partir de maintenant, je prends le relais, poursuivit-il. Vous en avez déjà fait suffisamment.

Il héla un taxi qui approchait et sortit un billet de sa poche.

— Alec s'est sacrifié pour vous protéger, faites en sorte qu'il ne l'ait pas fait pour rien. Compris ?

Elle voulut protester, mais Daniel lui saisit la jugulaire et la pinça. Fort.

Elle chercha à se débattre, mais très vite sa tête se mit à tourner. Elle sombra dans l'inconscience.

Alec serra les mâchoires. Il devait se convaincre qu'Erin était parvenue à quitter l'entrepôt et ne risquait plus rien, sinon il allait devenir fou. D'autant que, devant lui, White et Ramirez se livraient à une guerre d'intimidation qui menaçait de mal tourner. Ce n'était pas le moment d'être distrait.

— J'en ai assez attendu, c'est une perte de temps, déclara Ramirez en tournant les talons pour se diriger vers la porte.

White leva la main pour le dissuader.

— Non, LeCroix va venir, j'en suis persuadé ! répliqua-t-il en se tournant vers Alec. Nous détenons son partenaire, ne l'oubliez pas.

Ramirez renifla de dédain.

— Vous n'avez rien du tout. Ce type a laissé LeCroix pour mort dans la jungle.

Cette réflexion attisa la culpabilité d'Alec, et il jeta un regard noir à Ramirez.

Celui-ci claqua des doigts et, de la tête, désigna la porte. Ses hommes se préparèrent à partir.

— Les agents des opérations spéciales ne se soucient pas les uns des autres, reprit Ramirez. C'est contraire à leurs principes. LeCroix ne viendra pas pour Kincaid.

— Pas même pour savourer sa revanche ? contra White. C'est LeCroix qui m'a permis de retrouver Kincaid et de l'attirer ici.

Alec sentit de nouveau le doute s'immiscer en lui. L'insinuation du sénateur pouvait-elle être vraie ? Lui-même en était venu à cette conclusion : il y avait un traître au sein de son équipe, un traître qui avait notamment appris à White qu'il avait demandé qu'on vienne le chercher en hélicoptère dans la montagne. Mais Daniel ?

Non. Il refusait de le croire. Jamais Daniel ne vendrait quiconque.

Ramirez revint sur ses pas et se posta face à White.

— Et si c'était vous qui vous étiez fait avoir ? Je voulais LeCroix, il n'est pas là. Notre accord tombe à l'eau. Votre fille mourra.

Il tourna de nouveau les talons et désigna Alec à ses hommes d'un geste désinvolte.

— Tuez-le.

Alec déglutit. Il était en très fâcheuse posture. Mais où donc était Daniel ? Et Erin ?

— Attendez ! s'exclama le sénateur.

Un des sbires de Ramirez pointa son arme sur Alec.

Un claquement étouffé résonna alors dans l'entrepôt. L'homme de Ramirez s'effondra, et ce fut le chaos.

White sortit un revolver de l'intérieur de sa veste et la braqua sur Ramirez. Sans attendre, les hommes de Ramirez firent feu ; les gardes du corps du sénateur ripostèrent.

Il y eut des cris, des jurons, d'autres coups de feu.

Alec avait encore les mains liées mais, profitant qu'on ne s'occupait plus de lui, se réfugia derrière un pilier près de la porte. Une fois à l'abri, il leva les yeux et regarda de tous côtés. Enfin, il repéra celui qu'il espérait tant.

Daniel.

Celui-ci l'avait également repéré et, couteau à la main, le rejoignit en deux sauts.

— Timing parfait, comme d'habitude, Lafitte, déclara Alec.

Daniel s'empressa de lui couper les liens.

— J'ai rencontré ta copine dehors.

— Erin ? Elle va bien ?

Daniel n'eut pas le temps de répondre. Un des hommes de Ramirez se précipitait sur lui par-derrière. Mais Alec fut le plus prompt et lui décocha un direct au visage avant qu'il puisse toucher son ami.

— Erin va bien, prit tout juste le temps de répondre Daniel.

Puis il se saisit de nouveau de son arme.

— C'est LeCroix ! Arrêtez-le ! s'exclama White.

Alec échangea un bref regard avec Daniel, puis s'empara de l'arme que l'homme de Ramirez avait laissée tomber et se dirigea vers la porte.

Les deux camps continuaient d'échanger des coups de feu, la situation était plus que confuse et Alec voulait éviter que Ramirez ou White en profite pour s'échapper. A l'abri derrière une poutre métallique, il risqua un regard et repéra le sénateur White caché derrière une pile de caisses. De l'autre côté, Ramirez émergea de derrière un pilier, un revolver à la main.

Daniel apparut alors à son tour derrière le général, lui tapa sur le bras pour lui faire lâcher son arme et, à la vitesse de l'éclair, sortit une paire de menottes et l'immobilisa.

Ramirez était capturé. Vivant. Mission accomplie.

Daniel releva la tête et croisa le regard d'Alec.

Daniel leva son arme. Droit sur lui.

Erin sortit du brouillard, battit des paupières et tenta de s'orienter. Elle était dans une voiture, une voiture qui roulait.

Un taxi.

Elle se redressa sur la banquette et se passa la main sur sa gorge douloureuse. Elle se rappela alors ce qui s'était passé.

Daniel lui avait fait une sorte de prise pour lui faire perdre conscience. Elle poussa un gémissement. *Alec !*

Elle se pencha en avant et serra l'appuie-tête du siège du conducteur.

— Arrêtez ! Arrêtez la voiture !

Le chauffeur fit non de la tête.

— Désolé, mademoiselle, mais votre ami m'a payé largement et ordonné de vous déposer dans un hôtel du centre-ville où vous serez au calme et en sécurité. Il a noté le numéro de ma licence de taxi et ma plaque d'immatriculation. Il m'a juré que, si je ne lui obéissais pas, il me retrouverait et me le ferait payer.

Daniel, son ami ? Cela restait encore à démontrer.

— J'avoue que je n'ai aucune envie d'avoir affaire à cet homme, termina le chauffeur.

— Par pitié, arrêtez-vous ! insista Erin. C'est une question de vie ou de mort.

— Non, mademoiselle, désolé, répéta le chauffeur.

Erin se massa les tempes pour se calmer et réfléchit. A sa place, que ferait Alec ? Il chercherait par tous les moyens à descendre de ce satané taxi. Pour lui, parce qu'elle l'aimait, elle devait faire de même.

Elle regarda par la vitre. Ils approchaient du centre-ville. Tôt ou tard, elle aurait une opportunité : la voiture devrait bien s'arrêter à un feu rouge. Discrètement, elle se rapprocha de la portière et posa la main sur la poignée, prête à bondir.

Quelques instants plus tard, la voiture se retrouva dans une file de véhicules et ralentit. Avant même qu'elle soit complètement à l'arrêt, Erin actionna l'ouverture, poussa la portière et sauta du véhicule.

— Mademoiselle !

Sans se retourner, Erin se releva et partit en courant. Elle observait les façades d'immeubles, à la recherche d'un commerce ouvert : il fallait qu'elle trouve un téléphone.

Finalement, elle repéra un lavomatique ouvert vingt-quatre heures sur vingt-quatre et qui disposait d'un téléphone public. Elle s'empara du combiné, appela immédiatement le 911.

Elle déclara avoir vu des hommes armés, donna l'adresse de l'entrepôt, demanda l'envoi de forces de police et de secours de toute urgence, et raccrocha. Elle avait un autre coup de fil à passer.

Les mains tremblantes, elle parcourut les pages de l'annuaire et trouva le numéro qu'elle cherchait : celui de la permanence de White au Sénat. Comme tout sénateur, il disposait d'un service qui pouvait être joint jour et nuit.

Elle tomba sur une standardiste.

— Je dois absolument parler à un membre du cabinet du sénateur. C'est une urgence !

— Si c'est une urgence, vous devriez appeler la police, répondit la standardiste.

— C'est déjà fait, rétorqua-t-elle. Mais la vie du sénateur White est en danger, et je dois lui faire transmettre un message. Maintenant !

Il y eut un bref silence, puis la standardiste lui dit de patienter.

— Ici Ralph Godwin, le chef de cabinet du sénateur White, déclara une nouvelle voix après quelques secondes. Que puis-je pour vous ?

— Je veux que vous contactiez le sénateur sans délai et que vous lui fassiez passer un message, commença Erin. Dites-lui que je suis au courant de son accord avec Ramirez, que je sais qu'il a compromis la couverture et la mission de deux agents américains à l'étranger, se rendant coupable de trahison envers son pays.

— Qu'est-ce que vous racontez ? répliqua l'homme à l'autre bout du fil.

Sa voix s'était troublée : c'était bien le chef de cabinet.

— Dites au sénateur que, si jamais il arrive malheur à Alec Kincaid, j'irai voir la presse, le FBI, et que je révélerai tout.

Elle était résolue à agir ainsi si Alec ne s'en sortait pas.

— Qui êtes-vous ? lui demanda le chef de cabinet d'un ton agressif.

— Précisez à votre patron que je détiens des preuves de ses agissements et que, s'il compte revoir sa fille vivante, il ferait mieux de relâcher Alec Kincaid sans attendre.

Elle raccrocha avant que son interlocuteur puisse répondre. Elle tremblait de tous ses membres. Elle avait fait son possible. Pourvu que ce soit suffisant.

Incrédule, Alec fixa un bref instant le canon du revolver de Daniel. Puis il comprit et, d'instinct, roula au sol et se retourna en braquant lui aussi son arme sur l'homme derrière lui.

— Ne bougez plus, White ! s'exclama Daniel.

Le sénateur hésita puis leva les mains en l'air en retournant un regard de défi à Daniel.

— Vous avez trahi votre pays, continua Daniel, vous avez déshonoré votre fonction.

Le sénateur plissa les yeux.

— Eh bien alors, allez-y, tirez. Qu'est-ce que vous attendez ?

Daniel semblait hésiter et Alec fronça les sourcils.

White se dirigea alors vers la porte et Alec se crispa, impatient que Daniel se décide. Dans l'entrepôt, le silence était revenu, certains des hommes de White et Ramirez étaient blessés, les autres avaient péri.

White fit un pas supplémentaire vers la porte.

La sueur perlait au front de Daniel. Il serrait et desserrait la main autour de son arme.

— Lafitte ? l'interpella Alec, de plus en plus mal à l'aise.

White adressa un sourire suffisant à Daniel.

— Et vous êtes censé être le meilleur agent des opérations spéciales ? Vous éliminer aurait été un service rendu à la nation.

White s'apprêtait à sortir, Daniel fit feu. Le sénateur s'effondra et se prit la jambe à deux mains en gémissant de douleur.

— Je préfère laisser la presse et la police régler votre sort, déclara Daniel. Vos jours d'homme libre, et plus encore de sénateur, sont comptés.

Alec soupira de soulagement et sourit à Daniel.

— Eh bien, finalement, il semblerait que…

Il n'eut pas le temps de terminer : Daniel lui asséna une gifle. Il porta la main à sa joue et regarda son ami d'un air abasourdi.

— C'était quoi, ça ? s'écria-t-il.

Daniel pointa un doigt accusateur sur lui.

— Tu as failli ruiner neuf mois de boulot sous couverture.

Qu'est-ce qui t'as pris de te mettre à me rechercher ? Chacun pour soi, ça ne te dit rien ? Tu étais censé respecter cette ligne de conduite.

Alec mit quelques secondes à répondre à son ami. Ces derniers mois, lui aussi s'était beaucoup interrogé sur ses motivations. Mais Erin lui avait fait comprendre qu'il fallait toujours donner la priorité à l'humain, coûte que coûte.

— Tu es mon partenaire et… mon meilleur ami. Mon unique ami. Comment aurais-je pu ne pas essayer de te retrouver ?

Cette réponse prit complètement Daniel de court, ce qui le fit sourire. Il imaginait bien ce que ressentait son ami. Quelques mois plus tôt, il n'aurait pas été capable de faire une telle déclaration.

— Et puis, ajouta-t-il, je sais que, dans la situation inverse, tu en aurais fait autant pour moi.

Daniel battit des paupières et lui retourna un regard arrogant.

— Oh ! tu crois ça ?

— Non, je le sais.

Un bruit de sirènes de police se rapprocha. La cavalerie n'allait pas tarder à arriver.

Daniel ne put réprimer un petit sourire et tendit la main à son ami.

— Tu es toujours aussi sûr de toi, on dirait.

Alec attira son ami à lui pour lui donner l'accolade.

— Ouais, on ne se refait pas.

Erin était à bout de nerfs. Ses émotions étaient à vif, elle avait tellement pleuré qu'elle avait les yeux gonflés et du mal à voir clairement.

Cependant, elle restait déterminée à retourner à l'entrepôt pour aider Alec. Elle se tenait prête à héler le premier taxi qui passerait et, s'il le fallait, elle retournerait à l'entrepôt en courant. Il était hors de question qu'elle attende.

Alec. Par pitié, faites qu'il aille bien.

Daniel était-il intervenu à temps ? Pouvait-elle réellement lui faire confiance ? Si par malheur il avait bel et bien trahi Alec, ce dernier ne le supporterait pas, elle le savait.

Elle souhaitait plus que tout offrir à Alec l'amour et la loyauté dont il avait été privé toute sa vie.

Si seulement il lui en donnait l'opportunité…

Elle avait mal partout, elle était épuisée mais, soudain, elle repéra un taxi et leva le bras pour le héler. Elle s'empressa de donner l'adresse, s'effondra sur la banquette arrière et tenta de reprendre son souffle.

Quelques minutes plus tard, la voiture arriva à hauteur de la ruelle qui donnait sur l'arrière de l'entrepôt. Une ambulance était garée devant et la lumière stroboscopique des gyrophares des voitures de police éclairait la nuit.

Le cœur battant, elle paya le chauffeur en lui disant de garder la monnaie, sortit du taxi et partit en courant.

Au moment où elle arriva devant l'entrepôt, on chargeait un corps recouvert d'un drap dans une ambulance. La panique s'empara d'elle.

Non, faites que ce ne soit pas Alec, mon Dieu, je vous en supplie.

— Mademoiselle, vous allez bien ? l'interpella un officier de police. Vous ne devriez pas être ici, c'est une scène de crime et…

— Où est Alec ? interrompit-elle le policier. Où est-il ?

— Qui ça ?

Avant qu'elle puisse répondre, la porte de l'entrepôt s'ouvrit, plusieurs hommes sortirent. Elle se hissa sur la pointe des pieds, chercha du regard.

— Alec ! s'exclama-t-elle quand elle vit apparaître sa large silhouette.

Il tourna la tête, l'aperçut à son tour et prononça son prénom.

Le soulagement l'envahit et elle voulut se diriger vers lui, mais un policier la retint. Alec avait les mains menottées dans le dos.

— Non !

Un regain d'énergie s'empara d'elle, elle parvint à se libérer de l'étreinte du policier qui la retenait et courut vers Alec.

— Non ! Vous ne pouvez pas l'arrêter, il n'a rien fait de mal !

Le policier la rattrapa et la saisit par le coude.

— N'allez pas plus loin !

Elle continua de se débattre mais elle était encore à quelques mètres d'Alec.

— Erin, calmez-vous, lança alors Alec. Je vais parler aux policiers et m'expliquer. Ils ne font que leur travail.

Elle respira bouche ouverte, apaisée par son intervention, et acquiesça de la tête. Elle trouva même la force de lui adresser un sourire.

— Je vais chercher la voiture et je vous rejoins au poste de police, lui répondit-elle.

— Non.

Son sourire s'effaça.

Non ?

Le policier derrière Alec l'invita à se diriger vers un véhicule. Alec lui adressa quelques mots, et le policier acquiesça de la tête.

Erin attendit, suspendue à ce qu'Alec allait lui dire.

— Alec ?

Il la fixa droit dans les yeux avec une expression distante qui lui brisa le cœur.

— Rentrez chez vous, Erin, déclara-t-il. Maintenant, vous ne risquez plus rien. Vous n'avez plus besoin de moi.

Elle plissa le front, certaine d'avoir mal compris.

— Vous vous trompez. J'aurai toujours besoin de vous, Alec. Je… Je vous aime.

Il fit la grimace et poussa un long soupir, comme si elle lui avait assené un coup. Il serra la mâchoire et prit un regard encore plus froid.

— Ne me faites pas cela. Je… Allez-vous-en, c'est tout.

— Non ! s'exclama-t-elle spontanément. Je veux rester avec vous, je…

— C'est fini, Erin. Vous êtes en sécurité, vous devez rentrer chez vous. Oubliez-moi.

C'était comme si une main glacée lui serrait le cœur.

— Et nous ? Tout ce que nous avons…

— C'est fini, assena-t-il. Il n'y a pas de nous, il n'y en a jamais eu.

Elle le dévisagea. Pensait-il vraiment ce qu'il disait ?

— Je n'ai pas le temps de discuter, Erin. Je vous ai prévenue dès le départ que je ne pouvais pas vous offrir ce dont vous avez besoin. Rien n'a changé. Moi, je ne peux penser qu'à mon boulot, et vous, vous avez un enfant à élever.

Elle était accablée mais elle ne voulait pas céder.

— Ça peut marcher, Alec. Je sais que nous devrons tous deux faire des sacrifices mais si nous nous aimons suffi…

— Je ne suis pas amoureux de vous, Erin.

Cette affirmation lui fit tellement mal qu'elle en recula d'un pas. Elle resta coite, à regarder l'homme à qui elle avait offert son cœur.

« Je ne suis pas amoureux de vous, Erin. »

Jamais des mots ne lui avaient paru aussi violents.

— Rentrez chez vous, insista fermement Alec. Prenez soin de votre bébé, prenez soin de vous et…

Il hésita et dut prendre une grande inspiration pour terminer :

— … soyez heureuse.

Puis il tourna la tête, partit en direction de la voiture de police et monta à l'intérieur. Le policier qui l'accompagnait claqua la portière.

17

Alec évita de croiser le regard étonné de Daniel assis à côté de lui sur la banquette arrière de la voiture de police.

Mais il avait beau fixer un point devant lui, le visage d'Erin, déformé par le chagrin, flottait devant ses yeux.

Une culpabilité plus forte que jamais lui serrait le cœur. Daniel continuait à l'observer, et il ferma les yeux pour se réfugier dans l'obscurité et le vide. En vain. Erin occupait son esprit. Il la revit sauter de l'avion avec lui, l'embrasser sous les étoiles, l'aider à percer les mystères de la carte de Daniel.

Il repensa au moment où ils avaient fait l'amour, ce fabuleux moment qui l'avait définitivement fait succomber.

Alors que la voiture démarrait, il poussa un nouveau soupir et laissa tomber sa tête en avant.

— Pauvre imbécile.

L'intervention de Daniel lui fit relever la tête et rouvrir les yeux.

— Quoi ?

— Tu as bien entendu. Tu es un imbécile. Un crétin fini.

— Oh ! je te remercie.

— De rien, tu l'as mérité.

— Ecoute, je n'ai pas envie d'en parler, c'est clair ?

Il tourna ostensiblement la tête et regarda dehors.

— Elle t'aime, reprit Daniel. Et toi, tu as beau prétendre le contraire, c'est évident que tu l'aimes aussi. Pourquoi t'es-tu montré aussi dur avec elle ? Tu as perdu la tête ? A quoi ça servait de lui balancer une énormité pareille ?

— Laisse tomber, je ne veux pas en parler !

Daniel secoua la tête, écœuré.

— Pauvre imbécile.

Il se tut, mais ne tint que dix secondes.

— Alec, tu sais ce qu'elle faisait quand je l'ai vue ? Elle descendait en rappel depuis le toit de l'entrepôt !

Cette révélation fit mal à Alec et, en même temps, le rendit fier. Erin avait vaincu sa peur. Pour lui.

Daniel eut un petit rire amer.

— Cette fille descendait en rappel du toit d'un entrepôt haut de quarante mètres avec une misérable corde en Nylon. Pour sauver ta peau. A la fin, elle était tellement épuisée qu'elle ne pouvait plus tenir la corde. Elle est tombée.

Alec tourna vivement la tête.

— Pardon ?

— J'étais juste en dessous et j'ai pu la rattraper, heureusement. Sinon, elle aurait pu se faire très mal. Et alors… Elle est enceinte, bon sang ! Tu te rends compte du sacrifice qu'elle a fait pour toi ?

— Bien plus que tu ne le penses, répondit Alec.

Il se remémora le moment où elle lui avait avoué sa terreur à l'idée d'effectuer une descente en rappel à cause de la mort de son mari.

— Elle l'a fait parce qu'elle t'aime, insista Daniel. Et toi, tu t'en fiches ? Vraiment ? « Je ne suis pas amoureux de vous », Erin, dit-il en l'imitant de façon railleuse.

— Arrête ! explosa Alec.

— Elle mérite mieux que ça, rétorqua Daniel.

— Mais c'est bien là le problème. Elle mérite mieux que moi. Mieux que la vie que je serais capable de lui offrir. Mieux que de vivre sans cesse sur des charbons ardents, qu'être en permanence sur le qui-vive. Tu sais très bien de quoi est fait notre quotidien. Et tu voudrais que je lui fasse endurer cela ? A elle et à son futur bébé ?

— Dans ce cas, quitte l'équipe. Postule à La Poste !

Alec passa sur la dernière remarque. En revanche, la première l'avait ébranlé.

— Quitter l'équipe ?

— Quoi, je m'exprime mal ? Oui, quitte l'équipe, fais autre chose.

Alec fronça les sourcils, complètement déstabilisé.

— Mais ce boulot, c'est moi.

— Non, ce n'est pas toi, c'est ce que tu fais.

— Mais… je ne sais rien faire d'autre ! Depuis le jour où je me suis retrouvé à la rue, je n'ai fait qu'apprendre à me battre et à survivre !

— Raison de plus pour faire un break, mon grand. Tu mérites de trouver la paix.

La paix. Alec songea à la sensation d'apaisement qu'il avait éprouvée quand il avait parlé de son passé à Erin, aux bons moments vécus avec elle. Pour la première fois de son existence, il avait eu l'impression de ne plus être seul au monde, d'avoir une attache.

Mais il avait repoussé Erin. Pour son bien. Parce qu'il ne se jugeait pas apte à la combler.

« Dans ce cas, quitte l'équipe. » Daniel ne pouvait pas parler sérieusement.

Et s'il le prenait au mot… Que ferait-il ?

Il n'eut pas le temps d'y réfléchir plus avant. Ils étaient arrivés au poste de police.

Il savait comment il leur fallait se comporter. Ils devaient se montrer coopératifs tout en en révélant le moins possible. Et, dans quelques heures, des membres éminents de l'administration seraient intervenus, Daniel et lui quitteraient le poste libres comme l'air. Le scénario était écrit d'avance.

Deux policiers firent sortir un des hommes de Ramirez de

la voiture qui les précédait. La plupart des sbires de White et Ramirez s'étaient entre-tués. L'homme à l'imperméable s'en était sorti et serait prochainement interrogé.

White et Ramirez avaient été conduits à l'hôpital.

Il se tourna vers son équipier.

— Ramirez présent sur le sol américain. Ça, j'avoue que ça m'a surpris.

Daniel haussa les épaules.

— Apparemment, ce n'était pas la première fois. Il suivait de très près ses opérations de trafic de drogue aux Etats-Unis. D'ailleurs, cela fait un moment qu'il était dans le collimateur du département des narcotiques. Avec notre intervention de ce soir, on leur a un peu marché sur les pieds.

— Ouais, mais Ramirez et White sont neutralisés. C'est l'essentiel.

Et Erin était hors de danger. Ça aussi, c'était important.

A vrai dire, c'était même ce qui le satisfaisait le plus. La mission était accomplie.

Pourtant, il était toujours amer. Avec Erin, il avait complètement raté sa sortie.

Les deux policiers à l'avant de la voiture descendirent et claquèrent leur portière.

— Tu as bien enregistré tout ce qui s'est dit dans l'entrepôt, n'est-ce pas ? s'empressa de lui demander Daniel.

— Absolument.

— Et les flics vont facilement trouver le matériel quand ils fouilleront l'entrepôt ?

— Je ferai en sorte qu'ils sachent où chercher.

Daniel acquiesça de la tête.

— White et Ramirez ont tenu des propos compromettants ?

— Oh que oui. Il y a largement de quoi les faire tomber tous les deux.

Alec fixa son ami et reprit :

— Donc, il n'y a jamais eu de taupe au sein de l'équipe ?

C'est toi qui as fourni à White et ses complices les infos pour qu'ils puissent me suivre à la trace ?

— J'étais obligé d'agir ainsi. Je te faisais confiance pour t'en sortir et je savais que tu finirais par rassembler les pièces du puzzle. Mais surtout, il fallait que White soit persuadé que je collaborais pleinement avec lui, sinon jamais cette opération ne serait allée à son terme.

Une expression de gêne passa sur le visage de Daniel.

— En revanche, j'ignorais qu'Erin était avec toi.

Alec serra les dents et ne répliqua pas.

— Donc, c'est White qui nous a balancés à Ramirez et a fait capoter notre mission dans la jungle ? Tout avait été monté de toutes pièces pour nous piéger ? Le seul imprévu, c'est que les fausses infos qu'on nous avait transmises sont également arrivées aux oreilles des ennemis de Ramirez ?

— En gros, c'est ça.

— Mais pourquoi as-tu hésité à tirer sur White, Daniel ? Qu'est-ce que ça veut dire ?

Daniel prit une expression contrariée.

— Eh bien, il semblerait que, par l'intermédiaire de ses contacts au Pentagone, White suit mes faits et gestes depuis de nombreuses années.

— Vraiment ? Et pour quelle raison ?

— Sans entrer dans les détails, disons qu'il y a un contentieux ancien entre nous.

— Mais encore ?

Un des policiers ouvrit la portière de Daniel.

— Nous en reparlerons plus tard.

— Ça a un rapport avec Nicole ?

Daniel resta bouche bée, et Alec ricana un instant

— Mince alors, Erin avait raison.

Ils n'eurent pas le temps de continuer car ils devaient descendre de voiture. Alec avait de nombreuses questions à poser à son partenaire sur Nicole, mais il devrait patienter.

Trois semaines plus tard

— Erin Bauer, j'aimerais vous poser quelques questions sur votre responsabilité dans l'accident du petit Joey Finley, déclara Harvey Bines, le directeur de l'école élémentaire de Cherry Creek.

Il croisa les bras et adressa un regard sévère à Erin.

Celle-ci soutint son regard sans ciller.

— Oui, monsieur, que souhaitez-vous savoir ?

Depuis qu'elle était rentrée chez elle, elle avait eu tout le temps pour dresser le bilan de ses années avec Bradley, sa carrière, son avenir de mère.

Et sur le temps passé avec Alec.

Elle avait terriblement souffert de se voir repoussée. Pourtant, tout s'était passé comme il l'avait annoncé dès le départ. Jamais il ne lui avait promis qu'ils auraient un avenir ensemble, jamais il ne lui avait déclaré qu'il l'aimait.

Dans les jours qui avaient suivi son retour de La Nouvelle-Orléans, elle était tellement malheureuse qu'elle avait eu du mal à quitter son lit. Mais, au bout d'une semaine de prostration, elle s'était ressaisie : son état ne pouvait pas être bénéfique pour son bébé, elle devait reprendre du poil de la bête et aller de l'avant. D'autant que les moments passés avec Alec lui en avaient appris beaucoup sur elle-même, sa capacité à aimer, à évoluer, à relever un défi.

L'allusion du directeur de l'école à Joey Finley raviva une douleur qui l'accompagnait en permanence, mais elle ne voulait plus laisser la culpabilité l'assaillir et l'immobiliser.

— Les parents de Joey ont considéré que vous et vos méthodes d'enseignement peu orthodoxes étaient la cause de l'accident de leur fils, précisa le directeur.

Erin prit une grande inspiration.

— En effet. Toutefois, qu'y a-t-il de si peu orthodoxe à essayer de redonner confiance à un enfant qui en manque ? Mon souhait, c'était que Joey se remette à croire en lui et qu'il sache que moi, je croyais en son potentiel. Si le même cas de figure se représentait, j'agirais de la même façon.

Le directeur haussa les sourcils à cette dernière déclaration.

— Je ne veux pas dire par là que je prendrais encore une fois mon expérience personnelle de saut en parachute comme exemple, s'empressa-t-elle de préciser. Ça, c'était une erreur d'appréciation que je regrette énormément, et le bien-être et la sécurité de mes élèves seront toujours ma priorité. Mais ce que cette triste histoire m'a appris, c'est que les remords et la peur ne peuvent que vous tétaniser. Le véritable courage consiste à assumer l'amour et l'empathie qu'on éprouve pour les autres.

Elle marqua une pause et repensa aux paroles d'Alec le lendemain de sa chute dans ce cours d'eau glacé.

« Vous avez fait tout ce qu'il fallait sans céder à la panique. Je crois que vous serez une mère géniale. »

Elle en eut plus de force pour continuer.

— Je refuse de m'excuser de vouloir encourager des enfants à donner le meilleur d'eux-mêmes. Nous commettons tous des erreurs. Soit nous décidons d'apprendre de nos erreurs, soit nous laissons la peur d'en commettre d'autres nous paralyser. Moi, j'ai décidé d'apprendre.

Harvey Bines se laissa retomber au fond de son fauteuil, visiblement impressionné par son aplomb.

Elle attendit avec appréhension qu'il s'exprime à son tour. Elle voulait à tout prix ce poste, elle voulait obtenir une opportunité d'enseigner de nouveau, de se prouver qu'elle pouvait le faire. Et, si ça ne marchait pas cette fois-ci, elle tenterait sa chance ailleurs. Alec lui avait redonné confiance en elle, et ça, c'était déjà beaucoup. Ne serait-ce que pour cela, le souvenir du temps qu'ils avaient passé ensemble lui serait toujours cher.

— Eh bien, mademoiselle Bauer, je dois avouer que vous m'avez convaincu. Pour le moment, vous êtes notre meilleure candidate, conclut le directeur en se levant. Je vous remercie d'être venue. Je vous ferai connaître la décision du conseil d'administration dans les plus brefs délais.

Elle serra la main qu'il lui tendait, remercia à son tour et s'en alla, pleine d'espoir.

Dehors, quelques flocons de neige voletaient et lui rappelèrent le premier baiser qu'elle avait échangé avec Alec. Une petite pointe de mélancolie vint assombrir son humeur, et elle serra les pans de son manteau autour d'elle.

Son bébé lui donna un petit coup de pied, et elle se passa la main sur le ventre.

— A moi aussi, il me manque, tu sais, dit-elle tout bas en poussant un petit soupir. Allez, rentrons à la maison.

Dans sa cachette montagnarde, Alec se laissa tomber sur le canapé et fixa le plafond. Il essayait de ne pas s'attarder sur l'ambiance morose qui y régnait depuis qu'Erin n'était plus avec lui.

Tout lui rappelait sa présence. Il l'avait serrée contre lui sur le canapé où il était assis, ils avaient mangé ensemble dans la petite cuisine. Et, s'il fermait les yeux, il avait même l'impression de sentir son léger parfum de vanille flotter autour de lui.

Bon sang, qu'est-ce qu'elle lui manquait ! Comment devait-il faire pour l'oublier et continuer comme si de rien n'était ? Il lui avait fait du mal, et cette seule pensée lui était insupportable. Il sombrait dans un océan de regrets et n'avait plus goût à rien.

Il se prit l'arête du nez entre deux doigts et poussa un grognement de dépit.

— Dis donc, Alec, tu ne crois pas que je devrais abréger tes souffrances sans attendre ? intervint Daniel.

Il était installé devant l'ordinateur et fit pivoter son fauteuil.

— Non, ce serait trop facile, répondit Alec. Je mérite de souffrir pour avoir fait du mal à Erin.

Daniel émit un grognement ironique.

— Au lieu de te lamenter, viens voir un peu l'info que l'agence vient de nous envoyer.

Alec se leva et alla se poster à côté de son partenaire. Sur l'écran, il vit la photo de William Manny. *L'homme au couteau.*

— Apparemment, la description de ce type et de son acolyte que tu as faite lors de ta déposition a suffi à la police de Seattle pour remonter jusqu'à eux et les arrêter pour enlèvement et tentative de meurtre, entre autres charges. Tu n'as donc plus à t'inquiéter. Ces deux voyous ne risquent pas de s'en prendre à Erin pour s'assurer de son silence.

— Voilà au moins une bonne nouvelle, répliqua Alec.

Il se redressa et se mit à faire les cent pas.

— Alors maintenant, reprit Daniel, quand vas-tu admettre que tu as eu tort et aller la voir pour lui parler ?

— Aller lui parler ? Mais de quoi ? C'est toujours l'impasse. Elle, elle aspire à mener une vie calme, à avoir un foyer, tandis que moi, je suis sans arrêt aux quatre coins du monde à risquer de me faire tuer. Je ne suis pas fait pour elle, un point c'est tout.

— C'est faux, et tu le sais.

Alec retourna un regard hostile à son équipier, et Daniel leva les mains en signe d'apaisement.

— Tu es le type le plus compétent que je connaisse. Après moi, bien sûr. Tu n'as pas ton pareil pour te sortir de situations impossibles, quels que soient les risques. Mais ça fait cinq ans que je travaille avec toi et j'ai appris à interpréter ton regard chaque fois qu'au cours d'une mission nous croisons une femme avec un enfant.

Alec s'immobilisa, troublé.

— Qu'est-ce qu'il a mon regard ?

— Ecoute, vieux, je sais ce que tu as vécu quand tu étais ado. Je sais que ta mère t'a abandonné.

Alec se sentit mal à l'aise. Il n'aimait pas le tour que prenait cette discussion.

— Au bout de cinq ans, reprit Daniel, je lis en toi comme dans un livre ouvert. Et je sais que ce que tu désires le plus est également ce qui te fait le plus peur. Avoir un foyer et fonder une famille.

Alec sentit des picotements sur sa nuque. Il songea aux moments passés avec Erin, se remémora qu'il s'était imaginé en père de famille. Avant que la réalité ne reprenne le dessus et vienne briser ce rêve.

— La vie de famille, tu ne sais pas ce que c'est. Tu n'as aucun repère dans ce domaine, et ça, ça te perturbe, car tu as pour habitude de toujours avoir un plan, des ressources disponibles, quelle que soit la situation.

Alec ne répondit pas et retourna s'asseoir pour digérer les propos de son ami. Daniel avait raison, il devait l'admettre.

— Peut-être même que tu considères ne pas mériter d'avoir une famille, comme tout un chacun. Peut-être que le comportement de ta mère t'a fait croire que tu ne valais rien.

Alec se sentit devenir blême, il n'avait plus de salive. Daniel était un excellent tireur et là encore, même armé de ses simples mots, il venait de mettre en plein dans le mille.

Et visiblement il ne comptait pas en rester là. Il fit rouler son fauteuil pour se poster juste en face du canapé, se pencha en avant et reprit :

— Erin t'aime suffisamment fort pour surmonter ses plus grandes peurs. C'est toi qui m'as expliqué que la mort de son mari l'avait traumatisée. Et pourtant, elle ne t'a pas laissé tomber.

Daniel prit un air songeur puis ajouta :

— D'ailleurs, à bien y repenser, heureusement qu'elle a pris autant de risques et a pu m'alerter de ce qui se passait dans l'entrepôt. Sinon, je me serais sans doute fait avoir, moi aussi. Nous lui devons tous les deux une fière chandelle.

D'un air résolu, il se leva et sortit la bouteille de bourbon du fond du placard de la cuisine. Il servit deux verres puis lui adressa un regard solennel :

— Alec, jamais je n'aurais rêvé avoir un aussi bon équipier que toi. Mais, aujourd'hui, je crois qu'il faut savoir reconnaître qu'une page se tourne. Tu as bien mérité de te retirer de l'équipe et de commencer une nouvelle vie… avec la femme que tu aimes.

A travers le pare-brise de la camionnette de livraison, Alec contempla la maison dans laquelle il avait vécu pendant près d'un an.

Il ne s'y était jamais vraiment senti chez lui. Mais, la dernière fois qu'il y était venu, pour récupérer la lettre de Daniel, elle lui avait paru beaucoup plus chaleureuse. En moins d'une semaine, Erin avait réussi à donner une âme à la maison, ce dont il avait été incapable en un an.

Cette réflexion lui serra le cœur, et il déglutit pour contenir son émotion. Il ouvrit sa portière mais, au moment de descendre, hésita.

Qu'allait-il dire ? Par où allait-il commencer pour expliquer tout ce qu'il éprouvait ?

Il ôta son étui d'aisselle et rangea son arme dans la boîte à gants. Il était venu implorer Erin de lui donner une seconde chance et n'avait aucune envie de lui rappeler de mauvais souvenirs.

Il se décida à descendre de voiture et remonta l'allée avec résolution, un bouquet de fleurs dans les bras.

Avant même qu'il ait le temps de frapper, la porte s'ouvrit et Erin l'accueillit avec un regard ébahi.

— Vous êtes sûr de ne pas vous tromper d'adresse ?

Il lui retourna un sourire hésitant.

— J'espère bien que non. Selon la carte, les fleurs sont pour la femme que j'aime.

Erin porta une main tremblante à sa bouche.

— Je dois à tout prix lui dire combien je suis désolé de l'avoir blessée et la supplier de m'offrir une chance de me rattraper. Cette femme vit-elle ici ?

— Mais l'autre soir… tu as dit que…

— Je sais et je m'excuse du fond du cœur. Je voulais te faire croire que je ne ressentais rien pour toi, pour que tu tires un trait sur moi et que tu reprennes le cours de ton existence. Mais le problème, c'est que je n'ai pas tardé à me rendre compte que, sans toi, mon existence à moi n'avait plus de sens. Sans toi et le bébé.

Les yeux d'Erin s'emplirent de larmes. Elle lui prit les fleurs des bras, et il s'empressa de reprendre ses explications, de peur qu'elle ne l'écoute pas et le repousse.

— Je… J'avais peur de t'aimer, Erin.

— Peur ?

— Oh que oui. T'aimer me fiche une frousse monumentale, poulette.

— Pourquoi ?

Il éclata d'un rire gêné.

— Eh bien, disons que… tout ce qui a trait au quotidien, pour un type comme moi, c'est… déstabilisant. Plus que cela, même.

— Mais tu es un agent des opérations spéciales…

— Non, la coupa-t-il en prenant son visage entre ses mains. Je suis un type qui ne sait pas ce qu'est la vie de famille. Qui n'en a jamais eu.

Une larme roula sur la joue d'Erin.

— Oh ! Alec, j'aurais dû comprendre que…

— Toi et le petit être que tu vas mettre au monde, j'ai envie que vous deveniez ma famille.

— Mais, et ton travail ? Comment allons-nous faire pour gérer ce stress permanent ?

— Je vais démissionner.

Elle le fixa, incrédule.

— Pour faire quoi ?

Il haussa les épaules.

— J'ai divers choix possibles. Je pourrais former de nouveaux agents, devenir recruteur, rejoindre la police. De toute façon, j'ai suffisamment d'économies pour ne pas me précipiter.

Elle lui sourit.

— Je ne doute pas que tu peux faire tout ce que tu souhaites.

Emu, il la fixa d'un regard solennel.

— Ce que je souhaite plus que tout, c'est devenir un mari et un père. Avec toi.

Elle ouvrit la bouche pour répondre, mais aucun son n'en sortit tant l'émotion devait être forte.

— Je t'aime, Erin. Comme jamais je n'ai aimé personne. Accepte de devenir ma femme.

Elle battit des paupières, complètement abasourdie.

— Je ne sais pas quoi dire.

Il lui adressa un sourire malicieux.

— Ça, c'est une première.

Elle éclata de rire, émue aux larmes.

— Oui. Ma réponse est oui. Rien ne pourrait me rendre plus heureuse que de vivre avec toi.

Il partit à son tour d'un rire de bonheur et de soulagement, et l'attira à lui pour l'embrasser avec passion.

Il était bouleversé. Six mois auparavant, il était parti sur les traces de son équipier et meilleur ami. Mais, en recherchant Daniel, il avait trouvé plus qu'il n'aurait jamais cru possible : il avait trouvé le bonheur, son âme sœur. Il avait trouvé un foyer.

BEVERLY LONG

L'héritière piégée

Traduction française de
CATHERINE VALLEROY

BLACK ROSE

HARLEQUIN

Titre original :
STALKED

Ce roman a déjà été publié en 2015.

1

Mack McCann essuya la sueur qui coulait dans ses yeux et tendit la main pour prendre la bière glacée posée à côté de lui. Depuis des heures, il ponçait des planches sous un soleil inhabituellement chaud pour la saison. Mais il faisait des progrès : la maison des McCann, qui avait été réduite en cendres sept mois auparavant, se relevait doucement de ses ruines.

Les travaux devaient impérativement être terminés avant la fin du mois de juin, date à laquelle Ethan, son meilleur ami, épouserait sa sœur Chandler. Cette dernière avait insisté pour se marier à Crow Hollow, et bien qu'Ethan n'ait pas envie d'attendre aussi longtemps, il avait cédé car rien n'était assez beau pour faire plaisir à sa fiancée.

Mack n'en revenait pas que sa sœur soit tombée amoureuse de l'un de ses meilleurs amis. Les maisons de leurs parents étant proches l'un de l'autre, Ethan, Brody et Mack avaient passé leurs étés à crapahuter ensemble dans les Rocheuses. Ils étaient loin de se douter alors que le destin les conduirait tous trois à arpenter en tous sens la surface du globe.

Ethan s'était engagé dans l'armée et pilotait aujourd'hui des hélicoptères. Brody avait fait des études de médecine et les avait tous surpris en s'engageant dans l'Air Force. Quant à Mack… Eh bien, il avait fait ce qu'il voulait faire depuis l'âge de sept ans : il était devenu espion.

Un genre d'espion très spécial puisqu'il travaillait dans le renseignement naval.

Son métier l'avait conduit dans un nombre incalculable de pays et lui avait fait connaître les conditions de vie les plus contrastées : draps de soie et repas raffinés au Qatar, sol de terre battue et viande de brousse en République démocratique du Congo…

Il avait dîné avec des présidents et des princesses et s'était accroupi à côté de paysannes lavant leur linge dans des rivières boueuses. Son terrain d'action comprenait tous les pays où il y avait du renseignement à glaner.

Il avait travaillé 24 h/24 et sept jours sur sept durant les seize années précédentes et, en toute franchise, il était las de parcourir le monde. Enfin, conscient d'avoir été bien peu récompensé pour autant d'efforts, il avait pris la décision de tout plaquer pour rentrer chez lui.

Bien sûr, il avait eu des instants de doute en attendant la réponse à sa demande de démobilisation. Mais dès qu'il avait respiré l'air frais de ses montagnes, il avait compris que sa décision était la bonne.

Il venait de décrocher un poste de directeur de la sécurité chez Matrice Biomedics, un travail qui lui permettrait de rester dans le Colorado, auprès de sa famille. Sa prise de fonctions était prévue pour le 15 juin, près de six semaines plus tard, et, en attendant, il avait décidé de se la couler douce. A cet instant, son plus gros souci était de savoir quel allait être son déjeuner.

Quinze minutes plus tard, alors qu'il entamait son deuxième sandwich, il entendit une voiture approcher. Etonné, il se demanda si son père avait décidé de venir chez lui plus tôt alors qu'il ne l'attendait pas avant la fin de la semaine.

Mais en voyant la voiture aborder le dernier virage, il secoua la tête, incrédule. L'homme qui était en train d'agiter le bras par la portière n'était autre que Bingham Trovell, son commandant pendant une grande partie de sa carrière.

Mack attendit que le véhicule s'arrête pour s'en approcher.

— Que se passe-t-il, monsieur ? s'écria-t-il en riant. Est-ce la fin du monde ? Je ne vois pas quelle autre raison pourrait vous conduire jusqu'ici.

Bing ouvrit la portière et hissa ses cent vingt-cinq kilos de muscles hors de la voiture. A cinquante ans, ce géant afro-américain pouvait encore en remontrer à des hommes moitié plus jeunes que lui. Trois ans auparavant, il avait pris sa retraite dans le Mississippi et s'était acheté un petit bateau.

Bing jeta un coup d'œil aux emballages de saucisses et de petits pains qui traînaient sur la table.

— Eh bien, je suis content d'être arrivé à temps.

Mack rit et le serra amicalement dans ses bras.

— Venez vous asseoir près du feu, commandant.

Deux hot dogs, deux bières et quarante minutes plus tard, Bing annonça à Mack la raison de sa venue.

— J'ai un service à te demander.

— Tout ce que vous voudrez, dit Mack en s'essuyant la bouche du dos de la main.

— J'ai un ami qui cherche un garde du corps pour protéger sa fille. Je lui ai dit que je connaissais quelqu'un qui ferait parfaitement l'affaire. J'ai pensé à toi.

Mack secoua la tête.

— Je suis désolé, mais je ne peux pas accepter.

— Et pourquoi donc ? Si mes renseignements sont exacts, tu viens de signer un contrat chez Matrice Biomedics ?

Mack acquiesça.

— Je vais sécuriser des données scientifiques et des secrets commerciaux, le genre de choses que je volais autrefois à l'ennemi. Mais plus question de jouer les gros bras.

— Je ne vois pas ce qui t'en empêche. Tu l'as déjà fait.

Mack ne pouvait le nier. Son rôle dans le renseignement naval avait évolué au fil des ans et, en certaines occasions, il avait été chargé de protéger des lieux ou des gens importants.

— Je commence à travailler vers le 15 juin et je dois finir

d'aménager la maison avant le mariage de Chandler. Je le lui ai promis.

— Nous enverrons quelqu'un pour finir le travail. A nos frais. Tu n'as pas à t'inquiéter pour ça.

— Et vous pouvez me dire qui est ce type ? demanda Mack.

— C'est un ami. En fait, il s'agit de mon ancien camarade de chambrée à l'université. Le révérend Archibald Minnow.

Mack fronça les sourcils.

— Archibald Minnow ? Le prédicateur télé ?

— Oui. Mais le garde du corps n'est pas pour lui. C'est pour sa fille, Hope.

Hope Minnow.

Mack avait toujours été doué pour mémoriser les informations, et trois semaines à la montagne n'avaient pas amoindri ses facultés.

— Il y avait un portrait d'elle dans *People*, il y a quelques jours. Un petit article. Je l'ai lu pendant les essayages.

Bing haussa un sourcil, ce qui accentua encore le caractère asymétrique de son visage.

— Quels essayages ?

Mack agita la main.

— Ceux de la robe de mariée. La plupart des futures mariées veulent que leurs demoiselles d'honneur assistent aux essayages, mais leur présence ne suffisait pas à ma sœur, elle voulait que je sois là, moi aussi.

Il s'était prêté de bonne grâce à cet exercice. Quoi de plus agréable en effet que de se retrouver entouré de quatre femmes qui sentaient merveilleusement bon, et dont la seule exigence était qu'il approuve ou désapprouve leurs robes. En outre, il s'était senti utile ce jour-là, car le quartier chic où le magasin était situé avait été récemment la cible d'un gang de pickpockets.

Certes, il reconnaissait qu'il se montrait un peu trop protecteur envers sa sœur, pourtant il avait des circonstances atténuantes : n'avait-elle pas failli mourir peu de temps auparavant par la faute de leur belle-mère ? En outre, il était le seul homme à pouvoir assister à cet essayage. Pas question en effet que le futur marié voie la robe avant le jour de la cérémonie.

— Eh bien, j'espère que tu as trouvé un joli modèle, quelque chose de léger qui tombe bien sur les hanches, dit Bing avec le plus grand sérieux.

Mack sourit et regarda un point à l'horizon.

— Vous savez, dit-il avec ironie, il y a plein de gens qui se perdent dans ces bois. Parfois, on ne retrouve leurs corps que des années plus tard. Bien sûr, à ce moment-là, ils ont été dévorés par les animaux…

Bing lui adressa un bref sourire en coin avant de reprendre son sérieux.

— Hope Minnow a besoin de toi.

— Ce n'est pas l'impression que j'ai eue en lisant l'article. Je pense qu'elle a plutôt besoin d'une assistante, d'une masseuse et d'une bonne bouteille de vodka aromatisée. Les paparazzis l'ont surprise lors d'un événement à New York…

— En effet, elle y passe beaucoup de temps. Les Minnow vivent dans le New Jersey, à la campagne. C'est à quarante-cinq minutes de New York quand la circulation est bonne.

— Un trajet qui en vaut la peine, si on cherche de l'action, commenta Mack.

— C'est ma filleule, reprit Bing.

— Ce n'était pas une critique.

— Je ne l'ai pas pris ainsi. Petite, c'était une enfant adorable. Elle s'est mariée il y a quelques années, mais ça n'a pas marché. Et après l'échec de son mariage, elle a changé.

— L'image qu'elle donne d'elle-même ne colle pas exactement aux prêches d'Archibald Minnow, est-ce que je me trompe ?

— Pas vraiment. Mais je ne suis pas là pour défendre les convictions d'Archie, c'est un très vieil ami et je voudrais juste l'aider. Je ne veux pas qu'il arrive quoi que ce soit à Hope.

— Et qu'est devenu l'ex-mari dans tout ça ? questionna Mack.

— Il s'appelle William Baylor. Et il travaille avec Archie

à l'église. Les deux familles sont liées depuis longtemps. Je crois que sa mère et Patsy Minnow étaient amies à l'université.

— Hope a donc repris son nom de jeune fille ?

— En effet, elle l'a repris juste après le divorce.

— Ce doit être embarrassant pour elle de croiser son ex à l'église, dit Mack. Mais elle n'y travaille pas, n'est-ce pas ?

Bing secoua la tête.

— Non. Je ne pense pas que Hope ait quoi que ce soit à voir avec l'église ni avec Archie.

— Est-ce qu'elle a une profession, cette jeune fille, ou passe-t-elle seulement son temps à défrayer la chronique de la presse à scandale ?

Mack repensa à la photo qu'il avait vue lors des essayages de sa sœur. De longues jambes dévoilées par une minijupe, une jolie poitrine mise en valeur par un large décolleté, un beau visage et de longs cheveux blonds. Un régal pour les yeux.

Ce n'était pas déplaisant, mais il préférait un peu plus de profondeur chez les femmes. Même si profondeur et régal des yeux avaient tristement manqué à sa vie au cours des derniers mois, tout occupé qu'il était à boucler les affaires en cours avant de quitter son emploi au service de l'Oncle Sam.

— Elle avait un emploi intéressant au Metropolitan Museum, où elle s'occupait de l'organisation des principaux événements. Elle possède un mastère de l'université de New York. Mais elle a démissionné quand sa mère est tombée malade.

Mack se demanda s'il n'avait pas mal jugé la jeune femme. Après tout, peut-être y avait-il de la profondeur chez elle…

— Et comment va Mme Minnow à présent ?

— Mieux. En tout cas assez bien pour voyager, dit Bing. Patsy Minnow est une femme adorable. J'ai toujours pensé qu'Archie ne la méritait pas.

Il se tut quelques instants avant de reprendre d'un ton pressant :

— Alors, dis-moi, qu'est-ce que tu en penses ?

Mack hésitait. Apparemment, de toutes celles qui lui avaient été confiées, cette mission ne semblait pas être la pire. Et il avait une dette envers Bing. En effet, douze ans auparavant, ce dernier avait risqué sa vie pour le sauver de la torture et de la mort. C'était quelque chose qu'on n'oubliait pas.

— C'est pour combien de temps ? demanda-t-il.

— Juste pour quelques semaines, le temps qu'Archie ait le temps d'évaluer les qualifications des agences de sécurité. Sa femme et lui partent à l'étranger après-demain pour une dizaine de jours, et il n'aura pas le temps de le faire avant. Si je ne participais pas moi aussi à ce voyage organisé, j'aurais assuré personnellement la protection de Hope.

Il fixa Mack intensément, comme s'il voulait le convaincre par la seule force de son regard.

— Archie doit être très prudent sur le choix des gens qu'il introduit dans son cercle familial. Je me suis porté garant pour toi et ça lui suffit. Il sait que je ne le décevrai pas, et je lui ai dit que j'avais entièrement confiance en toi.

Mack regarda autour de lui. Les travaux du bungalow étaient bien avancés. Quelqu'un d'autre que lui pouvait fort bien poser le parquet et finir la salle de bains. Dans dix jours, lorsqu'il aurait fini de jouer les gardes du corps, il aurait encore le temps de s'occuper de la peinture et de mettre le jardin en état. Il n'avait aucune raison de refuser ce service à Bing.

— D'accord, je m'en charge, dit-il brièvement.

2

Hope regardait les secondes s'égrener sur le réveil de sa chambre. Les rideaux étaient ouverts et le soleil brillait dans le ciel bleu. Les nuages viendraient plus tard, s'il fallait en croire le bulletin météo qui prédisait des averses à l'heure du dîner.

Elle patienta encore dix minutes, puis sortit du lit, fit vingt minutes de yoga, se doucha et attacha ses cheveux humides en queue-de-cheval. Elle revêtit ensuite un pantalon noir et un fin chemisier bleu, avant de glisser les pieds dans des souliers à petits talons, parfaits pour marcher en ville.

Ce qu'elle faisait la plupart des après-midi.

Son goût pour les flâneries dans les rues de New York exaspérait son père. Archibald Minnow était gêné que sa fille n'ait pas de but dans la vie et c'est en ces termes qu'il avait parlé d'elle dans un récent article de magazine, sorti peu après l'article de *People*. Elle n'arrivait pas à se souvenir du magazine en question, car son père donnait des interviews par dizaines. L'église par-ci, l'église par-là, il était intarissable sur le sujet. En revanche, il essayait toujours d'éviter les questions sur sa fille.

Pourtant, ce jour-là, le journaliste avait dû insister car il avait tout de même fait un commentaire : *ma fille n'a pas de but dans la vie. Je prie quotidiennement pour elle et je suis convaincu qu'elle trouvera son chemin. A présent, pouvons-nous revenir à la question de l'argent nécessaire pour faire tourner cette boîte ?*

En fait, il n'avait pas dû utiliser le mot *boîte*. Il ne parlait jamais de façon vulgaire, employait toujours des termes choisis avec soin. Et l'argent coulait à flots tandis qu'il faisait ses prêches.

Sa réputation de prédicateur n'avait cessé de grandir au fil du temps. Et s'il n'était pas devenu célèbre du jour au lendemain, Archibald Minnow avait connu une ascension irrésistible, passant en quelques années de l'anonymat à la célébrité.

Tous ceux qui n'embarquaient pas avec lui restaient sur le bord du chemin. Mais la plupart montaient avec joie à bord, espérant bénéficier d'une place dans la bulle magique du révérend Minnow.

Hope ne croyait pas aux bulles magiques, et elle avait cessé depuis longtemps de croire à son père.

A 13 h 15, peu soucieuse de l'heure tardive à laquelle elle venait de se lever, elle descendit l'escalier en arc de cercle qui menait au rez-de-chaussée. En arrivant devant la cuisine, elle passa la tête par la porte. Mavis Jones était debout devant l'évier, lavant quelques assiettes. Sans doute celles de son déjeuner avec la mère de Hope.

— Comment va maman ? demanda celle-ci.

— Nous avons joué cinq trous au golf avant de revenir au club-house. Ce n'est pas mal, sachant c'était sa première sortie ce printemps.

Hope approuva en son for intérieur. C'était une bonne nouvelle, surtout si l'on considérait que sa mère avait été trop faible pour jouer au cours de toute l'année précédente. La radiothérapie et la chimiothérapie l'avaient privée de beaucoup de choses qu'elle aimait. Cela avait été une période terrible. Dieu merci, Mavis, une amie de longue date de sa mère, veuve depuis quelques années, avait été là pour la soutenir. Hope ignorait ce qu'ils auraient fait sans elle.

— Avec un peu de chance, vous ferez bientôt un neuf trous. Et le jour où elle jouera dix-huit trous, je danserai toute nue dans la rue ou quelque chose du genre, dit Hope en clignant de l'œil.

— Moi aussi. Mais qui voudrait voir la peau plissée et les muscles affaissés d'une vieille femme ?

Mavis ne trompait personne. Elle était toujours séduisante.

— Tu es bien moins plissée et affaissée que beaucoup de femmes de trente-cinq ans, dit Hope. Tu le sais très bien.

L'amie de sa mère haussa les épaules, mais il était visible que ces paroles lui avaient fait plaisir.

— Tu veux que je t'apporte un café sous la véranda ? demanda-t-elle.

— Je m'en occupe, répliqua Hope en entrant dans la cuisine. Tu n'as pas besoin de me servir, tu le sais bien.

Elle se versa une tasse de café et plaça deux tranches de pain dans le grille-pain. Quand elles ressortirent, elle étala dessus une épaisse couche de beurre de cacahuète, puis elle les colla l'une contre l'autre et les emballa dans une serviette en papier.

— A plus tard, dit-elle joyeusement.

Un chaud soleil l'accueillit quand elle ouvrit la porte vitrée de la véranda. Cette année, le printemps était en avance sur la côte Est, et les buissons ornementaux étaient en pleine floraison depuis des semaines. Les jardiniers avaient planté des annuelles dans les grandes urnes qui flanquaient la porte d'entrée et les tiges de la vigne commençaient déjà à traîner par terre.

Hope traversa la terrasse en briques rouges et tira une chaise. Posant ses tartines et son café sur la table de verre, elle s'assit au soleil, face à la grande piscine qu'on venait de remettre en service pour la saison. C'était le moment de la journée qu'elle préférait. Elle adorait la solitude. Elle se demanda où étaient ses parents et songea que son père devait être en train de travailler et sa mère, de se reposer.

Soudain, des voix masculines retentirent au loin, brisant le calme ambiant. Elle se releva et chercha d'où elles venaient en plaçant une main devant ses yeux pour les protéger du soleil. Elle aperçut son père dans le parc, au-delà des massifs du jardin. Il portait une tenue décontractée, comme s'il n'était pas encore allé travailler. Près de lui, elle reconnut Bingham Trovell. Elle aimait beaucoup Bing qu'elle considérait un peu comme son oncle. Elle se souvint avec nostalgie des cadeaux qu'il lui rapportait du monde entier et des histoires qu'il lui racontait lorsqu'elle était petite.

Elle ne reconnut pas le troisième homme. Il était vêtu d'un pantalon noir et d'une veste de sport de couleur claire, mais il était trop loin pour qu'elle distingue son visage.

Sans doute s'agissait-il d'un donateur potentiel. Pauvre oncle Bing qui avait été aspiré dans la spirale du succès de son ami… Avec étonnement, Hope se dit que l'inconnu devait être très riche pour que père prenne la peine de lui faire faire le tour de la propriété.

Comme les trois hommes se dirigeaient vers la maison, Hope se leva et prit ses toasts et son café avec l'intention de s'esquiver avant qu'ils ne la voient.

C'est alors qu'elle vit sa mère, debout sur le seuil de la terrasse. Toujours belle à 67 ans, l'ancienne Miss Texas était encore beaucoup trop mince, et sa fille se félicitait des trois kilos qu'elle avait repris le mois précédent.

— Salut, dit Hope. J'ai entendu dire que tu avais joué au golf ce matin ?

— Oui, c'était très agréable. C'est ton déjeuner qui est là sur la table ?

Hope regarda ses toasts, toujours enveloppés dans la serviette en papier.

— C'est mon brunch. Je vais déjeuner dehors aujourd'hui, dit-elle.

Elle s'attendait à ce que sa mère recule pour la laisser passer mais celle-ci ne bougea pas.

Hope jeta un coup d'œil derrière elle. Le trio se rapprochait.

— Pardon, maman.

— Tu aurais une minute ? lui demanda alors sa mère. Ton père et moi voudrions te présenter quelqu'un.

— Mais j'allais sortir, mentit Hope.

— S'il te plaît…

Hope soupira. Elle ne pouvait pas dire non à sa mère.

— Je ne peux pas vous accorder beaucoup de temps, dit-elle d'un ton évasif.

Sa mère hocha la tête et posa son regard derrière Hope.

— Bonjour, Bing, dit-elle. Tu as l'air en pleine forme.

— Et toi, Patsy…

Bing monta les trois dernières marches et se pencha pour embrasser la joue de sa mère.

— … tu es rayonnante.

Puis il se tourna vers Hope et la serra dans ses bras.

— C'est bon de te revoir, petite.

Son père s'avança, en chemise Prada, short kaki et chaussures bateau. Agé de 67 ans également, il avait encore tous ses cheveux qui gardaient leur couleur brune grâce aux soins constants de son coiffeur. Il était svelte et un beau sourire dévoilait des dents saines et bien rangées.

Les caméras l'adoraient. Et les dons de ses adeptes féminines atteignaient le double de ceux de ses fans masculins.

Comme d'habitude, il fit un signe de tête muet à Hope, écarta les chaises de la table et les invita à prendre place. Sa mère s'assit.

Hope jeta un œil inquisiteur à l'inconnu. De près, ses vêtements paraissaient luxueux et il les portait avec une nonchalance étudiée. Quelques fils blancs sur les tempes parsemaient ses cheveux noirs coupés très court, contrastant avec son teint très bronzé.

Elle aurait voulu qu'il enlève ses lunettes de soleil, ou qu'elle-même ait pensé à mettre les siennes.

— Hope, voici mon ami, Mack McCann, annonça Bing.

Elle tendit la main.

— Monsieur McCann, murmura-t-elle.

Elle s'attendait à ce que sa poignée de main soit sans fermeté, mais à sa grande surprise, elle était agréablement énergique et fraîche. Il avait des cals sur les paumes et son index était contusionné, comme s'il s'était blessé avec un outil. Des imperfections qui détonnaient bizarrement avec son look étudié.

— Mademoiselle Minnow, répondit-il d'une voix un peu rauque.

— Allons-y, dit son père.

Hope lança un dernier regard à sa mère, qui l'observait avec dans les yeux une lueur d'espoir. D'espoir de quoi, Hope n'en savait rien. Elle faisait de gros efforts pour dissimuler l'animosité que lui inspirait son père mais n'y parvenait pas toujours. Dans ces cas-là, c'était elle la perdante, car si l'hostilité ouverte qu'elle lui manifestait ne dérangeait absolument pas le révérend, l'air bouleversé de sa mère, en revanche, lui déchirait le cœur. Le stress n'était pas bon pour sa convalescence.

Hope s'assit à côté de sa mère et regarda la piscine. Du coin de l'œil, elle vit son père prendre une chaise. Puis Bing, et enfin McCann.

Son père se pencha en avant, et posa ses avant-bras sur la table.

— Bing a amené Mack parce que je lui ai demandé son aide. Il est spécialisé dans les SPP.

Son père avait la désagréable habitude d'attribuer des acronymes à tout et n'importe quoi et de s'étonner ensuite de l'incompréhension de ses interlocuteurs. Hope ne se laissa pas prendre au piège, elle pensait à la température de la piscine.

Elle entendit sa mère soupirer.

— Services de protection des personnes, Hope. C'est un garde du corps.

Oh ! Bonté divine ! Son père allait ajouter un garde du corps à son entourage. Il n'y aurait plus de place dans la limousine pour son coiffeur ou son comptable.

Elle pariait que c'était le coiffeur qui allait être éjecté. Ou alors, son père s'arrangerait pour que l'Eglise achète une plus grande limousine.

— Nous avons reçu des menaces, reprit le révérend.

— Des menaces…, répéta Hope d'un ton totalement blasé.

Bing regarda son père. Quant à McCann, il restait impassible.

— Des menaces contre *ta* vie, reprit son père.

Hope regarda sa mère en se demandant ce qu'elle en pensait. Mais l'expression de son visage disait qu'elle le prenait au sérieux.

— Nous avons engagé Mack pour te protéger, expliqua sa mère. Il ne te quittera pas pendant les dix jours de notre absence.

Hope repoussa sa chaise et inspira à fond, puis elle se tourna vers l'inconnu.

— Monsieur McCann, j'espère que vous n'êtes pas venu de trop loin pour ce rendez-vous car c'est une vraie perte de temps. Je n'ai pas besoin de vous, et je ne veux pas d'un garde du corps.

Elle se pencha et embrassa la joue de sa mère avant de se redresser.

— Je vais faire des courses.

Une fois Hope partie, on n'entendit plus sous la véranda que le tintement de l'eau se déversant dans la piscine.

— Archie ? lança Bing.

— Elle n'a pas le choix, dit le révérend Minnow, en croisant les bras sur sa large poitrine.

— Elle ne semble pas inquiète, remarqua Mack.

Il s'était dit qu'elle serait bouleversée, qu'elle pleurerait un peu ou qu'elle se mettrait en colère à l'idée qu'on ose ainsi la menacer, mais il n'avait pas prévu d'être congédié de la sorte.

— Elle ne mesure pas toute l'ampleur de la situation, dit Patricia Minnow. Je vais lui parler.

Elle tendit la main vers les papiers que son mari tenait à la main.

Mack se pencha vers elle. Cette femme fragile lui semblait adorable.

— Laissez cela, je m'en charge.

En lisant les lettres de menace, il avait été scandalisé de voir qu'on visait Hope pour atteindre son père. C'était lâche de s'en prendre ainsi à la fille du révérend, même si cette fille avait atteint l'âge adulte. Il s'était félicité d'avoir accepté la mission.

En revanche, il refusait de protéger quelqu'un contre son gré. Hope Minnow allait devoir accepter sa présence à ses côtés ou bien le marché serait nul. Il décida d'aller lui parler seul à seule. Il avait trouvé étrange la conversation qu'ils avaient eue autour de la table, sans avoir même le temps de comprendre ce qui se passait. De toute évidence, personne ne souhaitait dévoiler son jeu.

— Est-ce que je peux aller lui parler ? demanda-t-il en désignant la maison de la tête.

— Bien sûr, répondit Patricia. Mais vous feriez mieux de vous hâter. Hope est rapide quand elle le veut.

Mack repoussa sa chaise. Jusque-là, le dynamisme de Hope ne l'avait pas particulièrement impressionné. A leur arrivée, Bing et lui avaient été surpris d'apprendre que Hope était toujours au lit, car elle ne se levait jamais avant le début de l'après-midi. Il avait eu une réaction de rejet en apprenant cela. Il n'était pas très indulgent envers les jeunes noctambules qui gâchaient leur vie en se levant à des heures indues. Mais cela dit, il était mal placé pour les juger, lui qui se levait chaque matin vers 5 heures pour lire les journaux et préparer son petit déjeuner avant que le soleil ne se lève.

Il pénétra dans la maison juste à temps pour voir Hope, clés en main, franchir une porte qui devait mener au garage. Coupant à travers l'immense salon, il traversa le bureau rapidement avant de ressortir par la porte d'entrée, juste au moment où la porte du garage se levait.

La voiture était en train de reculer. Mais alors que Hope ralentissait légèrement pour refermer la porte du garage, Mack ne laissa pas passer sa chance. Il ouvrit la portière côté passager et s'engouffra dans le véhicule toujours en mouvement.

3

— Hé ! cria Hope.

— Une minute, dit-il. C'est tout ce que je vous demande.

Hope freina à fond, l'envoyant presque buter contre le pare-brise. Malgré son envie de lui dire d'aller au diable, ses bonnes manières reprirent le dessus et elle arrêta le véhicule.

— Vous avez exactement soixante secondes.

A présent qu'ils étaient assis côte à côte dans la voiture, loin de l'odeur chlorée de la piscine, Mack pouvait sentir son parfum, une fragrance élégante et légère qui lui rappela le parfum des précieuses orchidées de son père.

Ses bras nus étaient bronzés et étonnamment musclés. Apparemment, elle ne devait pas les solliciter que pour soulever des verres de martini. Elle avait peut-être un entraîneur personnel à disposition.

Agacée, elle tapota sur le volant. Ses ongles étaient soigneusement vernis. Il jeta un bref regard à ses pieds et, sans surprise, constata que ceux de ses orteils étaient assortis. Non content de s'y connaître en créateurs de robes de mariées, il était maintenant aussi expert en vernis à ongles. Lors de l'essayage, sa sœur et ses demoiselles d'honneur avaient eu une longue discussion à ce sujet à l'heure du déjeuner. Elles étaient finalement tombées d'accord sur un rose champagne, mais Hope, quant à elle, semblait préférer les teintes plus vives et plus sexy.

— Vous perdez votre temps, dit-elle.

— Je vais faire vite, répliqua-t-il en lui adressant son sourire le plus sympathique.

Malgré celui-ci, qui avait pourtant permis à McCann d'amadouer de nombreuses brutes aux quatre coins du monde, Hope conserva son air crispé. Il aurait aimé voir ses yeux, mais elle avait mis des lunettes de soleil.

— Pouvez-vous m'expliquer pourquoi vous semblez si déterminée à négliger votre sécurité personnelle ?

Hope se mordit la lèvre.

Mack sentit qu'il avait touché un point faible et sortit le paquet de lettres.

— Je pense que vous devriez y jeter un coup d'œil, dit-il en lui tendant la moins blessante.

Elle avança la main mais s'arrêta dans son élan.

— Allez-y, vous pouvez la prendre. Ne craignez rien, ce sont des copies. La police a conservé les originaux ainsi que les enveloppes car l'adresse était écrite à la main. Elles arrivent par la poste au bureau de votre père depuis environ une semaine.

Le révérend Minnow avait demandé au chef de la police Anderson de garder cette affaire confidentielle. Bien évidemment, l'homme comptait parmi ses fidèles. Mack avait mémorisé dans son téléphone le numéro de sa ligne personnelle qu'Archibald lui avait donné.

Hope s'empara du courrier et le lut. Malgré le contenu de celui-ci, son visage resta imperturbable et ne refléta aucune inquiétude.

Exaspéré, Mack se pencha en avant et lut à voix haute.

Cher révérend Minnow. J'ai perdu mon fils à cause de vous. C'est pourquoi vous allez maintenant subir les mêmes tourments.

— Celle-ci date d'il y a deux jours.

Il en sortit une autre du paquet et la déplia.

Cher révérend Minnow. Œil pour œil, dent pour dent : mon fils, votre fille.

A ces mots, elle le regarda enfin.

— Mais qu'est-ce que vous voulez que je vous dise ?

— Je ne sais pas, peut-être quelque chose comme : « Ah oui en effet, c'est très alarmant. »

— Ce serait vous mentir, car ça ne m'affole pas du tout.

Elle inspira profondément.

— Saviez-vous que mon père était sur le point de sortir un nouveau livre ?

Mack acquiesça.

— Le cancer de ma mère est en rémission. Ce qui est une très bonne nouvelle, bien sûr, mais peut-être un peu moins pour mon père. Voyez-vous, le diagnostic de la maladie a coïncidé avec la sortie de son dernier livre. Et je peux vous assurer que cela lui a donné un sacré coup de pouce. A peine publié, son livre a immédiatement rejoint la liste des best-sellers du *New York Times*.

Dans l'esprit de Mack, certaines choses commençaient à prendre tout leur sens. Mais il lui fallait pour l'instant se concentrer sur ce qui était le plus urgent.

— Je suis désolé pour cette épreuve que traverse votre mère.

Sa propre mère était morte du cancer quand il n'était encore qu'un adolescent.

— Et je suis ravi d'entendre qu'elle va mieux.

— Merci, dit-elle d'une voix plus douce.

— Vous croyez vraiment votre père capable d'utiliser un tel stratagème uniquement dans le but d'attirer l'attention sur lui ?

— Absolument. Ne le sous-estimez pas. D'autres l'ont déjà fait et ils en ont payé le prix.

— Mais d'après Bing, ces menaces sont bien réelles.

— Oncle Bing est un homme merveilleux. Mais son amitié avec mon père — que je ne m'explique pas, d'ailleurs — obscurcit son jugement.

— Et si vous aviez tort ? répliqua Mack. Tenez-vous si peu à votre vie que vous êtes prête à courir le risque de la perdre ?

Hope enclencha la marche arrière.

— Monsieur McCann, vous avez dépassé vos soixante secondes. Votre temps est écoulé. Sortez de ma voiture maintenant, s'il vous plaît.

Elle se donnait des airs de reine des glaces mais Mack avait décelé une faille dans son armure. Malgré ses efforts pour paraître imperturbable, elle ne cessait de remuer ses orteils, signe de sa nervosité. Si elle avait porté des chaussures fermées ou s'ils avaient été assis à table, il ne s'en serait pas rendu compte. Il ouvrit la portière.

— Soyez prudente, Hope.

Mack regarda patiemment le véhicule s'éloigner puis, quand celui-ci eut disparu à l'angle de la propriété, il se précipita vers sa propre voiture qui était garée non loin. Il retrouva Hope quelques minutes plus tard au niveau de l'intersection avec la I-280. Elle tourna en direction de l'est. Mack la suivit discrètement, laissant trois véhicules entre eux deux, et appela Bing pour le prévenir de la situation.

Hope conduisait avec habileté, slalomant aisément dans la circulation qui était fluide à cette heure-ci. Après le tunnel Holland, ils traversèrent le bas de Manhattan puis remontèrent vers le centre-ville. Enfin, Hope s'engagea dans un parking souterrain, proche de la Cinquième Avenue. Le stationnement coûtait trente-cinq dollars de l'heure, ce qui n'était pas surprenant vu le quartier. Mack patienta sur un emplacement réservé, le temps que Hope sorte du parking, puis il s'y engouffra également.

Cette portion de la Cinquième Avenue était réservée aux boutiques de créateurs, toutes plus luxueuses les unes que les autres. La foule de promeneurs était éclectique. Des familles en vacances dans la Grosse Pomme, qui pour la plupart se contentaient d'admirer compte tenu des prix exorbitants. Des hommes et des femmes d'affaires préoccupés, la main serrée sur leur attaché-case, le téléphone vissé à l'oreille, se pressant de réunion en réunion.

Et enfin, les véritables clients. Les gens, qui comme Hope, avaient les moyens et l'envie de payer une fortune pour un nom de créateur et un service personnalisé. Mack la rattrapa alors qu'elle entrait dans une petite boutique qui vendait des écharpes, des sacs à main et des chaussures.

Il resta dehors car le magasin était trop petit pour qu'il puisse s'y cacher. S'adossant au mur près de l'entrée, il sortit son portable et fit semblant de passer un coup de téléphone.

Il risquait de la perdre si elle décidait de prendre la tangente par la porte de service, mais c'était peu probable : il était presque certain qu'elle ne s'était pas aperçue qu'elle était suivie.

Des robes de mariées, du vernis à ongles et maintenant du shopping. Ces derniers temps, sa virilité en avait pris un coup. Mack regretta de ne pas pouvoir cracher un bon coup : ça lui aurait fait le plus grand bien.

Il pensa avec joie à l'enterrement de vie de garçon d'Ethan qu'il allait organiser avec Brody. Ils allaient lui préparer un programme d'enfer. Quelque chose à la hauteur de leur amitié et qu'il n'oublierait jamais. Mais avant toute chose, il fallait que Brody rentre au pays. Cela faisait si longtemps qu'il était sur le front, à raccommoder les soldats qui avaient malheureusement perdu un bras ou une jambe sur des engins explosifs improvisés. La dernière fois que Mack lui avait parlé, il était impatient de revenir aux Etats-Unis. Il avait l'intention de s'engager dans l'équipe traumatologique de l'un des plus prestigieux hôpitaux de Californie du Sud.

Les trois amis allaient d'abord prendre du bon temps à Las Vegas. Mack avait vu des films sur des enterrements de vie de garçon qui se déroulaient là-bas et, sans prétention, il était sûr qu'ils pouvaient faire bien mieux.

Mais pour le moment, sa priorité était de suivre une jeune femme qui avait l'air d'avoir envie de dépenser sans compter l'argent de son père.

Quand Hope sortit du magasin un quart d'heure plus tard, elle ne portait qu'un seul sac qui, à en juger par sa forme, contenait une paire de chaussures. Cela lui rappela ses jolis orteils rose vif. Quel dommage de les enfermer !

Elle visita trois autres magasins, et le même schéma se reproduisit chaque fois. Elle entrait, passait une vingtaine de minutes à l'intérieur et ressortait avec un nouveau sac. Les formes des sacs ne lui permettaient pas toujours de deviner ce qu'elle avait acheté mais, au vu des devantures, Mack aurait parié qu'il s'agissait de vêtements, de bijoux et de chocolat.

Elle était sur le point d'entrer dans un immense magasin de jouets, quand elle dévia soudain de sa trajectoire et marcha vers un arrêt de bus, au coin de la rue, où patientaient plusieurs personnes. Elle s'approcha d'une femme qui portait un uniforme de serveuse de fast-food et qui était entourée de deux enfants en bas âge et d'une poussette. Manifestement, elle se rendait sur son lieu de travail ou en sortait.

Quel pouvait bien être le lien entre Hope et cette femme ? se demanda Mack. Il cherchait une explication quand tout à coup, Hope tendit à la femme tous ses paquets. Cette dernière hésita un instant, puis les accepta.

Mack aurait donné cher pour entendre leur conversation, mais il ne pouvait pas s'approcher plus près au risque d'être découvert. Il devait être très vigilant. Aussi, quand elle se retourna, il se cacha rapidement derrière un groupe de gens qui attendait pour traverser au passage piéton.

A quoi jouait-elle ? Elle avait passé des heures à faire du shopping et se débarrassait maintenant de tous ses achats. Il était certain qu'elle ne connaissait pas cette femme en uniforme.

Il la suivit tandis qu'elle reprenait la direction de sa voiture. A mi-chemin, elle sortit son portable de son sac et passa un coup de téléphone en marchant. La conversation semblait animée. Hope traversa le parking et s'assit dans sa voiture. Une dizaine de minutes plus tard, elle raccrocha enfin et posa sa tête entre ses bras, sur le volant.

Même à cette distance, Mack sentit le découragement qui accablait Hope. Sans réellement comprendre sa motivation, il eut envie de se précipiter auprès d'elle pour lui demander ce qui n'allait pas. Il se demanda quelle raison le poussait ainsi à la soutenir alors qu'elle l'avait d'abord méprisé et rejeté, pour ensuite le balader pendant deux heures sur la Cinquième Avenue en pure perte.

Mais avant qu'il ait pu décider s'il devait la rejoindre ou non, elle se redressa, démarra et sortit du parking. Il regagna son propre véhicule et la suivit sur la grand-route, jusqu'à ce qu'elle prenne l'embranchement qui menait chez elle.

Il rappela Bing.

— La princesse est de retour, saine et sauve. Je peux te dire que la seule chose qui était en danger aujourd'hui, c'était son portefeuille.

— Tu tombes bien Mack, j'allais justement t'appeler. Je suis sorti dîner rapidement avec Patsy et Archie avant d'aller à l'aéroport et Patsy a appelé Hope pendant qu'elle faisait les courses. Elles ont eu une longue conversation et Hope a finalement accepté que tu te charges de sa sécurité.

Mack se remémora l'attitude de Hope au téléphone.

— Sais-tu pourquoi elle a changé d'avis ?

— Apparemment, Hope ne voulait toujours pas en entendre parler, mais sa mère a dû la supplier et j'imagine que c'est pour cette raison qu'elle a fini par accepter.

— Quand dois-je commencer ?

— Ce soir. Mais, Mack, je ne pense pas qu'elle va te préparer à dîner !

Mack pensa même qu'il serait bien chanceux si elle ne lui jetait pas son assiette à la figure.

4

Hope venait de finir son dîner composé de saumon et d'asperges fraîches quand McCann apparut dans le jardin. Les prévisions météo s'étaient trompées : la pluie n'était pas tombée.

Mack portait un sac en bandoulière et tenait quelque chose à la main. Tandis qu'il se rapprochait, elle vit qu'il s'agissait d'ampoules électriques. Quelle drôle d'idée…

Il s'était changé et portait maintenant un jean élimé, un T-shirt et des sandales. Sans doute estimait-il qu'une fois le job obtenu, plus rien ne l'obligeait à être élégant. Malgré cela, quelque chose dans sa démarche l'impressionnait, une confiance en soi qui était perceptible dans chacun de ses pas.

Hope lui envia son assurance, elle qui se posait tant de questions sur son avenir et qui hésitait depuis des mois à propos de ce qu'elle allait faire de sa vie.

— Il y a une porte d'entrée, lui lança-t-elle quand il fut assez près pour l'entendre. Vous l'ignorez peut-être, mais d'ordinaire, les gens bien élevés passent par là.

Elle regarda l'étui en cuir qu'il portait à la ceinture. Il n'y avait rien de surprenant à ce qu'il soit armé mais Hope n'aimait pas beaucoup cela. Surtout depuis ce jour où son père avait exigé qu'elle l'accompagne à une partie de chasse alors qu'elle avait seulement treize ans.

Décidée à ignorer ce revolver, elle détourna les yeux et posa son regard sur le paquet d'ampoules.

— Vous n'aviez pas besoin d'apporter les vôtres, dit-elle. Nous les fournissons à nos invités.

Il haussa les épaules.

— Quand votre père nous a fait visiter la propriété ce matin, j'ai remarqué quelques ampoules grillées de l'autre côté du pool-house. La lumière reste le moyen de dissuasion le plus simple contre les activités malveillantes.

Elle aurait sans doute dû apprécier l'attention qu'il portait aux détails. Mais il lui était impossible d'être reconnaissante alors qu'il allait perturber ce qui aurait dû être dix jours de tranquillité. Dix jours où elle aurait pu cesser de faire semblant d'être ce qu'elle n'était pas. Du moins tant qu'elle était chez elle.

— Je continue de penser que votre présence ici est absurde, dit-elle.

Il acquiesça et tira une chaise vers lui. Alors qu'il se plaçait légèrement de biais, elle comprit qu'il voulait pouvoir surveiller à la fois la maison et le jardin. Manifestement, il croyait bel et bien que ces menaces étaient sérieuses.

— Si vous pensez que c'est inutile, pourquoi avez-vous accepté que je vous protège ?

— Parce que ma mère me l'a demandé, répondit-elle avec franchise. Elle m'a dit que sans cela, elle ne pourrait pas profiter pleinement de son voyage.

Du bout des doigts, elle effleura le bord de son assiette.

— Ma mère rêve d'aller en Europe depuis des années. L'année dernière, elle était si malade qu'elle s'est résignée à l'idée qu'elle n'irait jamais. Et ça m'a brisé le cœur. Une chose si simple à réaliser et il était trop tard.

— Mais elle y va quand même, tout compte fait, intervint Mack, et vous n'allez rien faire qui puisse gâcher la magie de son séjour.

— Je l'aime trop pour cela, concéda-t-elle. Et quand mes parents vous appelleront, comme je suis sûre qu'ils vont le faire, je vous serais reconnaissante de ne pas donner à ma mère de raison de s'inquiéter à mon sujet. Je vais jouer mon rôle, monsieur McCann, et j'espère que vous jouerez le vôtre.

— Nous allons vivre ensemble les dix prochains jours. Je crois que vous pouvez m'appeler Mack, lui dit-il.

Vivre ensemble. Dans sa bouche, cela sonnait de façon si intime. Une part d'elle depuis trop longtemps glacée se réchauffa soudain, la brûlant presque.

Peut-être qu'ils vivraient ensemble, oui, mais ils ne seraient pas seuls.

— Mavis sera présente également. C'est l'assistante de ma mère, et elle aide aussi aux tâches ménagères. Ce soir, elle est sortie dîner avec des amis, mais elle sera de retour vers 21 heures. A son retour, soyez gentil, évitez de lui tirer dessus.

Hope s'écarta de la table, faisant grincer les pieds de sa chaise sur le carrelage.

— Je monte dans ma chambre. Avant de partir, Mavis m'a dit qu'elle avait préparé la chambre d'amis au premier étage pour vous. En haut de l'escalier, à droite, troisième porte sur la gauche. Il y a une salle de bains attenante. J'aime dormir tard, alors je vous serais reconnaissante de ne pas faire de bruit demain matin.

Il savait où se trouvait la chambre d'amis. Après avoir accepté cette mission, il avait étudié le plan de la maison et examiné des photos de la façade et de la propriété, qui était immense. Dans ce secteur chic du New Jersey, les domaines faisaient tous au moins quatre hectares et étaient protégés des indiscrétions par de grands arbres plantés un peu partout sur les terrains.

Du point de vue de la sécurité, c'était à la fois une bonne et une mauvaise chose. Bonne parce que personne ne pouvait sortir de l'ombre et approcher de la maison sans qu'on le remarque et, les visites inattendues étant rares, il était facile de distinguer les personnes bien intentionnées des autres.

Mauvaise car de nombreuses zones restaient obscures et les maisons étaient toutes très éloignées les unes des autres.

La plupart des voisins des Minnow avaient des haras et élevaient des chevaux qui valaient des milliers de dollars. Quand Mack avait fait le tour de la propriété, guidé par Archibald Minnow, il l'avait questionné à propos de l'écurie qui se trouvait sur leur domaine.

— Elle est vide depuis que nous avons emménagé, avait répondu le révérend. Nous ne sommes pas amateurs de chevaux. Hope avait un chat quand elle était petite, mais quand il est mort, je n'ai plus voulu d'animaux chez nous.

Mack aurait préféré que l'écurie soit pleine d'animaux. Eux, au moins, l'auraient averti si quelque chose d'inhabituel se passait. En l'état, ce n'était qu'un grand bâtiment vide, qui offrait de multiples possibilités pour se cacher. Cette écurie vacante et ce terrain boisé présentaient de vrais risques au niveau de la sécurité. Sans compter l'isolement de la maison.

Enfin, Mack devait aussi compter avec une multitude de fenêtres et de portes au rez-de-chaussée. Même le premier étage offrait un accès direct par la chambre de Hope, car il y avait un petit balcon sous sa fenêtre. Le seul point positif était qu'on ne pouvait pas l'escalader facilement et que la porte-fenêtre était reliée au système de sécurité. En examinant en détail son fonctionnement, Mack ne l'avait pas trouvé très performant. En effet, il était si simple qu'un enfant de quinze ans aurait pu le débrancher. Et l'alarme était reliée au commissariat de police local qui, dans cette banlieue chic, était rarement sollicité pour de vrais crimes et ne lui serait guère utile en cas de besoin.

Lors de sa visite matinale de la propriété, Mack avait songé à demander à Hope de déménager dans une chambre plus sûre. Mais il avait finalement décidé que ce ne serait pas nécessaire. Si quelqu'un essayait d'escalader le balcon, il l'entendrait et aurait le temps de réagir.

Quelques minutes plus tard, il imita Hope et monta à l'étage.

On avait beau lui avoir préparé un lit dans la chambre d'amis, il n'allait certainement pas y dormir. Il se reposerait sur le canapé du salon ou sur une chaise, là où il pourrait réagir rapidement si quelqu'un entrait par effraction dans la maison.

Il ne lui fallut que quelques minutes pour vider son sac et ranger ses affaires. Quittant la chambre, il décida d'inspecter l'étage. Il avait étudié le plan de la maison mais devait maintenant la parcourir de fond en comble et mémoriser la disposition des pièces.

L'étage, auquel on accédait par le grand escalier, était divisé en deux parties comportant chacune deux chambres et deux salles de bains. Mavis et lui étaient logés dans l'une des ailes. En ouvrant la porte, il vit que la chambre de celle-ci était meublée à peu près comme la sienne, à la différence près que Mavis avait visiblement un faible pour les girafes. Il y en avait partout, sur la commode, sur l'armoire… Elles étaient de toutes tailles et de toutes matières. L'une d'elles, de verre, était particulièrement jolie, et une autre, en toile de jute, particulièrement laide. Dans un coin se tenait une grande girafe en métal, presque aussi haute que lui.

Il traversa le hall et jeta un coup d'œil dans la chambre jouxtant celle de Hope. C'était aussi une chambre d'amis et, à en juger par la poussière accumulée sur la commode, elle n'avait pas servi depuis longtemps. Il évita la chambre de Hope, certain qu'elle n'apprécierait sûrement pas qu'il frappe à sa porte.

Il descendit ensuite au rez-de-chaussée et se rendit dans la chambre d'Archibald et Patricia Minnow, située près de la cuisine. La pièce, très spacieuse, était meublée d'un grand lit double, d'un bureau et de deux fauteuils confortables qui composaient un petit salon. Une immense salle de bains et deux dressings remplis de vêtements apportaient la touche finale à cette suite parentale.

Il jeta un coup d'œil dans la cuisine, peinte d'un joli vert pâle, et dont la plupart des équipements étaient en inox brossé. Hope avait rincé son assiette et ses couverts et les avait empilés soigneusement dans l'évier. Quelqu'un avait préparé un gâteau à la banane et l'avait laissé refroidir sur une grille près de la cuisinière.

Les autres pièces du rez-de-chaussée se répartissaient en un salon dont un mur était entièrement couvert par une bibliothèque et un grand écran de télévision, un salon de réception avec de luxueux fauteuils en cuir et des tableaux de valeur, et enfin un bureau que Mack reconnut immédiatement. La pièce avait de jolies fenêtres, quelques étagères encastrées et une table de travail au milieu de laquelle trônait une grande bible. C'était ici même que Archibald Minnow enregistrait chaque semaine son émission télévisée. Il débutait et terminait chaque retransmission la main posée sur cette bible. Mack en avait regardé quelques épisodes pour se préparer à sa mission.

Le révérend était télégénique, aucun doute là-dessus. Il donnait l'impression d'être autant animé par sa foi que par son engagement envers ses fidèles. Dans les extraits que Mack avait regardés, Minnow parlait avec affection de son épouse mais il ne mentionnait jamais sa fille.

Mack inspecta ensuite le sous-sol. La maison avait presque quatre-vingts ans et cela se voyait. Les murs étaient faits de gros blocs de pierre blanche, et l'espace n'avait pas été réaménagé comme dans d'autres demeures plus modernes. Le sol était en ciment. Il y avait un tapis de course et un banc d'haltères dans la partie la plus spacieuse. Le reste servait au rangement, et au fond, on distinguait la chaudière et le chauffe-eau.

A présent qu'il connaissait bien la maison, Mack remonta au rez-de-chaussée et s'installa sur le canapé. Mavis allait bientôt rentrer. Il l'avait rencontrée un peu plus tôt ce jour-là, quand Bing et lui étaient arrivés. Elle les avait fait entrer dans le salon où ils avaient attendu que le révérend les rejoigne. Bing la connaissait déjà, et tous deux s'étaient mis à bavarder comme de vieux amis. Elle avait donné l'impression à Mack d'être une femme compétente et fiable, très attachée à la famille Minnow et surtout à Patricia.

Peu avant 21 heures, il entendit une voiture approcher. Il alla à la fenêtre et tira le rideau. Mavis gara sa Toyota près de la BMW de Mack et entra par la porte principale. Quand l'alarme se déclencha, elle tapa le code sur le clavier pour l'éteindre puis la réinitialisa.

— Monsieur McCann, dit-elle en se retournant pour le saluer. Je suis ravie de vous voir. J'espérais que Hope n'avait pas changé d'avis et qu'elle ne vous avait pas renvoyé chez vous.

Mack sourit.

— On ne se débarrasse pas aussi facilement de moi.

Mavis haussa les épaules.

— Hope est plus coriace qu'elle n'en a l'air.

Elle posa le pied sur la première marche de l'escalier.

— Je suis si fatiguée que je crois que je vais aller me coucher tout de suite. A quelle heure aimeriez-vous prendre votre petit déjeuner, Monsieur McCann ?

— Appelez-moi Mack, je vous en prie. Et pour ce qui est du petit déjeuner, ne vous dérangez pas pour moi, je peux me débrouiller.

— Vous parlez comme Hope. Cette semaine va ressembler à des vacances pour moi aussi, on dirait. Bonne nuit.

Mack la regarda monter l'escalier et l'entendit ouvrir puis refermer sa porte. Il alla ensuite vérifier le système de sécurité pour s'assurer qu'il était bien actif. Enfin, il éteignit la télévision et monta lui aussi à l'étage.

Il prit une douche rapide et remit son jean. Il était assez confortable pour qu'il puisse dormir avec. Il n'avait pas envie d'être surpris sans pantalon. Puis, conscient que Mavis et Hope dormaient, il quitta la salle de bains en faisant le moins de bruit possible et descendit s'allonger sur le canapé du salon.

Il se réveilla en entendant le faible bip du système de sécurité, puis le bruit caractéristique de la porte d'entrée qui s'ouvrait et se refermait.

Il se leva d'un bond et s'approcha de la fenêtre. Une femme marchait dans l'allée. Quelques secondes plus tard, elle disparut de son champ de vision, cachée par l'ombre épaisse des arbres.

Qui diable était-ce ? Ce devait être Hope. Elle avait la même taille, le même poids, la même démarche sexy. Mais ses cheveux étaient courts et foncés.

Il enfila sa veste, tapota sa poche pour s'assurer que sa lampe torche était bien là, et la suivit, revolver en main. Hope marchait vite, tête baissée, sans doute pour ne pas trébucher.

Une entorse à la cheville aurait bien sûr ruiné ses plans d'évasion.

Etait-elle en train de faire une fugue ? Cela semblait insensé. Mack savait qu'elle n'était pas heureuse ici, mais les fugues étaient réservées aux adolescentes caractérielles. Et elle avait tout ce qu'il lui fallait dans la demeure de son père. Aucune responsabilité, de l'argent à volonté.

Allait-elle passer la nuit en ville ? Déguisée ? Peut-être. Mais elle était vêtue d'un sweatshirt sombre et d'un large pantalon kaki. Pas vraiment la tenue adéquate pour aller en boîte, même dans le New Jersey. Et pourquoi y aller à pied ? Elle qui avait une voiture en parfait état de marche.

Hope s'arrêta en arrivant au bord de la route et regarda vers la gauche, comme si elle attendait quelqu'un.

Mack envisagea de se rapprocher d'elle, ce qu'il aurait sans doute dû faire.

Pourtant il se doutait également que s'il agissait ainsi, elle lui mentirait sur ce qui l'avait poussée à quitter la chaleur de son lit à minuit passé.

Et il n'en saurait pas plus sur les motifs de cette escapade nocturne.

Il resta donc caché sous les arbres, silencieux. Cinq minutes plus tard, une vieille voiture apparut, ralentissant alors que le conducteur ne pouvait pas encore distinguer la silhouette qui l'attendait sur le bord de la route. Puis le véhicule s'arrêta complètement. Sortant de l'ombre, Hope ouvrit la portière côté passager.

La lumière du plafonnier s'alluma, éclairant le conducteur. Ou plutôt la conductrice. Elle était vêtue d'une robe noire ou bleu marine et semblait avoir environ dix ans de plus que Hope.

Cette dernière se glissa à l'intérieur et claqua la portière. La voiture s'éloigna, et Mack, qu'on surprenait pourtant rarement, resta bouche bée au bord de la route.

5

Hope s'adossa à l'appui-tête et soupira. La journée avait été épuisante, et si d'habitude elle dormait quelques heures avant que Sasha ne vienne la chercher, ce soir-là, elle n'avait pas pu trouver le sommeil. A cause de *lui*.

Mack McCann. Une précaution nécessaire, selon sa mère. Un ami de toute confiance, avait affirmé Bing.

Une brillante stratégie de la part de son père, soupçonnait-elle.

Malgré ce que tout le monde pensait, il n'était pour elle qu'une épine dans le pied.

Elle avait entendu McCann monter à l'étage après le retour de Mavis. Puis les tuyaux de la vieille maison s'étaient mis à grincer quand il avait pris une douche. Elle devait reconnaître qu'elle s'était laissée aller à fantasmer un instant en imaginant son corps nu sous la douche, mais n'était-ce pas naturel, étant donné qu'elle n'avait pas fait l'amour depuis deux ans ?

Il faut dire qu'il était vraiment beau, avec ses cheveux noirs et ses yeux noisette. Et il semblait en pleine forme. Elle savait qu'il avait été diplômé de l'académie navale avec les honneurs, qu'il parlait plusieurs langues couramment et que c'était un tireur d'élite. Sa mère lui avait vanté ses mérites tout l'après-midi.

Elle n'y avait pas accordé plus d'intérêt que cela, mais elle s'était surprise à se demander s'il avait mis un pyjama dans son sac en cuir. Finalement, elle avait donné un énième coup de poing dans son oreiller, avait fermé les yeux et s'était remémoré les expressions de surprise et de ravissement qui s'étaient succédé sur le visage de l'inconnue à qui elle avait remis ses achats de l'après-midi.

C'était une excellente manière de finir la journée.

— Fatiguée ? demanda Sasha gentiment.

— Non, mentit Hope.

Si quelqu'un avait le droit d'être fatiguée, c'était bien Sasha. Elle qui chaque soir venait chercher Hope en quittant la maison de retraite où elle travaillait de 15 heures à 23 heures.

— Comment s'est passée ta journée ?

— Charlie Fenton s'est encore enfui. Et sans ses vêtements cette fois.

Ce n'était pas aussi drôle que ça en avait l'air. Hope se souvint que M. Fenton avait presque quatre-vingt-dix ans.

— Où l'avez-vous retrouvé cette fois ?

— Toujours au même endroit. En train d'acheter des donuts. Il voulait en ramener à Delores. Ils sortent ensemble.

— C'est adorable. Et quel âge a Delores ?

— Quatre-vingt-trois printemps. Ils parlent de se marier.

— Tu plaisantes ? s'exclama Hope.

— J'aimerais bien. Tu imagines un peu ça ?

Sasha lui lança un regard gêné.

— Désolée, ajouta-t-elle.

Sasha était l'une des rares personnes à connaître les vraies raisons de la séparation et du divorce de Hope. Elle avait été à ses côtés durant cette épreuve et l'avait ramassée à la petite cuillère. C'est ainsi que les deux femmes s'étaient rencontrées et étaient devenues amies.

— Pas de problème, dit Hope avec légèreté.

Elle n'avait jamais réussi à penser à son divorce avec humour, mais elle n'était quand même pas assez aigrie pour ne pas se sentir émue par ces deux vieillards qui se comportaient comme des adolescents, à supposer que ce soit possible avec un déambulateur.

— Tu crois qu'il y aura de l'activité ce soir ? demanda Sasha pour changer de sujet.

C'était une simple question de principe. Personne ne pouvait prédire quel genre de nuit s'annonçait vraiment. Le téléphone étant resté calme ces dernières nuits, peut-être allait-il se déchaîner aujourd'hui. Elles avaient reçu la visite d'une nouvelle femme battue deux nuits auparavant. La pauvre avait deux yeux au beurre noir, une dent ébréchée et un doigt cassé. Ses deux enfants qui l'accompagnaient étaient restés cramponnés à elle toute la nuit, leurs petites mains agrippées à son T-shirt bon marché. Heureusement, eux ne portaient pas de marques de coups, mais ils avaient évidemment été témoins de ce que leur père avait fait subir à leur mère.

Finalement, Hope avait emmené la petite de quatre ans et son frère de cinq ans dans la cuisine. Elle les avait persuadés de l'aider à préparer des cupcakes, afin que Sasha et Jackie puissent discuter avec la mère et l'encourager à reconstruire sa vie, cette fois sans coups ni violence.

Sasha arrêta la voiture dans le parking d'un bâtiment discret qui ne comportait qu'un étage. De l'extérieur, il paraissait tranquille. Comme toujours. Il n'y avait pas de panneau lumineux, juste une petite plaque sur la porte, dont il fallait s'approcher pour pouvoir lire ce qui y était inscrit.

Gloria's Path. Le refuge avait été nommé ainsi en l'honneur de la fondatrice, Gloria Portland. C'est elle qui, huit ans auparavant, avait rassemblé les subventions et les dons privés suffisants pour ouvrir un accueil d'une dizaine de lits. A présent, Gloria travaillait surtout la journée, laissant des bénévoles de confiance et une poignée d'employés se charger du service de nuit.

Hope ouvrit sa portière et sortit de la voiture. Ce faisant, elle vit quelque chose tomber à terre. Elle se pencha et le ramassa, avant de repasser la tête à l'intérieur de la voiture pour voir, à la lumière, ce dont il s'agissait.

Surprise, elle découvrit une photo de Sasha avec un homme.

— Qu'est-ce que c'est ? demanda-t-elle en tenant le cliché de manière à ce que Sasha, qui était déjà sortie, puisse le voir.

Son amie agita la main.

— Oh ! Rien. Je suis allée au mariage de mes cousins la semaine dernière, et ils avaient un stand photo avec des tas d'accessoires.

Elle ne mentionna pas l'homme et Hope ne voulut pas être indiscrète. Elle savait que Sasha s'était mariée et avait divorcé deux fois. Peut-être était-elle prête à s'aventurer de nouveau dans les eaux agitées des relations amoureuses.

Hope reposa délicatement la photo sur le siège passager.

— Ces lunettes violettes te vont plutôt bien.

— C'était ça ou un chapeau de Père Noël !

Les deux femmes s'avancèrent sur le trottoir plongé dans l'ombre et Sasha se servit de sa clé pour ouvrir la porte de service. L'intérieur du bâtiment était faiblement éclairé, en raison de l'heure tardive. Tout était encore calme mais Hope savait que bientôt le refuge déborderait d'activité. Il arrivait toujours plus de femmes. Des femmes abîmées par les coups qui ne dormaient jamais vraiment. Des femmes qui s'inquiétaient de leur avenir et de celui de leurs enfants. Et qui, surtout au milieu de la nuit, avaient besoin d'une épaule pour s'épancher.

Hope se dirigea vers la petite cuisine pour se servir un café. Une femme était assise à la table. Une tasse de café à moitié vide était posée devant elle, elle jouait avec son smartphone.

Serena leur rendait visite régulièrement. Elle était arrivée pour la première fois six mois auparavant, peu de temps après que Hope avait entamé son bénévolat. Elle avait passé quelques jours à Gloria's Path, puis elle était retournée chez elle, après que son mari l'avait suppliée de revenir et qu'il lui ait juré qu'il ne recommencerait plus. Quand elle était revenue deux semaines plus tard, avec des bleus et des coupures sur le visage, elle avait déclaré qu'elle était enfin décidée à le quitter, car sa promesse ne l'avait pas empêché de lui envoyer un coup de poing dans la mâchoire.

Elle n'avait ni enfants ni famille dans la région. Tout ce qu'elle avait, apparemment, c'était un mari colérique qui ne pouvait se résoudre à l'idée que sa femme veuille le quitter.

— J'espérais que vous auriez une minute à m'accorder, dit Serena qui de toute évidence attendait avec impatience l'arrivée de Hope. Je crois que j'ai enfin un plan.

Hope sourit. Sa nuit avait commencé.

Mack était assis dans sa voiture, se demandant ce qu'il devait faire. Une seconde après avoir vu Hope disparaître, il s'était précipité vers la maison pour récupérer son propre véhicule.

Heureusement, ses clés étaient dans la poche de sa veste et il avait rapidement rejoint la route. Il ne lui avait fallu que quelques minutes pour rattraper la vieille Ford, à deux kilomètres de Weatherbie, une banlieue prospère d'un peu moins de dix mille habitants dans le Western Essex County.

La circulation était presque inexistante, il avait donc dû ralentir à deux reprises pour qu'elles ne s'aperçoivent pas qu'il les suivait. Certain qu'elles allaient traverser la ville, il perdit leur trace quand elles quittèrent la rue principale. Il avait fait demi-tour immédiatement mais avait perdu du temps à les chercher.

Il avait finalement retrouvé la voiture à trois rues de l'artère principale, garée près d'un petit bâtiment de bois et briques, au coin des rues Marsh et Wooten. Il y avait un autre véhicule dans le parking. Le long des trottoirs étroits, quelques lampadaires éclairaient faiblement ce qui semblait être un quartier tranquille.

Il avait fait le tour du pâté de maisons pour repérer un peu le secteur, puis s'était garé au carrefour suivant, sur un emplacement libre. De là, il avait une bonne vue sur la porte d'entrée de l'immeuble.

Durant la journée, il devait sans doute y avoir du passage, car la rue était bordée d'immeubles d'habitation entre lesquels s'étaient glissés un coiffeur et un petit garage. Toutefois, à cette heure tardive, il n'y avait personne.

Personne de visible, du moins. Mack était sur le qui-vive et s'attendait toujours à ce que quelqu'un surgisse de l'obscurité. Un état de vigilance permanente qui lui avait permis de rester en vie jusqu'à l'âge de trente-huit ans.

C'était la deuxième fois en moins de douze heures qu'il suivait Hope Minnow à son insu. Cela commençait à être lassant. Mais au moins, cette fois, elle n'était pas allée jusqu'à New York. Elle s'était contentée de rester dans les environs.

Pourquoi ?

Que diable faisait-elle dans ce bâtiment ?

Elle achetait de la drogue ? C'était possible. Pourtant, elle n'avait pas l'air d'une droguée. Elle avait une belle peau, des cheveux brillants et de jolies dents blanches.

Se pouvait-il qu'elle se prostitue ? Cette idée même lui donna la chair de poule. Et il sentit naître en lui un sentiment de jalousie sur lequel il décida de ne pas s'attarder.

Jouait-elle ? Peut-être. Elle avait beaucoup d'argent et le dépensait sans compter.

Des combats de chiens ? Il leva les yeux au ciel.

Ça devenait ridicule.

Il était sur le point de sortir de la voiture et d'aller frapper à cette fichue porte afin de demander des explications, quand une vieille El Camino avec deux pots d'échappement s'engagea en rugissant dans la rue. Le véhicule ralentit juste devant le bâtiment et le passager jeta quelque chose par la fenêtre. Mack entrevit un éclair.

Bon sang ! C'était un cocktail Molotov ! Le projectile brisa la vitre d'une des fenêtres en façade et Mack vit des flammes s'élever en dansant.

Le bâtiment était en feu et Hope était à l'intérieur.

Il composa le 911 tout en courant vers l'immeuble. Quand l'opératrice répondit, il signala l'incendie et indiqua l'adresse. Puis il décrivit la voiture qui avait pris la fuite, avant de raccrocher au nez de la femme qui lui demandait pourtant de rester en ligne.

La porte de devant était verrouillée. Il dut donner deux coups de pied pour qu'elle cède. Le petit hall d'entrée était déjà rempli de fumée. Les flammes étaient partout : grimpant le long des rideaux, dévorant le mobilier. Il entendit une femme hurler.

Ce n'était pas la voix de Hope, mais ce n'était pas moins urgent.

Il essaya d'ouvrir la porte intérieure. Verrouillée, elle aussi. La seule solution était d'escalader le comptoir qui séparait une petite zone d'accueil du hall. Prenant appui sur ses deux mains, il le franchit avec aisance. Un extincteur était posé sur le bureau, comme si on l'avait reposé là en hâte. La goupille avait été retirée. Mack s'en empara et pressa la poignée, en vain.

L'appareil était soit vide, soit défectueux. De toute évidence, il ne lui serait d'aucune utilité.

Il y avait une autre porte, non verrouillée celle-là. Elle ouvrait sur un long couloir faiblement éclairé, avec des portes des deux côtés. Des femmes et des enfants en pyjamas en sortaient, titubants, l'air hagard et choqué.

Les cris avaient cessé. La femme qui était passée prendre Hope se tenait au bout du couloir, le dos appuyé contre une porte de secours qu'elle maintenait entrouverte, pressant les femmes et les enfants de sortir.

Aucune trace de Hope. Où diable se cachait-elle ?

Enfin il la vit. Sortant d'une chambre, elle soutenait une femme enceinte et tenait un enfant endormi dans ses bras. Sous sa perruque auburn, son visage était pâle mais calme.

Elle balaya le couloir des yeux comme pour compter les personnes et l'aperçut. Il vit sur son visage la surprise, mais aussi quelque chose d'autre. Le soulagement, peut-être ?

— Vérifiez les chambres ! hurla-t-elle sans perdre de temps.

Le couloir était rempli de fumée. Mack prit sa lampe torche. Elle était petite mais suffisamment puissante pour lui permettre de se repérer. Les chambres étaient vides. Le temps qu'il parvienne à la porte de service, il comprit que Hope avait pris la place de l'autre femme. L'enfant qu'elle portait avait disparu et c'était elle qui tenait maintenant la porte de service ouverte. Mack entendit hurler la sirène des pompiers.

Leurs yeux se croisèrent.

— Je les ai comptés, dit-elle. Je crois que tout le monde est dehors.

— Les chambres sont vides, confirma-t-il.

— Dieu merci !

Elle jeta un coup d'œil inquiet derrière elle. L'autre femme avait entraîné le groupe le plus loin possible du bâtiment, afin qu'il ne gêne pas le travail des pompiers.

— Il faut que je file d'ici, dit-elle d'un ton pressant. Il est hors de question que je sois là quand les pompiers et les policiers arriveront. Vous pouvez m'aider ?

Mack avait un millier de questions.

— Que… ?

L'expression qu'il décela dans ses jolis yeux l'arrêta. C'était de la peur. Une peur bien réelle. Il ignorait ce qui se passait, mais il allait l'aider. Il voulait qu'elle soit en sécurité.

Il lui prit la main et l'entraîna loin de l'immeuble. Ils coururent en direction de sa voiture.

Une fois à l'intérieur du véhicule, elle se recroquevilla comme pour rester hors de vue. Mack démarra au moment même où le premier camion de pompiers tournait le coin de la rue.

Il conduisit pendant quelques minutes en silence puis, n'y tenant plus, il demanda :

— Que diable se passe-t-il, Hope ?

Elle se redressa.

— Ils nous ont vus ? demanda-t-elle.

Il secoua la tête.

— Je ne crois pas. Mais les femmes à l'intérieur, oui.

— Sasha sait que je suis sortie. Je lui ai dit que je partais. Elle ne dira rien sur ma présence.

— Et les autres ?

— Espérons que la police s'adressera à Sasha uniquement. Elle fera de son mieux pour ne pas parler de moi.

Ils avaient atteint la grand-route. Mack regarda dans le rétroviseur. Personne ne les suivait.

— Pouvez-vous me dire quel est cet endroit et ce que vous y faisiez ? Et pourquoi portez-vous une perruque et êtes-vous attifée ainsi ?

Elle ne répondit pas.

Il ralentit et mit son clignotant, comme s'il s'apprêtait à faire demi-tour.

— Oh ! D'accord, dit-elle exaspérée. C'est un refuge pour femmes. Pour les victimes de violences domestiques. J'y travaille comme bénévole. On me connaît sous le nom de Paula.

Ayant été témoin de la scène au refuge, il n'était pas aussi surpris qu'il aurait pu l'être. Mais ce que lui disait Hope restait pour le moins très étonnant.

Il aurait apprécié qu'Archibald Minnow lui parle de cela quand il leur avait fait faire le tour de la propriété.

— Personne ne m'a rien dit à ce sujet, déclara-t-il.

— Personne n'est au courant, répliqua-t-elle. Enfin, ce n'est pas tout à fait vrai. Mavis le sait. Mais elle ne dira rien.

Elle laissa passer quelques secondes puis reprit :

— Je suppose que vous vous êtes débrouillé pour me suivre.

— Oui.

Il s'attendait à ce qu'elle explose de colère, mais elle secoua simplement la tête d'un air déçu.

— Je n'arrive même pas à filer discrètement de la maison.

— Ne soyez pas si dure avec vous-même. Je suis un peu plus observateur que vos invités habituels. Qui est la femme qui est venue vous chercher ?

— Sasha. Elle est employée par Gloria's Path. C'est le nom du refuge, ajouta-t-elle.

— Elle connaît donc la vérité à votre sujet ?

— Oui.

Il attendit des explications supplémentaires, mais aucune ne vint. D'accord. Il démêlerait tout cela plus tard.

— Vous vous êtes bien débrouillées toutes les deux, pour faire sortir les femmes.

— Nous avons eu de la chance. Sasha était à l'accueil quand la bombe incendiaire est passée par la fenêtre. Elle a essayé d'utiliser l'extincteur, mais il ne marchait pas. J'ai fait sortir la personne avec qui j'étais, puis je suis revenue chercher les autres.

La dernière chose à faire, pensa Mack.

— Vous n'auriez pas dû rentrer, dit-il. Une fois qu'on est sorti d'un bâtiment en flammes, on reste dehors.

Elle secoua la tête.

— Il n'était pas question que je fasse ça, répondit-elle simplement.

Elle ne disait pas cela pour se vanter, elle le pensait vraiment. Mack comprit soudain que Hope Minnow possédait bien plus de qualités que son apparence ne le laissait supposer.

— C'était un cocktail Molotov. Un type dans une vieille El Camino jaune l'a jeté par la fenêtre. Je l'ai dit à la police quand j'ai appelé le 911. Le véhicule vous dit quelque chose ?

— Non. Mais j'imagine que la police posera la question aux résidentes. Il est possible que ce soit quelqu'un qui tente de s'en prendre à l'une d'elles. Nous prenons toutes les mesures nécessaires pour garder l'adresse du refuge secrète. Les femmes nous sont adressées par les services sociaux et il n'y a pas de panneau dans la rue. Mais il est possible qu'un mari ou un petit ami abandonné l'ait découvert par hasard.

Il se tourna pour la regarder.

— C'était peut-être quelqu'un qui vous en voulait à vous ? Je vous rappelle que vous avez reçu des menaces.

Elle fit signe que non.

— Je sais que vous ne me croyez pas, mais ces menaces sont bidons. De plus, personne ne sait que je travaille là-bas. J'ai tout fait pour garder le secret.

— Un secret n'en est plus un quand plus d'une personne ne le connaît. Vous venez juste de dire que Mavis et Sasha étaient au courant.

Hope haussa les épaules.

— Je fais confiance à Mavis et, quant à Sasha, eh bien, c'est la même chose. Elle aurait pu me trahir auparavant, à un moment où cela aurait été vraiment préjudiciable pour moi. Elle ne l'a pas fait, il n'y a donc aucune raison pour qu'elle le fasse maintenant.

Mack commençait à avoir un très mauvais pressentiment.

— Comment avez-vous rencontré Sasha ?

Hope resta silencieuse un long moment. Finalement, elle déclara doucement :

— Elle travaille à Gloria's Path depuis des années. Une chance pour moi, c'était elle qui était de garde la nuit où je suis arrivée au refuge.

6

C'était la première fois qu'elle prononçait ces mots à voix haute devant quiconque, à part son père. Mack ne manifesta aucune réaction. Cela lui rendit les choses plus faciles dans un sens. S'il avait eu l'air choqué ou surpris, elle aurait eu envie de le jeter hors de la voiture.

— Votre ex ? demanda-t-il d'une voix tendue.

Elle acquiesça.

— William Baylor III. Je n'ai jamais rencontré le premier, et le deuxième avait l'air sympa. J'imagine toutefois que la pomme peut parfois tomber très loin de l'arbre.

— Vous étiez gravement blessée ?

— Le nez cassé. La mâchoire fracturée. Le larynx écrasé. Il a essayé de m'étrangler, ajouta-t-elle. Deux côtes fêlées. Accompagnées d'autres coups et blessures.

— J'espère que vous avez porté plainte, dit-il d'une voix dure.

Cela allait devenir délicat.

— Non, je ne l'ai pas fait.

Il parut réfléchir à sa prochaine question.

— Pourquoi ?

Ils venaient de s'engager dans le chemin qui menait à la maison. Elle attendit qu'il arrête la voiture et coupe le contact pour lui répondre.

— Je n'ai pas porté plainte car je ne l'ai dit à personne, en dehors de mon père. Ma mère était très malade à l'époque.

Nous pensions qu'elle allait mourir. Mon père m'a demandé de ne pas le lui dire et j'ai fini par accepter.

Le clair de lune filtrant par le toit ouvrant était suffisant pour qu'elle distingue l'expression de perplexité qui venait de s'afficher sur son visage. Elle savait ce que serait sa prochaine question.

— Et votre ex travaille toujours pour votre père ? Comment est-ce possible ?

En effet : comment était-ce possible ?

— C'est la décision de mon père, répondit-elle. Vous n'aurez qu'à le lui demander.

Elle ouvrit sa portière et la referma doucement, même si elle avait terriblement envie de la claquer. Mais elle ne voulait pas réveiller Mavis malgré ce qu'elle ressentait en pensant à la trahison de son père. C'était pour cela qu'elle n'avait jamais eu envie de parler de ce qui s'était passé. Quand cette souffrance cesserait-elle ? Son père avait eu le choix. Il aurait pu choisir Hope, mais au lieu de cela, il avait choisi Wills.

Et elle ne pourrait jamais l'oublier.

Elle ouvrit la porte d'entrée et pénétra à l'intérieur. Mack lui emboîta le pas. Elle l'entendit réinitialiser l'alarme.

Elle allait monter se coucher et essayer d'oublier ce qui venait de se passer.

— Hope ?

Bon sang. La nuit avait été assez pénible comme ça… Elle continua à avancer. Elle avait déjà gravi les premières marches quand il fit une autre tentative.

— S'il vous plaît…

Elle ne s'attendait pas à cela.

— Oui ? dit-elle, décidée à ne pas se retourner.

— Je suis désolé de ce qui vous est arrivé. Baylor mérite de se faire casser la figure par quelqu'un de plus costaud que lui.

La force tranquille qu'il avait mise dans ces mots faillit la faire céder. Elle prit une profonde inspiration pour lutter contre son envie de le regarder, puis une autre.

— Cela n'a plus d'importance.

Enfin elle leva le pied, continua à monter l'escalier et parcourut le couloir jusqu'à sa chambre.

Cela n'a plus d'importance. Tu parles !

L'idée qu'un homme puisse frapper une femme était pour Mack insupportable. Et que le révérend Archibald Minnow ait gardé le coupable au sein de son église, c'était incompréhensible.

Après cela, il n'était guère étonnant que Hope déteste son père. Qu'est-ce qui était passé par la tête de cet homme ? Mack se retenait de l'appeler pour exiger une réponse à cette question. Et il crevait d'envie d'infliger une sérieuse raclée à l'ex-mari.

Quelles qu'aient été ses pensées quand il avait vu Hope monter dans cette voiture, il ne s'attendait pas à ce qu'elle soit bénévole dans un refuge pour femmes battues, qu'elle rentre dans un bâtiment en flammes pour sauver d'autres gens et certainement pas qu'elle fuie les feux de la rampe.

Pour que tout cela reste secret.

A présent, elle était montée dans sa chambre, pour se cacher encore une fois. Et il l'avait laissée partir car, en toute franchise, il ne savait que lui dire. *Je suis désolé* semblait bien dérisoire, mais il n'avait rien trouvé de mieux.

Elle avait tout de suite écarté la possibilité que l'attentat ait pu avoir un quelconque rapport avec elle. Lui-même n'en était pas convaincu. Mais il ne pouvait y faire grand-chose à 1 heure du matin.

Se laissant tomber sur le canapé, Mack appuya la tête sur le dossier et ferma les yeux. Il s'interrogea sur les dégâts infligés au refuge. Les pompiers avaient réagi avec célérité. L'accueil était incontestablement parti en fumée, mais ils avaient sans doute réussi à empêcher le feu de se propager dans la zone d'habitation. Cette partie serait endommagée par la fumée, mais il existait des sociétés qui pouvaient s'en occuper efficacement.

Pourtant, même dans le meilleur des cas, les clientes devraient être relogées ailleurs jusqu'à ce que les réparations soient effectuées. Hope serait-elle toujours partante pour faire du bénévolat dans un autre lieu ? Elle devait comprendre qu'elle ne pourrait plus filer ainsi à l'anglaise. Tout s'était bien terminé, mais ils n'auraient peut-être pas autant de chance la prochaine fois.

Mack se força à respirer plus lentement. Des années passées sur le fil du rasoir lui avaient enseigné à quel point il était important de décompresser et de prendre quelques heures de sommeil. Somnolant à moitié, il se demanda quelle Hope Minnow il allait retrouver au matin.

Quand il se réveilla trois heures plus tard, il était 4 h 30 et la maison était silencieuse. Il vérifia le système de sécurité, bien qu'il soit certain qu'il était encore actif. Hope était toujours dans sa chambre et Mavis n'était pas encore levée.

Il but un verre d'eau, mit ses chaussures de sport et descendit au sous-sol utiliser le tapis de course. Il avait toujours aimé courir, de préférence dehors quand il le pouvait. Il avait fait partie de l'équipe de cross-country à l'académie navale et avait passé d'innombrables heures à courir sur le sentier qui franchissait la Severn. Ce chemin serpentait en partie à travers un terrain de golf où des militaires et des politiciens pratiquaient de terribles swings pas toujours bien dirigés.

C'était sans doute là qu'il avait appris à foncer et à plonger pour éviter les balles de golf.

Vingt-huit minutes et huit kilomètres plus tard, il se sentait beaucoup mieux. Il retira son T-shirt et s'en servit pour éponger la sueur sur son visage. Puis il l'enroula autour de son cou, avec l'intention d'aller se doucher.

Alors qu'il gravissait l'escalier, il entendit un faible grincement de chaise sur le carrelage. Mavis ? Sûrement. Il finit de monter les marches et jeta un regard prudent en direction de la cuisine.

Hope était assise en tailleur sur une chaise, ses jambes nues repliées sous elle, dans un pyjama avec un imprimé de… oui, de dauphins. Elle s'était débarrassée de son horrible perruque et ses longs cheveux blonds étaient négligemment attachés en une queue-de-cheval qui tombait dans sa nuque. Elle ne portait pas de maquillage et lisait le journal.

Elle était vraiment très belle.

Mais que faisait-elle debout à 5 heures du matin ?

— Salut, dit-il.

Elle fit un bond et les pages du journal s'envolèrent. La main sur le cœur, les joues roses, elle le fixa.

— Ne faites plus jamais ça, dit-elle en se penchant pour ramasser le journal sur le sol.

Il entrevit un éclair de peau bronzée entre la veste et le short de son pyjama, et en conclut qu'elle passait sans doute pas mal de temps près de la piscine. Sa peau semblait d'une douceur délicieuse et, quand elle se redressa, il dut faire un effort pour détourner le regard.

Il s'approcha de la cafetière qui contenait à présent du café frais, et s'affaira à trouver une tasse convenable dans les placards. Bon sang, sa récente course lui avait donné chaud, mais ce n'était rien à côté de ce qu'il ressentait à présent.

Maîtrise-toi, s'ordonna-t-il. Après tout, il était là pour jouer les gardes du corps.

— Désolé de vous avoir fait peur, dit-il. Je ne m'attendais pas à vous trouver debout.

Elle tripotait l'anse de sa tasse à café.

— Je ne pouvais pas dormir.

— Vous avez parlé à votre amie Sasha ?

— Oui, dit-elle sans lever les yeux. Je lui ai envoyé un texto hier soir, et elle m'a rappelée deux heures après que nous sommes rentrés.

Ce qui signifiait qu'elle n'avait pratiquement par dormi. S'il y avait une journée où elle méritait de dormir jusqu'à midi, c'était bien ce jour-là.

— Que vous a-t-elle dit ? lui demanda-t-il en se retournant pour se servir une tasse de café qui s'annonçait merveilleuse.

Il ne reposa pas la cafetière mais l'emporta jusqu'à la table pour remplir la tasse à moitié vide de Hope. Puis il prit sa propre tasse et s'assit en face d'elle.

Manifestement, elle n'avait pas envie de partager son espace, car elle se leva, repoussa sa chaise et se dirigea vers l'évier. Lui tournant le dos, elle regarda par la fenêtre.

— Ils ont pu trouver un arrangement avec un des hôtels en ville. Les femmes y ont dormi cette nuit. Elles pourront y rester les prochains jours, mais ce week-end, il y a un tournoi de football en ville, et toutes les chambres sont réservées. Cela signifie malheureusement qu'elles vont devoir déménager ailleurs.

— Retourner à Wooten Street ?

Hope secoua la tête.

— Sasha n'en sait rien. Des entrepreneurs vont venir aujourd'hui évaluer les dégâts et calculer le temps qu'il faudra pour réparer l'accueil et évacuer la fumée du reste du bâtiment.

— La police a une idée de qui a fait ça ?

Il aurait aimé que Hope se retourne. C'était déconcertant de parler à son dos, même s'il appréciait la vue de son joli postérieur. Pas étonnant que les dauphins aient l'air heureux.

— Sasha n'en savait rien. L'officier chargé de l'enquête a demandé à toutes les femmes si elles avaient connaissance d'une El Camino jaune, et elles ont toutes répondu non. Toutefois, l'une d'elles pourrait avoir menti. Les femmes battues protègent parfois les mauvaises personnes.

Pas uniquement les femmes battues. Au fil des ans, il avait enquêté sur d'innombrables situations qui, si la vérité avait éclaté, auraient mal tourné, mais qui s'étaient réglées au moyen de mensonges généralisés.

— Elles ne font pas ça pour causer des problèmes, ajouta Hope en se tournant enfin vers lui.

Elle avait visiblement pris son silence pour de la désapprobation.

Il leva une main.

— Je ne les juge pas. J'ai appris au cours de ma vie que la vérité se situait toujours quelque part au milieu.

Elle sourit, mais il n'y avait aucune trace de joie dans ses yeux.

— Durant l'enfance, on vous apprend à dire la vérité. Ensuite, vous grandissez et vous comprenez que tout le monde ment. C'est une grande claque de maturité.

Pivotant sur elle-même, elle jeta le reste de son café dans l'évier.

— Tout le monde ne ment pas, dit-il en parlant de nouveau à son dos. Et certainement pas tout le temps.

Elle haussa les épaules.

— Peut-être pas. C'est probablement l'endroit où je vis qui est différent.

Elle passa une main dans ses cheveux.

— Je retourne me coucher.

— Vous n'avez pas besoin de vous cacher dans votre chambre, remarqua-t-il.

Elle redressa son dos ravissant.

— Je ne me cache pas.

— Hier soir, vous m'avez dit que la seule personne à qui vous en aviez parlé, c'était votre père. Mais vous avez aussi dit que Mavis était au courant. C'est contradictoire.

Elle lui fit face.

— Mavis sait que je travaille au refuge, mais elle ne sait pas pourquoi. Un jour, alors qu'elle nettoyait ma chambre, elle a découvert les vêtements et la perruque de Paula. Elle m'a interrogée là-dessus et j'ai dû répondre quelque chose. Elle pense que je garde cela secret parce que je crois que mon père s'en servirait à son avantage — qu'il améliorerait encore son image auprès de son public si on savait que je fais du bénévolat dans un refuge de femmes. Elle sait que je n'ai pas envie d'aider mon père à agrandir son empire.

— Vous ne pensez pas qu'elle est curieuse de savoir pourquoi vous avez choisi Gloria's Path ?

Hope secoua la tête.

— Elle ne m'a jamais posé la question.

Mack entendit alors Mavis descendre l'escalier, comme si elle avait deviné que l'on parlait d'elle. Elle était en train de discuter avec quelqu'un et, quand elle apparut sur le seuil de la cuisine, Mack vit qu'elle était au téléphone. Elle n'était pas coiffée et son chemisier était boutonné de travers.

Il attrapa son T-shirt qui était toujours autour de son cou, le secoua et l'enfila.

— Je vais venir, bien sûr, mais je ne sais pas quand… Il va falloir que je te rappelle. Courage, sœurette. Dis à Walt que je prie pour lui.

Mavis raccrocha, l'air bouleversé.

Hope s'approcha d'elle.

— Que se passe-t-il ?

— Le mari de ma sœur qui vit à Mobile, en Alabama, a eu une crise cardiaque. Leur fils unique est mort d'un cancer il y a quelques années, Greta va donc devoir affronter cela toute seule.

— Il faut que tu ailles la voir, dit immédiatement Hope. Je vais te réserver un billet d'avion ce matin.

Mavis secoua la tête et s'avança vers le réfrigérateur pour y prendre le calendrier. C'était un de ceux dont on enlève une page par jour. Elle arracha et froissa le feuillet, ouvrit le placard sous l'évier et jeta la boule de papier dedans.

— J'ai dit à ta mère que je serais là durant son absence, pour veiller sur toi.

Hope prit un air exaspéré.

— C'est lui qui est censé veiller sur moi, dit-elle en désignant Mack.

— Sympa de le reconnaître, dit ce dernier.

Il se tourna vers Mavis.

— Ecoutez, je maîtrise la situation. Faites ce que vous avez à faire, tout ira bien pour nous.

Mavis les regarda tour à tour. Puis elle revint au calendrier et en feuilleta les pages, avant de s'arrêter sur un jour de la semaine suivante et de désigner une note manuscrite.

— Je devais faire du bénévolat à une collecte de fonds pour la bibliothèque. C'est un lavage de voitures. Ils ont besoin de tous ceux qui peuvent participer.

— Aucun problème, répliqua Hope. C'est dans plus d'une semaine. Si tu n'es pas revenue d'ici là, je te remplacerai. Je sais laver une voiture.

— Tu en es sûre ?

— Sûre que je sais laver une voiture ou sûre que je vais y aller ? la taquina Hope.

Mavis se contenta de secouer la tête.

— Je devais aller faire les courses ce matin.

— Je suis certaine qu'à nous deux, on pourra se débrouiller, répondit Hope.

— Je n'ai pas préparé de gâteau, reprit Mavis.

— Je sais faire un gâteau au chocolat pas trop mauvais, intervint Mack.

Hope haussa un sourcil.

— Attendez et vous verrez. Vous en redemanderez.

Mavis les considéra de nouveau.

— Soyez gentils l'un avec l'autre, leur dit-elle avant de se tourner vers Hope. Et toi, sois prudente. Ne sous-estime pas ces menaces.

Hope hocha la tête.

— Ne t'inquiète pas. Maintenant, va te préparer. Et tu devrais rattacher ces boutons correctement, dit-elle en la prenant affectueusement par le bras. Viens, je vais t'aider à faire ta valise.

Après le départ des deux femmes, la cuisine parut étrangement silencieuse. Mack se rassit et finit son café. Apparemment, Hope et lui allaient devoir cohabiter pendant quelques jours. Il avait remarqué la manière dont Hope surveillait son comportement en présence de Mavis. La veille au soir, elle avait veillé à ne pas faire de bruit en rentrant pour ne pas la réveiller. Mavis partie, tout risquait de changer. Le nombre de coups fourrés qu'elle pourrait faire n'avait sans doute d'autres limites que celles de son imagination.

Super ! Il allait devoir se procurer d'autres serrures pour les portes.

7

Après avoir dit au revoir à Mavis, Hope remonta dans sa chambre pour faire la sieste. Elle n'avait pas vu Mack au rez-de-chaussée, mais elle avait compris qu'il était dehors en l'entendant, par la fenêtre ouverte, saluer l'amie de sa mère.

Peu lui importait ce qu'il faisait, du moment qu'il la laissait tranquille.

Elle devait toutefois reconnaître qu'il s'était montré utile la veille. Elle avait levé les yeux et l'avait vu apparaître dans la fumée, comme une sorte de superhéros. Et il avait vérifié toutes les chambres, ce qui lui avait épargné de parcourir le couloir en sens inverse pour le faire.

Ensuite, en entendant les sirènes des pompiers et de la police, elle avait compris qu'elle devait filer au plus vite. Les journaux s'intéressaient déjà à elle quand elle buvait un verre à une soirée de bienfaisance en ville, alors ce genre d'histoire aurait été pour eux du pain béni.

Et la terrible vérité aurait éclaté.

Byron Ferguson s'en serait délecté. Ce photographe s'intéressait à la famille Minnow depuis plusieurs années. C'était une plaie ambulante, qui mitraillait Hope et ses parents à chacune de leurs apparitions publiques. Il s'était associé avec un journaliste de la presse écrite et, ensemble, ils avaient réalisé toute une série d'articles relatant la transformation d'un petit prédicateur de province en une icône religieuse d'envergure nationale. Leur enquête efficace leur avait permis de gagner plusieurs récompenses, mais tout de même pas le Pulitzer. Malgré cela, Hope avait espéré que ce coup d'éclat offrirait à Ferguson quelques aventures à New York.

Pourtant, contre toute attente, Byron Ferguson était resté à Weatherbie. Il avait été promu, ce qui de toute évidence devait lui donner un surcroît de travail, mais ne l'empêchait pas d'être présent chaque fois que les Minnow faisaient l'actualité.

Cela dit, elle devait bien reconnaître qu'elle y trouvait aussi son compte. Le photographe s'était en effet révélé utile en plusieurs occasions, et en particulier lorsqu'elle-même avait décidé de donner à la presse l'occasion de la photographier en train de faire la fête. Elle était certaine que c'était lui qui avait pris la photo qui illustrait l'article de *People* et elle se demandait combien il avait touché pour cela.

Et si elle avait voulu informer les gens des violences que lui infligeait son mari, Byron n'aurait été que trop heureux de témoigner des dégâts. Et cela aurait fait la une du journal.

A certains moments — surtout dans les premiers mois —, elle avait été tentée de raconter son histoire et de révéler au monde quel salaud était son ex-mari. Mais elle avait respecté la promesse faite à son père.

La requête de celui-ci n'était pas totalement insensée. En effet, la mère de Hope s'était réjouie de son mariage avec William Baylor III, l'héritier d'une grande famille très fortunée qui possédait un appartement immense près de Central Park, une propriété dans les Hamptons et une autre à Vail, dans le Colorado.

Patricia Minnow aurait été anéantie d'apprendre qu'elle s'était trompée au sujet de William, et qu'elle avait encouragé sa fille à épouser un homme au tempérament violent. Elle était trop malade pour entendre ce genre d'histoire, son père avait raison sur ce point.

Ainsi, à mesure que le temps passait, Hope s'était sentie de moins en moins encline à en parler. Elle s'en était encore rendu compte la veille au soir lorsqu'elle avait eu du mal à prononcer ces simples mots : *Mon mari me battait.*

Si sa mère l'apprenait maintenant, elle en serait bouleversée, et cela compliquerait les choses entre elle et son mari. Patricia était encore loin d'avoir regagné assez de forces pour supporter ce genre de choc.

Bien sûr, cela pourrait causer également des problèmes à l'Eglise de son père, une idée qui elle ne gênait pas Hope. Mais, une fois encore, c'est sa mère qui en souffrirait le plus. On en arrivait toujours à cette conclusion.

C'est pourquoi Hope avait gardé tout cela pour elle. Mais il fallait reconnaître que Mack avait raison : une fois que quelqu'un était au courant, un secret n'était plus vraiment un secret. Certes, elle avait confiance en Sasha. Cependant, Mack savait maintenant lui aussi. Pouvait-elle également lui faire confiance ?

Elle l'espérait…

Elle repensa au trouble qui l'avait envahie lorsqu'elle l'avait vu surgir de l'escalier à moitié nu et en sueur. A la vue de son torse musclé, elle avait senti son propre corps s'embraser des pieds à la tête.

Pour mieux résister à cette vague de désir, elle était allée se planter devant l'évier, le dos tourné à Mack. L'arrivée de Mavis avait heureusement fait diversion et il avait remis son T-shirt. Quel dommage de cacher cette magnifique virilité ! avait-elle songé alors. Il venait visiblement d'utiliser le tapis de course, mais elle soupçonnait qu'il ne devait pas se contenter de courir pour entretenir une telle forme physique.

Elle s'allongea sur son lit et s'efforça d'oublier que Mack et elle étaient seuls dans cette grande maison. Après tout, il y avait bien assez d'espace pour qu'ils n'aient pas à se trouver ensemble dans la même pièce. Ils allaient coexister et non cohabiter. Satisfaite de s'être trouvé une ligne de conduite, elle ferma les yeux.

Quand elle se réveilla, plusieurs heures plus tard, son

estomac l'avertit qu'il était l'heure de déjeuner. Elle prit une douche rapide et se sécha les cheveux. Puis elle enfila un legging sombre et un simple T-shirt noir et soyeux. Enfin, elle prépara soigneusement ses vêtements de « travail » : un large jean gris, une chemise légère à manches longues, des tennis et, bien sûr, sa perruque. Elle détestait ce postiche qui lui donnait chaud et la démangeait, mais elle savait qu'elle était indispensable. Grâce à Byron Ferguson, elle avait été si souvent prise en photo que la plupart des habitants de Weatherbie étaient capables de reconnaître ses cheveux blonds.

Quand l'incendie avait éclaté, Serena et elle se trouvaient dans la cuisine, organisant les détails du déménagement de cette dernière. Celle-ci avait appelé sa mère, qui vivait dans un autre Etat. Divorcée elle-même, cette femme, qui avait pourtant des moyens limités, avait réussi à économiser plusieurs centaines de dollars pour aider sa fille à prendre un nouveau départ. Serena espérait que cet argent, joint à la somme qu'elle avait réussi à obtenir en mettant les bijoux que son ex-mari lui avait offerts au mont-de-piété, lui suffirait pour louer un petit appartement à Weatherbie.

Hope en doutait un peu. Même si les loyers de la petite ville n'étaient pas comparables à ceux de New York, ils étaient tout de même élevés.

Par habitude, elle s'empara de la sacoche en cuir qui servait à transporter sa tenue, mais s'immobilisa, la main en l'air, prenant subitement conscience qu'elle n'avait plus besoin de se cacher. Jusqu'à présent, elle quittait la maison en tant que Hope Minnow, s'arrêtait dans un supermarché à quelques kilomètres de là et se servait des toilettes pour se changer et ressortir en Paula.

Quel soulagement de se dire que, pour la première fois, elle pouvait sortir de sa chambre sans dissimuler son double, cette Paula qu'elle avait inventée pour se cacher et dans la peau de laquelle elle se sentait bien. Parfois même mieux que dans celle de Hope, qui flottait entre deux eaux, animée par le désir de quitter son ancienne vie sans avoir la moindre idée de la voie à suivre.

Son animosité envers son père la poussait à dépenser son argent et à se faire photographier dans des situations qui étaient en contradiction avec l'image publique du révérend et qui le gênaient fortement.

Hope n'avait pas fait d'études de psychologie, mais elle n'avait pas besoin de cela pour comprendre leur relation. Son comportement passif-agressif était plutôt classique. Car elle était en colère contre son père. « Très, très en colère », pour emprunter une réplique de Richard Gere dans *Pretty Woman*. Elle adorait cette scène. Julia Roberts et lui étaient dans la baignoire, et après qu'il lui eut avoué ses sentiments vis-à-vis de son père, elle l'entourait de ses jambes en lui expliquant que celles-ci mesurant chacune 1,10 mètre, elle pouvait lui offrir 2,20 mètres de thérapie.

Hope ne put s'empêcher de se demander combien mesuraient les jambes de Mack.

Bonté divine ! C'était elle qui avait besoin d'une thérapie !

Elle enfila le pantalon et la chemise par-dessus son legging et son T-shirt et mit ses chaussures. Puis elle sortit le portable de Paula du grand sac où elle le rangeait toujours et descendit l'escalier en tenant la perruque et le téléphone à la main. En arrivant au rez-de-chaussée, elle sentit une délicieuse odeur de bacon et s'immobilisa sur le seuil de la cuisine. Mack était derrière le comptoir, découpant des tomates sur une planche. Il avait déjà déposé quelques feuilles de laitue sur une assiette.

— Bonjour, Paula, dit-il. Vous avez bien dormi ?

Elle fut frappée qu'il ait compris qu'elle ne faisait pas seulement semblant d'être une autre personne mais qu'elle était vraiment quelqu'un d'autre dans les vêtements de Paula.

— Très bien, dit-elle.

— Une nouvelle tenue ? questionna-t-il.

— Même Paula ne peut pas porter du kaki tous les jours, répliqua-t-elle en souriant.

— Un nouveau téléphone ? poursuivit-il en désignant l'appareil.

— Hope a un smartphone, dit-elle. J'ai acheté cet appareil dans un supermarché et c'est celui qu'utilise Paula.

— Vous êtes douée pour cette double vie, remarqua-t-il.

— Assez douée, concéda-t-elle.

Elle le faisait depuis huit mois et personne ne l'avait encore démasquée.

— J'ai remarqué que mes autres vêtements sentaient la fumée. Je vais les mettre dans la machine.

Elle hésita.

— Je peux aussi y mettre le jean que vous portiez hier, si vous voulez.

— Inutile. J'ai fait une machine ce matin, pendant que vous dormiez. J'espère que vous aimez les sandwichs au bacon et à la tomate, ajouta-t-il, comme si préparer à manger était pour lui la chose la plus naturelle du monde. J'ai également coupé quelques fruits, dit-il en désignant un saladier sur le comptoir.

Hope était franchement ébahie. Ainsi son garde du corps faisait aussi la lessive et la cuisine…

— Vous pouvez me rappeler combien mon père vous paie ?

Elle regretta immédiatement cette pique agressive.

— Je ne m'attendais pas à cela, dit-elle en essayant d'atténuer la dureté de sa remarque précédente.

— Il faut bien que nous mangions. Je suis très fort pour le petit déjeuner, je me débrouille pour le déjeuner et, si vous aimez le steak, je suis aussi doué pour le dîner. Mais Mavis avait raison. Il faut faire des courses. Nous pourrions peut-être nous en occuper cet après-midi ?

Hope entendit son estomac gargouiller. Bruyamment. Elle prit une assiette dans le placard et entreprit de se confectionner un sandwich. Dix minutes plus tard, elle en avait avalé la moitié et repoussa son assiette.

— C'était vraiment bon. Merci.

— Tout le plaisir était pour moi.

Pointant du doigt la perruque qu'elle avait posée au bout du comptoir, Mack demanda :

— Quels sont vos plans aujourd'hui, Paula ?

Elle prit une gorgée d'eau, puis une seconde.

Il attendit patiemment, comme s'il avait tout son temps.

— Une des femmes a besoin de trouver un appartement. Elle a atteint le maximum de temps durant lequel elle peut rester au refuge. Je lui ai promis de l'aider à chercher cet après-midi.

Il hocha la tête.

— A Weatherbie ?

— Oui. En fait, elle préférerait s'éloigner, mais elle a un bon emploi en ville en tant qu'assistante de thérapie occupationnelle, et elle ne veut pas le quitter.

— Que lui est-il arrivé ?

— Elle a fréquenté pendant plusieurs années son amoureux qu'elle avait rencontré au lycée. Ils allaient se marier quand il a été tué par un engin explosif en Afghanistan. Quelques mois plus tard, une amie lui a présenté Wayne. Ils sont sortis ensemble pendant six mois avant de se marier. Il l'a frappée pour la première fois à leur deuxième anniversaire de mariage. Il était en colère parce qu'ils n'avaient pas encore réussi à avoir d'enfant. Manifestement, il y tenait beaucoup.

— Alors elle l'a quitté ?

— Pas tout de suite. Elle a d'abord sollicité l'aide de Gloria's Path. Wayne lui avait promis d'arrêter, et elle avait désespérément envie de le croire.

— Elle l'aimait toujours après ça ? questionna Mack d'un ton incrédule.

— Peut-être. A moins qu'elle n'ait seulement eu du mal à admettre publiquement qu'elle avait fait une grosse erreur en l'épousant. En tout cas, après quelques visites aux urgences, elle a décidé qu'elle en avait assez. C'est alors qu'elle est venue à Gloria's Path pour la deuxième fois.

— Elle a porté plainte ?

— Cette fois-ci, oui. Et il a été arrêté. Il a passé la nuit en prison avant d'être libéré. Il était plutôt remonté contre elle.

— Quel est le nom de famille de Wayne ?

— Smother. Wayne Smother.

Mack haussa un sourcil.

— Smother[1] ? Vraiment ? Il ne se balade pas avec un oreiller, j'espère ?

Elle sourit.

— Je sais. C'est un nom ridicule. Mais qui suis-je pour parler ? Minnow[2] ?

— J'imagine que vous avez dû en voir de toutes les couleurs au collège ?

Elle acquiesça.

— Minnow est devenu Catfish, Guppy, puis Goldfish[3] à cause de mes cheveux, et ensuite il y a eu le sempiternel Hopeless Fish Bait[4] quand ils se sont mis à jouer à la fois sur mon prénom et mon nom de famille.

— Hopeless Fish Bait, répéta-t-il. J'aime bien. On dirait le nom d'un groupe de rock des années 90.

— Adorable.

Avec un sourire, elle repoussa son assiette et se leva.

— Je n'en ai que pour quelques heures. Je peux m'arrêter au supermarché au retour.

— Je vais où vous allez, dit-il avant de prendre une grosse bouchée de son sandwich et de la mastiquer.

— C'est impossible, protesta-t-elle. Ecoutez, c'est le milieu de la journée, il fait grand jour. Rien ne va m'arriver.

— Vous avez raison. Rien ne va vous arriver.

Il s'essuya la bouche avec une serviette en papier.

1. Smother signifie « étouffeur ».

2. Minnow veut dire « menu fretin ».

3. Respectivement « poisson-chat », « petit poisson tropical », « poisson rouge ».

4. « Appât désespérant ».

— Comment faut-il vous l'expliquer ? dit-elle en haussant le ton. Paula n'a pas de garde du corps.

Il haussa les épaules, l'air imperturbable.

— Choisissez-moi un autre rôle.

— Quoi ?

— Frère, petit ami, baby-sitter, maître d'hôtel, banquier…

— Arrêtez, vous êtes ridicule.

— Non, ce qui est ridicule, c'est de négliger votre sécurité personnelle. Votre père, votre mère, Bing et Mavis pensent tous que ces menaces sont réelles. Cela me suffit. Je ne vous quitterai pas d'une semelle. Maintenant que vous avez mangé, êtes-vous disposée à écouter les règles ?

— Les règles ? répéta-t-elle en levant un sourcil.

— Oui, les règles. Règle numéro 1 : vous n'allez nulle part sans me le dire. Règle numéro 2 : quand je vous dis de faire quelque chose, vous le faites immédiatement sans poser de questions. Par exemple, si je vous dis de vous baisser, vous vous jetez à terre aussitôt. Et sans discuter.

— Bing m'a dit que vous étiez dans la marine. Je suppose que vous aviez un poste de commandement, déclara-t-elle en veillant à ce qu'il comprenne qu'il ne s'agissait pas d'un compliment.

Il leva le menton.

— Vous pensez que je suis autoritaire, hein ? Ça me vient tout naturellement. J'ai une petite sœur.

Elle n'avait pas imaginé qu'il avait de la famille. Il ne portait pas d'alliance, donc il était clair qu'il n'était pas marié. En outre, quelle femme aurait laissé son mari jouer les gardes du corps pour une autre femme ?

— Quel âge a votre sœur ?

— Presque trente ans. Huit ans de moins que moi. Elle va se marier cet été. J'imagine que c'est le bon moment.

— Certainement. J'avais trente ans moi aussi quand je me suis mariée. J'ai divorcé deux ans plus tard. J'espère qu'elle aura plus de chance que moi.

— Elle épouse un type super. Un des meilleurs.

— Tant mieux pour elle.

Elle se dit qu'elle pouvait aussi bien lui poser la question.

— Et vous, Mack ? Vous êtes marié ?

— Non. Je ne suis pas resté assez longtemps au même endroit ces quinze dernières années pour pouvoir me marier.

— Mais maintenant, vous avez quitté l'armée ?

— Oui. Je vais m'installer dans le Colorado. C'est là que ma sœur et mon père vivent.

— Vos parents sont divorcés ?

— Ma mère est morte quand j'étais au lycée. Cancer.

Ce mot en C était le plus terrible de tous.

— Je suis désolée, dit-elle en déglutissant avec difficulté. J'étais plus âgée quand ma mère est tombée malade, et ça a pourtant été très dur. Je peux imaginer ce que cela a dû être pour vous. Et pour votre sœur. Elle n'était qu'une petite fille quand elle a perdu sa mère. Quant à votre père, quelle tristesse !

Il détourna les yeux et, pour la première fois, elle surprit un soupçon de fragilité sur son beau visage.

— Cela a été dur pour toute la famille. Ma mère était une personne merveilleuse. Mon père ne s'est pas remarié pendant vingt ans, et quand il l'a fait, sa nouvelle femme s'est révélée être folle. Elle a été arrêtée il y a six mois, pour tentative de meurtre, après avoir essayé d'assassiner ma sœur. Elle va rester longtemps en prison.

Hope retint une exclamation de surprise. Et dire qu'elle trouvait sa propre vie dramatique ! Elle repoussa ses cheveux derrière ses oreilles. Le silence dans la pièce était devenu pesant.

— Vous n'avez jamais songé à passer dans une émission de télé réalité ?

C'était un peu irrévérencieux comme remarque, mais cela fonctionna et la tension s'évanouit aussitôt. Il lui fit un clin d'œil.

— Vous voulez qu'on vous invite en tant que guest star ?

— Peut-être une autre fois, dit-elle. Paula n'a ni garde du corps, ni maître d'hôtel, ni banquier. Mais elle pourrait avoir un frère. Et vous n'aurez pas de mal à être convaincant dans ce rôle. Allons-y. Serena va m'attendre.

8

Ils étaient à mi-chemin de la ville quand Hope reprit la discussion.

— Serena n'aime pas beaucoup les hommes en ce moment.

Mack lui lança un regard de biais. Dieu merci, elle n'avait pas encore mis sa perruque, et celle-ci reposait sur ses genoux, semblable à une fourrure de renard.

— J'imagine, répondit-il.

Il attendit une minute puis lui demanda :

— Alors vous êtes ma petite sœur ou ma grande sœur ?

Hope lui lança un regard noir.

— Petite. Bien plus petite. Et nous avons très peu en commun.

— Quelle est votre couleur préférée ?

— Pourquoi ?

— Il me semble que je devrais savoir au moins ça sur vous. C'était à coup sûr le crayon de couleur le plus usé dans votre trousse.

— Le jaune. Et vous ? dit-elle après une pause.

— Les hommes n'ont pas de couleur préférée. Et si je suis bien plus vieux que vous, mes crayons ont disparu longtemps avant votre arrivée.

Elle médita cela.

— Et votre plat préféré ?

— Les enchiladas au poulet. Avec beaucoup de piment.

— Je croyais vous avoir entendu dire que le seul plat que vous saviez préparer, c'étaient les steaks ?

— Je n'ai pas besoin de savoir les préparer pour les adorer. Les meilleures enchiladas que j'ai mangées, c'était à bord de l'USS Higgins. J'y suis resté plusieurs mois, et je ne me suis jamais lassé de ce plat.

— Je croyais que vous étiez un officier de renseignement. Vous avez vraiment passé autant de temps à bord d'un navire ?

— Tout à fait. A différentes époques, dans différents endroits. Parfois, je n'y restais que quelques heures, d'autres fois plusieurs mois. Tantôt le navire était à quai, tantôt en mer.

— Je suppose qu'un officier du renseignement collecte des renseignements, non ?

— Il les collecte, les analyse, essaie de distinguer ce qui est réel de ce qui a été semé pour tromper l'ennemi. Après le 11-Septembre, il y avait pléthore de données. Quelqu'un devait décider de ce qui était à prendre au sérieux et devait relier les bribes d'informations glanées dans le monde entier.

— Et ce quelqu'un, c'était vous ?

— J'ai toujours été doué pour les puzzles.

Ils étaient arrivés à l'entrée de la ville. Hope mit sa perruque et, bien qu'il s'y soit attendu, Mack fut de nouveau stupéfait par son changement d'apparence. Il n'était pas étonnant qu'elle ait réussi à dissimuler son identité. A moins de faire abstraction de ces vêtements affreux et de ces cheveux ternes, il était impossible de deviner qu'il s'agissait de Hope Minnow.

Mais qu'elle puisse être démasquée n'était pas forcément la chose la plus inquiétante. Deux personnes connaissaient son secret : son amie Sasha et Mavis. Si chacune d'elles le racontait à deux personnes, qui le confiaient à leur tour à deux autres personnes, le risque qu'elle soit identifiée croîtrait de manière exponentielle.

Après s'être garés, ils pénétrèrent dans le hall du motel et dépassèrent le comptoir de réception. Hope pressa le bouton de l'ascenseur. Sasha lui avait donné le numéro de la chambre. Ils sortirent au troisième étage et frappèrent au numéro 310.

— Souvenez-vous, lui glissa Hope. Je suis Paula.

— Ce n'est pas la première fois que je fais cela, riposta-t-il, un peu agacé qu'elle sous-estime ses capacités à jouer les agents infiltrés.

Il avait passé six mois en Afghanistan sous une identité très différente de la sienne, et il avait recueilli des informations très précieuses.

Une femme d'une vingtaine d'années, avec une sorte d'échelle tatouée sur le cou, ouvrit la porte. Elle sourit à Paula puis posa le regard sur lui. Une expression de méfiance s'afficha sur son visage.

Mack sourit en s'efforçant de paraître le plus inoffensif possible.

— Serena, voici mon frère Mack. Il est en visite chez nous. Je lui ai dit qu'il pouvait nous accompagner.

Mack envisagea de lui tendre la main, mais décida finalement de la laisser faire le premier pas. Tout ce qu'il récolta fut un signe de tête.

— Vous êtes prête ? demanda Hope.

— J'ai reçu un texto de Wayne, déclara Serena.

— Et ? réagit Hope.

— Il dit qu'il va faire une thérapie.

— Vous le croyez ? questionna Hope d'un ton neutre.

— Je crois qu'il croit qu'il va le faire. Mais quand il s'agira de passer à l'acte, il ne le fera pas. Tout comme les fois précédentes.

— Vous avez répondu au texto ?

— Je lui ai dit que j'allais prendre un appartement. Mais je ne lui ai pas dit où, bien sûr.

Mack doutait qu'il y ait beaucoup d'appartements à louer dans cette banlieue coûteuse. Il y avait une multitude de propriétés comme celle des Minnow, et peut-être quelques jolis immeubles en copropriété. Mais le marché locatif n'était guère florissant. La plupart du temps, les simples locataires s'installaient dans des banlieues plus abordables.

— D'accord, dit Hope.

Il eut l'impression qu'elle n'était pas ravie que Serena ait communiqué avec son mari, mais peut-être s'y attendait-elle.

— Nous ferions mieux d'y aller.

Ils étaient à peine montés dans la voiture que Serena se pencha en avant, comme une gamine excitée par une sortie.

— Merci Paula, dit-elle. Je sais que je devrais pouvoir faire ça toute seule, mais ça me fait vraiment du bien de vous avoir avec moi.

— Je suis heureuse de vous aider, répondit Hope.

Et elle l'était, songea Mack. Il entra l'adresse donnée par Serena dans son GPS. L'appartement était à moins de cinq kilomètres du motel.

— Je ne savais pas que vous aviez un frère, reprit Serena. Vous n'en avez jamais parlé.

— Mack et moi, nous ne nous voyons pas beaucoup, répliqua Hope avec naturel.

— Qu'est-ce que vous faites dans la vie, Mack ? demanda Serena.

— Je viens de quitter la marine.

Il valait toujours mieux coller à la vérité, même quand on mentait.

— Wayne aussi était dans la marine, dit Serena. Avant notre mariage. Mais il n'en parlait pas beaucoup. Je ne pense pas qu'il ait aimé ça.

— L'armée ne convient pas à tout le monde, commenta Mack.

C'était vrai. Et Wayne, qui avait apparemment du mal à contenir sa violence, n'avait peut-être pas été capable de se soumettre aux règles de la vie militaire.

L'immeuble était une construction qui devait dater des années 70, de bois et brique, avec de jolies fenêtres carrées et un toit qui semblait avoir été refait récemment. Au deuxième et au troisième étages, des portes-fenêtres donnaient sur de petits balcons. Le parking de l'immeuble était presque vide, deux véhicules seulement y étaient stationnés. Les locataires étaient sans doute au travail à cette heure. Une pelouse qui avait besoin d'être tondue et de grands arbres entouraient le bâtiment. L'immeuble était situé assez près de la gare pour que les locataires puissent facilement prendre le train pour aller au travail.

L'un dans l'autre, cela semblait convenir pour une jeune femme qui voulait prendre un nouveau départ.

— J'espère que ce sera dans mes moyens, dit Serena.

— Voyons d'abord l'intérieur avant de vous inquiéter de l'argent, lui dit Hope.

Tous trois sortirent de la voiture et pénétrèrent dans l'immeuble. Le propriétaire, un homme d'une soixantaine d'années qui boitait légèrement, les accueillit dans le hall et les accompagna dans l'escalier. Quand il ouvrit la porte d'un appartement du deuxième, Serena entra la première. Il ne lui fallut que quelques minutes pour examiner les deux chambres, la salle de bains, puis elle revint dans la pièce principale qui servait aussi de cuisine. Elle resta immobile quelques secondes, puis remonta les stores intérieurs et ouvrit la porte-fenêtre. Le balcon ne mesurait pas plus d'un mètre sur cinquante centimètres, à peine assez grand pour deux chaises longues. Elle sortit et se pencha par-dessus la rambarde.

Une princesse inspectant son nouveau royaume.

Une survivante, reconnaissante d'être encore en vie.

Elle revint à l'intérieur, en refermant soigneusement derrière elle. Elle semblait moins agitée que précédemment, comme si elle avait pris une décision.

— Qu'en pensez-vous ? demanda le propriétaire.

C'était bien, songea Mack. Des murs blancs et une moquette beige. C'était bien mieux que de vivre dans la rue ou dans un refuge. Bien mieux que de vivre avec quelqu'un qui se servait de vous comme d'un punching-ball. Serena pensait visiblement la même chose, car elle hocha la tête.

— Je pense que ça pourrait me convenir, dit-elle. Combien demandez-vous pour le loyer ?

— Le premier et le dernier mois d'avance, plus une caution de 800 dollars. Ça fait un total de 2 400 dollars.

Le visage de la jeune femme s'assombrit.

— Je n'avais pas pensé à la caution. J'aurais dû. Je n'ai pas assez.

Mack était sur le point d'offrir de payer la caution, quand Hope le devança.

— Vous nous donnez une minute ? dit-elle en s'adressant au propriétaire.

— Bien sûr.

Il sortit dans le couloir, en laissant la porte entrouverte.

— Est-ce que l'endroit vous plaît ? demanda Hope à Serena.

— Oui. Et la gare est toute proche. Je n'aurai pas besoin d'acheter une voiture pour aller travailler. Mais je n'ai pas assez d'argent. Je pourrai sans doute payer le premier et le dernier mois de loyer, si je ne dépense pas trop les premières semaines, mais ça fait trop avec la caution.

— Le refuge a quelques fonds disponibles. Nous pourrions payer la caution et vous avancer quelques centaines de dollars pour la nourriture et les autres dépenses jusqu'à ce que vous touchiez votre prochain salaire, qu'en pensez-vous ?

Les yeux de Serena se remplirent de larmes.

— Vraiment ? Gloria's Path ferait ça ?

Gloria's Path ne faisait pas de chèques, Mack en était certain. C'était Hope qui allait financer le sauvetage de la jeune femme de sa propre poche. Il se dit que ce n'était sans doute pas la première fois.

— Tout à fait, dit Hope.

Elle ouvrit la porte et fit signe au propriétaire de revenir. Il leur tendit un contrat. Hope et Serena le lurent, puis Serena apposa sa signature.

— Il me faudra l'argent avant de vous remettre les clés, dit le propriétaire.

— Elle passera demain, dit Hope. A midi.

Serena sautilla presque jusqu'à la voiture, et Mack comprit qu'on venait de lui enlever un terrible poids des épaules.

Ils roulèrent jusqu'au motel où ils déposèrent la jeune femme.

Une fois qu'ils furent seuls dans la voiture, il se tourna vers Hope.

— Vous faites ça souvent ? Donner de l'argent à vos clientes ?

— Qui a dit que je leur donnais de l'argent ? répliqua-t-elle d'un air innocent.

— Moi.

Elle haussa les épaules.

— Ce n'est pas grand-chose. Elle en a besoin et j'en ai trop. Le plus important pour moi est de veiller à ce qu'aucune femme ne retourne chez un mari violent parce qu'elle n'a pas les moyens de vivre seule.

Elle retira sa perruque auburn et secoua ses longs cheveux blonds.

Saisi d'une brusque envie de les caresser, Mack resserra les doigts sur le volant.

Puis elle retira sa chemise et son pantalon.

Elle portait un legging et un T-shirt noirs en dessous. Il ne l'avait pas compris du premier coup.

— Il faut faire des courses, dit-il, en se félicitant de se comporter avec naturel, alors que son cœur manquait un battement sur deux.

— Tournez au prochain carrefour, lui dit Hope. Il y a une superette sur la droite. Je peux m'en occuper.

— Je vais partout où vous allez, lui rappela-t-il, fier de ne pas entendre sa voix trembler.

Elle n'avait pas conscience de sa beauté.

Hope leva les yeux au ciel. Même exaspérée, elle restait adorable.

— A Weatherbie, les gens savent que je n'ai pas de frère, dit-elle.

— Il reste d'autres rôles, remarqua-t-il en lui rappelant

leur conversation à ce sujet. Et si aucun de ceux-là ne vous convient, on peut en inventer de nouveaux.

— Je crois que vous êtes cinglé.

— Parfait. Je serai votre cousin Denis le Cinglé.

Elle leva la main.

— Arrêtez. Je vais devoir continuer à vivre ici longtemps après que vous aurez oublié mon nom. Entrons et faisons les courses comme des gens normaux, et si quelqu'un demande, je dirai que vous êtes un ami qui vit dans un autre Etat. Mais n'entamez pas la conversation.

9

— Vous faites souvent les courses ici ? demanda-t-il tandis qu'ils marchaient vers le magasin.

Elle secoua la tête.

— Non. Mais Weatherbie est une petite ville. Je vais forcément rencontrer quelqu'un que je connais.

Il ne fallut pas longtemps à Mack pour comprendre que croiser des connaissances serait inévitable, puisque de toute façon, Hope Minnow était *connue.*

A la caisse, une femme réglait des achats, tandis qu'un homme les rangeait dans des sacs. Ils levèrent tous deux les yeux, dévisagèrent Mack puis Hope avant d'échanger un regard complice.

Hope les ignora. S'emparant d'un caddie, elle le remplit de fruits et légumes frais, de poulet, de poisson, de pâtes complètes et de sauce marinara au rayon traiteur. Mack, quant à lui, ajouta deux beaux steaks et un sac de grosses pommes de terre. Voyant que Hope passait sans s'arrêter devant le rayon chips, il en prit plusieurs sachets, ainsi qu'un pot de salsa. Elle fronça les sourcils devant ce choix. Sans se démonter, il ajouta aussi un grand pot de crème glacée.

— Je n'aurais jamais cru que vous vous nourrissiez de ce genre de cochonneries, dit-elle.

— Je mange de tout, riposta-t-il en jetant un sachet de salade dans le caddie. C'est seulement que j'ai passé beaucoup de temps dans des endroits où il n'y avait ni glaces, ni bonbons, ni toutes ces choses qui rendent la vie plus douce. Quand je peux mettre la main dessus, je ne m'en prive pas.

Hope tourna dans le rayon des produits de nettoyage, et commença à choisir des articles à droite et à gauche. Il n'y avait pratiquement plus d'espace dans le chariot quand elle termina ses achats.

— Votre maison n'a pas l'air si sale que ça, dit Mack.

— C'est pour Serena. Les produits de nettoyage sont chers. Elle n'aura pas les moyens d'en acheter.

Cesserait-elle un jour de le surprendre ?

Ils s'engagèrent dans le dernier rayon, où elle s'immobilisa si brusquement qu'il faillit la heurter.

— Seigneur ! grommela Hope. C'est bien ma veine.

Mack jeta un regard par-dessus son épaule. Un homme s'avançait vers eux. Il le reconnut grâce aux photos qu'il avait examinées : William Baylor, l'ex-mari violent de Hope.

Faisant un pas, il se plaça devant Hope. *Donne-moi une seule bonne raison, Baylor, et je te mets mon poing dans la figure.*

— Ne faites pas de scène, siffla Hope en le prenant par le bras.

— Bonjour Hope, lança Baylor d'un ton exprimant sa propre surprise. Je ne savais pas que tu faisais tes courses ici.

Hope jeta un coup d'œil en direction des caisses. Les deux caissières les fixaient avec intérêt.

— J'étais dans le coin, dit-elle rapidement, sans doute pour suivre son propre conseil et ne pas attirer l'attention sur eux. Excuse-nous, nous sommes pressés.

Baylor savait-il qui il était ? Archibald Minnow avait juré qu'il n'y avait que sept personnes qui avaient connaissance des menaces : lui-même, sa femme, Hope, Mavis, Bing, le chef Anderson et Mack.

Avait-il volontairement oublié de mentionner qu'il en avait parlé à Baylor ? Mack se dit que non en voyant de quelle manière ce dernier le dévisageait.

— Je ne pense pas que nous nous connaissions, dit l'homme. Je suis William Baylor, l'ex-mari de Hope.

Il tendit la main.

Avant que Mack puisse parler, Hope s'interposa.

— Mack McCann, mon petit ami.

Petit ami. Elle avait choisi un rôle dans sa liste après tout.

Et bon sang, était-ce son bras qui venait de se poser sur sa taille ? Il resta de marbre.

Le visage de Baylor, par contre, était tout rouge.

— J'ignorais que tu sortais avec quelqu'un, dit-il comme s'il avait le droit d'en être informé.

Mack entoura les épaules de Hope de son bras et la serra contre lui.

— Je crois que nous faisons un peu plus que sortir ensemble, dit-il en déposant un baiser sur son front.

Heureusement, celle-ci n'eut pas de mouvement de recul.

— Chérie, je meurs de faim, continua-t-il. Rentrons mettre ces steaks sur le gril.

Un bras passé autour de sa taille, il poussa le chariot pour contourner Baylor et, ce faisant, vit que les deux caissières les regardaient toujours. Il connaissait un peu les petites villes pour y avoir séjourné parfois, et savait que la rumeur selon laquelle Hope Minnow s'était trouvé un petit ami allait se répandre rapidement.

Ils passèrent à la caisse, puis sortirent avec le chariot. Hope l'aida à charger les courses dans la voiture sans dire un mot. Puis elle monta et parut s'effondrer sur son siège.

— Je suis désolée, dit-elle après un long moment de silence.

— Pourquoi ?

Elle le regarda comme s'il avait perdu l'esprit.

— Pour m'être servie de vous. Je ne m'attendais pas à le voir. Je n'étais pas préparée. Il est tellement arrogant, ce salopard.

— Oubliez-le, dit Mack.

Il démarra et sortit du parking.

— Il prétend que notre mariage n'a pas fonctionné parce

que j'étais trop jeune et trop frivole. Que si j'avais fait plus d'efforts, nous y serions arrivés. C'est l'histoire qu'il se raconte et qu'il raconte à tous ceux qui veulent bien l'écouter.

Mack garda le silence. Elle était lancée.

— J'ai eu envie de lui clouer le bec en lui montrant que j'avais dépassé tout ça. Comme vous étiez là, c'était... pratique.

Il en fut un peu blessé.

— Ne vous faites pas de reproches.

Il continua à rouler.

— Vous savez, j'ai l'impression que William Baylor III ne vous pas oubliée.

— Eh bien moi, j'en ai fini avec lui, répliqua-t-elle d'un ton catégorique.

— Et vous êtes sûre qu'il ne sait pas que vous faites du bénévolat à Gloria's Path ?

Elle secoua la tête.

— S'il le savait, mon père serait aussi au courant. Et j'en aurais entendu parler, faites-moi confiance.

Faites-moi confiance. Curieusement, il lui faisait confiance. La veille, il aurait parié son dernier centime qu'il était aussi impossible de lui faire confiance que de la déstabiliser. Mais la Hope Minnow que le monde connaissait n'était que la partie visible de l'iceberg. Sous cette apparence lisse se cachait quelqu'un de très différent. Quelqu'un d'intéressant, quelqu'un qu'il commençait à vraiment apprécier et respecter.

— Comment aimez-vous votre steak ? demanda-t-il.

Hope sauta sur le changement de sujet comme sur une bouée de sauvetage.

— A point. Et je n'aime les pommes de terre au four qu'avec de la crème.

— D'accord. Je ferai la cuisine ce soir. Vous pourrez vous y mettre demain.

— Marché conclu.

S'engageant dans le long chemin d'accès, Mack parcourut

les quelques centaines de mètres qui les séparaient de la maison et gara la voiture. Voyant Hope ouvrir la portière, il lui dit :

— Je vais entrer le premier. Je reviendrai chercher les courses quand j'aurai inspecté la maison.

Hope prit son sac, en sortit une lime à ongles et se plongea dans sa tâche. Mack saisit le message : il pouvait bien se comporter comme si les menaces étaient réelles, elle, de son côté, tenait à lui démontrer qu'il n'avait pas plus de bon sens qu'un écureuil, car il ne s'agissait que d'un coup de pub manigancé par son père.

Il sortit de la voiture et verrouilla les portières derrière lui. Puis il monta les marches du perron, ouvrit la porte d'entrée et fut soulagé d'entendre le système de sécurité se mettre en route. Il entra le code et regarda autour de lui. Le tapis placé près de la porte était un peu décentré, le tiroir du milieu du bureau entrouvert, exactement comme il les avait laissés. Il manœuvra la poignée de la porte du sous-sol. Verrouillée, comme elle devait l'être.

Il monta à l'étage, inspecta rapidement les chambres et, une fois rassuré, redescendit avant de sortir de la maison.

C'est alors qu'il s'aperçut que la voiture était vide.

Se plaquant contre la façade de la maison, il sortit son arme, la leva à hauteur d'épaule et pivota en demi-cercle. Il n'y avait aucune trace de Hope.

L'allée était déserte.

Quittant la relative sécurité de la véranda, il se précipita vers la voiture, et regarda à l'intérieur, du côté passager. Aucun signe de lutte. Le sac de Hope était sur le sol. Elle avait jeté la lime à ongles entre les sièges, sur le levier de vitesse.

Dos à la voiture, il regarda autour de lui. Il s'était absenté moins d'une minute. Même si quelqu'un les avait attendus, il ne pouvait pas avoir eu le temps d'emmener Hope.

Immobile, il tendit l'oreille. Aucun bruit de voiture arrivant ou repartant. Aucun aboiement de chien. Rien d'inhabituel.

Sauf un groupe de moineaux près de la porte de l'écurie désaffectée, sautillant et voletant comme si on les avait dérangés.

Il courut vers le bâtiment et ouvrit la porte. Il faisait noir à l'intérieur et cela sentait le moisi. Il attendit que ses yeux s'adaptent à l'obscurité puis s'avança.

Hope était là.

10

Assise à même le sol de ciment, elle tenait dans ses bras un chat blanc aussi gros qu'un chien de taille moyenne.

Enfin peut-être pas autant, mais les perceptions de Mack étaient un peu exagérées, tant étaient grands son soulagement et sa colère qu'elle ne soit pas restée dans la voiture.

— Que diable faites-vous ici ? lui lança-t-il.

Elle leva brusquement la tête. Le mouvement dut gêner le chat car il se contorsionna et s'échappa de ses bras. L'animal courut se glisser sous les barreaux d'une porte de bois qui menait plus loin dans l'écurie.

— Fred ! appela Hope.

Ledit Fred n'avait manifestement pas envie de s'embarrasser avec des présentations, Hope se releva donc en époussetant ses fesses.

Se maudissant lui-même, Mack eut du mal à ignorer ce geste.

— Je vous avais dit de rester dans la voiture, dit-il d'un ton rogue.

— Désolée, j'ai aperçu Fred se faufiler sous la porte de l'écurie, expliqua-t-elle. Ça fait des semaines que je ne l'avais pas vu.

Mack se souvint que le révérend avait dit que Hope avait un chat autrefois.

— Je croyais qu'il n'y avait pas d'animaux ici ?

— Fred est le chat des Webster, nos voisins. Mais il passe beaucoup de temps ici. Sans doute parce que je lui donne à manger, avoua-t-elle. Et maintenant, soyez gentil, ne faites plus autant de bruit.

Elle lui désigna un endroit situé derrière un portail de bois. Jadis, il devait servir à enfermer des chevaux ou des vaches. A présent, une chatte rousse y avait élu domicile avec ses trois petits chatons, âgés d'une ou deux semaines, pas davantage. Deux d'entre eux jouaient à se grimper dessus, et le troisième était en train de téter sa mère.

— Fred a installé sa famille chez nous, chuchota-t-elle avec une certaine fierté. Je ne crois pas que les bébés soient nés ici, mais le couple s'est débrouillé pour les amener jusqu'à l'écurie. Il faudra que j'achète de la nourriture pour chats demain. Laissons-les tranquilles, maintenant. Je ne veux pas les effrayer.

Elle recula et sortit du bâtiment sur la pointe des pieds.

Mack aurait voulu lui exprimer la colère qu'il ressentait quelques minutes plus tôt, mais celle-ci semblait avoir totalement disparu.

— Ne faites plus ça, s'il vous plaît, dit-il enfin. Ne vous enfuyez plus.

— Je ne me suis pas exactement enfuie, remarqua-t-elle.

— Ecoutez, je sais que vous ne croyez pas à ces menaces, mais si elles sont réelles, il est important que vous et moi soyons d'accord. Et dans n'importe quelle situation.

— Je comprends, déclara-t-elle. Vraiment. Vous avez un travail à faire et je vous mets des bâtons dans les roues. J'en suis désolée.

Comment lui en vouloir après cela ?

— Allons décharger les courses.

Il leur fallut deux voyages. Ensuite, ils rangèrent ensemble les aliments. Il s'occupa de tout ce qui allait au réfrigérateur, tandis qu'elle remplissait les placards. Quand ils eurent terminé, elle se tourna vers lui.

— Mavis serait fière de nous.

Elle bâilla et se couvrit la bouche de la main.

— Je pense que je vais m'allonger avant le dîner. Je n'ai pas beaucoup dormi la nuit dernière.

— Pas de problème. Je vais m'asseoir dehors sur la terrasse.

— La véranda, corrigea-t-elle avec un sourire. C'est ainsi que ma mère l'appelle toujours.

— La véranda, répéta-t-il en hochant la tête. Ça vous convient si je lance la cuisson des steaks vers 19 heures ?

— Parfait.

Elle quitta la cuisine.

Mack attendit d'entendre la porte de sa chambre s'ouvrir et se refermer, avant de s'emparer des pommes de terre. Il les éplucha, les piqua à l'aide d'une fourchette et les mit au four à 180 °C. Puis il prit une bouteille d'eau dans le réfrigérateur et ouvrit la porte pour sortir.

Il fallait qu'il appelle sa sœur et son père. Ensuite, il lui faudrait également joindre Brody Donovan. Ils avaient tout de même un enterrement de vie de garçon à organiser.

Il appela d'abord sa sœur. Après l'arrestation de leur belle-mère, certains pensaient que Linder Automation allait s'effondrer. Mais la seule chose que Margaret Linder McCann avait faite de bien avait été de bâtir une solide équipe de management. La société avait réussi à survivre et les emplois avaient été sauvés.

Pas celui de Chandler, cependant. Celle-ci avait donc choisi d'aller travailler ailleurs. Elle occupait le même poste d'analyste informatique, mais elle avait de meilleurs horaires, un meilleur salaire, et par-dessus tout, comme elle aimait à le dire, personne là-bas ne vendait de secrets aux concurrents.

Le téléphone sonna plusieurs fois dans le vide avant que la messagerie vocale ne se déclenche. Mack regarda sa montre. Même s'il était déjà 18 heures sur la côte Est, il n'était que 16 heures à Denver. Chandler était sans doute en train de travailler et elle avait mis son portable sur vibreur. Il attendit le bip et laissa un message.

— Hé, Cat Eyes. Comment ça va ? Je venais juste aux

nouvelles. Je vais passer encore neuf jours sur cette mission, mais je serai de retour à temps pour finir la maison pour cette fiesta qu'Ethan et toi tenez absolument à organiser. Appelle-moi quand tu pourras.

Il composa ensuite le numéro d'Ethan. Dans six semaines, son meilleur ami serait son beau-frère. Ethan, qui pilotait des hélicoptères de secours médical, répondit à la deuxième sonnerie.

— Salut, Mack !

— Hé, Ethan ! Alors, t'as pas changé d'avis ?

— Pas encore.

C'était une question stupide et ils le savaient tous les deux. Ethan ne changerait *jamais* d'avis quant au fait d'épouser Chandler. S'il était tombé aussi follement amoureux de quelqu'un d'autre, Mack l'aurait sans doute trouvé ridicule. Mais il était ravi puisqu'il s'agissait de sa sœur et qu'elle méritait ce qu'il y avait de mieux au monde.

— Et comment ça se passe, le business de garde du corps ? questionna Ethan.

Mack faillit lui répondre avec une pirouette, mais il se dit soudain qu'il serait utile d'avoir un avis extérieur, surtout venant de quelqu'un d'aussi résistant qu'Ethan Moore.

— C'est surprenant, avoua-t-il.

Ethan resta silencieux.

— C'est toi qui dis ça ! Toi qui ne te laisses jamais surprendre et qui anticipes toujours tout.

— Ce n'est pas un problème, protesta Mack.

— Je sais. Mais qu'y a-t-il de si surprenant ?

— Hope Minnow. Je m'attendais… Je ne sais pas, je crois que je m'attendais à quelque chose comme un vin léger, sans complications et assez inintéressant. Mais elle ressemble davantage à un grand cru aux notes complexes.

— Tu la compares à un vin ?

— Seulement dans un sens général, dit Mack.

Il ne pouvait dire à Ethan ce qu'il ressentait vraiment. Il

connaissait Hope Minnow depuis moins de quarante-huit heures, et il craignait de l'aimer déjà plus qu'aucune des femmes qu'il avait rencontrées au cours des trente-huit dernières années.

Ethan ne répondit pas. Cela rendit Mack nerveux.

— Eh bien ? demanda-t-il d'un ton pressant.

— Eh bien, tu ne bois pas au travail en général, observa Ethan d'une voix neutre.

— Je n'ai pas dit que je buvais, protesta faiblement Mack. Bon sang, il crevait d'envie de déguster Hope Minnow et même de s'enivrer d'elle toute la nuit.

Quelque chose lui disait qu'elle serait une boisson merveilleuse.

— Tu as eu des nouvelles de Brody ? demanda-t-il pour changer de sujet.

— Ouais. Il revient la semaine prochaine. On va l'inviter à la Maison-Blanche. Je parie que notre pote s'est débrouillé pour sauver tout un tas de vies au milieu de l'explosion des bombes.

— Des nerfs en acier. Il a toujours été comme ça. J'ai reçu un texto de lui me demandant de l'appeler. Je vais le faire tout de suite. Je voulais seulement m'assurer que tu t'occupais bien de ma sœur.

— Pas de souci. Rien de plus facile.

Mack sourit.

— A plus tard.

Laissant son téléphone sur la table, Mack rentra dans la maison pour surveiller la cuisson des pommes de terre. Il décida d'attendre le réveil de Hope pour mettre les steaks à cuire. Cela ne prendrait pas longtemps. Il sortit un sachet de laitue du réfrigérateur. L'emballage comprenait aussi une sauce César et des copeaux de parmesan. Il l'ouvrit, versa le contenu dans un saladier et répandit la sauce par-dessus. Puis il sortit une des baguettes que Hope avait mises dans le caddie. Il la coupa en tranches, puis beurra celles-ci et les enveloppa dans de l'aluminium. Il mettrait le pain à griller pendant que les steaks cuiraient.

Ensuite il ressortit et, reprenant son téléphone, appela Brody.

— Donovan, répondit son ami.

— Dr Donovan, je présume, dit Mack. *Le* Dr Donovan qu'on a invité à la Maison-Blanche pour lui rendre les honneurs.

— Je sais. Pas mal pour un gamin qui a failli rater son examen d'anglais au lycée.

Brody avait failli le rater car il était tombé amoureux de leur professeur. Tout juste sortie de l'université, Mlle Taper n'avait que quatre ans de plus que ses élèves. Le jour où elle était entrée pour la première fois dans la salle de classe et avait souri aux élèves, Brody était tombé à la renverse. Certains élèves s'étaient surpassés pour essayer d'impressionner leur professeur, mais pas Brody. Il était si mordu qu'il avait omis de rendre la moitié de ses devoirs ce semestre-là.

Ce ne fut pas la seule fois que Brody tomba amoureux. Cela lui arriva de nouveau durant sa première année de médecine.

Helen et lui se fréquentèrent pendant des années, et il réussit manifestement à concilier les sentiments et les études, car il fut le premier de sa promotion. Ils devaient se marier l'été précédent son internat.

Mais il n'y avait pas eu de mariage et Brody s'était retrouvé seul au pied de l'autel. Helen avait quitté la ville neuf jours avant la date prévue et, quatre mois plus tard, la mère de Brody avait renvoyé les cadeaux de mariage qui étaient arrivés entre-temps.

A la connaissance de Mack, c'était la dernière fois que Brody avait été sérieusement amoureux. Et il ne parlait jamais de ce qui s'était passé. A ses amis, il avait prétendu qu'Helen et lui n'avaient pas assez de points communs et que leurs priorités avaient changé.

A l'époque, ni Ethan ni Mack n'avaient insisté pour connaître la vérité. Ils respectaient le fait que leur ami garde ses secrets. Mais ils se faisaient du souci pour lui. Et quand il s'était enrôlé dans l'Air Force après la fin de son internat, ils s'étaient demandé ce qu'il fuyait. Chacun d'eux avait essayé de lui poser la question à sa manière, mais Brody les avait rembarrés. Gentiment, mais fermement.

Certains secrets n'étaient manifestement pas destinés à être partagés.

— Et alors, tu as sauvé quelques vies, la belle affaire, le taquina Mack.

— En un seul jour, quand même, répliqua Brody. Mais voilà le plan : demain je quitte l'Afghanistan pour l'Allemagne. Je dois régler quelques trucs, et ensuite j'arriverai aux Etats-Unis à temps pour la soirée à la Maison-Blanche. Ils ont aussi invité mes parents, ce qui est sympa. Malheureusement, ils sont à l'étranger. Papa cherche un livre en Russie. Alors j'ai deux invitations. J'ai pensé à Ethan et toi. Ethan est trop occupé à rendre ta sœur heureuse mais toi, ça te dit ?

Un dîner à la Maison-Blanche. Encore un. La première fois, c'était quatre ans auparavant, mais pas pour un dîner mondain. Dans un petit pays hostile, Mack avait découvert des informations si importantes et si sensibles que cela lui avait valu une réunion avec certains des hauts responsables du gouvernement.

Il avait mangé une pizza et bu une bière dans le Bureau ovale, et en avait gardé l'impression que la pièce paraissait bien plus grande à la télévision.

— J'ai une mission de garde du corps dans le New Jersey, dit-il. Hope Minnow.

Il y eut une pause.

— Un boulot plutôt sympa si je peux me permettre, dit Brody d'un ton taquin mais respectueux. On reçoit *People* ici aussi, tu sais.

— Elle est différente de ce que tu crois, glissa immédiatement Mack.

— J'espère bien que non. Elle semble parfaite sur les photos. Eh bien, amène-la. Elle détournera l'attention des invités sur elle et on me fichera la paix.

La plupart des gens auraient tout donné pour une invitation

à dîner à la Maison-Blanche. Mais Mack ignorait comment réagirait Hope. La fêtarde de New York s'y sentirait dans son élément. Quant à Paula, elle trouverait ça ridicule, pour employer un des termes préférés de Hope.

Il ne voulait pas décevoir Brody, mais son premier devoir était de veiller sur Hope. Si elle insistait pour rester dans le New Jersey, il ne pourrait certainement pas la protéger depuis la salle à manger de la Maison-Blanche.

— Je vais lui poser la question et je te dirai.

— Parfait. On en reparle plus tard.

Brody raccrocha.

Mack reposa son portable et resta immobile.

Il ne sut pas combien de temps s'était écoulé quand Hope ouvrit la porte vitrée et sortit, pieds nus. Elle portait une robe rose qui s'attachait autour du cou.

— Eh, fit-il, en se levant et en tirant une chaise pour elle.

Elle s'assit et déclara :

— Merci de m'avoir laissée dormir. Je me sens beaucoup mieux.

— Aucun problème. Les pommes de terre sont sans doute cuites. Je vais cuire les steaks.

— Je suis affamée, avoua-t-elle.

Il repoussa sa chaise.

— Aimeriez-vous boire un peu de vin ?

Elle eut l'air surprise et même si leur relation paraissait décontractée, il craignit d'avoir dépassé les limites. Il restait malgré tout un employé.

— Désolé, dit-il. Je ne voulais pas…

— Non, non, ne vous excusez pas. Oui, je veux bien un peu de vin.

Elle eut un petit rire nerveux avant de poursuivre.

— Je ne pensais pas être aussi mal à l'aise dans cette situation. Cela prouve bien à quel point Sasha était ridicule hier soir. Je ne suis même pas capable d'accepter gracieusement une boisson. Dans ma propre maison, qui plus est.

Mack était un peu perdu.

— Qu'est-ce qu'a fait Sasha de si ridicule ?

— Ce n'est pas ce qu'elle a fait, mais ce qu'elle a dit. Elle a fait une remarque en passant sur le fait que j'allais me remarier.

Remarier ?

— Et qui est l'heureux élu ? demanda-t-il en faisant un effort pour garder un ton léger.

Elle lui lança un regard vide.

— Hein ?

— Celui que vous allez épouser. Qui est-ce ?

Elle renversa la tête en arrière et éclata de rire.

— Il n'y a personne. Croyez-moi, je ne me remarierai jamais !

Mack sentit son estomac se détendre instantanément.

— Vous êtes jeune, dit-il. Vous changerez d'avis.

Elle haussa les épaules.

— Je ne pense pas. Entre ce que j'ai vécu et ce que j'ai vu à Gloria's Path, le mariage ne me paraît plus du tout attirant.

Il comprenait sans difficulté son point de vue. Il fit deux pas en direction de la maison.

— J'espère que vous apprécierez assez le steak pour avoir envie de faire la vaisselle, lança-t-il avant de rejoindre la cuisine.

— C'est comme si c'était fait, dit-elle.

Elle orienta sa chaise de façon à pouvoir contempler la piscine. Même si l'on était en début de soirée, il faisait encore presque vingt degrés. Elle renversa la tête pour laisser le tout dernier rayon de soleil baigner son visage.

— Vous avez l'intention de retourner à l'hôtel ce soir ? demanda Mack.

— Non, pas ce soir. Je ne travaille que trois ou quatre nuits par semaine.

— C'est sans doute préférable. J'ai regardé la météo et il semble que nous allons avoir un orage épouvantable.

Elle attendit qu'il revienne avec les steaks pour lui répondre.

— J'espère que vous avez raison. En fait, j'adore les orages depuis que je suis toute petite. A neuf ans, pour mon anniversaire, j'avais invité des copines à dormir chez moi et nous avons eu droit à une tempête mémorable. Elles se cachaient sous les couvertures et hurlaient à chaque coup de tonnerre. Nous vivions alors dans notre vieille maison, qui était beaucoup plus petite que celle-ci. J'ai ouvert la fenêtre et je me suis penchée pour regarder le vent fouetter les arbres. Mon pyjama était trempé. Mes amies ont pensé que j'étais folle.

Mack songea qu'elle devait être vraiment mignonne à cet âge.

— Je parie que vos parents étaient ravis.

— Je ne pense pas qu'ils l'aient su.

Les steaks se mirent à grésiller sur le gril où il venait de les poser.

— Eh bien, promettez-moi que vous ne vous pencherez pas à la fenêtre ce soir.

Elle secoua la tête en souriant.

— Je ne peux jamais promettre cela.

Il posa une bouteille de vin sur la table.

— La dernière fois que j'ai bu du vin, j'étais dans le nord-est de l'Espagne, à environ cinquante kilomètres de la côte. Il y avait un vignoble un peu plus bas. Dans cette région, il y a plus de cailloux que de terre et les ceps de vigne étaient tout tordus. En les voyant, je me suis dit qu'ils ne pourraient jamais produire de raisins. Mais si. Je suis resté assez longtemps pour assister aux vendanges.

— Vous êtes allé dans un grand nombre de pays, j'imagine, dit-elle en le regardant ouvrir le vin.

— Oui. J'ai voyagé aux frais de l'Oncle Sam. C'était sympa, mais au bout d'un moment, je m'en suis lassé.

— C'est pour ça que vous avez pris votre retraite ?

— Je n'ai pas vraiment pris ma retraite : je n'avais pas encore fait vingt ans. Des tas de gens ont d'ailleurs pensé que j'étais fou. « Pourquoi t'en aller maintenant, me disaient-ils, alors que tout ce que tu as à faire, c'est rester quatre ans de plus et prendre ta retraite à taux plein ? »

— Pourquoi en effet ?

— Je crois que j'étais trop impatient. Mon ami Ethan l'a fait, il s'est enrôlé juste après l'université et a accompli ses vingt ans. Moi, j'ai choisi une autre voie. Je suis allé à l'académie navale pendant quatre ans, mais cela ne compte pas dans l'expérience militaire.

— Mais vous ne regrettez pas d'avoir fréquenté l'académie navale ?

— Pas du tout. Bien sûr, quand j'y étais, mes amis me manquaient, Ethan et Brody. Mais nous étions en contact de temps en temps. Nous le sommes toujours, d'ailleurs.

— Et qu'allez-vous faire quand cette mission sera terminée ?

— J'ai été engagé comme directeur de la sécurité à Matrice Biomedics.

— Dans le Colorado ?

— Oui. Au nord-ouest de Denver. J'ai loué une maison dans les contreforts des Rocheuses.

— Ça paraît sympa, dit-elle en prenant une gorgée du vin qu'il venait de lui verser. Oh ! Il est délicieux !

— Qui achète le vin dans cette maison ?

— Ma mère.

Mack se servit et leva son verre pour porter un toast.

— Alors, au bon goût de votre mère !

Elle rit.

— Ça lui plairait. Elle sous-estime toujours ses talents. A l'entendre, elle n'est qu'une Texane qui a cru jusqu'à trente-deux ans qu'avoir des cheveux longs suffisait à résoudre tous les problèmes.

— Je suis allé dans un grand nombre d'endroits dans le monde. Et je peux vous garantir que beaucoup de gens croient en des choses encore plus bizarres.

Il retourna les steaks.

— C'était une Miss Texas, non ?

Hope but une autre gorgée de vin.

— Je suis sûre que ce n'est pas elle qui vous l'a dit, et mon père, qui l'a épousée pour cette raison, n'aime pas s'en souvenir. Il ne voudrait pas qu'on découvre qu'il a eu la faiblesse de succomber à la beauté physique.

— Comment savez-vous que c'est pour ça qu'il l'a épousée ?

— Elle me l'a dit. Quand on est très malade, quand on pense qu'on va mourir, on réfléchit à sa vie. Je ne pouvais pas faire grand-chose pour la soulager mais je pouvais l'écouter. Elle ne lui en a jamais voulu, au contraire. Cela l'amusait de penser que leur mariage avait été fondé au départ sur un motif aussi superficiel mais que malgré cela, il avait survécu à l'épreuve du temps.

— Quarante ans, c'est cela ?

— Oui, c'est ça.

Elle prit un air pensif.

— Vous savez, la notoriété de mon père est relativement récente. Les choses étaient différentes autrefois. Mais cela a sûrement facilité les choses.

Elle fixa son regard dans le vide quelques minutes puis détourna les yeux et, sans croiser son regard, observa le gril.

— Ainsi peut-être que ses capacités à cuisiner de bons steaks.

— Certaines unions reposent sur moins que ça, j'imagine, dit-il pour la réconforter.

Chaque fois qu'elle parlait de son père, Hope avait une lueur de tristesse dans les yeux.

Et il ne voulait pas qu'elle soit triste.

11

Ils mangèrent en silence, perdus dans leurs pensées.

— C'est délicieux, dit-elle enfin en levant les yeux de son assiette.

Tendant la main vers la saucière, elle ajouta une troisième cuillerée de crème sur sa pomme de terre. Puis, prenant son verre, elle s'aperçut qu'il était vide.

Mack la resservit mais elle l'arrêta à la moitié du verre. Apparemment, elle buvait modérément.

— Merci, dit-elle. Vous avez placé la barre très haut.

— Vous n'avez pas encore goûté à mon gâteau au chocolat.

— Vous avez fait un gâteau ?

Il secoua la tête.

— Il fallait bien que j'en garde pour plus tard.

Elle rit et s'aperçut soudain qu'il y avait une éternité qu'elle n'avait pas partagé un moment aussi agréable avec un homme. Cela faisait du bien. Après quelques autres bouchées, elle repoussa son assiette.

— J'ai le ventre plein. Plein à mettre les pieds en l'air.

— A mettre les pieds en l'air ?

— C'est ce que nous disions à l'université, quand nous avions trop mangé. Vous savez, le ventre tellement plein que la seule chose que vous pouvez faire, c'est vous laisser tomber dans le vieux fauteuil emprunté à vos parents et poser vos pieds en l'air sur une chaise, le jean déboutonné.

— Je n'avais pas besoin de cette image, dit-il en souriant.

Il repoussa lui aussi son assiette.

Hope sentait que l'orage approchait. La nuit tombait. Il n'y aurait pas de jolies nuances rouge et lavande ce soir-là. La couverture nuageuse était épaisse et le crépuscule offrait plutôt une vaste palette de gris tourbillonnants.

Mack prit son verre. Il avait bu moins qu'elle et n'en était encore qu'à son premier. Il ne voulait sans doute pas altérer ses facultés.

C'était un bon cuisinier et un homme gentil. Dévoué. Et qui connaissait le délicieux pouvoir de la crème sur les pommes de terre.

— Parlez-moi de vos études, dit-il.

— Je suis partie étudier à New York et je suis tombée amoureuse de la ville. Vers la fin de ma première année, j'ai trouvé un boulot de serveuse dans un petit restaurant de SoHo et j'y ai rencontré des gens formidables. J'étais une bonne étudiante, pas la plus brillante certes, mais j'ai tout de même obtenu une licence en histoire de l'art et un mastère en administration des arts visuels.

— Bing a mentionné que vous aviez travaillé au Metropolitan Museum of Art ?

— Oui. Je voulais rester à Manhattan, alors travailler au Met était le boulot idéal. J'ai loué un appartement avec une fille qui avait travaillé dans le même restaurant que moi. Elle avait fait une école de cuisine et elle était dingue de gastronomie. Le loyer était très cher, mais à deux, nous arrivions à le payer. Bien sûr, il ne nous restait pas grand-chose après ça.

— De bonnes études puis des boulots exigeants, commenta Mack.

— Exactement. Les parents de Meridith auraient sans doute pu l'aider, car son père était avocat et sa mère médecin, mais elle voulait s'en sortir seule. Pour ma part, c'était avant que mon père ne devienne célèbre et mes parents avaient déjà payé mes études. Je n'allais certainement pas leur demander de continuer à subvenir à mes besoins. Et cela n'avait pas tellement d'importance de ne pas avoir beaucoup d'argent. Nous nous amusions énormément.

— Il y a beaucoup à faire à New York.

— Nous restions souvent à la maison. Tout l'argent qui nous restait, nous le dépensions dans la nourriture. Meridith était une excellente cuisinière, et c'est grâce à elle si je sais faire autre chose que mettre l'eau à bouillir. Elle m'a appris à préparer la sauce tomate, la béchamel, les rôtis de porc, les escalopes, la tourte aux pêches. Entre autres…

Mack leva son verre.

— Alors, à Meridith !

Hope sourit. C'était agréable de parler de son amie.

— Le restaurant où elle travaillait fermait le jeudi, alors tous les jeudis ou presque, nous invitions des amis de l'université et des collègues à dîner. Parfois, c'était tranquille et intime, et d'autres fois, c'étaient des soirées animées avec trop de tequila, où les voisins venaient tambouriner à la porte, agacés par notre tapage. Et c'est comme ça que nous avons commencé à les inviter, eux aussi.

— Bonne idée, dit Mack.

— Oui.

Elle but une gorgée de vin.

— C'est à une de ces fêtes que j'ai rencontré Wills.

— Vous n'avez pas besoin de parler de lui, si cela vous met mal à l'aise, dit rapidement Mack.

— C'est bizarre, je ne parle jamais de lui. A personne.

Elle contempla son assiette sale.

— C'est sans doute la crème qui me rend bavarde.

— Oh oui, bien sûr. Dans la marine, nous nous servions tout le temps de cette ruse pour faire parler l'ennemi.

Elle éclata de rire.

— Quoi qu'il en soit, Wills est venu à la fête avec un

ami. Quand il s'est présenté, je me suis rappelé l'avoir déjà rencontré, plusieurs fois en fait. Ma mère, sa mère et Mavis faisaient partie de la même Eglise au Texas. Je savais qu'il vivait à New York, parce que ma mère n'arrêtait pas de me dire d'appeler *ce gentil garçon, William Baylor.* Je ne m'étais jamais résolue à le faire, alors c'était vraiment étrange qu'il apparaisse ce soir-là.

— Et vous avez commencé à vous fréquenter ? questionna Mack d'un ton neutre.

— Oui. Et nous nous amusions bien. Nous sortions ensemble depuis quatre mois quand je l'ai présenté à mes parents pour Noël. Mon père et Wills se sont tout de suite bien entendus, mieux que je n'aurais pu l'imaginer. Pour résumer, au bout d'un an, Wills a quitté son poste à la banque et s'est mis à travailler avec mon père pour l'Eglise, qui commençait à se développer. Il a fait les trajets depuis New York pendant un moment, mais ensuite il a emménagé à Weatherbie.

— Et vous, vous êtes restée en ville ?

— Oui. J'ai continué à vivre avec Meridith. Mon travail se passait très bien et j'avais été promue plusieurs fois. Quelques années se sont passées ainsi, et ma mère ne cessait de suggérer qu'il était *temps*.

Mack ne dit rien.

— Alors, quand Wills m'a demandé de l'épouser le jour de mon vingt-neuvième anniversaire, j'ai dit oui. Nous nous sommes mariés quatorze mois plus tard, j'ai emménagé dans la maison de Weatherbie et j'ai commencé à faire les trajets jusqu'à New York pour mon travail. La première fois qu'il m'a frappée, c'était un soir où j'étais rentrée tard.

— La première fois ? releva Mack d'une voix dure. Il y a eu plus d'une fois ?

— Oui. Je n'en suis pas très fière. Ça me donne un peu l'air d'un paillasson, non ?

Mack lui prit la main, et cela parut à Hope la chose la plus naturelle du monde de le laisser faire.

— Ce n'était pas *vous,* le problème, déclara-t-il.

— Je sais. Quoi qu'il en soit, j'étais allée rendre visite à Meridith et à son nouveau mari. Ils perpétuaient la tradition des fêtes du jeudi soir. Wills savait où j'allais. Je l'avais invité à venir, mais il était trop occupé par l'église. Les apparitions occasionnelles de mon père à la télévision étaient devenues une émission hebdomadaire, et l'argent rentrait à flots.

Mack caressa de son pouce la paume de sa main et cela lui donna le courage de finir son récit.

— J'avais passé une soirée formidable, mais quand je suis rentrée, j'ai compris que Wills était d'une humeur massacrante. Je ne l'avais encore jamais vu comme ça. Il m'a dit qu'un important donateur était revenu sur sa promesse de dons. Un qu'il avait personnellement courtisé.

Elle fit une pause, se remémorant les détails de la soirée comme si c'était la veille.

— Je voulais le distraire de ces soucis, alors je lui ai montré les photos que j'avais prises du nouvel appartement de Meridith. Son mari et elle l'avaient bien décoré. J'avais oublié que Meridith avait aussi pris quelques photos de moi en train de danser avec son beau-frère. Celui-ci prenait des leçons de danse pour faire une surprise à sa femme et il m'avait montré quelques pas.

— Et Baylor n'a pas aimé les photos ?

— J'ai essayé de lui expliquer que c'était le beau-frère de Meridith, qu'il était heureux en ménage et qu'il avait deux enfants. Il a refusé de m'écouter et nous nous sommes disputés. Mais je ne m'attendais pas à ce qu'il me gifle du revers de la main.

Mack serra les doigts, mais son visage resta impassible.

— C'est arrivé très vite et, après il s'est confondu en excuses. Comme une idiote, j'ai laissé passer. Il m'a dit qu'il m'aimait. Il sanglotait presque et il m'a suppliée de lui pardonner. Et je l'ai fait. Du moins, c'est ce que je lui ai dit. Je ne sais pas si on peut vraiment pardonner ce genre de choses à quelqu'un.

Ça continue à vous hanter, ça refait surface aux moments où vous vous y attendez le moins.

— Et vous n'en avez parlé à personne ?

— Non. Ni à ma mère, ni à mon père, ni même à Meridith. J'avais honte et, aussi fou que cela puisse paraître maintenant, je pensais même que j'y étais pour quelque chose. Je n'aurais pas dû aller en ville et je n'aurais pas dû danser avec le beau-frère de Meridith. En tout cas, nous n'en avons plus jamais parlé.

Elle resta silencieuse quelques minutes, regardant leurs mains entremêlées. Celle de Mack était grande et sa peau était plus sombre. Le bleu qu'il avait à l'index était en train de guérir.

— Quelques mois plus tard, ma mère est tombée malade. Pendant un moment, j'ai essayé de tout concilier. Je travaillais dans la journée, puis je rentrais à Weatherbie et j'allais chez ma mère. J'y passais tous les week-ends. C'était très fatigant pour moi, et ma mère continuait à s'affaiblir. Quatre mois après le diagnostic, j'ai démissionné de mon travail pour m'occuper d'elle à plein temps.

Elle leva les yeux.

— Wills disait qu'il soutenait ma décision, mais nous avions pris l'habitude de vivre avec deux salaires. J'aurais pu demander de l'argent à mes parents, car à ce moment-là, leur situation financière s'était beaucoup améliorée, mais je ne voulais pas le faire. Wills et moi avons commencé à nous disputer beaucoup à propos de notre situation financière. Mais il ne me frappait pas.

— Il a cependant recommencé, dit doucement Mack.

— Oui. Il faisait dorénavant des apparitions régulières dans l'émission de mon père. Un jour où il m'avait demandé d'aller chercher des vêtements au nettoyage à sec, j'ai dû emmener ma mère à sa chimiothérapie et, au retour, nous avons été prises dans un embouteillage. Le temps que j'arrive au pressing, c'était fermé. Je n'y ai pas accordé une grande importance, sachant qu'il avait une douzaine de chemises de rechange dans son placard. Ma mère était si malade à l'époque

que c'était difficile de s'inquiéter pour autre chose. Ce jour-là, je suis restée avec elle toute la soirée, et je ne suis rentrée que vers 2 heures du matin. Quelques heures plus tard, alors que j'étais encore en train de dormir, Wills a découvert que sa chemise préférée n'était pas là.

Elle retira sa main et Mack la laissa s'éloigner. Elle ne pouvait pas le toucher, pas à cet instant.

— Il m'a sortie du lit en me tirant par les cheveux et il est devenu fou. Je me suis débattue, mais il était plus fort que moi, et il… Il s'est déchaîné sur moi.

— Hope, dit Mack d'une voix rauque. Ne…

— Après qu'il m'a laissée par terre, j'ai réussi à me relever et à appeler mon père. Je savais que j'avais besoin de soins. Il est venu chez nous et je lui ai raconté ce qui s'était passé. Il ne m'a pas emmenée aux urgences de Weatherbie, mais à celles de Hazelton, une autre banlieue. J'avais tellement mal et j'étais tellement sous le choc que je me rendais à peine compte de ce qu'il faisait. Il m'a dit que ce serait mieux de me faire soigner là. Il n'est pas entré avec moi, il m'a juste déposée. Je n'ai compris que le lendemain qu'il ne voulait surtout pas qu'on reconnaisse la fille du révérend Archibald Minnow.

— Je suis désolé, dit Mack.

— Eh bien, vous connaissez le reste de l'histoire. A sa demande, j'ai dit aux infirmières que j'étais tombée dans l'escalier du sous-sol et j'ai fait semblant de ne pas remarquer leurs regards entendus. L'une d'elles m'a donné les coordonnées de Gloria's Path. Après que je suis sortie de l'hôpital, mon père m'a réservé une chambre à l'hôtel pour ma convalescence.

— C'est à ce moment-là que vous êtes allée au refuge.

— Oui. Oui, toutefois, je n'ai pas annulé la réservation à l'hôtel. J'ai laissé mon père payer. C'est à ce moment-là qu'a débuté mon habitude un peu obsessionnelle de dépenser son argent à tout va.

— Votre mère ne s'est pas demandé où vous étiez ?

— Mon père lui avait dit que j'étais partie en mission pour mon ancien employeur.

— Et Baylor ?

— Il essayait sans relâche de me joindre. Je recevais parfois vingt-cinq appels par jour. Mais je ne voulais pas le voir. J'ai immédiatement entamé la procédure de divorce, et je communiquais avec lui par l'intermédiaire de mon avocat. Je ne suis jamais revenue chez nous. J'ai simplement acheté de nouveaux vêtements et j'ai emménagé dans mon ancienne chambre. J'ai dit à ma mère et à Mavis que Wills et moi nous étions éloignés l'un de l'autre. Ma mère était triste, bien sûr, mais étant donné qu'elle se battait pour survivre, elle avait d'autres priorités. La plupart des gens ont pensé que c'était une séparation amicale, car Wills a continué à travailler comme assistant de mon père à l'église.

Elle garda le silence quelques secondes avant de conclure :

— Je suis restée très affable pendant tout ce temps. C'est une capacité formidable que de pouvoir rester calme extérieurement alors qu'on bout à l'intérieur.

— Je ne sais pas à quoi pensait votre père, commenta Mack. Mais en ce qui me concerne, si j'avais été témoin de cela, j'aurais tué Baylor.

12

Mack avait mis tant de conviction dans cette dernière affirmation que Hope le crut. Il ne laisserait jamais quelqu'un faire du mal à l'un de ses proches. Quant à son père, il avait manifestement une autre manière de voir les choses. Mais quelle importance ? L'eau avait coulé sous les ponts.

Elle repoussa sa chaise et rassembla leurs assiettes. Mack fit mine de se lever.

— Je m'en occupe, dit-elle vivement. Un marché est un marché.

Elle avait besoin de s'éloigner de lui et de prendre un peu de recul. Peut-être fallait-il blâmer la crème, le vin ou le fait qu'elle ait simplement ressenti le besoin de se confier à quelqu'un. Quoi qu'il en soit, elle avait beaucoup parlé et se sentait vidée émotionnellement.

— J'ai dit que je ferais la vaisselle, ajouta-t-elle, consciente d'avoir été un peu sèche.

— D'accord, dit-il en se rasseyant.

Elle s'attendait à ce qu'il la suive à l'intérieur, mais il resta à table, les yeux fixés au loin. Elle ouvrit l'eau, attendit que celle-ci devienne chaude, puis rinça les assiettes et les couverts avant de les ranger dans la machine à laver la vaisselle en prenant soin de mettre les grands couteaux dans leur casier.

Elle était fatiguée, ce qui n'arrangeait rien. Son petit somme de l'après-midi l'avait un peu reposée, mais elle était loin d'avoir eu ses six heures quotidiennes de sommeil.

Elle replia le torchon, le suspendit à un crochet au-dessus de la cuisinière et regarda par la baie vitrée. Mack était toujours assis à table, mais il avait son portable collé à l'oreille. Il avait orienté sa chaise de façon à pouvoir la regarder s'affairer dans la cuisine.

Peut-être parlait-il à son père. Elle suspectait qu'ils avaient fixé à l'avance des rendez-vous téléphoniques. Mack était-il en train de lui faire son rapport ? Elle doutait qu'il soit très bavard. *Un bon dîner avec votre fille. Nous avons bu un peu de vin. Nous avons ri plusieurs fois. Elle m'a expliqué quel connard vous êtes.*

Il avait maintenant bien trop d'informations.

Attendait-il qu'elle se joigne de nouveau à lui ? Elle se détourna délibérément. Cela avait été un dîner agréable, certes, mais il était inutile de lui donner à penser qu'elle avait envie de prolonger la soirée. Elle avait des choses à faire, ses propres appels à passer.

Elle éteignit les lumières dans la cuisine et monta dans sa chambre. S'asseyant au bord de son lit, elle prit son portable sur la table de chevet. Elle avait essayé de joindre Mavis un peu plus tôt, pour savoir comment cela se passait chez sa sœur, mais n'avait pas pu l'avoir. Elle n'avait pas laissé de message. Elle fit défiler les numéros du répertoire et pressa le bouton d'appel.

Il y eut quatre sonneries avant que la messagerie vocale ne se mette en route. Au lieu de raccrocher de nouveau, elle attendit le bip.

— Salut Mavis, dit-elle. Je voulais seulement savoir si tu étais bien arrivée. J'espère que ton beau-frère va mieux. Appelle-moi si tu as besoin de quoi que ce soit.

Mavis était toujours en train de s'agiter en tous sens pour s'occuper de tout. Elle assistait sa mère, s'occupait des tâches ménagères à la maison et trouvait encore le temps au milieu de tout cela d'aller rendre visite à son beau-frère et de dorloter sa sœur. Cette femme était une vraie pile électrique. Elle incarnait à elle seule l'expression « retraitée active ». Quelle tristesse qu'elle ait perdu son mari et se retrouve seule à ce moment de la vie, censé être l'âge d'or. Et elle ne semblait pas encline à repasser par le mariage.

Hope se souvenait distinctement d'être entrée un jour dans la cuisine et y avoir trouvé sa mère et Mavis en train de prendre le thé. Elles parlaient d'une voisine, la soixantaine bien sonnée, qui venait de se remarier. Sa mère lui avait gentiment suggéré qu'il était peut-être temps de recommencer à sortir.

Mavis, qui était debout devant l'évier en train de faire infuser les sachets de thé, avait eu une expression étrange. Puis elle avait vu Hope et son visage s'était adouci.

Hope comprenait ses sentiments. Elle ne plaisantait pas quand elle avait dit à Mack qu'elle en avait terminé avec le mariage.

Elle reposa son téléphone, certaine que Mavis la rappellerait dès que possible. Puis elle se leva, traversa la pièce et ouvrit la porte qui menait sur le balcon. De tous les endroits de la maison, c'était celui qu'elle aimait le plus. Celui-ci était juste assez grand pour deux chaises longues et quelques plantes qu'elle avait rempotées elle-même. La façade étant orientée à l'ouest, Hope pouvait y contempler les couchers de soleil.

L'orage se rapprochait. L'air était chaud et agité, et elle pouvait presque sentir l'odeur de la pluie qui n'allait plus tarder. Ce soir, elle allait rester dehors jusqu'à la fin de l'orage. Cela ne la dérangeait pas d'être mouillée.

Elle s'assit sur une chaise longue, ferma les yeux, et se concentra pour deviner l'orage avec ses autres sens. Puis elle ralentit volontairement le rythme de sa respiration, retenant légèrement l'air dans ses poumons avant de le relâcher.

Il faisait noir quand elle fut brusquement tirée du sommeil par le fracas d'un puissant coup de tonnerre. Les lumières s'éteignirent dans sa chambre, en même temps que le grand lampadaire du jardin.

Alors qu'elle se disait que la foudre avait sans doute frappé un relais électrique dans le quartier, des coups répétés se firent entendre à la porte de sa chambre.

— Hope ? hurla Mack.

Il y eut une brève pause.

— Ouvrez la porte ou je fais sauter la serrure !

— Attendez, cria-t-elle.

Elle traversa la chambre plongée dans le noir, chercha à tâtons la poignée de la porte et ouvrit.

Mack lui projeta la lumière d'une torche dans les yeux et elle leva la main.

— Désolé, dit-il en dirigeant le faisceau vers le sol. Ça va ?

— Très bien.

Il y avait juste assez de lumière pour qu'elle discerne sa tenue. L'orage avait dû le tirer d'un sommeil profond car son T-shirt sortait de son jean.

Séduisant.

— Merci d'être venu voir, dit-elle en essayant de refermer la porte.

Mais il coinça le battant avec son pied.

— Je veux que vous descendiez.

— Pourquoi ?

— Sans électricité, l'alarme ne fonctionne pas. Vous devriez avoir une batterie de rechange, mais il n'y en a pas. Je veux pouvoir garder l'œil sur vous.

— Quelle heure est-il ? demanda-t-elle en tentant de se repérer.

— 23 heures.

Elle entendit le tonnerre gronder. Puis un autre éclair zébra le ciel. L'orage était tout près, elle ne voulait pas le manquer.

— Je vais bien, ne vous inquiétez pas, dit-elle en faisant une nouvelle tentative pour refermer la porte.

Autant essayer de repousser un mur de briques. Elle poussa une exclamation exaspérée et pivota sur elle-même pour retourner sur le balcon. Le halo de la torche suivait tous ses mouvements. Sans s'en préoccuper, elle reprit place sur une des chaises longues.

Mack la rejoignit en quelques secondes et se laissa tomber sur l'autre.

— J'imagine que ça vaut mieux que de se pencher à la fenêtre, grommela-t-il.

Les premières gouttes de pluie s'écrasèrent sur les jambes nues de Hope. Elle s'attendait à ce que Mack ajoute qu'elle allait se faire tremper, mais il ne dit rien.

Le vent fouettait les arbres et quand la pluie arriva enfin, ce fut une averse violente et intense. C'était un ouragan de sensations : le grondement du tonnerre, les craquements de la foudre, le sifflement du vent, tout cela se mêlant au choc de la pluie froide qui tombait sur sa peau.

Elle se sentit plus vivante que par le passé. Plus insouciante, plus téméraire.

La pluie battante dura une dizaine de minutes, puis s'arrêta aussi soudainement qu'elle avait commencé. Hope était trempée jusqu'aux os et se disait que Mack devait l'être aussi. Pourtant, il continuait à se taire.

Soudain, elle l'entendit remuer, se lever et se diriger vers la salle de bains. Il revint avec une serviette et le plaid qui était posé au bout de son lit.

— Vous allez prendre froid, dit-il en les lui tendant.

Elle tendit le bras. Leurs mains se touchèrent.

Et une décharge électrique, aussi puissante que la foudre de l'orage auquel ils venaient d'assister, lui parcourut le bras. Instinctivement, elle referma ses doigts sur ceux de Mack et l'attira vers elle. Elle l'entendit reprendre son souffle, mais il ne résista pas.

Elle posa leurs mains nouées sur son cœur, qui tambourinait dans sa poitrine. Pour garder l'équilibre, Mack avait dû poser un genou sur la chaise, elle le sentait près de sa jambe nue. Et plus clairement que si elle le voyait, elle sentait son visage à moins de trente centimètres du sien. La main de Mack trembla légèrement, et elle comprit qu'elle avait réussi à ébranler, ne serait-ce qu'un peu, le très cool et très calme M. McCann.

— Hope ?

— Chut ! fit-elle gentiment.

Se penchant en avant, elle posa sa main libre sur la joue de Mack. Son visage était mouillé, luisant de pluie. De son pouce, elle chercha ses lèvres. C'était si mystérieux, si sensuel de le toucher, de deviner ses traits dans l'obscurité.

— Embrassez-moi, murmura-t-elle.

Devant son hésitation, elle attira son visage plus près. Et quand ses lèvres effleurèrent les siennes, elle sentit ses terminaisons nerveuses depuis longtemps endormies bourdonner. Son corps s'embrasa tandis qu'une délicieuse humidité naissait entre ses jambes.

Les lèvres de Mack survolaient sa bouche. Elle sentit son haleine douce et chaude et comprit qu'il était sur le point de s'éloigner.

Et Hope Minnow, qui vivait depuis deux ans dans une sorte de brouillard asexué, prit les rênes. Elle déplaça la main de Mack, toujours serrée dans la sienne, sur son sein et se cambra pour venir à sa rencontre.

— Bon sang, souffla-t-il, en effleurant le vêtement trempé qui lui collait à la peau.

Le mamelon, déjà durci, réagit à son contact.

Il l'embrassa profondément. Mais quelque chose le retenait encore, elle le sentait.

— Il faut que tu saches une chose, lui glissa-t-elle à l'oreille. Je n'ai pas fait l'amour depuis deux ans. Si tu me repousses, ce sera dévastateur pour mon amour-propre. Bien pire que Hopeless Fish Bait.

Il s'immobilisa une seconde, chercha sa main et la posa sur son aine. Avançant les hanches, il se pressa contre elle. Il était dur comme la pierre. Ce geste audacieux et érotique déclencha une cascade de sensations dans le corps de Hope.

— Voilà ce que tu m'inspires, toi, tout entière, dit-il d'une voix basse et sexy. Est-ce que ça flatte assez ton orgueil, Hopeless ?

— Enormément, dit-elle sur le même ton, tout en mordillant sa lèvre inférieure.

Prenant les choses en main, il défit le nœud de sa robe, et fit tomber le tissu humide sur sa taille pour libérer sa poitrine. L'air tiède de la nuit la fit frissonner.

Ils n'avaient pas besoin de lumière. Mack se servit de ses mains et de sa bouche pour découvrir son corps. Il lécha délicatement la peau cachée à l'intérieur de ses bras, effleura sa clavicule de ses lèvres, mordilla le lobe de son oreille, caressa longuement ses mamelons et introduisit sa langue dans sa bouche.

Et quand le corps de Hope déborda littéralement de désir, il la prit dans ses bras et la porta à l'intérieur en laissant la porte du balcon ouverte.

Il la posa sur le matelas, se débarrassa de ses vêtements, et entreprit de lui enlever sa robe et sa culotte.

La bouche de Mack s'affaira à toutes sortes de choses délicieuses au cœur de son entrejambe, puis elle entendit l'emballage d'un préservatif se déchirer et enfin, enfin, il fut en elle.

Il bougea doucement, leur laissant le temps de s'accorder. Puis, quand il l'eut pénétrée profondément, il posa les mains sur ses fesses, lui écarta vigoureusement les jambes et se mit en mouvement.

Quand elle jouit, ce fut si intense, si puissant, qu'elle crut s'évanouir.

Il la laissa savourer ce moment.

— C'était bien ? demanda-t-il d'une voix rauque de désir.

— Oh oui ! répondit-elle. Bien meilleur que la crème.

Elle le sentit sourire contre son épaule. Puis il se remit à bouger. Son sexe encore plus puissant et plus dur la comblait totalement. Elle courba le dos pour l'accueillir plus profondément et sentit un frisson rouler sur les muscles de son dos.

Elle l'embrassa sur l'épaule et s'aperçut que les gouttes de pluie avaient fait place à des gouttes de sueur.

— Je vais venir, grogna-t-il.

Il accéléra la cadence, donnant de puissants coups de rein. Elle sentit son désir monter de nouveau et se cramponna à lui. Quand elle explosa, il se raidit, désormais incapable de se retenir.

Quand Mack reprit ses esprits, il eut la certitude que faire l'amour n'avait jamais été aussi bon. Et c'était grâce à Hope Minnow. Il en aurait eu le tournis s'il avait seulement trouvé la force de lever sa tête.

Les questions se bousculaient dans son esprit. Devait-il s'excuser ? Plaider la folie passagère ? Avouer qu'il en avait encore les genoux tremblants ? Attendre un quart d'heure et remettre ça ?

Mais la plus pressante de toutes était : pourquoi Hope avait-elle attendu deux ans pour faire l'amour, et pourquoi l'avait-elle choisi, lui ?

Un homme plus sage aurait refusé. C'était ce qu'il avait l'intention de faire, jusqu'à ce qu'elle lui mette son sein adorable dans la main et le supplie littéralement.

Elle n'était pas en état d'ébriété, il n'avait donc aucune raison de se sentir coupable.

En dehors du fait qu'il était censé la protéger.

Ils allaient devoir en parler, mais peut-être pas tout de suite. Il sortit du lit et alla à la salle de bains pour se nettoyer du mieux possible sans eau. Il faudrait attendre le retour de l'électricité pour que la pompe fonctionne de nouveau.

Il ne lui fallut qu'une seconde pour se rendre à l'évidence : il avait un problème. *Ils* avaient un problème. Debout dans le noir, il sentit son cœur battre plus vite.

Le préservatif s'était déchiré.

13

Qu'allait-il bien pouvoir lui dire ? Pouvait-il lui cacher une chose pareille ? Certainement pas.

En retournant se coucher, il ferma la porte du balcon et la verrouilla. Mieux valait ne pas lui donner l'occasion de se jeter par la fenêtre. Puis il se remit sous les couvertures.

Hope s'était tournée de l'autre côté. Il se rapprocha d'elle pour épouser son corps et lui passa un bras autour de la taille.

— Hope ?

— Oui ? dit-elle d'une voix endormie.

Il allait malheureusement la tirer brutalement de ce sommeil, car ce qu'il s'apprêtait à lui dire lui ferait l'effet d'une bombe.

— Je crois que nous avons un problème.

Elle se retourna entre ses bras pour lui faire face.

— Quoi ? murmura-t-elle, comme si quelqu'un venait de se glisser dans la maison.

Ça, ça aurait été plus facile à gérer. Mais il avait beau se creuser la tête, il ne trouvait pas de bonne façon de le lui dire.

— Le préservatif s'est déchiré.

— Quoi ? répéta-t-elle changeant immédiatement de ton.

— Est-ce que tu prends la pilule ?

— Non, bien sûr que non. Je n'avais pas de relations sexuelles, dit-elle avec un ton indigné en s'asseyant.

Il se hâta de se redresser aussi. Il aurait voulu la prendre dans ses bras, mais il ne savait pas si ce serait bien accueilli.

Il entendit son rire teinté d'ironie.

— Eh bien, j'imagine que cela a au moins un avantage : tous les stratagèmes que j'ai inventés jusqu'ici pour irriter mon père ressembleront à des enfantillages si je deviens mère célibataire.

Son enfant aurait un père, se dit Mack avec force. Un père et une mère. Et mariés, qui plus est.

— Ce ne sera pas forcément le cas, dit-il avec hésitation.

Voyant qu'elle ne répondait pas, il se décida à être plus clair.

— Un enfant est une raison suffisante pour se marier.

— Oh ! bon sang ! Je ne me remarierai pas, Mack, je te l'ai déjà dit.

Mais si elle était enceinte, tout restait possible, il le savait.

— Nous nous inquiétons peut-être pour rien, dit-il.

Il entendit Hope vider ses poumons et respirer plus calmement.

— Tu as sans doute raison. Je ne prenais pas la pilule quand j'étais mariée et je ne suis jamais tombée enceinte. Tout ira bien.

Elle se rallongea, mais pas assez près pour qu'il puisse l'enlacer. Elle avait en effet prit soin de rester de son côté du lit. Le message était clair : l'heure des câlins était terminée. Il se recoucha en faisant attention à ne pas franchir la ligne invisible qui les séparait.

Un enfant. Cette nuit, il avait peut-être conçu un enfant.

Rien ne serait plus pareil.

La lumière revint à 3 heures du matin. Hope avait roulé sur le ventre, et un de ses bras tombait en dehors du lit. Elle était toujours nue, et Mack prit un moment pour observer son corps magnifique.

Le bronzage de sa peau douce contrastait avec la blancheur des draps. Il suivit la ligne qui partait de sa colonne vertébrale pour descendre jusqu'à la courbe de son si joli postérieur. Ses longs cheveux étaient en bataille, dispersés sur ses épaules, ils lui recouvraient presque le visage.

Superbe.

Et tellement sexy. Bêtement, il se laissa aller à imaginer son corps épanoui par la grossesse. Ses seins lourds, son ventre s'arrondissant autour d'une nouvelle vie.

Son enfant.

Il se glissa hors du lit en prenant soin de ne pas la réveiller, et enfila son jean sans prendre la peine de le fermer. Puis il descendit et éteignit toutes les lampes qui étaient allumées au moment de la coupure de courant. Cela fait, il remit le système de sécurité en route.

En remontant, il constata que Hope s'était réveillée. Assise dans le lit, elle avait remonté les draps jusque sous son visage très pâle.

— Bonjour, dit-il en faisant un gros effort pour paraître enjoué et dissimuler sa nervosité.

— Bonjour. Je n'ai pas rêvé cette conversation, n'est-ce pas ?

— Non.

— Oh ! bon sang !

Elle mit la main sur ses yeux.

— Je n'arrive pas à croire que la seule fois où je fais l'amour, le préservatif se déchire. Qui a ce genre de malchance ? Je vais te dire qui : Hopeless Fish Bait, voilà qui !

— Je suppose, dit-il, essayant d'alléger l'atmosphère.

Il se rendit compte soudain qu'il y avait quelque chose qu'il devait absolument dire.

— Ecoute, Hope. Je veux que tu saches que si tu es enceinte, tu ne seras pas toute seule. Je serai là.

Elle le fixa.

— Nous ne devons plus jamais faire ça.

— Ne soyons pas si impulsifs, dit-il.

Elle secoua la tête.

— Je viens de comprendre que c'est ma faute. C'est moi qui t'ai demandé de faire l'amour avec moi. Je suis une grande fille, Mack, et je suis responsable de mes actes. C'est moi qui nous ai mis dans cette situation.

— Ne te fais pas de reproches. Personne ne m'a mis un couteau sous la gorge et si quelqu'un doit s'en vouloir, c'est moi, car je suis censé veiller sur toi. Maintenant, la vérité, c'est que nous sommes adultes et que les adultes ont le droit de faire l'amour. Nous ne devrions pas nous sentir coupables. En fait, je pense que nous devrions plutôt être heureux : c'était vraiment génial.

Elle sourit enfin.

Tout irait bien. Il fit un pas vers le lit quand le téléphone à sa ceinture se mit à vibrer. Qui donc l'appelait à 3 h 30 du matin ? Il regarda le numéro. Brody. C'était un texto.

L'adorable Hope et toi venez-vous au dîner ? Je dois avertir la MB. Ils ont besoin de temps pour effectuer des vérifications sur elle. Toi, tu es bien sûr toujours autorisé.

Mack songea que le moment était assez bien choisi pour poser la question à Hope.

— Puis-je ? demanda-t-il en désignant au bord du lit.

Il attendit qu'elle hoche la tête.

— Mon ami, le Dr Brody Donovan, soigne des soldats sur le front depuis plus de dix ans. Il a quitté récemment l'Air Force, mais on va lui rendre les honneurs la semaine prochaine à la Maison-Blanche. Je me demandais… eh bien, je me demandais si tu aimerais venir au dîner. Avec moi.

— Dîner à la Maison-Blanche ?

— Oui. Un repas, quelques discours avec applaudissements obligatoires. Et de bons desserts autant que je m'en souvienne.

Hope lâcha le drap qui glissa de plusieurs centimètres, pas assez toutefois pour lui permettre d'apercevoir sa poitrine magnifique.

— Autant que tu t'en souviennes ? Tu es donc déjà allé à la Maison-Blanche ?

Il agita la main.

— C'était il y a des années. Une réunion informelle. Mais je me souviens du cheese-cake.

— Je suis occupée, dit-elle.

— Je ne t'ai même pas dit quel jour c'était, reprit-il en s'efforçant de garder son calme.

— Ça ne fait rien. Je serai occupée.

Il tapota les draps de l'index.

— Pourquoi ? dit-il enfin.

Elle soupira.

— Quelle importance ? Ecoute, tu es encore ici pour une semaine. Je ne pense pas que mon absence à cet événement aura un impact quelconque sur ta vie future.

— Je pensais seulement que ça t'amuserait. Et je pensais, dit-il la gorge serrée, que cette nuit avait changé les choses entre nous.

Elle secoua la tête.

— Tu l'as dit toi-même, Mack. Tous les adultes font l'amour. Cela n'a rien d'extraordinaire.

— Rien d'extraordinaire, répéta-t-il.

Il eut envie de se mettre une gifle pour avoir mordu à l'hameçon.

— Non, dit-elle. Ecoute, j'aimerais bien dormir encore un peu. Tu peux fermer la porte en sortant ?

Elle se retourna, ne lui offrant que la vue de son dos.

Mack savait qu'il pourrait facilement la forcer à lui prêter attention. Mais en dépit de la douleur qu'il ressentait à cause de ce rejet, ce n'était pas ainsi qu'il voulait se comporter.

Il quitta la pièce sans un mot et referma doucement la porte derrière lui.

Hope attendit d'entendre la porte se refermer avant de se remettre sur le dos. Elle fixa le plafond dans l'obscurité. *Un dîner à la Maison-Blanche*. Son père aurait été en extase. C'était tout à fait le genre de publicité qu'il recherchait.

A quoi pensait donc Mack ?

Peu importait. A quoi pensait-*elle* ? Elle avait couché avec un homme qui vivait dans un monde où pleuvaient les invitations à la Maison-Blanche. Les gens de cette sorte étaient exposés en permanence à l'opinion publique. C'était ce qu'elle subissait depuis que son père avait accédé à la célébrité.

Elle ne pouvait plus le supporter. C'était trop.

Mais elle n'aurait pas dû se montrer aussi mesquine. Ni mépriser autant leurs ébats amoureux. Elle n'en avait jamais connu de meilleurs. Et elle regrettait d'avoir fait culpabiliser Mack car oui, mesdames et messieurs les jurés, en toute franchise, c'était elle qui lui avait sauté dessus.

Elle balança ses jambes par-dessus le bord du lit, mais s'arrêta à mi-mouvement. Qu'allait-elle donc faire si elle était enceinte de Mack ?

Ce n'était pas comme si elle ne voulait pas du tout d'enfant. Elle n'en parlait guère, mais à trente-quatre ans, elle sentait son horloge biologique s'affoler. La semaine précédente, elle avait lu un article sur une star de télé qui avait eu son premier enfant à trente-six ans. L'article mentionnait qu'aujourd'hui, on considérait qu'au-delà de trente-cinq ans, toutes les grossesses présentaient des risques.

Le temps commençait à manquer. Pourtant, elle n'avait jamais envisagé de tomber enceinte. Les enfants avaient besoin de deux parents. Elle ne faisait que débiter des âneries quand elle avait laissé entendre à Mack qu'élever un enfant seule ne lui poserait pas de problèmes.

Elle se rallongea et fixa de nouveau le plafond. Cela lui rappela son enfance. Son père l'emmenait se coucher, lui lisait une histoire puis s'en allait. Elle restait allongée les yeux au plafond, sachant qu'il attendait derrière la porte pour vérifier qu'elle faisait bien ses prières.

Elle joignit les mains.

— Mon Dieu..., commença-t-elle.

14

Le tapis de course et les haltères permirent à Mack d'évacuer sa colère. Il s'entraîna jusqu'à ce que la fatigue l'empêche d'en faire plus.

Puis il se traîna dans la salle de bains pour prendre une douche froide.

Apparemment, il allait en prendre souvent. *Nous ne devons plus jamais faire ça*.

Il aurait été facile de remballer ses affaires et de tout quitter pour aller panser ses blessures en privé. Mais il n'en était pas question. Sa mission initiale était on ne peut plus sérieuse et maintenant, elle le devenait encore plus : Hope était peut-être enceinte de son enfant.

Qu'allaient donc dire ses parents ? Et Bing ? Regretterait-il d'avoir fait appel à Mack ?

Cela ne changerait rien. Ils devraient s'en accommoder.

Chandler serait ravie d'être tante et son père serait très heureux pour lui. Quant à Brody et Ethan, ils se procureraient les meilleurs cigares en prévision de l'événement.

En supposant qu'il réussisse à convaincre Hope de l'épouser. Parce que cela ne l'intéresserait pas d'être un père lointain, un père que son enfant associerait à l'ambiance des aéroports.

Après la douche, il s'habilla et se prépara un petit déjeuner.

Hope n'était visible nulle part et il supposa qu'elle l'évitait. Si elle avait l'intention d'aider Serena à emménager dans son nouvel appartement, elle allait devoir surmonter rapidement son aversion, car les règles n'avaient pas changé. Il la suivrait partout où elle irait.

Mais il allait sûrement devoir faire un peu plus attention à la *distance* à laquelle il devrait la suivre.

A 12 h 30, Hope pénétra dans la cuisine. Mack leva les yeux du journal qu'il parcourait sans le lire vraiment. Elle tenait les vêtements et la perruque de Paula à la main. Elle avait remis son legging noir, cette fois avec un ample T-shirt gris. Ses cheveux étaient relevés en chignon.

— Bonjour, dit-il.

— Bonjour.

Elle prit un verre dans le placard, le remplit d'eau au robinet et le vida d'un trait.

Un simple regard à sa gorge délicate suffit à déclencher chez Mack un début d'érection, et il comprit qu'il allait au-devant de sérieux ennuis.

— Est-ce que tu veux déjeuner ? demanda-t-il pour tenter de penser à autre chose.

— Juste un toast, répondit-elle. Je vais le faire.

Il se tut et baissa les yeux sur ses mains. Il l'entendit sortir le pain de son emballage, glisser les tranches dans le grille-pain et ouvrir le pot de beurre de cacahuètes.

Puis à son grand étonnement, il la vit prendre une chaise et s'asseoir près de lui.

— Je suis désolée, dit-elle.

Il attendit.

— Je ne voulais pas te faire de mal.

— Je suis un grand garçon, Hope, je m'en remettrai, dit-il d'un ton plus dur qu'il ne voulait.

Il inspira profondément pour tenter de retrouver sa maîtrise de lui-même habituelle, en vain.

— Je sais bien. Mais j'aurais pu être plus gentille.

Il saisit l'occasion.

— Ce n'est pas de la gentillesse que j'attends de toi. Je voudrais seulement que tu envisages toutes les possibilités.

— Tout est si compliqué, soudain, dit-elle. Je veux que tu saches que cette nuit, c'était merveilleux mais…

Il attendit.

— Mais que c'était malgré tout une erreur. Ce qui n'est pas forcément incompatible.

Mack sentit sa gorge se nouer.

— Les choses ne sont pas toujours aussi compliquées qu'on le croit.

Elle sourit mais son regard resta grave.

— Ecoute, il faut qu'on y aille. Je suppose que tu viens avec moi pour aider Serena à s'installer… Si c'est le cas, j'ai quelque chose à te demander.

— Bien sûr, dit-il.

Tant que cela n'impliquait pas de compromettre sa sécurité, il était disposé à l'écouter.

— Je ne veux plus avoir de discussion sur cette grossesse éventuelle. Nous saurons bien assez tôt. Et, bien sûr, j'aimerais qu'aucun de nous deux n'en parle à quiconque.

Il n'avait pas besoin d'en parler pour y penser constamment. Il ne pouvait s'en empêcher.

— Entendu. Tu peux compter sur moi.

Il regarda son toast.

— Tu vas manger ça ?

Elle le repoussa.

— Je n'ai pas vraiment faim, dit-elle en prenant son portable dans son sac. Elle regarda l'écran et fronça les sourcils.

— Qu'est-ce qui se passe ? demanda Mack.

— J'ai laissé un message à Mavis et elle ne m'a pas rappelée. Je me fais du souci pour elle.

— Elle a l'air de savoir se débrouiller en toutes circonstances.

Hope rangea son téléphone.

— Tu as raison. Je suis certaine qu'elle rappellera bientôt.

Ils quittèrent la maison et se rendirent en ville. Ni l'un ni l'autre ne parla durant le trajet. Mack fit deux fois le tour du motel, avant se garer sur un emplacement situé à une rue de l'entrée.

Serena les attendait dans le hall. Les deux femmes s'embrassèrent.

— Je n'avais pas compris que vous seriez là, lui dit Serena. Ça doit être formidable de passer tant de temps chez votre sœur.

— Formidable, répéta Mack en évitant de croiser le regard de Hope.

Il s'empara de la valise de Serena, tandis que celle-ci soulevait un carton. Mack, en y jetant un coup d'œil, vit qu'il contenait des livres, un vase en cristal et quelques cadres.

Travailler pour l'armée l'avait toujours obligé à voyager léger. Mais cela le réconfortait de penser que ses affaires étaient stockées quelque part. S'il n'avait pu disposer que d'un seul carton, qu'aurait-il emporté ? Les photos de sa famille ? Evidemment. La preuve que ses notes à l'académie lui avaient valu les félicitations du surintendant ? Probablement pas. Ses vieux CD de Jimmy Buffet, qui étaient presque des antiquités à présent ? Certainement.

Il se servit de la télécommande pour ouvrir le coffre de son 4x4. Ils y rangèrent les affaires de Serena, puis montèrent en voiture. Hope lui redonna la direction à suivre.

— Wayne m'a envoyé un texto pour savoir si j'avais loué un appartement, dit soudain Serena. Je lui ai dit que oui.

— Vous lui avez dit où ? demanda Hope.

— Non. Mais il ne l'a pas demandé. Il m'a dit qu'il s'était inscrit sur un site de rencontres. Je lui ai demandé lequel, mais il n'a pas voulu me le dire.

On aurait dit les années de lycée, songea Mack. Le garçon se conduit mal. La fille se met en colère et lui botte les fesses. Le garçon met alors tout en œuvre pour la récupérer et fait semblant de se désintéresser d'elle en espérant qu'elle reviendra en courant.

Sauf que dans cette situation, l'enjeu n'avait rien à voir avec le fait d'avoir ou non un cavalier pour le bal de fin d'année. Quand Wayne se conduisait mal, il se servait de Serena comme d'un punching-ball. Si la jeune femme y retournait, nul ne savait quelle serait la gravité de ses blessures la prochaine fois.

Il se doutait que Hope suivait le même raisonnement.

— Est-ce important de savoir de quel site il s'agit ? demanda gentiment celle-ci.

Dans le rétroviseur, Mack vit Serena hausser les épaules.

— J'imagine que non, dit-elle.

Ils arrivèrent à l'appartement. Mack fit le tour du parking en dépassant plusieurs emplacements libres. Il n'y avait rien d'inhabituel. Le parking était à moitié vide et personne ne rôdait près de l'immeuble. Et il savait qu'ils n'avaient pas été suivis depuis le motel.

Les abords étaient sûrs. Il arrêta la voiture à proximité d'un autre véhicule.

— Mon frère est un peu maniaque quand il s'agit de se garer, dit Hope, pour justifier son comportement.

Serena ne semblait pas s'en soucier. Elle regardait son nouvel immeuble par la vitre, se rappelant sans doute la maison qu'elle avait fuie. Peut-être même les comparait-elle, au détriment de l'appartement, qui bien sûr ne pouvait pas rivaliser.

Mack s'attendait à l'entendre dire qu'elle avait changé d'avis. Mais elle ouvrit son sac à main et en tira une liasse de billets de vingt dollars.

Hope, quant à elle, sortit de son sac dix billets de cent dollars qu'elle tendit à Serena.

Mack savait qu'elle n'était pas allée à la banque. Elle devait garder de l'argent quelque part dans sa chambre, pour des occasions comme celle-ci.

La main de Serena trembla quand elle prit les billets.

— Je ne sais pas quand je pourrai les rembourser, dit-elle doucement.

— Ça ne fait rien, dit Hope. Je sais que vous le ferez.

Ils sortirent de voiture. Comme la fois précédente, le propriétaire les attendait dans le hall de l'immeuble. La transaction se déroula rapidement. Serena lui remit l'argent et il lui donna la clé de l'appartement, ainsi qu'un géranium en pot pour le balcon. Puis il les laissa.

Dans la cuisine, Serena se mit à tourner en rond.

— *Home, sweet home*, dit-elle avec dans la voix une faible note d'espoir qui résonna étrangement dans l'espace vide. J'imagine qu'il va falloir me meubler.

— Gloria's Path est en relation avec un magasin de meubles d'occasion, intervint Hope. Je vais m'arranger pour qu'ils vous livrent un canapé, un lit et une commode, ainsi que de la vaisselle et du linge. Ça vous laissera le temps de vous retourner.

— Merci.

Les yeux de Serena étaient pleins de larmes.

— J'aurais dû penser à apporter une cafetière. J'adore le café, ajouta-t-elle d'un ton mélancolique.

— Vous savez quoi ? reprit Hope. Mack et moi, nous devons aller faire quelques courses. Je prendrai une cafetière et du café chez Tate Drugs et je vous les déposerai au retour.

Mack vit que Serena était sur le point de craquer, et sans doute Hope le sentit-elle aussi, car ils ne s'attardèrent pas. Une fois de retour dans la voiture, ils restèrent silencieux quelques instants.

— C'est bizarre, dit enfin Mack. A certains moments, elle paraît très immature, et à d'autres, c'est tout à fait l'inverse.

— Oui. Elle n'a que vingt-six ans. Je suppose que ceci explique cela.

— Où se trouve Tate Drugs ? demanda-il.

Elle le lui indiqua et il se mit en route. Hope retira sa perruque et enleva sa chemise et son pantalon en se tortillant. Cela rappela à Mack la manière dont il l'avait déshabillée la veille, et combien ce moment lui avait paru sensuel. Détacher sa robe, sentir le tissu lourd de pluie tomber sur sa taille, tout en sachant qu'il révélait ainsi sa poitrine nue à la brise nocturne…

— Comment se fait-il que Paula ne fait jamais de courses ? demanda-t-il en espérant se changer les idées en abordant un sujet plus anodin.

— Je ne sais pas. Hope fait les courses et Paula aide les femmes battues.

Elle ôta ses horribles tennis et mit des sandales.

Il lui jeta un regard en biais.

— J'espère que tu sais que Hope et Paula ne sont qu'une seule et même personne !

Elle le regarda de haut.

— Merci, monsieur le psychiatre.

Mack entra dans le parking de Tate Drugs. C'était un magasin familial, comme il en existe encore dans les petites villes pas encore envahies par les hypermarchés. Il faisait partie d'un centre commercial regroupant quatre autres magasins de détail.

Ils sortirent de voiture et traversèrent le parking dont le sol aurait eu bien besoin d'être nivelé. La femme postée à la caisse leva les yeux quand ils franchirent le seuil. Mack vit une lueur d'intérêt apparaître dans son regard.

— Salut, Hope, lança-t-elle.

— Bonjour, Jane, répondit poliment cette dernière sans s'arrêter.

— Une amie ? questionna-t-il doucement quand ils furent plus loin.

— Une connaissance. Nous étions ensemble au lycée. Quatre ans de cours d'éducation physique ont prouvé qu'elle jouait au foot bien mieux que moi, mais qu'elle ne me battrait jamais au tennis.

— Et le golf ?

— Ne m'en parle pas.

Cela aurait été toutefois bien plus agréable de jouer au golf aujourd'hui plutôt que de faire les courses. Il faisait très chaud dans le magasin. On attendait un pic de 30°C dans la journée, et la température extérieure devait déjà s'en approcher.

Ils trouvèrent le rayon des cafetières. Il n'y avait que trois marques entre lesquelles choisir. Hope lut attentivement les descriptions de chaque modèle et finit par prendre le plus simple et le moins cher.

— Tu portes atteinte à ton image, murmura Mack.

— Je sais. Mais c'est Paula qui achète et c'est une cliente avisée.

— Je ne sais pas comment tu fais pour gérer tout ça dans ta tête.

Il leur fallut plusieurs minutes pour trouver le café. Il était rangé au bout d'un rayon, avec des boîtes de céréales, des macaronis au fromage à réchauffer et des mélanges de noix dans des boîtes métalliques.

Mack regarda le prix du café et vit qu'il atteignait presque le double de ce qu'ils auraient payé au supermarché. Il ne suggéra pas de l'acheter plutôt là-bas, car il n'avait nulle envie de croiser de nouveau l'ex-mari de Hope.

La veille, il avait réussi à bien se tenir. Mais après avoir tenu le corps de Hope dans ses bras, après avoir constaté combien elle était délicate, la pensée qu'elle ait été battue par cet homme le rendait fou. Il mourait d'envie d'envoyer un coup de poing dans la mâchoire de Baylor.

Hope prit du dentifrice et quelques autres articles. C'est alors qu'à l'angle du rayon suivant, ils tombèrent nez à nez avec les tests de grossesse. Se rappelant sa promesse, Mack ne dit rien. Mais il vit Hope les contempler quelques secondes.

— Premièrement, je ne suis pas enceinte, chuchota-t-elle. Deuxièmement, je ne peux certainement pas acheter ça ici. Toute la ville le saurait en quelques minutes.

Elle sortit précipitamment du rayon.

Ils étaient déjà à la caisse, quand Hope fit demi-tour pour aller prendre de la nourriture pour chats. Le magasin n'avait que des sacs de croquettes.

— C'est mieux que rien, commenta Hope. Fred s'efforce sans doute d'attraper des souris mais cela leur servira toujours, en dépannage.

Jane enregistra leurs achats.

— Comment ça va, depuis le temps ? demanda-t-elle à Hope.

— Super. Et toi ?

— Bien. Je travaille, comme tu vois.

Elle empoigna le sac de croquettes pour chats.

— Tu dois avoir un chat ?

— Oui, dit Hope joyeusement.

Jane lui annonça le total et Hope lui tendit la somme exacte. La caissière mit les articles dans un sac en plastique tout en jetant des regards curieux à Mack.

Celui-ci ne dit rien. Il ignorait quel nouveau rôle Hope lui aurait cette fois attribué si elle avait dû le présenter. Brève rencontre, terrible erreur ? Il n'aimait aucun d'eux.

Papa du bébé ?

Il s'égarait.

— Merci Jane, lança Hope en prenant le sac. A bientôt.

Elle poussa la porte du magasin.

Mack survola le parking du regard et ne vit rien d'inhabituel.

Ils étaient à une dizaine de mètres de la voiture quand Hope se baissa soudain pour retirer un petit caillou de sa sandale. Au même instant, une balle se ficha dans la vitrine derrière eux, brisant le verre en mille morceaux.

15

— Baisse-toi ! hurla Mack.

Il plongea sur Hope en s'orientant de manière à encaisser le plus gros du choc. Il sentit le revêtement brûlant lui lacérer le dos et comprit qu'il allait avoir une bosse à l'arrière du crâne.

Il se releva rapidement mais resta courbé pour entraîner Hope à l'abri entre une Toyota bleue et une Mazda grise.

A deux rangées de là, une femme se mit à crier et quelqu'un déclencha l'alarme de sa voiture, faisant hurler le Klaxon.

Mack regarda Hope. Son visage était pâle et ses yeux agrandis par la frayeur.

— Ça va ? demanda-t-il.

Sans réfléchir, il posa les yeux sur son ventre parfaitement plat. Elle avait la main plaquée dessus.

— Je vais bien. Vraiment, ajouta-t-elle pour le rassurer.

Il tira son arme.

— Reste couchée, lui ordonna-t-il.

Se redressant, il regarda dans la direction d'où était venu le coup de feu. Un van gris et un 4x4 bleu étaient les seuls véhicules en mouvement dans le parking. Ils avançaient dans des directions opposées.

Il avait envie de se rapprocher pour confronter le tireur, mais il ne bougea pas. Il était possible que le coup de feu ait été tiré pour faire diversion, afin de le séparer de Hope. S'il poursuivait le tireur, un deuxième assaillant risquait de s'en prendre à elle. Il n'était pas question de courir ce risque.

Il vit un homme sortir précipitamment du magasin, un portable collé à l'oreille. Sans doute le gérant. Mack prit son propre portable et fit défiler le répertoire. Trouvant le numéro qu'il cherchait, il obtint en quelques secondes le chef de police Anderson.

Mack s'identifia rapidement et indiqua l'objet de son appel et leur situation. Il décrivit aussi les deux véhicules qui venaient de quitter le parking. Le policier lui assura qu'il arriverait dès que possible.

Le temps qu'il achève la communication, une première voiture de police pénétra dans le parking, gyrophare et sirène en marche. Une ambulance la suivait.

Il demanda à Hope de rester à terre, protégée par les voitures. Il faudrait quelques minutes au chef de la police pour arriver et, dans l'intervalle, il n'avait pas l'intention de parler à qui que ce soit.

Mais c'était sans compter avec la femme qui avait hurlé et qui les désignait maintenant du doigt en criant :

— On a tiré sur eux !

Cela attira l'attention de tout le monde. Mack rengaina son arme et aida Hope à se relever. C'est alors qu'il remarqua que son legging était déchiré, laissant apparaître son genou en sang.

— Mais tu es blessée ! s'exclama-t-il.

Un homme et une femme policiers approchaient. Il s'assura que sa chemise dissimulait son arme. Inutile de causer une nouvelle agitation.

— C'est une simple écorchure, répondit Hope en agitant la main.

— Messieurs, mesdames, nous voudrions vous poser quelques questions, lança le policier.

Mack secoua la tête.

— Pas avant que quelqu'un ne se soit occupé de son genou, répliqua-t-il.

Les deux policiers se regardèrent. Ils n'étaient visiblement pas accoutumés à ce qu'on discute leurs ordres. Enfin, la femme acquiesça.

— D'accord.

Elle héla une des ambulancières. C'était une jeune fille d'à peine dix-huit ans et Mack se retint d'exiger qu'on leur envoie quelqu'un de plus expérimenté.

Mais il se tut, car elle semblait très compétente. Elle vérifia le pouls, la tension et les pupilles de Hope. Apparemment satisfaite de son examen, elle écarta ensuite le tissu du legging et nettoya l'écorchure, avant de poser un pansement sur la jambe de Hope.

Mack se tenait à cinquante centimètres de là, surveillant toute l'opération.

— Il faudra mettre de la glace dessus, dit l'ambulancière. En général, j'ai des compresses froides dans l'ambulance, mais quelqu'un a dû oublier d'en remettre. Quand vous rentrerez chez vous, appliquez et retirez la glace en alternance, vingt minutes chaque fois. Le plus tôt sera le mieux.

— Je le ferai. Merci beaucoup, dit Hope avec sa gentillesse habituelle.

Mack, quant à lui, ne se sentait pas du tout gentil et avait envie de passer ses nerfs sur quelqu'un. Pourtant, il se força à rester calme, pour ne pas attirer encore davantage l'attention sur eux.

Une fois que l'ambulancière eut terminé, les policiers s'approchèrent de nouveau. A leur demande, Hope et Mack fournirent leurs noms et montrèrent leurs permis de conduire. Ils se rendirent vite à l'évidence : la victime était la fille de la célébrité la plus connue de Weatherbie.

L'homme devint plus aimable et plus poli, tandis que sa collègue adoptait l'attitude inverse. Mack saisit dans ses yeux une lueur de dédain, qu'elle n'essaya même pas de cacher.

Il comprit que Hope l'avait aussi perçue. Elle resta polie, mais son comportement chaleureux disparut pour laisser place à une expression plus réservée et distante. Mack comprit comment cette attitude pouvait amener les gens à penser qu'elle se considérait comme supérieure.

Les questions supplémentaires leur furent épargnées car, à cet instant, une Crown Victoria entra dans le parking et un homme âgé en sortit. Les deux policiers échangèrent un regard facile à interpréter. *Que faisait le chef ici ?*

L'homme salua ses subordonnés et fit un signe de tête à Mack et Hope.

— Je prends le relais, déclara-t-il.

Mack vit que la femme policière avait envie de discuter, mais elle se tut. Tous deux s'éloignèrent.

— Je suis le chef Anderson, dit l'homme.

Mack tendit la main.

— Mack McCann. Merci d'être venu.

Le policier lui serra la main, ainsi que celle de Hope.

— Vous êtes blessée, mademoiselle Minnow ?

— Une égratignure et quelques bleus, rien de grave, répondit celle-ci.

— Vous voulez vous asseoir dans ma voiture ?

Voyant Hope secouer la tête, Mack s'empressa d'accepter. Cela leur offrirait plus de discrétion et de sécurité le temps de leur conversation, au cas où quelqu'un serait assez fou pour renouveler le coup de feu.

— Elle a besoin de glace pour son genou, ajouta-t-il.

— Je vais bien, protesta Hope.

Le chef leva un doigt et se dirigea vers les policiers rassemblés autour de leur véhicule. L'un d'eux ouvrit le coffre et fouilla dedans. Il revint avec une compresse froide, l'ouvrit en déchirant l'emballage et la tendit à Hope.

— Merci, murmura celle-ci d'un air gêné.

Le chef de la police les conduisit ensuite à sa propre voiture. Le véhicule était garé depuis moins de dix minutes, pourtant l'habitacle était déjà étouffant. Le policier démarra le moteur pour mettre en route la climatisation. Mack et lui s'installèrent à l'avant tandis que Hope montait à l'arrière.

— Que diable s'est-il passé ici ? demanda enfin le chef Anderson.

— Je ne sais pas vraiment, répondit Mack. Nous sommes restés dans le magasin environ un quart d'heure. Alors que nous étions sur le parking, à peu près à dix mètres du magasin, on nous a tiré dessus. Au bruit et à l'impact sur la vitrine, je dirais que c'était un fusil. Je pense que cela venait soit du van gris soit du 4x4 bleu que je vous ai décrits.

— Vous avez raison en ce qui concerne l'arme, dit le policier. J'ai écouté le rapport de mes agents sur le trajet. La balle s'est fichée dans un présentoir et nous l'avons récupérée. Mais on ne sait pas d'où elle venait. Des témoins ont aussi décrit les deux véhicules, mais personne n'a relevé leur immatriculation. J'ai demandé à un de mes agents de vérifier s'il y avait des caméras dans le parking.

— Et les caméras de rue ?

— Il n'y en a pas ici. C'est une ville tranquille en général, monsieur McCann. Il est difficile de convaincre le conseil municipal de voter ce genre de budget. Vous pensez que cela peut avoir quelque chose à voir avec les menaces qu'a reçues le révérend Minnow ?

Mack était conscient que Hope et lui s'étaient peut-être simplement trouvés au mauvais endroit au mauvais moment, mais il n'y croyait pas vraiment. Le coup de feu était dirigé contre Hope, il en était certain. Un coup de chance avait fait qu'elle s'était baissée juste à ce moment-là.

— Je ne sais pas. Hope et moi n'avons pas été suivis jusqu'au magasin, j'en suis certain. Il est possible que quelqu'un l'ait vue à l'intérieur.

Le policier se frotta la mâchoire.

— Monsieur McCann, en général, je ne propose pas aux victimes de participer à l'enquête, mais le révérend Minnow m'a parlé de vous. Je pense que, dans cette situation, ce serait utile. Voulez-vous venir avec moi parler au gérant du magasin ?

— Certainement. Hope vient aussi, bien sûr, ajouta Mack.

Il n'était pas question de la quitter des yeux. Il sortit de voiture, ouvrit la portière arrière et lui tendit la main.

Sa paume était chaude et cela lui rappela qu'il s'en était fallu de peu qu'elle ne soit tuée. Il avait envie de la serrer contre lui, mais ce n'était pas le moment.

— Prends la glace, lui dit-il. On va te trouver une chaise à l'intérieur.

Il se plaça entre elle et le policier pour gagner le magasin. Il y avait des bouts de verre partout et le présentoir pulvérisé par le coup de feu était en mille morceaux. En dehors de cela, le magasin était en ordre. Il serait prêt à rouvrir dès que la vitrine aurait été remplacée et le verre balayé.

Une fois qu'ils eurent engagé la conversation avec le gérant, il ne leur fallut pas longtemps pour comprendre ce qui s'était passé.

— Je suis terriblement navré, leur dit celui-ci en s'adressant surtout à Hope. Jane, ma caissière, a fait quelque chose qu'elle n'aurait pas dû. Elle s'est servie de Twitter.

— Et qu'est-ce qu'elle a twitté ? questionna Mack, qui se doutait déjà de la réponse.

— Votre photo. Nous avons un système de sécurité qui prend des clichés de tous ceux qui entrent dans le magasin. Elle a téléchargé la photo, l'a twittée et en quelques minutes, une agence de presse en ligne l'a repérée et re-twittée.

L'homme tourna les yeux vers Mack.

— Le texte qui accompagnait l'image était : « Hope Minnow avec un bel inconnu. »

— B.I., murmura Hope.

Le chef Anderson et le gérant lui jetèrent un regard perplexe. Mack sourit. Il était bien plus qu'un inconnu. Hope aurait peut-être souhaité le réduire à ce simple rôle, mais lui n'était pas d'accord. Beau, par contre ? Pourquoi pas si c'était ce qu'elle pensait.

— Vous allez les poursuivre ? demanda-t-il au chef de la police.

— Oui. Je connais quelqu'un de très fort pour ce genre de choses.

Mack aussi était doué pour retrouver des données sur internet, mais il ne pouvait pas délaisser Hope pour s'y consacrer.

— D'accord. Vous pouvez me joindre sur mon portable.

Hope et lui sortirent du magasin. Il n'y avait aucune trace de Jane. Elle était peut-être en train de se déconnecter de son compte sur les réseaux sociaux. Cependant, un reporter se trouvait déjà sur le parking, et il prit une photo d'eux.

Mack tendit le bras vers lui avec l'intention de lui faire avaler son appareil.

— Bonjour, Hope, dit l'homme en l'esquivant. Alors, on fait de nouveau l'actualité ?

— Byron, soupira Hope d'un ton résigné. Ça faisait longtemps…

— Il ne se passe pas grand-chose aujourd'hui. Cet incident tombe à point nommé.

— Génial. Mack, je te présente Byron Ferguson, reporter au journal local. Byron, voici Mack McCann, un ami de la famille.

Encore un nouveau rôle. Mack comprit ce que Hope faisait. Elle transformait la réalité pour la rendre aussi inintéressante que possible.

— Un ami de la famille ? répéta le journaliste. Ce n'est pas ce que j'ai entendu dire. On m'a dit que c'était un garde du corps. Que votre famille avait reçu des lettres de menaces qui vous visaient.

Mack allait tordre le cou de quelqu'un.

— Nous n'avons pas de commentaire à faire, dit-il froidement en passant la main sous le coude de Hope.

L'homme leur emboîta le pas.

— Quelqu'un vous a tiré dessus, Hope. Vous n'avez aucun commentaire à faire là-dessus ?

Hope haussa les épaules.

— Je pense que vous cherchez des histoires là où il n'y

en a pas. Vous nous avez habitués à mieux. Quelqu'un a tiré sur la vitrine du magasin et, par le plus grand des hasards, je me trouvais là.

— Je me demande si la police dira la même chose, la défia Ferguson.

Sans doute, s'il s'adressait à Anderson. Celui-ci comprendrait que Hope préférait minimiser la situation.

— Allons-y, dit Mack en pressant le pas.

Il continua pourtant à entendre les petits déclics de l'appareil photo numérique du journaliste. Il ne douta pas un instant que Hope et lui feraient les gros titres des journaux du lendemain.

16

— Ce n'était pas une supposition au hasard. Il sait qui tu es et il connaît l'existence des lettres, murmura Hope tandis qu'ils marchaient vers la voiture.

— On dirait bien, répondit Mack d'un air écœuré. Toi et moi ne lui avons rien dit, tes parents et Bing sont à l'étranger et Mavis n'est pas là. Il ne reste donc qu'Anderson.

— Il a peut-être laissé échapper quelque chose devant ses agents pour expliquer les raisons de sa venue.

— Tu as sûrement raison. Et l'un des agents a fait une gaffe devant le reporter. Soit par accident, soit volontairement.

— J'imagine que ça ne va pas changer la face du monde qu'on sache que j'ai un garde du corps ou que j'ai reçu des lettres de menace.

— Il aurait mieux valu que personne ne soit au courant, dit Mack.

— De toute façon, on ne peut pas y faire grand-chose.

— Je vais avoir une conversation avec Anderson à ce sujet, répondit Mack en serrant les dents.

Hope se sentit presque désolée pour l'homme.

— Oh mon Dieu, regarde ! dit-elle alors qu'ils avaient rejoint la voiture de Mack.

La cafetière, toujours dans le sac, était posée sur le coffre. Quelqu'un avait été assez prévenant pour la ramasser. Elle ouvrit le carton.

— Elle n'est pas cassée. Il faut l'apporter à Serena.

Mack, qui de toute évidence aurait préféré rentrer, obtempéra pourtant.

— Je suppose que oui. Elle va se demander ce qui nous a retenus si longtemps.

— Peut-être pas. Elle a une application sur son smartphone qui lui permet d'écouter la radio de la police. Elle s'en servait l'autre soir quand je suis arrivée. Elle a sans doute entendu qu'il y avait eu un incident au parking de Tate Drugs. D'ailleurs je ferais mieux de l'appeler car elle doit s'inquiéter.

— Quant à moi, je vais devoir parler à Wayne, dit Mack.

— Pourquoi ?

— Parce qu'il a des raisons de t'en vouloir. Je te rappelle que tu aides sa femme à le quitter.

— Pas moi, Paula.

Hope se mit en devoir de remettre son déguisement : d'abord le pantalon, puis la chemise, les chaussures, et finalement la perruque.

— Il sait peut-être qu'elle et toi vous n'êtes qu'une seule et même personne.

— Je ne vois pas comment il aurait pu le découvrir.

Hope savait que c'était une discussion inutile. Si Mack avait décidé qu'il voulait parler à Wayne, alors il le ferait.

— Il faudra aussi que je parle à ton ex.

— Wills n'essaie pas de me tuer.

— Possède-t-il une arme ?

— Plusieurs. Il chassait avec son père.

— Et c'est un bon tireur ?

— Je n'en sais rien. Il disait que oui. Mais d'un autre côté, il se vantait et se croyait le meilleur dans tout ce qu'il faisait. J'étais bien placée pour savoir que ce n'était pas vrai.

Mack lui lança un regard en coin. Elle sentit une vague de chaleur monter de son cou jusqu'au sommet de son crâne. Pensait-il qu'elle faisait allusion aux prouesses sexuelles de Wills ? Etait-ce le cas ? Elle avait commenté l'immaturité de Serena, mais n'était-ce pas puéril de comparer ses amants ?

Bien qu'il n'y ait pas de comparaison possible. Quand Mack s'était levé, elle sentait encore son corps résonner de plaisir après ces deux orgasmes merveilleux. Mack s'était révélé être un amant attentionné et pourtant exigeant. Doux mais juste assez animal pour l'emmener à des altitudes vertigineuses. Calme au bon moment et fougueux quand il le fallait. Il avait provoqué dans son corps des réactions qui l'avait véritablement bouleversée.

Puis il lui avait parlé de ce préservatif déchiré, et elle avait pris la décision qu'ils ne feraient plus jamais l'amour.

En déclarant cela, elle avait immédiatement eu conscience que c'était vraiment dommage.

— Nous y voilà, dit-elle quand il se gara dans le parking de Serena. Je vais lui donner la cafetière en vitesse.

Elle avait besoin de prendre l'air, même si celui-ci était brûlant et moite.

Mais Mack secoua la tête.

— Appelle-la. Dis-lui qu'on dépose le sac devant la porte d'entrée.

Il sortit de la voiture en verrouillant les portières, alors qu'il s'était arrêté à moins de cinq mètres du porche.

Il était déjà difficile de se débarrasser de lui auparavant, mais à présent, c'était devenu un véritable pot de colle, songea Hope. Pourtant, ellc devait l'admettre, elle n'était pas si impatiente que cela de le voir s'éloigner. Entendre la vitrine se briser en mille morceaux l'avait terrifiée, de même que l'idée que cette balle aurait pu la tuer.

Quand l'ambulancière avait contrôlé ses constantes vitales, elle avait failli lui avouer qu'elle se sentait mal et qu'elle avait peur de vomir. Mais quelques minutes de soins lui avaient permis de se ressaisir.

Rien ne prouvait que cette balle lui était destinée. Elle s'était cramponnée à cette pensée durant toute la conversation avec le chef de la police et le gérant. Elle avait fait de gros efforts et avait réussi à surmonter son angoisse.

Mais à présent, elle n'avait qu'une envie : rentrer chez elle pour pleurer.

Mack revint à la voiture et ouvrit la portière. Il se glissa sur le siège et la regarda.

— Qu'est-ce qui ne va pas ?

Dix minutes. C'était le temps du trajet jusqu'à la maison. Il fallait qu'elle tienne bon.

— Rien, dit-elle en se tournant vers la vitre.

— Que s'est-il passé ? Quelqu'un t'a appelée ?

Il prit son portable et l'examina, vérifiant qu'il n'y avait pas eu d'appel.

— Personne ne m'a appelée, protesta-t-elle.

— Alors qu'est-ce qui t'arrive ? insista-t-il en lui tâtant le front. Tu as froid. Je t'emmène à l'hôpital. Tu es en état de choc.

Elle se dégagea.

— Je suis assise devant la ventilation, c'est pour ça. Je ne suis pas en état de choc.

Mack ne parut pas convaincu. Il était prêt à l'emmener aux urgences.

— Ecoute, espèce d'idiot. Si tu veux savoir la vérité, j'étais en train de penser au fait que j'ai failli mourir aujourd'hui. Je ne veux pas mourir, je suis trop jeune pour ça.

Sa voix se brisa, mais elle poursuivit :

— Et si je suis enceinte, je ne veux pas que mon bébé meure. Je veux le tenir dans mes bras, le promener au parc et lui apprendre à colorier. Je veux l'accompagner à son premier jour de maternelle et je veux l'aider pour ses exposés de science en CM2. Je veux tout ça et aujourd'hui… Aujourd'hui, j'ai failli mourir et ne pas vivre tous ces instants de bonheur !

Le barrage se brisa et les larmes qu'elle croyait pouvoir retenir inondèrent ses joues.

Elle ne résista pas quand il la prit dans ses bras. Elle se mit à sangloter contre sa poitrine, tandis qu'il lui caressait les cheveux. Elle pleura toutes les larmes de son corps jusqu'à en être vidée. Enfin, épuisée, elle releva la tête.

Mack essuya gentiment du pouce les larmes qui s'attardaient sur ses joues et l'embrassa sur le front.

— Je suis désolée, dit-elle.

Même quand son mari l'avait frappée, même au cours de son divorce, elle n'avait pas pleuré autant.

— Il n'y a pas de quoi être désolée. C'était une dure journée. Rentrons à la maison.

La maison. Sa maison, pour l'instant, mais pas forcément pour très longtemps. Depuis des semaines, elle cherchait du travail sur internet et avait même postulé pour un emploi. Ce n'était pas exactement ce qu'elle avait envisagé jusque-là, mais elle s'était faite à l'idée qu'elle avait déjà eu un poste de rêve et qu'à présent, elle avait seulement besoin d'un travail.

L'association l'avait rappelée la veille de l'arrivée de Mack pour lui proposer un entretien. Si cela marchait, elle allait devoir prendre des décisions. Sinon, eh bien… Peut-être pourrait-elle louer un appartement en face de chez Serena. Deux femmes battues qui essayaient de remettre leur vie sur les rails… Mais elle devrait dire la vérité à Serena sur son identité car il n'était pas question de porter les affreux vêtements de Paula jusqu'à la fin de sa vie.

Sauf qu'il serait plus facile de cacher une grossesse dessous.

Seigneur, qu'allait-elle faire si elle était enceinte ? Elle aurait besoin d'un bon travail car il lui faudrait subvenir aux besoins de deux personnes au lieu d'une.

Elle allait devoir trouver un employeur qui lui garantirait un congé maternité, des horaires flexibles et une bonne assurance santé. Comme les choses se compliquaient soudain !

Qu'avait dit Mack ? *Les choses ne sont pas toujours aussi compliquées qu'on le croit…*

Oui eh bien, ce n'était pas lui qui allait avoir un petit locataire pendant neuf mois.

Et pour la première fois depuis qu'ils avaient eu cette fameuse conversation, elle n'eut pas de sueur froide à l'idée d'être enceinte.

Elle s'en sortirait. Elle pouvait s'en sortir. Ces dernières années lui avaient prouvé qu'elle était capable de faire face à un tas d'épreuves.

Comme se faire tirer dessus.

A cette pensée, elle secoua la tête. Les choses pour lesquelles on s'inquiétait le plus étaient rarement celles qui arrivaient. Voilà qui était une bonne manière de voir la vie si on voulait se faire moins de soucis.

— A quoi penses-tu ? demanda gentiment Mack.

— J'ai faim, mentit-elle. Je n'ai rien mangé depuis ce matin et mon estomac gronde. C'est mon tour de cuisiner ce soir.

Il enclencha une vitesse et sortit du parking.

— Et qu'y a-t-il au menu ? s'enquit-il.

— Des enchiladas au poulet. Je sais que tu as des critères élevés, mais j'ai envie de savoir si les miennes peuvent rivaliser. Peut-être peuvent-elles même t'impressionner !

— Quelle confiance en soi ! J'aime ça.

Il continua à conduire en silence.

J'aime ça. Qui aurait cru que ces simples mots pouvaient la réconforter à ce point ? Sa crise de larmes l'avait fragilisée, c'était la seule explication.

Etait-elle prête à reconnaître qu'elle aimait l'idée de cuisiner pour lui ? Qu'elle aimait s'imaginer avec lui, bavardant et sirotant des margaritas ? Grignotant des chips et de la salsa ? Faire des sopapillas pour le dessert et emporter les beignets tièdes et dégoulinants de miel au lit avec eux ?

Lécher le miel sur son corps splendide.

Lui demander de faire de même.

Elle orienta la ventilation vers son visage, saisie d'une bouffée de chaleur.

Non, elle n'était certainement pas prête à l'admettre.

Il n'y aurait pas d'effets de langue, ce soir, que ce soit sur les assiettes ou sur les corps. Peut-être des grincements de dents causés par la frustration sexuelle, mais ce serait tout. Ils avaient commis une erreur en couchant ensemble. Et seul le temps leur dirait si ce faux pas aurait des conséquences sur le long terme. Inutile d'aggraver les choses en recommençant.

Il était indéniable qu'elle détenait la plus grande part de responsabilité dans ce qui s'était passé et elle l'avait reconnu. Mais elle pouvait résister mieux que cela et elle le ferait.

Pour Mack, il s'agissait d'une mission temporaire. Et pour elle, d'un bref interlude avant que sa vie ne reprenne son cours.

Il s'arrêta dans l'allée.

— Laisse-moi entrer le premier, lui rappela-t-il en coupant le contact.

Elle ouvrit la portière.

— Je veux aller voir Fred et sa nouvelle famille, dit-elle en prenant le sachet de nourriture pour chats dans le sac en plastique.

Il leva les yeux au ciel.

— D'accord, allons-y d'abord.

Ils pénétrèrent dans la grange, Mack en tête. Il n'y avait bien sûr personne, sauf la chatte et ses petits. Hope n'essaya pas de les toucher. Elle déchira simplement le sac et répandit un peu de nourriture sur le sol en ciment.

— Fred a déserté, remarqua Mack.

— Il reviendra, répondit Hope d'un ton confiant. Ce sera un bon père.

Les yeux de Mack pétillèrent et elle regretta sa remarque désinvolte. Pensait-il aussi qu'il ferait un bon père ?

Elle-même n'en doutait pas. Si elle était on ne peut plus sérieuse quand elle lui avait déclaré qu'elle ne se remarierait pas, elle était incapable en revanche d'enlever un enfant à son père. Ils se débrouilleraient avec la distance géographique. Des tas de gens le faisaient.

Ils ressortirent de la grange et se dirigèrent vers la maison.

— Je ne pense pas que ton père sera très content d'héberger ces chats, dit-il.

Elle haussa les épaules.

— Je vais déménager bientôt. Je pourrai sans doute en

prendre un avec moi et j'essaierai de trouver un foyer pour les deux autres.

— Déménager ? Où ça ?

— Je ne sais pas encore, dit-elle.

Elle attendit que Mack ouvre la porte d'entrée.

— Mais il est temps. Je n'ai jamais vécu ailleurs que sur la côte Est, alors je pense que je vais rester dans la région.

Il la fixait, se rappelant vraisemblablement sa promesse de ne pas parler de cette grossesse éventuelle, mais certainement curieux de savoir si cet événement changerait ses projets. Cependant, au lieu de remettre le sujet sur le tapis, il ouvrit la porte et désactiva le système de sécurité.

— Reste ici, lui dit-il. Et si tu entends quelque chose de bizarre, dépêche-toi de ressortir.

Au lieu de lever les yeux au ciel comme elle l'avait fait jusqu'à présent chaque fois qu'il lui avait donné des instructions de sécurité, elle hocha la tête comme une petite fille raisonnable et attendit.

Mack grimpa l'escalier quatre à quatre. Bien qu'elle n'entende ni le son lourd de ses pas ni le grincement des portes, elle savait qu'il inspectait minutieusement la maison.

Mack McCann pouvait être si délicat !

Il redescendit.

— Ecoute, je me suis dit que ce serait peut-être une bonne idée si tu quittais la ville pendant quelque temps. J'ai un endroit où tu pourrais aller.

Il éveilla sa curiosité.

— Où ça ?

— Tu as dit que tu n'avais jamais vécu ailleurs que sur la côte Est. Cela te donnerait l'occasion de visiter un autre Etat. J'aimerais que tu viennes avec moi dans le Colorado. J'ai une maison dans la montagne. Deux maisons, en fait. L'une a récemment brûlé et nous la reconstruisons, mais l'autre, qui appartient à un ami, est libre. Nous pourrions partir aujourd'hui.

— Je ne peux pas aller dans le Colorado, déclara Hope.

Qu'avait-il donc en tête ?

— Pourquoi ? Tu y serais en sécurité, insista Mack.

— J'ai un entretien prévu à New York dans trois jours, le 9 mai. Je dois rester ici.

— Un entretien ? Je l'ignorais.

— Désolée, je n'en ai informé personne. J'ai reçu l'appel il y a quelques jours seulement. J'ai postulé pour un emploi dans une association de Brooklyn qui organise des activités artistiques périscolaires dans les quartiers défavorisés.

Il la dévisagea.

— Ce n'est pas le Met, dit-il enfin.

— Non, en effet, répliqua-t-elle avec légèreté.

Si les responsabilités de son emploi précédent lui manqueraient probablement, ce qui l'ennuyait le plus à l'idée de ce nouveau travail, c'était de devoir ré-emménager à New York et de mettre un terme à son bénévolat à Gloria's Path. Cela avait été sa planche de salut l'année passée et, en toute franchise, c'était pour cela qu'elle était restée à Weatherbie bien après que sa mère avait été déclarée en voie de guérison.

Enfin, pour le moment, Hope n'avait pas l'intention d'aller dans le Colorado ni à Brooklyn. Elle se dirigea avec détermination vers le seul endroit qui importait à cet instant même : la cuisine.

— Je vais me mettre aux enchiladas, conclut-elle.

17

Tandis que Hope s'affairait dans la cuisine, Mack appela le chef de police Anderson. L'homme se montra plutôt amical, jusqu'à ce que Mack lui dise qu'il soupçonnait l'un de ses agents d'avoir renseigné le journaliste.

— C'est impossible, l'assura Anderson. Je sais que vous êtes un ami de la famille Minnow, mais je dois vous dire que je n'apprécie pas ce genre d'accusations.

— Ferguson avait des informations qui ne pouvaient provenir que d'une source bien renseignée.

— Et je vous garantis qu'il ne les a obtenus ni de moi ni de mes agents.

Mack ignorait s'il devait le croire ou non, mais il ne servait à rien de s'obstiner. Si la fuite venait en effet d'un policier, ils devraient être plus prudents dorénavant. Mais si ce n'était pas le cas… Eh bien, il était légitime que le chef de la police soit offusqué par les insinuations de Mack.

— J'ai besoin d'aller faire une course, mais je ne veux pas laisser Hope sans protection.

— Je vais venir vous remplacer. Et si cela peut vous tranquilliser, monsieur McCann, je n'en parlerai à personne.

Mack raccrocha et rejoignit Hope. Elle coupait des oignons sur une planche.

— J'ai parlé au chef Anderson. Il dit que la fuite ne vient pas de chez eux, et que ton ami le journaliste a dû récolter ses informations ailleurs.

— D'abord, Byron Ferguson n'est pas mon ami. Mais on ne peut pas dire qu'il soit mon ennemi non plus. En fait, je crois qu'il n'est ni l'un ni l'autre.

Elle tapota son couteau sur la planche à découper.

— Tu sais, il y a une autre explication possible.

— Laquelle ?

— Mon père en a peut-être parlé à Byron avant de partir.

— Mais pourquoi ? demanda Mack d'un ton incrédule.

— Pour la publicité. La plupart des gens ne considéreraient pas cela comme une faute. Et même si c'était le cas, je ne pense pas que cela embarrasserait mon père.

— Je ne sais pas, dit Mack. Je ne le vois pas faire ça.

Hope haussa les épaules et se remit à couper les oignons bruyamment. Mack leva la main pour l'interrompre.

— Il faut que je m'absente un moment. Anderson va venir me remplacer. Je veux que tu lui parles de Gloria's Path.

— Ça ne me semble pas une bonne idée, remarqua Hope, le couteau en l'air. Les policiers n'ont pas l'air très doués pour garder certaines informations secrètes. En outre, je ne sais pas si tu l'as remarqué, mais la policière était assez hostile à mon égard. Je ne pense pas que tous les agents aient mes intérêts très à cœur.

— Tu as peut-être raison. Mais nous sommes forcés de collaborer avec eux pour le moment. Au moins, si Anderson découvre un élément en rapport avec Gloria's Path au cours de l'enquête, il y accordera de l'importance. Tu dois absolument lui parler de Paula.

Hope le dévisagea.

— D'accord, je vais lui parler de Paula et de Gloria's Path, dit-elle enfin, mais je ne lui dirai pas ce qui m'a conduite là-bas.

— Il serait utile à la police de connaître la vérité sur ton ex. Ils voudront peut-être l'interroger.

— Il leur suffit de savoir que j'ai un ex-mari. Cela devrait le mettre automatiquement sur la liste des gens à interroger. Je ne serai pas obligée de dévoiler ma vie privée.

— Tu sais, c'est un délit de cacher délibérément des faits. Tu entraves une enquête de police.

— Je m'en fiche.

Mack se passa la main dans les cheveux.

— En tout cas, toi, tu n'as pas de raison de t'inquiéter, poursuivit Hope. Les gens te surnomment « le bel étranger » sur Twitter alors qu'ils me détestent sans même me connaître.

Elle trancha un oignon avec énergie.

— C'est toujours la même chose. On juge les autres selon de nombreux critères : la couleur de leur peau, leur statut social, leur état civil, etc., remarqua Mack.

— C'est mal.

— Bien sûr. Mais on ne peut pas l'empêcher. Tout ce que nous pouvons faire, c'est partager les informations utiles avec Anderson. Fais-moi confiance. Je vais veiller à ce qu'il saisisse l'importance d'enquêter sur tous ceux qui ont des comptes à régler avec ton père.

— Quelle ironie ! s'exclama Hope. On en veut à mon père et on reporte ça sur moi. Mais moi aussi j'en veux à mon père ! Que dois-je faire ? Passer une annonce dans les journaux pour informer ce dingue qu'il n'est pas tout seul ?

— C'est peut-être à toi qu'il en veut.

— A moi ?

— Nous ne pouvons pas écarter l'idée que quelqu'un essaie délibérément de nous mener dans une mauvaise direction. Il faut que tu donnes à Anderson les noms de tous ceux qui pourraient avoir envie de te causer des ennuis.

Hope se pinça l'arête du nez.

— En CM2, j'ai volé une bague à deux dollars dans un magasin et j'ai laissé une amie se faire accuser à ma place. Elle a été punie pendant une semaine. Ça compte ?

— Mets-la sur la liste, dit-il pour lui signifier qu'il ne changerait pas d'avis.

Elle secoua la tête.

— Une course à faire ? Tu n'as pas besoin d'aller au nettoyage à sec ou à la banque. Tu vas voir Wills, n'est-ce pas ?

Elle posa son couteau.

— Un peu que je vais aller le voir. Et si j'ai des raisons de penser qu'il est peut-être mêlé à tout ça, je peux te garantir que je ne me gênerai pas pour aborder les sujets qui fâchent.

William Baylor III ouvrit la porte, vêtu d'un vieux short et d'un T-shirt grisâtre. Il avait un bandeau autour de la tête.

Il resta bouche bée en apercevant Mack.

— Oh ! Je croyais que c'était le livreur. J'ai commandé des plats chinois.

— Pas de biscuits ni d'heureux présages avec moi, répliqua Mack. Je voudrais vous voir une minute.

Il fit un pas en avant, forçant Wills à reculer.

La maison était agréable mais ne ressemblait pas du tout à Hope. Trop froide, avec une multitude de meubles prétentieux de bois sombre. C'était une vaste bâtisse coloniale à deux étages, bien trop grande pour un homme seul.

— Ecoutez, je suis occupé, protesta Baylor.

— Vous n'en avez pas l'air. Vous savez de quoi vous avez l'air ? D'un mari violent. D'un salopard qui décide de frapper sa femme uniquement parce qu'il en a le pouvoir.

Le visage rougeaud de Baylor perdit rapidement ses couleurs jusqu'à devenir aussi blême que son T-shirt.

— Je ne sais pas ce que Hope vous a raconté, mais si vous croyez que vous pouvez salir mon nom, vous allez vous en mordre les doigts.

— Je veux savoir ce que vous faisiez aujourd'hui entre 14 et 15 heures.

Baylor lui lança un regard noir.

— Je n'ai aucune raison de vous répondre. Tout ça parce que vous baisez…

Mack le souleva et le plaqua contre le mur. Ses jambes pendantes s'agitaient dans l'air.

— Ferme-la ! Entre 14 et 15 heures ?

— J'étais au travail. A l'église. Une réunion avec le personnel administratif. Huit personnes peuvent vous le confirmer.

Mack le laissa suspendu encore quelques secondes avant de le reposer à terre. Et juste pour le principe, il le bouscula assez fort pour que sa tête heurte le mur.

— Sortez de chez moi, gronda l'homme, humilié.

— Si je découvre que vous êtes à l'origine ne serait-ce que d'un minuscule désagrément dans la vie de Hope, vous aurez affaire à moi, déclara Mack.

Il partit sans lui laisser le temps de répliquer. Il avait l'intention de relater à Anderson la version censurée de son échange avec Baylor et de lui demander de vérifier l'alibi de ce dernier.

L'homme s'était peut-être organisé pour avoir des témoins après avoir été prévenu que Hope était dans ce parking. Peut-être même avait-il engagé quelqu'un pour faire le sale boulot à sa place.

C'était un peu tiré par les cheveux, Mack devait le reconnaître. Mais même si sa visite n'avait servi qu'à faire comprendre à Baylor qu'il était surveillé, elle en valait la peine. Cela lui avait fait du bien de malmener un peu ce type.

Il entra l'adresse de Wayne Smother dans son GPS et se remit en route.

Le mari de Serena vivait dans un petit ranch de bois dépourvu de garage. Il n'y avait pas de voiture garée devant. Mack sonna, puis frappa à la porte. Pas de réponse. Il traversa le petit jardin envahi par les mauvaises herbes et frappa à la porte de service. Entendant un bruit derrière lui, il se retourna.

— Il n'est pas là, dit une femme vêtue d'un jean, d'un T-shirt à manches longues et coiffée d'un grand chapeau de jardinier. Ce matin, je l'ai vu mettre une valise dans le coffre de sa voiture. Je l'ai prévenu la semaine dernière que s'il ne tondait pas rapidement sa pelouse, je le signalerais à la municipalité. Et c'est ce que j'ai fait après son départ.

— Vous avez une idée d'où il est allé ?

— Pas la moindre. Je crois qu'il a de la famille au Texas, mais j'ignore où. J'essaie de vendre ma maison et cette horreur derrière chez moi ne me facilite pas les choses.

Mack songea qu'il était inutile de lui dire qu'il s'en fichait complètement. Il voulait savoir où Wayne était dans l'après-midi et tira donc une carte de visite de sa poche.

— Pourriez-vous m'appeler si vous le voyez revenir ?

— Je pense que oui. Pourriez-vous faire en sorte qu'il tonde sa pelouse ?

— Appelez-moi et, s'il le faut, je viendrai tondre moi-même.

Quand il revint, Hope était en train de finir de préparer ses enchiladas et le chef Anderson buvait un café accompagné de quelques biscuits. Tous deux avaient l'air détendu. Cette vision le rassura et le nœud qu'il avait à l'estomac se desserra un peu.

— Salut, dit-il. Tout va bien ?

— Très bien, répondit Anderson en s'essuyant la bouche avec une serviette en papier. Je vous suis reconnaissant d'avoir persuadé Hope de me parler de son travail bénévole à Gloria's Path. Une association très utile, d'ailleurs. Et cela va nous permettre de faire le lien entre Hope, les clientes et leurs familles. Même si elle est persuadée que personne ne la connaît en tant que Hope Minnow, mieux vaut s'en assurer.

— Je suis allé voir son ex-mari, dit Mack en prenant un biscuit dans le plat posé sur le comptoir.

Le chef de la police hocha la tête.

— Je sais que je vous ai proposé d'assister aux dépositions des témoins, mais ce n'était pas un encouragement à enquêter de votre côté.

— Je n'avais pas besoin d'un encouragement. Il a dit qu'il

était en réunion avec le personnel cet après-midi. J'aimerais qu'on vérifie son alibi.

— Nous le ferons. Mais rendez-nous service et restez à votre place… Le révérend Minnow m'a dit que vous aviez été engagé pour protéger Hope. Pourquoi ne vous concentrez-vous pas là-dessus en nous laissant nous occuper du salopard qui a fait ça ?

Mack n'avait pas l'intention de faire des promesses qu'il ne pourrait pas tenir.

— J'essaierai de ne pas traîner dans vos pattes, chef, du moment que j'ai la certitude que vous et vos agents faites tout votre possible pour retrouver l'homme responsable des menaces et du coup de feu.

— C'est ce que nous ferons, ne vous en faites pas.

Sur ce, Anderson se leva, les salua et quitta la maison.

Mack s'assit sur l'un des tabourets placés devant le comptoir.

— Difficile de trouver crédible un homme qui a des miettes de biscuit sur la figure.

Hope sourit.

— La cuisinière prend ça pour un compliment. Mes biscuits étaient si bons qu'il les a engloutis en un rien de temps.

— C'est vrai qu'ils sont bons, reconnut-il. Et les enchiladas, comment ça se passe ?

— Jusqu'ici, ça s'annonce plutôt bien. Le dîner sera prêt dans une petite heure.

— Tu veux un coup de main ?

Elle parut surprise.

— Oui, pourquoi pas ? Tu sais faire le guacamole ?

— Avocats, tomates, oignons, sel. Citron vert ou non ?

— Citron vert, dit-elle en le regardant de travers.

— Piment ?

— *Un poquito*, dit-elle mimant le geste d'une pincée avec ses doigts.

— *Si, señorita !*

Le guacamole de Mack était délicieux, les enchiladas étaient ce qu'elle avait réussi de mieux jusque-là et les margaritas étaient… eh bien, extraordinaires. Peut-être était-ce parce que Hope avait frôlé la mort et qu'elle aurait pu ne plus jamais en déguster que la tequila lui semblait plus savoureuse que d'habitude.

Ils dînèrent sur la terrasse. Mack avait allumé les lanternes et trouvé une chaîne de télévision qui diffusait de la musique mexicaine. Il avait sorti un des haut-parleurs qui diffusait dans la nuit *La Bamba* de Ritchie Valens, ce chanteur mort bien avant la naissance de Hope. Entraînée par le rythme de la chanson, elle battait la mesure de son pied.

Mack repoussa sa chaise.

— C'était délicieux, dit-il. Sérieusement, tes enchiladas l'emportent haut la main. Dorénavant, je reviendrai ici une fois par semaine.

Hope prit son verre et l'éleva vers lui avant de le reposer doucement.

— Tu as raconté à mon père ce qui s'est passé cet après-midi ?

— Pas encore. Nous nous sommes mis d'accord pour que je lui adresse un e-mail chaque soir. C'est ce que j'ai fait ces derniers jours.

— J'apprécierais que tu ne lui en parles pas. Je ne veux pas qu'ils se fassent du souci.

— Ils ? releva Mack. Pas seulement ta mère ?

— Elle, eux… Ecoute, je ne suis toujours pas persuadée que tout ça est bien réel.

— Tu n'as pas entendu la vitrine exploser sous l'impact de la balle ?

Elle agita la main.

— Ce n'est pas ce que je voulais dire. Bien sûr que c'est arrivé. Mais la balle ne m'était peut-être pas destinée. Il est possible que cela ait été un coup de feu au hasard. Le tireur n'essayait peut-être même pas de toucher quelque chose, il faisait juste l'imbécile.

— Ce n'est pas un jeu, dit Mack.

— Je sais. Mais si tu racontes ça à mon père, il va en parler à ma mère et elle va insister pour revenir. Et je ne me le pardonnerai jamais. Alors je t'en prie…

— D'accord, accepta Mack à contrecœur. Je le garderai pour moi pour l'instant, mais je ne te promets rien à l'avenir.

— Pas de problème, répondit-elle. A propos, j'ai enfin eu des nouvelles de Mavis. Elle m'a appelée pendant qu'Anderson était là. Son beau-frère tient le coup. On lui a fait un pontage et il rentre à la maison demain. Elle sera encore absente quelques jours.

— Tu lui as raconté ce qui s'est passé ?

— Certainement pas. Elle a bien assez de soucis comme ça. S'occuper des autres, c'est sa raison de vivre, alors tu peux imaginer dans quel état elle se serait mise.

Mack rassembla leurs assiettes.

— C'est mon tour de vaisselle. Tu restes dehors ?

— Un petit moment.

— D'accord. Mais ne quitte pas la véranda sans me prévenir. Et ne t'enfuis pas avec Fred s'il se montre, dit-il en s'efforçant de garder un ton léger.

— Entendu.

Hope s'adossa à son fauteuil et contempla les lumières qui dansaient sur la piscine. Elle était reconnaissante à Mack de ne pas avoir reparlé de sa crise de larmes. Quand elle avait ressenti le besoin de lui expliquer pourquoi elle pleurait, il ne s'était pas non plus attardé sur ce qu'elle lui avait confié.

Elle devait reconnaître qu'elle voulait ce bébé. Elle posa la main à plat sur son ventre. Elle avait demandé à Mack de ne plus en parler, mais cela ne l'empêchait pas d'y penser. Aussi délicieuses qu'aient été les margaritas, elle n'avait fait que siroter la sienne, consciente du fait que l'alcool n'était pas bon pour les bébés.

Son enfant serait-il blond comme elle ou brun comme Mack ? Adolescente, elle aurait tout donné pour ne pas être blonde aux yeux bleus. C'était tellement fade. Elle aurait voulu avoir l'air exotique, avec des yeux d'un noir charbon et des cheveux aile de corbeau.

Mack avait les yeux et les cheveux noirs.

Son enfant serait-il grand ou petit ? Elle avait une taille moyenne pour une femme, mais Mack était très grand.

Les possibilités étaient infinies.

Mais il ne s'agissait sans doute que d'un tas de suppositions stériles. Elle n'était pas enceinte. Elle aurait ses règles la semaine suivante et elle plaisanterait sur le fait qu'une fois encore, elle l'avait échappé belle.

Au bout de dix minutes, Mack revint sous la véranda. A ce moment-là, Hope s'était déplacée sur une chaise longue, plus près de la piscine.

Mack avait un torchon sur l'épaule.

— C'est fait, dit-il en tirant une chaise pour s'asseoir.

C'était une soirée magnifique, tiède et estivale. Les grands arbres et l'éclairage doux de la piscine donnaient à Hope l'impression d'être dans un cocon, protégée de cette réalité violente où les vitrines explosaient et où les secrets refaisaient surface.

Elle ferma les yeux et sentit Mack tout près, qui la contemplait.

Elle était en sécurité.

— Hé marmotte ! murmura Mack d'une voix douce, tout près de son oreille.

Elle ouvrit les yeux.

— Tu t'es endormie. Je ne voulais pas t'effrayer, mais je préférerais que tu ne passes pas la nuit dehors.

Il était penché sur elle, les mains posées sur les montants de la chaise longue.

Elle s'étira et comprit aussitôt que c'était une erreur en

voyant les yeux de Mack s'attarder sur ses seins. Son regard de braise vint enflammer le désir qu'elle avait réussi à dompter toute la journée.

C'était dingue. Ils étaient tous les deux adultes. Célibataires. Et leurs ébats avaient été si passionnés.

Elle leva la main et lui caressa la mâchoire. Sa barbe avait déjà repoussé. Elle fit courir son pouce sur sa lèvre inférieure.

Il demeura absolument immobile.

Hope s'humecta la lèvre supérieure et vit les yeux de Mack suivre le mouvement.

— Parfois, je vais trop vite en besogne, dit-elle.

— Je t'écoute.

— Je dis des choses que je regrette ensuite, reprit-elle doucement.

— Hum-hum, fit-il.

Il tourna le visage et embrassa la paume de sa main. Une vague de chaleur se forma au creux du ventre de Hope.

— Mack, murmura-t-elle.

Il remonta le long de son bras avec sa bouche. Il lui lécha l'intérieur du coude, embrassa son biceps et enfouit le nez dans son épaule. Puis ses lèvres trouvèrent la peau délicate de son oreille.

— Qu'est-ce que tu regrettes d'avoir dit ? chuchota-t-il.

Hope était littéralement en feu. Elle tourna la tête, trouva les lèvres de Mack et ils s'embrassèrent. C'était fougueux et sensuel et elle comprit qu'elle ne pouvait pas résister contre cette force qui les attirait l'un vers l'autre.

— Que je ne coucherai plus jamais avec toi, avoua-t-elle. Je retire ça.

Elle sentit une puissante énergie envahir le corps de Mack.

— Tu es sûre ?

— Oui, affirma-t-elle.

Rien n'était plus sensé.

Il la souleva dans ses bras et l'emporta à l'intérieur. Après avoir refermé la porte d'un coup de pied et donné un tour de clé, il monta l'escalier.

Là, il la déposa doucement sur le lit. La chambre était dans le noir, mais l'éclairage du jardin filtrait à travers les voilages. Hope distinguait le désir sur le visage de Mack et sentait la chaleur émaner de son corps musclé.

— Fais-moi l'amour, dit-elle. Toute la nuit.

18

Mack dormit jusqu'à 9 heures du matin, ce qui était une vraie prouesse pour lui. Mais en réalité, songea-t-il en ramassant ses vêtements pour les enfiler, il devait reconnaître qu'il n'avait pas dormi tant que ça.

Hope dormait toujours, allongée sur le côté, son corps nu enroulé entre les draps et ses cheveux dispersés sur ses épaules. C'est pourquoi il essayait de faire le moins de bruit possible.

Mack frotta l'extrémité de ses doigts, se remémorant le contact de sa chevelure soyeuse quand elle s'était penchée pour le prendre dans sa bouche.

Ils avaient utilisé des préservatifs chaque fois et il n'y avait pas eu de problème. Mais même sans en avoir parlé, tous deux partageaient cette même pensée entêtante : il était trop tard pour s'en préoccuper.

Dans le passé, Mack avait fait l'amour sans s'inquiéter car il avait toujours été prudent. Et il ne pouvait s'accuser de négligence lors de la nuit précédente.

Défaillance technique. Dans la marine, cela pouvait coûter des vies. Dans leur cas, cela pourrait *donner* la vie. C'était une bonne leçon d'humilité.

Il quitta la chambre et descendit pour vérifier l'alarme et inspecter rapidement la maison. Jetant un coup d'œil à l'extérieur par la fenêtre, il vit qu'une belle journée s'annonçait.

Si Hope ne s'était pas baissée pour se débarrasser de ce caillou qui la gênait, elle ne l'aurait pas vécue. Cette idée le fit redoubler d'efforts sur le tapis de course et repousser ses limites.

Quand il eut fini, il remonta et, comme la fois précédente, trouva Hope assise à la table de la cuisine, buvant une tasse de café. Cette fois pourtant, elle ne lisait pas le journal, celui-ci était toujours dans son emballage plastique.

Quand Mack pénétra dans la cuisine, elle lui lança un long regard audacieux qui fit monter la température de son corps de quelques degrés.

— Bonjour, dit-elle. Si tu te sers un café, j'en reprendrai volontiers.

Il marcha jusqu'au comptoir, prit la cafetière et l'apporta à table. Il la servit avant de remplir sa propre tasse.

— Tu vas jeter un coup d'œil au journal ?

— J'ai un peu peur de le faire, avoua-t-elle.

— Tu crois que c'est si mauvais que ça ?

— Plutôt. Byron Ferguson a le sens du drame.

— Pourquoi s'intéresse-t-il autant à toi ?

— Ce n'est pas seulement moi qui l'intéresse, c'est toute la famille. Et je ne sais pas pourquoi. Je croyais qu'il finirait par se lasser de nous. Nous ne sommes pas si intéressants que ça.

Mack ouvrit le journal. Comme ils l'imaginaient, la une ne manquait pas de piquant :

HOPE MINNOW VICTIME D'UNE TENTATIVE D'ASSASSINAT

Il y avait une photo de Hope et lui quittant le magasin. Sans doute l'une de celles que le journaliste avait prises à leur sortie. Le cliché était bon : Hope était aussi belle que d'habitude et Mack avait l'air d'avoir envie d'arracher la tête de quelqu'un.

Encore une preuve que les photos ne mentent pas.

Il survola l'article. Celui-ci présentait les faits : l'heure et le lieu du coup de feu, le type de cartouche, le montant des dégâts. Mais ensuite les choses se gâtaient. Les Minnow avaient récemment engagé un garde du corps après avoir reçu des lettres de menaces ; tous les membres de la famille étaient en danger ; le révérend et Mme Minnow avaient préféré quitter la ville.

— Ce n'est pas du journalisme, commenta Mack.

Hope haussa les épaules.

— C'est ce que les gens aiment lire, du sensationnel. Ça fait vendre.

Ferguson ne communiquait pas le nom de Mack dans l'article. Ce qui était étrange, pensa Mack, compte tenu du fait que Hope avait fait les présentations. Le reporter avait sans doute pensé qu'il était plus captivant de le décrire comme un mystérieux garde du corps.

— Il a découvert que tes parents étaient en voyage.

— Ça n'a pas dû être difficile. Il y a plusieurs personnes dans l'équipe de mon père, à l'église. L'une d'elles a pu dire en toute innocence qu'il était parti à l'étranger.

Après avoir parcouru l'article, elle leva la tête pour regarder Mack.

— Je sais que c'est très immature de ma part, mais je crois que mon plus gros regret est que Wills se sent sans doute beaucoup mieux maintenant qu'il est au courant que tu es payé pour être avec moi.

Mack tendit la main et lui prit le menton.

— Soyons clairs là-dessus, Hope. Je suis payé pour te protéger, pas *pour être avec toi*. Ce que nous faisons ensemble est tout à fait différent. Cela n'a rien à voir avec ce que je suis censé faire en tant que garde du corps.

Elle le dévisagea et, pendant une seconde, il crut qu'elle était prête à aborder le sujet « Et si je suis enceinte ? ». Mais elle repoussa soudain sa chaise et se leva.

— Il faut que je change la date, dit-elle en désignant le calendrier fixé sur le réfrigérateur. C'est Mavis qui s'occupe de ça d'habitude. C'est elle qui nous garde sur les rails.

Bon, apparemment, discuter de cette éventualité n'était pas encore au programme. Pas pour l'instant du moins. Mais il ne la laisserait pas repousser éternellement cette conversation.

Hope arracha la page du jour, la froissa et la jeta dans la poubelle, exactement comme il avait vu Mavis le faire le premier jour. La force de l'habitude. Même si Mavis était bouleversée par les nouvelles de son beau-frère, elle avait mis à jour le calendrier. Sans doute parce qu'elle le faisait chaque matin et ce depuis toujours.

Mack s'approcha et feuilleta quelques pages. Le vendredi 9 mai quelqu'un avait noté : « Prendre les billets pour le concert. »

— Quelqu'un va à un concert ? demanda-t-il.

Hope lut elle aussi l'annotation.

— L'institut universitaire de Weatherbie a un orchestre et ma mère, qui joue toujours du violon, est une de leurs fans. C'est une petite association et ils n'ont pas de personnel, alors ils mettent les billets en vente ce jour-là uniquement. Autrement, il faut les acheter le soir du concert et ma mère déteste ça.

Elle examina l'écriture de plus près.

— C'est l'écriture de Mavis. Elle avait sans doute l'intention d'aller les chercher pour maman. C'est le jour de mon entretien d'embauche, mais je peux quand même m'en occuper.

— Je parie que c'est toi qui as acheté ce calendrier, dit Mack.

— Oui, c'est vrai. Comment le sais-tu ?

Il feuilleta quelques pages.

— Il y a des photos d'animaux avec des informations insolites à leur propos. « Les phoques muent une fois par an. Cela peut prendre jusqu'à six semaines. »

Il lui sourit.

— Passionnant !

Hope plissa le nez sans relever son commentaire.

— Si cela ne tenait qu'à moi, la grange serait remplie d'animaux. Pas de phoques bien sûr, mais tu vois ce que je veux dire. Des chevaux, des vaches, des poulets, des chiens, des chats. C'est le numéro 3 sur ma liste des choses à faire avant de mourir.

— Et quels sont les numéros 1 et 2 ? questionna-t-il.

— Apprendre le langage des signes et visiter la canopée amazonienne sur une tyrolienne.

Il se mit à rire.

— C'est un peu les deux extrêmes !

— Peut-être, dit-elle en haussant les épaules. Et toi, quelle est ta liste ?

— Je n'ai pas de liste.

Elle fronça les sourcils.

— Tout le monde devrait en avoir une.

Il claqua dans ses doigts.

— D'accord, j'ai trouvé le numéro 1. Me trouver à moins de cinquante mètres d'un réfrigérateur contenant des bières glacées.

Hope poussa un grand soupir et orienta sa chaise de manière à lui tourner le dos.

— C'est fini entre nous, dit-elle.

— Oh non, ce n'est pas fini, rétorqua-t-il en riant.

Puis il l'arracha à sa chaise et, malgré ses protestations, la porta jusqu'à la salle de bains.

— Je viens juste de trouver mon numéro 2, dit-il en ouvrant les robinets.

Durant les deux jours suivants, tout se passa aussi bien que possible. Ils cuisinèrent à tour de rôle. Mack se révéla un bon élève quand elle lui apprit à confectionner la sauce au basilic frais. En retour, il lui enseigna à faire des petits pains et de la sauce à la viande. Ils regardèrent des films à la télévision, se disputèrent pour savoir si les Colorado Rockies étaient meilleurs que les New York Mets et firent beaucoup l'amour.

Hope essayait d'oublier que, dans quelques jours, Mack allait partir. Il retournerait au Colorado et elle entamerait une nouvelle étape de sa vie, qui restait encore floue.

Aucun d'eux ne reparla de la possibilité d'une grossesse

mais ils firent très attention à se protéger. Ils n'évoquèrent ni les armes, ni les reporters, ni les lettres de menaces.

Mack lut peut-être le journal, mais elle non.

Le matin du 9 mai, elle ouvrit les yeux sur une belle journée. Le ciel était bleu et même s'il était encore tôt, le thermomètre affichait déjà 27°.

— Petit déjeuner, annonça Mack en entrant dans la chambre avec un plateau. Pain perdu et bacon. Et café aussi, bien sûr.

Elle se redressa dans le lit.

— Ça sent délicieusement bon, dit-elle.

Vêtu uniquement d'un caleçon, il se glissa près d'elle entre les draps. Tous deux prirent une assiette et se mirent à manger. Il avait réchauffé le sirop d'érable et l'avait versé dans un petit pichet. Après quelques bouchées, elle le saisit pour en ajouter un peu. Cela lui rappela son fantasme à propos du miel.

— Qu'est-ce qui te fait sourire ? demanda-t-il.

— Eh bien, est-ce que tu connais les sopapillas ?

— Bien sûr. Ce sont des beignets avec de la cannelle et du miel. Pourquoi ?

— Eh bien, j'ai rêvé que je te préparais des sopapillas, que nous les mangions au lit, que des gouttes de miel perlaient sur nos corps et que nous les léchions.

Les yeux de Mack s'illuminèrent.

— Vraiment ? Et tu as beaucoup de fantasmes comme ça ?

— Quelques-uns. Mais celui-là était très agréable. Très sucré, si je puis dire.

Il lui retira son assiette.

— Hé, je n'ai pas fini, protesta-t-elle.

— Si, dit-il en retirant son caleçon et en empoignant le petit pichet. Par contre, il va falloir faire avec ce qu'on a.

Ils sortirent très tard du lit et durent se dépêcher pour se préparer. L'entretien de Hope était fixé à 13 h 30, et ils voulaient partir à midi pour être sûrs d'arriver à l'heure à Brooklyn.

La circulation était fluide, et ils trouvèrent une place de parking au coin de la Cinquième et la Neuvième Avenue.

Une fois dans l'immeuble, ils prirent l'ascenseur jusqu'au troisième étage, où étaient situés les bureaux de l'association.

— Tu ne peux pas venir avec moi, lui dit Hope. Sinon on pensera que j'ai peur de me présenter toute seule et que j'ai besoin d'avoir mon petit ami avec moi.

— Petit ami, répéta-t-il d'un air ravi.

— C'est ce que la réceptionniste pensera en nous voyant. Elle le dira au directeur et il barrera mon nom sur la liste en mettant une petite note dans la marge du genre : « Ne semble pas pouvoir agir de manière indépendante », dit-elle en dessinant des guillemets en l'air.

Il l'observa.

— D'accord. Je t'accompagne jusqu'à la porte et je reste dans le couloir. Tu n'as parlé à personne de cet entretien, n'est-ce pas ?

— Non.

— Alors il n'y a aucune raison pour que ce soit dangereux. Je sais que nous n'avons pas été suivis, je m'en suis assuré.

— Il y a un café à côté, dit-elle. Tu pourrais m'attendre là.

— Ne t'inquiète pas pour moi. Tu as le trac ? Tu m'as l'air nerveuse.

Elle arrangea ses cheveux.

— Bien sûr que je suis nerveuse. Je n'ai pas passé beaucoup d'entretiens dans ma vie. Je ne sais même pas si je veux vraiment ce boulot, mais par contre je voudrais quand même qu'ils me choisissent. Tu comprends ?

— Bien sûr. Tu veux être celle qui dira non et pas l'inverse.

— Exactement. Bon, j'y vais.

Elle ouvrit la porte.

— Hé ! murmura-t-il. Tu vas les subjuguer !

La porte se referma, la séparant de Mack. Elle souriait encore quand la réceptionniste releva la tête.

— Bonjour. Je m'appelle Hope Minnow. *Et je suis ici pour vous subjuguer*, ajouta-t-elle en silence.

— Le directeur va vous recevoir tout de suite, répondit la jeune femme, les mains toujours sur le clavier. Asseyez-vous, je vous prie.

La salle d'attente ressemblait un peu à celle de Gloria's Path, avant que l'incendie ne la ravage. Ce qui lui rappela qu'il fallait qu'elle appelle Sasha. Elle travaillait normalement le vendredi soir, car c'était en général une nuit mouvementée. Sans doute parce que la fin de semaine donnait aux gens l'envie de se détendre. Les verres d'alcool se multipliaient et les accès d'humeurs devenaient difficiles à contrôler.

Hope s'assit sur le canapé et prit un magazine sur la table. Elle le reposa aussitôt. Elle n'avait pas vraiment envie de lire des potins sur d'autres gens, alors qu'elle-même attirait tout autant l'attention.

Elle allait devoir trouver un moyen de se débarrasser de Byron Ferguson. Il s'était montré utile dans le passé, alimentant les rumeurs, colportant les commérages sur sa vie privée, ce qui avait réussi à embarrasser fortement le révérend Minnow, mais aujourd'hui, cela ne lui semblait plus indispensable.

Etait-il possible qu'elle n'en veuille plus à son père ?

Pourtant, elle souffrait toujours. La colère était une émotion vraiment stérile, elle l'avait compris depuis quelque temps bien sûr, mais ces derniers jours, tout était devenu encore plus évident.

Se faire tirer dessus et tomber amoureuse y était sûrement pour quelque chose.

Doux Jésus ! Tomber amoureuse ? Elle reprit le magazine et éventa son visage subitement enflammé.

Etait-ce possible ? Etait-elle vraiment amoureuse de Mack McCann ?

Non. Ce n'était que du sexe. Des conversations sympas. Quelques dîners. Et de bonnes parties de rigolade.

Oh non !

— Hope, le directeur va vous recevoir.

Après être resté immobile un instant, Mack se mit à faire les cent pas dans le couloir sans quitter la porte des yeux. Il n'avait jamais vu Hope aussi nerveuse. En un sens, c'était charmant.

De toute façon, Hope était charmante en toute situation, même vêtue de haillons.

Il était certain qu'elle réussirait l'entretien. Et si elle obtenait cet emploi, elle reviendrait vivre en ville, peut-être à Brooklyn même, pour être plus près de son travail.

Mack marcha jusqu'à la fenêtre au bout du couloir et regarda dehors. Le temps était dégagé et il put admirer le point de vue. Brooklyn n'avait pas l'éclat tape-à-l'œil de Manhattan : les immeubles étaient plus vieux, il y avait davantage d'arbres et aucun gratte-ciel.

Pourrait-il habiter là ? Au fil des ans, il avait vécu dans des endroits bien moins agréables que celui-ci, mais son cœur était resté au Colorado. C'était pour s'y installer qu'il avait accepté l'emploi de Matrice Biomedics.

Mais tout cela n'avait plus d'importance, se dit-il. Ce qui comptait dorénavant, c'était d'être là où se trouvait Hope. Là où se trouverait peut-être leur enfant.

Il emménagerait sur la lune s'il le fallait. Mais il devait d'abord convaincre Hope qu'il ne s'agissait pas d'une liaison éphémère et qu'il avait bien l'intention de rester à ses côtés. Il allait aussi devoir la faire changer d'avis sur le mariage.

Il se retourna en entendant la porte du bureau s'ouvrir. Hope sortit, toujours aussi belle dans sa robe noire distinguée et ses escarpins à talons. Elle releva sa longue chevelure et l'épingla sur sa nuque. Il avait vu sa sœur faire le même geste et il se rappela soudain ce que son père lui avait dit un jour : l'aisance des femmes à se coiffer était la preuve qu'elles appartenaient à une espèce supérieure. Il se demanda ce que le révérend Minnow penserait d'une telle opinion.

— Comment ça s'est passé ? questionna-t-il.

— Bien, je crois. Ils m'ont dit qu'ils m'appelleraient. Je suis contente que ce soit terminé.

— Tu veux rester un moment en ville ? On pourrait aller à Manhattan.

Elle secoua la tête.

— Il faut que je retourne chercher les billets de concert pour Mavis. Je te parie dix dollars qu'elle va appeler pour m'en parler.

— Si elle se souvient de ce qu'elle a noté sur le calendrier, remarqua-t-il en lui ouvrant la porte.

— Tout ce qu'elle écrit dessus, elle l'enregistre aussi sur son smartphone. Elle a commencé à le faire le jour où en rentrant des courses, elle s'est aperçue qu'elle avait oublié quelque chose. Elle a dû ressortir et ça ne lui a pas plu de perdre du temps. C'est Madame Efficacité, comme je te l'ai dit.

Le trajet de retour jusqu'au New Jersey ne fut pas aussi rapide qu'à l'aller. Il y avait eu un accident sur la route et la circulation était ralentie sur des kilomètres.

Ils attendaient en silence dans les embouteillages quand le portable de Mack sonna. Il regarda le numéro.

— C'est le chef Anderson, dit-il à Hope.

— Mets le haut-parleur, lui demanda-t-elle.

— McCann, répondit-il.

— Ici Anderson. J'ai du nouveau pour vous.

19

— Bonjour chef, vous êtes sur haut-parleur, dit Mack. Hope est avec moi.

— Je m'en doutais. Je voulais vous dire que cet après-midi, nous avions arrêté Wayne Smother pour tentative de meurtre. Il a tout avoué. C'est lui qui vous a tiré dessus l'autre jour et c'est également lui qui a envoyé les lettres de menaces.

Mack se tourna vers Hope qui le regardait, bouche bée.

Ainsi, Smother avait réussi à faire le lien entre Paula et Hope. Elle était pourtant certaine que seules Sasha et Mavis connaissaient la vérité. Mack vit à l'inquiétude subite qui s'afficha sur son visage qu'elle était parvenue à la même conclusion que lui.

— Comment a-t-il découvert que Paula et Hope n'étaient qu'une seule et même personne ?

— Sa femme Serena le lui a dit. Elle a manifestement reconnu Hope la première fois qu'elle a rencontré Paula. Elle était impressionnée par le fait que sa conseillère était Hope Minnow et elle l'a raconté à Wayne pour se vanter.

Ça collait. La relation de Serena et Wayne montrait qu'ils essayaient sans cesse de rivaliser l'un avec l'autre.

— Smother est aussi l'auteur de l'incendie de Gloria's Path, il va donc devoir faire face à des accusations très graves. De même que le conducteur de l'El Camino, d'ailleurs. Serena soupçonnait son mari mais elle n'a rien dit. A sa manière, elle ne voulait pas lui créer d'ennuis. Mais elle a finalement pris la bonne décision. Après avoir lu l'article de Byron Ferguson dans le journal, elle nous a appelés pour nous dire qu'elle pensait que son mari était le coupable. Nous avons perquisitionné chez Smother, et nous avons trouvé dans un calepin l'adresse du père de Hope, écrite de sa main.

— Et où se cachait-il ?

— Il logeait chez son ami, le conducteur de l'El Camino. C'est Serena qui nous a mis sur la piste. Je crois que, dans un sens, il était soulagé que nous l'ayons identifié. Comme s'il s'était embarqué dans quelque chose qui le dépassait.

Hope se pencha en avant.

— Mais les menaces mentionnaient la perte d'un enfant. Je ne crois pas que Wayne et Serena aient des enfants.

— Vous avez raison. Il a fait cela pour créer une fausse piste. Il ne savait pas que vos parents n'étaient pas au courant pour Paula et il s'est dit que s'il y avait des menaces contre vous, ceux-ci exigeraient que vous cessiez votre bénévolat à Gloria's Path. Il pensait que vous encouragiez Serena à le quitter. Comme vous avez continué à travailler et que sa femme a emménagé dans son nouvel appartement, il a décidé de faire monter la pression d'un cran.

— Comment savait-il que nous étions dans ce magasin ? demanda Mack.

Il était sûr qu'ils n'avaient pas été suivis depuis l'appartement.

— Serena lui a envoyé un texto en fanfaronnant sur la beauté de l'appartement, sa proximité avec la gare et la gentillesse des membres de Gloria's Path. Tellement gentils qu'ils allaient lui acheter une cafetière. Il ne savait pas où se trouvait exactement l'appartement, mais il avait une idée générale du quartier. Il a fait des suppositions et il a eu de la chance. Il nous a dit qu'il avait presque renoncé quand il vous a vus sortir tous les deux du magasin. Il l'a pris pour un signe du ciel.

— Il a payé sa caution ? demanda Mack.

— Non, et je ne pense pas qu'il le pourra. Il va rester en prison jusqu'à son procès. Bien sûr, cela sera déduit de sa peine.

— Pourrez-vous nous prévenir s'il paye une caution ? questionna Hope.

Le policier eut beau leur dire qu'ils pouvaient compter sur lui, cela ne suffit pas à tranquilliser Mack. Il allait s'organiser pour surveiller l'homme jusqu'à ce qu'il soit derrière les barreaux. Il n'aurait plus jamais l'occasion d'approcher Hope.

— La presse est au courant de l'arrestation, ajouta le chef de la police. Ferguson a déjà interrogé Serena. Je crains que votre implication à Gloria's Path ne soit plus un secret. Ferguson m'a appelé pour m'interroger là-dessus et j'ai fait comme si je ne savais rien, mais c'est une vraie sangsue quand il flaire une bonne histoire. Je crois que vous devriez vous préparer aux répercussions médiatiques de toute cette affaire.

Mack regarda Hope. Elle avait l'air troublée et il comprit qu'elle se demandait si la totalité de son secret allait être dévoilée. Byron Ferguson allait-il renoncer avant de connaître les motifs qui avaient amené Hope jusqu'à Gloria's Path ?

— Merci, dit-elle. J'ai hâte de voir le journal de demain, ajouta-t-elle sèchement.

Le chef se mit à rire.

— C'est ce que je me dis tous les matins. Mais essayez de vous souvenir que toutes les nouvelles de ce type finissent par être oubliées.

— Bien sûr, approuva Hope sans grand enthousiasme. Merci encore, monsieur. Je vous suis reconnaissante pour tout.

— Eh bien, dit l'homme d'un ton soudain hésitant, moi qui admire depuis si longtemps votre père, je pense qu'il doit être fier de vous.

Hope sourit à Mack.

— Oui, je suis sûre qu'il l'est.

— Merci chef, ajouta vivement Mack. Tenez-nous au courant s'il y a du nouveau.

— Je n'y manquerai pas. Je suis content que tout soit terminé, dit Anderson et il raccrocha.

Mack et Hope roulèrent quelques minutes en silence. Enfin, elle se tourna vers lui.

— C'est vraiment fini, n'est-ce pas ?

— On dirait bien, confirma-t-il.

Elle se rejeta contre le dossier de son siège.

— Je suis désolée, dit-elle.

Ce n'était pas la réaction à laquelle il s'attendait.

— Pourquoi ?

— Pour ne pas avoir pris les menaces au sérieux. Tu l'as fait et c'est toi qui avais raison. Mes parents aussi avaient raison. J'étais tellement aveuglée par ma colère envers mon père que je ne voyais plus rien d'autre. Je ne voyais même pas à quel point la situation était potentiellement dangereuse.

— Tu as le droit d'être en colère. Choisir de garder Baylor à ses côtés était une grosse erreur. Ton père devrait le savoir.

Elle sourit.

— Tu sais, quand je t'ai dit l'autre jour que ça n'avait pas d'importance, je mentais : en fait, cela en avait beaucoup. Mais aujourd'hui, soudain, ça n'en a plus du tout.

Elle baissa les yeux sur ses mains, puis le regarda.

— Je te dois cela.

— Tu ne me dois rien.

— Disons que nous ne sommes pas d'accord là-dessus, dit-elle avec un nouveau sourire.

— Hope, je pense que je devrais informer tes parents de ce qui s'est passé. Ils ont le droit de savoir.

Elle hocha la tête.

— Tu as raison. Je suis sûre qu'ils seront soulagés de savoir que les menaces vont cesser.

— Mais sache que je ne partirai pas. Même s'ils me disent que ma mission est terminée.

Ferguson avait laissé trois messages sur le répondeur de la maison. Il travaillait sur un article pour l'édition du lendemain et voulait offrir à Hope l'occasion de donner sa version des faits.

Elle écouta le premier et effaça les suivants.

— Il va sans doute interviewer d'autres membres de l'équipe de Gloria's Path, dit Mack. Que tu le veuilles ou non, il finira par découvrir ce qui t'a amenée là-bas.

— Peut-être ou peut-être pas, répliqua Hope. Sasha est la seule qui connaisse la vérité et je ne pense pas qu'elle en parlera.

— Pourquoi ?

— Eh bien, pour commencer, elle déteste le journal, déclara-t-elle, heureuse de pouvoir changer de sujet. Son deuxième ex-mari vend de l'espace publicitaire pour eux. Elle déteste aussi le concessionnaire auto, ajouta-t-elle avec un sourire, car cette fois c'est son premier ex-mari qui y travaille.

— Deux ex. Manque de chance ou manque de discernement ?

— Je ne sais pas. Sasha m'a soutenue à une époque où j'avais désespérément besoin d'aide. Et je trouve qu'elle a une bonne vision de la vie. Elle travaille dans une maison de retraite et même si ce n'est pas un endroit très gai, elle le fait avec plaisir. Elle parle tout le temps de ce vieux monsieur, Charlie Fenton, qui se débrouille pour s'enfuir sans ses vêtements et aller acheter des donuts pour sa fiancée qui vit aussi là-bas. Sasha raconte bien les histoires.

— Apparemment, tu l'estimes beaucoup. Tu vas y aller ce soir ?

— Normalement, je travaille le vendredi soir, mais je pense que je vais dire à Sasha de ne pas compter sur moi pendant quelques jours. D'ici là, j'espère que la situation se sera calmée et que Fergusson aura trouvé une autre histoire à raconter.

— A Weatherbie ? s'exclama Mack.

— C'est presque la fin de l'année pour les élèves de terminale. Avec un peu de chance, comme chaque année, ils vont faire quelques plaisanteries pour attirer l'attention, comme laisser les chèvres s'échapper sur la route ou suspendre une culotte au mât de la mairie.

— Le charme tranquille des petites villes, fit Mack en secouant la tête. Donc, pour résumer, tu n'as aucune obligation ce soir ni dans un avenir proche.

— Eh bien, mardi 13, je dois remplacer Mavis à la collecte de la bibliothèque. Elle m'a dit qu'elle serait de retour ce jour-là, mais seulement dans la soirée.

— D'accord, on prendra le temps de s'en occuper.

— Prendre le temps ?

Mack saisit son téléphone et composa un numéro.

— Qui appelles-tu ? demanda Hope.

— La pizzeria. On ne va certainement pas faire la cuisine ce soir ou demain soir, ni aucun autre jour avant le retour de Mavis.

— Ah bon ? dit-elle d'un ton de défi. Je croyais que cela te plaisait.

— C'était amusant, c'est vrai. Mais toutes proportions gardées, il y a des choses qui me plaisent davantage.

— Je me demande bien de quoi tu parles, le taquina-t-elle.

— Continue à réfléchir. Voyons voir : pizza ce soir, thaï demain et peut-être chiche-kebab après-demain, chez le petit Grec à l'entrée de la ville.

Elle lui sourit.

— Tu sais, j'adore soutenir l'économie locale.

Le mardi, à 6 h 50, Hope se dégagea des bras de Mack. En le voyant se redresser, elle comprit qu'il était déjà réveillé.

— C'est l'heure de laver les voitures ? questionna-t-il d'une voix encore endormie.

— Oui. Je vais prendre une douche rapide, manger un morceau et y aller.

Mack balança les jambes hors du lit et Hope eut du mal à détacher ses yeux de lui. Son corps nu était splendide.

— On va se doucher ensemble, dit-il.

— Impossible ! protesta-t-elle en se dirigeant vers la salle de bains. Sinon je vais être en retard.

— Peut-être mais tu seras une retardataire heureuse et détendue quand nous serons arrivés là-bas, riposta-t-il.

— Nous ? Tu n'as pas besoin de venir. Les menaces sont terminées, je ne risque plus rien maintenant.

— Je veux y aller. J'ai déjà regardé le journal d'aujourd'hui. Après ces derniers jours, tu seras satisfaite de savoir que Ferguson a finalement pris un jour de congé. Mais les gens vont quand même parler de ce qui s'est passé. Je ne veux pas que tu sois seule pour affronter ça.

— Heureusement que Byron n'a pas trop creusé et qu'il n'a pas découvert les raisons pour lesquelles j'ai choisi de travailler à Gloria's Path.

— Oui, en effet. Je pense que c'est un journaliste assez paresseux.

— Ce qui m'arrange. Par contre, il faudra que je sois vigilante aujourd'hui, au cas où il aurait décidé de venir rôder aux alentours.

— Ne t'inquiète pas. Je m'occuperai de lui.

Elle se pencha et l'embrassa sur la joue.

— Je suis une grande fille, Mack.

— Je sais. Et tout ce qu'il y a de plus indépendante. C'est juste que Ferguson me sort par les yeux.

Elle rejeta ses cheveux sur son épaule.

— S'il devient trop curieux, je l'arroserai avec mon tuyau.

Les organisateurs de la collecte tombèrent presque à la renverse en voyant apparaître Hope et Mack.

— J'ai entendu dire que Mavis était absente, dit la femme qui enregistrait les candidatures bénévoles, alors je pensais que personne de chez vous ne viendrait.

— Elle s'est débrouillée pour se faire remplacer, répondit Hope en acceptant la pile de chiffons que lui tendait la femme.

— C'est terrible, ce qu'a tenté de faire cet homme, fit l'autre à mi-voix.

— Oui, en effet, se contenta de dire Hope en prenant place dans la file pour obtenir des éponges.

Ils rejoignirent la vingtaine de bénévoles qui se divisèrent bientôt en trois groupes, l'un qui arrosait les véhicules, l'autre qui lavait et le troisième qui séchait.

L'événement se déroulait dans le parking de la bibliothèque. Si l'argent récolté ce jour-là était suffisant, le bâtiment aurait bientôt de nouvelles fenêtres.

Un peu plus tard, levant les yeux de la voiture qu'il était en train de sécher, Mack contempla la file de véhicules qui faisait le tour du pâté de maisons et se dit qu'on allait sans doute pouvoir rénover aussi la toiture du bâtiment.

Vers midi, il faisait déjà 30° et il n'y avait pas un nuage dans le ciel. Les gens étaient amicaux et ne rechignaient pas à donner vingt dollars pour faire laver leur voiture.

— Il me faut d'autres chiffons, dit une des femmes de leur groupe.

— Je vais en chercher, répondit Hope.

Elle posa son tuyau et se dirigea vers les palettes où étaient entreposées les fournitures. Ferguson ne s'était pas montré, mais Mack garda néanmoins un œil sur elle tandis qu'elle traversait le parking et s'accroupissait pour prendre des chiffons.

Il la vit se relever.

Mais elle laissa soudain tomber les chiffons, porta une main à son front et s'effondra à terre.

20

Mack, l'ancien champion de cross-country, piqua un sprint et écarta rapidement les personnes déjà attroupées autour de Hope. Elle était pâle et ses paupières s'agitaient.

— Que s'est-il passé ? demanda-t-elle.

— Je crois que vous vous êtes évanouie, dit une femme.

— Appelez le 911, lança Mack.

Il prit le poignet de Hope pour vérifier son pouls.

— Ce n'est rien, répondit celle-ci en souriant à la femme qui venait de lui parler. Je vais bien. Vraiment. Je crois que c'est seulement une petite insolation.

— Tu es tombée sur le ciment, dit Mack, tu t'es peut-être cogné la tête.

Elle contesta.

— Non. Vraiment, Mack, ça va.

Eh bien, tant mieux pour elle, songea Mack, car lui-même était dans tous ses états. Quand il l'avait vue s'effondrer, sa première pensée avait été qu'on lui avait de nouveau tiré dessus et que cette fois, la balle l'avait touchée. Son cœur s'était arrêté dans sa poitrine.

— Puis-je vous apporter quelque chose à boire ? demanda la femme qui lui avait parlé précédemment.

— Oui, je veux bien. Une limonade, c'est possible ? répondit Hope.

— Pouvez-vous l'apporter là-bas ? dit Mack, tandis qu'il la prenait dans ses bras pour l'emporter un peu plus loin.

— Oh ! Bonté divine ! s'exclama Hope. Pose-moi donc !

Sans lui répondre, il l'emmena à l'ombre, sous deux grands chênes. Il la déposa sur le gazon et s'assit à côté d'elle.

— Que s'est-il passé ? demanda-t-il.

— Je n'en sais rien, avoua-t-elle. Je me suis relevée et, soudain, ma vue s'est brouillée et je ne voyais plus rien. Je ne m'étais jamais évanouie avant, je n'aime pas ça.

— Moi non plus. Tu m'as fait peur, renchérit Mack. Tu es sûre de ne pas vouloir voir un médecin ?

Elle secoua la tête.

— Non, ce n'est pas nécessaire. C'est la chaleur, peut-être la déshydra…

Elle s'interrompit en voyant revenir la femme qui leur apportait deux verres de limonade.

— J'espère qu'elle est assez fraîche, leur dit-elle avant de s'éloigner.

Hope but une longue gorgée.

— Nous rentrerons à la maison dès que tu auras fini ton verre, dit Mack.

— Nous ne pouvons pas partir ! Il faut terminer le lavage.

— Oh non ! Tu ne vas rien terminer du tout, à part peut-être ta limonade. C'est fini.

— Mais…

— Mais rien. Je te propose un compromis. Si tu restes à l'ombre en buvant ta limonade, je continuerai à laver et sécher les voitures. Mais si tu insistes pour aider, alors ma proposition ne tient plus.

Hope leva les yeux au ciel.

— D'accord… Puis-je au moins m'asseoir au comptoir pour encaisser l'argent ?

— Du moment que c'est à l'ombre. Ensuite, nous rentrerons et tu te reposeras.

— J'ai quelque chose à demander, dit Hope.

— J'écoute.

— Je voudrais que tu ailles au dîner en l'honneur de

Brody à la Maison-Blanche ce soir. Vraiment. Tu es toujours sur la liste des invités, et tu auras le temps d'attraper un train si tu pars tôt.

— Je ne veux pas te quitter. Mais je peux passer quelques coups de fil pour que tu puisses m'accompagner.

Elle refusa d'un signe de tête.

— Ici, le cirque médiatique est limité, mais à la Maison-Blanche, ce sera une autre histoire. Ce ne serait pas juste pour toi.

— Je peux composer avec les médias, dit Mack.

Elle sourit.

— Tu as prouvé que tu peux composer avec presque tout. Mais ce n'est pas une raison. Vas-y, je t'en prie. Brody est un de tes meilleurs amis. Tu n'auras sans doute plus jamais une telle occasion de lui rendre hommage.

Il était vrai que l'idée de négliger Brody lui coûtait, mais il n'avait pas osé insister pour que Hope vienne avec lui.

— Tu es sûre ? demanda-t-il.

— Oui. Tout ira bien. Mavis rentre ce soir, nous passerons la soirée ensemble.

— Je ne serai absent que quelques heures. Et je ne pense pas que je vais prendre le train. L'avion sera plus rapide. Deux heures pour le dîner et je serai revenu avant même que tu ne t'en aperçoives.

— Je sais. Ne t'inquiète pas. Le danger est derrière nous maintenant.

Il le savait, mais ne pouvait oublier qu'il avait failli la perdre.

— Tes parents reviennent aussi ce soir, dit-il.

— Je sais. Je vais parler à mon père. J'ai besoin de connaître son point de vue sur cette histoire.

Mack avait envisagé de prendre un vol commercial jusqu'à Washington, mais il décida finalement qu'un petit avion privé conviendrait mieux à la situation. Cela réduirait le laps de temps pendant lequel il serait séparé de Hope.

Pourtant, il n'était pas à l'aéroport depuis vingt minutes qu'elle lui manquait déjà. Il savait qu'il devait arrêter de se faire du souci, mais ne pouvait s'en empêcher. Il avait envie de l'envelopper de coton, de la protéger, d'être pour elle comme un doux oreiller. Bien entendu, ce n'était pas du tout ainsi que Hope voyait les choses. Ce qu'elle voulait, elle, c'était finir de laver des voitures malgré un soleil brûlant.

De toute façon, il savait que Mavis et elle étaient à l'abri, maintenant que Wayne Smother avait été arrêté. De plus, Archibald et Patsy Minnow devaient arriver dans la soirée.

On n'avait plus besoin de ses services.

Dommage.

Mais c'était compter sans le fait qu'il aimait Hope. Il n'avait pas l'intention de s'en aller. Et même s'il comprenait sa désillusion sur le mariage, il était patient et il ne renoncerait pas.

Il avait hâte de parler d'elle à Brody. Et quand l'avion se mit en mouvement sur la piste, il songea qu'il allait pouvoir le faire dans moins d'une heure. Il devait d'abord retrouver son ami à l'hôtel puis ils se rendraient ensemble à la Maison-Blanche.

Il ferma les yeux et se pelotonna sur son siège comme un chat pour piquer un petit roupillon. Comme un chat : cela le fit sourire. Il s'était débrouillé pour acheter Fred aux Webster. Il était conscient que c'était un coup tordu, mais il s'en fichait. Il jouait pour gagner.

Quarante-cinq minutes plus tard, les roues de l'appareil touchèrent le tarmac. Il sortit de l'avion, avec à la main le smoking que Chandler lui avait envoyé quelques jours auparavant. Elle avait été ravie de s'en occuper, lui avait-elle dit, car cela lui avait donné une bonne raison pour fouiller dans le placard de son frère.

Dans le taxi, Mack dut prendre son mal en patience car la circulation à Washington était dense et ralentie. Enfin, il arriva à l'hôtel. Le hall était immense et spectaculaire, tout en marbre, mais il n'y prêta aucune attention, car il venait d'apercevoir le grand corps de Brody Donovan qui s'extirpait d'un canapé.

Son ami avait l'air en forme, bronzé et musclé. Il n'avait pas changé, quelques rides étaient juste apparues autour de ses yeux. Mais il avait tout de même passé deux ans sur le front à jouer les sauveurs, ce qui avait certainement généré beaucoup de stress.

Il lui donna une forte accolade.

— Content de te voir, mon vieux !

— Ravi que tu aies pu venir, répondit Brody. Ta mission au New Jersey est terminée ?

— Presque. Les parents de Hope reviennent ce soir.

— Tu as réussi à ne pas lui passer la bague au doigt. Bravo !

Mack recula d'un pas. Il savait que son ami plaisantait, mais il ne pouvait pas laisser passer l'occasion.

— Je vais l'épouser.

Brody le dévisagea en plissant les yeux.

— Ma parole, tu es sérieux !

— On ne peut plus sérieux. Elle est fantastique, Brody. Belle, intelligente, drôle. Elle est gentille, attentionnée et généreuse. Oh ! et elle fait les meilleures enchiladas du monde.

— Eh bien, lance les démarches et fais-le.

— Elle n'a pas encore dit oui.

Brody le prit par le coude et l'entraîna vers le bar.

— Qu'est-ce que tu fais ? demanda Mack. Il faut nous habiller et y aller.

— Oh non ! Je viens juste d'apprendre qu'une femme a envoûté mon meilleur ami. Tu ne peux pas faire comme si de rien n'était et t'attendre à changer de conversation aussi rapidement. Allez, viens, c'est moi qui régale.

Hope attendit vingt minutes après le départ de Mack, puis elle prit sa voiture pour aller au supermarché. Heureusement,

Jane n'était pas de service. Hope ne connaissait pas la caissière. Peu importait de toute façon.

Elle acheta deux tests de grossesse. Elle y pensait depuis des jours, mais son évanouissement le matin même l'avait décidée à agir.

Elle n'avait pas menti à Mack : elle ne s'était encore jamais évanouie.

Elle ne lui avait pas parlé de cette nausée qu'elle avait ressentie au réveil, sachant pertinemment que si elle le faisait, il ne la quitterait pas d'une semelle. Et elle avait besoin de faire ça seule.

De retour chez elle, elle monta au premier étage, lut les instructions des tests et s'enferma dans les toilettes.

Les deux tests affichèrent le même résultat.

Enceinte. Avec un E majuscule.

Hope Minnow allait avoir un bébé.

Elle eut envie de danser et de sauter de joie. Mais elle se retint en entendant le déclic du système de sécurité. Mavis était rentrée.

Hope rassembla les tests et les emballages, les remit dans le sac en plastique et fourra celui-ci sous son lit. Elle ne voulait pas que quiconque soit au courant avant qu'elle ait pu l'annoncer à Mack. Il méritait d'être le premier à savoir. Il serait de retour vers minuit, au plus tard. Huit heures à patienter, ce n'était pas grand-chose.

Elle descendit l'escalier et rit sous cape en s'apercevant qu'instinctivement, elle effleurait la rampe de sa main. Elle avait dévalé ces marches pendant des années sans jamais y prêter attention. Etonnant comme une grossesse pouvait changer les perspectives.

— Salut, Mavis, lança-t-elle en entrant dans la cuisine.

— Bonjour, Hope. Tu m'as manqué, dit Mavis en l'embrassant. Je n'ai pas vu la voiture de Mack.

— Il est à une soirée de célébration pour un vieil ami à Washington. Il rentrera dans la nuit. Sans doute en même temps que mes parents. Il s'est dit qu'il n'y avait pas de risque, maintenant que Smother est en prison.

— C'est cohérent, dit Mavis.

— Comment va ton beau-frère ? Et ta sœur ?

— Mieux.

— J'en suis ravie. Et je suis contente que tu sois rentrée. Je vais descendre pour utiliser le tapis de course pendant un moment.

— D'accord, acquiesça Mavis. J'ai acheté des plats chinois pour le dîner.

— Parfait. A tout à l'heure.

En remontant, Hope fut surprise de trouver la cuisine déserte. Elle passa la tête par la porte vitrée pour voir si Mavis était sous la véranda. Aucun signe d'elle.

— Mavis ? cria-t-elle.

Un pressentiment la fit frissonner. Mavis la prévenait toujours quand elle sortait.

Elle s'empara du téléphone fixe, dans l'intention d'appeler sur le portable de Mavis. C'est alors qu'elle vit la petite note sur le calendrier.

« Je suis allée chercher de la maïzena, je reviens tout de suite. »

Rassurée, Hope songea à aller s'asseoir dehors pour profiter des derniers rayons du soleil.

Elle était sur le point d'ouvrir la porte vitrée, quand elle entendit la sonnerie d'un portable. Il lui fallut quelques secondes pour comprendre qu'elle provenait du portable de Paula, qui était toujours dans son sac à main. Elle le sortit, reconnut le numéro de Gloria's Path et répondit.

— Hope à l'appareil, dit-elle, se réjouissant du fait qu'elle n'avait plus à dissimuler son identité.

— Salut, c'est Sasha.

— Que se passe-t-il ? J'ai entendu dire que tu étais partie pour quelques jours.

— J'ai dû aller rendre visite à ma mère. Elle s'est cassé le col du fémur.

— Oh ! Je suis désolée ! Est-ce que ça va ?

— Oui, sauf qu'elle doit sortir de l'hôpital aujourd'hui et qu'il faudrait que je sois avec elle pour l'aider. Nous avons eu un appel urgent, une nouvelle cliente qu'il va falloir aller chercher. Elle attend à la station-service Smart, à l'est de la ville. Une voisine l'a emmenée là-bas.

— Est-ce qu'elle va bien ?

— Maintenant, oui. Son mari l'a envoyée à l'hôpital et elle est sortie il y a deux jours. En se réveillant ce matin, elle s'est dit qu'elle ne pouvait plus supporter ça. Elle s'appelle Dana. La quarantaine, des cheveux bruns courts. Je ne voulais pas lui dire que nous n'avions personne pour aller la chercher. Jackie va arriver, mais pas avant quelques heures. Tu pourrais passer la prendre et l'installer à Gloria's Path ? Jackie prendra le relais dès que possible.

Hope hésita. Que dirait Mack quand il apprendrait qu'elle avait quitté la maison en dépit de la promesse qu'elle lui avait faite ?

— Personne d'autre n'est disponible ?

— Non, j'ai vérifié. Je ne te le demanderais pas si…

C'était vrai. Sasha faisait toujours preuve de bonne volonté quand il s'agissait d'heures supplémentaires ou de corvées et elle ne se déchargeait jamais sur les bénévoles.

— Pas plus d'une heure ou deux ?

— Absolument.

Hope serait rentrée avant que Mack ait fini le poulet caoutchouteux ou les autres horreurs qu'on devait servir à la Maison-Blanche.

— D'accord, je m'en charge. Bon courage avec ta mère.

Hope raccrocha et prit un stylo. En dessous de la note de Mavis, elle griffonna :

« Je suis sortie pour conduire une femme au refuge. Mange sans moi, je grignoterai en rentrant. »

Puis elle prit son sac, soulagée de ne plus avoir à enfiler ce déguisement ridicule.

Son portable sonna alors qu'elle montait en voiture. Elle regarda le numéro. C'était l'association de Brooklyn.

— Hope, répondit-elle.

Dix minutes plus tard, elle s'arrêtait sur le parking de la station-service.

C'était une petite station indépendante, dont les affaires marchaient bien, grâce au passage des poids lourds en route pour New York et aux banlieusards qui travaillaient en ville.

Il n'y avait personne dehors. Elle se gara devant la boutique et entra. Personne non plus dans les rayons. Elle s'approcha du caissier.

— Bonjour. Je devais retrouver une femme ici. La quarantaine, les cheveux bruns et courts.

— Je viens de lui donner la clé des toilettes, répondit l'homme en désignant l'extérieur.

Il se tourna pour servir un autre client.

Construite trente ans auparavant, la station-service appartenait à la famille Smart qui, de toute évidence, n'avait pas jugé nécessaire de créer de nouvelles toilettes à l'intérieur.

Hope sortit, longea la façade du bâtiment et tourna l'angle sans voir l'homme qui l'attendait, tapi dans l'ombre.

Trop tard. Plaquant une main sur sa bouche, il lui tira la tête en arrière.

— Pas un cri ou vous êtes morte, murmura-t-il.

21

Le bar servait de la bonne bière pression et Mack fut heureux de trinquer à sa bonne fortune. Il avait l'impression d'avoir une chance incroyable. Dire qu'il avait accepté cette mission sans imaginer qu'il allait rencontrer une femme merveilleuse, une femme avec qui il voudrait passer le reste de sa vie.

— Tu en as déjà parlé à Chandler ? demanda Brody.

— Non. Je veux le lui annoncer de vive voix. Mais je ne veux pas non plus faire de l'ombre à son mariage. Je le lui dirai après.

— Elle aurait peut-être aimé un double mariage ? suggéra Brody.

— Si je perturbe en quoi que ce soit le mariage d'Ethan et Chandler, je crois que je ne serai plus là pour le mien. Ethan me tuera.

— C'est génial qu'ils se soient mis ensemble, reprit Brody en reposant son verre. Et étonnant si on pense aux probabilités.

— C'est vrai. Même si ça ne semble pas si surprenant, en fait. En y repensant, il faisait énormément attention à elle, il voulait toujours qu'elle vienne avec nous.

Brody hocha la tête.

— Il a bouclé la boucle. Et j'ai à peine le temps de m'habituer à la nouvelle que mon autre ami fait le grand saut.

— Tu seras le prochain, dit Mack en se levant.

Il était l'heure pour eux de se rendre à la Maison-Blanche.

— Je ne pense pas, dit Brody, comme s'il voulait écarter

immédiatement cette idée. Ce que je vais faire, c'est prendre des vacances en Amérique du Sud. Me prélasser sur une plage et siroter des rhums glacés.

— Pas mal !

Brody lui envoya une claque dans le dos.

— Excellent, tu veux dire ! Et sans explosions de bombes autour. Ça, c'est encore mieux.

Il se mit en marche.

— Viens. Il ne faut pas faire attendre le Président.

Les deux hommes s'habillèrent dans la chambre de Brody, ce dernier en uniforme et Mack en smoking.

— Tu es plutôt chic en tenue, dit Mack.

— Pareil pour toi. Mais je n'en attendais pas moins de toi. C'est un des effets de ton patrimoine génétique à la James Bond.

— Si tu dis des trucs comme ça ce soir, ils vont te retirer ta récompense.

— Qu'ils essaient seulement !

Mack sortit son portable.

— Je vais envoyer un texto à Hope.

Il tapa son message et l'envoya.

Sortant de la chambre, les deux amis prirent l'ascenseur pour descendre dans le hall. Puis ils quittèrent l'hôtel et se mirent à marcher vers la Maison-Blanche, dont quatre rues seulement les séparaient. Sur le trajet, Mack vérifia trois fois son téléphone. Rien.

— Pas de réponse ? demanda Brody qui avait visiblement remarqué son air préoccupé.

— Non.

— Elle est peut-être sous la douche ?

— Peut-être.

Mais Mack n'y croyait pas. Hope s'était déjà douchée ce jour-là, il le savait car il était avec elle. Qui aurait cru que le gel douche à la framboise pouvait servir à des choses si agréables ? Ils étaient restés si longtemps sous l'eau qu'ils avaient vidé le ballon d'eau chaude.

Il n'avait aucune raison d'imaginer un quelconque problème. Pourtant cette logique ne suffisait pas à apaiser son inquiétude.

Ils parcoururent les derniers mètres. Un petit groupe d'invités attendaient de passer la sécurité et ils prirent leur tour dans la queue. Tandis qu'ils avançaient à petits pas, Mack sortit de nouveau son portable et appela Hope. Après quelques sonneries, la messagerie vocale se mit en marche.

— Appelle-moi, dit-il rapidement.

C'était leur tour d'être contrôlés.

Ils montrèrent leurs cartes d'identité et furent autorisés à passer à travers une série de portiques électroniques.

A l'autre bout, une femme en longue robe noire les accueillit et les escorta jusqu'à leurs sièges, dans la salle à manger officielle.

Les gens circulaient ou prenaient des chaises, tandis que des serveurs fendaient la foule avec des plateaux chargés de verres de vin. De la musique jouait en fond sonore. Tout le monde semblait vouloir rencontrer Brody et le féliciter sur ses états de service.

Tout en serrant les mains des inconnus que Brody lui présentait, Mack ne pouvait s'empêcher de penser à Hope. Pourquoi ne répondait-elle pas au téléphone ?

Il fit une nouvelle tentative et tomba encore sur la messagerie.

Il appela la maison. Aucune réponse, là non plus.

Le Président approchait, serrant des mains au passage. Mack fit défiler ses numéros, trouva celui qu'il cherchait et lança l'appel. A la troisième sonnerie, il expliqua ce dont il avait besoin, transmit le numéro de Hope et raccrocha.

— Qu'est-ce que tu fais ? demanda Brody.

— J'ai appelé Pam Brogan, la meilleure analyste de données que je connaisse. Je veux savoir où se trouve le portable de Hope.

Moins de deux minutes plus tard, son téléphone vibra. Il répondit et sentit la panique se répandre comme une brûlure dans sa poitrine. Il raccrocha juste au moment où le Président s'arrêtait devant eux.

— Ravi de vous revoir, Mack, dit ce dernier.

— Merci, monsieur.

Le Président tourna alors son attention vers Brody.

— Docteur Donovan, dit-il, c'est un plaisir.

Puis il le félicita pour ses états de services et lui dit combien il admirait ses compétences et son courage.

Quand il se fut éloigné, Mack se pencha vers l'oreille de Brody.

— Je suis désolé de te faire ça : tu es mon meilleur ami et je voudrais être là pour te voir recevoir les honneurs. Mais je ne peux pas rester. Pam a repéré le portable de Hope. Il est abandonné au milieu d'un champ. Quelque chose de grave se passe.

— Allons-y, dit Brody.

— Tu ne peux partir, il y a la cérémonie.

Brody agita la main.

— Il y a trois autres lauréats. J'ai serré la main du Président, ça me suffit. Tu es mon ami. Si tu as des problèmes, je veux t'aider. Mais tu dois me promettre une chose.

— Vas-y, dit Mack en gagnant déjà la sortie.

— Que je serai ton témoin.

Hope n'avait aucune idée de l'endroit où ces hommes l'emmenaient. Dès qu'ils l'avaient poussée dans la camionnette, ils lui avaient placé un bandeau sur les yeux et l'avaient jetée sur le plancher, où elle s'était durement cogné la tête.

Elle avait senti son agresseur agripper la bandoulière de son sac à main et la faire passer par-dessus sa tête. Puis la camionnette avait démarré sur les chapeaux de roues. Hope avait tendu les bras à l'aveuglette pour ne pas être ballottée d'une paroi à l'autre. Elle avait la nausée et se retenait pour ne pas éclater en sanglots tant sa terreur était grande.

Pourtant, elle réussit à rester silencieuse et s'efforça d'écouter ce que les hommes disaient à l'avant. En vain, car ils parlaient une langue qu'elle ne comprenait pas.

Elle entendit un bruit de fermeture Eclair et sentit une bouffée de vent quand une vitre fut ouverte. L'un des hommes dit quelque chose, l'autre rit, puis la vitre se referma.

Avaient-ils jeté quelque chose par la fenêtre ? Son sac ? Autre chose ?

Elle ne pensait pas que son enlèvement était fortuit. La camionnette attendait au coin de la rue. L'homme l'avait agrippée et fourrée dans le véhicule en quelques secondes. Il l'attendait.

Elle tenta de se remémorer les événements de la soirée. En arrivant à la station-service, elle avait demandé après une femme répondant à la description que lui avait faite Sasha. Le caissier lui avait dit qu'elle était aux toilettes.

Sasha avait la quarantaine et des cheveux bruns courts.

Hope n'avait prévu de travailler ce soir-là. Elle n'était sortie que parce que Sasha le lui avait demandé.

Elle eut envie de vomir. Son amie l'avait-elle trahie ?

Que voulaient ces hommes ? Une rançon ? Ses parents la paieraient, elle en était certaine.

Oh, Seigneur ! Mack… Il allait être fou d'inquiétude.

Et leur bébé. *Oh ! je vous en prie*, songea-t-elle avec désespoir, *faites qu'il n'arrive rien à notre bébé*.

Mack et Brody attrapèrent un taxi aux abords de la Maison-Blanche. Dans la voiture, Mack appela le pilote pour lui demander de se tenir prêt à décoller, car Brody et lui seraient là dans quinze minutes.

Ce fut le plus long quart d'heure de sa vie. Il essaya encore deux fois le numéro de Hope et ne prit pas la peine de laisser un message.

L'appel suivant fut pour le chef Anderson. Quand le policier répondit, il paraissait ensommeillé.

— Oui ?

— Mack McCann. Je n'arrivais pas à joindre Hope et j'ai fait localiser son portable. Il est dans une sorte de terrain vague sur la route 52. Elle a des ennuis. Je voudrais que vous envoyiez un agent chez elle, pour voir s'il y a quelqu'un.

— Mais, mais…, bégaya l'homme.

Puis il soupira.

— Je vais y aller moi-même. J'habite à proximité de chez les Minnow.

Le taxi s'arrêta et Mack lança de l'argent au chauffeur, après quoi Brody et lui se mirent à courir. Ils embarquèrent dans l'avion, le pilote effectua les manœuvres de décollage et ils furent dans les airs en moins de trois minutes.

— Ça va aller, lui dit Brody.

Mack opina.

— Il le faut.

Rien n'était plus important que cela.

Hope essayait d'évaluer la distance parcourue en comptant les secondes dans sa tête. Elle en était arrivée à douze minutes et quelques quand la camionnette s'arrêta soudain. Elle entendit les portières s'ouvrir.

Elle n'était pas certaine de la vitesse à laquelle ils avaient roulé, mais ils avaient dû respecter la limitation à 90 km/h, pour ne pas attirer l'attention. Ce qui signifiait qu'ils se trouvaient approximativement à vingt kilomètres de la station-service où elle avait été enlevée.

Cela ne lui disait pas grand-chose, mais c'était déjà ça. Elle tendit l'oreille pour écouter les bruits environnants. Etait-ce un train au loin ? Il existait quelques voies de chemin de fer pour les marchandises et les passagers, au nord de Weatherbie.

— Allons-y.

Une main agrippa le haut de son bras et l'entraîna. Les yeux toujours bandés, elle manqua un pas et tomba.

De l'herbe. De hautes herbes.

La main la tira de nouveau. Ils marchèrent pendant une minute, puis une porte s'ouvrit. Elle sentit le changement de température quand ils pénétrèrent dans un bâtiment étouffant. Se posant sur son épaule, la grosse main la poussa sur une chaise.

Enfin, quelqu'un lui retira son bandeau et elle put voir ses ravisseurs.

Ils lui étaient totalement inconnus. Deux hommes aux cheveux noirs et au teint olivâtre. Sans doute âgés d'une petite quarantaine d'années. L'un portait un jean et un T-shirt blanc. L'autre avait un pantalon kaki et une chemise à manches longues.

Mais le plus important était que tous deux avaient des armes à la main. Difficile de se concentrer sur autre chose. Elle se força à reposer les yeux sur leurs visages.

L'homme au pantalon kaki avait quelque chose de familier : son visage rond, son front large…

Soudain, elle se souvint. Les photos dans la voiture de Sasha. Son partenaire au mariage de sa cousine. Aucun doute, c'était lui.

Une preuve de plus que Sasha était impliquée dans son enlèvement.

Elle déglutit, craignant de se mettre à vomir. Comment son amie avait-elle pu en venir là ?

Elle détourna les yeux pour éviter que l'homme ne remarque la lueur qui s'était allumée dans son regard quand elle l'avait reconnu. Elle jeta un coup d'œil autour d'elle. Le bâtiment avait des parois en métal et un sol en ciment. Un vieux tracteur et un râtelier étaient rangés à un bout. A l'endroit où ils l'avaient fait asseoir se trouvait une table de jardin bon marché avec quatre chaises. Il y avait aussi un petit réfrigérateur, comme celui qu'elle avait à l'université, et une rallonge électrique qui courait jusqu'au mur.

— Qui êtes-vous ? demanda-t-elle.

Aucun d'eux ne répondit. L'homme en jean ouvrit le réfrigérateur et y prit une bière. Il la lança à son comparse et prit une deuxième bouteille pour lui-même.

— Que voulez-vous ? reprit-elle.

— Ta gueule, lança Jean, cette fois en anglais.

En entendant sa voix, elle comprit que c'était lui qui avait parlé dans la camionnette. Kaki devait conduire. Cela voulait dire qu'il avait sans doute les clés dans sa poche.

A la première occasion, elle s'en emparerait et filerait. Mais quand Jean posa soudain sa bière pour décrocher un rouleau de corde suspendu au mur, elle comprit que ses chances de succès s'amenuisaient.

22

Mack et Brody atterrirent sur le petit aérodrome privé de Weatherbie, à exactement 20 heures. Deux minutes plus tard, ils roulaient en direction de la maison Minnow. Mack reçut l'appel qu'il attendait.

— Je suis chez les Minnow, dit le chef de la police. Mavis est rentrée il y a vingt minutes. Il n'y a aucune trace de Hope. Sa voiture n'est pas là. Son sac non plus. Aucun signe de lutte. Mavis dit que l'alarme était branchée quand elle est rentrée.

— Pas de note ? Aucune explication ?

— Non. Je lui ai demandé et j'ai vérifié moi-même. Je n'ai rien trouvé.

Il était inutile d'aller là-bas. Il entra l'adresse donnée par Pam Brogan dans le GPS. Puis il la répéta à Anderson et ajouta :

— J'y vais. Rejoignez-nous là-bas.

Il y avait peu de circulation et il leur fallut huit minutes pour arriver. C'était dans les faubourgs de Weatherbie, là où la campagne reprenait ses droits. Il y avait un McDonald's à un carrefour, une station-service au suivant, une église avec un grand parking au troisième et le dernier ouvrait sur un champ vide avec un panneau « à vendre ».

— Ça doit être ça, dit Brody.

Mack acquiesça et se gara.

Ils sortirent et s'immobilisèrent au bord du talus herbeux. Ce serait comme de chercher une aiguille dans un tas de foin. A moins d'un coup de chance. Mack composa le numéro de

Hope et écouta. Rien. Ils se séparèrent, chacun d'eux refaisant régulièrement le numéro en espérant entendre la sonnerie. La nuit était en train de tomber.

Il se passa dix minutes avant que Brody ne lance :

— Je l'ai !

Mack courut vers son ami. L'appareil était là, gisant dans l'herbe. Comme si quelqu'un l'avait jeté depuis la route.

Dans ce secteur, les herbes n'étaient ni couchées ni piétinées. Il était certain que ni Hope ni son ravisseur n'étaient venus dans ce champ.

Du coin de l'œil, il vit clignoter des lumières bleues et il comprit qu'Anderson était arrivé. Il y avait deux voitures de patrouille avec lui.

Le policier et deux agents pénétrèrent dans le champ. Mack les salua d'un signe de tête.

— Voici mon ami, Brody Donovan.

Puis il désigna le téléphone de Hope.

— Je suis sûr que c'est le sien, mais je ne l'ai pas touché. Je n'ai pas de gants.

Le chef hocha la tête et un agent ramassa l'appareil avant de presser une touche. Il montra l'écran à Mack. Hope n'avait pas passé d'appels de la journée. Les seuls enregistrés étaient ceux qu'il avait passés depuis Washington et la trentaine que Brody et lui avaient faits au cours des dernières minutes.

— Regardez les textos, dit-il.

Il y avait son texto de Washington, rien d'autre.

Il se tourna vers Anderson.

— Hope est passée par ici. Je ne sais pas pourquoi, mais elle était là. Il faut interroger tout le monde dans le quartier. Je pense que l'option la moins probable est l'église. Il n'y a aucune voiture dans le parking et, en toute franchise, si elle a roulé jusqu'ici, je ne pense pas que c'était pour visiter une église vide. Mais elle aurait pu avoir besoin d'essence ou d'un en-cas, bien que je ne l'aie jamais vue dans un fast-food.

Anderson fit un geste à un des agents.

— Toi, va voir l'église.

Puis il se tourna vers l'autre.

— Va au McDonald's avec Brody. Mack et moi allons à la station-service. Branchez vos radios sur le canal deux pour communiquer discrètement.

— Attendez, intervint Mack.

Il prit son portable dans la poche de sa chemise, fit défiler les photos et en trouva une de Hope.

— Voici sa photo, dit-il en tenant son appareil de manière à ce que les hommes puissent bien voir.

Puis il regarda son ami.

— Je te la transfère pour que tu puisses la montrer aux gens.

— Pigé, lança Brody. On va la retrouver.

Mack ne répondit pas. Il avait l'horrible sensation que le temps n'était pas leur allié.

Quand Anderson et lui pénétrèrent dans la station-service, il y avait un employé et trois personnes à la caisse. Le policier écarta les clients en exhibant son badge et ils furent soudain en tête de la queue. Dans l'intervalle, Mack avait vérifié qu'il n'y avait personne dans les rayons.

— Bonne chance, souhaita le caissier à un client qui venait d'acheter un billet de loterie.

C'étaient eux qui avaient besoin de chance. Le policier s'avança et montra de nouveau son badge.

— Anderson, chef de la police de Weatherbie. Nous recherchons cette femme.

Il fit signe à Mack de montrer son portable à l'employé, qui examina la photo.

— Elle est jolie. Elle a fait quelque chose de mal ?

— Elle… a disparu, répondit Anderson.

Mack détesta le son de ce mot. *Disparu.*

— Vous l'avez vue ?

— Je viens juste de commencer, il y a une demi-heure. C'est Hank qui était à la caisse avant, mais il est rentré chez lui.

Bon sang.

— Vous avez une caméra de sécurité ? interrogea Mack.

L'homme fronça les sourcils.

— Bien sûr.

— Nous avons besoin de voir les bandes de ce soir, dit Mack.

— Il va falloir demander à Tammy, la gérante.

Mack approcha son visage de celui de l'homme.

— Allez chercher Tammy. Tout de suite.

Jean lui avait mis les mains derrière le dos, l'avait traînée vers un poteau de bois et l'avait attachée. Puis Kaki et lui avaient quitté le bâtiment.

Les épaules lui brûlaient et la tête lui faisait mal là où elle s'était cognée, mais le pire, c'était la douleur morale.

Quand elle était arrivée à Gloria's Path, Sasha avait été sa confidente. Grâce à elle, elle avait trouvé le courage de quitter Wills et de s'engager dans le bénévolat. C'était son amie.

Du moins l'avait-elle cru jusque-là.

Elle s'était imaginé qu'elle ne pourrait jamais endurer une trahison plus cruelle que celle de son père. Mais ceci était encore bien pire. Son père était motivé par son appétit de célébrité et d'argent. Même si elle détestait cela, elle pouvait le comprendre.

Mais quelle était la motivation de Sasha ?

Peu importait finalement, comprit-elle. Ce qui comptait, c'était de rester en vie. A n'importe quel prix, quoi qu'elle doive supporter.

Elle se le devait à elle-même, à Mack, et, plus que tout, à l'enfant qu'elle portait. Mack allait revenir, il verrait la note sur le calendrier et il comprendrait ce qui s'était passé. Il allait la retrouver. Et elle serait en vie quand il y parviendrait.

Tammy Burden ne mesurait pas plus d'un mètre cinquante mais avait l'allure de quelqu'un qui ne s'en laisse pas conter. Le chef Anderson se présenta et lui présenta Mack avant de lui expliquer rapidement la situation.

Tammy les dévisagea.

— Hope Minnow était ma partenaire de tennis au lycée. Oh mon Dieu, vous êtes le bel étranger sur lequel Jane a twitté !

Mack hocha la tête.

— Jane n'a jamais eu le moindre bon sens, commenta Tammy. Venez, allons voir.

La qualité des vidéos de sécurité n'était pas fameuse, mais elle était meilleure que certaines bandes que Mack avait vues. De plus, il ne s'agissait pas de repérer quelqu'un dans une foule. Il cherchait la femme qu'il aimait et il la trouva assez facilement.

— La voilà, annonça-t-il en vérifiant l'heure sur la bande.

18 h 14. Presque deux heures auparavant.

— Elle parle au caissier.

Il s'efforça de lire sur ses lèvres. « Retrouver une femme », comprit-il. Le caissier pointait le doigt. Que lui montrait-il, bon sang ?

Tammy avait déjà pris le téléphone. Elle composa un numéro et se mit à parler.

— Hank, c'est Tammy. Désolée de vous déranger, mais j'ai une question à vous poser. Environ une demi-heure avant la fin de votre journée, une femme blonde est entrée. Elle vous a parlé, peut-être pour vous dire qu'elle avait rendez-vous avec une femme, et vous avez désigné quelque chose à l'extérieur. Vous vous en souvenez ?

Mack avait envie de lui arracher le téléphone des mains, mais Tammy semblait bien se débrouiller jusque-là. Il préférait ne pas intervenir. Il regarda Anderson et eut l'impression que le policier pensait la même chose.

— Bon, merci, dit Tammy avant de raccrocher. Il se souvient bien de Hope. Elle est entrée, a regardé autour d'elle, puis lui a demandé s'il y avait une femme d'une quarantaine d'années aux cheveux bruns et courts dans le magasin. Il lui a dit qu'il venait de donner la clé des toilettes à une femme qui correspondait à cette description. Selon lui, elle est sortie pour aller la chercher. Mais il n'était pas content, car personne n'a rapporté la clé. A la fin de sa journée, il est allé voir et a trouvé la clé sur le sol des toilettes. Il l'a remise à sa place.

Elle désigna une clé munie d'une tige métallique rouge en guise de porte-clés. Elle pendait au mur derrière la tête du caissier.

— N'y touchez pas. Ne la donnez à personne et condamnez l'entrée des toilettes, ordonna le chef Anderson.

Il se mit à parler dans la radio accrochée à son revers.

— Rassemblement à Smart Gas. Je répète, rassemblement à Smart Gas.

Il regarda Mack.

— Je vais demander à mes agents de traiter la scène.

— Y a-t-il une caméra de sécurité dans les toilettes ? questionna Mack.

— Non, pas de ce côté-ci du bâtiment, je suis désolée.

— Et aux pompes ? insista-t-il.

— Bien sûr. Vous pensez qu'elle a pris du carburant ?

Il en doutait. Il existait deux possibilités : soit la femme brune était également en danger, soit elle avait fait office d'appât et quelqu'un avait accosté Hope sur le chemin des toilettes. Ensuite on l'avait emmenée en voiture. Il restait une chance d'obtenir une description du véhicule.

— Je voudrais voir les bandes de 6 heures à 6 h 20.

Tammy tapa calmement quelque chose sur son ordinateur, et une image des trois pompes à essence s'afficha à l'écran. Les voitures s'arrêtaient des deux côtés. Il n'y avait rien d'inhabituel. Mais Mack vit soudain une camionnette bleue contourner les pompes sans s'arrêter. Le conducteur, un homme d'âge moyen, portait une casquette de base-ball tirée bas sur le front.

Il sortit de l'écran.

— Où est-il allé ? s'exclama Mack. Où est-il allé ?

— Il s'est peut-être arrêté pour faire demi-tour, dit Tammy. Cela arrive tout le temps. Des gens qui cherchent une adresse et qui se rendent soudain compte qu'ils ont dépassé les limites de la ville.

Il était impossible de le savoir car la caméra ne couvrait pas l'entrée de la station.

— Revenez à l'autre caméra, demanda Mack. Pour voir s'il est entré dans la boutique.

Tammy s'exécuta et ils examinèrent les images. Aucun homme avec une casquette n'était entré. Aucun homme du tout, d'ailleurs.

Mack croisa le regard du chef de la police et celui-ci opina. S'adressant à sa radio, il demanda qu'on recherche une camionnette bleue dont le pare-chocs arrière droit était cabossé.

— Voilà. L'information va être relayée dans tout l'Etat, dit-il à Mack après avoir fini.

Tammy contemplait les deux hommes.

— Je suis désolée, déclara-t-elle. J'aimerais pouvoir vous en dire plus, mais il n'arrive jamais rien à Weatherbie.

Mack, lui, savait que des malheurs se produisaient partout. Parfois, c'était une question de hasard, mais pas cette fois. Hope était venue chercher quelqu'un. Mais qui ? Et qui l'avait attirée dans ce piège ? S'il pouvait découvrir cela, il la retrouverait.

— Je pense que nous avons fait tout ce qu'il était possible de faire, déclara le chef de la police. Je suggère que vous rentriez chez les Minnow. Avec un peu de chance, vous allez recevoir une demande de rançon. Je vais appeler le FBI pour demander une assistance.

Mack regarda sa montre. Les Minnow devaient atterrir à l'aéroport JFK de New York dans moins de deux heures. Il serait impossible de dissimuler la disparition Hope Minnow, et il ne pouvait pas les laisser apprendre la nouvelle par quelqu'un d'autre.

Hope avait été placée sous sa responsabilité et il avait échoué à la protéger.

La seule chose pire que cela, c'était la possibilité qu'il l'ait perdue pour toujours.

23

Même si Hope ignorait depuis combien de temps elle était seule, cela lui semblait une éternité. Elle était fatiguée d'être debout, sa gorge lui faisait mal à force de crier à l'aide, elle avait très mal au dos et aux épaules à cause de ses liens et pour ne rien arranger, elle avait un besoin pressant de faire pipi.

Mais c'était le sentiment d'isolement, de solitude totale, qui était le plus difficile à supporter. Et si personne ne revenait ? Ceux qui l'avaient enlevée allaient-ils la laisser mourir là ? Combien de temps cela pouvait-il prendre ? Quelques jours, une semaine, avant qu'elle ne meure de faim et de déshydratation ? Quelle horreur.

Quand la porte s'ouvrit enfin, elle se sentit presque soulagée de voir ses ravisseurs. Ils la regardèrent comme si elle n'existait pas vraiment. Kaki avait les ongles rongés jusqu'au sang et il avait changé de chemise. Celle-ci n'était plus rayée blanche et grise comme la précédente mais bleue. Ses cheveux aussi avaient l'air plus propres.

S'était-il douché et changé ? Le fait qu'il puisse avoir fait quelque chose d'aussi anodin pendant qu'elle était retenue captive ici lui noua l'estomac. Etait-il allé chez Sasha ?

Elle croisa son regard.

— J'ai besoin d'aller aux toilettes.

L'homme parut hésiter. Puis il s'approcha d'elle et la détacha. Elle s'étira en priant pour ne pas s'évanouir de douleur. L'homme lui saisit l'avant-bras d'une poigne de fer.

— Pas de coups fourrés, lui dit-il.

Il la conduisit jusqu'à la porte par laquelle Jean et lui étaient entrés et poussa Hope devant lui. La pièce ressemblait à un petit bureau. Il y avait une télévision fixée au mur, sur laquelle était diffusé un match de football. Des restes de fast-food traînaient sur le bureau. L'estomac de Hope gargouilla bruyamment.

L'homme n'y prêta aucune attention et lui désigna la salle de bains.

— Si tu n'es pas sortie dans une minute, je viens te chercher.

La petite salle d'eau ne contenait que des toilettes et un lavabo. Si Kaki s'était douché, il l'avait fait ailleurs. Peut-être quand il était allé chercher leur repas. Elle n'avait pas entendu la camionnette circuler, mais elle était persuadée que l'un d'entre eux s'était absenté.

Cela allait-il se reproduire ? Il serait plus facile de lutter contre un seul homme. Elle y mettrait toute son énergie, utiliserait ses dents, ferait tout ce qu'elle pourrait.

Hope utilisa les toilettes et essaya de trouver quelque chose qui pourrait éventuellement lui servir d'arme. Mais il n'y avait rien. Ni bombe de laque ni rasoir. Juste une savonnette et du papier toilette.

Elle tira la chasse d'eau, se lava les mains et rouvrit la porte. Kaki regardait la télévision.

— Que voulez-vous ? lança-t-elle. Il n'est peut-être pas trop tard pour faire marche arrière.

Il se contenta de la regarder.

— Allons-y, dit-il.

— Puis-je avoir quelque chose à boire ? demanda-t-elle en s'efforçant de paraître docile.

Il ne répondit pas et la reconduisit dans la grande pièce. Au passage, il s'empara d'une bouteille d'eau dans le réfrigérateur et la lui tendit. Il la regarda l'ouvrir et boire à grandes gorgées.

Elle entendit son portable sonner et le vit prendre l'appareil dans la poche de son pantalon. Il jeta un coup d'œil à l'écran et s'adressa à Jean.

— C'est bon, dit-il. Il n'y en a plus pour longtemps.

Son complice hocha plusieurs fois la tête, comme s'il était nerveux.

Qu'est-ce qui était bon ?

Kaki lui reprit des mains la bouteille d'eau à moitié vide.

— Ça suffit.

Puis il la ramena au poteau et l'attacha.

Mack utilisa ses relations pour franchir rapidement la sécurité de l'aéroport et attendre à la porte de débarquement. Là, il se mit à faire les cent pas en attendant l'atterrissage de l'avion.

Il avait appelé Mavis de la voiture. Elle était calme, bien plus calme que lui. Il l'avait prévenue de l'arrivée imminente de la police et du FBI.

— Je les attends, avait-elle dit simplement.

Bing apparut en premier. Puis Patsy Minnow et Archie derrière elle. Ils avaient tous l'air exténués.

— Mack ? lança Bing d'un ton inquiet.

Personne ne venait plus jamais chercher les passagers à la porte de débarquement. Mack sentit sa gorge se nouer d'émotion et secoua la tête.

— Je suis désolé, commença-t-il en se tournant vers Archie et Patsy. Hope a disparu il y a environ six heures. La police locale et le FBI ont été alertés. Jusqu'ici, nous n'avons pas eu de demande de rançon.

Patsy laissa échapper un cri semblable à celui d'un chiot. Le visage d'Archie perdit toute couleur. Bing, quant à lui, le fixa de son regard noir.

— Mais je croyais qu'on avait arrêté ce fou furieux ! s'exclama Patsy.

Elle était perplexe.

— C'est quelqu'un d'autre, dit Mack.

Il aurait voulu leur promettre qu'il allait tout résoudre

et leur ramener Hope, mais il n'avait rien, absolument rien. Aucun indice, aucune piste.

— Mavis est à la maison. Je crois qu'elle est impatiente de vous retrouver.

Alors qu'ils quittaient l'aéroport, le téléphone de Mack sonna. Il le tira précipitamment de sa poche. *Brody.*

— On en sait plus ? demanda-t-il.

— On a eu un appel, lui dit son ami. Ils demandent une rançon. Cinq millions de dollars d'ici demain midi.

— Vous avez eu une preuve qu'elle est encore en vie ?

— Oui. Apparemment, elle va bien. Ils lui ont ordonné de parler et elle a dit : « Dites à Mack que j'adore les donuts du Nord. »

Les donuts du nord ? Bon sang, mais de quoi parlait-elle ?

— Tu es sûr que c'est ce qu'elle a dit ?

— Je l'ai entendu de mes propres oreilles. Nous avions mis le haut-parleur.

Nord comme dans le nom d'une marque ? Donuts ? Il ne lui avait jamais acheté de donuts et ils n'en avaient jamais parlé non plus.

Mais si ! Elle lui avait raconté l'histoire d'un vieux monsieur qui s'était enfui nu de la maison de retraite pour acheter des donuts à sa petite copine.

Elle était détenue dans une maison de retraite, dénommée Nord ?

Non, cela n'avait aucun sens. Près d'une maison de retraite ? Au nord de la ville ? Peut-être.

Détenue par quelqu'un d'âgé ?

Détenue par quelqu'un qui travaillait dans une maison de retraite ? Par celle qui lui avait raconté cette histoire ?

Sasha.

Il s'écarta du groupe.

— Brody, je voudrais que tu fasses quelque chose pour moi, mais n'en parle à personne.

Il ne savait plus à qui il pouvait faire confiance.

— Je crois que la femme avec qui Hope travaillait à Gloria's Path est dans le coup. Son prénom est Sasha. Je ne connais pas son nom de famille ni son adresse, mais je parie qu'on peut les demander à quelqu'un au refuge.

— Je m'en occupe, dit Brody.

Ils sortirent de l'aéroport. Le trajet de retour jusque chez les Minnow fut silencieux, tout le monde était perdu dans ses pensées.

Le révérend Minnow brisa le silence une seule fois pour annoncer qu'il avait l'intention de payer. Il irait à la banque dès le lendemain matin.

Mack lui fut reconnaissant de ne pas se dérober. Il aurait pu lui-même fournir une part importante de la somme, mais il lui aurait fallu plusieurs jours pour rassembler le reste. Et le temps était compté.

Néanmoins, il savait que la chance n'était pas de leur côté. Les affaires de kidnapping se terminaient rarement bien, même quand on payait la rançon. Les ravisseurs perdaient souvent leur sang-froid et finissaient par tuer la victime, parfois avant d'avoir reçu l'argent, parfois juste après.

Mais pour le moment, Hope était encore vivante. Du moins l'était-elle un quart d'heure plus tôt.

Ils s'engagèrent dans l'allée de la maison et s'arrêtèrent derrière les voitures de police. Quand ils pénétrèrent dans la maison, une douzaine d'agents et d'officiers en tenue levèrent la tête. Mavis avait fait du café et il y avait un grand plat de cookies sur le comptoir.

On aurait pu se croire à une fête, si les visages n'avaient pas tous reflété à quel point la situation était dramatique.

— La presse locale est venue, lui dit le chef Anderson en le prenant à part. Personne n'a parlé de la demande de rançon, bien sûr, mais je pense tout de même que l'affaire va faire grand bruit, surtout après ce qui est arrivé à Hope la semaine dernière.

Les feux de la rampe. C'était ce que Hope détestait le

plus. Quelques jours auparavant, elle était convaincue que les menaces dirigées contre elle n'étaient qu'un stratagème pour renforcer la popularité de son père. Etait-il possible qu'elle ait eu raison ? Son père était-il tellement avide de notoriété qu'il avait organisé tout cela ?

Mack s'approcha du révérend Minnow. L'homme semblait avoir vieilli de dix ans depuis qu'il était descendu de l'avion, mais rien ne pouvait freiner Mack à ce stade.

— Puis-je vous dire un mot en privé ? demanda-t-il.

— Bien sûr, dit Archie Minnow.

Il le conduisit à la bibliothèque et referma les portes vitrées.

Mack ne perdit pas de temps.

— Je sais que votre fille et vous entretenez des relations compliquées. Je sais aussi que William Baylor l'a frappée, et que, pour une raison incompréhensible, vous avez continué à employer cet homme.

Archie pinça les lèvres, mais ne dit rien.

— Au début, Hope ne croyait pas aux menaces car elle pensait que c'était un coup de pub destiné à promouvoir la vente de votre nouveau livre. Mais les menaces étaient réelles, et Wayne Smother était réel. Nous pensions que c'était fini, et voilà ce qui vient de se passer. Je ne vous le demanderai qu'une fois. Etes-vous responsable de cette situation, d'une manière ou d'une autre ?

Il s'attendait à ce que l'homme se fâche, mais Archie Minnow se contenta de secouer la tête.

— J'ai commis une erreur avec William. Il était comme un fils pour moi, longtemps avant qu'il n'épouse Hope. Je l'aimais. Et je savais que je ne serais jamais arrivé à autant de succès sans son aide. C'est un homme brillant. Il a un bon instinct et me conseillait judicieusement sur ce que je devais faire. Quand ils ont commencé à avoir des problèmes, Hope et lui, j'ai eu peur. J'ai pensé que j'échouerais si William ne faisait plus partie de mon équipe. Alors que j'avais travaillé toute ma vie pour en arriver là.

Mack avait terriblement envie de lui envoyer son poing dans la figure, mais il ne dit rien.

— J'ai été surpris quand Hope m'a raconté ce qui s'était passé. Et j'ai vu ses blessures, qui étaient graves. J'en ai parlé à William qui m'a donné une version tout à fait différente. Je n'étais pas là, me suis-je dit, qui devais-je croire ? Ce que je savais par contre avec certitude, c'est que si cette histoire éclatait au grand jour, cela ferait du tort à l'Eglise. Tout le monde savait que William était mon bras droit, mon successeur désigné, en fait.

— Hope pense que vous avez choisi de prendre le parti de William plutôt que le sien.

— Je sais. Mais elle a tort, continua Minnow d'une voix chargée d'émotion. J'ai fait bien pire. Et je l'ai longtemps regretté. Je ne m'attends pas à ce qu'elle me pardonne. Vous voyez, c'est moi que j'ai choisi plutôt qu'elle. Ce n'est pas ce qu'un père est censé faire. Les parents font passer les besoins de leurs enfants avant les leurs. Ce n'est pas ce que j'ai fait et je n'en suis pas fier. En fin de compte, je serai jugé par Dieu, et je ne peux qu'implorer Son pardon. J'ai dit la vérité à Patsy. Je l'ai fait après que vous nous avez appelés à Paris. Nous avons failli perdre Hope. J'ai compris que je devais enfin être honnête avec sa mère.

— Et comment a-t-elle réagi ?

— Elle était bouleversée, bien sûr, mais je pense qu'elle a compris. Elle a toujours été consciente de l'importance que l'Eglise a pour moi. Et c'est important pour elle aussi.

Archie s'éclaircit la gorge et jeta un coup d'œil aux portes, comme pour s'assurer qu'elles étaient bien fermées.

— Il y a quelque chose que vous devez savoir. Les menaces que nous avons reçues, ces deux lettres, c'est Patsy qui en a parlé à Byron Ferguson. Et qui lui a dit que Hope avait un garde du corps. C'est comme ça qu'il l'a su.

Mack s'attendait à tout sauf à ça.

— Mais pourquoi ?

— J'ai déjà reçu des lettres étranges de paroissiens.

Certains sont de fervents croyants. Bien que ces lettres aient été différentes, Patsy m'a dit qu'elle ne pensait pas que Hope soit véritablement en danger, surtout avec vous à ses côtés. Elle pensait que ces informations seraient utiles pour la vente de mes livres. Elle l'a fait pour moi.

Mack sentit qu'il allait exploser.

— Maintenant, écoutez-moi bien. J'aime votre fille et elle m'aime.

Il prit une profonde inspiration.

— Et je vais l'épouser.

Archie Minnow le dévisagea en silence. Puis il reprit la parole.

— Vous ne le croirez peut-être pas, mais je suis vraiment croyant. Je prie pour Hope, je prie pour nous tous.

— Je vais la retrouver, affirma Mack. Même si je dois y laisser ma vie.

Mack retourna dans la cuisine. A présent que la demande de rançon était arrivée, tout le monde était dans l'expectative. Les agents discutaient à voix basse, en petits groupes. Quelqu'un avait commandé des pizzas, et une odeur appétissante s'échappait de la pièce.

Mavis se tenait au bout du comptoir. Elle portait le même chemisier que le matin où elle était partie. Le matin où elle ne voulait pas laisser Hope et Mack seuls. Où elle avait examiné le calendrier avec eux.

Mack regarda le réfrigérateur.

Le calendrier affichait la date du lendemain.

Quelque chose clochait. C'est Mavis qui se chargeait d'enlever le feuillet tous les matins, il l'avait vue faire. Bien sûr, il était possible que quelqu'un d'autre l'ait fait. Mais dans quel but ? C'était très improbable. Tenir à jour le calendrier faisait partie des prérogatives de Mavis.

Si elle avait retiré le feuillet du jour par inattention, alors elle l'avait sans doute jeté à la poubelle. Les vieilles habitudes ont la vie dure.

D'un air dégagé, Mack prit une serviette en papier dans le distributeur et cracha dedans le chewing-gum qu'il avait dans la bouche. Il la froissa en boule, s'approcha de l'évier et ouvrit le placard qui se trouvait en dessous. Il jeta la serviette en papier.

Dans une poubelle complètement vide.

Il se souvenait distinctement y avoir jeté le filtre à café le matin même. Quelqu'un avait pris la peine de la vider et de la sortir. Au beau milieu de cette agitation ?

Il referma le placard et se servit un verre d'eau. Debout près de l'évier, il le but. Personne ne faisait attention à lui. Mavis était dans le salon, assise près de la mère de Hope, lui parlant doucement.

Mack sortit sous la véranda. La nuit était tiède, et il s'immobilisa pour contempler un instant la piscine. Si quelqu'un l'observait, il penserait qu'il était perdu dans ses pensées.

Un instant plus tard, il faisait le tour de la maison et se dirigeait vers les poubelles alignées le long du garage. Il souleva le couvercle et sortit le sac du dessus. Il l'ouvrit et en examina le contenu à la lueur de sa lampe de poche.

Parmi le marc de café, les restes de spaghettis et les journaux, il trouva ce qu'il cherchait. Il déplia la feuille de papier et la lissa.

« Je suis allée chercher de la maïzena, je reviens tout de suite. »

C'était l'écriture de Mavis.

« Je suis sortie pour conduire une femme au refuge. Mange sans moi, je grignoterai en rentrant. »

La réponse de Hope.

Mavis avait délibérément caché cette information. Pourquoi ?

La seule explication possible était qu'elle trempait là-dedans jusqu'au cou.

24

Mack prit son téléphone et appela Brody.

— Où es-tu ?

— Je viens de quitter Gloria's Path. La femme s'appelle Sasha Roher, j'ai son adresse.

— Qui te l'a donnée ?

— Personne. L'endroit était désert. Les dégâts de l'incendie n'ont pas encore été nettoyés. Mais ils n'avaient pas enlevé les dossiers. J'ai trouvé un classeur métallique dans lequel il y avait les formulaires de déclarations de tous les employés. Il n'y avait qu'une Sasha. Je suis en train de me rendre chez elle.

— Passe me prendre, dit Mack. Je t'attends au bout de l'allée.

Il n'avait pas l'intention de prévenir quiconque qu'il partait.

Quelques minutes plus tard, Brody arrêta la voiture à l'endroit convenu. Il laissa le volant à Mack, et son ami lui parla du feuillet dans la poubelle.

Brody siffla entre ses dents.

Mack entra l'adresse de Sasha dans le GPS et se hâta de démarrer. Ils arrivèrent à destination en moins de dix minutes. C'était une petite maison de bois qui ne devait pas abriter plus de trois pièces. Une allée étroite menait au garage et débouchait ensuite dans la ruelle de derrière. La porte du garage était baissée, mais il y avait de la lumière à l'arrière de la maison.

— Passe par-derrière, dit Mack. J'entre par-devant.

Il gravit les marches du perron, ouvrit la moustiquaire et tourna la poignée de la porte. Fermée. Il entendit de la musique, quelque chose de bruyant avec beaucoup de batterie. Enfin un élément positif.

Levant la jambe, il donna un coup de pied dans la porte. Deux de plus et le chambranle se fendit. Il entra. La maison sentait la cannelle. Il jeta un coup d'œil dans la cuisine. Propre et rangée. Même chose pour le petit salon. Il n'y avait aucune trace de lutte. Cela ne le soulagea qu'à moitié.

Dans le couloir, il dépassa la salle de bains et passa la tête à l'angle de la pièce d'où la lumière provenait. Sasha était là, le dos tourné. Elle dansait au rythme de la musique, tout en remplissant une valise posée sur son lit défait. Dans un sac à main ouvert à côté, Mack vit un petit revolver.

Se faufilant derrière elle, il lui pressa son arme sur la tempe et replia le bras autour de son cou.

Elle tenta de se dégager, mais ne put bouger.

— Vous allez quelque part ? murmura-t-il à son oreille.

— Comment êtes-vous entré ? questionna-t-elle d'une voix tremblante.

Bien. Il voulait qu'elle ait peur.

— Je vous donne trois secondes pour me dire où se trouve Hope. Sinon, je vous descends. Un. Deux…

Il prit sa respiration et ouvrit la bouche.

— Comment le saurais-je ? rétorqua la femme en essayant de bomber le torse.

Il saisit sa chance au vol.

— Parce que vous avez choisi une associée qui ne résiste pas aux interrogatoires. Mavis a peut-être l'air solide mais ce n'est qu'une poule mouillée. Elle s'est dégonflée comme une veille baudruche et vous a balancée.

Il la sentit souffler brusquement.

— Merde ! dit-elle.

— La seule chose qui peut vous sortir de là, c'est de me dire où se trouve Hope.

— Je ne sais pas.

Elle mentait. Il prit son portable et appela Brody.

Quand son ami répondit, il parla rapidement.

— Officier Donovan, je veux que vous appeliez l'officier Ethan Moore. Dites-lui que Mme Roher a résisté à l'arrestation et que j'ai été obligé de l'abattre en position de légitime défense.

Puis il écarta le téléphone de son oreille afin que Sasha puisse entendre la réponse de Brody.

— Bien reçu, dit son ami. J'appelle également le coroner.

Mack lâcha Sasha et la fit pivoter afin de lui faire face. Moins d'un mètre les séparait.

— Adieu, Sasha, articula-t-il en pointant son revolver sur le cœur de la femme.

— Attendez ! cria-t-elle. Ils la retiennent dans un vieux hangar à machines. Sur la route C, au croisement avec la route 126.

C'était au nord de la ville.

— Qui ? interrogea Mack.

— Mon ami et son frère. Mais c'était une idée de Mavis. C'est elle qui a mis au point ce plan insensé. Elle a persuadé mon ami que ça marcherait.

— Comment connaît-elle votre ami ?

— C'est son frère.

Mack rappela Brody.

— Rejoins-moi. Par la porte d'entrée.

Quand son ami pénétra dans la chambre, Mack lui sourit d'un air complice.

— Bien reçu ?

Brody haussa les épaules.

— Je ne regarde pas beaucoup de films policiers.

Mack lui désigna du menton le sac à main toujours posé sur le lit.

— Prends son revolver et vérifie s'il est chargé.

Brody s'y connaissait en armes à feu. Durant leur enfance, ils chassaient dans les montagnes et Brody avait toujours eu la main sûre. Une qualité qui s'était révélée être un véritable atout pour la chirurgie.

— Il est chargé. Six balles.

— Essaie-le, pour être sûr qu'il tire.

Brody ficha une balle dans le chevet du lit.

— Il tire un peu à droite mais je peux corriger ça facilement.

— Je compte sur toi. Mets-la en joue. N'hésite pas à tirer si elle fait quoi que ce soit. Je vais appeler le chef Anderson et il sera là dans quelques minutes.

— Où vas-tu ? questionna Brody.

— Je vais retrouver la femme de ma vie. Quand les flics arriveront, dis-leur qu'ils me trouveront au croisement de la route C et de la 126.

— Tu ne veux pas les attendre ?

— Certainement pas ! lança Mack en quittant la maison.

Il ne voulait surtout pas prendre le risque que la cavalerie prenne d'assaut le hangar et que Hope se retrouve au milieu d'une avalanche de tirs croisés. Il allait faire ça à sa manière, discrètement.

Il conduisit à toute allure et ne mit que sept minutes pour arriver. Il gara la voiture à cinq cents mètres du hangar et courut le reste du trajet. Il n'était même pas essoufflé quand il atteignit l'endroit.

A la vue d'une camionnette bleue à l'extérieur du bâtiment, il sentit les battements de son cœur s'accélérer. Il contourna le hangar et remarqua deux portes. L'une était la porte d'entrée, l'autre, une porte de garage assez large pour laisser passer des machines agricoles.

Il y avait trois fenêtres de chaque côté, trop hautes pour pouvoir les atteindre. Il allait devoir passer par la porte principale. Il fallait qu'il trouve un moyen de faire sortir les ravisseurs sans éveiller leurs soupçons.

Il regarda autour de lui, considérant les possibilités qui s'offraient à lui. La camionnette. Ça pouvait fonctionner. Il y avait un petit espace vert entre l'avant de la camionnette et le bâtiment. Légèrement en pente. C'était peut-être suffisant.

Il ouvrit la portière, espérant que ces imbéciles avaient laissé la clé sur le contact. Mais non.

O.K., plan B. Il ressortit du véhicule, s'allongea sur le dos et se glissa en dessous. A l'aide de sa lampe de poche, il localisa le câble de transmission qui était relié à un levier. Il le débrancha et poussa le levier jusqu'à ce qu'il entende un double déclic. La camionnette avança un peu, lui indiquant qu'il avait réussi à passer la marche avant.

Il sortit en rampant de sous le véhicule et alla s'adosser contre l'arrière de la camionnette. Il la poussa de toutes ses forces, pour qu'elle prenne suffisamment de vitesse. Puis il s'éloigna en courant jusqu'à l'angle du hangar qu'il réussit à atteindre au moment même où le véhicule percuta le mur. Il y eut un énorme fracas.

En plein dans le mille.

La porte s'ouvrit et Mack vit un homme passer la tête au-dehors et regarder à droite et à gauche. Il avait une torche.

— C'est quoi ce bordel ? dit-il, et c'est alors qu'il vit la camionnette.

Il balaya les environs avec sa lampe et sembla rassuré de ne pas découvrir d'autre véhicule. Il sortit, laissant la porte ouverte.

Mack le laissa approcher de la camionnette avant de se faufiler derrière lui et lui asséna un coup sur la tête avec son revolver. L'homme s'effondra sur le sol. Mack le fourra dans le véhicule et se servit d'une corde trouvée dans le coffre pour lui attacher les mains dans le dos. Cela fait, il ressortit en prenant soin de verrouiller les portières.

Il franchit la porte du hangar et pénétra dans le petit bureau. Une télévision était allumée dans un coin et une bière à moitié vide était posée sur le vieux bureau métallique.

Mack poussa la porte qui communiquait avec le hangar lui-même. Celle-ci grinça et il prit son élan, sachant qu'il venait de perdre son effet de surprise.

Malgré cela, il ne fut pas assez rapide. Il vit Hope et le deuxième homme, à l'instant où eux-mêmes l'apercevaient.

L'homme, qui venait de détacher les mains de Hope, l'attrapa par les épaules et se cacha derrière elle, l'utilisant comme bouclier.

Mack sentit son cœur chavirer. Il n'était pas arrivé jusque-là pour la voir mourir.

Mais soudain, il vit Hope entrelacer ses mains, les lever au-dessus de sa tête et frapper l'homme assez fort pour qu'il titube.

Cette diversion arrivait à point nommé.

Le temps que l'homme se reprenne, Mack avait son arme braquée sur sa poitrine.

C'est alors qu'ils entendirent les sirènes approcher.

Trente minutes plus tard, Mack était assis dans l'herbe, adossé au hangar, serrant Hope dans ses bras. L'air frais de la nuit lui faisait du bien.

— Je savais que tu allais arriver, dit-elle.

— Tu as été très maligne, lui dit-il en l'embrassant sur le front.

Elle était vivante.

— Sans ton allusion aux donuts, je n'aurai jamais pu te retrouver.

Après avoir quitté la maison de Sasha, il avait appelé le chef Anderson pour lui faire un bref résumé des événements. Le policier avait accepté de s'occuper de l'arrestation de Mavis et d'envoyer des renforts à Brody. Puis d'un ton ferme, il avait ordonné à Mack de ne plus rien faire et de laisser la police se charger de la suite des événements.

Il avait donc été assez irrité de découvrir que Mack avait ligoté un suspect à l'arrière d'une camionnette et qu'il en tenait un autre en joue. Mais il s'était rapidement détendu et avait passé une partie de la dernière demi-heure à les mettre au courant des derniers événements.

Confrontée, Mavis avait d'abord nié avoir un quelconque rapport avec la disparition de Hope. Mais quand le révérend Minnow l'avait suppliée de leur dire la vérité, elle s'était effondrée. Elle avait avoué avoir entendu la conversation de Patsy avec Byron Ferguson. Elle s'était dit que si quelque chose arrivait à Hope, tout le monde serait au courant. Archie serait alors si en colère contre sa femme qu'il se tournerait peut-être vers elle pour trouver du réconfort.

En conclusion, le policier leur avait fait cette révélation surprenante :

— Elle a reconnu devant une pièce bondée qu'elle était secrètement amoureuse d'Archie Minnow depuis qu'elle et Patsy avaient fait leurs études ensemble.

Mavis en avait parlé à son frère, qui avait commencé à sortir avec Sasha Roher et, ensemble, ils avaient mis au point un plan pour enlever Hope. Les choses étaient censées se dérouler après le retour des Minnow et le départ de Mack. Mais quand Mavis avait appris que ce dernier était parti à Washington, elle avait donné le feu vert.

— Je pensais que Sasha était mon amie, commenta Hope d'un air triste. Et Mavis ? Elle vit chez nous depuis des années.

— Elle était jalouse de ta mère, dit Mack. Et ce depuis toujours. Je crois que ce genre d'émotion finit par abîmer les gens et les pousse à faire des choses insensées.

— J'ai reconnu l'un des hommes. Je l'avais vu sur les photos de Sasha. Et je ne pouvais m'empêcher de penser que son visage avait quelque chose de familier. J'imagine que j'avais dû remarquer sa ressemblance avec Mavis.

— Il a entraîné son frère là-dedans. C'était une affaire de famille. Ils pourront peut-être avoir des cellules voisines en prison.

Il caressa les cheveux de Hope.

— A propos, tu lui as donné un sacré coup dans le hangar.

Elle sourit.

— Je me demande si je devrais appeler Wills pour le remercier.

— Hein ?

— Je me sentais tellement vulnérable après son accès de violence que j'ai pris des cours d'autodéfense pendant six mois. C'était l'un des mouvements que nous a appris le prof. Finalement, même les mauvaises choses finissent par avoir du bon.

— Je ne pense pas que tu rencontreras de nouveau ton ex. Quelque chose me dit qu'il ne va plus travailler très longtemps pour ton père.

— Tu sais quelque chose que j'ignore ?

Il haussa les épaules.

— Je crois qu'il faut que tu parles à tes parents.

— Je vais le faire. J'ai envie de les voir. J'ai… tellement de choses à leur raconter.

— Je serai à tes côtés, lui glissa-t-il.

— Mais tout d'abord, je dois te dire quelque chose, reprit-elle en se tournant vers lui.

— Je t'écoute…

— J'ai le boulot à Brooklyn.

Il sourit.

— C'est une bonne nouvelle, non ?

Il pouvait vivre à Brooklyn. Il pouvait vivre partout tant qu'il était avec elle.

— J'ai refusé.

— Pourquoi ?

— J'ai quelque chose d'autre à te confier.

Il attendit.

— Je suis enceinte.

Mack sentit le sang couler plus vite dans ses veines.

— Comment le sais-tu ?

— J'ai fait un test de grossesse. Deux, en fait. J'attends un bébé, c'est sûr.

A présent, il sentait son cœur gonfler dans sa poitrine. *Enceinte*. Il allait être père.

— Et j'ai encore quelque chose à te dire.

— Je commence à avoir la tête qui tourne, chérie, dit-il.

— Oui.

— Oui quoi ?

— Oui, je veux t'épouser. Je t'aime. Je te fais confiance. Je sais que je ne me trompe pas. Je veux vivre dans le Colorado avec toi. Je veux voir ces maisons dont tu m'as parlé. Je veux que notre enfant grandisse là-bas.

Mack se pencha et l'embrassa tendrement. Puis il se releva et lui tendit la main.

— Et moi, je veux raconter à notre enfant ce jour où je suis tombée amoureux de Hope Minnow, alias Hopeless Fish Bait. Une femme si belle, si gentille et si incroyablement courageuse qu'elle a fait de moi le plus heureux des hommes.

DEBRA WEBB

Un rôle
bien trop troublant

Traduction française de
CAROLE PAUWELS

BLACK ROSE

HARLEQUIN

Titre original :
UNDERCOVER WIFE

Ce roman a déjà été publié en 2014.

1

— Ça ne pouvait pas attendre que je me présente au rapport après-demain ?

John Logan se laissa tomber dans l'un des fauteuils en similicuir encadrant le bureau.

En huit mois de mission, sa coéquipière et lui n'avaient bénéficié d'aucun congé, et il aurait apprécié d'avoir deux jours pour décompresser avant de reprendre le travail.

Il fit un effort pour se détendre, mais les effets du décalage horaire commençaient à se faire sentir.

A moins que ce ne soit ceux des margaritas de la nuit dernière…

L'évocation de la petite fête de la veille le fit sourire. Dommage qu'un appel en provenance de Washington l'ait tiré du lit à l'aube… d'autant qu'il s'y trouvait en charmante compagnie.

— Nous avons un problème.

Lucas Camp était le directeur adjoint du Programme de récupération, une unité spéciale du gouvernement dont la mission consistait pour l'essentiel en opérations d'infiltration tellement secrètes que seul le Président en avait connaissance. Il s'accota au bureau et décocha à John un regard solennel.

John revint immédiatement à la réalité. Il connaissait ce ton, ce regard. Imaginant déjà différents scénarios, il se redressa sur son siège.

— Quel genre de problème ?

Le directeur, Thomas Casey, s'avança dans le halo de lumière diffusé par la lampe posée sur son bureau. L'homme aimait rôder dans l'ombre et, s'il était nouveau à la tête de l'unité spéciale, il s'était déjà fait une réputation de personnage énigmatique.

— Nous allons sans doute devoir annuler la mission en Amérique du Sud, dit-il, son regard transperçant celui de John comme deux lasers bleus. Taylor est morte.

Morte ?

John se leva d'un bond, sans même en avoir conscience. Jess Taylor était sa coéquipière. Ils s'étaient séparés à peine deux jours plus tôt pour s'accorder quelques heures de détente avant le début de leur nouvelle mission.

Comment pouvait-elle être morte ?

John secoua la tête, refusant de l'admettre. Il devait s'agir d'une erreur.

— Mais nous venons… elle était…

John n'alla pas plus loin. Il était inimaginable que ces hommes, ses supérieurs, lui mentent.

— Comment ? demanda-t-il, en reconnaissant à peine l'intonation brutale de sa propre voix.

— Sanchez l'a éliminée à la sortie de l'aéroport, à Los Angeles, répondit Lucas. Nous savons qu'il s'agissait de lui car il y avait trois témoins oculaires. La description ne laisse aucun doute.

La colère s'empara de John.

Sanchez, cette infâme vermine.

Il aurait dû le tuer quand il en avait eu l'opportunité. Mais Sanchez avait supplié qu'on lui laisse la vie sauve. Il avait juré de leur fournir des informations sur le cartel qu'ils essayaient de démanteler depuis un an. Jess avait mordu à l'hameçon et, malgré sa défiance, John s'en était remis à son jugement. Aujourd'hui, il avait toutes les raisons de le regretter amèrement.

— Où est-il ?

Son intonation farouche lui valut un regard étonné et vaguement réprobateur de Lucas.

— Nous nous occupons de Sanchez.

— Non ! C'est moi qui vais m'en occuper.

John écumait de rage. Il avait envie de casser quelque chose. Il voulait que Sanchez meure lentement, très, très lentement.

— Vous avez déjà une mission, lui rappela Casey de cette voix feutrée et agréable qui n'était qu'une des nombreuses illusions du personnage.

Thomas Casey était un homme dangereux et totalement dépourvu de cœur, pour qui seul comptait le succès du Programme de récupération. Créée pour servir les besoins des autres agences gouvernementales quand les procédures usuelles échouaient, l'unité spéciale que dirigeait Casey était appelée pour « récupérer » la situation. Ses membres formaient un commando d'élite hautement entraîné dans la lutte anti-terroriste et l'infiltration agressive. Quand tout avait échoué, un spécialiste était dépêché sur place pour sauver ce qui pouvait encore l'être.

John dirigea sa colère contre son supérieur.

— Jess est morte ! Je ne vois pas comment mener cette mission sans elle. Pas de coéquipière, pas d'accès à l'organisation d'Esteban. Au cas où vous l'auriez oublié, il fallait un couple pour réussir cette infiltration.

— Nous avons peut-être une alternative, dit Lucas, en ouvrant le dossier posé sur le bureau de Casey. Erin Bailey.

La photo qu'il lui tendit laissa John bouche bée.

Les cheveux étaient plus longs et plus clairs, les lèvres peut-être un soupçon plus pleines, mais en dehors de cela, la jeune femme ressemblait à Jess comme deux gouttes d'eau. Les pommettes hautes et ciselées, le nez fin et les yeux d'une extraordinaire nuance violette étaient exactement identiques.

C'était à la fois stupéfiant, et quelque peu troublant.

— Mais bon sang, qui est-ce ?

— Et ce n'est pas tout, ajouta Lucas, visiblement ravi de son petit effet. C'est un pirate informatique.

L'informatique était précisément la spécialité de Jess, et cette compétence particulière était nécessaire au succès de leur mission en Amérique du Sud.

— Comment l'avez-vous trouvée ?

— Complètement par hasard. Ce sont les Ressources spéciales qui l'ont découverte.

John connaissait bien ce service de recrutement parallèle, chargé d'enrôler de futurs agents parmi de simples civils plus doués que la moyenne dans un registre particulier. C'était par ce biais qu'il avait intégré l'unité.

Mettant momentanément sa colère sur pause pour assouvir sa curiosité, il demanda :

— Vous l'avez recrutée ?

Ce fut Casey qui répondit à sa question.

— Non. Nous voulions d'abord savoir si cette approche vous posait problème.

John n'en crut pas un mot. Il savait très bien que Casey se moquait éperdument de ce qu'il pouvait penser.

— Nous savons très bien que vous n'avez pas envie de perdre ces longs mois de préparation avec Jess, remarqua Lucas. Erin Bailey est notre seul espoir de sauver la mission.

Malgré son envie d'envoyer cette mission aux orties, John avait trop de conscience professionnelle pour agir de la sorte. Il devait la mener à bien coûte que coûte.

Et il savait que Jess aurait réagi de la même façon si les circonstances avaient été inversées.

— Où est-elle ?

— Dans un pénitencier fédéral à Atlanta.

Le regard de John fit l'aller-retour entre Lucas et la photographie d'Erin.

— Qu'a-t-elle fait ?

La jeune femme à l'air innocent sur le cliché ne semblait pas capable d'avoir commis un acte criminel. Ce qui était un point négatif de plus contre elle. Comment parviendrait-elle à survivre dans l'univers d'Esteban ?

— Rien, d'après elle.

Une lueur amusée traversa le regard de Lucas.

— Mais tous les prisonniers disent la même chose.

— Elle a contaminé les systèmes informatiques de plusieurs grandes entreprises pour que celles-ci fassent appel à la jeune mais prometteuse compagnie de cyber-sécurité où elle était employée, expliqua Casey. Elle a été condamnée à cinq ans. Elle n'a exécuté pour le moment que quatre mois de sa sentence et, à ce qu'il paraît, elle ne supporte pas du tout l'emprisonnement.

John prit le dossier et étudia plus attentivement Erin Bailey. D'après la description physique qui en était faite, elle avait à peu près la même taille et le même poids que Jess.

— Elle n'a pas de famille ? demanda-t-il, perplexe. Peut-être un petit ami qui pourrait créer des problèmes ?

Lucas secoua la tête.

— Pas âme qui vive. Elle était apparemment fiancée à son patron lorsqu'elle a été démasquée. Il a juré sous serment qu'il ignorait tout de ses activités criminelles. Et, vu la belle brune qui se pavane aujourd'hui à son bras, il semblerait qu'il l'ait déjà remplacée.

Quelque chose dans cette histoire chiffonnait John, mais les problèmes personnels de cette femme ne le concernaient pas.

— Qu'est-ce qui vous fait croire qu'elle acceptera ? demanda-t-il en levant les yeux vers Casey. Nous savons vous et moi à quel point c'est risqué.

— Nous avons la certitude que son petit ami l'a piégée, et je parie qu'elle ne refusera pas l'opportunité de se venger.

Casey se pencha au-dessus du bureau et récupéra le dossier des mains de John, avant d'ajouter :

— Mais, au cas où elle ne serait pas intéressée, vous allez lui proposer un petit marché.

— Et si elle accepte notre offre ?

— Dans ce cas, vous aurez une semaine pour transformer Erin Bailey en Jessica Taylor.

Erin rêvait. Elle se trouvait au milieu d'une magnifique prairie verdoyante parsemée de bleuets et de marguerites, sous un ciel d'un bleu dont la pureté paradisiaque était à peine troublée ici et là par une touche de blanc cotonneux.

Dans son rêve, elle ferma les yeux et tourna lentement sur elle-même.

L'herbe haute lui chatouillait les chevilles. La sensation était douce sous ses pieds nus. Une odeur suave l'entourait, celle des fleurs sauvages, de la terre fertile, de l'herbe luxuriante… l'odeur de la liberté.

— Debout !

Erin se réveilla en sursaut, plissa les yeux dans la pénombre et essaya d'identifier la silhouette penchée sur elle. Une peur panique l'envahit quand une main se referma sur son épaule et la secoua.

Et si le garde Roland avait décidé de mettre ses menaces à exécution ? A moins qu'il ne s'agisse de cette codétenue qui semblait avoir une dent contre elle.

Elle aurait voulu crier, mais un poids pesait sur sa poitrine, l'empêchant presque de respirer.

— Que… que voulez-vous ? parvint-elle à murmurer.

Il était minuit passé, et la longue rangée de cellules au bout de laquelle se trouvait la sienne était étonnamment silencieuse.

— J'ai dit debout, répéta la voix.

Elle n'avait pas le timbre éraillé et vulgaire du gardien qui la menaçait. Soulagée, Erin repoussa la couverture usée jusqu'à la trame, glissa les pieds dans ses tennis et se leva en remettant de l'ordre dans ses vêtements froissés.

Le gardien la menotta et la poussa vers la porte en lui ordonnant de se taire.

L'inquiétude d'Erin, un instant apaisée, revint à la vitesse de l'éclair.

Où l'emmenait-il à cette heure de la nuit ? Que voulait-il ?

Le frottement des semelles en caoutchouc sur le béton était le seul bruit audible tandis qu'ils longeaient une cellule après l'autre.

Le silence était parfois interrompu par la toux ou le ronflement d'une détenue endormie, mais personne ne se réveilla pour assister à l'étrange déplacement de la prisonnière N° 541-22.

Erin brûlait d'envie de demander où on l'emmenait, mais la peur lui fit garder le silence. Trop souvent, elle avait vu des codétenues payer le prix de leur désobéissance.

Le gardien lui avait dit de se taire, et elle le ferait. Mais elle était terrorisée. Comment pourrait-elle faire confiance à qui que ce soit dans cet endroit ?

La quasi-obscurité du long corridor ne faisait que renforcer son sentiment de confinement et d'oppression.

Par quel miracle parviendrait-elle à survivre ici encore quatre ans et huit mois ? Elle ne supportait déjà plus cette odeur de crasse et de sueur qui flottait partout.

Après avoir passé le dernier point de contrôle, ils débouchèrent dans la zone réservée aux visiteurs.

Le gardien s'arrêta devant une porte menant à une pièce réservée aux entretiens. C'était dans cette pièce qu'Erin avait rencontré à deux reprises son avocat, celui-ci ne montrant qu'un intérêt très limité pour son affaire.

— Allez-y, dit le gardien en lui désignant la porte. Je vous attends ici pour vous ramener en cellule dès que vous aurez terminé.

— Je ne comprends pas, dit Erin en éprouvant le soudain et pressant besoin de fuir. Qu'est-ce que je fais ici ?

— Vous avez de la visite, répondit le gardien d'un ton impatient.

Une visite ? Pour elle ?

Jeff, cet infâme personnage, serait-il venu s'excuser ? Lui dire que tout cela n'était qu'un immense malentendu ? Qu'elle était libre de partir ?

Erin serra les dents en s'efforçant de refouler la douleur toujours bien vivace sous l'attitude pondérée qu'elle affichait au prix d'un immense effort de volonté.

Il avait détruit sa vie, sa carrière. Absolument tout. Plus jamais elle n'occuperait un poste en rapport avec la sécurité.

Et il s'en était sorti blanc comme neige.

A présent, elle payait le prix de sa naïveté.

Erin redressa les épaules et prit une grande inspiration. Qui que soit son visiteur, ce ne pouvait être Jeff. Et encore moins son avocat. Dès le début, celui-ci lui avait dit que son cas était indéfendable. Evidemment, c'était Jeff qui l'avait engagé.

Mais quelle idiote elle avait été !

La porte se referma derrière elle avec un claquement qui lui glaça le sang. Elle détestait tellement être enfermée !

Une ampoule nue dispensait sa chiche lumière jaunâtre sur une table disposée au centre de la pièce. Les deux chaises qui l'encadraient étaient vides.

— Asseyez-vous.

Surprise, Erin se tourna vers l'endroit d'où venait la voix.

Elle ne reconnut pas l'homme aux cheveux noirs qui venait de sortir de l'ombre pour s'avancer vers la table.

Si elle l'avait déjà rencontré, elle n'aurait certainement pas oublié un homme aussi séduisant que celui-ci. Un début de barbe ombrait son menton et ses mâchoires ciselées. Sa chemise de popeline blanche était légèrement froissée. Son jean délavé était usé juste ce qu'il fallait pour être confortable à porter.

Il avait l'air épuisé, comme s'il venait de faire un long voyage, ou comme s'il venait de se réveiller en enfilant les vêtements qu'il avait portés la veille.

Il ne s'était pas présenté, et elle ne demanda pas qui il était.

Ici, elle n'avait aucun droit, et elle avait tout intérêt à ne pas se faire remarquer. Quand on lui disait de faire quelque chose, elle le faisait. Le reste du temps, elle faisait profil bas.

Il n'était pas question qu'un manquement quelconque au règlement la contraigne à accomplir une minute de plus que la durée de sa condamnation.

L'homme s'assit et lui désigna la chaise en face de lui.

— Mon nom est John Logan, annonça-t-il, et je suis ici pour vous faire une proposition.

Son regard se posa alors sur elle, la scrutant, l'analysant.

Et si cet homme était venu la sortir de cet enfer dans lequel ses mauvais choix l'avaient plongée ?

Erin s'efforça de tempérer le soudain espoir qu'elle sentait monter en elle.

— N'est-ce pas une heure un peu curieuse pour parler affaires, monsieur Logan ?

Elle était bien placée pour savoir que les transactions menées en pleine nuit étaient généralement un peu louches.

Quel genre de proposition pouvait-il bien avoir à lui faire ? Faisait-il partie du bureau du procureur ? Peut-être s'étaient-ils enfin décidés à engager des poursuites contre Jeff ?

L'homme prit appui contre le dossier de sa chaise et continua à l'observer.

Elle soutint son regard. Elle ne lui ferait certainement pas le plaisir de détourner les yeux.

— Pour le moment, vous n'avez accompli que quatre mois de votre sentence, remarqua-t-il.

Il se passa la main sur le menton.

— Cinq ans, c'est très long, mademoiselle Bailey.

— J'en ai parfaitement conscience, monsieur Logan.

— Dans ce cas, si j'étais vous, je ne me préoccuperais pas de l'heure du jour ou de la nuit à laquelle on vient me rendre ma liberté.

La liberté ?

Qui était cet homme ? De quoi parlait-il ?

— Qui vous envoie ? demanda-t-elle, en ayant peur de croire aux paroles de cet inconnu.

— Je ne peux pas vous le dire. Et, de toute façon, ça ne vous servirait à rien de le savoir.

— Je ne comprends pas.

Pour la première fois depuis qu'elle était entrée dans cette pièce, Erin eut peur pour sa sécurité. Le gardien était-il toujours derrière la porte comme il l'avait dit ?

— Je crois que je ferais mieux de retourner dans ma cellule.

Elle commença à repousser sa chaise, mais ce que l'homme lui dit ensuite la fit s'immobiliser.

— Je peux mettre fin à tout ça.

C'était impossible. Pourquoi se moquait-il d'elle aussi cruellement ? A quoi rimait cette rencontre ? Etait-ce un piège ?

Le menton levé, elle le défia du regard.

— Comment ?

— Les gens pour qui je travaille sont très puissants. Si vous coopérez avec nous, ils effaceront votre dossier. Vous serez de nouveau libre de mener la vie que vous voulez.

Cela semblait trop beau pour être vrai.

— Et que dois-je faire en échange ?

Elle scruta les traits anguleux de son beau visage. Son expression ne laissait rien filtrer. Pas plus que ses yeux d'un noir aussi profond que la nuit.

Après un silence qui commençait à devenir embarrassant à force de s'éterniser, il finit par répondre à sa question.

— Nous avons besoin de vous pour une mission relevant de la sécurité nationale. Vous endosserez l'identité d'une autre personne, et vous travaillerez en duo avec moi.

Erin se demanda si elle ne rêvait pas.

Ça ne pouvait pas être vrai. Ce genre de choses n'arrivaient que dans les films.

— Quelle identité ? demanda-t-elle.

— Toutes les informations dont vous aurez besoin vous seront communiquées en temps utile.

Sur ces mots, il se leva, lui signifiant que la conversation s'arrêtait là.

— Attendez !

Elle résista difficilement à l'envie de le toucher pour voir s'il était bien réel.

C'était tellement incroyable !

— J'ai besoin d'en savoir plus avant de me décider.

Un muscle joua au niveau de la mâchoire crispée de John Logan, laissant transparaître son impatience.

— Nous n'avons pas le temps. Si vous choisissez de coopérer, vous ferez exactement ce que je vous dirai, quand je vous le dirai. Il n'y aura pas de discussion.

Il la toisa durement.

— Alors, c'est oui ou c'est non ?

Erin secoua la tête. C'était de la folie.

— De quel genre de mission s'agit-il ?

— Je ne peux pas vous répondre.

La peur que ressentait Erin se mua en irritation.

— Vous ne pouvez pas exiger que j'accepte comme ça. Il y a des choses que j'ai besoin de savoir.

— Comme quoi, par exemple ?

Inclinant la tête, il poursuivit, l'air narquois :

— Vous voulez réfléchir à vos chances de survie si la prisonnière Evans décide de vous faire ce qu'elle a fait à ce juge de Savannah ? A moins que vous ne vouliez évaluer les vexations que le gardien Roland vous fera subir au fil des mois et des années qu'il vous reste à passer ici ?

Comment pouvait-il savoir cela ? Personne ne le savait. Elle n'en avait jamais parlé.

— Qui êtes-vous ?

— Je suis votre bon génie, Erin Bailey. Je peux faire en sorte que votre vœu le plus cher se réalise. Je peux laver votre honneur et faire payer Jeff pour ses exactions.

Il la fixa encore quelques secondes, puis il tourna les talons et se dirigea vers la porte.

— Attendez, dit-elle. Il y a une chose que je dois absolument savoir.

La main levée pour frapper à la porte, il lui lança un regard nettement agacé.

— Oui ?

— Cette mission que vous me demandez de faire avec vous… Elle est dangereuse ?

— Très.

Ce mot unique résonna autour d'elle, la laissant totalement désemparée.

Sans la quitter des yeux, il frappa une fois à la porte. Celle-ci s'ouvrit aussitôt.

Il sortit, la laissant seule face à son choix.

2

Le cœur battant à tout rompre, les mains moites, Erin prit place sur la banquette arrière de l'imposant 4x4 noir garé devant l'entrée principale de la prison.

Chaque seconde des vingt minutes qui s'étaient écoulées depuis qu'elle avait prononcé ces simples mots : « je suis d'accord », avait résonné avec la force d'un gong dans son esprit égaré.

Cela semblait incroyable, et pourtant c'était vrai.

Elle était libre de s'en aller avec cet inconnu qui était apparu au milieu de la nuit.

John ferma la portière et prit place à l'avant, à côté du chauffeur qui les attendait.

— A l'aéroport ? demanda l'homme au volant.

— Oui.

Le chauffeur lui lança un coup d'œil dans le rétroviseur central. Elle frissonna sous son regard inquisiteur, mais se força rapidement à évacuer sa sensation de malaise.

Elle devait être forte. Ce qui se passait était trop important pour qu'elle laisse la peur tout gâcher.

Elle était libre !

L'exaltation la faisait trembler.

Encore quelques mètres, et les dernières barrières symbolisant l'incarcération seraient derrière elle.

Le véhicule se mit en mouvement, prenant de la vitesse dans la longue allée d'accès.

Erin retint son souffle tandis que les toutes dernières grilles de la prison s'ouvraient pour leur livrer le passage.

Quand ils les eurent franchies, un soulagement si fort s'empara d'elle qu'elle en eut la tête tournée, un peu comme si elle avait respiré des vapeurs de produit anesthésiant.

Environ dix secondes plus tard, elle fut rattrapée par la réalité.

Dans quoi s'était-elle engagée ?

La peur fit courir un frisson le long de sa colonne vertébrale, glaçant dans ses veines le doux sentiment de soulagement.

Deux parfaits étrangers la conduisaient en pleine nuit vers l'inconnu.

Pivotant sur son siège, elle regarda s'éloigner derrière eux les murs gris de la prison et les hautes clôtures électriques surmontées de barbelés qui l'entouraient.

Réalisant qu'elle quittait vraiment cet endroit, elle commença tout doucement à reprendre espoir. Ce n'était pas un rêve, éveillé ou endormi.

Elle ne savait pas exactement pour quoi elle avait signé, mais ça avait commencé.

Quand les puissants projecteurs de sécurité ne furent plus qu'une faible lueur au loin, elle se retourna vers l'avant, prête à affronter les conséquences de la décision qu'elle avait prise.

La combinaison orange de la prison qu'elle détestait tant avait disparu. Elle portait maintenant le jean, le T-shirt et les tennis avec lesquels elle était arrivée quatre mois plus tôt.

Le reste de ses possessions personnelles — pièce d'identité, bijoux, photos… etc. — était resté dans une grande enveloppe que détenait maintenant John. Il lui avait dit qu'elle n'en aurait pas besoin tout de suite.

Sur le moment, elle n'y avait pas vraiment prêté attention, mais elle commençait maintenant à se demander si elle n'avait pas échangé une prison pour une autre.

Où l'emmenaient ces hommes ?

Que se passerait-il après ?

— Pourquoi allons-nous à l'aéroport ?

Sa voix semblait ténue dans le silence oppressant.

— Nous avons un avion à prendre, lui dit John sans se retourner pour la regarder. C'est tout ce que vous avez besoin de savoir pour le moment.

Elle ouvrit la bouche pour protester, mais la referma aussitôt. Ce n'était pas la peine d'exiger des réponses alors qu'elle savait qu'il ne les lui donnerait pas.

Elle ne tenait pas à se mettre à dos l'homme qui tenait son destin entre ses mains. Elle était sous sa responsabilité. A sa merci.

Comme avec Jeff.

Le flot de souvenirs accompagnant cette pensée lui procura une sensation désagréable, et elle y apporta un rectificatif immédiat.

Ce n'était pas tout à fait vrai. Cet homme ne ressemblait en rien à son ancien fiancé. Les informations que John lui avait fournies — aussi succinctes fussent-elles — semblaient exactes. Il travaillait bien pour le gouvernement. Elle avait vu ses justificatifs d'identité et les documents officiels de la juridiction quand il avait signé son autorisation de sortie. Personne à la prison ne l'avait remis en cause. Donc, il était très probablement ce qu'il affirmait être.

Restait à savoir ce qu'il attendait d'elle.

Elle énuméra le peu d'éléments dont elle disposait. John avait dit avoir besoin d'elle pour une mission relevant de la sécurité nationale. Elle allait devoir endosser l'identité d'une autre personne. Et cette mission était très dangereuse.

Mais quel genre de compétences pouvait-elle apporter à cet homme, ou à son pays ?

Au grand étonnement d'Erin, ils ne se rendirent pas à Hartfield, l'aéroport international d'Atlanta, mais sur un petit aérodrome où les attendait un jet comme ceux qu'utilisaient les hommes d'affaires.

Le pilote, qui les attendait au pied de l'appareil, les informa que le ravitaillement en carburant était fait et qu'ils allaient pouvoir décoller.

Presque aussi grand que John, il était plus âgé, mais semblait en excellente condition physique. Ni lui ni le chauffeur ne ressemblaient à des agents secrets, décida-t-elle.

Seul John avait ce côté à la fois dangereux et sexy des espions. Mais il est vrai qu'elle n'avait pour référence que ce qu'elle avait vu dans les films. Et ce n'était probablement pas un bon exemple.

Rompue par la fatigue et l'anxiété, elle laissa échapper un soupir.

N'était-elle pas sur le point de commettre une erreur fatale ? Si elle montait dans cet avion, reverrait-elle un jour Atlanta ? Son rêve de liberté n'allait-il pas signer son arrêt de mort ?

Elle n'avait personne vers qui se tourner. Personne qui se souciait d'elle ou à qui elle manquerait. Ses parents n'étaient plus de ce monde. Elle n'avait plus aucune famille. Quant aux amis, elle avait été trop occupée par son travail pour s'en faire.

Travailler, travailler, travailler.

Elle n'avait fait que ça depuis qu'elle avait obtenu son diplôme, trois ans plus tôt. Et voilà où elle en était maintenant : réduite à suivre un étranger, pour aller on ne savait où et faire on ne savait quoi.

Erin Bailey, c'est ça ta vie.

Et ce n'était vraiment pas une réussite.

Revenant à la réalité, elle se rendit compte que John avait marqué une pause au bas de la passerelle.

— C'est le point de non-retour, Bailey. Si vous êtes toujours partante, ne regardez pas en arrière car votre vie ne sera plus jamais la même.

Même si elle avait eu une remarque particulièrement

pertinente à faire, elle n'aurait pas pu répliquer tant elle avait la bouche sèche.

Malgré les émotions non identifiées qui se bousculaient dans sa tête, ou peut-être à cause d'elles, ses pieds se mirent en mouvement vers un monde encore inconnu, vers cet homme qui lui offrait tout et si peu de choses à la fois.

Il n'avait pas à s'inquiéter.

Elle ne regarderait pas en arrière.

Moins de trente minutes après le décollage, Erin dormait comme un bébé.

Cela n'aurait pas dû inquiéter John, mais c'était pourtant le cas. Il avait vu la peur dans ses yeux quand il lui avait offert le *marché*. Elle avait hésité, mais le désir de retrouver sa liberté était plus fort que tout. Elle avait plongé aussi rapidement qu'un château de sable emporté par la marée.

Même l'obstination qu'il avait mise à ne pas fournir de réponses aux questions les plus élémentaires ne l'avait pas dissuadée.

Il lui avait donné une dernière chance de changer d'avis avant d'embarquer et elle avait refusé. Ce qui allait se passer ensuite n'était plus de son ressort.

Enfin ça, c'est ce qu'il aurait aimé croire. Malheureusement pour lui, il n'était pas aussi insensible qu'il le laissait paraître.

Même pour un agent de terrain expérimenté en infiltrations, cette mission était dangereuse. Pour une novice comme Erin Bailey, c'était suicidaire.

Et elle devait certainement s'en rendre compte.

Finalement, elle semblait être plus forte qu'il ne l'avait pensé au premier abord. Mais il ne pourrait le vérifier qu'en la poussant au-delà de ses limites.

Si elle ne pouvait supporter la pression des six jours d'entraînement intensif qui l'attendaient, elle les ferait tuer tous les deux et ruinerait toute possibilité future d'approcher Esteban.

Tester la résistance physique et mentale d'Erin était son premier objectif. Une fois qu'elle aurait prouvé sa capacité à se contrôler en toutes circonstances, il lui dispenserait un cours abrégé sur les différents types de drogue et les armes militaires.

Il n'était pas nécessaire qu'elle en sache autant que Jess, mais elle devait au moins pouvoir donner le change.

Un mot de travers, un geste inadapté en présence d'Esteban ou de ses hommes et elle était morte. Lui aussi, par la même occasion.

Fermant les yeux, John se cala dans son siège.

Il n'avait pas envie de faire ça, mais il n'avait pas le choix. Jess aurait fait la même chose si elle avait été à sa place.

C'était tellement injuste qu'elle soit morte !

Ils avaient travaillé ensemble durant trois ans et elle était la meilleure coéquipière qu'il ait jamais eue.

Il rouvrit les yeux et tourna la tête vers sa nouvelle partenaire, que son physique et ses compétences en informatique avaient précipitée dans cette galère.

Erin Bailey était plus douce et plus féminine que Jess, mais jamais elle n'égalerait cette dernière sur le plan professionnel. Surtout pas en une semaine.

Bailey ne savait rien de ce métier, à l'exception de ce qu'elle avait probablement vu dans les films ou lu dans les livres. Loin d'être aussi glamour que ce qu'en montrait l'industrie du spectacle, la vie d'un espion international était surtout beaucoup plus dangereuse.

Si Bailey pensait faire de la figuration dans le prochain *James Bond*, elle n'allait pas tarder à déchanter.

Dans le halo pourpre de l'aube où flottaient encore quelques lambeaux de brume, Erin descendit la passerelle en titubant.

Bien qu'elle eût dormi durant tout le vol, elle se sentait épuisée et ses jambes la portaient à peine.

Quand elle eut posé le pied sur le tarmac, elle se frotta les yeux et essaya de se concentrer sur son nouvel environnement.

Une terre ocre et désertique s'étendait sur des kilomètres, cernée tout au loin par la silhouette déchiquetée d'une chaîne de montagnes rocailleuse et vaguement hostile.

— Où sommes-nous ? demanda-t-elle.

John ralentit le pas le temps de lui jeter un coup d'œil par-dessus son épaule.

— Au Mexique. A quelques kilomètres de San Cristobal.

Le front plissé de confusion, Erin le suivit jusqu'à la Jeep qui les attendait.

Pourquoi le Mexique ? Etait-ce là qu'allait commencer sa mission ?

Elle regarda encore une fois autour d'elle.

L'endroit était désolé. Pas d'habitations. Pas même une station-service.

En proie à une appréhension renouvelée, elle monta à l'arrière du véhicule.

Sa liberté valait-elle la peine de venir dans un pays étranger pour participer à une mission *très* dangereuse ?

Elle se rappelait parfaitement que John avait dit *très* dangereuse.

Et si ces types n'étaient pas des agents du gouvernement ? Si leurs documents officiels étaient des faux ?

Une boule d'angoisse lui serra la gorge. Pourquoi n'y avait-elle pas pensé plus tôt ?

De toute façon, il était désormais trop tard pour faire machine arrière.

Son pouls s'accéléra, et une puissante dose d'adrénaline se déversa dans ses veines.

Il lui était impossible de s'enfuir.

Dans cet endroit désertique, ils la rattraperaient aisément. Et même si, par miracle, elle parvenait à leur échapper, elle ne survivrait jamais assez longtemps pour rejoindre la civilisation. Elle n'avait pas le sens de l'orientation, et elle ne savait pas comment trouver de l'eau dans le désert ou allumer un feu en frottant deux bouts de bois. Elle était une citadine jusqu'au bout des ongles.

Leur chauffeur prit place au volant.

— Et allez, hop, c'est parti ! dit-il d'un ton beaucoup trop enjoué pour l'occasion.

Erin ne voyait aucune raison de se réjouir de la situation. Elle n'allait probablement pas tarder à mourir, et elle ne pouvait rien y faire étant donné qu'elle était toujours une prisonnière privée de tout droit — ces deux hommes étant ses nouveaux gardiens.

John glissa sur son nez une paire de lunettes de soleil à l'apparence coûteuse, et dit au chauffeur quelque chose qu'elle ne parvint pas à entendre à cause du bruit du moteur. L'homme hocha la tête et appuya sur l'accélérateur.

Ballottée en tous sens, Erin s'agrippa au siège pour ne pas être éjectée du véhicule, et se concentra sur John Logan.

Lors de leur première rencontre, elle était trop bouleversée pour lui accorder plus qu'un regard superficiel. Durant le trajet jusqu'à l'aérodrome, il faisait trop sombre dans le 4x4 pour qu'elle puisse l'observer plus attentivement. Une fois dans l'avion, elle s'était endormie, ce qui lui avait été profitable mais ne lui avait pas fourni l'occasion d'en savoir plus sur l'homme qui tenait maintenant sa vie entre ses mains.

Il était séduisant. Ça, elle avait déjà pu le remarquer.

Une barbe légère ombrait sa mâchoire ciselée, ajoutant à l'impression de danger qui se dégageait de lui. Sa peau était hâlée, et elle se demanda s'il passait la plupart de son temps sous ce type de climat. Les manches de sa chemise étaient relevées, découvrant des avant-bras puissants.

Il était grand, dans les un mètre quatre-vingt-cinq ou quatre-vingt-huit, avec une musculature fine et nerveuse. Il ne parlait pas beaucoup, en tout cas pas à elle. Mais quand il le faisait, sa voix était grave. Autoritaire, mais pas cassante.

Il avait les cheveux très courts et épais, dépourvus de gel pour les faire tenir en place.

Elle croisa soudain son regard et rougit, gênée d'avoir été surprise en train de l'observer, et se demandant s'il pouvait lire dans ses pensées.

— Vous avez quelque chose en tête, Bailey ?

Elle secoua la tête, puis s'époumona pour couvrir le bruit du moteur et du vent.

— Tout va bien.

Il l'observa encore quelques secondes, avant de se retourner.

Erin ferma les yeux et laissa échapper le souffle qu'elle retenait.

Il fallait qu'elle soit plus forte que ça. Elle n'allait pas se laisser déstabiliser pour un mot ou un regard. Elle devait se préparer à ce que cette mission exigeait d'elle. C'était sa seule chance de retrouver sa vie.

Car il n'était pas question qu'elle retourne en prison.

— Quel est cet endroit ? demanda Erin.

Sa voix lui semblait étrangement forte après deux heures de trajet sans d'autre bruit que le grincement des essieux et le rugissement du moteur de la Jeep.

Le chauffeur s'était garé aux abords de ce qui ressemblait à une ville fantôme avec ses vieux bâtiments à demi en ruine.

— Allons-y, Bailey.

Surprise, elle tourna la tête et vit que John l'attendait à côté de la Jeep.

Il lui tendit la main pour l'aider à descendre et, toujours stupéfaite, ou peut-être engourdie, elle accepta. Sa main était chaude et solide.

De la solidité, voilà ce dont elle avait le plus besoin à cet instant.

— Quel est cet endroit ? répéta-t-elle, sa curiosité définitivement piquée.

— Votre maison pour les six jours à venir, dit-il, sans rien lui apprendre de plus.

Comme il se détournait, elle le retint par le bras.

Sa peau était brûlante sous sa paume et elle ôta vivement sa main. Ressentant un étrange picotement au bout des doigts, elle fit un effort pour se rappeler ce qu'elle voulait dire.

— Quoi encore ? grommela-t-il.

Elle le fixa droit dans les yeux, ce qui ne servait pas à grand-chose puisque son regard était masqué par les verres fumés de ses lunettes.

— Est-ce ici que commence la mission ? Je ne comprends pas le rapport qu'il y a avec la sécurité intérieure. Je veux savoir où nous sommes.

Il ôta ses lunettes de soleil, les glissa dans la poche de sa chemise, et posa sur elle son regard sombre comme la nuit.

— Il s'agit de notre centre d'entraînement. Le gouverneur de Chiapas nous l'a prêté car il devait une faveur à mon supérieur. Venez, je vais vous faire faire le tour du propriétaire. Ensuite, nous déjeunerons.

Devant la moue sceptique d'Erin, il ajouta :

— Ça ne vous fera pas de mal. Vous allez avoir besoin de forces. La première leçon commence cet après-midi.

Erin le suivit d'abord dans une ancienne chapelle où avait été installé un poste de commandement. Un système de communication satellite, ainsi qu'un dispositif de radiotransmission moins avancé technologiquement étaient en place. Deux ordinateurs étaient reliés au Net. Un puissant générateur fournissait le courant nécessaire.

Un autre bâtiment abritait une pièce pour les repas, une salle de sport et des douches. Plusieurs petits baraquements étaient réservés à l'hébergement. John lui en désigna un.

— Voici le vôtre.

Il pointa le baraquement situé juste en face.

— Je serai là.

Erin passa la tête dans la pièce et fut agréablement surprise d'y découvrir un vrai lit, étroit mais d'apparence confortable.

— C'est mieux que ce à quoi je m'attendais, admit-elle en se tournant vers John. Je pensais trouver un sac de couchage à même le sol.

Elle essaya de sourire, mais n'y parvint pas vraiment. En dépit de tous ses efforts, elle était trop fatiguée pour feindre l'enthousiasme.

Mais tout était vrai, ne cessait-elle de se répéter. Et elle était libre.

C'était la seule chose qui comptait, non ?

Elle observa la douzaine d'hommes armés qui évoluaient autour d'elle. *Libre* n'était peut-être pas le mot juste, après tout.

— Après évaluation de vos forces et faiblesses, nous passerons aux éléments théoriques dont vous aurez besoin pour la mission, annonça John avec autorité.

Le bâtiment suivant dans lequel ils entrèrent était grand et faiblement éclairé.

Une odeur graisseuse qu'elle ne parvint pas à identifier heurta l'odorat d'Erin à la première inspiration qu'elle prit.

Plissant les yeux pour mieux accommoder sa vision, elle découvrit toute une série de caisses de bois.

John s'arrêta devant l'une d'elles. Spontanément, Erin regarda à l'intérieur et recula aussitôt.

Des armes. Beaucoup d'armes.

— Voici un M9, annonça John en lui montrant l'un des modèles. Une excellente arme de défense personnelle. Et ça, c'est une carabine M4. Elle est légère, peu encombrante et permet des tirs de longue portée…

Une peur intense s'empara d'Erin.

— Attendez, pourquoi me parlez-vous d'armes ? Je n'y connais absolument rien.

Le cœur battant la chamade, elle recula d'un pas, tout en cillant pour refouler les larmes qui lui montaient subitement aux yeux.

— Dites-moi la vérité, John. Qu'est-ce que je fais ici ?

D'un geste du bras, elle désigna les caisses d'armement.

— Qu'est-ce que c'est que tout ça ?

Le regard de John était aussi meurtrier que l'arme qu'il tenait entre ses mains puissantes.

— Ceci n'est qu'un aperçu de ce que vous allez devoir apprendre.

Il posa la carabine et marcha vers elle.

Erin avait envie de fuir, mais elle était tétanisée. Ces yeux incroyablement noirs la maintenaient dans une sorte de transe.

— Vous avez six jours, Bailey. Six jours pour apprendre ce que j'ai à vous enseigner. Et ensuite, vous serez lâchée dans le grand bain, que vous soyez prête ou non.

Elle se mit à trembler.

— Et si… si je n'y arrivais pas ?

Elle n'allait pas y arriver. Elle le savait. C'était impossible. Elle ne pouvait pas faire ça.

John s'arrêta à quelques centimètres d'elle, le visage dénué de toute émotion.

— Alors il ne vous reste plus que six jours à vivre, dit-il d'un ton si calme qu'elle eut envie de crier. Parce que, le septième jour, nous serons morts tous les deux.

3

Bailey avait considérablement ralenti le pas, et John résista à l'envie de marcher moins vite.

Tant pis pour elle. Elle devait calquer son rythme sur le sien, ou au moins montrer qu'elle faisait l'effort d'essayer de s'adapter. Même s'il avait disposé du luxe de posséder davantage de temps, ce qui n'était pas le cas, la situation ne prêtait ni à la sympathie, ni aux regrets.

Elle avait accepté tout cela, en dépit des nombreuses opportunités qu'il lui avait données de changer d'avis — opportunité qu'il n'avait d'ailleurs pas l'autorité de concéder. Mais il avait besoin d'être sûr.

Cela faisait maintenant cinq jours qu'il poussait Erin dans ses derniers retranchements. Jusqu'à présent, elle avait tenu le coup bien mieux que ce à quoi il s'attendait, mais elle commençait à montrer des signes d'épuisement.

De nouveau, il ignora le besoin qu'il avait de regarder par-dessus son épaule pour vérifier comment elle allait.

Cinq jours, et il n'avait toujours pas apporté de conclusion à son évaluation. Tout bonnement parce qu'il ne savait pas à quoi s'en tenir.

Certes, elle avait un bon niveau physique — elle avait dû faire du sport avant son incarcération — mais ce n'était pas suffisant. Il fallait aussi qu'elle soit capable de supporter la pression mentale.

Serrant les dents, il ordonna à son corps de continuer à

avancer, ses longues jambes dévorant le terrain devant lui, tandis qu'il puisait dans ses réserves musculaires, éperonné par un afflux d'endorphine dans ses veines.

Le sable brûlant du désert s'accrochait à ses semelles, tandis que le soleil de plomb faisait affluer sa transpiration, mais il était trop occupé à lutter contre l'image d'une Erin à bout de forces pour s'en soucier.

Ces derniers temps, elle occupait un peu trop de place dans son esprit. Il ne voulait pas penser à elle comme à une personne… seulement comme à une coéquipière efficace.

La mission avant toute chose.

— Je ne peux pas aller plus loin.

John essaya d'ignorer la faible plainte provenant d'une dizaine de mètres derrière lui, mais il finit par s'arrêter. Les mains sur les hanches, il s'accorda le temps de reprendre son souffle avant de faire demi-tour et de rejoindre l'endroit où Bailey avait déclaré forfait.

Pliée en deux, les mains posées sur les genoux, elle vacillait et peinait à respirer. Rien d'étonnant à cela. Il l'avait poussée bien plus loin que les deux jours précédents.

— Courage, *partenaire*, il reste encore cinq kilomètres à faire pour regagner le camp.

Elle tomba à genoux dans le sable et leva la tête vers lui, les yeux plissés face au soleil aveuglant.

— J'ai… besoin…

Elle cherchait son souffle entre chaque mot.

— … de me reposer.

John céda à sa demande, tout en se reprochant ce qu'il considérait comme un excès de sensibilité.

— Très bien. Nous allons en profiter pour réviser. Parlez-moi de vous.

Quelques secondes passèrent avant qu'elle ne réponde.

Durant ce laps de temps, John releva certains détails qu'il aurait préféré ignorer.

De longues mèches de cheveux blonds s'étaient détachées de

sa queue-de-cheval et collaient à la peau humide de ses joues et de son cou. Son visage était rouge d'épuisement. Malgré l'écran total, sa peau délicate supportait mal la violence d'un soleil de plomb.

Sa poitrine pleine, que le tissu blanc trempé de son T-shirt soulignait avec impudeur, se soulevait et s'abaissait au rythme accéléré de sa respiration.

Comme attiré par un aimant, le regard de John s'y arrêta et son cœur se mit à cogner à ses tempes tandis que de folles pensées lui traversaient l'esprit.

— Je m'appelle Sara Wilks.

Elle passa les deux mains sur son visage puis les laissa retomber sur ses genoux.

— Mais vous m'appelez Bébé.

John savait qu'elle n'aimait pas ce surnom, mais c'était plus simple comme ça, considérant qu'elle n'avait pas assez de temps pour s'habituer au prénom de Sara. En outre, il avait pris l'habitude de surnommer Jess ainsi devant les bonnes personnes pour faire croire à l'authenticité de leur relation.

Pour Esteban, il était Logan Wilks, et Jess était sa femme, Sara.

— J'ai vingt-cinq ans, continua Erin, et je viens d'Atl…

John retint le juron qui lui montait aux lèvres.

— Vous venez d'où ? demanda-t-il sèchement.

— Austin, au Texas.

— Depuis combien de temps sommes-nous ensemble ?

— Trois ans.

Elle lui adressa un sourire sucré, avant d'adopter l'accent traînant des cow-boys.

— Ma maman m'a mise en garde contre les types dans ton genre, mais je ne l'ai pas écoutée. Je voulais juste quitter ce fichu bled.

John esquissa un sourire. C'était nouveau ce sens de l'humour. Il aimait bien.

— Et ils sont comment, les types dans mon genre ?

— Tu mens, tu triches, tu voles, mais c'est comme ça que je t'aime, mon cœur, susurra-t-elle. Tu es prêt à tout pour que le travail soit fait. Tu es un ancien militaire qui s'est fait coincer pour trafic d'armes. Tu as réussi à disparaître avant de passer en cour martiale. Tu as tué cinq hommes, dont un qui m'avait regardée de travers.

Jusqu'ici, elle s'en sortait à merveille, à part le petit lapsus du début. Il était impressionné. Elle était plus au point que la veille.

— Quel était notre dernier travail ?

— Nous avons fait passer des armes achetées au Canada à des miliciens du Montana.

— Très bien. Et avant ça ?

— Trafic de drogue. Les autorités mexicaines nous recherchent toujours.

— Dans ce cas, il serait peut-être temps de retourner au camp, avant qu'ils nous repèrent ici à découvert.

Son regard d'abord surpris se fit moqueur, puis elle détala en une foulée souple et puissante.

Apparemment, elle avait trouvé son second souffle, s'amusa John, avant de s'élancer derrière elle.

Oui, elle était déterminée, cela ne faisait aucun doute. Elle était capable de tenir le choc physiquement, mais c'était le facteur peur qui inquiétait John.

Il n'y avait qu'une seule façon de mesurer sa capacité à gérer ça. Et pas question de s'apitoyer. Il n'avait pas le choix. La vie d'Erin Bailey et la sienne dépendaient de ses réactions.

Il devait les connaître.

Et le temps commençait à lui faire défaut.

— Félicitations, Bailey ! Vous êtes morte. En situation réelle, un manque de réaction laisse à votre cible l'opportunité de retourner le tir.

Erin jeta son arme dans le sable et se rua vers John.

— Ça suffit !

Elle le regarda, et son pouls s'emballa immédiatement. Seigneur, elle détestait ça. Toute la semaine, elle avait lutté contre la ridicule attirance physique qu'elle éprouvait pour ce grand imbécile.

— J'arrête pour aujourd'hui, déclara-t-elle.

Après tout, il faisait presque nuit, et elle était épuisée. Elle s'entraînait au tir depuis le lever du jour, et elle n'avait même plus la force de penser.

Alors essayer d'atteindre une cible…

— Et rien de ce que vous direz ne me fera changer d'avis, ajouta-t-elle.

Elle s'arrêta devant lui et le défia de rétorquer.

Elle aurait dû se méfier.

Un soupçon d'agacement passa dans les yeux noirs qui la troublaient tant.

— Ramassez votre arme, Bailey.

Malgré la rudesse du ton, elle ne bougea pas.

— Immédiatement, ajouta-t-il, avec une intonation menaçante.

Serrant les dents, elle s'écarta de lui.

— Pauvre type, marmonna-t-elle en se dirigeant vers l'endroit où elle avait abandonné son arme.

D'autres termes encore moins élogieux lui vinrent à l'esprit tandis qu'elle ramassait le 9 mm en métal noir.

Pourquoi diable avait-elle accepté ce scénario insensé ? A l'évidence, la trahison de Jeff et son séjour en prison l'avaient plus affectée qu'elle le pensait.

Elle fit demi-tour vers son despotique mentor pour lui demander ce qu'il attendait d'elle, et se retrouva le visage contre son torse.

— Visez cette cible comme si vous vouliez vraiment la détruire, lui ordonna-t-il.

Elle avait envie de détruire quelque chose, ah ça, oui ! Mais ce n'était pas la silhouette humaine suspendue au porte-cible de fortune installé en plein air. Cependant, elle fit ce qu'il lui demandait, puisqu'elle n'était pas complètement sûre de la réaction de John si elle lui désobéissait.

De la main gauche, elle soutint sa main droite et ferma un œil.

— Les pieds écartés à l'aplomb des épaules.

Au moment où l'ordre était prononcé, un bras se referma autour de sa taille et l'attira en arrière contre un corps masculin puissamment musclé.

Le souffle lui manqua.

Etroitement plaqué contre elle, John écarta sans ménagement ses pieds d'un coup de botte.

— Maintenant, tirez.

Elle obéit. Le recul de l'arme dévia son bras vers le haut. La balle se perdit à droite de la cible.

John jura entre ses dents. Sans lâcher sa taille, il lui soutint le bras.

— Prenez votre temps, Bailey, dit-il, la bouche près de son oreille.

Bien trop près. Elle pouvait sentir la chaleur de son souffle sur sa peau.

— Concentrez-vous. Toucher la cible peut faire toute la différence entre la vie et la mort. Vous avez envie de vivre, n'est-ce pas, *Bébé* ?

— Oui, siffla-t-elle entre ses dents.

Elle détestait quand il l'appelait comme ça. Mais, à cet instant, elle était bombardée de sensations très distrayantes qui la privaient de tout sens de la repartie.

Quoi de plus troublant que de sentir son corps ferme, indéniablement viril, pressé contre ses fesses, le long de ses cuisses ? Son bras autour d'elle, les doigts en éventail juste en dessous de son sein… Et cette odeur enivrante, faite d'un mélange de sueur et de l'odeur unique de sa peau…

Sept longs mois d'abstinence se rappelaient finalement à elle.

— Concentrez-vous, murmura-t-il. Et tirez.

Elle obéit.

Et elle rata une nouvelle fois sa cible.

Cette fois, le juron fut prononcé à haute voix.

— Ce n'est pas possible ! Vous le faites exprès.

Il la relâcha et s'écarta de quelques pas, comme s'il avait soudain besoin de prendre ses distances.

— Il faut vous concentrer, Bailey.

Elle fit un effort pour retrouver son équilibre après la brutale absence de son corps contre le sien.

Un nouveau torrent de sensations déferlait en elle. Le besoin, aigu et exigeant. Et le désir, bon sang. Le désir et la déception. Déception de ne plus l'avoir près d'elle, de ne pas être à la hauteur de ce qu'il attendait d'elle…

Il revint à la charge, impitoyable.

— Quarante-huit heures, Bailey. *Deux jours*. C'est tout ce qui nous reste. Vous devez faire mieux que ça.

Elle secoua la tête, en proie à un sentiment d'impuissance désespérant. C'était trop dur. Elle n'y arriverait jamais.

— Je fais tout ce que je peux.

— Ce n'est pas assez.

— Je ne peux pas. Vous avez choisi la mauvaise personne pour ce travail.

— Il le faut. Et vous êtes exactement la personne qui convient.

Les larmes aux yeux, elle secoua de nouveau la tête.

— Vous feriez mieux de me ramener à Atlanta. Je ne pourrai jamais tirer sur quelqu'un.

Elle ferma les yeux et prit une longue inspiration.

— Admettez-le. Ça ne marchera pas.

— Quand vous êtes face à une situation extrême, Bailey, vous devez prendre des mesures extrêmes. Rappelez-vous ça.

Soudain, il fut de nouveau près d'elle et, avant qu'elle ait pu deviner son intention, il pressa le canon de son Glock contre sa tempe.

La surprise lui fit écarquiller les yeux.

— Que faites-vous ?

— La question est plutôt ce que vous allez faire, Bailey.

Vous avez une arme pointée sur la tête. Vous devez faire quelque chose.

— C'est de la folie !

— Faites quelque chose, Bailey. Si vous hésitez, vous êtes morte.

— Attendez !

— Je vous ai entraînée dans cette situation difficile. Je vous ai poussée à bout jour et nuit. Vous ne me supportez plus. Vous me haïssez…

Erin comprenait qu'il cherchait à la pousser à bout, mais il y avait un blocage en elle. Menacer un être humain d'une arme, c'était tellement contraire à ses valeurs…

— Ripostez ! Faites quelque chose.

— Je… Je ne peux pas faire ce que vous me demandez.

— Alors vous allez mourir.

Un clic caractéristique résonna à son oreille tandis qu'il armait son pistolet.

— Faites quelque chose, Bailey. Maintenant !

John guettait la réaction de sa coéquipière avec un soupçon d'appréhension.

Ce test était décisif. Si elle flanchait maintenant, c'était fini. La mission serait définitivement annulée et les mois de travail avec Jess pour infiltrer l'organisation n'auraient servi à rien.

Livide, Bailey affichait l'expression effarée d'une biche prise dans la lumière des phares. Au prix d'un effort visible, elle leva le Beretta et le pointa vers lui.

— Ça ne suffit pas. Il va falloir tirer. Ou c'est moi qui le ferai.

Elle se mit à trembler.

— Vous bluffez.

— Vous voulez vraiment prendre ce risque ? Que savez-vous exactement de moi ? Etes-vous sûre de pouvoir me faire confiance ? Je pourrais vous tuer et personne n'en saurait rien.

Il se pencha jusqu'à être presque nez à nez avec elle.

— Qui s'en soucierait ?

La fureur lui fit crisper les lèvres.

Enfin une réaction, se réjouit John. Il était temps !

Il appuya un peu plus fort contre sa tempe le canon de son arme.

— Qui commence le premier, *Bébé*, vous ou moi ?

Il perçut le subtil changement dans ses yeux une fraction de seconde avant que le claquement sec de la chambre vide du Beretta n'annonce qu'elle avait, en effet, pressé la détente.

Un sourire étira ses lèvres tandis que les traits d'Erin se modifiaient sous l'effet de la surprise, puis de la confusion, et enfin de la colère.

— Excellent, Bailey ! dit-il d'un ton narquois.

Il vit l'arme glisser de ses doigts.

— Espèce de salaud !

Elle était furieuse.

— Vous saviez qu'il était vide.

Il haussa les épaules.

— Il faut savoir prendre des risques calculés.

— Vous êtes un grand malade.

John resta impassible.

— Au moins, nous savons maintenant que vous êtes capable de tuer un homme.

D'un geste qui le surprit, Erin prit de l'élan et, du plat des deux mains, le frappa violemment au torse, compromettant un instant son équilibre.

— Vous êtes un crétin, Logan ! Et j'en ai plus qu'assez. Laissez tomber les mystères et dites-moi pourquoi je suis ici.

Ce n'était pas trop tôt ! Elle se décidait enfin à exiger des réponses. Il avait fini par croire que cela ne se produirait jamais.

— Très bien.

Il glissa son arme dans la ceinture de son jean.

— Pablo Esteban est le trafiquant de cocaïne le plus puissant qui existe. Tout le monde, de la CIA à la brigade des stupéfiants, le veut et a essayé de le coincer. Mais il est trop malin. Il ne fait jamais d'erreur, ne quitte jamais la Colombie, ne se retrouve jamais dans des situations compromettantes.

D'un revers de main, John essuya la sueur qui couvrait son front.

— Il y a un an environ, il s'est lancé dans le trafic d'armes. Il vole des équipements militaires et les revend dans le monde entier. Nous avons besoin de savoir qui lui fournit les renseignements pour savoir où et quand trouver ces armes…

Soudain, le son lointain de plusieurs moteurs lui fit tourner la tête.

— Courez ! cria-t-il.

Erin se crispa.

— Que se passe-t-il ?

— On dirait que le gouverneur m'a doublé.

— Quoi ?

— Rappelez-vous que nous ne sommes que des repris de justice dans ce pays. Courez, bon sang !

Comme dans un film au ralenti, Erin se tourna dans la direction d'où venait le bruit, de plus en plus proche.

Trois Jeep fonçaient vers eux. Les hommes à l'intérieur des véhicules portaient des uniformes kaki.

Il lui fallut encore deux bonnes secondes pour comprendre qu'il s'agissait des autorités.

John la poussa en avant.

A quelle distance se trouvait le campement ? Deux kilomètres ? Ils n'y arriveraient jamais. Leur voiture se trouvait à plus de cent mètres. Ils n'iraient même pas aussi loin.

Un nuage de poussière les enveloppa. Les véhicules tout-terrain les encerclèrent.

Le cœur d'Erin s'emballa furieusement tandis que des scénarios horribles lui traversaient l'esprit.

Douze fusils étaient braqués sur eux. Que pouvaient-ils faire ? Rien. Ils ne pouvaient pas lutter contre autant d'armes.

— Rappelez-vous tout ce que je vous ai appris, Bailey, murmura John.

L'ordre leur fut donné en espagnol de jeter leurs armes.

C'était terminé.

Ils allaient mourir, et ils n'étaient même pas encore au septième jour.

Elle était toujours vivante.

Si ça, ce n'était pas un miracle !

Erin faisait les cent pas dans la cellule rudimentaire. Elle était plus large que celle qu'elle avait occupée à Atlanta, mais manquait de l'équipement le plus élémentaire. Observant ce qui tenait lieu de toilettes et de lavabo, elle grimaça.

Enfin, elle était en vie, c'était déjà ça.

Elle espérait qu'il en était de même pour John. La police les avait séparés dès leur arrivée à la prison. Après une humiliante fouille au corps, l'interrogatoire avait commencé. On l'avait questionnée durant deux heures, et elle avait réussi à s'en tenir à son histoire. Elle était Sara Wilks, d'Austin.

On lui avait montré un avis de recherche avec la photo de John et son ancienne coéquipière. Elle avait eu l'impression de se voir dans un miroir, mais en brune. La ressemblance était saisissante.

L'homme qui semblait diriger l'opération l'avait interrogée sans pitié, la traitant de menteuse et suggérant qu'elle avait peut-être besoin d'une motivation supplémentaire pour dire la vérité. Elle savait ce que cela signifiait et s'attendait à être traînée à tout moment hors de sa cellule et torturée jusqu'à ce qu'elle avoue ce qu'il avait envie d'entendre.

Elle se passa la main dans les cheveux et soupira.

Peut-être ferait-elle mieux de leur dire qui elle était vraiment. Mais John lui avait recommandé de rappeler ce qu'il lui avait enseigné. Il devait avoir ses raisons pour ne pas vouloir que ces personnes connaissent la vérité.

Allaient-ils les tuer s'ils apprenaient qu'ils étaient des agents secrets, ou cela ne ferait-il que compromettre leur mission ?

Elle plissa le front, l'esprit saturé de confusion et de peur. John était trop malin pour permettre que tout cela se termine comme ça. Il savait très certainement ce qu'il avait à faire.

Mais en attendant, elle se trouvait piégée dans une prison mexicaine qui confirmait tout ce qu'elle avait pu entendre de pire sur ce genre d'endroit.

Des bruits de pas hors de son champ de vision lui firent tourner la tête vers les barreaux qui délimitaient l'avant de sa cellule, tandis qu'un regain de peur l'étreignait.

Flanqué de deux gardes, John s'arrêta devant la grille. Lorsqu'elle l'aperçut, son cœur fit un curieux petit bond dans sa poitrine.

N'était-ce pas le comble de l'ironie ? Elle était coincée là à cause de John, et pourtant elle ne pouvait contrôler ce genre de réaction stupide.

Heureusement, il avait l'air d'aller bien. Elle avait imaginé quantité de choses horribles que les gardiens auraient pu lui faire.

En espagnol — dont elle avait conservé quelques notions du temps du lycée — John donna l'ordre d'ouvrir la cellule et de les laisser seuls.

Médusée, Erin regarda les gardiens obtempérer.

Le silence s'éternisa pendant une longue minute, avant qu'elle ne parvienne à faire autre chose que dévisager John.

— Je ne comprends pas, finit-elle par dire.

Rien de tout cela n'avait de sens. John était-il parvenu à un accord avec les autorités mexicaines ? Etaient-ils libres de s'en aller ? La mission était-elle annulée ?

— Vous vous en êtes bien sortie, Bailey, lança-t-il avec un large sourire. Je ne pensais pas que vous aviez les nerfs assez solides pour supporter ça, et vous m'avez bluffé.

Il fallut trois secondes à son cerveau pour assimiler l'information.

— C'était une mise en scène !

La colère qu'elle avait ressentie quand il l'avait obligée à braquer une arme sur lui se réveilla, bouillant en elle avec plus d'intensité encore.

— Il s'agissait d'un test. Nous avions besoin de savoir si vous pourriez supporter la pression psychologique. C'était la seule façon de l'évaluer.

— J'ai cru qu'ils allaient me tuer.

Elle s'avança vers lui, furieuse. Il l'avait laissée envisager le pire, perdre du temps et de l'énergie à s'inquiéter pour lui…

— Je pensais qu'ils étaient en train de vous torturer.

Elle lui asséna un coup de poing en plein torse.

— Et pendant ce temps-là, vous étiez probablement occupé à siroter un café en riant de ma crédulité.

Il croisa les bras, sans doute pour se protéger de ses assauts. Et il faisait bien, car elle avait des envies de meurtre.

— En fait, j'observais vos réactions. Et je dois reconnaître que vous m'avez impressionné.

Malgré ses efforts pour se maîtriser, Erin était hors d'elle.

— Je suis surprise que vous n'ayez pas fait durer le plaisir une ou deux heures de plus. Qui sait, j'aurais peut-être fini par craquer.

— Esteban n'aurait pas perdu plus de temps. C'est un homme pressé. Soit il vous aurait crue au bout de deux heures, soit il vous aurait tuée.

Erin l'entendait à peine, tant la rage l'étourdissait.

— En tout cas, je vous préviens, je ne veux plus de surprise.

Les mains sur les hanches, elle le toisa avec sévérité. Elle obtint en retour un sourire ironique qui ne fit que l'exaspérer davantage.

— Je ne plaisante pas. Si je dois aller jusqu'au bout de cette mission, je veux être au courant de tout. Vous allez immédiatement m'informer point par point. Vous m'entendez ?

— Cinq sur cinq, Bailey. Mais avant, il nous reste encore une chose à régler.

Erin se prépara à une nouvelle manœuvre tactique.

— Je vous écoute.

— Aujourd'hui, c'est notre troisième anniversaire de mariage, *Bébé*.

Elle détestait qu'il l'appelle comme ça. Mais c'était ce que Logan Wilks, alias John Logan, avait trouvé de mieux pour qu'elle n'oublie pas qui elle était supposée être. Cela faisait partie de la couverture. Il n'empêche qu'elle n'était pas obligée d'apprécier.

— Et alors ? Quel est le rapport avec la situation présente ? Et je ne veux pas que vous m'appeliez Bébé quand ce n'est pas absolument nécessaire.

— Tout ce que je fais est nécessaire, dit-il d'un ton qui ne souffrait aucune contestation. Et c'est cet anniversaire qui nous permet de décaler d'une semaine notre rendez-vous avec Esteban. Il pense que nous sommes aux Bahamas pour une seconde lune de miel. Dans moins de vingt-quatre heures, il s'attend à retrouver un couple nageant dans le bonheur conjugal.

— Oui, et alors ? Quelle est cette dernière chose qu'il nous reste à régler ?

Elle aurait dû le voir venir. Ou au moins, s'en douter. Mais pas du tout.

John prit son visage entre ses mains, plongea les doigts dans ses cheveux et l'embrassa.

Au début, elle se débattit, mais la sensation de ses lèvres fermes sur les siennes devint rapidement irrésistible.

Dans un dernier effort pour le repousser, elle mit ses mains à plat sur son torse, mais sa tentative échoua lamentablement. Au contraire, ses doigts se crispèrent sur le coton de sa chemise, et elle l'attira davantage contre elle.

Un feu violent se déversa dans ses veines, embrasant sa peau, attisant le désir qui couvait en elle depuis le début. Dès qu'elle avait posé les yeux sur lui, il s'était passé quelque chose. Et, malgré la défiance entre eux, cette attirance n'avait fait que grandir.

Trop rapidement à son goût, il mit fin à ce baiser qui l'enivrait au-delà de toute raison. Et quand il s'écarta pour scruter son visage, évaluant visiblement l'effet qu'il produisait sur elle, son expression était complètement détachée.

— Parfait, approuva-t-il. J'avais besoin de m'assurer que vous seriez convaincante dans le rôle de mon épouse aimante. Imaginez la catastrophe si vous m'aviez repoussé d'un air dégoûté.

Erin se crispa. Un autre test. Ce n'était pas réel.

Elle rougit violemment. Elle y avait vraiment cru. Elle était d'une naïveté, parfois ! Mais John n'avait pas à le savoir. Il serait bien trop content.

— Gardez votre cinéma pour le public, Logan. Vous n'êtes pas le premier homme que j'embrasse, et vous ne serez pas le dernier.

Un sourire ironique apparut sur ses lèvres, attisant la fureur d'Erin.

— Je m'en doute.

D'un geste du pouce, il désigna la sortie.

— Allons-y. Nous avons quelques préparatifs à faire avant de nous envoler pour la Colombie.

Elle le saisit par le bras avant qu'il ne puisse s'éloigner.

— La mission va commencer ?

Son pouls s'accéléra. C'en était fini des tests. Maintenant, on passait aux choses sérieuses.

A partir de cet instant, aucune erreur ne serait permise. C'était une question de vie ou de mort.

— C'est exact, Bailey. Nous partons demain soir.

Erin comprit que, cette fois, le point de non-retour était franchi.

En l'espace de quelques jours, elle avait découvert en elle des ressources insoupçonnées. Elle était finalement plus forte qu'elle ne l'aurait cru.

Mais serait-ce assez pour rester en vie ?

4

La vue sur la cordillère des Andes émergeant des nuages était à couper le souffle, mais Erin ne pouvait oublier la description que John lui avait faite de la vie à Medellín.

C'était un endroit où l'horreur se cachait derrière les apparences les plus innocentes. Un endroit où personne n'était à l'abri de l'influence tentaculaire et insidieuse du cartel.

En fait, il n'y avait pas réellement d'issue pour ses habitants, qui n'avaient d'autre choix que d'accepter leur sort.

Un peu comme c'était le cas pour elle.

Erin détourna les yeux du hublot.

Comment sa vie avait-elle pu prendre ce tour-là ?

Elle était calme, réservée, plutôt pacifique. Elle n'avait jamais délibérément fait du mal à quelqu'un. L'idée qu'elle soit à présent une criminelle, une prisonnière, la surprenait toujours.

Elle avait grandi dans une petite ville située à quelques kilomètres à l'ouest d'Atlanta. Fille unique, elle avait été choyée par ses parents. Ils ne voyaient que par elle, et son monde se résumait à eux. Et puis, un jour, sa mère n'était pas venue la chercher à l'école. Elle avait attendu, attendu, mais personne n'était venu. La nuit commençait à tomber quand une voiture de police était arrivée et l'avait conduite au commissariat. Ses parents avaient trouvé la mort dans un accident de voiture cet après-midi-là.

En un instant, sa vie avait volé en éclats.

Erin cilla pour refouler les larmes qui ne manquaient jamais de lui monter aux yeux quand elle pensait à ses parents.

Elle n'avait pas d'autres proches, mais elle ne pouvait pas se plaindre de la famille d'accueil que les services sociaux lui avaient trouvée.

Les Martin avaient été gentils avec elle, mais elle ne s'était jamais autorisée à les aimer vraiment ou à leur faire entièrement confiance. Elle n'avait pas choisi de retenir ses sentiments, ça s'était fait comme ça.

Une partie d'elle s'était tout simplement refermée quand ses parents avaient disparu. Avec le recul, elle comprenait qu'elle leur en avait voulu de l'avoir abandonnée. Ils étaient supposés être là pour s'occuper d'elle, et ils étaient partis. A douze ans, c'était particulièrement difficile à accepter. Mais l'acceptait-on jamais ? Elle les aimait tellement…

Seul Jeff avait su libérer de nouveau cette émotion.

Et il fallait voir où ça l'avait menée.

Il lui avait assuré que ce qu'elle faisait était légal, que ces entreprises lui avaient donné l'autorisation d'essayer de forcer leur cyber-sécurité. Quel menteur ! Il s'en était sorti blanc comme neige, tandis qu'elle payait le prix fort.

Plus jamais elle ne donnerait son cœur à qui que ce soit.

Revenant au présent, elle constata que l'avion amorçait une descente vers une piste des plus rustiques. Si elle se rappelait correctement ce que John lui avait expliqué, l'aérodrome quasi désaffecté se trouvait à quelques kilomètres de leur destination finale.

L'atterrissage ne se fit pas en douceur. Ballottée en tous sens, les doigts crispés sur les accoudoirs, elle se demanda si le pilote savait ce qu'il faisait. L'avion continuait à filer sur la piste et se dirigeait tout droit vers une forêt dont la densité évoquait un mur.

Erin retint son souffle tandis que les freins crissaient et que les moteurs se coupaient. L'accident lui semblait inévitable, mais l'avion s'arrêta quelques mètres avant de plonger dans la végétation.

— Allez, en route, Bailey, dit John en se levant. C'est là que les réjouissances commencent.

Il lui lança son petit sourire en coin tandis qu'elle se débattait avec sa ceinture de sécurité.

John ne souriait jamais en dehors de cette agaçante mimique, et elle avait fini par comprendre ce qui le motivait. Il savait que ça l'agaçait, et c'était son but.

— Une voiture de location nous attend, expliqua-t-il. Elle a été louée hier, en même temps qu'une chambre d'hôtel où un couple correspondant vaguement à notre description a passé la nuit.

Comme il se détournait, elle demanda :

— Comment s'appelle l'hôtel ?

Elle devait faire attention à tout, se montrer une fine observatrice. C'était ce que John n'avait cessé de lui répéter. Maintenant, elle devait se focaliser en permanence sur sa mission.

John lui lança un regard par-dessus son épaule.

— Le Bogota Plaza.

Une expression satisfaite apparut sur son visage.

— C'est bien, Bailey.

Erin se détendit un peu. Elle avait finalement réussi l'impossible : impressionner John Logan.

La température était beaucoup plus fraîche à l'extérieur que ce qu'elle avait connu au camp d'entraînement. Erin se frotta les bras pour les réchauffer et regretta d'avoir glissé sa veste dans son sac de voyage.

L'air était également plus rare. John l'avait mise en garde contre les vertiges et maux de tête que pouvait provoquer l'altitude.

Ramon, le chauffeur, chargea leurs sacs dans le coffre du

4x4. Maverick, le pilote, discutait à mi-voix avec John. Erin, comme d'habitude, était tenue à l'écart. Elle détestait ça. John continuait à ne pas vouloir l'associer aux décisions, même si elle avait réussi tous les tests.

Elle frissonna en songeant aux événements des derniers jours. Une profonde incrédulité l'envahissait chaque fois qu'elle se rappelait la façon dont John l'avait obligée à tirer sur lui.

Et s'il s'était trompé et qu'il soit resté une balle dans le chargeur ?

En tout cas, il lui avait fait prendre conscience qu'elle était capable d'aller très loin. S'il la rencontrait aujourd'hui, Jeff réfléchirait probablement à deux fois avant d'essayer de la piéger.

Un regain de détermination consolida sa décision. John avait promis que Jeff serait arrêté si elle les aidait dans cette mission. A partir de maintenant, ce serait sa motivation, la carotte pour la faire avancer.

Elle ferait tout ce qu'il fallait pour que la justice triomphe. Tout ce qu'elle avait à faire, c'était rester en vie pour le voir.

Bailey avait l'air sacrément déterminée, ce matin, nota Logan en la regardant avancer d'une démarche conquérante. La décision de garder ses cheveux blonds avait été la bonne, remarqua-t-il également. Les femmes changeaient fréquemment de couleur de cheveux, et Esteban ne serait pas surpris. De plus, comme il avait un faible pour les blondes, il serait probablement ravi…

— Hé, mon vieux, tu me suis, là, ou pas ?

John sursauta et se rendit compte qu'il avait perdu le fil de sa conversation avec Maverick.

— Revenons aux activités d'hier, suggéra-t-il, comme s'il voulait de nouveau passer en revue cette partie. Quand les frères Calderon sont-ils arrivés au domaine ?

Maverick secoua lentement la tête.

— N'essaie pas de m'embrouiller, Johnny. J'ai dit à Lucas que tu pouvais gérer ça. J'espère que je ne me suis pas trompé.

Logan soutint le regard scrutateur de son interlocuteur.

— Je n'ai pas besoin que Lucas ou toi me surveilliez sans cesse. Si je n'étais pas à la hauteur du défi, nous ne serions pas ici. Tu me connais mieux que ça.

A quarante ans, Maverick avait une allure martiale qui dissuadait quiconque de lui chercher des noises, et un regard d'une froideur qui pouvait faire trembler l'homme le plus aguerri. Mais Logan ne s'y laissait pas prendre. Maverick avait été son entraîneur, avant de devenir un ami, presque un frère.

Ramon et Maverick faisaient partie de l'équipe logistique du Programme de récupération. Ils prenaient soin des détails, comme la présence de figurants à l'hôtel et la location du 4x4. Et quand c'était nécessaire, ils nettoyaient ce qui devait l'être après l'intervention d'un agent de terrain.

Le regard de Maverick se posa un instant sur Erin, avant de revenir vers Logan.

— Elle n'est pas Jess. Toute la mission repose sur ta capacité à éviter qu'elle fasse tout échouer. Et ta seule façon d'y arriver, c'est de garder la tête froide et de te rappeler qui est vraiment Erin Bailey.

— Je sais qu'elle n'est pas Jess, grommela John avec impatience.

— Je vous ai observés tous les deux, Johnny. Il y a un truc entre vous. Même un idiot le verrait.

Il leva une main pour stopper net les protestations de John.

— D'une certaine façon, c'est une bonne chose. Esteban le verra aussi. Sers-t-en à ton avantage. Et peu importe que ce soit dû à un instinct de protection primitif ou à une pulsion sexuelle de base. Sers-t-en, mais ne te laisse pas avoir par ça. Tu vois ce que je veux dire, Johnny ? Même les meilleurs ont leur talon d'Achille. Cette femme est peut-être le tien.

— Et moi je crois que le manque d'oxygène dû à l'altitude te joue des tours.

Logan soutint sans fléchir le regard d'acier rivé sur lui avant de poursuivre :

— Tu me connais assez pour savoir que personne, et certainement pas une femme, ne peut me détourner d'une mission.

Maverick laissa passer une longue minute de silence tandis qu'il scrutait intensément Logan, comme s'il avait besoin de confirmer cette déclaration.

— Mouais…

Il eut un petit rire destiné à relâcher la tension, et fit machine arrière, autant physiquement que mentalement.

— C'est vrai, Johnny. Tu fais toujours le travail comme il faut.

Il lui donna une tape sur l'épaule, tandis qu'ils se dirigeaient vers le véhicule qui les attendait.

— Je suis prêt à te suivre n'importe où, même avec la donzelle dans les parages.

A son corps défendant, Logan tourna les yeux vers la « donzelle » en question, alors qu'elle se passait nerveusement la main dans les cheveux.

En la voyant se forcer à sourire à quelque chose que lui disait Ramon, avant de se croiser les bras sur la poitrine en un geste défensif, il conclut qu'elle était nerveuse.

Et elle avait toutes les raisons de l'être, reconnut-il. Elle était sur le point d'entrer dans un monde totalement inconnu, où on ne pouvait faire confiance à personne, et où rien n'était ce qu'il paraissait.

Maverick et Ramon n'iraient pas plus loin. Désormais, Bailey et lui seraient livrés à eux-mêmes. Il se demanda si elle comprenait vraiment que personne ne pourrait les aider une fois qu'ils seraient entrés sur le domaine d'Esteban. Mais peut-être était-il préférable qu'elle ne s'en rende pas compte.

— Bonne chance, Logan.

Ramon hocha la tête dans la direction de son collègue, puis adressa un clin d'œil à Bailey.

— Ne le laissez pas vous martyriser, ma belle. C'est peut-être le chef, mais la réussite de la mission dépend entièrement de vous.

Erin ne sut pas trop quoi répondre.

— Merci pour le conseil.

— Ferrelli sera votre AG.

Voyant qu'elle ne comprenait pas, il expliqua :

— Ange gardien. Vincent Ferrelli, un de nos agents, surveillera vos arrières autant que possible quand vous serez à l'extérieur. Mais, à l'intérieur du domaine, vous serez livrée à vous-même, Bailey.

Elle se força à sourire, mais cela se résumait probablement à une vague crispation de ses lèvres. Elle n'avait fait que cela toute la matinée.

Cette fois, on y était. En voyant Ramon et Maverick remonter à bord de l'avion, la réalité se resserra autour d'elle comme une corde autour de son cou.

— Au travail, *Bébé*.

Elle tourna la tête et frissonna. Pas tant à cause de la façon agaçante dont John avait prononcé le mot, mais pour sa manière de la déshabiller du regard.

S'exhortant à l'indifférence, elle se dirigea vers la voiture. Mais, avant de monter à bord, elle se dit qu'elle devait trouver un moyen d'égaliser le score avec lui.

— Dites-moi, Logan, susurra-t-elle de son ton le plus séducteur, Jess n'avait pas un petit surnom pour vous ? Après tout, nous sommes un couple follement amoureux de retour de sa seconde lune de miel. Je dois bien vous appeler autrement que par votre prénom…

« Pauvre type », par exemple. Ou « sombre crétin ». Ou tout autre qualificatif qu'elle se garda bien de suggérer.

Il la toisa d'un regard narquois qui lui fit perdre le peu d'assurance dont elle avait réussi à faire preuve.

— Bien sûr. J'aurais déjà dû vous le dire.

Il tendit la main pour lui indiquer qu'elle devrait monter en voiture.

Soudain mal à l'aise dans cette petite guerre de volontés, elle obéit.

Il repoussa la portière fermement derrière elle et se pencha par-dessus la vitre ouverte.

— Mon amour, chuchota-t-il.

Il ponctua ces mots d'un clin d'œil.

— Quand vous aurez des velléités d'affection, vous pourrez m'appeler « mon amour ».

Erin regarda droit devant elle, soudain plus inquiète de se retrouver seule avec John que du danger que représentait Esteban.

Juste au moment où elle pensait qu'elle allait hurler de frustration, John se recula. Elle le regarda contourner le capot, sans jeter le moindre coup d'œil dans sa direction.

Comment faisait-il pour être aussi agaçant ? Enfin, cette fois elle l'avait bien cherché, non ?

Ça ne se reproduirait plus. La mission s'annonçait déjà assez difficile sans en plus jouer au chat et à la souris.

Mais il y avait quelque chose en lui qui chatouillait son sens de la compétition, qui lui donnait envie de… jouer.

Erin résista à la tentation de soupirer.

N'avait-elle donc tiré aucune leçon de ses mésaventures passées ?

Il était impossible de faire confiance à un homme dont la seule motivation était que le travail soit fait. Et John Logan entrait définitivement dans cette catégorie.

De près, Medellín faisait un peu penser à une vieille ville typique de l'Ouest américain. Le paysage était enchanteur, le climat tempéré, et l'ambiance générale bien plus agréable qu'Erin n'aurait pu l'imaginer.

Qui aurait pu croire que la ville abritait un cartel de la drogue aussi agressif ? Esteban y faisait figure d'autorité, mais son trafic ne se limitait pas aux stupéfiants.

Le Département de l'alcool, du tabac et des armes à feu avait découvert qu'Esteban détournait des livraisons d'armement militaire pour les revendre à travers le monde. Ce qu'ils ignoraient, c'était comment il faisait pour déjouer la sécurité.

D'après John, son unité avait été appelée à la rescousse après l'échec de toutes les autres agences fédérales à épingler le criminel.

Sans le vouloir, Erin avait été embarquée dans cette aventure, et elle essayait de relativiser en considérant que John lui avait offert une seconde chance.

Vivrait-elle assez longtemps pour profiter de sa liberté retrouvée ? Cela restait encore à déterminer.

Après quelques minutes de trajet, ils pénétrèrent dans le secteur le plus défavorisé de la ville. Medellín ou Atlanta, cela ne faisait aucune différence. Toutes les métropoles avaient leurs quartiers dangereux.

Observant les immeubles décrépis ou à demi en ruine, et les personnes rassemblées au coin des rues, Erin constata avec un malaise grandissant que beaucoup étaient des enfants. Elle aurait voulu détourner le regard, mais elle ne le pouvait pas. Leurs visages solennels et leurs grands yeux d'une insoutenable tristesse lui brisaient le cœur.

— Je sais que c'est poignant.

L'intonation de Logan était singulièrement douce. Surprise, Erin tourna la tête et se demanda comment un homme aussi dénué d'émotion pouvait faire preuve d'une telle gentillesse.

— La vie n'est pas facile, ici. Entre la pauvreté, la violence et le machisme, les enfants sont le plus souvent livrés à eux-mêmes.

Erin plissa le front.

— Comment cela, le machisme ?

John lui lança un coup d'œil tandis qu'il poursuivait sa route le long d'une rue fortement en pente.

— Les pères abandonnent fréquemment leur famille, parce qu'ils estiment qu'elles sont un frein à leur liberté. Sans aides sociales, et avec une multitude d'enfants, les mères n'ont souvent d'autre choix que d'envoyer les aînés gagner de quoi nourrir la famille.

— Mais comment ces enfants pourraient-ils gagner de l'argent ? Ils sont si jeunes !

John s'arrêta à une intersection et riva son regard au sien.

— Il vaut mieux que vous ne le sachiez pas.

Il avait raison. Son imagination lui laissait déjà entrevoir assez d'atrocités sans qu'on lui en dise davantage. La gorge nouée, elle déglutit avec peine.

John se gara le long de ce qui ressemblait à une brasserie, bien qu'il n'y eût pas de néon à l'extérieur pour signaler l'endroit.

— Il est temps d'entrer dans la peau du personnage, annonça-t-il. Pensez à m'appeler Logan et à me tutoyer.

Il fallut à Erin quelques instants pour que sa vision s'accoutume à l'intérieur sombre et enfumé de la gargote. Toutes les tables étaient occupées, et elle trouva que chaque client avait l'air d'un criminel. Cela ne tenait pas tant à leur tenue vestimentaire qu'à leur expression ouvertement belliqueuse et malveillante.

Un long bar s'étirait sur le côté de la pièce. Plusieurs tabourets étaient vacants, et John se dirigea de ce côté.

Il se hissa sur l'un d'eux et attira Erin entre ses cuisses écartées d'un geste possessif.

Malgré la peur qui battait furieusement dans ses veines, Erin se sentit délicieusement troublée. Contre toute attente, elle endossa son rôle avec le naturel des meilleures comédiennes, et se laissa aller langoureusement contre lui, tandis qu'il commandait une bouteille de Tequila dans un espagnol parfait.

— Tu vois le type qui vient d'entrer ? demanda John, tout en faisant mine de lui mordiller l'oreille.

— Mmm, ronronna-t-elle.

Grand et large d'épaules, avec l'air de sortir d'un western bas de gamme, l'homme s'attarda trois ou quatre secondes sur le seuil, puis ressortit.

— C'est notre contact.

Erin se tourna pour chercher le regard de John.

— Et maintenant, on fait quoi ?

Elle avait envie de prendre ses jambes à son cou. Son cœur battait à se rompre, autant à cause de la proximité troublante de John que par peur de ce qui allait suivre.

— On va aller le rejoindre.

Il lui effleura les lèvres d'un baiser et se leva, l'entraînant dans le même mouvement.

Le contact n'avait duré que quelques secondes, mais Erin en avait la tête tournée. Dans un état second, elle se laissa conduire à l'extérieur, et fut aveuglée par la vive lumière du jour.

Ses oreilles sifflaient, sa peau la picotait. La peur et le désir faisaient des entrechats en elle, comme des ballerines hyperactives.

Oh, bon sang ! Elle devait se ressaisir, rester attentive à son environnement comme John le lui avait appris. *La clé réside dans les détails*, lui avait-il répété inlassablement durant sa semaine d'entraînement. *Restez toujours sur le qui-vive. Notez le moindre détail comme si votre vie en dépendait.*

John l'avait quasiment traînée jusqu'à l'homme qui les attendait au coin de la rue, et il se lança bientôt dans une conversation animée avec celui qu'il avait désigné comme étant leur contact.

5

Le domaine d'Esteban — il aimait qu'on désigne ainsi la propriété qui abritait tout à la fois sa résidence personnelle et son poste de commandement — s'étendait sur un promontoire surplombant la vallée et l'unique route d'accès.

A l'arrière s'élevaient d'immenses falaises infranchissables. Grâce à un repérage par photographie satellite, les équipes du Programme de récupération savaient déjà qu'il serait impossible d'envahir les lieux en accédant de ce côté.

Il ne restait pour l'équipe d'intervention qu'une attaque frontale ou par les airs, mais la confrontation serait inévitable car il n'y avait absolument aucune zone à couvert.

L'interminable allée de terre battue desservant le domaine traversait des dizaines d'hectares de terrain volontairement déboisé afin de prévenir toute possibilité d'attaque surprise.

De grands murs encerclaient l'immense maison de plus de mille mètres carrés. Des arbres anciens, à l'évidence soigneusement protégés durant la construction, jetaient une ombre appréciable sur la cour d'honneur, cernée de deux bâtiments construits dans le même style imposant.

Un peu plus loin, une maison d'amis se dressait au cœur d'une roseraie.

La grille s'ouvrit pour livrer le passage à la voiture d'Erin et John et à leur escorte.

Le bassin et ses jeux d'eau, la pelouse d'un vert uni et vibrant que ponctuaient des statues, les buis taillés, trahissaient un goût pour le classicisme des jardins à la française. Mais les grandes baies vitrées, le perron en marbre de l'entrée et son péristyle apprêté donnaient à la maison l'apparence d'un grand hôtel, fastueux mais sans âme.

— Je ne m'attendais pas à ça, commenta Erin, partagée entre surprise et effarement.

Logan s'arrêta quelques mètres derrière leur escorte et actionna le levier de la boîte de vitesse automatique sur la position « parking ».

— A partir de maintenant, faites attention à ce que vous direz, chuchota-t-il. Cet endroit est probablement truffé de micros à l'intérieur comme à l'extérieur.

Elle hocha la tête, les yeux écarquillés par la peur.

Ce n'était pas la première fois qu'elle réagissait ainsi depuis que cette histoire avait commencé, et Logan aurait aimé qu'il en soit autrement.

C'était tellement risqué ! Bailey n'était qu'une débutante, et l'entraînement qu'elle avait reçu était insuffisant.

Elle représentait un danger pour la mission... pour elle-même.

Et aussi pour leur seul espoir de réussite.

Elle déglutit avec peine, et il suivit le mouvement de ses muscles le long de la souple et délicate colonne de son cou.

— Je suis prête, dit-elle d'une voix légèrement tremblante.

Il savait qu'il n'aurait pas dû, mais il ne fut pas capable de s'en empêcher. Il la toucha. Il tendit la main et lui caressa la joue du bout des doigts.

— Je vous dois une fière chandelle, Bailey.

Il l'entendit chercher son souffle, et eut soudain l'envie irrésistible de faire demi-tour et de l'emmener loin de tout ça.

Mais un coup sec frappé à sa vitre brisa la magie de l'instant.

— Venez, dépêchez-vous ! ordonna Cortez, leur escorte. Vous n'avez pas eu assez de temps aux Bahamas pour vous faire des mamours ? Esteban vous attend.

Logan ouvrit sa portière et se redressa.

— Avec une femme comme elle, on n'en a jamais assez.

Il adressa un petit clin d'œil à Cortez avant de faire le tour de la voiture.

— Pas vrai, Bébé ?

— Oh ! Tu vas me faire rougir, mon amour, ronronna-t-elle en se blottissant contre lui.

Cortez marmonna quelque chose en espagnol que ni l'un ni l'autre ne comprirent, et les guida vers la maison.

Il avait suffi à Erin d'entrer dans le hall pour oublier la désagréable impression causée par la dizaine de gardes armés qui les avaient cernés à leur arrivée.

De l'extérieur, elle avait deviné que la maison serait impressionnante, mais pas à ce point. Le sol de marbre à cabochons noirs, le lustre en cristal, l'escalier à double révolution abritant une statue au creux d'une niche centrale, les superbes tableaux, les consoles en marqueterie supportant de radieux bouquets dans des vases à l'allure précieuse : tout ici évoquait le faste et l'élégance des demeures les plus raffinées.

Esteban avait assurément du goût. A défaut d'autre chose.

— Ah ! Monsieur et madame Wilks !

La voix tonitruante arracha Erin à sa contemplation du décor. Une peur absolue l'envahit quand elle fit face à l'homme qui était à la fois un collectionneur d'art averti et le pire des monstres.

Il n'était pas aussi grand que John, mais il était athlétique et ne faisait pas ses quarante ans. C'était à peine si quelques fils blancs parsemaient ses cheveux noirs coupés court, et il pouvait à première vue paraître séduisant. Mais il y avait quelque chose de glaçant dans son regard.

Même si elle n'avait rien su à son sujet, Erin aurait compris d'instinct qu'Esteban était un homme qu'il fallait craindre.

John tendit la main.

— *Señor* Esteban, nous apprécions votre hospitalité.

Esteban lui serra la main, mais concentra immédiatement son attention sur Erin.

— Je suppose que vous avez apprécié vos vacances aux Bahamas ?

Sous le regard insistant de l'homme, Erin eut le plus grand mal à résister à l'envie de se blottir contre John. Il la regardait comme une proie, sans chercher à masquer son puissant appétit sexuel.

— Nous avons apprécié chaque minute, n'est-ce pas, Bébé ? répondit John en l'attirant contre lui.

Que ce soit pour donner de la crédibilité à leur couple, ou parce qu'il sentait qu'elle en avait besoin, Erin était bien incapable de le dire. Mais elle était tout simplement heureuse qu'il l'ait fait.

Le regard d'Esteban s'attardait sur Erin.

— Vous avez changé vos cheveux.

Le constat ressemblait trop à une accusation pour qu'Erin l'accueille avec sérénité. Elle chercha quelque chose à répondre, mais ne trouva pas l'inspiration.

Esteban lui adressa soudain un sourire carnassier.

— Ça me plaît.

Il se tourna vers Logan, et redevint professionnel.

— Nous avons beaucoup de choses à nous dire. Cortez va conduire votre ravissante épouse auprès de Sheila, une autre de mes invités. Elle lui fera visiter les lieux et l'aidera à s'installer dans vos quartiers.

— Excellente idée.

John déposa un baiser rapide sur le front d'Erin.

— Sois sage, Bébé.

Il la libéra alors et, sans un regard en arrière, suivit Esteban, la laissant seule avec un inconnu armé.

— Par ici, *Bébé*, ironisa Cortez.

Les paumes moites, Erin ne répondit pas et le suivit à l'extérieur, jusqu'à une tonnelle sous laquelle une femme installée à une table en fer forgé fumait pensivement une cigarette.

Cortez s'adressa à elle avec un dédain non dissimulé.

— Esteban a dit que tu devais t'occuper d'elle, lança-t-il, avant de tourner les talons.

Sheila adressa à Erin un regard à peu près aussi amical que celui d'un pit-bull.

— Alors, c'est toi la nouvelle, hein ?

— C'est exact.

Sans attendre d'y être invitée, Erin s'assit en face d'elle. Quelque chose lui disait que l'invitation ne serait de toute façon jamais venue.

De près, cette femme semblait aussi dangereuse que les gardes armés. Après réflexion, Erin se dit qu'elle n'avait pas besoin d'arme pour faire des dégâts. Ses longs ongles rouges et son regard empli de haine dégageaient d'eux-mêmes quelque chose de létal.

Sheila écrasa sa cigarette et toisa Erin.

— N'oublie pas que j'étais la première ici. L'ancienneté a ses privilèges. Ne t'imagine pas que tu vas pouvoir marcher sur mes plates-bandes.

Erin afficha une mimique perplexe.

— Je ne suis pas sûre de te suivre.

— Je suis la protégée d'Esteban, répondit Sheila avec un sourire satisfait. En dehors de sa sœur, je suis la seule femme à avoir passé plus d'un an ici. Ne crois pas que ton arrivée va changer quoi que ce soit.

Elle eut un geste dédaigneux de la main.

— Je ne te donne pas une semaine.

Plutôt que de se disputer avec elle, Erin préféra changer de sujet.

— J'adore ta bague.

Il était impossible de ne pas remarquer l'énorme diamant à l'annulaire gauche de Sheila. A côté, l'étroit anneau d'or semblait des plus ordinaires.

— Tu es mariée ? poursuivit Erin.

Celui qui partageait la vie de cette garce patentée devait

connaître l'enfer, songea-t-elle. D'un autre côté, vu le genre de personnes qui gravitaient dans l'entourage d'Esteban, Sheila et son mari étaient probablement bien assortis.

— Evidemment, répondit Sheila d'un air suffisant. Il s'appelle Larry. Tu vas le rencontrer.

Elle rejeta en arrière sa longue chevelure auburn.

— Je trouve ta couleur affreuse. Je ne sais pas qui est l'idiot de coiffeur qui t'a conseillée, mais ça ne te va pas du tout d'être blonde.

Ce fut seulement à ce moment qu'Erin comprit qu'elle les avait tous bernés. Ils avaient tous vu des photos de Jess, ou l'avaient rencontrée, et personne n'avait eu le moindre soupçon. C'était John qui lui avait conseillé de conserver sa couleur naturelle, et son idée avait fonctionné.

Elle haussa les épaules.

— J'ai eu envie de voir si c'était vrai que les hommes préféraient les blondes.

Sheila leva les yeux au ciel.

— Tu es vraiment stupide ! Tu crois qu'être blonde est le seul critère pour séduire un homme comme Esteban ?

Avant qu'elle ait eu le temps de riposter, Sheila se leva.

— Allez viens, je te fais faire le grand tour.

Erin la suivit, en se demandant comment elle faisait pour marcher avec ces sandales à talons aiguilles et cette minijupe tellement serrée qu'elle lui cisaillait les cuisses.

Chaque fois qu'elle passait devant un groupe de gardes, Sheila accentuait le balancement de ses hanches et secouait la tête pour déployer sa chevelure telle la crinière d'un cheval sauvage.

En réalité, elle n'avait pas besoin de cela pour se faire remarquer. Elle était grande, et d'une minceur que bien des femmes devaient jalouser. Erin, en revanche, était plutôt petite et, sans être exactement en surpoids, affichait quelques rondeurs.

Elle détestait ce jean taille basse extrêmement moulant et ce débardeur étriqué que John lui avait conseillé de porter. Mais elle devait être conforme au personnage. C'était son travail.

— Voici la maison d'amis, annonça Sheila alors qu'elles approchaient une vieille bâtisse dont la façade était presque entièrement recouverte de lierre.

Ouvrant la porte, elle ajouta :

— C'est là que tu t'installeras.

Quatre pièces s'agençaient de part et d'autre de l'escalier. A l'étage, la distribution était la même. Sheila désigna la première porte sur la droite.

— Voici ta chambre. Tes bagages sont déjà là.

Erin la suivit à l'intérieur et découvrit les deux sacs au milieu de la pièce. Elle sut aussitôt qu'ils avaient été inspectés. Il était difficile de passer à côté des renflements laissés par une fouille sans soin.

— Les types de la sécurité vivent dans les baraquements.

Sheila se dirigea vers la fenêtre et désigna le bout du jardin.

— Ils sont dix. Tu les rencontreras au fur et à mesure durant les repas. Esteban insiste pour que nous dînions ensemble aussi souvent que possible.

Elle se tourna vers Erin, les bras croisés sur sa poitrine refaite.

— C'est une de ses lubies. Tu découvriras vite qu'il en a d'autres, mais je te laisse la surprise.

Sheila se dirigea vers la porte, et marqua un temps d'arrêt au moment de poser la main sur la poignée.

— Je ne t'aime pas, finit-elle par déclarer. Ne te mets pas en travers de mon chemin, et tout ira bien.

Sur ces mots, elle claqua la porte derrière elle.

Erin relâcha son souffle. Elle était là depuis à peine une demi-heure, et elle s'était déjà fait une ennemie.

6

— Que cela vous serve de leçon, déclara Esteban, le corps raide de colère et les yeux étincelant de fureur.

Pas le moins du monde calmé par sa démonstration d'autorité, il faisait les cent pas devant John et les autres.

John était parfaitement au courant de la propension d'Esteban à entrer dans des rages folles. Et la démonstration dont il venait d'être témoin ne faisait qu'accroître le mépris qu'il ressentait pour lui.

Esteban avait abattu sous ses yeux trois membres de sa garde rapprochée qui le suppliaient de les laisser en vie. John n'avait aucun moyen de savoir quelle preuve Esteban possédait contre eux, mais cela avait apparemment suffi à mettre le feu aux poudres.

D'ordinaire, John n'éprouvait aucune sympathie pour les malfrats. Tout le monde ici savait comment les choses marchaient et les risques que cela comportait. Enerver le patron en parlant trop ou en se laissant corrompre, c'était chercher délibérément les ennuis.

Le manque de loyauté n'était pas toléré dans l'entourage d'Esteban. John le savait, les deux autres hommes présents dans la pièce le savaient aussi, tout comme les trois morts.

Il n'empêche qu'il n'aimait pas voir des vies humaines mises au rebut de cette façon.

Son regard se posa sur l'homme qui allait et venait devant lui comme un fauve en cage dangereusement agité.

Ça le rendait malade d'être complice de ça, même pour quelques jours. Mais, s'il fallait en passer par là pour neutraliser ce monstre, il était prêt à prendre sur lui.

— La trahison mérite la mort, déclara Esteban en s'arrêtant devant l'un de ses plus fervents supporters. Pas vrai, mon vieil ami ?

— Absolument, chef.

Celui qui venait de répondre était Larry Walters, ancien militaire, recherché au Texas pour meurtre au premier degré. Sa femme et lui travaillaient pour Esteban depuis un an maintenant.

— Et vous, mon nouvel ami…

Esteban s'arrêta devant John.

— Avez-vous des questions ?

Le regard fermement planté dans les yeux de son nouveau patron, John afficha un sourire bon enfant.

— Une seule. A quelle heure est le repas ?

Un silence de plomb s'abattit sur la pièce tandis qu'Esteban le toisait, un long moment. Puis il éclata de rire, et les autres l'imitèrent comme des pantins. John gloussa de concert. Il avait pris un risque et ça avait marché.

— Vous avez raison, Logan, dit Esteban en lui assénant une claque dans le dos. Il est midi passé. J'aimerais que votre ravissante épouse et vous déjeuniez à ma table.

— Avec plaisir. Sara sera folle de joie. C'est une amatrice d'art éclairée.

Il se pencha vers Esteban et ajouta, sur le ton de la confidence :

— Mais, pas d'inquiétude. Elle a arrêté de *collectionner* après notre rencontre.

Esteban rit de nouveau.

— Une collectionneuse, hein ? Il faut que je lui montre ma collection privée. Je suis sûr qu'elle va adorer.

Une lueur prédatrice s'alluma dans les yeux du malfrat, et John dut prendre sur lui pour continuer à sourire.

— C'est très aimable à vous.

Il allait devoir prévenir Bailey de faire attention à Esteban. Sans le vouloir, il venait d'en faire la cible d'une des autres mauvaises habitudes du mafieux : la conquête effrénée des femmes.

Lorsque John regagna les quartiers qui lui avaient été assignés, il fut surpris de trouver les lieux effroyablement calmes.

Immédiatement, tous ses sens furent en alerte. Où diable était passée Bailey ?

En silence, il se déplaça à travers le rez-de-chaussée. Il n'y avait pas de traces de lutte.

Sur le palier du premier étage, il s'arrêta devant la porte de la chambre et tendit l'oreille.

Des bruits étouffés lui parvinrent de la salle de bains voisine. Il s'y dirigea, posa la main sur la poignée mais hésita.

Plutôt que de faire irruption comme un forcené dans la pièce, il tapa doucement sur la surface cirée du bois. Il ne voulait surtout pas faire peur à Erin et provoquer une réaction qui éveillerait les soupçons de ceux qui les écoutaient.

— Bébé, tu es là ?

Un silence passa, puis elle cria à travers la porte.

— J'en ai pour une minute.

Logan se crispa. Quelque chose ne tournait pas rond. Etait-elle déjà en train de craquer ?

— J'entre.

Il poussa la porte et trouva Erin tremblante et décomposée. Elle tenait un sachet de glace contre sa tempe gauche. Un hématome noircissait sous son œil, et son visage était rougi par les larmes.

— Ce n'est rien, dit-elle d'une voix aussi tremblante que tout le reste de sa personne.

La fureur explosa en lui.

— Que s'est-il passé ?

Sa première pensée fut qu'il allait tuer la personne responsable de cela.

Elle leva une main pour le tenir à distance, mais il l'ignora et s'approcha.

— Je vais bien, vraiment.

Elle cilla rapidement tandis qu'un nouveau flot de larmes noyait ses étonnants yeux violets.

Il la plaqua contre le mur afin qu'elle ne puisse pas aller plus loin, et la regarda durement, trop énervé sur le moment pour la réconforter.

— Dis-moi ce qui s'est passé.

Elle humecta ses lèvres pleines et essaya de reprendre son souffle.

— J'ai voulu faire un tour dans le jardin, et j'ai entendu des coups de feu.

Elle essuya ses larmes d'un revers de main et s'éclaircit la gorge.

— Un des gardes m'a dit de revenir ici, mais je voulais m'assurer que tu n'avais rien.

Elle haussa mollement les épaules, tout en reniflant.

— Apparemment, il a pris ma réaction pour de l'insubordination.

John écumait de rage.

— Il t'a frappée ?

Elle hocha la tête, tandis qu'une larme solitaire courait sur sa joue.

— Je vais en parler à Esteban.

Ecartant la main d'Erin, il grimaça en constatant la taille de la meurtrissure sur le côté de sa tête. L'ecchymose s'étendait de la racine des cheveux au coin de son œil gauche.

— Et ensuite, je tuerai celui qui a fait ça, déclara-t-il.

Il savait que son raisonnement n'avait rien de rationnel et qu'il réagissait avec excès, mais il ne pouvait calmer les émotions qui se bousculaient frénétiquement en lui.

Doucement, il caressa la joue tuméfiée d'Erin.

— Quel salaud !

— Non, laisse tomber. J'aurais dû obéir. C'est moi qui suis en faute.

Elle lui pressa la main avec force et la repoussa.

— N'aggrave pas les choses. Je ne…

Sa voix s'amenuisa. Elle ferma les paupières.

— Je ne veux pas créer d'ennuis.

John ressentait le besoin d'agir, mais il savait qu'il ne pouvait prendre le risque de dire quoi que ce soit, par peur d'être écouté.

Il la prit dans ses bras et la serra contre lui.

Il se dégageait d'Erin une sensation de douceur et de fragilité qui réveilla sa culpabilité.

Il savait que ça se passerait plus ou moins comme ça. Dans cet endroit, il ne fallait faire confiance à personne. La seule chose qu'il pouvait espérer, c'était de parvenir à la protéger de situations encore pires.

Erin ne pouvait pas comprendre ce monde où on tuait souvent plus pour le sport que par nécessité. La brutalité était un mode de vie pour ces gens. Tous ceux qui travaillaient pour Esteban tueraient pour lui… ils étaient même prêts à mourir pour lui sans ciller.

Comment protéger des horreurs du monde d'Esteban une innocente comme la femme qu'il tenait dans ses bras ?

Fermant les yeux, il se promit de trouver un moyen d'assurer sa sécurité.

D'une façon ou d'une autre.

Erin n'avait jamais été aussi soulagée de voir John.

Elle s'était imaginé le pire, redoutant qu'il soit mort et qu'elle soit la prochaine sur la liste.

Quand elle avait repris conscience, le garde qui l'avait frappée l'avait déjà jetée en travers de son épaule et quasiment reconduite dans ses quartiers. Elle l'avait assailli de coups de pied et de poing jusqu'à ce qu'il la pose à terre, et avait eu le plus grand mal à se débarrasser de lui. Il avait fallu qu'elle menace de crier à l'aide pour qu'il la laisse tranquille.

John avait raison, elle n'avait pas la moindre idée de la brutalité de ces gens. D'instinct, elle avait préféré ne pas lui révéler le mal qu'elle avait eu à se débarrasser du garde. La possessivité de John l'avait surprise.

A moins qu'il ne se sente tout simplement responsable de sa sécurité en général… C'était plus probablement le cas. Mais, quand même, sa réaction avait été plus virulente que ce qu'elle avait imaginé.

John lui avait expliqué, en donnant le moins de détails possible, que les tirs correspondaient à l'exécution par Esteban de trois traîtres parmi sa garde rapprochée.

Elle frissonna de nouveau.

Combien de temps leur restait-il à vivre avant que la vérité sur leur identité ne soit découverte ?

Ce n'est qu'en entendant les coups de feu qu'elle avait réalisé à quel point John et elle étaient en danger.

C'était bien pire que tout ce qu'elle avait pu imaginer. Même si John avait essayé de la prévenir, elle n'avait jamais envisagé que ce serait si difficile.

Lorsqu'ils entrèrent dans la maison principale, Erin forma le vœu que cette invitation inattendue ne leur fournisse pas de nouvelles raisons de s'inquiéter.

D'après John, c'était une excellente opportunité de faire progresser leur mission, s'ils savaient lire correctement entre les lignes. Evidemment, ils devaient être extrêmement attentifs à ce qu'ils disaient, et tout chuchotement paraîtrait suspect.

Erin ne pouvait qu'espérer que tout se passerait bien, mais elle n'avait pas le pouvoir d'influer sur les événements. Il se passerait ce qu'il se passerait.

En tout cas, elle se sentait en sécurité avec John à ses côtés.

Toutes ses missions exigeaient-elles qu'il se trouve plongé dans un environnement aussi dangereux ? Dans ce genre de métier, les chances de survie à long terme semblaient bien minces.

L'admiration et le respect qu'elle avait pour lui étaient montés de plusieurs crans au cours des dernières heures. Il devait atteindre l'excellence dans son travail, ou c'était la mort assurée pour tous les deux.

Si elle était restée en cellule à Atlanta, elle serait peut-être déjà morte aussi, compte tenu des inimitiés qu'elle s'était attirées bien malgré elle.

De nouveau, elle se demanda comment John avait appris ses déboires. Peut-être avait-il interrogé d'autres prisonnières. L'une d'elles avait peut-être entendu des rumeurs…

Observant le hall tandis qu'ils se dirigeaient vers la salle à manger, elle se dit qu'ici elle avait peut-être une chance de pouvoir prendre un nouveau départ.

Lorsqu'elle remarqua les gardes armés qui attendaient de part et d'autre de l'entrée de la salle à manger, Erin corrigea cette réflexion.

Une chose était certaine, on était loin désormais du Kansas, et elle se sentait perdue au cœur d'un monde étrange, presque surnaturel, comme le personnage de Dorothy dans *Le Magicien d'Oz*.

— Ah, les voilà ! s'exclama Esteban en se levant pour les accueillir. Je vous en prie, asseyez-vous. Vous connaissez déjà les Walters.

Sheila et son mari étaient assis d'un côté de la table. Si elle était au courant de sa mésaventure, Sheila ne montra aucune compassion pour Erin. Au contraire, elle l'enveloppa d'un regard dégoûté, tandis que son mari semblait indifférent.

Cortez se tenait à côté d'Esteban, la main sur la crosse de son arme glissée à la ceinture.

Une autre femme, dans les trente-cinq ans, élégante et

sophistiquée, se tenait à l'opposé d'Esteban. Erin nota immédiatement la ressemblance.

— Puis-je vous présenter ma sœur bien-aimée, María, annonça Esteban.

Il rayonnait littéralement de fierté et de respect… ou quelque chose de cet ordre.

John employa une formule de politesse, tandis que la femme lui adressait un signe de tête. Puis ce fut le tour d'Erin.

Leurs regards se croisèrent, et Erin eut une étrange sensation, comme si son hôtesse pouvait voir directement au fond de son âme.

Elle essaya de ne plus y penser. Elle était un peu à fleur de peau depuis l'incident avec le garde.

John lui tint sa chaise et prit place à côté d'elle. Elle se força à goûter les différents plats qui lui étaient présentés, en dépit de la peur qui lui nouait l'estomac. La discussion à table resta légère et anodine, portant sur des sujets comme le temps ou les derniers films qu'ils avaient vus.

Après le dessert, Esteban se leva.

— Venez près de moi, Sara.

Il fallut quelques secondes à Erin pour comprendre qu'il s'adressait à elle. Lorsque leurs regards se croisèrent, il lui fit signe d'approcher.

John se leva immédiatement et se tourna vers Esteban.

— Qu'avez-vous en tête ?

— Tout va bien, mon ami.

De nouveau, Esteban s'adressa à Erin.

— Venez.

John tira sa chaise et elle se leva sur des jambes qui la portaient à peine.

Pendant les quelques secondes où ils se regardèrent, elle eut l'impression que son cœur s'arrêtait. John essayait de la rassurer en silence, mais la promesse dans ce regard sombre comme la nuit ne parvenait pas à alléger l'anxiété qui la rongeait.

Tandis qu'elle le contournait, John se rassit, mais elle sut qu'il ne la quittait pas des yeux car elle sentait son regard posé sur elle.

— Oui ? dit-elle en s'arrêtant près de l'homme qui avait le pouvoir de mettre un terme à sa vie ici même et à cet instant.

Esteban posa la main dans le creux de son dos, et elle serra les dents.

— Est-ce cet homme qui vous a frappée aujourd'hui ?

Erin eut un choc en voyant entrer le garde qui l'avait malmenée. Il n'avait plus l'air aussi fier maintenant, désarmé et poussé en avant par un de ses collègues. En fait, il semblait terrorisé — un peu comme elle.

— Est-ce lui ? demanda Esteban, avec une légère note d'impatience dans la voix.

— Oui.

Esteban se tourna vers Cortez, qui se tenait en toutes circonstances à quelques centimètres derrière son seigneur et maître, et tendit la main.

— Ton arme.

Cortez plaça un revolver à crosse d'argent dans sa paume.

— Il vous a fait du mal, n'est-ce pas ?

Le cœur battant à tout rompre, redoutant ce qui allait suivre, Erin n'eut d'autre choix que de dire la vérité.

— Oui.

Esteban lui proposa l'arme.

— Alors il mérite de mourir. Tuez-le.

La terreur explosa dans sa poitrine.

Elle ne pouvait plus respirer.

Le regard d'Esteban la tétanisait. Elle savait que John la surveillait, prêt à intervenir au risque de compromettre leur mission. Le souvenir d'avoir braqué une arme sur John la taraudait. Mais la situation était différente, alors. Elle était en colère. A présent, elle était simplement terrifiée.

— Non.

Le mot unique avait été prononcé par elle.

L'expression d'Esteban se fit incrédule.

Avant qu'il exige qu'elle obéisse, Erin expliqua :

— J'ai fait une erreur. Il m'a demandé de retourner dans mes quartiers pour une question de sécurité, et j'ai refusé.

Elle risqua un coup d'œil vers Esteban, s'attendant à mourir à tout instant, et déglutit avec peine.

— C'était ma faute. Il ne faisait que son travail.

Tout semblait s'être figé autour d'elle. Personne ne bougeait. Personne ne parlait. Même son propre cœur semblait s'être arrêté de battre.

Esteban rendit son arme à Cortez. Un léger sourire étirait ses lèvres.

— Vous êtes une femme très courageuse, ma chère.

Il adressa un regard dédaigneux au garde.

— Et vous venez de sauver la vie de Miguel.

Il chassa ce dernier d'un signe.

— Fiche le camp.

Le gardien fila sans demander son reste, en trébuchant dans sa hâte à quitter la pièce.

Erin se sentait vidée de toute énergie, complètement hébétée. Quelques secondes de plus à endurer ce genre de stress et elle aurait probablement eu une crise cardiaque.

Esteban regarda ceux qui étaient encore assis.

— Passez un plaisant après-midi, dit-il pour les congédier.

Puis il s'adressa de nouveau à Erin, alors que celle-ci commençait à se détourner.

— Votre mari m'a dit que vous aviez une faiblesse pour l'art.

— C'est ma seule faiblesse, admit-elle.

Quand elle était étudiante, elle passait beaucoup de son temps libre dans les musées. Cela lui vidait la tête, l'aidait à se sentir mieux. Mais elle ignorait que John était au courant. Ou alors, elle lui en avait parlé et l'avait oublié. Il l'avait tellement questionnée durant les deux premiers jours de son entraînement…

Mais, de toute façon, il semblait tout savoir, qu'elle le lui dise ou non.

Esteban l'enveloppa d'un regard canaille.

— Votre seule faiblesse, vraiment ?

Avant qu'Erin ait eu le temps de répondre, Esteban poursuivit :

— Larry, tenez donc compagnie à notre nouvel ami Logan, pendant que je fais visiter ma galerie à cette jolie dame.

Le regard de John ne la quitta pas tandis qu'Esteban la poussait vers la sortie. Il ne semblait pas ravi de la situation, mais que pouvait-elle y faire ?

— L'aile est abrite ma suite personnelle, expliqua Esteban tandis qu'ils empruntaient le large escalier.

Erin fut aussitôt attentive, même si elle était terrifiée. Elle savait qu'elle devait conserver une apparence de calme et se concentrer sur les détails. C'était les petites choses qui faisaient la différence.

— Votre maison est extraordinaire, s'entendit-elle dire.

Bien, se félicita-t-elle. C'était une bonne chose de flatter son ego. Un homme comme lui accordait beaucoup d'importance au statut et à l'influence sociale.

Il marqua une pause sur le palier du second étage et la dévora des yeux.

— J'ai la chance d'avoir beaucoup de belles choses dans ma vie.

Comme le silence s'éternisait, lourd de sous-entendus, Erin essaya de le ramener sur le terrain de l'art.

— Quand avez-vous commencé à collectionner ?

— Depuis quelques années seulement, mais ma collection est très variée.

— J'ai hâte de la voir.

Elle était sincère. Admirer des œuvres d'art de choix serait sans doute le seul bon moment de cette atroce mission.

— Vous m'intriguez grandement, ma chère.

Il marqua une hésitation devant une double porte sculptée à l'aspect massif.

— Une voleuse, une convoyeuse de marchandises, dirons-nous interdites… et pourtant, vous prenez le risque de me contrarier pour sauver la vie d'un garde parfaitement remplaçable.

Erin se crispa. Etait-ce un compliment, ou une accusation habilement déguisée ?

— Je suis beaucoup de choses, *señor* Esteban, mais je ne suis pas une menteuse. Je dis toujours les choses telles qu'elles sont.

Il esquissa un sourire.

— C'est fort appréciable, ma chère.

Une heure entière s'était écoulée. John et Larry étaient partis chacun de leur côté depuis un bon quart d'heure. John avait passé chaque seconde à se ronger les sangs à propos de Bailey.

Depuis son retour dans leurs quartiers, il ne cessait de tourner en rond, incapable de penser à autre chose, envisageant déjà les pires scénarios.

Bon sang, ils étaient à peine dans la place, et déjà les choses tournaient mal !

Il espérait que Bailey parviendrait à garder ses distances avec Esteban. A l'idée qu'il puisse la toucher, une rage folle l'envahissait.

Et pourtant, la jalousie, la possessivité n'avaient pas leur place ici. Sa seule préoccupation devait être la réussite de la mission.

Pourtant il ne pouvait pas s'en empêcher. Il ne pouvait cesser de penser à la façon dont Esteban avait regardé Bailey… la façon dont il l'avait touchée.

John jura entre ses dents. Il devait absolument se ressaisir. Il avait trop à faire pour concentrer une énergie inutile sur le béguin affiché d'Esteban pour Bailey.

Le bruit de la porte qui s'ouvrait lui fit soudain tourner la tête. Sa coéquipière venait d'entrer.

— Où diable étais-tu passée pendant une heure entière ? s'exclama-t-il.

Bailey eut l'air surpris, presque inquiet. La première réaction de John fut de s'en réjouir. Il valait mieux qu'elle ait peur. Si elle commençait à se sentir trop à l'aise, elle commettrait des erreurs. Puis il réalisa que la peur était mauvaise conseillère et tapota son oreille pour lui rappeler qu'ils étaient écoutés.

— Tu sais bien où j'étais, répondit-elle d'un ton prudent.

— Tu as couché avec lui ?

Il avança vers elle les poings serrés, le visage dur, s'étonnant de ne pas avoir à feindre sa réaction de mari jaloux.

Apparemment, Erin le prit au sérieux car elle parut déstabilisée.

— Quoi ?

Il la toisa.

— Est-ce que tu as couché avec lui ?

— Bien sûr que non ! Tu es fou ? Nous avons simplement regardé sa collection d'art. Il a des pièces magnifiques. Il possède même un Monet.

— Si tu l'as laissé te toucher…

— Ne dis pas de sottises, répliqua Erin d'un ton séducteur — sans doute pour le bénéfice de ceux qui écoutaient. Tu sais bien que tu es le seul homme qui compte pour moi.

S'approchant de lui, elle noua les bras autour de son cou.

— Tu le sais, n'est-ce pas, mon amour ? susurra-t-elle.

John se crispa. Ce n'était pas réel, se rappela-t-il. Il le savait bien, mais il avait quand même du mal à le réaliser.

— D'accord. Mais tu as intérêt à ne pas l'oublier.

— Comment pourrais-je l'oublier ?

John avait désespérément envie de l'embrasser. Il passa les bras autour de sa taille et l'attira durement contre ses hanches.

Erin écarquilla les yeux en découvrant la preuve indéniable du désir qu'il éprouvait pour elle.

Un tambourinement bruyant à la porte fit voler en éclats la magie de l'instant.

John s'écarta, soulagé de cette interruption qui l'avait

empêché de se ridiculiser. Il repoussa Erin et ouvrit la porte d'un geste brutal, découvrant Cortez sur le seuil.

— Quoi ? aboya-t-il.

— Esteban veut vous voir tout de suite dans la salle de stratégie.

Il jeta un regard vaguement condescendant en direction d'Erin.

— Elle aussi.

Aux yeux d'Erin, la salle de stratégie ne différait en rien d'une salle de conférences comme on pouvait en voir dans les grandes entreprises. S'y trouvait une longue table d'acajou poli, avec en son centre une unité de téléconférence et un large écran de projection sur l'un des murs. A côté de l'écran s'affichaient les cartes de l'Amérique du Nord et du Sud, agrémentées aux emplacements stratégiques de punaises colorées. A proximité des doubles portes permettant l'accès à la pièce était disposée une desserte présentant plusieurs décanteurs en cristal sur un plateau d'argent et un humidificateur à cigares.

Comme toujours, Cortez suivait Esteban pas à pas. Larry et Sheila étaient présents, et il y avait aussi deux hommes qu'Erin n'avait pas encore rencontrés.

Elle se demanda s'il y avait encore beaucoup d'autres personnes qu'elle ne connaissait pas. John lui avait fait un cours sur les collaborateurs les plus proches d'Esteban, mais il lui restait encore à mettre les visages sur les noms.

Elle avait également envie d'en savoir plus sur la sœur d'Esteban. Durant tout le repas qu'ils avaient partagé un peu plus tôt, celle-ci avait gardé le silence. C'était incroyable qu'elle n'ait pas dit un seul mot. Et John ne lui avait quasiment rien appris sur elle avant leur arrivée en Colombie.

Quoi qu'il en soit, il y avait chez María quelque chose d'intrigant et d'un peu dérangeant à la fois.

Esteban désigna le Texas sur la carte.

— Une nouvelle cargaison d'armes militaires doit arriver demain. Nous l'intercepterons ici.

Il désigna un point à l'ouest de San Antonio.

— Nous avons une fenêtre d'action de vingt minutes. Il n'y a pas de place pour la moindre erreur. Hector et Carlos prendront la tête des opérations.

Erin fit aussitôt le lien avec les frères Calderon. Hector était l'aîné, mais Carlos était le cerveau. Un duo de serpents venimeux en bonne place sur l'échelle de la hiérarchie. Ces types-là ne prévenaient jamais quand ils allaient frapper.

— Logan, continua Esteban, Sara et vous servirez de renforts.

Une nouvelle forme de tension s'empara d'Erin.

— Pas de problème, dit John d'un ton détaché.

Esteban lui lança un regard entendu.

— Nous verrons si vous êtes si bons que ça.

Il tourna brièvement la tête vers Erin.

— J'espère que vous êtes à la hauteur de votre réputation.

En dépit de la menace sous-jacente, l'homme souriait.

John posa les bras sur la table et se pencha vers lui.

— Vous ne serez pas déçu.

Erin étudia le profil de son prétendu mari.

Il était si confiant, si conforme à sa couverture. Cela faisait à peine un jour qu'ils étaient sur place, et elle avait déjà du mal à rester fidèle au rôle que John et sa précédente coéquipière avaient mis des mois à rendre crédible, jusqu'à obtenir cette invitation dans le monde d'Esteban.

Demain, elle allait devoir faire ses preuves, et elle n'était pas certaine d'y parvenir.

Il allait lui falloir beaucoup de chance.

Tout à coup, une idée terrifiante la traversa.

Demain matin, elle vivrait peut-être les dernières heures de sa vie. Mais ce soir…

La nuit approchait à grands pas, et elle allait devoir la passer avec John.

Dans la même chambre.

Dans le même lit.

Il allait lui falloir bien plus que de la chance pour survivre à ça.

7

La nuit s'était parée d'un camaïeu de gris, annonciateur de l'aube. Les yeux grands ouverts depuis longtemps déjà, John osait à peine bouger.

Bailey était blottie contre lui tel un chaton endormi, et il ne pouvait ni se lever ni respirer profondément sans prendre le risque de la réveiller.

Comme pour éprouver un peu plus sa résistance à la tentation, un rayon de lumière filtrait à travers les persiennes de bois, caressant le magnifique visage d'Erin, avec la suavité d'une plume.

John s'était obligé à garder les yeux fermés pendant un moment, dans une tentative futile de tenir à l'écart les pensées qu'il n'aurait pas dû avoir.

A présent, il observait la femme endormie contre lui avec une fascination incontrôlable.

Les différences entre elle et Jess étaient facilement identifiables. Erin Bailey était plus féminine et plus douce. Sa bouche était plus généreuse…

Tandis que son regard s'attardait sur les lèvres pleines, il ressentit une tension caractéristique dans le bas du ventre.

Même si son ex-fiancé s'était servi d'elle d'une façon ignoble, Erin n'avait pas une once de ce cynisme qui était une seconde nature dans le milieu où évoluait John. C'était une vraie innocente, dans le sens le plus noble du terme. Elle continuait à croire que la plupart des gens étaient bons et avaient des intentions altruistes.

Elle changea de position entre ses bras, se plaquant un peu plus étroitement contre lui. Il faillit laisser échapper un gémissement tellement le désir qu'il avait d'elle le taraudait. Elle était si douce et tiède, avec ses rondeurs féminines qui évoquaient un appétissant fruit mûr… Il suffisait qu'il la regarde pour devenir fou.

Encore une différence notable avec Jess.

Son ancienne coéquipière ne l'avait jamais troublé de cette façon. Il n'avait jamais eu envie d'elle physiquement. Même complètement habillée, Erin lui faisait de l'effet. Ecartant le déshabillé trop sexy fourni avec sa garde-robe, elle avait préféré remettre ses vêtements après avoir passé plus d'une heure dans la salle de bains sous prétexte de se détendre dans un bain.

En fait, elle ne cherchait qu'à retarder l'inévitable : dormir dans le même lit que lui.

Faisant passer le confort de la jeune femme avant le sien, il avait lui aussi décidé de garder son jean et sa chemise. Mais le barrage — bien mince, d'ailleurs — que fournissaient leurs vêtements n'empêchait pas son corps de réagir.

Elle s'étira, entrouvrit les yeux… Il vit la confusion dans ses prunelles violettes, puis elle prit conscience de la situation et se crispa.

— Bonjour, murmura-t-elle d'une voix encore ensommeillée.

— Bonjour.

— Il est déjà l'heure d'y aller ?

Il était évident qu'elle avait peur. C'était aujourd'hui qu'Esteban allait les tester. Ce serait la première fois pour Erin, et ce serait dangereux.

Elle se libéra de ses bras et se rua hors du lit.

— Je vais prendre une douche, annonça-t-elle en se dirigeant précipitamment vers la porte.

John repoussa la couverture et quitta la douce chaleur du lit.

C'était une fichue façon de commencer la journée. Lui

qui était torturé par le désir, et elle qui s'enfuyait comme un lapin terrorisé.

Il se demanda soudain qui de lui ou d'Esteban effrayait le plus Erin. Peut-être valait-il mieux qu'il ne le sache pas, songea-t-il, tandis qu'il essayait d'orienter ses pensées vers les frères Calderon et l'affaire qui les attendait.

Erin glissa la carafe de la cafetière sous le porte-filtre et pressa le bouton en se reprochant sa stupidité.

C'était tout bonnement ridicule ! Elle n'était pas supposée éprouver de l'attirance pour un type comme celui-ci. Quelques jours plus tôt, elle le détestait de lui faire subir un entraînement aussi intensif, de lui faire faire des choses qui lui déplaisaient, et voilà qu'elle se mettait à fantasmer sur lui.

Avec un soupir écœuré, elle croisa les bras et prit appui contre l'évier en attendant que le café ait fini de passer.

En fait, tout avait vraiment commencé la nuit dernière. Elle s'était attardée dans la salle de bains jusqu'à ce que son comportement dépasse les limites du rationnel. A partir du moment où elle devait jouer le rôle de la femme de John, elle savait bien qu'elle devait dormir dans le même lit que lui, mais elle n'y était pas préparée.

Il avait dû se demander ce qui lui prenait de se coucher tout habillée, mais elle n'avait pas eu le courage d'enfiler le déshabillé qu'on lui avait fourni. Le décolleté était trop profond, l'étoffe trop fluide, révélant ses formes d'une façon qui l'embarrassait. Elle ne pouvait tout simplement pas porter ça alors qu'elle bataillait avec des sentiments qui n'auraient jamais dû entrer dans cette relation.

Ils avaient un arrangement. Elle devait jouer son rôle, John arrêterait les « méchants », puis ils se serreraient la main, et chacun repartirait de son côté.

Tout le reste — elle inventoria les différentes manifestations qu'il provoquait en elle : accélération brutale du pouls, papillons dans le ventre — n'avait pas lieu d'être.

N'avait-elle rien appris sur les hommes ?

A l'évidence, non.

Elle s'était réveillée dans ses bras et avait désiré bien plus que cela.

Elle était irrécupérable !

Et il fallait aussi compter avec Esteban. Il avait ouvertement flirté avec elle, ne ratant pas une opportunité de charger de sous-entendus les remarques les plus innocentes ou de transformer en caresse le moindre contact.

Cet homme était véritablement sans vergogne. Il est vrai qu'on ne pouvait pas s'attendre à une grande noblesse d'âme de la part d'un trafiquant doublé d'un assassin.

Seigneur, mais que faisait-elle ici ?

Ah oui, la liberté… la poursuite du bonheur.

Considérant les vingt-quatre premières heures de sa mission, elle doutait de vivre assez longtemps pour en profiter.

Un avion-cargo, beaucoup plus grand et considérablement moins luxueux que l'appareil avec lequel Erin et John étaient arrivés en Colombie, les déposa sur un petit aérodrome proche de Ciudad Acuna au Mexique, à un jet de pierre de la frontière du Texas.

En dépit de son allure d'idiot du village, Hector Calderon s'était finalement avéré être un pilote passablement doué, compte tenu surtout de l'état de vétusté de l'avion. Il n'empêche qu'Erin ne fut pas mécontente de retrouver la terre ferme.

Trois 4x4 noirs aux vitres teintées les attendaient sur la piste. Une camionnette portant le logo d'une société bien connue de coursiers arriva quelques instants après que l'avion se fut posé. Quatre hommes armés en sortirent et se tinrent quasiment au garde-à-vous, attendant vraisemblablement des instructions.

Les frères Calderon parlèrent à l'un des hommes, tandis

que le reste du groupe s'empressait de dissimuler l'avion dans un vieux hangar délabré. Les troupes furent ensuite divisées en trois équipes. Erin et John se retrouvèrent avec Hector et Carlos. Deux des hommes furent désignés pour rester en arrière afin de surveiller l'avion, tandis que les autres se répartissaient dans les 4x4.

Peu après, ils arrivèrent à destination et se mirent en position. D'après le briefing de Carlos, le camion qu'ils devaient intercepter se dirigeait vers un tout nouveau camp d'entraînement militaire installé dans une zone tenue secrète à l'extrême sud du Texas. Les armes transportées étaient des prototypes qui allaient reléguer aux oubliettes le M16 et ses dérivés.

L'information ne voulait pas dire grand-chose pour Erin, en dehors du fait que c'était dangereux.

Elle ne parvenait toujours pas à se rendre compte qu'elle se trouvait là, sous le soleil de plomb du Texas, à attendre une livraison de matériel militaire qu'elle allait aider à voler.

La réalité explosa en elle comme un train jaillissant d'un tunnel. Elle pouvait être tuée dans les prochaines minutes. Les voleurs, surtout quand il s'agissait d'armes, ne battaient pas des records de longévité. En plus, elle ne savait pas comment faire ça. Elle n'était qu'une analyste en sécurité informatique qui s'était bêtement laissé entraîner à enfreindre la loi.

Un rire nerveux se forma dans sa gorge.

C'était de la folie.

Elle se tourna vers John et faillit le lui dire. Encore aurait-il fallu qu'elle en soit capable.

Elle avait ouvert la bouche et aucun son n'en sortait. Son cœur tambourinait si violemment contre son sternum qu'elle était tout simplement incapable de parler. De son côté, John affichait la froideur d'une statue de marbre.

Elle ne pouvait pas faire ça.

Absolument pas.

Sa place n'était pas ici.

John vit immédiatement que quelque chose n'allait pas. Il connaissait ce regard. Il y avait eu droit chaque fois qu'Erin s'était déchaînée contre lui en le traitant de tortionnaire et en exigeant d'arrêter immédiatement l'entraînement.

Il jeta un coup d'œil furtif aux autres hommes qui attendaient patiemment à proximité de leurs véhicules. Ce n'était pas le moment qu'elle fasse une crise de nerfs.

Il reporta son attention sur Erin, au moment où elle laissait échapper l'arme qu'elle tenait.

Il jura en silence. Si quelqu'un avait remarqué…

Il fit la première chose qui lui vint à l'esprit.

La saisissant par les épaules, il l'embrassa. Durement, presque violemment.

Un nouveau genre de tension s'empara de lui, envoyant un signal d'alerte à chacun de ses muscles. Les lèvres d'Erin s'adoucirent sous les siennes, et il allégea la pression, laissant leur baiser évoluer vers autre chose… qui n'avait aucun rapport avec la nécessité de la faire taire.

Les hommes rirent et firent quelques remarques salaces, mais personne ne parut leur accorder une attention autre que superficielle.

Un feu violent embrasa les reins de John, et il eut soudain envie de la renverser sur le sable et de…

Il se ressaisit à grand-peine et s'écarta.

Il avait failli perdre de vue sa mission. C'était déjà le cas pour l'un des deux, et ça suffisait comme ça.

Tandis qu'Erin cillait pour évacuer de son regard la brume de désir que leur baiser y avait fait naître, John posa un doigt sur ses lèvres et, tout en la regardant droit dans les yeux, secoua doucement la tête.

Il espérait ainsi lui faire comprendre que ce n'était vraiment pas le moment de perdre les pédales. La plupart de ces types étaient des fous de la gâchette. Il n'en faudrait pas beaucoup pour les inciter à faire un carnage.

Elle prit une profonde inspiration et se pencha pour récupérer son arme. Lorsqu'elle se redressa, croisa les bras sur sa poitrine et prit appui contre l'aile du 4x4, comme si tout était normal, il s'autorisa finalement à respirer.

L'orage n'était pas passé loin.

Vingt minutes s'étaient écoulées, et ils n'avaient eu aucun contact avec l'équipe de relais chargé de leur signaler l'approche du camion.

Hector Calderon s'était mis à faire nerveusement les cent pas.

— Quelque chose ne tourne pas rond, dit-il, soulignant l'évidence.

Carlos marmonna quelque chose d'inaudible en espagnol.

— Le camion va arriver, déclara José avec empressement. Vous allez voir. Il viendra.

Tandis qu'il étudiait le langage corporel de José, John eut un mauvais pressentiment qui lui fit dresser les cheveux sur la nuque.

Ce type faisait partie du groupe arrivé dans la camionnette. Il semblait extrêmement agité. Et pourtant, il affirmait avec insistance que tout se passait comme prévu, comme s'il essayait de convaincre le groupe.

A l'évidence, il savait quelque chose.

Hector jura avec virulence, tout en continuant à aller et venir. Cette opération était sous sa responsabilité, et il n'avait pas envie que ça tourne mal. Sinon, Esteban le tiendrait personnellement pour responsable.

Mû par son instinct, John s'approcha de la camionnette, comme si lui non plus ne tenait pas en place. Lorsqu'il croisa les yeux de José, il comprit immédiatement ce qui se passait.

D'un geste rapide et précis, il s'empara de son pistolet et pressa le canon contre la tempe de l'homme.

— On dirait que tu as oublié de nous dire quelque chose, *amigo*.

Le cliquètement des armes engagées pour faire feu se réverbéra autour de lui, mais John n'y prêta pas attention.

— Qu'est-ce qui te prend ? demanda Hector.

— Ce type sait qu'il se trame quelque chose.

Tout en parlant, les yeux de John ne quittaient pas ceux, terrifiés, de José. Oh oui, l'homme avait peur. Il savait quelque chose d'important.

— C'est un guet-apens, n'est-ce pas ? suggéra John. Ce camion ne viendra jamais, et nous restons là à attendre comme des cibles au stand de tir.

— Il va venir, il va venir, je le jure ! cria José.

— Ne bouge pas !

L'ordre venait d'Erin, quelque part derrière John. Il se crispa. Ça ne pouvait pas être bon.

Il jeta un coup d'œil par-dessus son épaule et frémit. Elle s'était interposée entre lui et l'un des types de la camionnette. Tenant son arme à deux mains, elle le visait en pleine tête.

— Que se passe-t-il ? cria Hector, d'une voix que le désespoir faisait monter dans les aigus.

Carlos maudit en espagnol toutes les personnes présentes, ainsi que leurs mères.

— Tue-les, dit-il, sinon c'est Esteban qui nous fera la peau.

— Logan sait ce qu'il fait, intervint Erin. Il sent ces choses-là.

Bien joué, reconnut John.

— Il faut faire quelque chose, insista Erin, comme personne ne bougeait. Il ne nous reste peut-être pas beaucoup de temps.

— Si j'étais toi, je l'écouterais, dit John à Hector. Nous avons été piégés.

Il s'écoula encore dix secondes sans que personne ne bouge.

John désarma son prisonnier et le poussa vers Carlos.

— Demande-lui gentiment, et tu verras si j'ai raison.

Il se tourna ensuite vers Erin, et prit immédiatement en charge l'homme qu'elle tenait en joue.

L'interrogatoire des deux traîtres ne dura que cinq minutes. Dix minutes plus tard, le camion arrivait, manœuvré par les amis des deux morts cachés dans la camionnette. Les nouveaux arrivants connurent vite le même sort. Les caisses d'armes furent rapidement transférées dans la camionnette, tandis que les cadavres furent abandonnés à même le sol. Les deux hommes qui gardaient l'avion, dénoncés par leurs complices, terminèrent de la même façon.

John ne retrouva un semblant de tranquillité qu'une fois en vol. Esteban ne serait pas heureux d'apprendre que ses contacts au Texas l'avaient trahi. D'après l'homme qu'Hector avait interrogé, son chef avait décidé de détourner les armes pour un autre acheteur. Une chose était sûre : Esteban n'en resterait pas là.

Mais pour le moment, John avait ses propres problèmes. Il n'était pas satisfait de la façon dont Erin avait géré la situation. Pourquoi avait-elle pris la décision d'intervenir au moment où la tension était à son comble ? Elle n'avait pas été entraînée pour ça.

Il serra les dents pour s'empêcher de lui demander des comptes tout de suite.

Il allait devoir attendre jusqu'à ce qu'ils aient la possibilité de parler… ce qui ne risquait pas de se produire tout de suite.

Erin observait dans le miroir la vilaine ecchymose sur son visage. La bosse s'était presque complètement dissipée, mais le contour de son œil et une partie de sa joue restaient bleuâtres et douloureux.

Elle soupira et accorda à son reflet un regard un peu plus appuyé. Elle avait vraiment l'air d'un épouvantail, mais elle ne pouvait pas faire grand-chose pour remédier à cela.

En revanche, elle s'était bien débrouillée aujourd'hui. Même si elle avait un peu paniqué au début, elle avait empêché ce type de tuer John. Elle n'était pas peu fière d'elle. Et pourtant, l'ingrat à qui elle avait sauvé la vie lui faisait la tête depuis. Elle n'y comprenait rien. Hector et Carlos l'avaient trouvée formidable, mais John la traitait en ennemie.

Que devait-elle faire pour que cet homme soit content d'elle ?

Elle n'aurait pas dû se laisser affecter à ce point par son comportement. Si elle survivait à cette mission, elle ne le reverrait plus.

Son regard se posa sur l'anneau d'or à son doigt. Rien de tout cela n'était réel. Pas même la force et le courage qui l'avaient soudain possédée quand elle avait cru que la vie de John était en danger. Ce n'était que le résultat d'un entraînement qui avait fait d'elle une sorte de robot.

Tout n'était que mise en scène, faux-semblants… Chacun jouait son rôle. Dans peu de temps, tout serait terminé, d'une façon ou d'une autre.

Ce n'était vraiment pas la peine de se mettre martel en tête pour si peu, décida-t-elle en se débarrassant d'un coup de pied de ses mocassins.

Ce n'était pas la première fois qu'elle craquait pour un homme qui n'était pas fait pour elle. Mais d'où lui venait cette soudaine impression qu'il était le seul à compter ?

La porte de la salle de bains s'ouvrit brutalement, et John entra à la hussarde.

— J'allais prendre une douche, protesta-t-elle.

— Moi aussi !

Sans lui laisser le temps de deviner ce qui allait suivre, il la poussa dans la douche, tira la porte de la cabine, et actionna le mitigeur.

Tandis que l'eau tiède s'abattait sur eux telle une pluie de minuscules épingles, plaquant leurs vêtements contre leur corps, il posa fermement une main sur sa bouche.

— Ne dites rien, murmura-t-il, les lèvres collées à son oreille, et écoutez-moi.

Aussitôt, elle prit peur. S'était-il passé quelque chose ? Leur couverture était-elle menacée ?

— Ne refaites jamais une chose aussi stupide. C'est bien compris ?

Il s'écarta et la toisa durement. Le front plissé de confusion, elle secoua la tête pour indiquer qu'elle ne comprenait pas.

De nouveau, ses lèvres lui effleurèrent l'oreille.

— Ce type aurait pu vous tuer. Vous n'avez pas l'entraînement pour ce genre d'intervention. A partir de maintenant, vous restez en retrait. Compris ?

Sans attendre la réponse, il se rua hors de la cabine de douche, le coton noir de sa chemise moulant chaque relief de son corps à la musculature parfaite, et claqua la porte derrière lui.

Pestant en silence, Erin prit appui contre le mur carrelé et ferma les yeux. Elle était vraiment stupide d'avoir risqué sa vie pour cet imbécile !

Faisant défiler toute la liste des insultes qu'elle connaissait, plus celles qu'elle avait apprises des gardes d'ici, elle ôta ses vêtements mouillés et prit sa douche comme elle en avait l'intention au départ.

Si elle prenait son temps, elle finirait peut-être par vider le ballon d'eau chaude. Cette pensée la fit sourire. Une douche froide ferait le plus grand bien à cette tête brûlée de John.

Bien plus tard, alors qu'elle avait une fois de plus reporté l'inévitable jusqu'à la dernière minute, elle se mit au lit avec lui, en veillant à se tenir le plus éloignée possible. Elle était peut-être obligée de dormir avec lui, mais rien ne l'obligeait à se coller contre lui.

Malheureusement, elle aimait être dans ses bras.

Elle pouvait l'entendre respirer — avec lenteur et régularité. Elle sentait son odeur si masculine…

Elle essaya de penser à autre chose. Il lui suffisait de s'endormir pour ne plus se laisser troubler par des pensées inconvenantes. Mais elle allait se mettre à rêver.

Elle était fichue.
Il n'y avait pas d'issue.
Finalement, elle était toujours prisonnière.
Rien n'avait changé.
Ou plutôt, si.
Tout avait changé.

8

— Trois jours, répéta Esteban. Cela fait trois jours que le traître a essayé de voler mes armes, et il n'a toujours pas été retrouvé.

John l'écoutait patiemment, sans bien comprendre ce qu'il faisait là.

Depuis une demi-heure, Esteban radotait sans dire quoi que ce soit d'important. Il allait et venait derrière son élégant bureau et fulminait contre son ancien associé au Texas.

— Vous ! dit tout à coup Esteban en pointant l'index vers lui. Vous avez été le seul à comprendre que quelque chose n'allait pas. Hector ou Carlos auraient dû sentir l'agitation de l'homme. Ils n'ont aucune excuse.

— J'étais plus près de lui. Je pouvais mieux observer son comportement.

Esteban secoua la tête.

— Ce n'est pas une raison. Vous avez un meilleur instinct, voilà tout. Je crois que les frères Calderon se sont un peu relâchés.

Etait-ce une opportunité pour un avancement ? Si c'était le cas, John était prêt à la saisir.

Il n'avait rien appris d'utile depuis leur arrivée. Esteban était bien trop taciturne, même avec les personnes en qui il avait le plus confiance, pour évoquer ses sources. Et pour le moment, il avait été impossible de s'approcher de son ordinateur personnel.

Jamais John n'avait été aussi pressé de terminer une mission. Erin le rendait complètement fou. S'il devait passer une nuit de plus dans ce lit avec elle, sans la toucher…

Il préférait ne pas penser à cela maintenant. Il devait rester concentré. Esteban le regardait avec une fixité hallucinée qui évoquait la folie.

— J'ai besoin de sang neuf dans mes rangs, dit-il. Comme vous, mon nouvel ami.

John haussa les épaules, se gardant de paraître trop avide.

— Je suis prêt à faire tout ce que vous voulez. Il suffit de le dire.

Esteban l'étudia attentivement.

— Je vous crois.

Quelque chose changea dans son regard.

— Et votre femme est également un atout de grande valeur.

— Elle l'est à mes yeux, en tout cas.

Esteban ne l'écoutait déjà plus. Pensif, il se massait le menton.

— Oui, oui, la loyauté est d'une importance capitale. Sans loyauté, un homme, ou une femme, n'est rien.

— Je suis d'accord.

John s'obligea à se détendre à présent qu'Esteban était passé à autre chose que Bailey. Ce n'était de toute façon pas le moment de faire une démonstration de possessivité envers sa prétendue épouse. En outre, cela faisait maintenant trois jours qu'ils étaient rentrés de leur « excursion » au Texas, et Bailey lui avait à peine adressé la parole depuis.

Esteban s'appuya contre son bureau, dans une posture faussement nonchalante pour qui le connaissait.

— Dans deux jours, un travail très important va se présenter. J'aimerais que vous et votre jolie femme vous en occupiez.

John se redressa, feignant un enthousiasme excessif.

— Nous serons prêts.

Esteban hocha la tête.

— Tant mieux. Je vous communiquerai bientôt les détails.

Comme John faisait mine de se lever, Esteban le retint en levant la main.

— Encore une chose…

Aussitôt en alerte, John se cala de nouveau au fond de son siège.

— De quoi s'agit-il ?

Esteban se tapota le menton et soupira.

— Votre femme et vous formez une bonne équipe. Je suis impressionné par ce que j'ai vu. Mais…

Il grimaça.

— Je me demande si tout va bien sur le plan personnel. La lune de miel serait-elle déjà terminée ?

John comprit immédiatement où Esteban voulait en venir. Bien sûr, il savait que leur résidence était sur écoute. Mais il se préoccupait tellement de ce qu'ils faisaient et disaient, qu'il n'avait pas considéré ce qu'ils ne disaient pas et ne faisaient pas.

— Y a-t-il un problème ? insista Esteban.

— Absolument pas. L'opportunité de rejoindre votre famille représente un énorme changement pour nous.

Il eut un léger haussement d'épaules.

— Nous avons toujours eu un mode de vie très libre, et la différence est radicale.

Il afficha son sourire le plus sincère.

— Mais nous commençons à nous adapter.

Esteban accueillit cette explication avec un hochement de tête.

— Je comprends qu'un tel changement puisse provoquer un repli sur soi temporaire.

Il se leva et John s'empressa de l'imiter.

— J'espère que ça va s'arranger.

— Vous pouvez y compter. Et j'attends avec impatience l'opportunité que vous avez mentionnée. Nous ne vous décevrons pas.

— J'en suis certain.

John quitta le bureau d'Esteban sans avoir la moindre idée de la façon dont il pourrait régler ce nouveau problème.

Il avait beau désirer éperdument Erin, jamais il n'exigerait de faire l'amour avec elle dans le seul but de satisfaire Esteban.

Erin ralentit le pas tandis qu'elle arrivait à l'angle de la maison principale. Elle respirait lourdement et transpirait à grosses gouttes après sa course. Le changement d'altitude l'empêchait de faire autant de kilomètres que d'habitude, mais elle tenait à rester en forme.

Ça pouvait toujours servir, par exemple pour sauver sa peau et filer d'ici comme si elle avait le diable aux trousses.

Bon sang, quand tout cela finirait-il ?

Sa relation avec John était maintenant si tendue que se trouver dans la même pièce que lui était comme patiner sur une couche de glace trop fine. On ne savait jamais quand ça allait craquer.

Ils parlaient à peine, sauf quand c'était nécessaire pour ne pas mettre en péril leur couverture, et ils ne se regardaient quasiment pas.

Mais ce qu'il y avait de pire, c'était la nuit.

Etre couchée dans ce lit à côté de lui. Avec cette envie, ce besoin… et être terrifiée à l'idée de le toucher.

C'était absolument pitoyable.

Si elle rêvait encore une fois que John lui faisait l'amour, elle risquait d'exploser. Ou de se jeter sur lui au moment où il s'y attendrait le moins.

Erin relâcha doucement son souffle. Elle ne savait pas quoi faire de cette folle attirance physique. John était un peu comme un ennemi. Bien sûr, il était du côté des « bons », et il allait l'aider à retrouver sa liberté. Mais c'était lui qui l'avait entraînée dans cette galère. Donc, oui, d'une certaine façon, il était son ennemi.

Et elle dormait avec lui.

— Tiens, tiens, ne serait-ce pas Miss Poids et Haltères ?

Erin résista à l'envie de lever les yeux au ciel en entendant la voix exaspérante de Sheila.

Dans ce nouveau cauchemar auquel elle avait accepté de participer, Sheila était comme une épine dans son pied. Une véritable plaie.

La tentation de la narguer fut trop forte.

— Tu sais que fumer tue ?

L'attitude de Sheila se fit aussitôt menaçante.

— Tu ferais bien de faire attention.

Elle agita sa cigarette sous le nez d'Erin.

— Je peux te rendre la vie très difficile.

Pas vraiment effrayée, mais assez maligne pour feindre une certaine nervosité, Erin leva les mains en signe de bonne volonté.

— Je plaisante, je plaisante.

Sheila la détestait vraiment, et Erin était à peu près sûre qu'elle le devait à l'intérêt qu'Esteban lui portait.

Les lèvres refaites de Sheila se retroussèrent en une mimique rageuse.

— Je t'avais prévenue de rester à ta place, mais on dirait que tu as la mémoire courte. C'est la dernière fois que je te le dis…

— Madame Walters ?

La voix féminine venait de quelque part au-delà de la terrasse. Sheila et Erin tournèrent la tête d'un même mouvement dans cette direction.

A la grande surprise d'Erin, la sœur d'Esteban sortit de l'ombre d'un buisson.

— J'aimerais parler en privé avec Mme Wilks, dit-elle d'une voix posée et légèrement hautaine qui seyait parfaitement à son allure générale.

Sheila battit des paupières, l'incrédulité diluant instantanément sa colère.

— Bien sûr.

Elle fila sans demander son reste, ne risquant même pas un regard dans la direction d'Erin.

Cette dernière était également sous le choc. María n'avait jamais dit un mot en sa présence, et tout le monde faisait comme si elle n'était pas là. C'était sans doute ce que voulait Esteban. Erin trouvait qu'il la traitait avec un trop grand détachement — ne prenant jamais la peine de la présenter ni de la faire participer aux conversations —, et la plaignait presque de mener une existence aussi isolée.

— Avez-vous le temps de faire une promenade avec moi ?

Erin hésita, se demandant s'il s'agissait d'un piège.

Aurait-elle de nouveaux ennuis avec John si elle disait oui ? Et si elle refusait, s'attirerait-elle les foudres d'Esteban ?

En même temps, elle avait envie d'en apprendre davantage sur cette femme mystérieuse à l'élégance tranquille.

Après tout, elle était dans le milieu de l'espionnage, maintenant.

La curiosité l'emporta sur la prudence.

— Bien sûr. J'ai tout mon temps.

María pivota sur ses talons et prit la direction du jardin. En tout cas, on avait dit à Erin qu'il y avait un jardin derrière le mur. Personne n'était autorisé à y entrer.

Il n'y avait qu'un seul accès percé dans le haut rempart de pierres couvert de lierre. Une haute et large porte de bois ornée de gros clous et de larges pentures en fer noirci était défendue par un énorme cadenas.

Aux yeux d'Erin, cela ressemblait plus à l'entrée d'une salle de torture qu'à un jardin. Qui aurait l'idée de verrouiller l'accès d'un jardin ?

María ouvrit la porte, la précéda de l'autre côté, et s'empressa de refermer une fois qu'Erin fut à l'intérieur.

— Voici la grande passion de ma vie, annonça-t-elle.

Erin resta bouche bée devant l'immense roseraie.

— C'est magnifique, dit-elle en se penchant pour sentir la rose la plus proche d'elle, d'un rouge profond presque noir.

— Ce sont mes préférées, dit María.

Elle cassa une longue tige et offrit la fleur en plein épanouissement à Erin.

— Cette variété est superbe à bien des égards : par sa couleur, sa taille, son parfum, mais elle est encore plus spéciale qu'on ne pourrait le croire.

Erin se saisit prudemment de la rose, en espérant ne pas se déchirer le bout des doigts sur les épines. Étonnamment, il n'y en avait aucune.

María sourit avec satisfaction.

— L'absence d'épines en fait une rose parfaite. Sa beauté n'est pas entachée par la violence.

Intéressant. Cette femme était un peu comme la rose dont elle prenait tant de soin : belle, douce et inoffensive. Ce n'était assurément pas le genre de personne qu'on s'attendait à rencontrer dans un monde de trahisons et de meurtres.

— Je ne savais pas que ça existait, avoua Erin.

En fait, elle n'avait pas du tout la main verte. Elle passait tout son temps dans un bureau, devant un écran d'ordinateur extra-large, et internet pour lui tenir compagnie. Et si elle aimait qu'un homme lui offre des roses, elle n'y connaissait rien.

— Je déplore toute forme de violence, poursuivit María tandis qu'elle se mettait à marcher.

Erin suivit, partageant son intérêt pour les parterres magnifiquement colorés et sa fascinante guide.

— Je suppose que cela vous rend la vie ici très difficile.

Un silence de plomb s'abattit sur le jardin.

Erin s'affola aussitôt. Pourquoi avait-il fallu qu'elle dise ça ? Qu'est-ce qui lui était passé par la tête ? Il était impossible de prendre sa remarque autrement que comme une critique à l'égard d'Esteban.

Il n'y avait pas la moindre accusation dans le regard que María lui adressa.

— Je trouve en effet cela très difficile.

Erin fut submergée par un soulagement si profond que ses jambes se mirent à trembler.

— Je ne pensais pas à mal.

María esquissa un sourire.

— Je le sais. Vous n'êtes pas comme les autres. Je ne ressens aucune malice en vous.

Le pouls d'Erin s'accéléra. Cela pouvait être une bonne ou une mauvaise chose, selon le côté où on se plaçait.

— Je ne peux pas dire que je sois innocente comme l'agneau qui vient de naître.

María continua à déambuler entre les massifs, les yeux maintenant rivés sur l'allée gravillonnée.

— Sans doute, mais vous êtes différente. Je m'en suis aperçue quand vous avez refusé de tuer Miguel comme mon frère vous l'avait demandé.

Zut ! Erin savait que ce malheureux épisode se rappellerait à elle tôt ou tard.

— Je ne pouvais pas lui faire payer ma propre erreur, s'empressa-t-elle d'expliquer.

— Peu de gens l'auraient admis. Mon frère avait raison…

Elle posa de nouveau sur Erin son regard serein.

— Vous êtes une femme très courageuse.

Erin décida qu'on avait assez parlé d'elle.

— Depuis combien de temps vivez-vous ici ? demanda-t-elle, en instillant à sa demande un détachement qu'elle était loin d'éprouver.

— Pablo a construit cette maison pour nous il y a dix ans.

Dix ans. María n'avait-elle donc jamais eu de vie à elle, loin de son frère ?

— Vous n'êtes pas mariée ?

Il y eut un nouveau silence.

Ce n'était pas possible. Elle avait encore gaffé. Ne pouvait-elle pas réfléchir avant de dire tout ce qui lui passait par la tête ?

— Non, finit par répondre María. Je n'ai jamais été mariée. Je quitte parfois la maison pour aller acheter de nouvelles variétés de roses à travers le monde. Et, chaque fois, Pablo est rongé d'inquiétude jusqu'à ce que je revienne.

En d'autres termes, elle n'avait pas de vie en dehors du domaine de son frère. Elle était une prisonnière, tout comme Erin.

Une question la taraudait, et la peur de commettre une erreur ne tint pas longtemps face à sa curiosité.

— Lui en voulez-vous parfois d'être aussi protecteur ?

María s'arrêta de marcher et chercha le regard d'Erin.

— De temps en temps. Mais je sais qu'il tient à moi et qu'il agit ainsi pour mon bien.

Elle regarda vers le mur qui défendait l'accès à cette petite enclave privée.

— C'est un monde très cruel. Plus personne ne respecte rien. Mon frère chéri mène un rude combat. Il travaille beaucoup trop.

Erin hocha la tête, prétendant être d'accord. Ce bon vieux Pablo menait sa sœur en bateau. Elle pensait qu'il ne faisait que la protéger en la barricadant dans une forteresse. Et de plus, elle était persuadée qu'Esteban était un homme d'affaires tout dévoué à son travail.

Erin résista à l'envie de lui demander si elle savait précisément de quelle façon son frère gagnait sa vie. Elle avait déjà assez gaffé comme ça, et pour une fois le bon sens lui enjoignit de se taire.

María fit demi-tour vers l'entrée.

— Il faudra que nous reparlions très vite, Sara. Je peux vous appeler Sara ?

— Bien sûr.

Erin lui adressa son plus beau sourire.

— Merci d'avoir partagé votre merveilleux jardin avec moi.

— Ce fut un plaisir pour moi.

Erin prit la direction de la maison d'amis, le cerveau en ébullition après ce qu'elle venait d'apprendre sur la sœur d'Esteban. Mais, là où María avait vraiment enfoncé le clou, c'était quand elle avait remarqué sa différence avec les autres. Ce n'était pas bon pour sa couverture et elle allait devoir y remédier.

John avait passé une heure avec Larry Walters et les frères Calderon à préparer la réexpédition des armes qu'ils avaient volées trois jours plus tôt.

Pour le moment, la seule chose que John avait en sa possession, c'était une liste de clients avec une douzaine de noms dessus, dont certains lui étaient familiers.

Dès qu'il pourrait faire passer la liste à Ferrelli, le Programme de récupération s'intéresserait de près à chacune des personnes répertoriées. En tant qu'ange gardien désigné, Ferrelli était quelque part dans les parages. Il suivait tous les mouvements de John, et il se manifesterait dès qu'il en aurait l'opportunité.

John entendit le son étouffé de l'eau dès qu'il entra dans la maison. Il ferma la porte à clé et se dirigea vers la salle de bains.

Il savait ce qu'il avait à faire, et il n'y avait pas à revenir là-dessus. Esteban se montrait de plus en plus suspicieux.

Il faisait une chaleur étouffante dans la pièce emplie de vapeur d'eau. Les vêtements de sport d'Erin gisaient au sol, ses chaussures abandonnées à côté avec insouciance.

Elle chantonnait. Légèrement faux.

Un sourire se forma sur ses lèvres. C'était le genre de petit défaut adorable qui le faisait craquer. Il essaya de lutter contre cela, mais c'était inutile.

Il ouvrit la porte, les yeux rivés sur la silhouette qui se dessinait derrière la vitre couverte de buée. La vision un peu floue des courbes d'Erin eut raison de lui. Son corps réagit instantanément.

Il serra les dents et se persuada qu'il n'avait pas le choix.

La mission devait figurer en tête de ses priorités, et le maintien de leur couverture était essentiel à sa réussite.

Le fait qu'il soit entièrement habillé le fit hésiter. Il n'avait pas envie de se glisser de nouveau sous la douche avec ses vêtements. Il avait déjà connu ça.

Rapidement, il se débarrassa de ses chaussures et de ses vêtements, les jetant à côté de ceux qui se trouvaient déjà à terre. Cette fois, lorsqu'il atteignit la porte, il n'hésita pas. Il l'ouvrit et se glissa dans la cabine.

Occupée à rincer le shampooing de ses cheveux, Erin ouvrit les yeux et cria.

— Qu'est-ce que…

John écrasa sa bouche sur la sienne pour la faire taire. Ses bras se refermèrent autour d'elle et l'attirèrent étroitement contre lui, l'obligeant à reconnaître l'intimité de leurs corps nus.

Elle essaya de le repousser, se débattit dans ses bras, mais l'insistance de son baiser finit par avoir raison de ses réticences.

Lorsqu'il la sentit fondre contre lui, avec un gémissement de reddition, il osa enfin prendre le risque d'écarter sa bouche de la sienne.

— Esteban nous écoute, lui murmura-t-il à l'oreille. Il devient soupçonneux parce que nous n'avons pas de relation physique.

Elle eut un petit hoquet de surprise et tenta de nouveau de le repousser.

— Il faut que ça ait l'air vrai, insista-t-il. Crois-moi, je ne vais pas…

Ce serait là que résiderait la plus grande difficulté pour lui.

— Je ne laisserai pas les choses aller trop loin. Tu as ma parole.

Elle hésita, puis hocha la tête.

Il s'écarta et ne put s'empêcher de détailler son corps d'un regard avide.

Erin repoussa les cheveux qui lui tombaient dans les yeux et fit de même. La lueur de désir qui passa dans ses prunelles violettes renseigna John sur la réalité de ce qu'elle éprouvait pour lui.

Il coupa l'eau de la douche, entraîna Erin hors de la cabine et attrapa un des draps de bain disposés sur le porte-serviettes.

Le geste doux, il essuya lentement sa peau humide, en insistant sur ses seins, dont les pointes ne tardèrent pas à se durcir sous le frottement de l'épaisse et moelleuse matière éponge de la serviette.

Tandis que la respiration d'Erin s'altérait, s'échappant épisodiquement de ses lèvres en un gémissement étouffé, il pouvait voir sa poitrine se gonfler et se creuser selon un rythme de plus en plus rapide, comme un écho aux battements de son propre cœur.

S'agenouillant, il fit courir la serviette le long de ses jambes à la peau ferme et veloutée, en évitant de trop concentrer son attention sur le triangle blond à la naissance de ses cuisses.

En proie à un désir grandissant, il s'exhorta au contrôle en se rappelant que cela faisait partie de son travail… que cela était nécessaire à la mission.

Lorsqu'elle se tourna, il fit subir le même traitement à son dos, s'émouvant au-delà du raisonnable du tendre renflement de ses fesses.

Lorsqu'elle prit la serviette pour l'essuyer à son tour, il s'inquiéta de ne pas survivre à cet échange sans aller trop loin. Et pourtant, il avait promis…

Il la conduisit vers le lit et la fit s'étendre. Qu'importe ce qui allait se passer, il fallait au moins que ça ait l'air vrai.

— Viens un peu ici, Bébé, dit-il d'une voix dont il n'eut pas à forcer la tonalité soudain plus rauque. Laisse-moi te montrer combien tu comptes pour moi.

Il l'embrassa fougueusement, explorant sa bouche avec volupté.

Elle avait plaqué les mains contre son torse pour le contenir quelque peu, tout en l'encourageant dans le même temps. Son sexe durci pressait entre les cuisses d'Erin. Elle gémit et enfonça les ongles dans sa peau.

Enhardi par la fièvre qui faisait rage en lui, il posa ses lèvres au creux du cou d'Erin, puis les laissa glisser vers la gorge pour s'emparer des pointes dressées qu'il taquina longuement.

Il savait qu'il allait trop loin, mais il était incapable de s'arrêter.

Les gémissements d'Erin s'amplifièrent. Elle posa les mains sur ses épaules, essaya de le repousser, puis y renonça, vaincue par l'habile insistance de sa langue et de ses lèvres.

Saisie de frémissements incontrôlés, elle se tordait sous lui, et il décida qu'il était temps de poursuivre son voluptueux voyage vers les contrées secrètes de sa féminité.

Lorsqu'il plongea la langue dans son nombril, elle sursauta et un cri lui échappa.

— Oh ! Logan !

Ses hanches se soulevèrent à sa rencontre, cherchant l'ultime soulagement que lui seul pouvait lui apporter.

Il effleura de ses lèvres le soyeux triangle de toison blonde, lui arrachant un râle, et insinua la langue dans sa moiteur.

Longtemps, il savoura sa chair brûlante, léchant et aspirant, taquinant et mordillant, plongeant la langue et les doigts dans la soie chaude et vivante de sa féminité.

Exprimant son plaisir par des murmures fiévreux, des gémissements rauques, Erin ne tarda pas à chavirer, criant son prénom comme une litanie.

Le cœur battant follement, le corps tendu à l'extrême par un désir brutal, John contenait à grand-peine le besoin de se perdre profondément en elle.

L'effort qu'il faisait pour calmer son corps le faisait haleter. Un feu violent courait dans ses veines. Le sang battait à ses tempes avec une régularité mécanique. Chaque muscle palpitait, attendait, réclamait…

Roulant sur le dos à côté d'Erin, il serra le drap dans ses poings et ferma les yeux.

Des doigts frais encerclèrent soudain son sexe douloureusement tendu.

Il laissa échapper un gémissement de surprise, souleva

brièvement les paupières et les laissa retomber pour mieux s'abandonner à la volupté de cet instant.

Il aurait voulu résister aux caresses d'Erin, mais il en était incapable. Il en avait trop besoin.

Doux au début, presque hésitants, les mouvements d'Erin gagnèrent en fermeté et en rapidité, déclenchant assez vite une vague de spasmes qui lui firent bientôt perdre toute notion du temps et de l'espace.

Cette plénitude inattendue ne fit qu'amplifier son désespoir, mais il s'obligea à se détendre complètement.

Seul le son de leurs souffles altérés troublait le silence de la pièce. L'odeur du sexe les enveloppait, les tenait captifs d'un fragile ensorcellement.

Il aurait voulu dire quelque chose pour que tout cela paraisse… moins cru. Mais il n'y avait rien à dire. La décision s'était imposée pour sauver la mission… et leur vie.

Il y avait finalement dans la scène qui venait de se jouer pour le seul bénéfice d'Esteban quelque chose de désespéré. Ils n'étaient que les pions d'un jeu d'échecs grandeur nature, qui essayaient de s'adapter aux mouvements de l'adversaire pour ne pas se faire éliminer de la partie.

Erin s'écarta, faisant voler en éclats ce moment de grâce et prit le chemin de la salle de bains.

Resté seul, John ferma les yeux et, pour la première fois de sa carrière, se détesta d'avoir agi de cette façon.

Mais il n'avait pas le choix.

Erin n'avait pas le choix.

9

La matinée du samedi apporta un nouveau lot de préoccupations et d'inquiétudes à Erin.

Sans doute aurait-elle dû être soulagée d'avoir survécu cinq jours et cinq nuits en tant qu'invitée d'Esteban, mais elle n'y parvenait pas.

Elle se laissa tomber sur le lit, remonta une jambe et laça sa chaussure de tennis.

Voyons, si elle résumait bien, elle avait été malmenée par un garde trop zélé ; elle avait survécu à deux rencontres avec Sheila, qui semblait l'avoir prise en grippe sans raison ; Esteban la rendait de plus en plus nerveuse et, là, elle savait pourquoi…

Et elle avait presque fait l'amour avec John.

Elle soupira, reposa le pied par terre, et leva l'autre pour lacer sa seconde chaussure.

Ça n'aurait pas été si mal si elle ne s'était pas comportée comme une nymphomane assoiffée de sexe dès qu'il l'avait touchée.

Bon sang, elle avait tellement honte !

Quand elle s'était réveillée ce matin, elle avait été soulagée en constatant que John était déjà parti.

Elle n'était pas certaine de pouvoir de nouveau le regarder en face. Pas avant un moment, en tout cas.

Ils n'avaient pas de nouvelle intervention avant lundi. Peut-être pouvait-elle trouver un moyen de l'éviter pendant tout le week-end…

Et si elle demandait à María de lui faire faire un nouveau tour de son jardin ? Qui sait, elle finirait peut-être par se mettre elle aussi au jardinage une fois qu'elle serait de retour chez elle.

Chez elle.

Atlanta semblait à des millions de kilomètres de là. Trop loin pour même y penser.

La porte s'ouvrit au moment où elle l'atteignait.

John.

Elle se mordit la lèvre inférieure pour retenir l'exclamation qui lui montait aux lèvres.

Pourquoi s'était-elle attardée dans la chambre ? Elle aurait pu éviter cette confrontation embarrassante si elle était partie plus tôt.

Et pourquoi fallait-il qu'il soit aussi séduisant ?

D'un seul regard, elle nota le jean noir qui épousait ses longues jambes musclées, le polo de coton blanc moulant ses pectoraux et ses biceps impressionnants… et les deux boutons du col ouverts sur une peau ferme et hâlée à souhait.

La bouche sèche comme du carton, elle essaya de déglutir.

Et si ce condensé de virilité qu'évoquait cette silhouette parfaite ne suffisait pas à désarmer une femme, il y avait ce visage époustouflant de beauté.

Comment ne pas succomber à ces yeux de velours noir, à ce nez parfaitement ciselé, à cette divine mâchoire, à ces lèvres pleines…

— Prends ton sac, dit-il avec nonchalance, comme s'il n'avait pas remarqué qu'elle le dévorait des yeux. Nous allons faire un tour en ville.

— Pour quoi faire ?

Il porta un index à ses lèvres pour lui indiquer qu'il s'agissait d'une ruse à l'intention de ceux qui les écoutaient.

— J'ai pensé qu'il était temps d'emmener ma Bébé s'acheter une nouvelle robe. Surtout qu'il va y avoir une fête demain soir.

Erin afficha une expression surprise, mais parvint à donner le change.

— Une fête ? C'est génial !

Elle recula jusqu'à la table pour prendre son sac.

— Ça fait des semaines que tu ne m'as pas emmenée faire du shopping. Je te préviens, je vais faire des folies.

Elle était toujours en colère contre lui pour hier, constata John. Avec un soupir écœuré, il suivit Erin.

Tiens, et depuis quand pensait-il à elle comme étant *Erin* ?

En tout cas, il était content de cette petite escapade. La tension commençait à leur porter sur les nerfs. Une brève coupure avec le « travail » leur ferait le plus grand bien.

En outre, ils avaient besoin de parler, et ils étaient trop surveillés dans la maison.

— Logan ?

— Quoi ? demanda-t-il en revenant à la réalité.

Même lorsqu'ils étaient seuls, ils veillaient à utiliser leurs prénoms d'emprunt et à se tutoyer, afin de ne faire qu'un avec leurs personnages et de ne pas risquer une gaffe fatale en public.

— Combien d'argent tu as dit que tu avais ?

Il leva les yeux au ciel, ce qu'elle ne put voir car il portait des lunettes fumées.

— Suffisamment.

Elle sourit et lui tendit deux sacs contenant les achats qu'elle avait déjà faits.

— Tant mieux. Je suis sûre que je vais trouver d'autres choses dont j'ai besoin.

Et comment allait-il faire pour la protéger s'il avait les mains pleines ?

Un sifflement admirateur attira soudain l'attention de John sur le côté.

Un type était appuyé contre un pilier et regardait passer Erin — *Bailey*, bon sang.

Malgré les lunettes sombres et la casquette de base-ball, il le reconnut sans peine.

Vincent Ferrelli, son ange gardien.

Bailey se retourna et gratifia Ferrelli d'un grand sourire charmeur.

— Oh, ma jolie, vous illuminez ma journée ! dit Ferrelli, avec cet accent italien exagéré qu'il utilisait quand il voulait séduire une femme.

— Désolée, dit Bailey en reprenant sa marche.

D'un signe du pouce par-dessus son épaule, elle désigna John.

— J'ai déjà un mari.

John fulmina quand il nota le balancement provocateur de ses hanches. Pour le bénéfice de Ferrelli, sans doute.

Non sans une joie mauvaise, il se demanda ce qu'Erin penserait quand elle découvrirait qu'elle avait flirté avec leur contact.

Laissant là ses réflexions, John la rattrapa, regroupa les sacs dans une seule main, et passa un bras autour de ses épaules.

— Et si on déjeunait, Bébé ?

John l'avait observée toute la matinée. Elle s'était montrée tellement enjouée. Elle aimait tout, les couleurs, les textures… Son espagnol était plutôt bon. La façon dont elle se déplaçait… il faillit en soupirer de convoitise… elle était *étonnante*.

Oui, c'était le mot qui convenait. Jusqu'à présent, elle s'était révélée étonnante à bien des égards.

— Tu ne manges pas ? remarqua-t-elle, interrompant sa rêverie.

— Je réfléchis.

— Oh ! Ça fait peur, plaisanta-t-elle.

Oui, reconnut-il en silence. C'était effrayant ce pouvoir qu'elle avait sur lui.

C'était de la folie pure. Ils n'avaient rien en commun. Dès que cette mission serait terminée, à condition qu'ils y survivent, elle sortirait de sa vie.

Et même s'ils décidaient de voir où pouvait les mener cette

histoire, tout s'arrêterait quand elle comprendrait qu'elle avait été manipulée depuis le début.

Lucas et Casey l'avaient tout bonnement piégée. Ils avaient mis en scène le harcèlement du gardien et de la codétenue afin de rendre Erin plus réceptive à leur offre. Et ils possédaient les preuves pour la disculper.

Elle lui en voudrait si elle apprenait la vérité. De toute façon, il n'envisageait pas une relation sentimentale durable sans une totale honnêteté.

Il faudrait qu'il le lui dise, et ce serait la fin.

John détourna le regard.

Pourquoi cette idée lui apparaissait-elle soudain comme la pire chose qui pouvait lui arriver ?

— Si j'ai besoin d'une robe de soirée, est-ce que ça veut dire qu'il te faut un smoking ?

La question d'Erin ne l'arracha qu'un instant à ses réflexions.

Cela faisait un moment qu'il avait décroché, et il avait dû rater un épisode. A moins qu'elle ait lancé comme ça une idée qui lui passait par la tête…

Quoi qu'il en soit, il ignora sa question, même si elle était pertinente. Esteban voulait que son équipe présente bien demain soir pour sa petite fête improvisée.

Très vite, il retrouva le cours de ses réflexions.

Pourquoi était-il à ce point obsédé par la crainte de devoir couper les ponts avec Erin quand celle-ci découvrirait comment elle avait été manipulée ?

Il avait vécu par le passé de nombreuses relations, toujours intenses mais brèves, et il se rendait bien compte que c'était cette fois très différent, sans toutefois parvenir à déterminer en quoi.

C'était peut-être la vulnérabilité d'Erin qui éveillait en lui un instinct de protection inédit…

En tout cas, c'était puissant, et il allait devoir faire attention s'il ne voulait pas se laisser submerger.

Revenant enfin à sa mission, il profita qu'Erin terminait

son dessert pour écrire sur sa serviette en papier la liste des noms à transmettre à l'agence. Ce serait peut-être la seule opportunité qu'il aurait de faire passer l'information.

Pliant la serviette, il la cala avec son verre.

— Terminé ? demanda-t-il à Erin.

Elle hocha la tête.

— C'était délicieux.

Fermant les paupières, elle eut un gémissement de satisfaction tandis qu'elle savourait la dernière gorgée d'un vin hors de prix.

La bouche de John s'assécha et son cœur s'affola quand elle passa langoureusement la langue sur ses lèvres.

S'exhortant à ne pas perdre son sang-froid, il jeta quelques billets sur la table, se leva et fit le tour pour tirer la chaise d'Erin.

— Je suis content que ça t'ait plu.

En arrivant près de la porte, John s'arrêta et fit mine de chercher quelque chose dans ses poches.

Du coin de l'œil, il vit Ferrelli se lever et récupérer discrètement la serviette en papier laissée à son intention.

Satisfait, John ouvrit la porte à Erin et lui passa une main dans le dos pour la pousser vers la rue. Dans moins d'une heure, Lucas serait en possession de la liste.

Plus préoccupante était l'impossibilité d'approcher l'ordinateur personnel d'Esteban.

C'était pourtant le seul espoir de le coincer puisqu'il ne menait jamais personnellement aucune transaction. Et personne parmi ceux que l'agence avait arrêtés n'osait donner d'informations sur lui. Pas un seul appel téléphonique ou transmission électronique n'avait jamais permis de relier Esteban à son trafic.

La réussite de la mission reposait donc entièrement sur les épaules d'Erin.

Ils n'étaient pas rentrés au domaine depuis dix minutes que Walters et les frères Calderon mirent le grappin sur John.

Erin décida alors de rendre visite à María.

C'était ça ou rester à se morfondre dans ses quartiers. La compagnie de Sheila ne lui disait vraiment rien, et il fallait bien qu'elle fasse quelque chose pour éviter de penser à John.

Après tout, ce n'était pas compliqué, il suffisait qu'elle demande à un des gardes qui patrouillaient en permanence à l'intérieur de la maison où elle pourrait trouver María.

Par le plus grand des hasards, elle tomba sur Miguel, l'homme à qui elle avait sauvé la vie et qui lui devait une faveur.

— *¡ Hola !* s'aventura-t-elle.

Miguel l'étudia un moment avant de marmonner :

— *¡ Hola !*

— Je cherche María…

Elle enfonça le bout des doigts dans les poches arrière de son jean, et se dandina.

— Je voudrais lui parler de ses fleurs.

— Elle n'est pas là.

Erin plissa le front.

— Oh…

C'était curieux. María avait laissé entendre qu'elle quittait rarement le domaine.

— *Gracias.*

Miguel grommela quelque chose d'inaudible.

Dépitée, Erin tourna en rond dans le hall pendant un moment et finit par se diriger vers le salon.

Pourquoi María ne lui avait-elle pas dit ce matin qu'elle allait quelque part ?

C'était pour le moins étrange. A moins qu'elle ne soit tout simplement allée en ville…

Après tout, elle était libre d'aller et venir, et Miguel n'avait pas dit qu'elle avait quitté le pays…

En attendant, elle pouvait toujours se mettre en quête de John et des autres. Ils devaient bien être quelque part dans la maison.

— A quoi dois-je le plaisir de votre charmante compagnie ?

Esteban.

Un frisson courut le long de la colonne vertébrale d'Erin.

A regret, elle ralentit le pas et se tourna vers lui.

— Je cherchais María.

Elle s'essaya à un large sourire.

Esteban réduisit la distance entre eux.

— María est partie pour le week-end.

Il déposa son verre à liqueur sur une desserte.

— Mais je suis là. Que puis-je faire pour vous ?

Il se rapprocha tellement qu'Erin dut lutter contre l'envie de battre en retraite.

— Je suis certain que vous apprécierez ma volonté de vous satisfaire.

S'obligeant à ne pas trembler, elle répondit avec le plus de détachement possible.

— Sans aucun doute, mais je crois que Logan doit être en train de me chercher à présent.

Pourquoi cherchait-elle des excuses ? C'était l'occasion ou jamais.

Mais elle n'était pas prête pour ce genre d'occasion. La perspective de rester seule avec Esteban la terrifiait.

— Prenez un verre avec moi, ma chère, insista ce dernier. Logan et les autres sont sortis pour une intervention de la plus haute importance.

Elle se rembrunit.

— Sans moi ? Pourquoi ne m'a-t-on rien dit ?

— Ce n'était pas nécessaire. Et puis, il fallait bien que quelqu'un reste pour me tenir compagnie.

Il lui prit le bras et le glissa sous le sien.

— Venez me divertir.

Erin ne manqua pas de noter le regard gêné de Miguel quand Esteban l'escorta vers le grand escalier qui menait en territoire interdit, à savoir ses quartiers privés.

Et il n'y avait personne à proximité pour lui venir en aide.

Elle était livrée à elle-même.

L'espoir d'obtenir les informations dont elle avait besoin était entaché par la crainte qu'elle éprouvait pour sa propre sécurité.

Elle devait essayer. Sa liberté en dépendait.

Et elle avait aussi conscience que, plus le temps passait, plus leur couverture était menacée.

Elle retarda l'arrivée à destination en insistant pour admirer une fois encore le Monet. Esteban répondit avec une impatience non dissimulée à ses questions.

A chaque seconde qui s'écoulait, le cœur d'Erin battait un peu plus vite.

Elle n'avait eu que six jours d'entraînement. Elle n'était pas une véritable espionne.

Comment allait-elle se sortir de cette situation ?

Cortez se tenait devant la porte de la suite privée d'Esteban. Ce dernier lui donna un ordre qu'Erin ne comprit pas tout à fait. Il était question d'aller surveiller quelque chose ou quelqu'un.

Quoi qu'il en soit, l'homme qui veillait d'habitude sur Esteban comme son ombre disparut, ce qui eut pour effet de renforcer l'anxiété d'Erin.

Reste calme, se recommanda-t-elle. *Fais attention aux détails.*

Lorsqu'ils furent dans le salon, Esteban lui servit un verre de brandy. Guère habituée à boire de l'alcool, elle l'accepta pour se donner du courage.

Puis elle se mit à observer discrètement son environnement.

Comme partout ailleurs dans la maison, la pièce était un plaisir pour les yeux, mais elle espérait qu'elle n'était pas venue ici pour rien.

— Un autre verre ?

Elle hocha la tête et reprit son inventaire de l'endroit.

Des bibliothèques, d'autres tableaux, des meubles de qualité… Pas d'ordinateur. Pas même un bureau.

Tournant la tête vers un miroir, elle y vit le reflet d'Esteban en train de verser une sorte de poudre dans son verre.

La peur lui noua le ventre, pesa sur sa poitrine. Allait-il la tuer, ou simplement la droguer pour s'assurer sa coopération ?

Elle frissonna. Aucune des deux options n'était tentante.

Et s'il avait l'intention de l'interroger ?

Le souvenir des longues heures d'interrogatoire qu'elle avait subies dans la prison mexicaine défila dans son esprit tel un film diffusé en mode accéléré. Elle n'avait pas envie de revivre ça.

Esteban souleva les verres et se tourna vers elle.

— Portons un toast, dit-il.

Dans l'espoir de détourner son attention du verre, elle adopta sa voix la plus séductrice, tout en lui lançant des regards énamourés.

— Et si nous commencions d'abord par nous mettre à l'aise ?

Une faim sauvage s'alluma dans les yeux d'Esteban.

— Oh ! Tu es du genre impatient.

Il posa les verres et commença à tirer sur les boutons de sa chemise.

— Mais je peux le comprendre.

Il arracha quasiment de son corps la chemise faite sur mesure.

— Ton mari ne fait pas assez attention à toi.

Il s'approcha d'elle et, surmontant à grand-peine sa répulsion, Erin passa les bras autour de son cou.

— Je ne ferais jamais ça, si je ne ressentais pas le besoin de connaître un homme, *un vrai*, susurra-t-elle.

Esteban eut un grognement de désir des plus révoltants à entendre.

— Je vais te montrer ce qu'un vrai homme sait faire.

Comme il lui mordillait le cou, elle se pencha pour attraper un verre. Mais pas celui qu'il lui destinait.

— Attendez, dit-elle. J'ai tellement soif.

Rejetant la tête sur le côté pour échapper à ses lèvres insistantes, elle vida le verre d'un trait.

— Buvez, vous aussi, pour que nous puissions passer aux choses sérieuses.

Avec un sourire entendu, Esteban se saisit de l'autre verre et ne fit qu'une gorgée de son contenu.

— Aux imbéciles ! dit-il en cognant son verre vide contre celui d'Erin. Et ton mari est véritablement un imbécile.

Erin ignorait quel genre de drogue contenait la boisson, et en combien de temps elle agissait.

La seule chose qu'elle pouvait faire, c'était gagner du temps en espérant qu'elle ferait bientôt effet. Elle fit donc tout un spectacle pour déboutonner son chemisier et le faire glisser le long de ses bras.

— Laisse-moi t'aider, insista Esteban en commençant à bredouiller.

Il essaya de passer les bras autour d'elle pour dégrafer son soutien-gorge, et se mit à vaciller quand Erin le repoussa.

— Allons dans la chambre, suggéra-t-elle.

— Bonne idée.

Il lui prit mollement la main et l'entraîna en titubant vers la chambre.

Le regard d'Erin tomba aussitôt sur le bureau d'acajou qui était l'exacte réplique de celui du rez-de-chaussée… à la différence que le plateau de celui-ci accueillait un ordinateur dernier cri.

Ça y était. Elle était dans la place.

Avant qu'elle ait eu le temps de deviner son intention, il la jeta sur le lit et rampa au-dessus d'elle.

La peur d'Erin s'amplifia.

Il avait de la force et elle ne serait pas capable de lutter contre lui si la drogue ne faisait pas effet très vite.

L'envie de crier lui brûlait la gorge quand elle le vit enfin tourner de l'œil.

Il s'effondra sur elle, lui coupant un instant la respiration. Elle le repoussa de toutes ses forces et sauta rapidement du lit.

Remerciant sa chance de ne pas s'être trompée en intervertissant les verres, elle l'observa un moment pour être sûr qu'il ne bougerait pas et se dirigea vers le bureau.

Elle bougea la souris et l'écran de veille disparut, révélant le bureau. Prenant garde à faire le moins de bruit possible, elle commença à chercher une brèche dans le système de sécurité qu'Esteban avait fait installer. Ce n'était pas particulièrement sophistiqué, juste agaçant.

Un nouvel écran apparut sur le moniteur.

Elle était entrée !

Erin esquissa un sourire. Elle était douée.

Elle était même la meilleure, pensa-t-elle avec une fierté bien méritée. Personne ne connaissait mieux qu'elle la cybersécurité. Mais d'ordinaire, elle créait des programmes de protection, elle ne les détournait pas.

Son sourire se transforma en mimique perplexe quand elle fit défiler les dossiers sans rien trouver qui pouvait ressembler, même de loin, à des dates de livraison ou des listes de noms. Il n'y avait là rien qui correspondait à ce que John lui avait demandé de chercher.

A tout hasard, elle prit un CD sur le bureau d'Esteban et fit une copie de l'ensemble.

Dans son dos, Esteban commença à grommeler. Elle s'empressa de quitter la session et glissa le disque dans la poche arrière de son jean.

Revenant vers le lit, elle jeta un coup d'œil à la pendulette posée sur la table de chevet et constata qu'une heure s'était écoulée.

Révoltée par cette idée, mais consciente qu'elle n'avait pas le choix, elle ôta ses vêtements et termina de déshabiller Esteban. Puis elle se glissa dans le lit à côté de lui, en frémissant de dégoût.

Elle espérait que le stratagème fonctionnerait sans compromettre davantage la suite de la mission. C'était déjà bien assez qu'il la voie nue.

Lentement, Esteban se réveilla.

L'estomac soulevé par la nausée, Erin se blottit contre lui en se demandant si sa liberté valait cette humiliation et ce risque.

— J'ai dû m'endormir, marmonna-t-il, la bouche pâteuse.

Erin s'étira, comme si elle se réveillait également.

— Moi aussi.

Il rejeta la tête en arrière et l'observa, le front barré d'un pli de confusion.

— Je…

— Vous avez été époustouflant, dit-elle langoureusement, tout en suivant du bout des doigts la ligne de sa mâchoire. J'espère que je ne vous ai pas déçu, et que c'était bien aussi pour vous.

Il parut de plus en plus perplexe et elle retint son souffle.

Elle était complètement à sa merci.

Il pouvait appeler Cortez, qui n'était probablement pas très loin. Il pouvait la tuer, comme ça, dans ce lit.

Réprimant un frisson, elle forma le vœu qu'il la croie.

Il finit par sourire.

— Tu étais exactement comme je l'imaginais.

Il glissa la main le long de sa cage thoracique, et il sembla à Erin qu'un bloc de glace s'était formé au creux de son ventre.

— En fait, j'ai très envie d'un petit supplément.

Elle essaya de se dégager.

— Je dois y aller. Logan est probablement rentré…

Esteban l'attira de nouveau contre lui.

— Je veux que tu restes.

— C'est trop risqué. Il ne faut pas qu'il sache. Il vous tuera s'il apprend ce que nous avons fait.

Esteban eut une moue de dédain.

— Tu veux dire qu'il essaiera.

— Oui, dit-elle d'un ton solennel. Jamais il ne laissera passer ça.

Esteban parut revenir à la raison.

— Logan est un homme d'honneur. J'ai besoin de lui dans mon équipe.

Le regard d'Esteban s'attarda sur son corps nu, et elle serra les dents pour ne pas frissonner de dégoût.

— Même si j'ai de nouveau très envie de toi, je ne veux pas provoquer sa colère, dit-il. Il vaut mieux en rester là pour cette fois.

Elle hocha la tête, trop affaiblie par le soulagement pour parler, puis elle enfila rapidement ses vêtements, en laissant son chemisier pendre au-dessus de son jean pour ne pas qu'Esteban remarque le renflement dans sa poche.

Pendant ce temps, Esteban avait remis son pantalon et s'était dirigé vers le salon pour se servir un autre verre.

Au moment où elle passait près de lui, il la saisit par le bras.

— Il faudra qu'on se débrouille pour être de nouveau seuls. J'arrangerai ça.

— J'y compte bien, parvint-elle à minauder.

Il la libéra.

— De la discrétion avant tout, lui rappela-t-il d'un ton de conspirateur.

Erin hocha la tête et se précipita hors de la chambre. Elle se sentait nauséeuse et sale.

Tandis qu'elle dévalait l'escalier, Erin faillit tomber dans sa hâte. Son cœur cognait si fort dans sa poitrine qu'il semblait sur le point d'en jaillir.

Il fallait qu'elle quitte cet endroit maudit.

Une fois balayée la brève exaltation provoquée par le pseudo-succès de son initiative, elle commençait à prendre conscience de ce qu'elle avait fait, des risques probablement inutiles qu'elle avait pris.

— Stop !

Le sang d'Erin se glaça dans ses veines tandis qu'elle s'arrêtait net à moins de cinq pas de la porte d'entrée.

Elle était si près du but !

Miguel s'approcha d'elle, tourna lentement autour d'elle en la détaillant de la tête aux pieds.

Avait-il noté le renflement dans la poche arrière de son jean ?

Esteban s'était-il rendu compte de quelque chose et avait-il envoyé son fidèle chien de garde pour l'intercepter ?

Finalement, Miguel se pencha vers elle, assaillant ses narines de son haleine qui empestait le tabac, et murmura :

— Vous jouez avec le feu, *señorita*. Attention à ne pas commettre d'erreur.

Erin hocha la tête, les jambes si faibles qu'elle pouvait à peine se tenir debout.

— Allez-y, maintenant.

Erin se força à mettre un pied devant l'autre et franchit le seuil d'une démarche d'automate.

Le temps qu'elle rejoigne ses quartiers, elle était en pleurs.

Elle referma la porte derrière elle, la verrouilla et se laissa tomber au sol, le dos en appui contre le battant.

— Où diable étais-tu passée ?

Elle leva les yeux et distingua à travers un brouillard de larmes le visage de John.

10

John regarda avec surprise le disque qu'Erin tenait entre ses doigts tremblants.

Les dossiers d'Esteban.

Il n'y avait qu'une seule façon pour elle d'y avoir eu accès.

— J'ai demandé, répéta-t-il — et la colère dans sa voix n'était malheureusement pas feinte — où diable tu étais passée.

Elle tremblait, mais elle comprit où il voulait en venir avec sa demande. Il vit la compréhension dans ses yeux, mêlée à la peur.

— Nulle part en particulier, dit-elle d'une voix mal assurée malgré ses efforts visibles pour jouer le jeu. Je suis juste allée faire un tour.

— Je ne te crois pas.

Tout en parlant, John regardait autour de lui, à la recherche d'un endroit où cacher le disque en attendant de le faire passer à Ferrelli.

— Tu mens, tonna-t-il d'un ton accusateur.

— Pas du tout. C'est la vérité.

Elle se dirigea vers une console où son sac était posé à côté du téléphone et ouvrit le tiroir.

— De toute façon, je m'en moque que tu me croies ou pas, rétorqua-t-elle.

Il observa la Bible à l'intérieur du tiroir et hocha la tête.

— Tu ferais bien de faire attention, grommela-t-il, tandis

qu'il glissait le disque entre les pages de la Bible reliée de cuir noir.

— Sinon quoi ?

Il ne s'attarda pas sur le fait qu'un homme comme Esteban gardait une Bible chez lui. Sans doute était-ce une initiative de María.

— Ne m'oblige pas à me fâcher !

— Ne me menace pas, murmura-t-elle d'une voix à peine audible.

Incapable de poursuivre plus longtemps cette comédie, Erin était prête à s'effondrer. Elle tremblait. Son visage était livide.

Quoi qu'il se soit passé, elle était visiblement secouée.

Tandis que l'envie de tuer Esteban explosait en lui, John la prit dans ses bras. Elle s'affaissa contre lui, pleurant doucement dans sa chemise.

— Je suis désolé, Bébé, je ne voulais pas te faire pleurer, dit-il plus pour la réconforter que pour le bénéfice des micros dissimulés.

Il la souleva et se dirigea vers le canapé, où il s'assit en la berçant dans ses bras.

— Chut. Tout va bien. Je ne suis plus en colère.

Et c'était vrai. Sa colère avait laissé place au besoin de la consoler. Il ne supportait pas de la voir comme ça.

Et il supportait encore moins l'idée qu'Esteban ait pu la toucher.

Jamais il n'aurait dû accepter cette expédition à Medellín ce matin. D'autant que cela n'avait été qu'une vaste perte de temps.

Sachant mieux que personne qu'Esteban ne perdait jamais son temps, il en avait très vite conclu que ce dernier cherchait tout simplement à l'éloigner.

— Ça n'a servi à rien, murmura Erin. Les dossiers n'ont aucun intérêt.

Elle avait les bras autour de son cou. Sa joue était douce et tiède contre son épaule. Il l'attira plus étroitement encore contre lui.

Si elle avait échoué, ce n'était pas grave. Il s'en moquait.

— Est-ce qu'il t'a touchée ?

Il lui était impossible de contenir la férocité de sa voix, ou l'envie de se battre qui tendait ses muscles.

Elle se leva, le regarda droit dans les yeux et secoua la tête.

John laissa échapper un long soupir. S'il avait un jour éprouvé un soulagement comparable, il ne s'en souvenait pas.

Si Esteban avait touché Erin, il n'aurait pas pu le supporter. Et pas une fois avant cet instant il n'en avait eu conscience.

Personne ne pouvait toucher Erin comme ça.

A part lui.

Il lui caressa la joue, fit glisser le bout de ses doigts le long de sa mâchoire. Elle trembla et la culpabilité l'envahit.

Tout était de sa faute. Il avait permis que cela lui arrive.

Il aurait pu dire non à Lucas et Casey, mais Erin n'avait pas eu le choix.

Quand elle apprendrait la vérité, elle ne lui pardonnerait jamais.

John passa le samedi soir et le dimanche entier à éviter Esteban. Après avoir consacré des heures à consoler Erin, il n'était pas certain de parvenir à garder son calme.

Il l'avait tenue dans ses bras, tout son corps réclamant bien davantage, tandis que sa conscience lui rappelait qu'elle n'avait besoin que de réconfort.

Lui faire l'amour n'était pas envisageable. Il lui cachait des informations qui changeraient du tout au tout leur relation.

Mais de quelle relation parlait-il ?

Il n'était question que de la mission, de son travail.

Erin était un pion dont il avait accepté sans vergogne de se servir, et il était certain qu'elle ne le lui pardonnerait jamais.

Il jeta le chiffon qu'il venait d'utiliser pour nettoyer son arme. Incapable de rester plus longtemps en compagnie d'Erin, il s'était réfugié dans la salle des munitions. Il avait besoin d'être seul pour faire le vide dans ses pensées.

Les gonds grincèrent.

John tourna les yeux, son arme levée pour affronter l'éventuelle menace.

Cortez.

— Monsieur Esteban vous demande dans son bureau.

John glissa son pistolet dans la ceinture de son jean.

— Et ce qu'Esteban veut, il l'obtient toujours, n'est-ce pas ? répondit-il d'un ton sarcastique.

— Logan, mon ami, puis-je vous offrir un cigare ?

— Non merci, dit John, en affichant délibérément une expression contrariée.

Esteban s'appuya nonchalamment sur le coin de son bureau.

— Eh bien, asseyez-vous.

— Je préfère rester debout.

John savait qu'il dépassait les bornes, et il en eut la confirmation en voyant une lueur outragée s'allumer dans le regard de son adversaire.

Esteban tira une longue bouffée de son cigare et souffla lentement la fumée.

— Je vous observe, Logan, dit-il finalement. J'ai été impressionné par votre première opération, mais je l'ai été encore plus par votre sens de l'organisation et votre capacité de concentration durant cette semaine.

John ne se montra pas impressionné par le compliment.

— Je prends mon travail au sérieux.

— En effet.

Esteban marqua une nouvelle pause pour prendre quelques bouffées supplémentaires de tabac.

— J'ai besoin de davantage d'hommes comme vous. Vous savez d'instinct ce qu'il faut faire. Ce n'est pas la peine d'être sans arrêt sur votre dos. C'est très rare dans ce genre d'activité.

John croisa les bras sur son torse.

— Où voulez-vous en venir ?

Esteban esquissa un sourire.

— Vous êtes en colère contre moi. Il n'y a pourtant aucune raison.

Son regard se fit plus acéré.

— J'ai des projets pour vous, Logan. De grands projets.

John ne perdit pas de temps à spéculer. La suggestion d'Esteban pouvait aller d'une promotion à un aller simple six pieds sous terre.

Décidant qu'il avait poussé sa chance assez loin pour le moment, il redevint plus aimable.

— Ça fait plaisir à entendre.

Esteban éteignit son cigare et l'abandonna dans le grand cendrier en cristal posé sur son bureau.

— Ce soir, je vais vous présenter à plusieurs hommes importants qui travaillent pour moi dans d'autres domaines que les armes.

Des barons de la drogue, traduisit John.

— Lundi, vous prendrez la tête d'une opération capitale pour moi. Si vous la menez à bien, vous découvrirez combien je peux être généreux.

Il se leva et lança à John un regard d'avertissement.

— Dans le cas contraire, la sanction tombera.

John adopta une posture plus détendue.

— C'est de bonne guerre.

Esteban lui tendit la main.

— Dans ce cas, concluons notre marché.

John prit la main tendue, parfaitement conscient de la signification de ce geste.

Esteban lui faisait confiance.

Plus rien ne pourrait arrêter John désormais. Il était mouillé jusqu'au cou.

Erin enfila les sandales à talons aiguilles que John avait achetées pour s'assortir à la petite robe noire. « Petite » étant le mot qui convenait.

La robe collait à son corps comme une seconde peau et ne laissait absolument rien à l'imagination. Elle avait elle-même porté son choix sur ce modèle, mais seulement après qu'elle eut découvert l'expression de John quand elle l'avait essayée.

Tout en torsadant ses cheveux pour former un chignon improvisé, elle observa son reflet dans le miroir. La meurtrissure autour de son œil était maintenant à peine visible.

Elle songea un moment à la mise en garde de l'homme qui lui avait fait cette marque. Quand il l'avait prévenue qu'elle jouait avec le feu, était-ce une façon de lui faire comprendre qu'il se sentait une dette envers elle ? Elle n'aurait pas misé toutes ses économies sur cette idée.

Elle recula d'un pas et vérifia une dernière fois son maquillage et sa coiffure dans le miroir.

Pour se frotter au gratin des criminels colombiens, cela irait comme ça, décida-t-elle.

Un long sifflement la fit pivoter vers la porte. John l'admirait ouvertement.

— Je me demande si je ne prends pas un gros risque à te laisser sortir dans cette tenue.

Erin rougit.

Comment pouvait-il la regarder comme ça et avoir l'air aussi impressionné, quand il avait déjà vu tout ce qu'il y avait à voir ?

La façon dont il l'avait tenue dans ses bras la nuit dernière, en lui murmurant des mots de réconfort et d'apaisement, la laissait de nouveau faible et languissante.

Il s'était montré d'un tel soutien…

Il avait compris combien elle se sentait souillée, et d'ailleurs c'était lui qui lui avait fait couler un bain chaud. Elle s'y était attardée en se frottant vigoureusement la peau au gant de crin, dans l'espoir d'effacer le souvenir du contact répugnant des mains d'Esteban sur elle.

Combien de fois au cours de ses missions John avait-il fait des choses qui l'avaient heurté ou écœuré ? Trop, sans doute.

— Tu n'es pas mal non plus, mon amour, susurra-t-elle, fidèle au rôle qu'elle avait à jouer.

Et c'était vrai. Il était fantastique dans ce costume noir et cette chemise blanche ouverte au col. D'une beauté sauvage et sexy en diable.

John lui offrit son bras.

— On y va ?

Erin enroula son bras autour de celui de John et inspira profondément son odeur masculine si bouleversante. Son eau de toilette était subtile mais la tonalité épicée la troublait infiniment. Même quand elle ne l'avait pas vu de la journée, il lui suffisait de fermer les yeux pour retrouver cette senteur unique.

Sur le sentier baigné par la lueur opalescente de la lune, Erin eut une révélation.

Elle faisait entièrement confiance à John.

Après la complicité et la tendresse qui s'étaient instaurées entre eux la nuit dernière, elle était même prête à lui abandonner son cœur.

Osant s'avouer ce que signifiait cet enchevêtrement tumultueux d'émotions, elle sourit tristement.

Elle était tombée amoureuse de John.

C'était la pire chose qui pouvait lui arriver, et pourtant elle ne regrettait pas de l'avoir rencontré.

Mais le fait demeurait que cette relation n'avait absolument pas d'avenir. Seul existait l'instant présent, et même cela n'était qu'un faux-semblant.

La réception battait déjà son plein quand Erin et John se joignirent aux invités.

Jusqu'à présent, Erin n'était pas allée plus loin que la salle de stratégie au sous-sol, et bien sûr la salle à manger — pour ce qui était de l'étage, c'était évidemment une autre histoire qu'elle s'efforçait d'oublier.

Il y avait donc au bout de l'immense hall d'entrée, bien au-delà des salons et de la cuisine, une vaste salle de réception qui se déployait sur toute la largeur de la maison, ouvrant par le biais de portes-fenêtres à la française sur une élégante terrasse.

Erin reconnut sur le côté, à l'ombre des grands arbres, le coin détente favori de Sheila. Songeant à cette sorcière malfaisante, elle balaya la foule du regard jusqu'à ce qu'elle parvienne à la localiser.

Vêtue d'une robe de satin bleu électrique encore plus courte et moulante que la sienne, Sheila était entourée d'admirateurs béats.

John avait aussitôt été entraîné par Esteban vers un large groupe d'hommes plus âgés. Les barons locaux de la drogue, sans doute. John lui avait expliqué au cours de leur jogging de fin d'après-midi tout ce qu'Esteban lui avait garanti.

C'était la première fois qu'ils couraient ensemble depuis leur arrivée, et elle s'était refusée à mettre trop d'espoir dans la soudaine envie de John de passer du temps avec elle. C'était probablement la seule situation qu'il considérait comme suffisamment sûre pour lui faire passer des informations.

Cette nouvelle offre de la part d'Esteban était une aubaine d'après John. Si les dossiers copiés sur le disque s'avéraient finalement inexploitables, il pourrait toujours glaner des informations à la source.

Erin, quant à elle, ne savait pas jusqu'à quand elle allait pouvoir continuer à donner le change. Si Esteban s'approchait de nouveau d'elle…

Elle n'était pas armée pour faire face à la concupiscence de cet homme. Elle l'avait dit à John. Il comprenait et avait promis d'intervenir.

Ce geste de sa part l'avait surprise. L'idée qu'il puisse mettre sa couverture en danger pour elle la touchait profondément.

Revenant au présent, elle se saisit d'une coupe de champagne au passage d'un serveur.

Peut-être John ressentait-il quelque chose pour elle.

Cette pensée à peine formulée, elle s'exhorta à ne pas se monter la tête.

C'était son travail de la protéger, il le lui avait expliqué depuis le début. Le subtil changement qu'elle avait cru détecter n'était probablement dû qu'à son imagination.

Au moment où elle commençait à s'interroger sur l'absence de María, celle-ci apparut. Elle avait une allure royale dans sa robe blanche et toutes les têtes se tournèrent sur son passage.

Erin observa la réaction d'Esteban face à l'attention que recevait sa sœur, et ne fut pas surprise de découvrir qu'elle avait vu juste. Il n'appréciait pas du tout cette situation.

Il lança un regard sévère au groupe d'hommes qui l'entourait et dit quelque chose qui recentra immédiatement l'attention sur lui.

Erin but une gorgée de champagne, reposa son verre et se fraya un chemin dans la foule pour rejoindre María. Elle attendit que cette dernière ait fini de saluer les personnes les plus proches d'elle, avant de lui parler.

— María, je suis tellement contente que vous soyez de retour.

D'ailleurs, cette réflexion était l'expression de la vérité.

— J'avais peur que vous ne manquiez la réception.

María parut tout d'abord confuse, mais elle se ressaisit assez rapidement.

— Je ne manque jamais les réceptions de mon frère. C'est la seule occasion où un peu de joie entre dans cette maison.

Erin ne put s'empêcher de ressentir de la sympathie pour cette femme. Visiblement, elle vivait sous la poigne de fer d'Esteban et n'avait rien pour occuper sa vie en dehors de ses fleurs.

— Votre voyage a-t-il été intéressant ? Avez-vous rapporté de nouvelles variétés de roses ?

María lui tapota affectueusement le bras.

— J'en ai trouvé, oui. Certaines sont véritablement exceptionnelles.

— J'ai hâte de les voir. Votre jardin est une telle réussite !

María sourit légèrement et rougit.

C'était une personne tellement humble et gentille. Erin ne comprenait pas comment elle avait pu développer ces qualités dans un tel environnement.

A la réflexion, il était fort possible que María ne soit pas pleinement consciente de la vraie nature des affaires menées par Esteban.

D'un autre côté, María était présente quand Esteban lui avait ordonné d'abattre le garde indélicat, et elle n'avait pas bronché.

Mais peut-être cela faisait-il partie de la culture machiste de ce pays…

Cela expliquerait également que María accepte aussi facilement la soumission que lui imposait son style de vie.

En songeant aux enfants des rues et aux mères condamnées à les élever seules, Erin songea que María considéraient peut-être les manières brutales de son frère comme un moindre mal, dès lors qu'il assurait sa protection financière.

— Mêlons-nous aux autres, suggéra María en lui prenant le bras. Comme vous le voyez, mon frère a beaucoup d'amis.

Cela voulait-il dire qu'ils n'étaient pas les amis de María ?

Erin essayait de ne pas analyser tout ce que son hôtesse disait, mais c'était difficile.

Comment une femme en apparence intelligente pouvait-elle accepter une position sociale aussi inférieure ? Ne voyait-elle pas combien c'était dégradant ? María voyageait, elle devait bien se rendre compte de la liberté et des droits dont bénéficiaient les femmes dans d'autres pays…

— Où êtes-vous allée pour trouver de nouvelles roses ? demanda-t-elle.

Erin avait posé la question sans réfléchir, et elle se le reprochait maintenant amèrement. María risquait de la trouver indiscrète ou, pire, de se méfier. Elle essaya de rattraper sa bévue.

— Je suis désolée. Je ne voulais pas me mêler de votre vie.

— Ne dites pas de sottises. Ce n'est pas un secret que je voyage fréquemment, parfois même en Europe.

Après avoir d'abord esquissé un sourire compréhensif, María soupira.

— C'est le seul moment où je me sens véritablement épanouie. J'ai une telle passion pour les roses…

Son visage se ferma soudain, comme si elle en avait dit plus qu'elle ne l'aurait souhaité.

— Quelle piètre hôtesse je fais. Nous devrions plutôt parler de vous.

Erin se crispa.

— Oh ! Il n'y a vraiment pas grand-chose à dire.

María fit signe à un serveur.

— Ne soyez pas modeste. J'ai très envie d'en savoir plus sur votre vie.

Elle prit une flûte en cristal sur le plateau d'argent que lui présentait le serveur.

— *Gracias.*

L'employé hocha la tête et s'éloigna.

— Vous avez fait des études ? demanda María en buvant une gorgée de champagne.

Affichant un grand sourire, Erin fit un effort pour se rappeler l'histoire qui avait été inventée pour sa couverture.

Quel était le nom de cette université à Austin ? Zut ! Elle avait complètement oublié.

— J'ai commencé à suivre des cours dans une école privée, se hasarda-t-elle à répondre. Mais je me suis fiancée et j'ai tout abandonné.

— Ah…

María hocha la tête.

— Vous avez rencontré Logan.

John et elle étaient supposés se connaître depuis trois ans. Quel âge avait son personnage, déjà ? Il fallait que les dates correspondent. Elle improvisa :

— En fait, il y a eu un autre homme avant lui.

Erin sirota son champagne, en essayant de ne pas laisser transparaître sa nervosité. Elle ne se l'expliquait pas très bien, mais elle avait l'impression de commettre un sacrilège en mentant à une si gentille personne.

— C'était un sombre idiot et…

En proie à un stress grandissant, elle expira doucement.

— Eh bien, il m'a brisé le cœur.

Erin cilla pour refouler les larmes qui lui montaient aux yeux.

Bon sang, elle aurait dû surmonter cela depuis le temps ! Mais ce n'était pas tant le souvenir de Jeff qui la faisait réagir ainsi que sa propre stupidité.

Comment avait-elle pu être aussi aveugle ?

María secoua lentement la tête.

— Les hommes peuvent être de telles brutes.

Elle jeta un coup d'œil à son frère et grinça entre ses dents :

— De vrais salauds.

Erin fut surprise par la véhémence de cette femme d'ordinaire si élégante et réservée.

— Faites attention à vous, Sara. Méfiez-vous des hommes. Il n'y en a pas un seul qui soit digne de votre confiance.

Comme toujours, Erin fut surprise d'entendre ce prénom auquel elle ne parvenait pas à s'habituer.

— A part peut-être votre Logan, reprit María en étudiant l'intéressé. C'est difficile de se faire une opinion sur lui.

— Il a quelque chose de spécial, s'entendit dire Erin.

Et elle fut bien obligée de reconnaître que c'était vrai.

— Il prend bien soin de moi.

María chercha son regard et le soutint.

— Quand même, vous devez être prudente. Les hommes finissent toujours par nous utiliser pour servir leurs intérêts.

— Je ferai attention, promit Erin.

María se tourna et accueillit de nouveaux invités, toute sa personne se métamorphosant en sœur dévouée et en hôtesse charmante.

Quelles choses affreuses Esteban ou ses amis lui avaient-ils faites ?

Erin avait soudain envie de l'arracher à cet endroit. Les gens pour qui John travaillait ne pouvaient-ils pas la faire bénéficier du programme de protection des témoins ?

Cette femme était prisonnière. Esteban lui imposait probablement deux gardes armés dans ses déplacements, pour être sûr qu'elle ne parlerait à personne.

Comme c'était triste pour elle !

Erin se demanda ce qu'il adviendrait de María quand John ferait tomber son frère.

Se retrouverait-elle sans moyens de subsistance, obligée de vivre dans la rue ?

Cette pensée l'attristait profondément. Il fallait qu'elle trouve un moyen pour qu'une telle chose n'arrive pas.

L'idée de prévenir María afin qu'elle puisse s'enfuir avant qu'il ne soit trop tard lui traversa vaguement l'esprit.

Il faudrait qu'elle y réfléchisse tranquillement, afin que sa décision d'aider cette femme ne mette pas en danger la vie de John.

Et elle ne devait pas oublier que María était la sœur d'Esteban. Elle avait été élevée dans une culture très différente de la sienne, où les hommes maintenaient les femmes en état d'infériorité, les considérant comme des mineures irresponsables.

Peut-être María ne verrait-elle pas les choses de la même façon qu'elle quand viendrait le moment de régler le sort de son frère…

Erin avait conscience qu'elle devait mûrir sa décision, prendre le temps de creuser la situation pour voir si María avait vraiment besoin d'être sauvée, et si elle en avait envie.

La véhémence dans la voix de son hôtesse, quand celle-ci

lui avait parlé des hommes, lui avait cependant mis la puce à l'oreille.

Apparemment, les relations entre María et son frère n'étaient pas débordantes d'amour.

John avait passé toute la soirée à observer Erin.

Elle était d'une beauté à couper le souffle, et chaque fois qu'un homme s'approchait d'elle son sang bouillait d'une possessivité féroce.

Il la voulait pour lui seul.

La constante attention que lui portait Esteban lui donnait envie d'envoyer sa mission au diable. Cela aurait, bien évidemment, été irresponsable de sa part.

Cette attirance pour Erin n'était qu'une passade, une agréable parenthèse. Bientôt, cette mission arriverait à sa conclusion, et une autre lui serait confiée. Erin retrouverait la liberté pour laquelle elle avait fait tant de sacrifices, et chacun suivrait sa route.

Néanmoins, il n'avait jamais eu autant de mal à se concentrer que ce soir, même s'il n'avait pas de vraies raisons de s'inquiéter. En effet, la sœur d'Esteban avait passé une grande partie de la soirée en compagnie d'Erin, et s'était interposée quand ce dernier avait commencé à se montrer trop familier. Sans doute connaissait-elle les penchants lascifs de son frère et voulait-elle éviter qu'Erin tombe entre ses griffes.

Quoi qu'il en soit, John n'avait pas l'intention de s'attarder au domaine une minute de plus qu'il n'était nécessaire. Dès qu'il aurait les éléments pour faire tomber Esteban et sa bande, Erin et lui fileraient sans demander leur reste.

Alors qu'il traversait la salle pour rejoindre Erin, il vit Sheila Walters se ruer sur elle, et la tirer par le bras pour l'entraîner à l'écart. Notant son animosité envers Erin, il s'approcha rapidement et tendit l'oreille.

— Ecoute-moi bien, petite garce, siffla Sheila. C'est

mon dernier avertissement. Si tu continues à tourner autour d'Esteban, je te tue.

Erin se libéra d'un mouvement brusque.

— Je ne comprends pas de quoi tu veux parler.

— Mais oui, bien sûr ! Tu as intérêt à te tenir à carreau, ou je m'occupe de toi et de ton homme. J'ai déjà dit à Larry que Logan flirtait avec moi. Si j'insiste un peu, il lui réglera son compte.

Voilà pourquoi Larry lui lançait des regards noirs depuis quelques jours, comprit John. Il s'était demandé si Larry était jaloux des avantages que lui accordait Esteban. Maintenant, il savait.

Il s'approcha d'Erin et passa un bras autour de ses épaules.

— Bonne nuit, Sheila, dit-il d'un ton destiné à lui faire comprendre qu'il valait mieux pour elle qu'elle ne s'attarde pas. Peut-être Larry ferait-il plus attention à vous s'il savait de quelle façon vous courez après Esteban.

Sheila écarquilla les yeux de surprise, puis les plissa d'un air menaçant pour s'adresser à Erin.

— N'oublie pas ce que j'ai dit.

Puis elle tourna les talons et s'éloigna.

Alors qu'ils revenaient à leurs quartiers, John remarqua qu'Erin affichait toujours une expression morose.

Etait-elle préoccupée par ce que Sheila lui avait dit, ou par les avances renouvelées d'Esteban ? John l'ignorait et se sentait impuissant à l'aider.

Il aurait tellement voulu la protéger de tout cela ! Mais, force était de constater que ses efforts ne rencontraient pas un grand succès.

A peine rentrée dans la maison, Erin se rua vers la chambre, ses mains s'activant déjà sur la fermeture à glissière de sa robe.

John s'arrêta sur le seuil, fasciné par le spectacle du tissu glissant sur sa peau nue. Un string soulignait son joli fessier cambré en forme de cœur, et elle ne portait pas de soutien-gorge.

Un dangereux spectacle de chair nacrée et de courbes affolantes s'offrait à ses yeux, et le cœur de John s'affola soudain.

Lorsqu'elle détacha ses cheveux et passa les doigts dans la cascade de boucles blondes en secouant la tête, sa bouche s'asséchait et chaque muscle de son corps se mit en alerte.

Seigneur, comme il avait envie d'elle.

Il se souvenait encore de la douceur de sa peau, du goût de son sexe palpitant sous sa langue, de l'intense plaisir que ses caresses lui avaient procuré…

Soudain, John prit conscience que les sentiments qu'il éprouvait pour Erin ne se limitaient pas à un simple désir physique.

Jusqu'à présent, il maîtrisait la situation, il décidait des règles du jeu, se contentant d'aventures sans lendemain. Jamais il n'avait ressenti l'envie de s'engager. Mais, cette fois, il était confronté à un phénomène nouveau et très compliqué et, devant cette femme si étonnante, il avait l'impression de perdre tous ses moyens.

Elle enfila un large et long T-shirt, et la magie de l'instant s'évanouit.

Mais, submergé par un chaos d'émotions et de pensées contradictoires, John savait qu'il ne serait plus jamais le même, et que le sommeil se refuserait à lui, lui laissant tout loisir de réfléchir au drôle de tour que la vie venait de lui jouer.

11

Larry Walters ne cacha pas sa déception lorsque Esteban, qui avait décidé de tenir sa réunion à l'aube, donna le beau rôle à John.

Il se garda cependant de tout commentaire. Ce qu'Esteban souhaitait, Esteban l'obtenait.

Le jet qui les emmena tous les quatre, les Walters, et John et Erin, était très semblable à l'avion qu'utilisait l'agence.

Près de Canoga Park, aux abords de Los Angeles, l'avion se posa sur un aérodrome privé appartenant à une corporation locale qui blanchissait de l'argent pour Esteban. Une longue limousine noire les attendait.

Après qu'ils eurent débarqué, chacun muni d'une mallette en acier, John vérifia sa montre.

— Nous serons de retour dans deux heures, dit-il à Hector Calderon, qui leur servait de pilote. Veillez à avoir fait le plein et à vous tenir prêt à décoller.

Les mallettes, qui contenaient une grande quantité de cocaïne, furent rapidement installées dans le coffre de la limousine, avant que le groupe ne prenne place dans la luxueuse voiture.

A l'intérieur, John se pencha pour s'adresser au chauffeur.

— Vous avez l'adresse ?

— Oui, monsieur. La durée du trajet est estimée à dix-sept minutes.

John hocha la tête.

— Parfait.

Pas un mot ne fut échangé tandis que la limousine sillonnait les rues encombrées de la ville.

Ce serait l'unique opportunité pour John de transmettre à Lucas le disque contenant la copie des dossiers d'Esteban.

Larry le surveillait comme un oiseau de proie, guettant le moindre faux pas. Mais il était vital de déterminer si les informations dont ils avaient besoin figuraient sur ce disque. Il était tout à fait possible que ce soit codé. Erin ne pouvait pas affirmer avec certitude que les documents n'étaient pas exploitables.

Notant un panneau publicitaire, John tapa sur la vitre de séparation avec le chauffeur. Lorsque le panneau s'abaissa, il dit :

— Vous vous arrêterez au fast-food sur la droite. Je suis affamé.

Tournant la tête vers Erin, il ajouta :

— Et toi, Bébé ?

— Je meurs de faim.

— Nous aurons le temps de déjeuner plus tard, protesta Larry. On ne peut pas se permettre d'être en retard à notre rendez-vous.

— Risquons-nous d'être en retard si nous faisons ce petit détour ? demanda John au chauffeur.

— Non, monsieur.

— Très bien. La question est donc réglée.

Le chauffeur ayant commandé à sa demande des burgers et des sodas au drive, John se fit un malin plaisir de savourer son repas en compagnie d'Erin, tandis que Larry et Sheila fulminaient.

Force était cependant pour John de reconnaître qu'une partie de son plaisir résidait dans la contemplation des longues jambes nues d'Erin révélées par une courte jupe en jean.

Au point de rendez-vous, John sortit le premier de la voiture, en inspectant les parages pour vérifier que tout était normal. Négligemment, il jeta sur le côté du bâtiment le sac en papier du fast-food, qui contenait à présent le disque.

Le chauffeur s'était garé entre deux longs entrepôts inoccupés et à louer. L'endroit était exactement comme Esteban l'avait décrit, tranquille et désert.

Tandis que Larry et les deux femmes déchargeaient la marchandise du coffre, John prit le chauffeur à part.

— Descendez de la voiture, ordonna-t-il.

L'homme hésita.

John lui lança un regard qui le mettait au défi de refuser.

— Maintenant !

L'homme s'extirpa de l'habitacle avec une maladresse occasionnée par la peur.

— Si quelque chose ne va pas, monsieur…

— Il ne s'agit pas de ça. Donnez-moi votre portefeuille.

Une expression confuse se dessina sur le visage du chauffeur.

John hocha la tête et tendit la main. Le portefeuille apparut rapidement dans sa paume. Il l'ouvrit et étudia le permis de conduire.

— Danny Marsh. Vous vivez toujours au 103 Oakley Lane ?

Un hochement de tête lui tint lieu de réponse.

John fouilla dans les photos jusqu'à ce qu'il trouve un cliché de Danny en compagnie d'une femme et de deux enfants.

— C'est votre famille ?

Nouveau hochement de tête.

John replia le portefeuille et le rendit à son propriétaire.

— Ecoutez-moi bien, Danny. Nous avons une négociation très importante en vue. Parfois, les choses ne tournent pas comme on l'avait prévu, et ça finit par un peu de chahut.

— Ne vous inquiétez pas, monsieur. Je sais ne rien voir et ne rien entendre quand c'est nécessaire.

— Très bien. Mais je n'ai pas envie de revenir ici et de trouver l'allée déserte. Vous comprenez ce que je veux dire ?

Danny hocha vigoureusement la tête.

— Parfait. Donc quoi que vous entendiez, vous restez sur place, d'accord ?

— D'accord.

John le toisa durement.

— Rappelez-vous, Danny, je sais où vous habitez. Ne me faites pas défaut.

— Non, monsieur.

Il essuya son front moite d'un revers de main.

— Ça ne me viendrait pas à l'esprit, monsieur.

— Bravo.

John lui administra une claque de congratulations sur l'épaule et rejoignit les autres.

— Tu t'attends à des problèmes ? demanda Larry.

— J'assure toujours mes arrières, mon vieux, répondit John en prenant à Erin la mallette qu'elle portait. *Toujours*.

Le bâtiment dans lequel ils étaient entrés n'abritait qu'une longue table. Les mallettes furent placées dessus côte à côte, couvercle rabattu. Leurs clients allaient arriver d'une minute à l'autre, et les négociations pourraient commencer.

— Bébé, tu vas couvrir cette entrée avec Sheila, ordonna John. Larry et moi nous occuperons de l'autre.

Le bâtiment était une longue structure métallique, avec des vasistas en hauteur. Une passerelle le traversait d'un bout à l'autre et desservait un étage de bureaux occupant la moitié seulement de la surface, à la manière d'un cube suspendu dans le vide. Au-dessus de leurs têtes, la structure des poutres, semblable à un squelette d'acier, disparaissait dans l'ombre.

— Tu dois savoir que cette situation ne me plaît pas du tout, dit Larry.

Tiens donc, quelle surprise !

— Je le vois bien, répondit John sans s'émouvoir. Mais tu vas devoir faire avec.

La tension s'amplifia entre eux pendant quelques secondes, avant que Larry ne rétorque :

— Je suppose que oui. Mais on verra si tu feras autant le fier quand tu auras échoué et qu'Esteban réalisera son erreur.

John inclina légèrement la tête pour reconnaître le défi qui lui était lancé.

— Ne te réjouis pas trop vite.

Erin observait l'échange tendu entre Walters et John. Elle savait qu'on ne pouvait pas faire confiance à Sheila et se méfiait tout autant de Larry. Et si John lui avait demandé de rester derrière lui, c'était très probablement pour le couvrir.

Un grincement métallique fit tourner la tête d'Erin vers le côté de l'entrepôt. Un large volet roulant se levait, révélant l'avant d'une limousine noire semblable à la leur.

— Il était temps, marmonna Sheila.

— Tu les connais ?

Elle toisa Erin.

— Ouais, je les connais. Contrairement à toi, ça fait un moment que nous travaillons sur le terrain.

— Tu étais dans quoi avant ? La coiffure ?

Aujourd'hui, les cheveux de Sheila étaient d'une nuance de roux clair qui s'approchait du blond. Depuis la semaine précédente, elle en était à sa troisième décoloration.

Elle renifla avec mépris.

— Très drôle ! J'ai connu une fille autrefois qui était une petite marrante comme toi.

Approchant son arme du visage d'Erin, elle lui caressa la joue avec le canon.

— J'ai dû la tuer. Elle me portait trop sur les nerfs.

La limousine des nouveaux arrivants roula jusqu'à l'endroit où se trouvaient John et Larry. Trois hommes en sortirent, vêtus de costumes sombres et portant des lunettes noires.

Ils se dirigèrent vers la table, où la marchandise attendait leur approbation. Les paquets furent étudiés, et l'un d'eux fut sélectionné pour tester la pureté du produit.

C'était exactement comme dans les films, songea Erin, à la différence qu'elle était sur place pour assister à la scène et qu'elle y participait.

Elle frissonna. Combien de fois encore auraient-ils à faire ça avant que ce soit terminé ?

Soudain, une des portières arrière de la voiture s'ouvrit et un jeune homme en sortit. Contrairement aux autres, il n'était pas en costume, mais vêtu d'un jean noir et d'un T-shirt blanc.

Au lieu de rejoindre le groupe autour de la table, il se dirigea droit vers Erin, l'air incrédule.

— Ce n'est pas possible, murmura-t-il. Tu es morte. Je t'ai tuée.

Erin contint à grand-peine l'envie de fuir à toutes jambes.

— C'est qui, celui-là ? demanda Sheila.

L'homme secoua la tête et répéta :

— Tu es morte.

Puis, sans laisser le temps à Erin de réagir, il sortit son arme et la braqua sur elle.

Un coup de feu retentit, un petit trou rond se forma au centre de son front, et il tomba en avant dans les bras d'Erin.

Elle cria, tandis que son pouls s'affolait.

Ce fut l'hystérie générale. Des tirs éclatèrent. Erin se jeta au sol, en se servant du cadavre comme rempart. L'écho des coups de feu résonnait brutalement dans sa tête. Des jurons et des instructions pressantes furent criés…

Erin n'en menait pas large. La peur la paralysait. Elle aurait voulu vérifier comment allait John, mais elle n'osait pas bouger.

Qu'aurait-elle pu faire, de toute façon ? Son bref entraînement ne l'avait pas préparée à ça…

Au bout d'un moment, elle décida qu'elle ne pouvait pas rester là sans rien faire. Elle avait besoin de savoir… d'aider. Il fallait qu'elle surmonte sa peur.

Seuls deux hommes se tenaient encore debout quand Erin se redressa partiellement pour évaluer la situation. Il y avait

John et un nouveau venu habillé de noir et le visage masqué par une cagoule.

Sheila hurla, laissa tomber son arme et se précipita vers le corps inerte de son mari.

Erin se releva tandis que John venait vers elle. L'autre homme retira sa cagoule, et elle reconnut aussitôt celui avec qui elle avait flirté dans une rue de Medellín et qui les avait suivis au restaurant. John l'avait qualifié d'ange gardien, mais il n'avait vraiment rien d'un ange à cet instant.

— Ça va ? demanda John.

— Oui.

Elle agita la main pour l'écarter.

— Tu ferais mieux de t'occuper de Sheila.

Un cri perçant transperça l'air. Sheila avait attrapé l'arme de son mari et la pointait sur John.

— Tout ça, c'est à cause de toi, l'accusa-t-elle.

Les secondes suivantes se déroulèrent comme au ralenti pour Erin. Elle entendit l'explosion du coup de feu et se jeta sur John pour le pousser hors de la trajectoire.

La balle alla se ficher dans le mur derrière eux, puis le silence se fit.

Sheila s'effondra sur le corps de son mari. Ferrelli l'avait neutralisée. Erin n'avait même pas entendu le coup de feu. Un coup d'œil plus attentif à son arme lui fournit l'explication : il avait utilisé un silencieux.

Ferrelli enregistra les dommages collatéraux, dont le chauffeur de la seconde limousine.

— J'appelle le service de nettoyage, dit-il.

Tandis qu'Erin songeait qu'elle ne se ferait décidément jamais à leur jargon, John passa un bras autour de ses épaules tremblantes.

— Nous devons rentrer. Si nous rapportons la marchandise et l'argent, cela calmera peut-être un peu Esteban.

Erin tourna la tête vers le mort qui avait prétendu l'avoir déjà tuée.

— Qui est-ce ?

— Sanchez. C'est l'infâme salaud qui a tué Jess.

Erin comprenait mieux maintenant pourquoi l'homme l'avait regardée comme s'il voyait un fantôme.

Se rappelant ce qu'elle devait à Ferrelli, elle s'adressa à lui :

— Merci de m'avoir sauvé la vie.

Les bras noués autour de la taille de John, elle se blottit contre lui.

Ferrelli esquissa un sourire tandis qu'une lueur ironique dansait dans ses yeux gris au charme indéfinissable.

— Je suis content de l'avoir éliminé, pour vous, et à la mémoire de Jess.

S'adressant à John, il ajouta :

— Je peux faire autre chose pour toi avant que vous filiez ?

— Rien pour le moment. J'espère seulement que Lucas trouvera quelque chose sur ce disque. La situation commence à être tendue ici.

Erin était trop secouée pour protester, mais elle savait déjà qu'ils ne trouveraient rien. Si Esteban conservait des dossiers chez lui, ce n'était pas sur son PC.

Comme John le lui avait ordonné, le chauffeur de la limousine les attendait à l'endroit où ils l'avaient laissé.

Ferrelli aida John à charger les mallettes dans le coffre, puis il disparut entre les entrepôts.

Erin se glissa sur le siège, les jambes en coton. Son regard croisa celui de Danny dans le rétroviseur.

— Ne vous inquiétez pas, dit-elle, nous sommes du côté des « gentils ».

John la rejoignit sur la banquette, ferma la portière et donna l'ordre de démarrer.

Erin ferma les paupières et laissa aller sa tête contre le dossier en soupirant.

Comment allaient-ils expliquer ça à Esteban ?

Ils étaient morts.

— Ne t'inquiète pas, dit John à mi-voix. Tout va bien se passer.

Elle ouvrit les yeux et le dévisagea.

Comment pouvait-il être si calme après ce qui s'était passé ? Comment pouvait-il retourner là-bas et affronter Esteban sans craindre les inévitables répercussions qu'aurait ce fiasco ?

Elle secoua la tête.

— Non, ça ne se passera pas bien.

— Je ferai en sorte que si.

Il lui caressa la joue du bout des doigts, lui arrachant un frisson.

— Tu as ma parole.

Erin plongea les yeux dans les prunelles sombres de John, et prit conscience qu'elle serait peut-être bientôt séparée pour toujours de l'homme qu'elle aimait.

Si elle le voulait vraiment, c'était maintenant qu'elle devait agir. Il n'y avait pas une minute à perdre.

— Je crois que ta parole ne va pas me suffire, rétorqua-t-elle.

Puis elle prit son visage entre ses mains, l'attira à elle et plaqua fiévreusement sa bouche sur la sienne.

Il lui rendit son baiser, sans réellement s'abandonner, mais avec une passion contenue qu'elle pouvait sentir frémir sous la surface.

Elle ouvrit rapidement les boutons de sa chemise, enfouit son visage dans le col ouvert et se mit à caresser des lèvres le torse magnifiquement musclé de John. Puis elle glissa les mains sous sa chemise et se perdit en caresses sensuelles. Elle voulait explorer chaque centimètre de son corps, sentir sa peau contre la sienne…

— Hé, murmura-t-il contre ses lèvres, en essayant de bloquer ses mains aventureuses. Je crois qu'il faut ralentir.

— Non. J'en ai assez d'attendre. Assez de faire semblant.

Elle noua les bras autour de son cou et attira de nouveau sa bouche vers la sienne.

Elle sut précisément à quel instant il changea d'avis.

La passion explosa en surface. La faim dévorante que plus rien ne bridait le rendait plus hardi, plus agressif.

Il la fit basculer sur le cuir de la banquette, embrassant ses lèvres, son menton, sa gorge.

Ce faisant, il leva le bras et tapa du plat de la main sur la vitre de séparation avec le chauffeur.

— Oui, monsieur ?

John s'arracha suffisamment longtemps aux lèvres d'Erin pour répondre.

— Nous allons avoir besoin d'un peu plus d'intimité. Et de beaucoup plus de dix-sept minutes.

— Comme vous voudrez, monsieur.

Erin aurait pu jurer avoir perçu de l'amusement dans la voix de Danny.

Le panneau opaque et insonorisé coulissa entre la partie réservée aux passagers et le siège du chauffeur. Et, pour la première fois depuis une semaine, ils furent complètement seuls, sans personne pour les écouter ou les observer.

Il n'y avait plus entre eux que ce désir qui accélérait la course du sang dans leurs veines. Le désir, et le silence.

John la fit se redresser en position assise, saisit le bas de son T-shirt et le fit passer au-dessus de sa tête.

En découvrant son soutien-gorge de dentelle et de satin rose poudre, il resta un instant interdit, admirant d'un regard fiévreux la rondeur nacrée de ses seins prêts à jaillir de leur prison et leur pointe rose qui se devinait sous les transparences de l'étoffe.

Il s'humecta les lèvres et Erin en ressentit l'effet fulgurant entre ses cuisses.

Le confort de la limousine amortissait les secousses de la route, et elle avait l'impression de flotter sur un nuage. La sensation s'amplifia lorsque les longs doigts habiles de John libérèrent ses seins. Calés sous sa poitrine, les bonnets la faisaient jaillir comme deux petites collines rondes et pleines, dont la pâleur nacrée ressortait au milieu de la peau hâlée.

Penché sur elle, il dessina de la langue un large cercle autour des mamelons. Erin gémit doucement et crispa les doigts dans le cuir de la banquette.

Avec une lenteur exaspérante, il continua à tracer un chemin circulaire autour des pointes dressées, s'en rapprochant sans jamais les toucher.

Quand il en prit enfin une dans sa bouche brûlante, la suçotant d'un mouvement puissant et régulier, elle cria.

Ses hanches se soulevèrent pour aller à sa rencontre, trahissant son impatience à l'accueillir en elle.

Mais il n'en avait pas encore terminé.

Il reprit son délicieux manège avec l'autre sein, prenant son temps, attentif au plaisir qu'il lui donnait, poussant au paroxysme le besoin qu'elle avait de lui.

Les hanches d'Erin ondulaient d'elles-mêmes, adoptant un rythme que toutes les femmes connaissaient d'instinct.

Elle ne pouvait plus attendre. Elle devait le toucher.

Ses doigts s'enfoncèrent dans l'épaisse chevelure de John, l'enjoignant en silence de poursuivre son troublant festin.

Les mains de John glissèrent le long de ses cuisses, soulevèrent sa jupe, rencontrèrent le liseré d'une culotte aussi arachnéenne que le soutien-gorge.

Il abaissa le souffle de dentelle qui couvrait sa féminité brûlante. Elle était humide. La sensation du doigt qui glissait en elle la fit s'arquer contre la main de John.

Elle voulait tellement plus que ça ! Elle le voulait en elle, maintenant. Elle voulait céder aux assauts redoublés de ses reins puissants…

— Ça suffit ! déclara-t-elle soudain.

Elle le repoussa, en frissonnant sous la sensation de fraîcheur qui enveloppait soudain ses seins après la caresse prolongée de la bouche brûlante de John.

Impatiente, elle défit la boucle de son ceinturon, et déboutonna son jean. Son érection libérée la surprit agréablement. Elle avait oublié qu'il ne portait pas de sous-vêtements.

Encerclant sa chair soyeuse, elle le caressa, jusqu'à ce que l'urgence la submerge.

Un réseau de feu déroulait ses spirales dans son ventre. Sa chair palpitait. Ses muscles se contractaient douloureusement.

Elle le renversa alors sur la banquette, fit glisser son jean le long de ses hanches étroites et s'installa à califourchon au-dessus de lui.

A sa grande surprise, John saisit sa taille à deux mains pour l'empêcher de se laisser glisser sur son membre dur.

— Attends, dit-il d'une voix essoufflée.

Elle secoua la tête.

— Je ne veux plus attendre.

Luttant contre lui, elle effleura son sexe dressé de sa moiteur prête à l'accueillir, lui arrachant un râle presque animal.

— Maintenant ! ordonna-t-elle.

— Il y a des choses que tu dois savoir, insista-t-il, d'une voix altérée.

Sourde à tout ce qui n'était pas son désir de lui, elle l'encercla d'une main ferme et le guida vers son propre sexe. Luttant contre la retenue que John s'imposait, elle se laissa descendre sur lui aussi puissamment qu'elle le pouvait.

— Plus tard, cria-t-elle, tandis qu'elle le sentait enfin entrer en elle.

Le self-control de John commençait à faiblir.

Erin retint son souffle tandis qu'un centimètre supplémentaire de chair brûlante et dure s'enfonçait en elle. Elle eut soudain l'impression d'être terriblement étroite. Cela tenait peut-être au fait qu'elle n'avait pas eu de relations physiques depuis longtemps. Ou bien était-ce John que la nature avait particulièrement gâté ?

Elle pressa un peu plus vers le bas, savourant l'exquise sensation de la pénétration, de l'étirement d'un corps qui consentait avec bonheur à se laisser envahir.

Les doigts de John s'enfonçaient dans la chair de ses hanches. Il tremblait tant l'effort de retenue qu'il s'imposait était violent.

Elle posa les mains sur ses épaules et le regarda droit dans les yeux.

— Je sais tout ce que j'ai à savoir.

Quelque chose changea dans son regard sombre. Le doute disparut pour laisser place à l'expression d'un désir absolu. Dès lors, il ne mit plus aucun obstacle à l'union de leurs corps.

Quand elle fut enfin complètement emplie de lui, il la renversa sur la banquette, s'octroyant la position dominante.

Il plongea profondément en elle. Répéta ce mouvement délicieux. De nouveau. Plus vite. Plus fort. Mêlant ses râles aux siens.

Elle sentit les muscles de John se tétaniser, son regard se figer. Happée par une vague nouvelle, plus puissante que les autres, elle poussa un cri, puis chavira.

John ne tarda pas à la rejoindre. Assommé par la violence de son plaisir, il posa le front contre celui d'Erin et attendit que déclinent les derniers frissons de volupté qui le traversaient encore.

Se hissant sur les avant-bras pour la libérer de son poids, alors que leurs ventres étaient encore unis, il effleura ses lèvres d'un baiser tendre et doux.

Puis il rejeta la tête en arrière juste assez pour plonger dans les yeux d'Erin un regard tourmenté, et murmura ces mots :

— Il faut que nous parlions.

12

— Nous n'avons pas beaucoup de temps, annonça John.

Appuyée contre l'aile de la limousine, Erin le regardait faire les cent pas devant elle. Le chauffeur s'était arrêté à sa demande dans un endroit isolé à proximité de l'aérodrome.

« Il faut que nous parlions. »

Depuis qu'il lui avait annoncé ça, alors qu'il était encore niché au creux de son ventre, attendant que s'apaisent les derniers soubresauts qui agitaient son corps, il ne lui avait plus dit un mot.

La peur lui nouait l'estomac, et elle avait soudain la certitude qu'elle n'avait pas envie d'entendre ce qu'il avait à lui dire.

— Je t'écoute, dit-elle pourtant, en s'écartant de l'étincelant véhicule noir.

John observa le sol pendant quelques secondes qui parurent une éternité à Erin.

— C'est ma faute si tu es impliquée dans tout ça.

Cette déclaration la surprit tellement qu'elle éclata de rire.

Une main posée sur sa bouche, elle essaya de se contenir. Mais n'avait-elle pas le droit de céder à l'hystérie après tout ce qui venait de se passer ?

D'abord les cadavres s'étaient amoncelés autour d'elle, puis elle avait fait l'amour avec John. Il y avait de quoi voir sa raison chanceler quelque peu, non ?

Elle s'éclaircit la gorge et le regarda droit dans les yeux.

— Je sais pourquoi je suis ici. C'est toi qui m'as fait la proposition, mais c'est moi qui ai pris la décision d'accepter.

Il secoua la tête et, malgré tout, elle se surprit à admirer son magnifique visage.

Même maintenant, de petits frissons de plaisir la faisaient encore palpiter rien qu'en le regardant.

— Ce n'est pas ce que j'ai voulu dire.

Erin croisa les bras sur sa poitrine.

La pointe de ses seins, encore durcis par les caresses de John, frotta contre la dentelle de son soutien-gorge, et la délicieuse irritation qui en résulta fit naître une troublante palpitation entre ses cuisses.

— Que voulais-tu dire alors ?

Il se passa la main sur le visage, l'air las, et la regarda avec une mimique embarrassée.

— Le Programme de récupération t'a piégée.

Elle écarquilla les yeux.

— Piégée ? C'est impossible. Tu as dit…

— Je sais ce que j'ai dit.

Il déglutit avec peine et elle suivit des yeux le mouvement de ses muscles sous la peau hâlée de son cou.

— Tu as dit que ce type, ce Sanchez, avait tué ton ancienne coéquipière, et que l'agence avait besoin de moi parce que j'étais son sosie.

— Ce n'est qu'en partie vrai.

Une étrange sensation de froid s'empara d'Erin, mais elle ne voulut pas en tenir compte.

— Je n'y comprends plus rien, dit-elle. Qu'essaies-tu de me dire ?

— Il existe un groupe au sein du Programme de récupération, appelé Ressources spéciales.

Il haussa vaguement les épaules et elle crut y déceler une forme de dédain.

— Leur travail consiste à recruter les bonnes personnes pour notre organisation, poursuivit-il.

Bon, très bien, l'agence disposait d'un service de recrutement. Même l'armée en avait un. Elle ne voyait pas où était le problème.

— Quand ils trouvent une personne qui possède les compétences voulues, ils essaient de la convaincre de rejoindre l'agence. Tu étais déjà sur leur liste avant tes ennuis avec la justice.

Erin n'y voyait toujours rien d'anormal. Elle était extrêmement douée dans son travail et plusieurs entreprises avaient essayé de la débaucher. Son seul tort avait été de faire confiance à Jeff.

Elle ne comprenait pas où John voulait en venir. Peut-être n'avait-il pas les idées claires après l'étreinte fougueuse qu'ils avaient partagée dans la voiture.

Laissant son regard courir sur le corps époustouflant de son prétendu époux, elle prit conscience avec stupéfaction qu'elle avait encore envie de lui.

Ce n'était vraiment pas une attitude responsable. S'attacher à lui serait une terrible erreur.

Mais n'était-ce pas déjà fait ?

— Parfois, reprit-il, les nouvelles recrues ont besoin d'être motivées.

La peur qu'elle avait ressentie précédemment revint en force, et elle accorda soudain toute son attention à John.

— Et ? Quel est le rapport avec moi ?

— Ils savaient que tu aurais besoin d'une incitation.

Elle étudia son visage, ses yeux.

— Une incitation à quoi ?

— A risquer ta vie. A faire quelque chose qui était diamétralement opposé à ton caractère.

Elle rit de nouveau, mais cela ressemblait plutôt à un croassement.

— Explique-toi.

— Quand les Ressources spéciales t'ont découverte, ils t'ont voulue. Pas sur le moment, mais dans l'absolu. Tu avais le genre de compétences avancées qu'ils recherchaient. La mort de Jess a simplement fait ressortir ton nom plus tôt que prévu.

Elle balaya cette explication d'un revers de main.

— Tout cela, je le sais déjà.

— Pas vraiment…

Elle libéra un soupir de frustration.

— D'accord, Logan, crache le morceau. On n'a pas toute l'année devant nous. Dis-moi ce que j'ignore. Comment ai-je été piégée ?

John se demandait ce qui lui avait pris de se lancer dans cette confession.

Il n'avait pas envie d'apprendre la vérité à Erin. Il ne voulait pas voir cette innocence vulnérable se transformer en haine, en regret de ce qui venait de se passer entre eux.

Il n'aurait pas dû faire l'amour avec elle alors que l'ombre de ses mensonges planait entre eux.

Si seulement il avait eu le courage de lui parler plus tôt…

Mais il était trop tard pour se faire des reproches.

— Le gardien, la codétenue…

Il grimaça, la poitrine oppressée par le poids de sa forfaiture.

— C'était un coup monté par les Ressources spéciales. Ils voulaient que tu sois plus réceptive à l'offre de l'agence. Depuis le début, ils avaient découvert la preuve de ton innocence, mais ils attendaient qu'on ait besoin de toi.

Elle secoua lentement la tête.

— Je ne te crois pas.

Sa voix était atone, comme dématérialisée, fantomatique. La douleur qu'exprimait son regard était presque plus qu'il n'en pouvait supporter.

— C'est pourtant la vérité. C'était leur seul moyen de s'assurer ta collaboration le moment venu.

Il vit les mains d'Erin trembler et ressentit aussitôt l'envie de la réconforter. Il s'en abstint toutefois car il savait qu'elle le repousserait.

— Ils m'ont fait vivre des semaines d'enfer, dit-elle d'un ton furieux. Et tout ça, c'était uniquement pour être sûrs que j'accepterais leur proposition le moment venu ?

Il hocha la tête.

— Et toi !

Elle fit un pas en avant, l'air menaçant.

— Tu étais au courant depuis le début ?

— C'est exact.

Il ne devait absolument rien lui cacher.

— Même les menottes, ce soir-là. C'était mon idée. Je savais que les menottes rajouteraient un peu de pression à la situation.

Elle tremblait de rage… et peut-être de douleur. Une douleur dont il était la cause.

— Tu ne pouvais pas me le dire plus tôt ?

Elle s'était mise à ciller furieusement, et il croisa les doigts pour qu'elle n'éclate pas en sanglots. Il ne supporterait pas de la voir pleurer.

— De toute façon, je n'allais pas m'en aller. J'étais coincée avec toi quoi qu'il arrive. Savoir la vérité n'aurait rien changé.

Elle lui lança un regard dur.

— Professionnellement, en tout cas.

Il essaya de prendre une grande inspiration, mais le souffle lui manquait.

— J'ai fait une erreur. J'aurais dû te le dire plus tôt.

Elle leva la main pour l'interrompre.

— Je n'ai plus envie d'en parler. Esteban nous attend.

Sur ces mots, elle lui tourna le dos et monta en voiture.

Erin avait raison. Esteban les attendait. Il serait fou furieux. Mais rien de ce qu'il pourrait dire ou faire ne l'atteindrait comme ce qui venait de se jouer ici entre Erin et lui, pensa John.

Le vol de retour en Colombie fut silencieux.

John en profita pour essayer d'analyser ses sentiments. Certains lui étaient totalement étrangers. Il avait dédié la plus grande partie de sa vie à sa carrière, et ne s'était jamais attardé à se demander ce qui lui manquait.

Il n'avait que trente-trois ans. Il avait bien le temps de songer au mariage et aux enfants. D'ailleurs, il n'y avait jamais vraiment pensé avant sa rencontre avec Erin Bailey.

Il jeta un coup d'œil à la femme qui avait pris soin de s'asseoir le plus loin possible de lui.

Elle lui faisait désirer des choses qu'il ne savait comment décrire. Elle lui donnait envie de rentrer chez lui après une mission et d'y retrouver une seule femme. Et cette femme, c'était elle.

Mais cela ne marcherait jamais, même s'il avait lu correctement ce qui était passé dans ses yeux quand ils avaient fait l'amour.

Elle ne comprendrait ni n'approuverait jamais le monde dans lequel il vivait.

Elle était une de ces personnes éminemment normales qui préféraient croire que les gens comme lui n'existaient que dans les films.

Il n'était pas réel pour Erin. Tout au plus représentait-il un cauchemar passager qui prendrait bientôt fin — s'ils avaient de la chance.

Cependant, il avait vu une étincelle d'émotion dans ses yeux qui l'avait réchauffé au plus profond de son être.

Jamais il n'avait été aussi bouleversé, mais il doutait de vivre assez longtemps pour analyser ce que cette relation remuait en lui.

Ils arrivèrent au domaine un peu plus d'une heure après ce qui était prévu. John ne se faisait pas d'illusions : Esteban devait être en train de fulminer, prêt à exploser et à déverser sa rage sur quelqu'un.

Et John était déterminé à y faire face. Seul.

— Va m'attendre dans la chambre, dit-il à Erin.

Elle secoua la tête.

— Je faisais équipe avec toi. La responsabilité est partagée. Il n'y a pas de raison que tu l'assumes seul.

— J'ai dit…

— Je me moque de ce que tu as dit.

Elle se détourna et rattrapa Hector, qui avait déjà pris la direction de la maison.

John jura entre ses dents. L'entêtement d'Erin finirait par lui jouer des tours.

Comme il s'y attendait, Esteban faisait les cent pas dans son bureau.

— Où est mon argent ? demanda-t-il.

Hector déposa au sol, près de sa table de travail, les deux mallettes contenant les espèces.

— Je veux connaître la raison de votre retard ! éructa Esteban, le visage écarlate. Et où sont les Walters ?

— Larry et Sheila sont morts, dit brutalement John. Tout comme les quatre hommes qui ont apporté l'argent.

Le visage d'Esteban passa du rouge au violacé.

— Qu'est-ce que cela signifie ? Qu'avez-vous fait ?

— Nous avons toujours la marchandise. Si vos contacts en Californie veulent organiser un autre rendez-vous, je me chargerai volontiers de la négociation.

Esteban prit une profonde inspiration.

— Vous allez m'expliquer depuis le début ce qui s'est passé.

John ne se laissa pas impressionner.

— Il n'y a rien à dire. La réunion a mal tourné. Des gens sont morts. C'est fini.

Du coin de l'œil, John vit Hector se signer furtivement.

— Je ne sais pas à quel jeu vous jouez, monsieur Wilks,

dit Esteban en tendant la main vers le 9 mm posé sur son bureau, mais sachez que je ne tolère pas l'insubordination.

Erin prit la parole, et sa voix apparut ténue après les rudes voix masculines qui venaient de s'exprimer.

— Un des types m'a fait des avances déplacées et je l'ai tué. Evidemment, les choses se sont envenimées. Sheila et Larry se sont battus comme des lions pour sauver votre marchandise.

John était effaré. Quelle mouche piquait Erin de revendiquer la responsabilité de ce fiasco ? Ne savait-elle pas ce qu'elle risquait ?

Le regard irritable d'Esteban se tourna vers elle.

— C'est vous qui avez provoqué ce chaos ?

Elle redressa le menton et soutint son regard.

— Si un homme me pince les fesses, je ne peux pas laisser passer cet affront. Il mérite une balle dans la tête. N'est-ce pas ce que vous m'avez appris ?

— Ne l'écoutez pas, dit John. C'est ma faute.

Esteban leva une main pour le faire taire.

— Cet homme, vous l'avez tué du premier coup ?

Erin se permit un sourire.

— D'une balle entre les yeux.

John la regardait livrer une prestation d'actrice digne d'un oscar, sans savoir s'il avait envie de l'embrasser ou de la tuer.

Esteban éclata d'un rire d'abord étouffé, puis de plus en plus bruyant.

— Voilà une histoire tout à fait remarquable, dit-il quand il eut repris son souffle.

Il se tourna vers Cortez.

— N'est-ce pas, mon fidèle ami ?

L'homme hocha la tête.

— Tout à fait remarquable.

John se sentit partagé entre le soulagement et l'irritation.

— Je vais prévenir mes amis en Californie et leur dire de vérifier que les prochains types qu'ils m'enverront ne sont pas des pinceurs de fesses.

Esteban et Cortez éclatèrent de rire.

Hector les imita plus timidement. John ne put se résoudre à mimer l'amusement.

Erin affichait quant à elle un sourire beaucoup trop séducteur. Etait-ce sa façon de se venger après ce qu'il lui avait dit ? Ne comprenait-elle pas qu'elle jouait avec le feu ?

— Logan, votre femme est extraordinaire. N'est-ce pas ?

— Je suis bien d'accord. Elle est tout bonnement étonnante.

Le sourire d'Esteban s'évanouit.

— Sortez tous. Je veux lui parler en tête à tête.

Cortez et Hector se précipitèrent vers la porte.

John ne bougea pas.

— Vous avez un problème, mon ami ? demanda Esteban avec un regard de défi.

— C'est ma femme. Je ne veux pas qu'elle soit punie pour mon incapacité à mener à bien la mission que vous m'aviez confiée.

Esteban rit de nouveau.

— Mais il n'est pas question de la punir. Je veux seulement échanger quelques mots en privé avec elle.

John sentait la colère monter en lui. Jamais il ne quitterait cette pièce sans Erin.

Elle se tourna vers lui.

— Vas-y Logan. Je te rejoins dans une minute.

John lança un dernier regard d'avertissement à Esteban.

— J'attends dehors.

— Comme vous voudrez.

Lorsque la porte se referma derrière John, Erin se prépara à affronter ce qu'Esteban lui réservait.

Elle n'avait pas envie de mourir. Mais elle avait encore moins envie qu'il arrive quelque chose à John.

Si Esteban réclamait ses services en échange de la vie de John, elle était prête à se sacrifier.

— Assieds-toi, dit Esteban. Tu veux boire quelque chose ? Tu dois avoir soif après cette mésaventure.

— Pourquoi pas, dit-elle en prenant place dans le fauteuil qu'il lui avait désigné.

Méfiante, elle le surveilla tandis qu'il versait un liquide ambré dans deux verres. Il lui en tendit un et prit place dans le fauteuil voisin du sien.

— Ma sœur t'apprécie beaucoup, Sara.

Erin avala une gorgée d'alcool et grimaça tandis qu'il s'écoulait dans sa gorge en y laissant une sensation de brûlure.

— Moi aussi, je l'apprécie.

— J'irais jusqu'à dire qu'elle t'aime bien, ce qui n'arrive pas très souvent si on considère le genre de personnes qui travaillent pour moi.

Erin hocha la tête.

— Je comprends.

— Tu comprends sans doute aussi qu'il est important d'entretenir cette relation ?

— Ça ne me pose pas de problème. Que voulez-vous que je fasse ?

— Tu réalises que tu as une énorme dette envers moi, n'est-ce pas ?

Erin se crispa, tandis que son pouls s'accélérait.

— Bien sûr.

— Parfois, un parent proche peut devenir un fardeau. Tu vas surveiller ma sœur pour moi, et tu me tiendras informé de ses faits et gestes, jusqu'à ce que je prenne ma décision.

Erin plissa le front. Cette conversation n'avait guère de sens pour elle.

— Quelle décision ?

Esteban la regarda droit dans les yeux.

— Sur la façon dont tu vas la tuer pour moi.

Cette fois, il allait entrer. Logan estimait qu'il avait assez attendu.

Il marcha vers la porte d'un pas décidé, sans se soucier de ce que disait le garde. Erin était à l'intérieur et il allait la chercher.

Le 4x4 avec lequel ils étaient rentrés était toujours garé devant la maison, avec la clé sur le contact. Il savait ce qu'il avait à faire. Mais d'abord, il fallait faire sortir Erin de la maison.

La porte s'ouvrit tout à coup et elle sortit dans le halo dispensé par les lampes de la terrasse en surplomb.

John pressa le pas pour la rejoindre et la tira par le bras. Il l'entraîna dans la pénombre procurée par les arbres, là où on ne pouvait ni les voir ni les entendre.

Bien que soulagé de la voir saine et sauve, il était furieux.

— Je ne sais pas ce qui t'a poussée à faire quelque chose d'aussi stupide, dit-il entre ses dents serrées, mais nous partons ce soir.

Elle essaya de se libérer.

— Je reste ici.

— Tu es folle ? A quoi tu joues ?

Il enfonça les doigts dans son bras.

— Qu'est-ce que tu as dû promettre pour qu'il me laisse en vie ?

— Lâche-moi.

Il se rendit enfin compte qu'il lui faisait mal et la libéra.

— Il faut que je te fasse sortir d'ici. Tu n'es plus en sécurité, maintenant.

— Je ne l'ai jamais été, répliqua-t-elle d'une voix trop calme.

Quelque chose clochait. Il le sentait.

— Et ma présence d'esprit t'a sans doute sauvé la vie. Mais ne me remercie pas…

— Ne t'attends pas à ce que je le fasse. Tu as pris un trop grand risque.

— J'ai fait ce que j'avais à faire. La mission avant tout. Ce n'est pas ce que tu m'as appris ?

Il serra les dents et compta jusqu'à trois.

Lorsqu'il put parler d'un ton raisonnable, il reprit la conversation.

— Je t'emmène cette nuit. Ta mission s'arrête là.

— Non.

S'il devait la jeter en travers de son épaule, il le ferait.

— Pourquoi veux-tu rester ? Tu es libre. C'est fini.

— Je dois trouver un moyen de sauver sa sœur.

De mieux en mieux, songea John.

— Qu'a-t-elle à voir avec nous ?

— Il veut la faire assassiner. Je dois l'aider.

John essayait à grand-peine de garder son calme. Comment lui faire entrer dans la tête qu'ils ne pouvaient pas rester au domaine une minute de plus ?

— Il faut partir ce soir, insista-t-il. Et d'ailleurs, comment sais-tu qu'il veut la faire tuer ?

Un long silence suivit.

— Parce qu'il m'a demandé de faire le travail pour lui.

13

Erin fut réveillée avant le lever du soleil.

Elle ne bougea pas pour ne pas déranger John, bien qu'elle ne fût pas sûre qu'il soit bel et bien endormi.

Sa respiration était profonde et tranquille, et pas un muscle ne bougeait, mais elle n'avait pas de certitude.

Elle n'était plus sûre de rien à présent.

Les employeurs de John l'avaient piégée. Ils l'avaient rendue vulnérable et apeurée dans le seul but qu'elle accepte sans broncher leur proposition.

Ils possédaient même des preuves qui auraient pu la blanchir et ils les avaient gardées pour la maintenir à leur merci.

Elle ne décolérait pas.

Comment quelqu'un pouvait-il délibérément infliger à un être humain ce qu'elle avait subi durant ces quelques semaines en prison ?

C'était incroyable que des personnes supposées œuvrer pour la justice se comportent comme les pires voyous.

Elle les haïssait pour ça.

Et en même temps, elle devait reconnaître qu'elle n'aurait jamais accepté cette mission si elle n'y avait pas été contrainte.

Elle eut envie de rire en songeant à sa naïveté passée.

Il y avait encore quelques semaines de cela, Erin Bailey respectait les règles. Elle ne causait jamais d'ennuis à personne. Elle était une brave fille.

Si la vie en prison avait été supportable, elle aurait purgé sa peine sans se plaindre. Bien sûr, la perspective de retrouver sa vie et de voir Jeff payer pour ce qu'il lui avait fait l'aurait tentée. Mais elle ne se serait pas laissé entraîner dans cette histoire.

Elle avait passé toute sa vie à être une personne « comme il faut », respectueuse de la loi.

Cette personne n'existait plus.

Elle avait vu trop de choses, réalisé combien ses problèmes étaient insignifiants à l'échelle de l'univers. Il y avait des gens comme John qui mouraient tous les jours pour que des gens comme elle restent en vie.

Malgré sa colère contre John et le Programme de récupération, elle ne pourrait plus jamais regarder le monde comme elle le faisait avant.

Les choses n'étaient pas simplement noires ou blanches. Il y avait beaucoup de nuances de gris. Et elle se trouvait pour le moment empêtrée dans la phase la plus grise de toute son existence.

Mais elle allait trouver une solution.

Elle ne tournerait pas le dos à John. Elle en était incapable. Elle l'aimait. Leur étreinte, aussi scandaleuse qu'elle ait été à l'arrière d'une limousine, avait scellé son destin, physiquement et mentalement.

Bien sûr, elle comprenait qu'il ne l'aimait pas, qu'une femme comme elle ne faisait pas partie de ses projets.

Et ce n'était pas grave, elle apprendrait à vivre avec. Même si elle s'imaginait avoir vu des choses dans son regard ou dans ses actes, seule la mission importait pour John, elle en avait parfaitement conscience.

Ce qui s'était passé hier ne changeait rien. En fait, il avait essayé de l'arrêter. Si elle n'avait pas fait le premier pas, il ne se serait probablement jamais rien passé.

Elle le désirait toujours. Même si elle était en colère contre lui. Même si elle savait qu'il ne l'aimerait jamais.

Ça suffit, s'ordonna-t-elle en silence. Il y avait d'autres sujets de préoccupation, et non des moindres. Elle avait réussi à détourner les soupçons d'Esteban la nuit dernière, mais elle savait que ça n'en resterait pas là. Il allait les surveiller de près désormais.

Elle devait se concentrer. Jouer le jeu.

C'était la seule façon de tromper la mort, de sauver María, et d'aider John à accomplir sa mission.

Des coups frappés à la porte arrachèrent John à ses pensées. Il était à peu près sûr qu'Erin était réveillée depuis un moment, mais elle n'avait pas bougé et il avait fait de même.

A présent, ils étaient levés tous les deux.

Il enfila son jean, attrapa son arme et marcha vers la porte. Il actionna l'interrupteur du plafonnier et ouvrit.

— Quoi ?

C'était Cortez.

— Réunion dans cinq minutes.

— Nous y serons.

Cortez le regarda avec insistance.

— Seulement vous.

John jura en silence tandis qu'il suivait des yeux l'homme qui s'éloignait dans le couloir. Puis il claqua la porte et passa la main dans ses cheveux.

Pourquoi maintenant ? Aucune intervention n'était prévue avant quelques jours.

Que mijotait Esteban ? Avait-il découvert ce qui s'était réellement passé à Los Angeles ?

S'il avait l'intention de l'exécuter ce matin, Erin serait à sa merci.

En se retournant, il vit la peur sur le visage de la jeune femme.

— Que se passe-t-il ?

— Je ne sais pas.

— Je m'habille.

— Ce n'est pas la peine. Il ne demande que moi.

Son regard se riva au sien avec insistance, cherchant à lui faire passer un message.

— Très bien. Je vais prendre une douche.

Elle lui fit signe de la suivre et attrapa au passage un stylo sur la commode.

Dans la salle de bains, elle ouvrit le mitigeur de la douche et s'assit sur le couvercle rabaissé des toilettes. Après avoir tiré une longue section de papier blanc, elle commença à écrire.

John prit le message qu'Erin lui tendait. Leurs doigts se frôlèrent et ce simple contact suffit à l'électriser.

Essayant de garder son sang-froid, il lut les quelques mots qu'elle avait tracés.

« N'y va pas ! Et s'il voulait te tuer ? »

Il lui prit le stylo des mains et inscrivit sa réponse.

« Il faut que j'y aille. Tu le sais. Fais attention à toi. Je reviens te chercher. »

Elle secoua vigoureusement la tête, puis lui reprit brutalement le stylo.

« N'Y VA PAS ! »

Il se contenta de la regarder avec résignation. Elle savait bien qu'il n'avait pas le choix.

Les mains d'Erin tremblaient maintenant, mais elle écrivait avec frénésie. Quand elle lui tendit la note, ses yeux étaient brillants de larmes.

Il aurait tellement voulu la prendre dans ses bras, lui promettre que tout se passerait bien…

Il cilla, surpris par la force de ses propres émotions, et baissa les yeux vers son message.

« Jure-moi que tu reviendras. Jure-moi que tu ne le laisseras pas te tuer. »

Il froissa le papier, submergé par un tel déluge de sentiments qu'il ne parvenait pas à faire le tri parmi eux… et encore moins à les comprendre.

Elle se releva, le força à la regarder dans les yeux, prit sa main droite et la posa sur son cœur.

Il se perdit dans les profondeurs violettes de ses prunelles, perçut le battement de son cœur sous sa paume et l'attira dans ses bras. Il la sentit trembler… ou peut-être était-ce lui.

Il pressa les lèvres contre son oreille.

— Je te jure que je reviendrai.

Ils échangèrent un baiser bref mais intense et il quitta la salle de bains. En chemin, il attrapa sa chemise et ses chaussures.

Il ne regarda pas en arrière. Il ne valait mieux pas.

John était parti en voiture avec Hector et Carlos. Il était armé. Erin avait vu la crosse de son pistolet dépasser de sa ceinture au creux de son dos. C'était une bonne chose à son avis. Cela signifiait que les frères Calderon ne l'emmenaient pas pour l'exécuter.

De son côté, elle s'était mise en quête de María, mais elle n'était pas parvenue à la localiser dans son jardin. Il est vrai qu'il était encore tôt. Le jour s'était levé depuis une heure à peine. Elle devait être quelque part dans la maison.

Il ne lui restait plus qu'à y aller. Si elle tombait sur Esteban, elle dirait qu'elle espérait prendre le petit déjeuner avec María pour apprendre à mieux la connaître. Esteban ne lui avait-il pas demandé d'approfondir leur relation ?

Voilà, elle avait une parfaite excuse pour chercher sa sœur en dépit de l'heure matinale.

La maison était étonnamment silencieuse. Heureusement, ses mocassins à semelle de caoutchouc ne faisaient aucun bruit sur l'extravagant sol de marbre.

Il y avait peu de chance que la chambre de María se trouve au rez-de-chaussée, mais elle en fit quand même le tour.

Toutes les pièces, ainsi que la terrasse à l'arrière, étaient vides. Elle allait devoir monter.

Elle marqua une pause au bas de l'escalier monumental et prit une profonde inspiration pour se donner du courage.

Elle monta lentement les marches, ses pas amortis par l'épais tapis.

Lorsqu'elle atteignit le palier, elle considéra les options qui s'offraient à elle. La chambre d'Esteban était sur la droite. Celle de María se situait probablement dans l'aile opposée.

Elle avança à pas de loup dans le couloir moquetté, ouvrant chaque porte au passage. Tout au bout se trouvait une double porte qui ressemblait beaucoup à celle d'Esteban. Il y avait de grandes chances qu'il s'agisse de la suite de María.

Erin s'arrêta devant la porte, prit une nouvelle inspiration, et posa la main sur la poignée.

Ses doigts tremblaient. Le silence l'enveloppait comme une menace. Elle s'exhorta au calme et ouvrit la porte.

Le grand salon était vide, mais une lampe était allumée sur une table basse, dispensant assez de lumière pour qu'elle puisse s'orienter dans la pièce.

Elle referma la porte avec un *clic* qui lui parut résonner dans la pièce comme un tir de canon.

Personne ne se précipita sur elle, aucune alarme ne se déclencha, et elle s'autorisa à relâcher son souffle.

Comme chez Esteban, la pièce était vaste et élégamment meublée, avec évidemment une touche plus féminine.

Erin se déplaça vers la porte de la chambre. Peut-être María dormait-elle encore.

En passant devant le bureau, elle étudia machinalement les objets qui s'y trouvaient. Un ordinateur portable, des papiers, des livres, un lecteur de musique à l'apparence élaborée…

Erin se massa le front, sentant monter un mal de tête. Il n'y avait rien dans tout cela qui sortait de l'ordinaire.

Elle se détournait quand le titre d'un livre attira son attention. Elle le connaissait. Elle en avait un exemplaire chez elle. Il avait été écrit par l'un des hackers les plus connus et les plus doués du monde.

Que faisait María avec un tel livre ?

La curiosité l'emportant sur la prudence, Erin se pencha pour allumer sur le bureau la lampe en laiton surmontée d'un abat-jour en opaline verte.

Elle fouilla dans les papiers et tomba sur des photos de John et elle, ainsi que sur des enregistrements.

En proie à un curieux pressentiment, elle pivota pour détailler les livres dans la bibliothèque. Ils se rapportaient tous à l'informatique…

— Je vois que vous avez découvert mon petit secret.

María.

Erin se tourna vers les doubles portes qui donnaient sur le couloir. María se tenait sur le seuil, habillée de pied en cap, la prestance toujours aussi royale.

Lorsqu'elle avança, elle semblait flotter, représentation absolue de la grâce et de l'élégance.

— Qu'est-ce que tout cela signifie ?

Erin eut l'impression qu'une autre qu'elle venait de poser la question, tant sa propre voix lui paraissait étrangère.

Le souvenir de la rose sans épines lui revint soudain. María avait remarqué que la beauté de sa fleur préférée n'était pas entachée par la violence, et Erin s'était alors fait la réflexion que son hôtesse était un peu comme la rose dont elle prenait si grand soin : belle, douce et inoffensive.

Comme elle trompait bien son monde !

— Je voulais vous faire confiance, Sara…

L'expression de María se durcit.

— Si c'est votre véritable prénom, ce dont je doute. Mais vous m'avez trahie. Vous êtes encore pire que les autres.

— Que faites-vous avec tout ça ? demanda Erin en désignant les papiers sur le bureau, les livres. Qui êtes-vous ?

María redressa fièrement le menton.

— C'est moi qui dirige toutes les opérations. J'ai les

contacts, j'établis les règles, je prends les décisions. Esteban n'est qu'une marionnette que je dirige comme je l'entends.

— Mais pourquoi ?

Erin avait encore un peu de mal à assimiler l'information.

— Pourquoi tout ce mystère ? Vous pourriez diriger l'organisation au grand jour.

María eut un reniflement dédaigneux qui ne cadrait guère avec l'image d'élégance qu'elle aimait afficher.

— Dans ce monde dominé par les hommes ? Vous plaisantez. Ou peut-être, comme beaucoup d'Américains, êtes-vous simplement naïve. Ici, les femmes ne peuvent pas commander. Personne ne les prendrait au sérieux.

Voilà qui expliquait pourquoi Esteban ne s'était jamais fait prendre.

Il se contentait d'exécuter ce que lui ordonnait sa sœur. C'était elle qui faisait les déplacements et prenait les contacts, tout cela sous couvert d'acheter des fleurs.

— Ingénieux, non ? suggéra María, comme si elle venait de lire dans les pensées d'Erin.

— Où est Logan ?

María eut un sourire mystérieux.

— Ah, votre cher mari. Ne vous inquiétez pas, il n'est pas encore mort. Il a été conduit chez un de mes excellents amis. Un homme qui a travaillé pour les services secrets cubains pendant des années, et qui travaille maintenant pour moi. Il saura faire parler Logan, faites-moi confiance. Ensuite, il le tuera.

Elle consulta sa fine montre-bracelet en or.

— Il doit encore lui rester un peu de temps. A moins qu'il ne se soit mis à table plus tôt que prévu.

Erin refusa de céder à la panique et réfléchit à la façon de stopper tout cela.

María lança un ordre en espagnol, et deux gardes entrèrent précipitamment dans la chambre.

— Et maintenant, dit María d'un ton doucereux, voyons ce que vous avez à me dire.

Hector avait insisté pour que John prenne le volant. La route ne lui était pas familière, mais il s'y attendait. Esteban leur avait demandé de vérifier deux de ses usines, et John n'en connaissait pas la localisation.

D'après Esteban, plusieurs rapports d'incidents survenus sur les lieux de transformation de la cocaïne lui avaient été transmis, et il avait décidé de faire une inspection surprise.

John n'y croyait pas. Il se tramait quelque chose, et cela avait probablement à voir avec son exécution.

Les frères Calderon semblaient aussi moroses que lui, mais il était sûr que c'était pour des raisons très différentes des siennes.

— Tournez à gauche ici, dit brutalement Hector, presque trop tard pour que John puisse bifurquer.

John braqua à fond sur la gauche, faisant tanguer le 4x4. Ballottés en tous sens, ses passagers se mirent à jurer en espagnol.

John décida d'utiliser leur négligence. Contrairement à lui, ils ne portaient pas leur ceinture de sécurité. Il suffisait de prendre de la vitesse, de freiner brutalement pour qu'Hector soit projeté contre le pare-brise, et de les éliminer son frère et lui avant qu'ils aient le temps de réagir.

— Ralentissez, espèce de malade ! cria Carlos depuis la banquette arrière. Cette route est dangereuse.

Une moto les doubla soudain par la droite et resta un instant à leur hauteur. La vitre passager vola en éclats. Hector s'écroula en avant sur le tableau de bord.

— Vite ! hurla Carlos, que l'état de la route ne concernait visiblement plus. Trouvez un abri.

John appuya sur l'accélérateur, distançant la moto.

Une autre balle transperça la lunette arrière. Carlos s'effondra sur son siège.

John jura, et poussa le 4x4 au maximum de ses possibilités.

Il n'y comprenait rien. Si Esteban voulait les éliminer tous les trois, pourquoi ne l'avait-il pas fait lui-même dans son bureau ?

La moto le doubla, cette fois par la gauche, et son conducteur tourna la tête vers lui.

Ferrelli.

Logan pila. Il aurait dû se douter, d'après la précision des tirs, qu'il s'agissait de son renfort.

Ferrelli abandonna la moto et fit le tour du 4x4 pour ouvrir la portière passager. Il tira dehors le cadavre d'Hector, et prit sa place à côté de John.

— Tu as une drôle de conception du rôle d'ange gardien, Ferrelli. J'ai failli avoir une attaque.

— Tu as été démasqué, expliqua Ferrelli sans relever la pique. Nos techniciens ont intercepté un appel d'Esteban à un dénommé Cruz. Un spécialiste des interrogatoires musclés, si tu vois ce que je veux dire. Les frères Calderon te conduisaient tout droit à lui.

John enclencha la marche arrière et enfonça l'accélérateur à fond.

Ferrelli se cramponna.

— Les renforts arrivent. Nous devons les retrouver à…

— Pas le temps, marmonna John.

Lorsqu'il atteignit un endroit de la route suffisamment large, il freina et fit un dérapage à cent quatre-vingts degrés.

— Il faut sortir Erin de là.

— Il est peut-être déjà trop tard. De toute façon, nous ne pourrons pas passer les gardes à la grille sans qu'Esteban en soit alerté.

— J'y retourne ! décida John.

14

Carlos avait été installé sur le siège passager, tandis que Ferrelli se cachait à l'arrière. Grâce à ce stratagème, les grilles du domaine s'ouvrirent à leur approche, sans que John ait à parlementer avec les gardiens.

Visiblement, tout le monde n'était pas au courant des projets qu'Esteban avait pour lui.

John prit de la vitesse dans l'allée, et se gara près de la maison d'amis. Comme il le redoutait, celle-ci était vide. Avec son arme et celle de Carlos, il avait tout l'équipement nécessaire. Ferrelli n'était pas en reste.

— En plus des deux à la grille, il y en a six qui patrouillent la propriété, et deux qui restent à proximité de la maison principale.

Tout en parlant, John surveillait les alentours, à l'affût du moindre mouvement.

— Je vais chercher Erin. Le garde du corps personnel d'Esteban se trouve probablement à l'intérieur.

— Ça va être un jeu d'enfant, lui assura Ferrelli.

John hocha la tête et se dirigea vers la maison, en prenant soin de rester le plus possible à couvert.

Quelles que soient les conditions, il savait que Ferrelli serait à la hauteur. Il faisait partie de la fine fleur des combattants. Il se chargeait des missions que personne d'autre ne pouvait accomplir, même pas les Navy SEALS, ce commando d'élite de la marine. Rien ni personne ne lui résistait.

Le silence accueillit John quand il entra dans la maison par la terrasse située à l'arrière.

Sans un bruit, il se déplaça à travers les pièces faiblement éclairées.

La cuisine et la salle à manger étaient vides, de même que le bureau d'Esteban et la salle de stratégie.

Il fallait maintenant passer à l'étage.

Il s'avança à pas de loup vers l'escalier.

Au moment où il posait le pied droit sur la première marche, le cliquètement d'une arme résonna derrière lui.

Il s'immobilisa.

— Ce n'est pas malin d'être revenu.

Cortez contourna John et récupéra son arme.

— Mais puisque vous êtes là, autant vous joindre à la fête.

— J'ai toujours aimé les fêtes, rétorqua narquoisement John.

Par chance, Cortez avait omis de le fouiller. L'arme de Carlos était glissée dans sa ceinture, et il avait laissé pendre son T-shirt par-dessus pour la dissimuler.

Cortez le pressa de monter l'escalier.

— Je crois que votre ravissante femme va également adorer cette petite fête.

Taraudé par l'envie de pivoter et de mettre ce type en pièces, John serra les dents.

Ce serait une mauvaise idée. Prendre une balle maintenant n'aiderait pas Erin. Il avait juré qu'il reviendrait la chercher, et il n'allait pas l'abandonner si près du but.

Il passerait à l'action le moment venu.

John posa le pied sur le palier.

Le moment, c'était juste maintenant.

Il pivota, tout en sortant son arme, et asséna un puissant coup de pied dans l'estomac de Cortez, qui dévala l'escalier en arrière.

L'homme avait essayé de tirer, mais la balle manqua sa cible et alla se ficher dans le plafond. Celle de Logan atteignit son but.

Il inspecta d'abord l'aile est. Rien. La peur d'être arrivé trop tard lui nouait la poitrine. Il avait fait une promesse à Erin, et il ne pourrait peut-être pas la tenir.

Lorsqu'il atteignit le bout du couloir de l'aile ouest, il entendit des voix étouffées, sans parvenir à déterminer combien elles étaient et si elles appartenaient à des femmes ou à des hommes.

Il marqua un temps d'arrêt devant le cadavre d'un garde gisant en travers d'un passage. Pourquoi Esteban aurait-il abattu un des membres de sa garde rapprochée ?

En y regardant de plus près, John vit qu'il s'agissait de Miguel, l'homme qu'Erin avait épargné le premier soir, quand Esteban lui avait demandé de l'éliminer. Peut-être Miguel avait-il essayé de lui rendre la pareille.

Soudain, il y eut un cri.

John s'obligea à rester calme, à s'appuyer sur les compétences qui avaient à maintes reprises sauvé sa vie et celle des autres.

Ce n'était pas le moment de se laisser submerger par ses émotions. Il devait être prudent.

La porte n'était pas complètement fermée, mais l'écartement était trop étroit pour lui permettre de voir à l'intérieur.

Il pouvait entendre la voix furieuse d'Esteban… et celle, affolée, d'Erin.

Il s'obligea à ne pas se laisser émouvoir. Cela ne rendrait pas service à Erin, loin de là.

Il prit le risque d'entrebâiller un peu plus la porte.

Erin était ligotée sur une chaise pivotante. Sa lèvre saignait. Son œil droit était enflé.

Un mélange de fureur et de peur frappa John de plein fouet, comme un coup de poing à l'estomac.

— Je vais te le demander une dernière fois, dit Esteban d'un ton lourd de menace.

Il enfonça le canon de son arme contre la tempe d'Erin.

— Qui t'a envoyée ?

Erin le fixa sans dire un mot, éveillant le respect de John. Elle se comportait comme la plus aguerrie des espionnes.

Jamais il ne pourrait passer le reste de sa vie sans elle.

Il leva son arme vers sa cible, droit sur la nuque d'Esteban. Son index s'enroula autour de la détente…

— Lâchez votre arme !

C'était la voix d'une femme.

— Posez immédiatement votre arme, ou je vous tue.

La sœur d'Esteban. María.

Esteban tourna la tête, tout en continuant à menacer Erin de son arme. L'incrédulité s'afficha sur son visage quand il croisa le regard de John.

— Vous !

John serra les lèvres tandis que María le houspillait.

— Déposez votre arme tout de suite, ou c'est elle qui meurt.

Il obtempéra.

— Avancez !

Elle était dans le coup aussi. Et dire qu'Erin avait voulu rester, quitte à se mettre en danger, pour sauver cette femme !

Toujours poussé dans le dos par María, il se retrouva au milieu de la pièce.

Erin cria son prénom dans un sanglot.

Il avait désespérément envie d'aller vers elle, mais il n'osa pas tenter un mouvement de peur de déclencher une réaction en chaîne.

— Je vais peut-être enfin avoir des réponses, dit Esteban avec un ricanement mauvais.

— Des hommes bien plus doués que vous pour les interrogatoires s'y sont cassé les dents, rétorqua John d'un ton de défi. Mais si vous pensez que vous avez l'étoffe pour ça, allez-y.

Il eut un geste pour désigner Erin.

— Elle ne sait rien. Laissez-la partir et faites-vous plaisir avec moi. Je suis le seul à pouvoir vous donner les explications que vous attendez.

John essayait de réconforter Erin du regard. Les larmes roulaient sur ses joues, mais elle s'était redressée, visiblement rassurée par sa présence.

En découvrant la souffrance qu'elle avait déjà endurée, il eut envie de tuer Esteban à mains nues.

— Non, elle reste, décréta Esteban en agitant nerveusement son arme. Et je vous promets que vous allez parler quand vous verrez ce que je lui réserve.

— Assez de simagrées, intervint María. Je vais m'en occuper.

— Pas question ! protesta Esteban. C'est toujours moi qui fais le sale boulot, tandis que tu passes ton temps à donner des ordres.

Tiens, tiens, songea John. Il y avait de l'eau dans le gaz. Pas étonnant qu'Esteban ait envie de tuer sa sœur. Il ne supportait plus d'être commandé par une femme.

— Ne t'emballe pas trop vite, mon cher frère. Tu ne serais rien sans moi.

Une flamme outragée brillant encore dans ses yeux noirs, Esteban feignit l'humilité.

— Comment pourrais-je l'oublier ? Tu es la tête, je suis les jambes.

Il agita le bras en direction d'Erin.

— Laisse-moi faire le travail.

La posture de María se détendit quelque peu.

— Je t'en prie.

John se crispa, prêt à intervenir.

— Dis-moi qui t'envoie, répéta Esteban. Ou je mets ton cher mari en pièces.

Erin chercha le regard de John. Il y vit de la peur, mais aussi une détermination féroce.

Sa tension monta d'un cran, et il croisa les doigts pour qu'elle ne tente rien d'extravagant.

Reportant son attention sur Esteban, Erin le toisa avec dédain.

— Vous savez bien que c'est vous, répondit-elle. Vous m'avez demandé de tuer votre sœur.

Esteban se décomposa.

— Qu'est-ce que tu racontes ? Tu mens.

Il était impossible de ne pas relever la nervosité dans sa voix.

Erin se tourna vers María.

— Il m'a demandé de me rapprocher de vous, de gagner votre confiance, en attendant de décider de quelle façon il voulait que je vous élimine.

— Mensonges ! Mensonges !

Esteban attrapa une poignée de cheveux d'Erin et tira dessus.

— C'est une sale petite menteuse.

Erin tint bon malgré la douleur.

— C'est pour ça que je vous cherchais aujourd'hui. Je voulais vous prévenir.

— Espèce de salaud, accusa María, ses yeux lançant des éclairs. Tu voulais m'éliminer pour avoir le champ libre.

— Je te jure qu'elle ment.

Esteban lâcha les cheveux d'Erin et recula en titubant.

— Tu sais que je ne te ferais jamais de mal, pleurnicha-t-il.

María dirigea son arme vers Esteban et fit feu avant qu'il ait le temps de réagir.

John bondit pour dévier son bras tandis qu'elle visait Erin à la suite.

Le coup partit et la balle fit voler en éclats la vitre derrière la tête d'Erin.

A la seconde suivante, María s'effondrait à terre, touchée à l'épaule.

— Voilà une bonne chose de faite, annonça Ferrelli. Il ne reste plus qu'à appeler le service de nettoyage.

John tourna la tête vers son renfort, qui affichait un large sourire depuis la porte d'entrée.

— Il était temps. J'ai failli attendre.

— Bah, je ne voulais pas te voler ta minute de gloire.

John désigna María d'un signe de tête.

— Menotte-la.

— Avec plaisir.

John se précipita vers Erin et détacha ses liens. Ferrelli disait quelque chose, mais il ne l'écoutait pas. Tout ce qui comptait à cet instant, c'était qu'Erin soit saine et sauve.

Elle se jeta dans ses bras.

— Je t'avais dit que je reviendrais, murmura-t-il.

Elle poussa un soupir tremblant.

— Je n'en ai jamais douté.

John l'aida à se lever.

— Sortons d'ici.

Tandis que l'adrénaline décroissait, tout comme la peur de ce qui aurait pu arriver, une autre réalité apparut à John.

La mission était terminée.

C'était la fin de leur relation. Erin allait retrouver sa vie.

D'instinct, ses bras se refermèrent autour d'elle. Pour la première fois de sa vie, il comprenait ce que signifiait avoir besoin d'une personne au point de ne pas pouvoir vivre sans elle.

Comment pourrait-il la laisser partir ?

Et comment pourrait-il lui demander de rester ?

Erin et John furent immédiatement envoyés à Washington pour un debriefing.

L'ordinateur de María contenait tout ce qu'ils cherchaient, et bien plus : des dates, des noms… *tout.* Y compris le fait que María possédait un certain nombre de fausses identités au Venezuela, en Argentine et au Mexique.

Le Service des opérations techniques allait avoir du pain sur la planche avec l'analyse des informations. Le Département de l'alcool, du tabac et des armes à feu se chargerait de localiser l'armement volé. La brigade des stupéfiants interviendrait quant à elle pour mettre un terme au trafic de drogue d'Esteban.

La mission était un succès.

Et elle était terminée.

Erin faisait les cent pas dans la chambre qui lui avait été attribuée. Elle avait pris une douche, mais elle ne parvenait pas à trouver le sommeil.

Elle ne cessait de penser à la façon dont John l'avait prise dans ses bras après la mort d'Esteban. On aurait dit qu'il avait peur de la voir disparaître.

Elle ne pouvait pas non plus chasser de ses pensées les risques qu'il avait pris pour revenir la chercher. Ferrelli lui avait dit que John avait refusé d'attendre les renforts.

Elle se laissa tomber sur le bord du matelas.

Et puis, il y avait eu sa façon de lui faire l'amour… Elle n'avait pas pu se tromper à ce point sur les sentiments qu'il éprouvait pour elle.

En tout cas, elle n'avait aucun doute sur les siens.

Elle observa son annulaire gauche, où elle avait porté une alliance pendant quelques jours. La bague se trouvait à présent sur la commode à l'entrée de la pièce. Cela faisait partie de la mise en scène, de son rôle.

Tout cela n'avait été qu'une mascarade.

Durant ces deux semaines, elle avait eu un aperçu de ce qu'était la vie de John. Sa carrière en tant que spécialiste était toute sa vie.

La mission. Dans sa bouche, cela prenait presque un caractère divin.

Il ne voulait pas d'une femme. Et d'ailleurs, que ferait-elle pendant qu'il risquerait sa vie aux quatre coins de la planète ? De la pâtisserie ?

Elle ne pourrait pas vivre de cette façon.

Oh ! Bien sûr, il avait des sentiments pour elle. De cela, elle ne doutait pas. Mais cela ne suffirait pas à transformer une relation aussi précaire que la leur en quelque chose de durable.

Il ne serait jamais heureux dans son monde à elle. Et elle ne pouvait pas dire que le sien l'enchantait. Ce n'était pas en tout cas le terreau idéal pour le mariage et la vie de famille.

La meilleure chose qu'elle pouvait faire pour John, et pour elle, c'était de lui dire adieu.

Elle s'en irait sans lui dire ce qu'elle ressentait.

Sans lui avouer qu'elle était follement amoureuse de lui.

C'était la décision la plus sage pour tous les deux.

John bourra de nouveau de coups de poing son oreiller, mais cela ne lui apporta aucun soulagement. Il ne dormirait pas cette nuit. Comment l'aurait-il pu ?

Erin n'était qu'à quelques portes de sa chambre. Il voulait être avec elle. Lui faire l'amour. Lui prouver que tout cela était bien réel.

Mais c'était impossible.

Même si Erin avait parfaitement tenu son engagement, ce n'était pas une vie pour elle. Ce dont elle avait besoin, c'était de retrouver son petit havre de paix à Atlanta, où personne ne tirerait sur elle ou ne la torturerait pour lui soutirer des informations.

Comment pourrait-il lui demander de l'attendre entre deux missions ? Ce serait bien trop cruel. Elle méritait mieux.

Il laissa échapper un soupir défaitiste.

Il ferait tout aussi bien de regarder la réalité en face : Erin serait beaucoup mieux sans lui.

Il valait mieux arrêter là.

Après la réunion, demain matin, il lui dirait simplement au revoir, puis il s'en irait.

Une nouvelle pensée lui traversa l'esprit.

Il secoua la tête. Non, ça ne marcherait jamais.

Pensif, il se mordit la lèvre.

Après tout…

Son cœur se gonfla d'un espoir fou.

Il y avait peut-être une chance…

Pour le savoir, il n'y avait qu'une chose à faire.

Le dos raide, les nerfs tendus à se rompre, Erin prit place dans l'un des fauteuils qui faisaient face au bureau de Lucas Camp. John s'installa dans l'autre.

Il s'était montré cordial avec elle — poli, professionnel — comme s'il n'y avait jamais rien eu entre eux.

Elle avait envie de crier.

Elle avait déjà risqué sa vie pour un homme, et il suffisait de voir où ça l'avait menée pour en tirer une profitable leçon. Jamais plus elle ne s'engagerait dans ce genre de relation déséquilibrée où l'un aimait et donnait plus que l'autre.

— Excellent travail, dit Lucas en lui adressant un sourire. Vous avez rendu un grand service à votre pays.

Malgré la fierté qu'elle en éprouvait, Erin ne put s'empêcher de se demander si cela valait qu'elle y sacrifie son cœur.

— Merci, dit-elle d'une voix aussi crispée que sa posture.

— Je suis certain que vous serez ravie d'apprendre la condamnation de Jeff Monteberry, et l'effacement dans tous vos dossiers des charges qui pesaient contre vous.

Il lui fit passer une enveloppe.

— Vous y trouverez tous les documents nécessaires. Vous êtes maintenant libre de retrouver votre vie comme si rien ne s'était passé.

Erin prit l'enveloppe d'une main tremblante. Le soulagement qu'elle attendait ne vint pas. Pourtant, Jeff avait eu ce qu'il méritait, et elle était libre — pour de bon.

En outre, elle était vivante. Ce qui était plutôt réjouissant si on considérait tout ce qui s'était passé.

Tout était parfait, sauf…

— Félicitations.

Erin jeta un coup d'œil à John. Un regard en coin, c'était tout ce qu'elle osait risquer. Mais il n'en fallut pas plus pour intercepter son sourire et sentir son cœur s'envoler vers lui.

— Merci, dit-elle d'une voix qui tremblait autant que ses mains.

Voilà, ça y était.

Elle ne le reverrait plus jamais.

C'était la fin.

— Il y a encore une chose, reprit Lucas. Logan m'a dit que vous étiez un formidable agent de terrain.

Erin tenta un ricanement qui s'apparentait plus à un son étranglé.

Une chaleur familière s'insinuait en elle alors qu'elle se sentait observée par John, mais elle ne pouvait pas le regarder de nouveau. C'était trop dur.

— Je me suis débrouillée comme j'ai pu, dit-elle. J'ai eu de la chance.

— Oh ! Vous avez fait plus que vous débrouiller, protesta Lucas. En fait, je crois que vous seriez un atout pour notre agence.

Il inclina la tête et l'étudia plus attentivement.

— A condition que vous recherchiez un emploi.

L'offre la laissa sans voix. John avait-il à ce point chanté ses louanges ? Pourquoi agirait-il ainsi ?

Un tourbillon de pensées lui fit plisser le front en une mimique perplexe. Plus elle se repassait les paroles de Lucas, plus elle était dubitative.

Ce travail d'espionnage était-il vraiment fait pour elle ?

Elle risqua un regard vers l'homme assis à côté d'elle.

Ses prunelles aussi sombres que la nuit se rivèrent aux siennes et elle frissonna, sensible au pouvoir qu'il exerçait sur elle.

Elle reporta son attention sur Lucas. Elle devait réfléchir, ne pas se précipiter.

— Je ne suis pas sûre d'être faite pour ce genre de vie, dit-elle avec honnêteté.

Lucas hocha la tête.

— Je comprends.

Il soupira.

— Mais je vais regretter Logan.

Erin était de nouveau complètement perdue. De quoi parlait cet homme ?

Elle se massa les tempes, sentant monter un début de mal de tête, tandis que son regard passait de l'un à l'autre.

— Pourquoi allez-vous le regretter ?

Lucas haussa les épaules.

— Il m'a dit que si vous vous en alliez, il vous suivrait.

Le fantôme d'un sourire releva un coin de ses lèvres.

— Apparemment, vous avez un certain effet sur lui.

Hésitant à croire ce qu'elle entendait, mais en brûlant d'envie quand même, Erin pivota sur son siège pour s'adresser à John.

— C'est vrai ? Tu es prêt à renoncer à ta carrière pour moi ?

— En un claquement de doigts.

Si la sincérité de son intonation ne l'avait pas renseignée, la lueur dans ses yeux aurait achevé de la convaincre.

Son cœur se gonfla d'allégresse.

C'était *vrai*. Plus de faux-semblants.

Mille questions tournaient dans sa tête. Elle ne savait pas par où commencer. Une décision telle que celle-ci ne se prenait pas à la légère.

Elle pressa une main contre sa poitrine, comme si le geste suffisait à ralentir le rythme fou de son cœur.

John lui prit cette main et la pressa dans la sienne.

Ce contact avec lui, ou la façon dont il la regardait, ou peut-être les deux, cristallisèrent le moment.

Tout fut soudain limpide.

Elle l'aimait. Sa vie était avec lui. Quel que soit le lieu où cela l'entraînerait.

— A une condition, dit-elle à Lucas.

Il leva un sourcil interrogateur.

— Je voudrais que John et moi fassions équipe ensemble. Ou nous formons un duo, ou il n'y a pas de marché.

— J'ai bien peur que ce ne soit pas aussi simple, l'informa solennellement Lucas. Il y a une autre condition.

Erin sentit tous ses espoirs s'envoler.

— Laquelle ?

— Il faut le demander à Logan.

Elle bondit sur ses pieds et baissa les yeux vers John.

— A quoi tu joues ? Tu me laisses espérer, et la minute d'après, tu fais exploser la bulle de bonheur dans laquelle je flotte ?

Elle pouvait à peine supporter la douleur qui lui nouait l'estomac. Comment pouvait-il lui faire ça ?

Il se leva à son tour, lui prit les mains, et planta les yeux dans les siens.

— C'est un peu plus compliqué. Tu vois, j'ai réalisé que n'ai pas seulement envie d'une coéquipière. Je veux une femme. Une femme pour de vrai.

Il lui adressa ce sourire sexy dont il connaissait l'effet sur elle.

— La seule réponse possible est oui.

Une myriade d'émotions explosèrent en elle, tel un envol de papillons, mais il y en avait une qui s'élevait au-dessus des autres : l'amour.

Elle jeta les bras autour de son cou et se pressa contre lui.

— Alors c'est oui.

Rejetant la tête en arrière, elle fronça le nez d'un air mutin.

— Mais seulement si tu m'embrasses tout de suite.

John ne se fit pas prier.

— Eh bien, voilà une bonne chose de faite, déclara Lucas, avec un soulagement évident. Si vous pouvez vous calmer un peu, maintenant, j'aimerais vous parler de votre prochaine mission.

— Après notre voyage de noces, annonça John entre deux baisers.

Confiante dans l'incroyable pouvoir de l'amour qui, se jouant de tous les obstacles, avait changé à jamais le cours de leur existence, Erin eut alors la certitude qu'elle occuperait toujours la première place dans le cœur et dans la vie de l'homme qu'elle aimait.

Entre elle et la mission, ce serait toujours elle qui aurait la priorité.

Retrouvez prochainement,
dans votre collection

BLACK ROSE

Retour à Jacobstown, de Barb Han - N°654

Désemparée, Courtney fixe le test de grossesse. Aucun doute possible : elle est enceinte. Mais alors qu'elle pense garder pour elle le secret de sa grossesse, le temps de boucler son enquête en cours, elle rencontre Jordan. Jordan avec qui elle a passé une unique nuit d'amour, quinze jours plus tôt. Jordan qui, à n'en pas douter, est le père de son enfant à venir…

La terreur dans tes yeux, de Tyler Anne Snell

Qui est réellement Nina Drake, la jeune femme qui travaille depuis peu sur le ranch des Nash ? C'est la question que se pose Caleb qui, depuis que sa mère l'a embauchée, a bien du mal à refréner l'élan de désir qui le pousse vers la jolie intendante. Une attirance à laquelle se mêle bientôt un intense sentiment de protection lorsque Nina lui révèle, la peur dans le regard, qu'elle est victime d'un mystérieux harceleur…

La maison sans mémoire, d'Adrienne Giordano - N°655

Avec ses allures de flic solitaire, Brent Thompson n'a pas mis longtemps à faire chavirer le cœur de la détective Jenna Hayward. Pourtant, sous son apparente force, Brent cache une terrible blessure : lorsqu'il était enfant, sa mère a été assassinée et on n'a jamais trouvé son meurtrier. À la fois soucieuse d'aider Brent et intriguée par ce *cold case* non élucidé, Jenna décide de rouvrir l'enquête…

Un mystérieux sauveur, de Debra Webb

L'agent Stella Malone est sous le choc : en moins d'une heure, elle vient d'échapper à une embuscade et a perdu toute trace de sa patronne, enlevée par des criminels. Sans l'intervention inattendue d'un certain Dakota Garrett, elle serait morte… Mais qui est son mystérieux sauveur ?

Retrouvez prochainement,
dans votre collection

BLACK ROSE

Un jour, on se reverra, de Beverly Barton - N°656

« Un jour, je te tuerai. » Ces mots, prononcés cinq ans plus tôt par le criminel qu'elle a fait emprisonner à vie, Joanna n'a jamais pu les oublier. Aussi, quand elle apprend qu'il vient de s'évader, voit-elle ses pires craintes refaire surface. Bouleversée, elle décide de demander à son voisin, J.T. Blackwood, de la protéger. J.T., un policier qui, sans qu'elle puisse l'expliquer, l'attire irrésistiblement…

Une proie consentante, de Cynthia Eden

L'amour peut être un piège diabolique. Rachel qui était procureur au sein d'une cour martiale l'a compris le jour où elle a appris que Jack, son amant, était un tueur à gages payé pour l'éliminer… Aujourd'hui, c'est elle qui s'apprête à piéger Jack. Car elle vient de retrouver sa trace et qu'elle sait que, quoi qu'il advienne, Dylan, son chef, la protégera…